SUSAN DENNARD

Das Zeichen des Sturms

SUSAN DENNARD

DAS ZEICHEN DES STURMS

Roman

Deutsch von
Vanessa Lamatsch

penhaligon

Die Originalausgabe erschien 2017 unter dem Titel
»Windwitch« bei Tor Teen, New York.

MIX
Papier aus verantwortungsvollen Quellen
FSC® C083411

Verlagsgruppe Random House FSC® N001967

1. Auflage

Dieses Werk wurde vermittelt durch die
Literarische Agentur Thomas Schlück GmbH, 30827 Garbsen.

Redaktion: Catherine Beck
Umschlaggestaltung und Artwork: Isabelle Hirtz, Inkcraft
in Zusammenarbeit mit Oswin Neumann, oswinart.com
Karte: Maxime Plasse
BL · Herstellung: sam
Satz: Uhl + Massopust, Aalen
Druck und Bindung: CPI books GmbH, Leck
Printed in the Czech Republic
ISBN 978-3-7645-3189-8
www.penhaligon.de

Für Jennifer und David

Was bisher geschah:

Safiya fon Hassrel, genannt Safi, – Spross einer cartorrischen Adelsfamilie und Wahrmagis im Untergrund – und ihre beste Freundin Iseult det Midenzi – eine Nomatsi – geraten nach einem missglückten Überfall in das Fadenkreuz des Blutmagis Aeduan – eines Carawen-Mönchs, der sich als Söldner verdingt hat. Dieser Mönch stellt Iseult vor ein Rätsel: Sie, die Strangmagis, kann in Aeduan keinerlei Stränge erkennen. Iseult muss im Anschluss aus der Stadt fliehen und gerät in ihrem Heimatdorf ins Visier eines Fluchmagis, ohne zu wissen, warum er sie vernichten will. Sie wird verletzt und kann sich nur mit Mühe aus dem Ort retten.

Safiyas Onkel Eron verbirgt Safi vor dem Blutmagis, zwingt sie aber trotz der Gefahr dazu, den großen Waffenstillstandskongress in Veñaza zu besuchen, wo sie zu ihrem unendlichen Schrecken zur Verlobten von Kaiser Henrick von Cartorra erklärt wird. Safi hat ihr Leben lang ihre Wahrmagie geheim gehalten, um eben nicht zum Spielball der Mächtigen zu werden, wie es unweigerlich der Fall sein wird, wenn bekannt wird, dass sie Lüge von Wahrheit unterscheiden kann. Safi flieht mit Hilfe ihres Onkels und sucht ihre Strangschwester Iseult. Die beiden finden sich wieder, doch der Blutmagis ist ihnen dicht auf den Fersen. Es kommt zum Kampf, in dem Iseult Aeduan fast tödlich verwundet, sein Leben jedoch verschont wird.

Dann werden sie von Prinz Merik von Nubrevna, der sich im Austausch gegen einen Handelsvertrag mit Onkel Eron bereiterklärt hat, Safi nach Lejna zu bringen, mit Hilfe seiner Windmagie und der Luftmagie seines Strangbruders Kullen auf sein Schiff geholt. Nur wenn Safi ihren Bestimmungsort unverletzt erreicht, wird der Handelsvertrag gültig, den das gebeutelte Königreich von Nubrevna so dringend braucht. Merik ist getrieben von dem Drang, Nahrung für Nubrevna zu beschaffen, unter anderem, um die gefährlichen Bestrebungen seiner Schwester Vivia im Keim zu ersticken, die vorhat, eine Piratenflotte auf die Meere zu schicken – ein klarer Verstoß gegen die Abmachungen des Zwanzigjährigen Waffenstillstands, der den gebeutelten Kontinent nach einem langen Krieg endlich Frieden verschafft hat.

Die schwer verletzte Iseult wird auf dem Schiff von Meriks Tante Evrane behandelt, die wie der Blutmagis zum Kloster der Carawen-Mönche gehört. In ihren Träumen erhält Iseult immer wieder beängstigende Besuche einer anderen Strangmagis, die sich selbst als Webermagis bezeichnet und wahrscheinlich die gefürchtete *Puppenspielerin* ist – eine Strangmagis, die fähig ist, die Stränge anderer Menschen zu kontrollieren oder zum Bersten zu bringen. Evrane kann Iseult nicht vollkommen heilen, dafür wäre ein Feuermagis-Heiler nötig. Auf See kommt es zu einer Begegnung mit einem marstokischen Kriegsschiff – anscheinend will auch Kaiserin Vaness unbedingt in Besitz der Wahrmagis kommen, deren Magie so einfach und doch so mächtig ist.

Meriks Schiff gelingt es, trotz einer Meuterei seiner Mannschaft zu entkommen, und Safi schafft es zusätzlich, einen Feuermagis-Heiler für Iseult aus der Mannschaft des marstokischen Schiffs zu entführen. Merik ist unendlich wütend auf Safi, die sich ihm von Anfang an immer wiedersetzt, doch gleichzeitig fühlen sich die beiden auch voneinander angezogen.

Die Freunde werden weiterhin verfolgt vom Blutmagis Aeduan, jetzt im Auftrag von Kaiser Henrick und begleitet von dessen Neffen Leopold. Aeduan kann nur Safi wittern, denn so wie Iseult seine Stränge nicht sehen kann, kann er das Blut des Nomatsi-Mädchens nicht wittern.

Merik rettet sein Schiff in eine versteckte Bucht, von wo aus er Safi und Iseult über Land nach Lejna bringen will. Die Carawen-Heilerin Evrane begleitet die beiden. Sie scheint zu vermuten, dass die beiden Mädchen die mystischen, wiedergeborenen Cahr Awen sind, und bringt sie zur versiegten Ursprungsquelle von Nubrevna. Als die Mädchen in die Quelle tauchen, geschieht etwas, auch wenn die beiden nicht ganz verstehen, was ihnen widerfährt.

Safi, die ihr Leben lang vor Verantwortung geflohen ist, erkennt, wie wichtig Merik der Handelsvertrag mit ihrem Onkel ist, und schwört, dass sie gegen alle Widerstände dafür sorgen wird, dass der Vertrag zum Tragen kommt. Dafür müssen sie jedoch nach Lejna, auch wenn der Blutmagis sie in Kaiser Hendricks Auftrag jagt und auf See die marstokische Flotte lauert.

Als Iseult und Safi Lejna erreichen, sind auch marstokische Schiffe bereits vor Ort. Zusätzlich beginnen die anwesenden marstokischen Magi plötzlich zu bersten. Diese Geborstenen fangen ebenfalls an, Safi zu jagen. Iseult vermutet dahinter einen Angriff der Puppenspielerin. Der Blutmagis Aeduan rettet Iseult das Leben, um seine Schuld bei ihr zu begleichen. Safi erreicht mit Mühe den im Handelsvertrag bezeichneten Pier, nur um direkt im Anschluss von der Kaiserin von Marstok persönlich gefangen zu werden. Safi erklärt sich bereit, Vaness zu dienen.

Meriks Strangbruder Kullen birst durch den Angriff der Puppenspielerin und fleht Merik an, ihn zu töten. Als Merik dies nicht möglich ist, verschwindet Kullen in einem riesigen Tornado. Aeduan rettet im letzten Moment seine Mentorin Evrane vor dem Tod, indem er sie zur wiedererweckten Ursprungsquelle von Nubrevna bringt. Dann macht er sich erneut auf die Suche nach Safi.

Noch mehr Informationen zu den Magislanden finden sich im Glossar am Ende des Buchs.

Vorher

Blut auf dem Boden.

Es fließt zur Seite, sammelt sich in einem Fleck aus Mondlicht, bevor das sanfte Rollen des Schiffs es wieder in die andere Richtung schickt.

Der Prinz gibt das Schwert in seiner Hand frei und weicht mit rasendem Herzen zwei Schritte zurück. Er hat noch nie einem anderen Mann das Leben genommen und fragt sich, ob ihn diese Tat verändern wird.

Die Klinge bleibt aufrecht stecken, tief im Holz vergraben, obwohl der durchbohrte junge Mann versucht, sich zu erheben. Jedes Mal, wenn sich der Meuchelmörder bewegt, klafft die Wunde in seinem Bauch weiter auf. Seine Innereien glänzen im dämmrigen Licht wie Silberstücke.

»Wer bist du?«, krächzt der Prinz. Das erste Geräusch, das er erzeugt, seitdem er erwacht ist und einen Schatten in seiner Kabine entdeckt hat.

Noden sei gedankt für das Schwert seines Vaters, das über dem Bett hängt, immer in Reichweite für den Fall eines Angriffs.

»Sie… wartet auf dich«, antwortet der Möchtegernmörder. Erneut versucht er aufzustehen. Diesmal greift er mit seiner blutverschmierten linken Hand nach dem Heft des Schwerts.

Der kleine Finger fehlt, *bemerkt der Prinz geistesabwesend, denn seine Aufmerksamkeit hängt an dem Wort* Sie. *Es gibt nur eine* Sie, *die so etwas tun würde. Nur eine* Sie, *die den Prinzen tot sehen will – was sie ihm unzählige Male selbst gesagt hat.*

Der Prinz wendet sich ab, den Mund geöffnet, um Alarm zu schlagen. Doch dann hört er, wie der Mann hinter ihm lacht. Es ist ein abgehacktes Geräusch mit zu viel Tiefe. Zu viel Gewicht.

Er dreht sich wieder um. Die Hand des Mannes gleitet vom Schwert ab. Er fällt zurück auf den Boden, immer noch blutend, immer noch lachend. Mit der rechten Hand zieht er etwas aus einer Manteltasche. Ein Tontopf wird freigegeben und rollt über die Planken, in die Pfütze aus Blut und auf der anderen Seite darüber hinaus, sodass eine glitzernde Linie auf dem Kabinenboden entsteht.

Dann stößt der junge Meuchelmörder ein letztes keuchendes Lachen aus, bevor er flüstert: »Zünde.«

Der Prinz steht schwankend auf der kahlen Klippe und beobachtet sein brennendes Kriegsschiff.

Hitze schlägt ihm brüllend ins Gesicht, die schwarzen Flammen des Seefeuers auf dem Wasser sind fast unsichtbar. Nur ihr weißes alchemistisches Herz flackert hell.

Der Lärm verschlingt alles. Das gewalttätige Knacken und Knistern des geteerten Holzes, das mehr Stürme und Kämpfe gesehen hat als der Prinz Jahre.

Er sollte tot sein. Seine Haut ist schwarz verkohlt, sein Haar vollkommen verbrannt und seine Lunge versengt.

Er weiß nicht, wie er es geschafft hat, am Leben zu bleiben. Wie es ihm gelungen ist, das Seefeuer lang genug zurückzuhalten, bis jeder Mann und jede Frau das Schiff verlassen hatte. Vielleicht wird er nicht überleben. Er kann sich kaum auf den Beinen halten.

Seine Mannschaft beobachtet alles vom Strand aus. Manche schluchzen, andere schreien. Ein paar von ihnen suchen sogar die Küste ab, in den Wellen. Doch die meisten starren nur, so wie der Prinz auch.

Sie wissen nicht, dass ein Meuchelmörder an Bord war. Sie wissen nicht, dass sie *auf die Nachricht von seinem Tod wartet.*

Die Prinzessin von Nubrevna. Vivia Nihar.

Wenn sie erfährt, dass ihr Versuch gescheitert ist, wird sie erneut versuchen, den Prinzen zu töten. Dann werden seine Leute, wird seine Mannschaft erneut in Gefahr geraten. Das ist der Grund, aus dem er in dem Moment, als er zu Boden sinkt, beschließt, die Matrosen niemals wissen zu lassen, dass er noch am Leben ist. Sie müssen ihn für tot halten. Und auch Vivia muss ihn für tot halten.

Ein Leben im Austausch gegen viele.

Dunkelheit verengt sein Blickfeld. Seine Augen fallen zu, und er erinnert sich an etwas, das seine Tante einst gesagt hat: »Die Heiligsten fallen immer am tiefsten.«

So ist es, *denkt er,* und ich bin der perfekte Beweis dafür.

Dann sinkt Merik Nihar, Prinz von Nubrevna, in einen dunklen, traumlosen Schlaf.

1

Es hatte Vorteile, ein toter Mann zu sein.

Merik Nihar, Prinz von Nubrevna und ehemaliger Admiral der nubrevnanischen Marine, wünschte sich, er hätte schon vor langer Zeit erwogen, einfach zu sterben. Als Leiche konnte man einfach so viel mehr erledigen.

So wie im Moment. Er war aus gutem Grund zum Richtplatz im Herzen von Lovats gekommen, und dieser Grund versteckte sich in einer niedrigen Hütte – einem Anbau des Gefängnisses am Platz, in dem die Aufzeichnungen gelagert wurden. Besonders ein Gefangener interessierte Merik. Ein Gefangener, dem der linke kleine Finger fehlte und der jetzt jenseits des letzten Riffs residierte, tief in Nodens wässriger Hölle.

Merik duckte sich tiefer unter die Kapuze seines braunen Mantels. Sicher, sein Gesicht war dank der Verbrennungen kaum noch wiederzuerkennen, und sein Haar wuchs gerade erst nach, aber im Chaos des Gerichtsplatzes bot der Mantel trotzdem Sicherheit.

Oder dem Goshorn-Platz, wie er manchmal auch genannt wurde, wegen der riesigen Goshorn-Eiche in seiner Mitte.

Der fahle Stamm, dick wie ein Leuchtturm, war von hohen Höllenwassern gezeichnet, und seine Äste hatten schon seit Jahrzehnten kein Grün mehr gesehen. *Dieser Baum,* dachte Merik, während er den längsten Ast beäugte, *sieht aus, als würde er sich mir bald im Tode anschließen.*

Den gesamten Tag über ergoss sich Verkehr aus allen Richtungen über den Platz, angetrieben von Neugier. Wer würde der öffentlichen Schande ausgesetzt werden? Ohne Nahrung oder Gnade an die Steine gekettet werden? Wer würde den brennenden Biss eines Seils erleiden müssen – gefolgt vom kalten Kuss von Nodens Hexenfischen?

Verzweiflung trieb die Leute in Scharen heran. Familien kamen, um die nubrevnanischen Soldaten um Gnade für ihre Lieben anzuflehen, und die Obdachlosen kamen, um um Essen, Obdach oder irgendeine Art von Mitleid zu betteln.

Doch heutzutage hatte niemand Mitleid oder Gnade zu erübrigen. Nicht einmal Merik Nihar.

Er hatte bereits alles gegeben, was er konnte – hatte alles in seiner Macht Stehende für ein Handelsabkommen mit den Hasstrel-Ländereien in Cartorra getan. Fast hätte er auch ein Abkommen mit den Marstokern geschlossen, doch letztendlich hatte ihn der Tod zu früh ereilt.

Im Moment blockierte eine Familie Meriks Weg. Eine Frau und ihre zwei Jungen, die jedem ins Gesicht schrien, der vorbeikam.

»Hunger ist kein Verbrechen!«, riefen sie gemeinsam. »Befreit uns und nährt uns! Befreit uns und nährt uns!« Der ältere Junge, groß und so dürr wie ein Tangfaden, drehte sich zu Merik um.

»Hunger ist kein Verbrechen!« Er schob sich näher. »Befreit uns und nährt ...«

Merik wich dem Jungen nach rechts aus, bevor er sich links an seinem Bruder vorbeischob und schließlich auch an der Mutter vorbeidrängte. Sie war die Lauteste der drei, mit sonnengebleichtem Haar und zornerfülltem Gesicht.

Merik kannte dieses Gefühl gut, denn es war Zorn, der ihn vorwärtstrieb, selbst während Schmerzen seinen Körper erfüllten und der grobe Stoff seiner Kleidung die Blasen auf seiner Brust aufrieb.

Andere in der Gegend nahmen den Ruf auf. *Befreit uns und nährt uns! Hunger ist kein Verbrechen!*

Merik stellte fest, dass sich seine Schritte dem Rhythmus des Sprechchors anpassten. So wenige Leute in den Magislanden waren magisch begabt, und noch weniger besaßen Magie, die tatsächlich von Nutzen war. Die meisten überlebten aus einer Laune der Natur – oder den Launen der Magi folgend – und durch ihre eigene Hartnäckigkeit.

Merik hatte den Galgen vor dem dicken Stamm der Eiche erreicht. Sechs Schlingen baumelten von einem Ast. Ihre schlaffen Seile schwankten in der Hitze des Vormittags. Gerade als Merik versuchte, die leere Tribüne zu umrunden, entdeckte er eine große Gestalt mit hellem Haar und vorgebeugter Haltung.

Kullen. Der Name bohrte sich wie ein Pfeil in Meriks Herz, nahm ihm die Luft zum Atmen, bevor sich sein Hirn einschalten konnte und sagte: *Nein, nicht Kullen. Niemals Kullen.*

Denn Kullen war vor zwei Wochen in Lejna geborsten. Er war vor zwei Wochen in Lejna gestorben. Er würde niemals zurückkommen.

Quasi ohne sein Zutun schoss Meriks Faust nach vorne. Sie traf die Plattform des Galgens. Schmerzen explodierten in seinen Knöcheln – und erdeten ihn mit ihrer Wahrhaftigkeit.

Wieder schlug er zu, diesmal härter, während er sich fragte, warum er so aufgewühlt war. Er hatte Kullens Geist die letzten Ehren erwiesen. Er hatte einen Schrein am Hügel gekauft – wofür er den letzten Goldknopf an seiner Admiralsjacke verwendet hatte – und zu den Hexenfischen gebetet, Kullen eine schnelle Reise hinter das letzte Riff zu gewähren.

Danach sollten die Schmerzen eigentlich enden. Sie sollten verklingen.

Irgendwann verschwand die große Gestalt, und die Pein von Meriks blutenden Knöcheln verdrängte die Schmerzen der Vergangenheit. Merik zwang sich weiterzugehen, die Ellbogen ausgeklappt, den Kopf gesenkt. Denn wenn Safiya fon Hasstrel diesen Pier in Lejna trotz Marstokern und Geborstenen in ihrem Weg erreicht hatte – wenn sie all das für eine Nation hatte tun können, die nicht mal ihre eigene war; für ein Handelsabkommen mit ihrer Familie –, dann konnte Merik sicherlich zu Ende bringen, wofür er hergekommen war.

Merik verfluchte seine Gedanken, weil sie in ihre Richtung gewandert waren. Seit der Explosion hatte er es vermieden, an Safi zu denken … seit seine alte Welt ein Ende gefunden und eine neue ihren Anfang genommen hatte. Nicht weil er nicht über Safi nachdenken wollte. Noden möge ihn retten … dieser letzte Moment, den er mit ihr geteilt hatte …

Nein, nein – Merik wollte sich damit nicht genauer befassen. Es lag kein Sinn darin, sich an den Geschmack von Safis Lippen auf seinen zu erinnern; nicht wenn seine Lippen jetzt zerstört waren. Nicht wenn sein gesamter Körper entstellt und schrecklich anzusehen war.

Außerdem hatten Tote angeblich keine Sorgen mehr.

Er schob sich weiter durch den Schmutz und die Körpergerüche. Durch eine widerspenstige Flut aus Leibern. Einen Sturm ohne Auge. Jede Berührung an Meriks Schultern oder Händen jagte Schmerzen durch seinen Körper.

Er erreichte die Eisen. Fünfzig Gefangene warteten dort, an die Felsen gekettet, von der Sonne verbrannt. Ein Zaun erhob sich um sie herum, der gleichgültig den Menschen standhielt, die sich von außen dagegendrängten.

Sie bettelten die Wachen an, ihren Söhnen Wasser zu geben. Ihren Ehefrauen Schatten. Ihren Vätern Freiheit. Doch die zwei Soldaten, die am Tor des Zauns standen – innerhalb des Pferchs, um nicht zertrampelt zu werden –, zeigten genauso wenig Interesse für die Hungernden von Lovats wie für die Gefangenen, die sie bewachen sollten.

Tatsächlich waren diese zwei Soldaten so gelangweilt, dass sie Taro spielten, um sich die Zeit zu vertreiben. Einer trug eine lilienblaue Binde um den Oberarm; ein Trauerband, um seinem toten Prinzen Respekt zu zollen. Der andere hatte sich das Band über das Knie gelegt.

Beim Anblick dieses Stofffetzens – der einfach unbenutzt dort lag – entzündete sich ein frischer, zorniger Wind in Meriks Brust. Er hatte so viel für Nubrevna gegeben, und mehr als das hatte es ihm nicht eingebracht: leere, falsche Trauer. Diese öffentlichen Zurschaustellungen – wie die Armbinden und die Bänder, die überall in der Stadt hingen – konnten nicht recht verbergen, wie wenig sich die Leute dafür interessierten, dass der Prinz tot war.

Dafür hatte Vivia gesorgt.

Noden sei Dank erreichte Merik kurz darauf die Hütte, denn er konnte seine Winde und sein Temperament nur für eine gewisse Zeit unter Kontrolle halten – und die Lunte war fast heruntergebrannt.

Die Menge spuckte ihn vor orangefarbenen Wänden aus, die mit Vogelkacke überzogen waren, und Merik hielt direkt auf eine Tür an der Südseite zu. Verschlossen, aber nicht undurchdringlich.

»Öffnet!«, brüllte Merik und klopfte gegen die Tür – ein

Fehler. Sofort löste sich der frische Schorf an seinen Fingerknöcheln. »Ich weiß, dass ihr da drin seid!«

Keine Antwort. Zumindest keine, die Merik hören konnte. Doch das war in Ordnung. Er ließ die Hitze in seinem Körper aufsteigen. Sich verstärken. Herausbrechen wie eine Böe.

Dann klopfte er wieder, während er spürte, wie der Wind um ihn kreiste. »Schnell! Hier draußen herrscht der Wahnsinn!«

Der Riegel klapperte. Die Tür schwang nach innen … und Merik drängte sich in den Raum. Mit Fäusten, mit Gewalt, getrieben von seinem Wind.

Der Soldat auf der anderen Seite hatte keine Chance. Er fiel nach hinten. Die gesamte Hütte zitterte unter der Macht des Aufpralls. Bevor er sich wieder erheben konnte, hatte Merik die Tür hinter sich geschlossen. Er trat auf den Mann zu, seine Winde im Schlepptau. Es war so ein verdammt gutes Gefühl, die Papiere im Raum mit einem Zyklon zu zerreißen.

Es war eine Weile her, dass Merik seinen Winden erlaubt hatte, sich zu entfalten; seiner Magie gestattet hatte, sich weit zu strecken. Ein Feuer bildete sich in ihm, eine Wut, die kochend heiß röhrte. Die seinen Bauch gefüllt hatte, wie es Essen nicht gelungen war. Luft wirbelte um ihn herum, bewegte sich im Rhythmus seiner Atemzüge.

Der Soldat – im mittleren Alter, bleich – blieb auf dem Boden sitzen und hob die Hände, um sein Gesicht zu schützen. Offensichtlich hatte er beschlossen, dass Kapitulation die sicherste Variante war.

Zu dumm. Merik hätte sich über einen Kampf gefreut. Stattdessen zwang er sich, den Blick durch den Raum huschen zu lassen. Er setzte auch seine Winde ein und schickte sie aus. Ließ sich von den Vibrationen der Luft verraten, ob sich irgendwo vielleicht noch andere Körper versteckten. Andere Atemzüge wogten. Doch niemand verbarg sich in den dunklen Ecken, und die Tür zum Hauptgebäude des Gefängnisses blieb fest geschlossen.

Und so konzentrierte sich Merik letztendlich wieder auf den Soldaten. Seine Magie wurde nachgiebiger, ließ die Papiere zu Boden sinken. Erst dann schob er seine Kapuze zurück, verspannte sich gegen den Schmerz, der über seinen Kopf glitt.

Und Merik wartete, um herauszufinden, ob der Soldat ihn erkennen würde.

Nichts. Tatsächlich zuckte der Mann zusammen, kaum dass er die schützenden Hände gesenkt hatte. »Was bist du?«

»Wütend.« Merik trat einen Schritt vor. »Ich suche jemanden, der vor kurzer Zeit zum zweiten Mal aus den Eisen entlassen wurde.«

Der Mann warf einen unruhigen Blick durch den Raum. »Ich werde mehr Informationen brauchen, Sir. Sein Alter oder ein Verbrechen oder das Entlassungsdatum ...«

»Das habe ich nicht.« Merik trat einen weiteren Schritt vor, und diesmal kämpfte sich der Soldat panisch auf die Beine, wich vor Merik zurück und griff nach den nächstgelegenen Papieren.

»Getroffen« – getötet – »habe ich diesen Gefangenen vor elf Tagen.« Merik hielt inne, dachte zurück an das dämmrige Licht des Mondes. »Er hatte braune Haut, langes schwarzes Haar und zwei tätowierte Streifen unter dem linken Auge.«

Zwei Streifen. Zwei Aufenthalte in den Eisen auf dem Richtplatz.

»Und ...« Merik hob die linke Hand. Die Haut verheilte in Schattierungen von Rot und Braun ... bis auf das frische

Blut auf seinen Knöcheln. »Dem Gefangenen fehlte ein kleiner Finger.«

»Garren Leeri!«, rief der Soldat mit einem Nicken. »An ihn erinnere ich mich gut. Er gehörte zu den Neunen, damals, bevor wir hart gegen die Banden im Schlick vorgegangen sind. Als wir ihn allerdings zum zweiten Mal verhaftet haben, war es wegen eines Bagatelldiebstahls.«

»In der Tat. Und was genau ist mit Garren geschehen, nachdem er seine Zeit abgesessen hatte?«

»Er wurde verkauft, Sir.«

Meriks Nüstern blähten sich. Er hatte nicht gewusst, dass Gefangene verkauft werden konnten. Der Gedanke entfachte angewiderte Hitze in seiner Lunge. Merik kämpfte nicht dagegen an – er ließ seine Winde einfach ausströmen, bis die Papiere vor seinen Füßen flatterten.

Eines der Blätter wurde aufgewirbelt und traf das Schienbein des Soldaten. Sofort begann der Mann erneut zu zittern. »Es geschieht nicht oft. Sir. Dass Leute verkauft werden, meine ich. Nur wenn wir im Gefängnis keinen Platz haben – und wir verkaufen nur Leute, die wegen Bagatelldelikten verurteilt wurden. Sie arbeiten ihre Strafe stattdessen ab.«

»Und an wen« – Merik legte den Kopf schräg – »wurde dieser Mann namens Garrett verkauft?«

»An Pins Feste, Sir. Sie kaufen regelmäßig Gefangene für die Arbeit in der Klinik. Geben ihnen eine zweite Chance.«

»Ah.« Merik konnte sein Lächeln kaum unterdrücken. Pins Feste war eine Anlaufstelle für die Armen von Lovats. Sie war ein Projekt von Meriks Mutter gewesen, das nach dem Tod der Königin direkt an Vivia übergegangen war.

Wie einfach. So mühelos hatte Merik die Verbindung zwischen Garrett und Vivia gefunden. Ihm fehlten nur noch handfeste Beweise – etwas Greifbares, das er dem Hohen

Rat übergeben konnte und was ohne Zweifel zeigte, dass seine Schwester eine Mörderin war. Dass sie nicht geeignet war zu herrschen.

Jetzt hatte er eine Spur. Eine gute.

Bevor Meriks Lächeln verblassen konnte, hallte das Geräusch von Metall auf Holz durch den Raum.

Als die Außentür aufschwang, drehte sich Merik um und fing den Blick eines überraschten jungen Wachmanns auf.

Sehr unglücklich.

Für den Wachmann.

Meriks Winde schossen nach vorne, packten den jungen Mann wie eine Puppe. Dann rissen sie ihn in den Raum, direkt auf Merik zu.

Der hob eine Faust.

Meriks aufgeplatzte Knöchel trafen das Kinn des Mannes mit voller Wucht. Ein Hurrikan gegen einen Berg. Der Wachmann wurde sofort bewusstlos. Als er schlaff in sich zusammensackte, warf Merik einen Blick zum ersten Soldaten.

Doch der alte Mann stand jetzt an der Tür zum Gefängnis, machte sich in verzweifelter Hast am Schloss zu schaffen und murmelte: »Ich bin zu alt für so was. Zu alt.«

Höllenwasser. Schuldgefühle flackerten in Merik auf. Er hatte bekommen, weswegen er gekommen war, und länger zu bleiben schrie nach Ärger. Also überließ er den Soldaten seiner Flucht und rannte in Richtung der offenen Tür und nach draußen.

Nur um auf halbem Weg zu stoppen, als eine kreischende Frau in den Raum stürmte. »Hunger ist kein Verbrechen! Befreit uns und nährt uns!«

Es war *diese* Frau. Ihre zwei Söhne trudelten hinter ihr her. Noden verdamme ihn, hatte er für einen Tag noch nicht genug Störungen ertragen?

Die Antwort lautete nein. Offenbar nicht.

Die Frau verstummte, als sie des bewusstlosen Wachmanns und Meriks unverhüllten Gesichts ansichtig wurde. Sie erstarrte förmlich. Er erkannte etwas in ihren blutunterlaufenen Augen, das an Hoffnung erinnerte.

»Ihr«, hauchte sie. Dann stolperte sie vorwärts, die Arme ausgestreckt. »Bitte, Furie, wir haben nichts Falsches getan.«

Sie packte Meriks Hände. »Bitte, Furie!«, wiederholte sie.

Innerlich zuckte Merik bei dem Titel zusammen. Sah er tatsächlich so grotesk aus?

»Bitte, Sir! Wir waren anständig und haben Eurem Schrein immer Respekt erwiesen! Wir verdienen Euren Zorn nicht – wir wollen nur unsere Familien ernähren!«

Merik riss sich von ihr los. Seine Haut platzte unter ihren Fingernägeln auf. Jeden Moment würden Soldaten aus dem Registerraum stürmen, und auch wenn Merik gegen diese Jungs und ihre Mutter hätte kämpfen können, hätte das doch nur Aufmerksamkeit erregt.

»Befreit uns und nährt uns, hast du gesagt?« Merik riss einen Schlüsselring vom Gürtel des bewusstlosen Wachmanns. »Nimm die hier.«

Die verfluchte Frau wich vor Meriks ausgestreckter Hand zurück.

Ihm lief die Zeit davon. Draußen erklang das vertraute Dröhnen einer Windtrommel. *Schickt Soldaten*, sagte der Trommelschlag, *auf den Richtplatz*.

Also warf Merik die Schlüssel dem nächsten Sohn an die Brust, der sie ungeschickt auffing. »Befreit die Gefangenen, wenn ihr wollt, aber beeilt euch. Denn jetzt wäre für uns alle der richtige Zeitpunkt zur Flucht.«

Dann drängte sich Merik durch die Menge, tief geduckt und schnell. Denn auch wenn der Frau und ihren Söhnen die Vernunft zur Flucht zu fehlen schien, galt das nicht für Merik Nihar.

Schließlich konnten selbst Tote ein Leben besitzen, das sie nicht verlieren wollten.

2

Das war nicht *Azmir*.

Safiya fon Hasstrel mochte in Erdkunde schlecht gewesen sein, aber selbst sie wusste, dass diese halbmondförmige Bucht nicht die Hauptstadt von Marstok war. Auch wenn sie sich Wieselpisse noch mal wünschte, sie wäre es.

Alles wäre interessanter gewesen, als auf dieselben türkisfarbenen Wellen zu starren, die sie jetzt schon seit einer Woche beobachtete und die in solchem Kontrast zu dem dunklen, dichten Dschungel dahinter standen. Denn hier, am östlichsten Rand der Umkämpften Lande – einer lang gestreckten Halbinsel von Niemandsland, die nicht ganz den Piratenfraktionen in Saldonica gehörte und auch nicht wirklich einem der Reiche –, gab es überhaupt nichts Interessantes zu sehen.

Papier raschelte hinter Safi, fast im Rhythmus der Meereswellen, und darüber erklang die unendlich ruhige Stimme der Kaiserin von Marstok. Den ganzen Tag arbeitete sie sich an dem niedrigen Tisch in der Mitte ihrer Kabine durch Sendschreiben und Botschaften, wobei sie nur innehielt, um Safi über irgendwelche komplizierten politischen Allianzen oder kürzliche Verschiebungen der südlichen Grenze ihres Reichs zu informieren.

Es war unerträglich langweilig. Die einfache Wahrheit lautete, zumindest Safis Meinung nach, dass man hübschen Menschen niemals erlauben sollte, Vorträge zu halten. Nichts erzeugte schneller Langweile als Schönheit.

»Hört Ihr mir zu, Domna?«

»Natürlich tue ich das, Eure Majestät!« Safi wirbelte herum, sodass sich ihr weißes Kleid blähte. Gleichzeitig klimperte sie unschuldig mit den Wimpern.

Vaness kaufte es ihr nicht ab. Ihr herzförmiges Gesicht wirkte hart. Safi vermutete allerdings, dass sie sich nicht nur einbildete zu sehen, wie sich der eiserne Gürtel der Kaiserin wand und bewegte wie zwei Schlangen.

Laut den Gelehrten war Vaness die jüngste und mächtigste Kaiserin in der gesamten Geschichte der Magislande. Den Legenden zufolge war sie außerdem die stärkste und grausamste Eisenmagis aller Zeiten, die bereits im Alter von gerade mal sieben Jahren einen gesamten Berg zum Einsturz gebracht hatte. Und, natürlich war sie, laut Safi, die schönste, eleganteste Frau, die die Welt jemals mit ihrer Gegenwart beehrt hatte.

Doch all das spielte keine Rolle, denn Götter in der Tiefe … Vaness war öde.

Keine Kartenspiele, keine Witze, keine aufregenden Geschichten über die Flammen von Feuermagi – einfach gar nichts, um das Warten erträglicher zu machen. Sie hatten vor einer Woche hier Anker geworfen. Zu Beginn, um sich vor einem cartorrischen Kutter zu verbergen. Dann vor einer cartorrischen Armada. Alle hatten sich auf eine Seeschlacht vorbereitet …

Die nie gekommen war. Und auch wenn Safi wusste, dass das gut war – Krieg *war* sinnlos, wie Habim immer gesagt hatte –, hatte Safi doch auch gelernt, dass *den ganzen Tag warten* ihre persönliche Form der Hölle darstellte.

Besonders, nachdem ihr gesamtes Leben vor zweieinhalb Wochen auf den Kopf gestellt worden war. Eine überraschende Verlobung mit dem Kaiser von Cartorra hatte sie in einen Zyklon aus Verschwörungen und Flucht gerissen. Sie hatte erfahren, dass ihr Onkel – den sie ihr ganzes Leben über verabscheut hatte – hinter einem riesigen, breit angelegten Plan steckte, den Magislanden Frieden zu bringen.

Dann, weil Safis Leben ja noch nicht kompliziert genug war, hatte sie entdeckt, dass sie und ihre Strangschwester Iseult vielleicht die mythischen Cahr Awen waren, deren Aufgabe darin bestand, die Magie in den Magislanden zu heilen.

Die Kaiserin räusperte sich und riss damit Safi wieder in die Gegenwart.

»Mein Abkommen mit den Baedyed-Piraten ist unglaublich wichtig für Marstok.« Vaness zog streng die Augenbrauen hoch. »Es hat Jahre gedauert, eine Einigung mit ihnen zu verhandeln, und Tausende Leben werden dadurch gerettet werden – Ihr hört mir nicht einmal jetzt zu, Domna!«

Das war nicht *ganz* falsch, und doch störte sich Safi am Tonfall der Kaiserin. Schließlich hatte sie ihr bestes *Ich-bin-eine-perfekte-Schülerin*-Gesicht aufgesetzt, und Vaness hätte das anerkennen müssen. Es war ja nicht so, als hätte sich Safi bei ihren Mentoren Mathew und Habim je die Mühe gemacht, eine solche Miene aufzusetzen. Nicht mal bei Iseult.

Safis Kehle wurde eng. Instinktiv griff sie nach dem Strangstein, der zwischen ihren Schlüsselbeinen ruhte. Alle paar Minuten zerrte sie den ungeschliffenen Rubin unter dem Stoff ihres Kleids heraus und starrte in seine flackernden Tiefen.

Er sollte aufleuchten, wenn Iseult in Gefahr war. Doch bis

jetzt hatte er nicht einmal geblinkt. Kein einziges Mal. Zuerst hatte das Safi beruhigt – nur daran hatte sie sich klammern können. Das war ihre einzige Verbindung zu ihrer Strangschwester. Ihrer besseren Hälfte. Ihrer logischen Hälfte, die Safi aus Schwierigkeiten befreite. Diejenige, die niemals zugelassen hätte, dass Safi zustimmte, sich der Kaiserin anzuschließen.

Rückblickend konnte Safi erkennen, was für einen schlechten Handel sie damit eingegangen war, als sie ihre Wahrmagie angeboten hatte, damit die Kaiserin die Korruption an ihrem Hof eindämmen konnte. Safi hatte sich für ach so nobel und ach so aufopfernd gehalten, denn durch ihr Einverständnis, sich Vaness anzuschließen, half Safi der sterbenden Nation von Nubrevna, Handelsbeziehungen zu gewinnen.

Doch die Wahrheit lautete, dass sie gefangen war. Auf einem Schiff. In der Mitte des Nirgendwo. Mit nur der Kaiserin der Langeweile als Gesellschaft.

»Setzt Euch zu mir«, befahl Vaness und riss Safi damit aus den Betrachtungen über ihr selbstverschuldetes Leid. »Nachdem euch Baedyed-Politik offensichtlich nichts bedeutet, könnte Euch diese Botschaft vielleicht ansprechen.«

Safis Interesse war geweckt. Eine *Botschaft*. Damit war der heutige Nachmittag bereits fesselnder als der gestrige.

Sie ließ ihre Hände auf ihrem eisernen Gürtel ruhen, während sie die schwankende Kabine durchquerte, um sich auf der leeren Bank gegenüber der Kaiserin niederzulassen. Vaness grub sich durch einen Stapel verschieden großer Papiere, ihr Blick ein wenig finster.

Das erinnerte Safi an ein anderes Gesicht, das oft finster dreinblickte. An einen anderen Anführer der – wie die Kaiserin von Marstok – das Leben seiner Leute über sein eigenes stellte.

Merik.

Safi atmete tief durch. Ihre verräterischen Wangen begannen zu brennen. Sie hatten nur einen Kuss geteilt, also konnte dieses Erröten jetzt wirklich aufhören.

Wie als Antwort auf ihre Gedanken entdeckte Safi einen einzelnen Namen auf der Seite, die Vaness nun hervorzog: *Merik, Prinz von Nubrevna.* Ihr Pulsschlag beschleunigte sich. Vielleicht war es das – vielleicht würde sie endlich Nachrichten aus der Welt erhalten, von den Menschen, die sie zurückgelassen hatte.

Doch bevor sie etwas erfahren oder weitere Worte lesen konnte, wurde die Tür zur Kabine der Kaiserin aufgerissen. Ein Mann eilte in den Raum, in Marstok-Grün gekleidet wie ein Matrose. Er entdeckte Safi und Vaness, und zwei Augenblicke lang starrte er sie nur an.

Falsch. Das Wort glitt rau über ihre Wirbelsäule. Ihre Wahrmagie kribbelte. Eine Warnung, dass das, was sie sah, eine Lüge war. Dass falsches Spiel getrieben wurde, als er die Hand hob.

»Vorsicht!« Safi versuchte, die Kaiserin zur Seite zu stoßen; versuchte, sie beide zu Boden zu ziehen. Doch sie war zu langsam. Der Matrose hatte den Abzug seiner Pistole bereits gedrückt.

Die Waffe ging mit einem Knall los.

Doch der Schuss traf nie. Die Kugel stoppte mitten in der Luft, ein sich drehender Ball aus Eisen, nur Zentimeter vor dem Gesicht der Kaiserin.

Dann bohrte sich eine Klinge in den Rücken des Angreifers, und eine blutige Stahlspitze drang aus seinem Bauch. Es war ein summender Schlag, der die Wirbelsäule genauso zerstörte wie Organe und Haut.

Das Schwert wurde zurückgerissen. Die Leiche fiel zu Boden. Der Anführer von Vaness' persönlicher Garde erschien, von Kopf bis Fuß in Schwarz gekleidet, die Klinge blutverschmiert.

Die oberste Natter. »Meuchelmörder.« Er sprang das Wort ganz ruhig aus. »Ihr wisst, was Ihr zu tun habt, Eure Majestät.«

Ohne ein weiteres Wort verschwand er.

Endlich fiel die eiserne Kugel. Klappernd knallte sie auf die Planken und rollte über den Boden, das Geräusch verloren im plötzlichen Stimmengewirr von draußen.

»Komm«, sagte Vaness nur. Dann, als fürchte sie, dass Safi ihr nicht zuhörte, straffte sie den eisernen Gürtel um Safis Taille und *riss* sie mit ihrer Magie in Richtung Tür.

Safi blieb keine andere Wahl, als hinter der Kaiserin herzueilen, trotz ihres aufsteigenden Entsetzens. Trotz der Fragen, die in ihrem Kopf kreisten.

Sie erreichten den Meuchelmörder. Vaness verlangsamte ihre Schritte gerade lang genug, um einen Blick nach unten zu werfen. Sie schnaubte herablassend, raffte ihre schwarzen Röcke und trat über die Leiche. Ihre Füße hinterließen blutige Spuren auf der anderen Seite.

Safi dagegen achtete darauf, um die Leiche herumzugehen.

Außerdem sorgte sie dafür, dass sie dem toten Mann nicht in die Augen sah, die blau und leer an die geteerte Decke starrten.

Draußen regierte das Chaos, doch Vaness stellte sich dem ohne jegliches Gefühl. Nach einer kurzen Bewegung ihrer Hände schmolzen die eisernen Schellen an ihren Handgelenken, um vier dünne Wände um sie und Safi zu bilden. Ein Schild. Danach bog die Kaiserin nach links ab. Stimmen schrien auf Marstokisch, gedämpft und irgendwie blechern.

Aber trotzdem verständlich. Es wurde vermutet, dass sich

noch ein zweiter Meuchelmörder an Bord befand. Die Nattern und die Mannschaft bemühten sich, ihn aufzuspüren.

»Schneller«, befahl Vaness, dann zerrte der Gürtel Safi noch heftiger vorwärts.

»Wo gehen wir hin?«, schrie Safi zurück. Innerhalb des Schilds konnte sie nichts sehen als den vollkommen klaren blauen Himmel über ihnen.

Bald schon bekam Safi ihre Antwort. Sie erreichten das Landungsboot des Kriegsschiffs, das achtern befestigt war, jederzeit bereit, in die Wellen abgelassen zu werden. Vaness verformte ihr vorderes Schild zu einer Reihe aus Stufen, die sie sofort nach oben stieg.

Dann befanden sie sich in dem schwingenden Boot. Eisen breitete sich an den Rändern aus – Wände, um ihre Sicherheit zu garantieren. Doch es gab kein Dach, keinen Schutz gegen die Stimmen, die jetzt brüllten: *»Er ist unter Deck!«*

Vaness suchte Safis Blick. »Festhalten«, warnte sie. Dann hob sie die Hände. Ketten klirrten, und das Beiboot fiel.

Sie knallten auf die Wellen. Safi wurde fast von ihrem Sitz geworfen, und Gischt traf sie – gefolgt von einer klebrigen salzigen Brise, als sie sich aufrichtete. Hier unten war es so ruhig, so leise. Ihre Knie zuckten – wie konnte hier unten solche Gleichmut herrschen, während über ihnen Gewalt tobte?

Die Ruhe war eine Lüge, denn schon einen Augenblick später blitzte ein gleißendes Licht über den Schilden auf, glitzernd von Glas und Macht. Das Boot wurde zur Seite geschleudert und kippte gefährlich.

Als Letztes folgte der Donner. Gewalttätig. Kochend heiß. *Lebendig*.

Das Schiff war explodiert.

Flammen brandeten gegen die Schilde, doch die Kaiserin hielt dem Ansturm stand. Die Schilde wurden papierdünn, um das gesamte Beiboot zu umschließen. Um Vaness und

Safi vor der brennenden Hitze und dem Lärm des Höllenfeuers zu schützen.

Blut tropfte aus der Nase der Kaiserin, und ihre Muskeln zitterten. Ein Hinweis darauf, dass sie das Schild gegen den Wahnsinn nicht unbegrenzt halten konnte.

Also schnappte sich Safi die Ruder aus dem Rumpf des Boots. Sie dachte keinen Moment darüber nach, ob sie das Richtige tat – so wie sie keinen Moment darüber nachgedacht hätte, in einer Sturmflut zu schwimmen.

Als Vaness erkannte, was Safi vorhatte, öffnete sie zwei Löcher für die Ruder in den Seiten der Schilde. Rauch und Hitze drangen ein.

Safi ignorierte es, obwohl ihre Finger brannten und ihre Lunge sich mit salzigem Rauch füllte.

Einen Schlag nach dem anderen entfernten sich Vaness und sie vom Tod, bis das Beiboot schließlich mit einem Knirschen auf den grauen Kies des Strands fuhr. Bis die Kaiserin ihr Schild endlich senkte. Das Metall zog sich in die dekorativen Schellen um ihre Handgelenke zurück und erlaubte Safi den ersten Blick auf die schwarzen Flammen, die vor ihnen brannten.

Seefeuer.

Sein finsterer Durst konnte nie gestillt werden. Wind konnte die Flammen nicht ausblasen. Wasser ließ die harzigen Flammen nur höher schlagen.

Safi schlang ihre Arme um die ermüdete Kaiserin und zog sie beide in die sanften Wellen. Sie fühlte keine Erleichterung darüber, diesen Angriff überlebt zu haben. In ihr wallte keinerlei Befriedigung auf, weil sie es an die Küste geschafft hatten. Sie spürte nur eine anwachsende Leere in sich. Eine sich vertiefende Dunkelheit. Das war jetzt ihr Leben. Nicht Langweile und Vorträge, sondern Höllenflammen und Meuchelmörder. Massaker und endlose Flucht.

Und niemand außer Safi selbst konnte sie davor retten.

Ich könnte in diesem Moment fliehen, dachte sie, während sie die lange Küstenlinie beäugte – die Mangroven und die Palmen, die sich dahinter erhoben. *Die Kaiserin würde es nicht einmal bemerkten. Wahrscheinlich wäre es ihr auch egal.*

Wenn sich Safi Richtung Südwesten hielt, würde sie irgendwann die Piratenrepublik von Saldonica erreichen. Das einzige Stück Zivilisation – wenn man es denn so nennen konnte – in dieser Gegend, und die einzige Möglichkeit, ein Schiff zu finden. Doch sie war sich fast sicher, dass sie in diesem Sündenpfuhl nicht allein überleben konnte.

Ihre Finger fanden ihren Strangstein – denn ausgerechnet jetzt, während Safis Überleben auf Messers Schneide stand, hatte er angefangen zu leuchten.

Wäre Iseult bei ihr gewesen, wäre Safi ohne auch nur nachzudenken in den Dschungel gerannt. Mit Iseult an ihrer Seite konnte Safi tapfer sein. Stark und furchtlos. Doch Safi hatte keine Ahnung, wo ihre Strangschwester sich aufhielt, wusste nicht einmal, wann sie sie wiedersehen würde – oder ob sie Iseult jemals wiedersehen würde.

Also standen Safis Chancen für den Moment besser, wenn sie bei der Kaiserin von Marstok blieb.

Sobald das Kriegsschiff zu einem glühenden Skelett verbrannt war und die Hitze des Angriffs nachgelassen hatte, drehte sich Safi zu Vaness um. Die Kaiserin stand wie angewurzelt, so unbeweglich wie das Eisen, das sie kontrollierte.

Asche verunzierte ihre Haut. Zwei dunkle Linien aus getrocknetem Blut leuchteten unter ihrer Nase.

»Wir müssen uns verstecken«, krächzte Safi. Götter in der Tiefe, sie brauchten Wasser. Kühles, beruhigendes Süßwasser. »Das Feuer wird die cartorrische Armada zu uns führen.«

Langsam, unendlich langsam, löste die Kaiserin den Blick vom Horizont und richtete ihn auf Safi. »Es könnte«, knurrte sie, »Überlebende geben.«

Safis Lippen wurden dünn, doch sie widersprach nicht. Und vielleicht war es dieser mangelnde Widerspruch, der dafür sorgte, dass Vaness' Schultern nach unten sanken.

»Wir gehen nach Saldonica«, sagte die Kaiserin von Marstok schließlich. Dann schritt sie über den kiesigen Stand auf die Dunkelheit des Dschungels zu, und Safi folgte ihr.

3

***Ruhe,* ermahnte sich** Iseult det Midenzi zum tausendsten Mal seit Sonnenaufgang. *Ruhe in deinen Fingerspitzen und deinen Zehen.*

Nicht dass sie ihre Finger oder Zehen spüren könnte. Sie rannte jetzt schon seit einer gefühlten Ewigkeit in diesem eiskalten Bergbach bergab. Zweimal war sie hingefallen, und zweimal war sie dabei klatschnass geworden.

Aber sie durfte nicht anhalten. Sie musste einfach weiterlaufen. *Wohin* allerdings, das war eine wiederkehrende Frage. Wenn sie ihre Karte vor all diesen Stunden richtig gelesen hatte – bevor die Geborstenen ihre Witterung und die Jagd auf sie aufgenommen hatten –, musste sie sich irgendwo in der Nähe der nördlichsten Spitze der Umkämpften Lande befinden.

Was bedeutete, dass es keine Siedlungen gab, in denen sie Zuflucht suchen könnte. Keine Menschen, die sie vor dem retten konnten, was sie jagte.

Seit einer Woche hielt Iseult nun auf Marstok zu. Die öden Ebenen um Lejna lagen hinter ihr. Jetzt befand sie sich in hügeligem, steilem Gelände. Iseult hatte sich noch nie irgendwo aufgehalten, wo sie den Himmel nicht sehen konnte. Oh, sie hatte Abbildungen von schneebedeckten

Gipfeln und zerklüfteten Hügeln gesehen, und sie hatte gehört, wie Safi solche Landschaften beschrieben hatte … aber sie hatte sich nie vorgestellt, wie klein sie sich fühlen würde, wenn Berge ihr die Sicht auf den Himmel nahmen. Wie abgeschnitten und eingeschlossen.

Und alles wurde noch schlimmer durch die vollkommene Abwesenheit von Strängen. Als Strangmagis konnte Iseult die Stränge sehen, die binden, die Stränge, die brechen. Die Verbindungen zwischen den Menschen. Tausende Farben, die in jedem Moment um sie herum schimmerten. Nur dass es ohne Menschen keine Stränge gab – und ohne Stränge keine Farben, um ihre Augen und ihren Geist zu füllen.

Iseult war vollkommen allein, und das seit Tagen. Sie war über Teppiche aus Kiefernnadeln marschiert, wo ihr nur Hunderte Bäume Gesellschaft leisteten, die im Wind knarrten. Doch egal wie das Gelände aussah, Iseult hatte sich vorsichtig bewegt. Ohne ein Zeichen ihrer Anwesenheit zu hinterlassen, ohne Spur, und immer in Richtung Osten.

Bis heute Morgen.

Vier Geborstene hatten sich auf Iseults Fährte gesetzt. Sie hatte keine Ahnung, woher sie kamen oder wie sie ihr hatten folgen können. Der Salamanderstoff-Mantel, den der Blutmagis Aeduan ihr vor zwei Wochen gegeben hatte, sollte ihre Witterung eigentlich vor den Geborstenen verbergen, und doch hatte er versagt. Iseult konnte die schwarze Verderbtheit der geborstenen Stränge immer noch hinter sich spüren.

Und mit jeder Minute, die verging, holten sie auf.

Ich sollte den Strangstein einwickeln, dachte Iseult vage, ein leises Selbstgespräch, das sich mit ihren stampfenden, platschenden Schritten verband. *Ihn mit einem Stück Stoff umwickeln, damit er beim Laufen nicht ständig gegen meine Brust schlägt.*

Sie hatte diesen Gedanken mindestens schon hundert

Mal gedacht, nachdem dies nicht das erste Mal war, dass sie über unebenen Waldboden laufen musste. Doch immer, wenn sie endlich die Zeit gefunden hatte, innezuhalten und sich hinter einen Stamm zu kauern, war sie so sehr darauf konzentriert gewesen, wieder zu Atem zu kommen oder ihre Strangmagie nach den sie verfolgenden Strängen zu strecken, dass sie vergessen hatte, den Strangstein einzuwickeln. Zumindest, bis er wieder anfing, gegen ihre Brust zu schlagen.

Zu anderen Zeiten war Iseult so tief in Tagträumereien versunken, dass sie ihre Umgebung vollkommen vergessen hatte. Dann malte sie sich aus, wie es wohl wäre, tatsächlich ein Teil der Cahr Awen zu sein.

Iseult und Safi hatte das Becken der Ursprungsquelle von Nubrevna besucht. Sie hatten die eigentliche Quelle tief im Becken berührt, und ein Erdbeben hatte das Land erschüttert. *Ich habe die Cahr Awen gefunden*, hatte Mönch Evrane Iseult und Safi daraufhin mitgeteilt, *und ihr habt die Wasserquelle zum Leben erweckt*.

Für Safi ergab dieser Titel Sinn. Sie war Sonnenschein und Schlichtheit. Natürlich wäre sie die Lichtbringer-Hälfte der Cahr Awen. Doch Iseult war nicht das Gegenteil von Safi. Sie war weder Sternenlicht noch Komplexität. Sie war eigentlich gar nichts.

Außer, ich bin es doch. Außer, ich kann es sein.

Wann immer Iseult einschlief, wärmten sie diese Gedanken.

Heute allerdings war der erste Tag, an dem der Strangstein zu leuchten begonnen hatte – ein Zeichen, dass sich Iseult wirklich in Gefahr befand. Sie konnte nur hoffen, dass Safi – wo auch immer sie sich befinden mochte – beim Anblick ihres eigenen blinkenden Steins nicht in Panik verfiel.

Außerdem hoffte Iseult, dass der Stein nur ihretwegen

brannte; denn wenn er leuchtete, weil auch Safi bedroht war …

Nein, diese Sorgen durfte sich Iseult nicht machen. Im Moment konnte sie nichts anderes tun als rennen.

Dabei war es erst zwei Wochen her, seit in Lejna die Hölle ausgebrochen war … seit Iseult Safi an die Marstoker verloren, Merik aus einem eingestürzten Gebäude gerettet und entschieden hatte, dass sie ihrer Strangschwester um jeden Preis folgen würde.

Danach hatte Iseult die Geisterstadt von Lejna durchsucht, bis sie Mathews verlassenes Kaffeehaus gefunden hatten. In der Küche lag Essen, und es gab auch sauberes Wasser. Sie hatte sogar einen Sack voller Silbermünzen im Keller entdeckt.

Als allerdings nach acht Tagen immer noch niemand gekommen war, um sie zu holen, hatte Iseult davon ausgehen müssen, dass auch niemand mehr auftauchen würde. Dom Eron hatte vermutlich gehört, dass Safi von der Kaiserin von Marstok entführt worden war; Habim, Mathew und Eron folgten ihr wahrscheinlich gerade.

Womit Iseult keine andere Wahl blieb, als sich stetig nach Nordosten zu bewegen, um tagsüber zu schlafen und nachts zu reisen. Denn es gab nur zwei Sorten Menschen in den Wäldern der Magislande: diejenigen, die versuchten, einen umzubringen, und diejenigen, die einen *wirklich* umbrachten. Beiden Fraktionen ging man besser aus dem Weg.

Doch in der Dunkelheit, in der Iseult reiste, warteten andere Dinge. Schatten und Windböen und Erinnerungen, die sie nicht verdrängen konnte. Sie dachte an Safi. Dann dachte sie an ihre Mutter. Sie dachte an Corlant und seinen verfluchten Pfeil, der sie fast das Leben gekostet hatte. Sie dachte an die Geborstenen von Lejna und die tropfenförmige Narbe, die sie auf ihrer Haut hinterlassen hatten.

Und dann dachte sie an die Puppenspielerin, die ohne Unterlass versuchte, in Iseults Träume einzudringen. Webermagis, so bezeichnete sie sich selbst, und beharrte darauf, dass Iseult genauso war wie sie. Doch die Puppenspielerin brachte Magi zum Bersten und kontrollierte ihre Stränge. Das könnte – *würde* – Iseult niemals tun.

Überwiegend aber dachte Iseult über den Tod nach. Über ihren eigenen Tod. Schließlich war sie nur mit einem Entermesser bewaffnet und hielt auf eine Zukunft zu, die vielleicht gar nicht existierte.

Eine Zukunft, die schon sehr bald enden könnte, falls die Geborstenen auf ihren Fersen sie einholten. *Wenn* sie sie einholten, denn Iseult war einfach nicht gut im Fliehen. Deswegen verließ sie sich so sehr auf Safi – deren unruhige Beine intuitiv den richtigen Weg einschlugen und die immer entkommen konnte, indem sie allein ihren Instinkten folgte. In halsbrecherischen Situationen, wenn Angst ihre Strangmagis-Vernunft unter sich begrub, war Iseult ihr eigener schlimmster Feind.

Bis sie die Ackerwinden entdeckte. Einen ganzen Teppich davon, direkt neben dem Bach. Scheinbar wild. Scheinbar harmlos.

Aber diese Pflanzen wuchsen nicht wild. Sie waren nicht harmlos.

Schon einen Augenblick später hatte Iseult den Bach verlassen. Ihre tauben Füße rutschten weg, während sie die Uferböschung nach oben krabbelte. Sie fiel. Fing sich mit den Händen, die Handgelenke überdehnt.

Sie bemerkte es nicht. Es war ihr egal. Denn überall, wo sie hinschaute, wuchs Ackerwinde. Fast unsichtbar in den gefleckten Schatten, aber unübersehbar, wenn man wusste, wonach man Ausschau halten musste. Unübersehbar, wenn man eine Nomatsi war.

Obwohl der Pfad vor ihr wirkte, als wäre er ein unschuldiger Wildwechsel zwischen den Kiefern, erkannte Iseult eine Nomatsi-Straße, wenn sie eine sah. Darauf ausgelegt, die Nomatsi-Stämme vor anderen zu schützen, bedeuteten diese mit Fallen gespickten Wege den sicheren Tod für jeden, den der betreffende Stamm nicht eingeladen hatte.

Iseult war gewiss nicht eingeladen, doch sie würde als gebürtige Nomatsi sicherlich auch nicht als »anderer« gesehen werden.

Mit schnellen Schritten entfernte sie sich vom Bach. Jetzt durfte sie nicht mehr rennen, denn ein falscher Schritt konnte den giftmagischen Nebel auslösen, vor dem die Ackerwinde warnte.

Da. Sie entdeckte einen Ast auf dem Boden, in Form einer Wünschelrute, deren einer gebogener Arm nach Norden zeigte, der andere nach Süden.

Der Weg, der aus der Nomatsi-Straße führte. Oder tiefer hinein.

Iseult wurde noch langsamer, schob sich vorsichtig um eine Kiefer nach der anderen herum. Sie glitt über moosbedeckte Steine. Sie ging auf die Zehenspitzen, sprang, atmete kaum.

Die Geborstenen waren ihr jetzt so nahe. Gespannte schwarze Stränge drängten sich in ihr Bewusstsein, hungrig und abstoßend. In wenigen Minuten würden ihre Häscher sie erreicht haben.

Aber das war in Ordnung, denn direkt vor ihr war das nächste Stück Holz in den Boden gebohrt, unauffällig im Wald. *Bärenfallen voraus*, warnte der Ast.

Die Geborstenen allerdings ahnten davon nichts. Nicht bevor ihre Beine nicht in gezackten Eisenzähnen gefangen waren, die zu fest saßen, um sie zu lösen.

In Iseult brannte der Drang zu rennen. An den Bärenfallen vorbei auf die farnbewachsene Lichtung zu eilen, die sich vor ihr auftat. Sie umklammerte ihren Strangstein, drückte ihn fest und hielt ihre Schritte gleichmäßig. *Ruhe, Ruhe, Ruhe.* Sie zählte sechs Fallen, bevor sie die Lichtung hinter sich ließ.

Dann lag das Hindernis hinter ihr. Jetzt konnte sie laufen. Und gerade rechtzeitig, denn hinter ihr erwachte die Nomatsi-Straße zum Leben. Giftmagischer Nebel explodierte, eine heiße Wolke in der Ferne. Die Druckwelle schoss durch die Luft, glitt über Iseults Rücken.

Die Geborstenen hatten ihn ausgelöst, doch der Nebel hatte keine Auswirkungen. Die Jäger drangen weiter vor.

Iseult warf sich in einen schnelleren Sprint. Ihr Atem ging keuchend. Wenn sie nur noch ein wenig weiterrannte, konnte sie vielleicht wirklich entkommen.

Die Bärenfallen erwachten zum Leben, klirrten wie mitternächtliche Glocken. Ein Heulen erklang aus grauenhaften Kehlen. Vier Sätze Stränge zuckten und kämpften gegen den Stahl, der ihre Beine hielt.

Iseult wurde nicht langsamer. Sie musste weiter, solange es noch möglich war, denn ihr Vorteil würde vielleicht nicht lange halten. Farne und Kiefernnadeln knirschten unter ihren Füßen. Sie hatte keine Ahnung, wo ihre Füße als Nächstes landen würden. Sie sah nur die Stämme von Kiefern. Schösslinge, Stämme, Wurzeln – sie rannte einfach hindurch. Verdrehte sich die Knöchel und schlug sich die Knie auf.

Geschwindigkeit war ein Fehler. Nomatsi-Straßen waren nicht dazu gedacht, schnell passiert zu werden. Sie verlangten Respekt.

Also hätte es Iseult nicht überraschen dürfen, als sie eine weitere Lichtung erreichte und der Boden plötzlich nachgab. Es hätte sie nicht überraschen dürfen, als ein Netz nach oben schoss, um sie in die Bäume zu reißen.

Sie jaulte auf. Dann wurde sie in die Höhe gezerrt, um irgendwann baumelnd und schwingend zu stoppen.

Keuchend holte Iseult Luft, stieß sie zischend aus. *Zumindest*, dachte sie vage, *habe ich noch mein Entermesser*. Auch wenn ihr das kaum helfen würde, nachdem sie sechs Meter hoch in der Luft hing.

Auch nicht gegen den Geborstenen, der jetzt in einer Spur aus schwarzem Blut in die Mitte der Lichtung trat. Ihm fehlte ein halber Fuß, und seine Haut zuckte von der wie auch immer gearteten Magie, die eingesetzt worden war, um ihn zum Bersten zu bringen. Und doch bewegte er sich mit ungewöhnlicher Zielstrebigkeit. Ohne die geistlose, hektische Gewalttätigkeit, die sonst für die Geborstenen typisch war.

Und dann verstand Iseult, warum. Gebrochene Stränge schwankten träge über ihm, streckten sich zum Himmel. Fast unsichtbar.

Die Puppenspielerin. Genau wie sie es in Lejna mit den marstokischen Nattern und Matrosen getan hatte, musste die Puppenspielerin diese Männer aus der Ferne geborsten haben. Und kontrollierte sie auch jetzt.

Gerade als ihr das klar wurde, erloschen die ersten Stränge. Einer nach dem anderen starben die Geborstenen, die in den Bärenfallen gefangen waren. Als hätte die Puppenspielerin beschlossen, dass ihre Zeit abgelaufen war. Als hätte sie ihre gebrochenen Stränge durchgeschnitten.

Doch der Mann unter Iseult lebte noch. Er schlich über die Lichtung, womit Iseult nur eine Chance blieb. Sie musste sich befreien und den Geborstenen töten, bevor er sie töten konnte.

Iseult kam nie dazu, ihren Plan durchzuführen, da der Jäger über eine zweite Falle stolperte. Ein Netz wurde aus dem Boden gezogen, riss ihn in die Luft. Seile knirschten.

Er kämpfte und wehrte sich und heulte, kaum zwei Meter von Iseult entfernt, bis seine Schreie abrupt verklangen, weil seine schwarzen Stränge sich mit einem Zischen auflösten.

Die Puppenspielerin hatte ihn getötet, sodass Iseult ganz allein auf der Nomatsi-Straße zurückblieb.

Iseult konnte nicht anders: Sie lachte. Endlich war ihr die Ruhepause vergönnt, die sie so dringend brauchte. Sie war ihren Verfolgern endlich entkommen – und jetzt hing sie hier fest.

Ihr Lachen verklang schnell, vertrieben von der Kälte, die sich in ihr ausbreitete.

Denn wenn Esme diese Geborstenen ausgeschickt hatte, um sie zu jagen, musste Iseult davon ausgehen, dass sie es wieder tun würde.

Mach dir deswegen später Sorgen, erklärte sie sich selbst. Für den Moment gab es keine Gegner mehr – und die größte Herausforderung lag darin, sich aus dem schwingenden Netz zu befreien, ohne sich dabei die Knochen zu brechen.

»Oh Ziegentitten«, murmelte sie – einer von Safis beliebtesten Flüchen. Sie umklammerte ihren Strangstein – er blinkte nicht mehr –, um die Kraft aus ihm zu ziehen, die er ihr in ihrer Einbildung schenkte.

Dann – ohne einen weiteren Gedanken und nur mit der Konzentration einer Strangmagis auf ihrer Seite – machte sich Iseult daran, das Netz zu durchtrennen.

4

Als sich Merik seinen Weg durch den Falkenweg bahnte – eine belebte Straße, die sich von einem Ende von Lovats bis zum anderen am Fluss Timetz entlangschlängelte –, betete er darum, dass der Sturm erst in ein paar Stunden hereinbrechen würde. Dass ihm genug Zeit blieb, um einen ordentlichen Unterschlupf zu finden. Vielleicht sogar genug Zeit, um etwas Anständiges zum Essen aufzutreiben.

Er musste erst wieder Kraft sammeln, bevor er zu Pins Feste aufbrach.

Jeder Atemzug, den Merik tat, schmeckte nach dem kommenden Regen. Donner grollte im Akkord mit den Schlägen der Windtrommeln über Lovats hinweg. *Soldaten gebraucht auf dem Richtplatz.*

Zum Glück für Merik befand er sich inzwischen einen guten Kilometer vom Richtplatz entfernt, verborgen im Chaos des Falkenwegs mit seinen kreuzenden Brücken und den gewundenen Seitenstraßen. Die Gebäude lehnten sich über die Straße wie Matrosen nach einer durchzechten Nacht, und an jeder Kreuzung erstreckten sich Girlanden aus trockenen Eichenblättern von einer Ecke zur anderen.

Die braunen und gelben Farben zogen Meriks Blick jedes Mal an, wenn er an ihnen vorbeikam. In einem großen

Teil der Nihar-Ländereien hatte es nie eine Herbsternte – oder ein Wiedererwachen im Frühling – gegeben, zumindest nicht in den Jahren, die Merik dort gelebt hatte. Ein so großer Teil des Erdbodens war immer noch mit dalmottischem Gift verseucht.

Doch das Gift hatte Lovats, das so weit im Nordosten lag, nie erreicht, also war es hier noch möglich, Eichenblätter zusammen mit Salbei und Minze zu Girlanden zu binden, mit Akzenten aus Feuerfarben und Grün. Diese Girlanden wiesen auf die königliche Beerdigung in sechs Tagen hin. Auf Meriks Beerdigung.

Was für einen verdrehten Sinn von Humor Noden doch hatte.

Merik eilte weiter, immer noch begleitet vom trommelnden Ruf nach Soldaten, bis er die abgetretenen Granitstufen zu einem alten Tempel neben dem Falkenweg hinauflief. Der Tempel war so alt wie Lovats selbst, und die Zeit hatte die sechs Säulen vor dem schattigen Eingang abgeschliffen.

Die Hexenfische. Nodens Boten, mit der Aufgabe, die Toten hinter das letzte Riff zu führen und danach tief unter die Wellen zum Hof des Gottes auf dem Meeresgrund. Doch übrig geblieben waren von den Figuren nur eiserne Ringe auf Hüfthöhe und die vagen Konturen der Gesichter hoch oben.

Merik folgte einem Lichtstrahl in den Innenraum, dann hielt er auf die Rückwand des Tempels zu. Mit jedem Schritt wurde die Luft kühler, die Windtrommeln leiser. Nach und nach verglomm das Sonnenlicht, ersetzt durch den Schein zweier schwacher Lampen, die über einem steinernen Noden auf seinem Thron im Herz des Tempels hingen.

Zu dieser Tageszeit war das Gebäude fast leer. Nur zwei alte Damen befanden sich darin, und sie verließen den Tempel gerade.

»Ich hoffe, es gibt Brot bei der Beerdigung«, sagte eine der Frauen. Ihre dünne Stimme wurde vom der Götterstatue aus Granit zurückgeworfen. »Die Lindays haben zur Beerdigung der Königin Brot ausgegeben – erinnerst du dich?«

»Freu dich nicht zu früh«, murmelte ihre Begleiterin. »Ich habe gehört, es gibt vielleicht gar keine Beerdigung.«

Das erregte Meriks Aufmerksamkeit. Er glitt hinter den Thron und lauschte. »Mein Neffe Rayet ist Page im Palast«, fuhr die zweite Frau fort. »Er hat mir erzählt, dass die Prinzessin überhaupt nicht reagiert hat, als sie die Nachricht vom Mord am Prinzen gehört hat.«

Natürlich hatte sie das nicht. Merik verschränkte die Arme vor der Brust, grub die Finger in seine wunden Oberarme.

»Weiß dein Neffe, wer den Prinzen getötet hat? Dieser Metzger am Ende des Falkenwegs hat erklärt, es wären die Marstoker gewesen, aber dann hat meine Nachbarin behauptet, die Cartorrer wären verantwortlich …« Ihre Stimme verklang. Merik versuchte nicht, den Frauen zu folgen.

Er hatte genug gehört. Mehr als genug. Natürlich würde Vivia die Beerdigung absagen. Er konnte ihre gedehnte Stimme geradezu hören: *Wieso sollten wir Essen auf das Volk verschwenden, wenn es stattdessen für die Truppen gebraucht wird?*

Vivia war nur an der Macht interessiert. An der Krone, die der Hohe Rat ihr, Noden sei Dank, immer noch nicht verliehen hatte. Aber wenn sich die Krankheit des Königs verschlimmerte – wenn er starb, wie Merik es der allgemeinen Annahme nach getan hatte –, dann gäbe es keine Möglichkeit, Vivia vom Thron fernzuhalten.

Merik löste sich von der Statue des Gottes und ging zu den zwei Fresken an der Rückwand des Tempels.

Zur Rechten stand Lady Baile, Schutzpatronin der Veränderung, der Jahreszeiten und der Kreuzungen. Nodens Rechte Hand wurde sie genannt. Das Licht der Lampen glänzte auf den goldenen Weizenähren in ihrer rechten Hand und der silbernen Forelle in ihrer linken. Ihre Haut war dunkel wie der Nachthimmel, schwarz mit kleinen weißen Punkten, während die fuchsförmige Maske über ihrem Gesicht blau leuchtete. Sie stand in einem grünen Feld. Die Farben ihres Freskos waren vor kurzer Zeit aufgefrischt worden, genauso wie die goldenen Worte zu ihren Füßen:

Auch wenn der Segen des Verlusts
Sich uns nicht immer zeigt.
Die Gabe der Lady Baile ist Stärke,
Und sie wird uns nie im Stich lassen.

Meriks Blick huschte zu einer Kupferurne vor der Wand, in der sich hölzerne und silberne Münzen stapelten. Opfergaben an Lady Baile. Ein Flehen darum, dass sie in Nodens Ohr flüsterte: *Hilf ihnen.*

Vor der Urne lagen in Haufen Kränze aus den Blättern des letzten Jahres, aus Salbei und Minze und Rosmarin – Gaben, um die Toten zu ehren. Merik fragte sich, ob wohl auch Kränze für Kullen niedergelegt worden waren.

Dann verkrampfte sich seine Brust. Er wandte sich ab, richtete den Blick auf das zweite Fresko. Auf Nodens linke Hand. Den Schutzpatron der Gerechtigkeit, der Rache, des Zorns.

Die Furie.

So hatte die Frau auf dem Richtplatz Merik genannt. Sie hatte es als Titel verwendet. Sie hatte es als Gebet gemeint.

Kahl, vernarbt und ungeschlacht trug der Heilige aller zerstörten Dinge nur den Namen seiner wahren Natur. Seiner einzigen Bestimmung. Er errang Gerechtigkeit für diejenigen, denen Unrecht geschehen war; brachte den Frevlern ihre Strafe. Und während Lady Baile so schön war wie das Leben selbst, sah die Furie noch grotesker aus als selbst die Hexenfische.

Die schwarzen und scharlachroten Pigmente seines Körpers waren verblasst. Die Farbe wurde niemals aufgefrischt, auch nicht in der klaffenden Höhlung hinter ihm – genauso wenig die Worte unter den krallenbewehrten Füßen der Furie:

Wieso hältst du ein Rasiermesser in einer Hand?
Damit die Menschen sich erinnern, dass ich so scharf bin wie jede Schneide.
Und warum hältst du ein zerbrochenes Glas in der anderen?
Damit die Menschen sich erinnern, dass ich alles sehe.

»Und das«, murmelte Merk leise, »ist es, womit die Frau mich verwechselt hat.« *Das* war das Monster, das sie erkannt hatte, als sie ihn angesehen hatte.

Er musterte die leere Urne vor den Füßen der Furie. Sie war immer leer, denn niemand wollte aus Versehen die Aufmerksamkeit der Furie erregen, aus Furcht, selbst gerichtet zu werden.

Außerhalb des Tempels brach der Sturm schließlich los. Regen prasselte zu Boden, laut genug, dass Merik ihn hören konnte. Doch als er zum Eingang sah, in Erwartung von Menschen auf der Suche nach Schutz, entdeckte er nur eine einzelne Gestalt, die in den Raum huschte. Bei jedem ihrer langen Schritte tropfte Wasser auf den Boden.

Cam. Meriks einzige Verbündete.

»Gedörrtes Lamm?«, fragte sie, sobald sie ihm nahe genug gekommen war. Ihre Stimme hallte von den Granitfliesen wider. Wie Merik trug sie einen braunen Umhang mit

Kapuze über einem beigen Hemd und schwarzer Hose – alles aus groben Stoff, alles dreckig. »Das Fleisch ist nicht allzu feucht.«

Merik zwang sich, Cam einen bösen Blick zuzuwerfen und sie zu schelten: »Was habe ich dir über das Stehlen gesagt?«

»Bedeutet das«, setzte sie an, während ihre schwarzen Augen im Licht der Lampen verschlagen glitzerten, »dass Ihr es nicht wollt? Ich kann es immer noch für mich behalten, wisst Ihr?«

Merik entriss ihr das Fleisch. Er hatte schnell gelernt, dass Hunger die Moral nur zu schnell besiegte.

»Das dachte ich mir.« Ein breites Grinsen verzog ihr Gesicht, verzog die weißen Flecken auf ihren braunen Wangen. »Selbst tote Männer müssen essen.«

Cams gesamte Haut war mit diesen weißen Flecken überzogen. Sie erstreckten sich über die rechte Seite ihres Halses nach unten, über ihren linken Unterarm, die rechte Hand. Offensichtlich, wenn man danach Ausschau hielt; unsichtbar, wenn man das nicht tat.

Merik hatte vorher nie darauf geachtet. Er hatte sich nicht mal an ihren Namen erinnern können – sie war einfach der neue Rekrut gewesen. Allerdings hatte er auch nicht gewusst, dass sie ein Mädchen war. Auf der *Jana* hatte sie den Schiffsjungen gegeben, und sie hatte die Rolle gut gespielt.

Merik hatte Cams Geschlecht allerdings bisher nicht kommentiert. Und nachdem sie entschlossen schien, ihr Geheimnis zu wahren, nannte er sie weiterhin »Junge«. Denn was spielte es letztendlich für eine Rolle? Sie war diejenige, die zurückgeblieben war, als der Rest der Mannschaft in das Dorf namens Nodensgabe gezogen war.

Mein Bauch hat mir verraten, dass Ihr nicht tot seid, hatte sie Merik erklärt, *also habe ich gesucht und gesucht und gesucht, bis ich Euch gefunden hatte.*

»Sind die Straßen sicher, Junge?«, fragte Merik, den Mund gefüllt mit hartem Fleisch. Dieses Lamm war zu lange geräuchert worden.

»Aye«, murmelte Cam, ebenfalls mit vollem Mund. »Auch wenn wir das nicht Euch zu verdanken haben, Sir. Die königlichen Truppen sind in Aufruhr. Was« – entschlossen biss sie ein weiteres Stück Fleisch ab – »der Grund ist, warum Ihr mich hättet mitnehmen sollen.«

Merik seufzte. Er und Cam hatten diese Diskussion seit der Explosion mindestens einmal täglich geführt. Jedes Mal, wenn sich Merik in ein kleines Dorf geschlichen hatte, um Vorräte zu finden, oder am Flussufer jagen gegangen war, hatte Cam ihn angebettelt, sie mitzunehmen. Und jedes Mal hatte Merik seine Erlaubnis verweigert.

»Wärst du da gewesen«, hielt Merik dagegen, »dann würden die königlichen Truppen jetzt auch dich jagen.«

»Keine Chance, Sir.« Cam wedelte mit ihrem Lammfetzen in der Luft herum. »Wäre ich bei Euch gewesen, hätte ich Wache gehalten, versteht Ihr? Dann hätte kein Taschendieb das hier erwischt.« Sie zog eine fadenscheinige Geldtasche hervor und ließ sie vor Meriks Nase baumeln. »Habt Ihr überhaupt bemerkt, dass jemand Euch die Tasche ausgeräumt hat, Sir?«

Merik fluchte leise, bevor er ihr die Börse aus der Hand riss. »Ich hatte es nicht bemerkt. Und wie hast du sie zurückbekommen?«

»Genauso, wie ich alles andere auch bekomme.« Sie wedelte mit den Fingern. Die gezackte helle Narbe am Rand ihrer linken Hand glänzte im Licht.

Als Cam erzählte, wie sie sich Meriks Abenteuer gut gelaunt von den Dächern aus angesehen hatte, versank er im vertrauten Rhythmus ihrer Stimme. Ungefiltert, ungebildet, unerschrocken – so sprach Cam. Sie zog Worte in die Länge, um eine größere Wirkung zu erzielen, und senkte ihre Stimme zu einem angespannten, beängstigenden Flüstern.

In den letzten zwei Wochen hatte das Mädchen unablässig geredet. Und in diesen letzten zwei Wochen hatte Merik ihr zugehört. Tatsächlich hatte Merik festgestellt, dass er sich nach diesen Momenten sehnte, in denen er sich in Cams Stimme verlieren konnte. Wenn er die Höhen und Tiefen ihrer Geschichte reiten und vergessen konnte – nur für ein paar kostbare Augenblicke –, dass sein gesamtes Leben von den Wassern der Hölle hinfortgespült worden war.

»Auf den Straßen wimmelt es jetzt nur so vor Soldaten, Sir. Aber«, beendete Cam ihre Geschichte und schenkte ihm dabei ein typisches lockeres Lächeln, »wenn es weiter so regnet, kann ich uns ungesehen in die Altstadt bringen. Erst müsst Ihr allerdings aufessen.«

»Aye, aye«, murmelte er. Und obwohl es ihm lieber gewesen wäre, das Gefühl von Essen in seinem Mund zu genießen – Nodens Atem, es war so lange her –, verschlang er eilig den letzten Bissen geräuchertes Lamm. Dann richtete er sich auf und sagte barsch: »Geh voraus, Junge. Führe mich.«

Vivia Nihar stand vor den massiven Türen zum Kriegssaal. Die Maserung des fahlen, ungefärbten Eichenholzes waberte wie die Wolken, die sich draußen am Himmel gesammelt hatten. Stimmengemurmel drang durch die Türen, leise und ernsthaft.

Kein Bedauern, dachte sie und zog die Ärmel ihres Marinerocks gerade. *Bleib einfach in Bewegung*. Sie strich die Bluse darunter glatt. Genau dieselben Phrasen äußerte sie jeden

Morgen nach dem Aufwachen. Mit diesen Phrasen musste sie sich ermuntern, den Tag zu überstehen – die schwierigen Entscheidungen. Mit ihnen versuchte sie das Loch zu stopfen, das dauerhaft in ihrer Brust klaffte.

Kein Bedauern, bleib in Bewegung … Wo ist der Lakai? Die Prinzessin von Nubrevna sollte eigentlich nicht ihre eigene verdammte Tür öffnen müssen. Besonders nicht wenn auf der anderen Seite alle dreizehn Wesire des Hohen Rats warteten, um jede ihrer Handlungen zu beurteilen.

Den ganzen Tag über wurde sie von Palastangestellten oder Stadtbeamten oder speichelleckenden Adligen verfolgt. Doch jetzt, wenn sie tatsächlich jemanden brauchte, der ihr half, befand sich niemand in ihrer Nähe.

Mit zusammengepressten Lippen blinzelte Vivia zu dem Lichtfleck am Ende des langen, dunklen Flurs. Zwei Silhouetten kämpften darum, die riesigen Türflügel dort zu schließen – ein Zeichen, dass sich die Wolken draußen bald zu einem Sturm verdichten würden.

Ach, egal. Vivia hatte zu viel zu tun, um auf Lakaien und Donnerköpfe zu warten. Wie der König immer sagte: *Stillhalten ist ein sicherer Weg in den Wahnsinn.*

Die Eichentüren knirschten, die Angeln quietschten, die Wesire in dem lang gestreckten Saal verstummten. Dann hatte Vivia den Raum betreten, und dreizehn Augenpaare richteten sich von dem einzelnen langen Tisch in der Mitte des Raums … auf sie. Alle starrten sie närrisch an.

»Was?« Sie ließ die Türen hinter sich zufallen. »Hat Noden meine Gebete erhört? Haben die Hexenfische Eure Zungen gefressen?«

Einer der Wesire würgte leicht. Elf Männer wandten die Blicke ab, und einer – derjenige, der Vivia immer am meisten Widerstand leistete – machte sich an einem Fingernagel zu schaffen.

Wesir Serrit Linday. Immer unbeeindruckt. Niemals amüsiert. Immer ein Seeigel-Stachel in Vivias Fleisch.

Ihre Finger zuckten, und Hitze glitt durch ihre Arme nach oben. Manchmal fragte sie sich, ob dies das berüchtigte Nihar-Temperament war, von dem ihr Vater sich so dringend wünschte, dass sie es besäße.

Aber nein. Nein, war es nicht. Die Flamme erstarb bereits wieder, ihre Maske franste an den Rändern bereits aus. *Bleib einfach in Bewegung.*

Sie machte sich auf den Weg zum Kopf des Tisches, rammte ihre Absätze extra laut und fest auf die Steinplatten. Sollten sie doch denken, dass sie ihr Temperament zügeln musste.

Wolkenverhangenes Tageslicht drang durch ein einzelnes Glasfenster in den Kriegssaal. Es erleuchtete die schlaffen Banner vergangener Generationen und ließ erkennbar werden, wie viel Staub überall lag.

Eine aus dem guten Dutzend Fensterscheiben war zerbrochen, die Öffnung vernagelt, sodass Vivia einen Schatten durchqueren musste, bevor sie das Tischende erreichte.

Sechs der Wesire salutierten ihr, als sie vorbeischritt; sieben taten es nicht.

Widerstand. Das war alles, was Vivia dieser Tage entgegenschlug, und ihr Bruder hatte zu den schlimmsten Aufrührern gehört. Er hatte gegen jeden Befehl Einwände erhoben und jede ihrer Entscheidungen in Frage gestellt.

Nun, das zumindest war kein Problem mehr. Wenn sich der Hohe Rat Merik doch nur im Tode anschließen würde.

Wird sie werden wie ihre Mutter, fragten sich alle Wesire. *Wie die Frau, die vom Blut her Königin war, doch den Wahnsinn in sich trug? Oder wird sie werden wie ihr Vater, der Nihar-Wesir, der als Regent regiert und dem Befehle so leicht fallen wie das Atmen?*

Vivia kannte die Antwort bereits. Sie kannte sie, weil sie

vor langer Zeit beschlossen hatte, durch und durch eine Nihar zu sein. Sie würde *niemals* werden wie ihre Mutter. Sie würde sich *niemals* von Wahnsinn und Dunkelheit verschlingen lassen. Sie würde die Herrscherin sein, die der Hohe Rat erwartete.

Sie musste nur weiter schauspielern. Musste in Bewegung bleiben. Noch ein wenig länger, und ohne zurückzublicken. Kein Bedauern. Selbst wenn der Hohe Rat ihr irgendwann den Titel verlieh, der ihr von Geburt an zustand, konnte er ihn ihr immer noch wieder nehmen – genauso, wie er es in diesen letzten Tagen vor dreizehn Jahren bei ihrer Mutter getan hatte.

Vivia erreichte das Kopfende des Tisches, mit dem verkratzten Lack und den angeschlagenen Ecken. Dicke Karten auf Pergament bedeckten die von der Zeit geschundene Oberfläche. Nubrevna, die Sirmaya-Berge, die Hundert Inseln – die gesamten Magislande lagen innerhalb der Reichweite ihres Arms ausgebreitet.

Im Moment waren Karten der Stadt geöffnet, mit schweren Steinen, um die eingerollten Ränder zurückzuhalten. *Verflucht* sollten sie sein. Die Mistkerle hatten die Sitzung ohne sie eröffnet.

Von Krieg bis zur Abfallbeseitigung geschah nichts, ohne dass der Hohe Rat seine Meinung dazu kundtat. Und doch blieben alle Entscheidungen dem Regenten überlassen.

Oder vielmehr blieben die endgültigen Entscheidungen inzwischen Vivia überlassen, nachdem Serafin kaum noch je sein Bett verließ.

»Prinzessin«, flötete Serrit Linday und lehnte sich über den Tisch. Obwohl er nur ein paar Monate älter war als Vivia mit ihren dreiundzwanzig Jahren, trug er doch altmodische Kleidung. Die Art von Kleidung, die sonst von marstokischen Gelehrten und uralten Jungfern bevorzugt wurde. Und wie alle Lindays trug er das Magismal eines Pflanzenmagis auf dem Handrücken – einer Hand, die sich gerade zur Faust ballte, um ungeduldig auf den Tisch zu klopfen.

»Wir haben gerade Eure Pläne für die Dammreparatur diskutiert, und wir halten es für das Beste, noch zu warten. Zumindest bis nach der Beerdigung. Der Damm hat mehrere Jahre durchgehalten – was sollen ein paar Tage mehr für eine Rolle spielen?«

Überheblicher Mistkerl. Langsam kochte Vivias Wut wirklich hoch, obwohl sie darauf achtete, eine gelangweilte Miene zur Schau zu tragen.

Nicht zu fassen, dass sie und dieser Wesir in ihrer Kindheit *befreundet* gewesen waren. Der Serrit ihrer Kindheit war jetzt Wesir Linday. Und in dem knappen Jahr, seit er den Ratsstuhl von seinem verstorbenen Vater übernommen hatte, hatte sich Linday zum schlimmsten der dreizehn Edelmänner entwickelt, die jetzt vor Vivia standen.

Edel*männer*. Jeder von ihnen ein Mann. So hätte es natürlich nicht sein dürfen. Die Lindays, Hintays, Sotars und Eltars besaßen alle weibliche Erben … die praktischerweise niemals ihre Ländereien verlassen wollten. *Oh, aber könnten nicht stattdessen unsere Brüder/Ehemänner gehen?*

Nein. Das würde Vivia sagen, sobald sie Königin war. *Wer auch immer die Blutlinie der Wesire in sich trägt, steht an diesem Tisch.* Doch bis dahin musste Vivia mit der Zustimmung leben, die ihr Urgroßvater erteilt hatte.

»Also, Eure Hoheit«, fuhr Linday fort, begleitet von einem glatten Lächeln, das alle am Tisch mit einschloss. »Ich habe wie verlangt die Berechnungen getätigt, und die Zahlen sprechen eine deutliche Sprache. Lovats kann auf keinen Fall mehr Leute ernähren.«

»Ich erinnere mich nicht daran, Berechnungen verlangt zu haben.«

»Weil Ihr das nicht getan habt.« Lindays Lächeln wurde so breit, dass er eher an ein Krokodil erinnerte. »Es war der Hohe Rat, der danach verlangt hat.«

»Eure Hoheit«, erklang eine weitere Stimme. Eine quietschige Stimme, die nur von Wesir Eltar stammen konnte. Vivia richtete den Blick auf den rundlichen Mann. »Je mehr Leute in die Stadt drängen, desto mehr müssen wir Wesire unsere Rationen einschränken – was unmöglich ist! Bei uns allen reisen für die Beerdigung des Prinzen die Familien und Diener an, und schon mit unseren momentanen Rationen kann ich mein eigene geliebte Familie kaum ernähren.«

Vivia seufzte. »Mehr Nahrung ist unterwegs, Eltar.«

»Das habt Ihr schon letzte Woche gesagt!«, jammerte er. »Und nun ist die Beerdigung bereits in sechs Tagen! Wie sollen wir Nahrung für die Stadt aufbringen?«

»Außerdem«, schaltete Wesir Quihar sich ein, »je mehr Leute wir in die Stadt lassen, desto wahrscheinlicher wird es, dass wir damit auch Feinde in unsere Mitte holen. Bis wir wissen, wer den Prinzen getötet hat, müssen wir die Nodens Wachen schließen und jegliche Neuankömmlinge zurückhalten.«

Fast alle am Tisch murmelten zustimmend. Nur ein Mann schwieg: der breite, schwarzhäutige Wesir Sotar. Zufällig war er der einzige Mann mit einem funktionierenden Hirn im gesamten Saal.

Er schenkte Vivia eine mitfühlende Grimasse, was sie … nun, mehr erfreute, als sie zugeben wollte. Er war seiner Tochter Stacia so ähnlich, die als Erster Offizier unter Vivia diente. Und wäre Stix jetzt hier gewesen – wäre dies Vivias Schiff und Vivias Mannschaft –, hätte sich Stix sofort auf diese willensschwachen Wesire gestürzt. *Sie* besaß das Temperament, das nubrevnanische Männer so sehr respektierten.

Aber Stix inspizierte heute die Wachtürme der Stadt, wie

ein guter Erster Offizier, während Vivia im Schloss gefangen war und den schleimigen Serrit Linday dabei beobachten musste, wie er die Wesire mit einer Geste zum Schweigen brachte.

»Ich habe dem Hohen Rat einen Vorschlag zu unterbreiten. Und Euch, Eure Hoheit.«

Vivia verdrehte die Augen. »Natürlich habt Ihr das.«

»Die Puristen haben uns Nahrungsmittel und die Benutzung ihrer Lager angeboten. In Nubrevna und darüber hinaus.« Er deutete auf die Karte, die Wesir Eltar praktischerweise genau im passenden Moment aufrollte. »Unsere Leute wären in Sicherheit, selbst jenseits unserer Grenzen, falls es notwendig werden sollte.«

Sotar räusperte sich und verkündete mit einer Stimme, die an knirschende Steine erinnerte: »Unsere Leute über die Grenzen von Nubrevna hinauszuschicken nennt sich Invasion, Linday.«

»Ganz zu schweigen davon,« – Vivia stemmte ihre Hände auf den Tisch –, »dass diese Hilfe auf keinen Fall umsonst sein wird. Niemand – nicht einmal die ›noblen‹ Puristen – handelt uneigennützig.« Doch noch während sie dieses Argument vorbrachte, ertappte sich Vivia dabei, wie sie die Karte anstarrte.

Sie zeigte die Umrisse der Magislande, mit farbigen Flecken an allen Stellen, wo die Kräfte des Feinds den nubrevnanischen Grenzen am nächsten waren. Gelb für Marstok, in Sprenkeln im Osten und Süden. Schwarz für Cartorra, verteilt im Westen. Blau für das dalmottische Reich, das sich auf südlichen Wellen sammelte.

Und schließlich rot, so dunkel wie Blut, für die Baedyed- und Rotsegel-Piraten, noch weit im Norden … für den Moment. Schwere Regenfälle hatten die Gewässer um die Sirmaya-Berge unpassierbar gemacht.

Im nächsten Winter könnte sich das ändern.

Vivia riss den Blick von der Karte los. Von all diesen Farbpunkten und dem sinnlosen Tod, der eines Tages daraus entstehen könnte. »Was wollen die Puristen, Wesir Linday? Was ist der Preis für ihre Nahrung und ihre Mauern?«

»Soldaten.«

»*Nein*.« Das Wort donnerte aus Vivias Kehle, so explosiv wie ein Feuertopf. Doch als sie sich höher aufrichtete und den Blick über den Tisch gleiten ließ, war das Interesse des Hohen Rats nicht zu übersehen. Alle Gesichter hatten sich entspannt.

Sie hatten gewusst, was Linday vorschlagen wollte; sie hatten dem Vorschlag schon vor langer Zeit zugestimmt.

Dafür sollte Serrit Linday kastriert werden.

Vivia warf einen Blick zu ihrem einzigen Verbündete und stellte fest, dass Sotars dunkle Miene verschlossen wirkte. Angewidert. Er zumindest war von diesem politischen Manöver genauso überrascht wie Vivia.

»Die Puristen«, sagte Vivia, »werden unsere Leute gegen den Gebrauch von Magie aufhetzen.« Sie stiefelte nach rechts los, um langsam den Tisch zu umrunden. »Sie betrachten Magie als Sünde. Doch Magie – unsere Magi! – ist das Einzige, was Nubrevnas Sicherheit und Unabhängigkeit garantiert hat. Ihr, Linday, seid ein Pflanzenmagis! Und doch seht Ihr kein Problem darin, unsere Bürger und unsere Soldaten an die Puristen auszuliefern?«

Als Vivia an Linday vorbeistiefelte, grinste er, doch bis auf eine leichte Kopfbewegung bot er keine Antwort an.

»Was ist mit der Steinmagie Eurer Familie, Quinhar? Oder der Illusionsmagie Eures Sohns, Eltar? Oder der Sprachmagie Eurer Ehefrau?« Sie machte immer weiter, bis sie jeden Wesir an die Magi erinnert hatte, die ihnen am meisten bedeuteten.

Jeder Schwachkopf, an dem Vivia vorbeikam, entwickelte

plötzlich ein reges Interesse für den Zustand seiner Manschetten. Oder seiner Fingernägel. Oder an irgendwelchen Flecken an der Wand, die nur er allein sehen konnte.

Bis Vivia wieder das Kopfende des Tischs erreicht hatte. Erst dann schien es, als hätte Wesir Eltar plötzlich seine Hoden wiedergefunden, denn er meldete sich mit »Wenn unsere Leute bei den Puristen sind, gäbe es bei der Beerdigung des Prinzen zumindest weniger Mäuler zu stopfen« zu Wort.

Die Worte hallten für einen Moment in Vivias Kopf wider. Prinz. Beerdigung. Vor dem Trommelschlag ihres Herzens bildeten sie eine bedeutungslose Melodie.

Dann sanken die Worte ein wie Sand in ein Gezeitenbecken, und Vivia packte die nächstliegende Karte. Zerknüllte sie so fest, dass ihre Knöchel weiß hervorstanden. Dieses Gefühl musste sie nicht vorspielen, denn erst vor einer Woche hatte sie mit ihrer gesamten Kraft gegen die Beerdigung argumentiert. *Geldverschwendung*, hatte sie geschrien. *Verschwendung von kostbaren Gütern, Arbeitskraft und Zeit! Der Damm muss repariert und das Volk ernährt werden!*

Doch der Rat hatte nicht auf sie gehört. Genauso wenig wie ihr Vater. Natürlich nicht. Merik war der Liebling aller gewesen. *Er* hatte den Zorn der Nihars besessen, und *er* hatte die Vernunft aufgebracht, als Mann geboren zu werden. Einfach, einfach – so war Meriks Leben immer gewesen. Kein Widerstand. Was auch immer er sich gewünscht hatte, er hatte es bekommen.

Selbst sein Tod war einfach gewesen.

Bevor Vivia ein paar ausgewählte Worte zur Beerdigung sagen konnte, ergriff Linday wieder das Wort: »Ihr sprecht einen wichtigen Punkt an, Eltar. Wir müssen die Toten angemessen ehren, und mit so vielen Leuten in der Stadt ist das nicht möglich.«

Zu den Hexenfischen mit ihm. Jetzt, da Vivia darüber nachdachte – wirklich darüber nachdachte –, war eine Kastration viel zu gut für Linday. Er hätte verdient, erhängt, ausgeweidet und gevierteilt zu werden … und dann verbrannt, bis nichts mehr von seinem verdorbenen Herzen übrig blieb.

»Außerdem«, redete er weiter, lebhaft jetzt, da die ungeteilte Aufmerksamkeit des Raums auf ihn gerichtet war, »reisen unsere Familien bald zur Beerdigung an. Wir sollten unsere eigenen Rationen nicht einschränken müssen, um eine Stadt zu ernähren, die von Menschen überlau …«

Augenblicklich. Gnadenlos.

Wasser schoss aus einer Kanne in der Mitte des Tischs. Dreizehn perfekte Strahlen, einen für jeden Wesir – selbst Wesir Sotar.

»Es reicht.« Vivias Stimme war leise, während das Wasser nur wenige Zentimeter vor den Kehlen der Männer hing. Ungefähr die Hälfte von ihnen hatte die Augen geschlossen, die andere wich langsam zurück. »Keine Puristen. Niemals. Nahrung ist unterwegs, und wir werden weiterhin Nubrevnaner in die Stadt lassen. Und«, fügte sie hinzu, wobei sie ihre Wasserpeitschen ein winziges Stück näher an die Wesire heranführte, »es würde keinem von Euch schaden, einen Teil Eurer fetten Bäuche zu verlieren, also werden Eure Rationen ab morgen um ein weiteres Viertel gekürzt. Falls Eure Familien dann hungern müssen, sagt ihnen, dass sie zu Hause bleiben sollen.« Sie trat vom Tisch zurück, wirbelte herum, als wollte sie gehen …

Nur um dann zu zögern. Was war es, was ihr Vater so gut beherrschte? Ah ja. Das beängstigende Nihar-Lächeln. Sie ahmte es nach, während sie noch einmal zum Tisch zurücksah. Zu den Narren, die darum verteilt standen. Dann ließ sie das Wasser mit perfekter Kontrolle zurück in die Kanne gleiten.

Das dürfte sie daran erinnern, dass sie nicht einfach nur eine Prinzessin war; und auch nicht einfach nur eine Schiffskapitänin. Oder die rechtmäßige Königin von Nubrevna – wenn der Rat endlich zustimmen würde, ihr die Krone zu verleihen.

Vivia Nihar war eine Gezeitenmagis, und zwar eine sehr mächtige. Sie hätte sie alle mit einem bloßen Gedanken ertränken können. Also sollten Serrit Linday und der Rest des Hohen Rats nur versuchen, sie noch einmal zu hintergehen.

Es würde keine weiteren Pattsituationen mehr geben, weil die Wesire sie für unqualifiziert und verwirrt hielten.

Kein vorsichtiges Schleichen mehr, weil Frauen nicht rennen sollen. Nicht schreien. Nicht herrschen.

Und vor allem: kein *verdammtes* Bedauern mehr.

5

Der Blutmagis namens Aeduan hasste Puristen.

Nicht so sehr, wie er die Marstoker hasste, und auch nicht so sehr, wie er die Cartorrer hasste – aber fast.

Es war ihre Selbstsicherheit, die ihn so wütend machte. Ihre herablassende, felsenfeste Überzeugung, dass jeder Mensch mit Magie im Höllenfeuer brennen sollte.

Zumindest, dachte er, als er sich ihrem dreckigen Lager am östlichsten Rand der nubrevnanischen Grenze näherte, *behandeln sie alle Menschen mit derselben Gehässigkeit.* Gewöhnlich waren Rufe wie »*Bereue Dämon! Büße für deine Sünden!*« ausschließlich Aeduan vorbehalten. Es war nett, wenn der Hass einmal alle traf.

Aeduan erreichte das Lager mit Verspätung. Er hätte den Kontaktmann seines Vaters bereits vor zwei Tagen treffen sollen, doch stattdessen war er zwei Wochen lang durch ganz Nubrevna gehetzt, um einen Geist zu jagen.

Und jetzt war er hier, Hunderte Kilometer entfernt, vor einer verzogenen Mauer aus Kiefernstämmen, die sich am Rande eines Kalksteinhügels erhob. Das Lager wirkte so karg wie das Land, auf dem es erbaut war. Aeduan passierte geborstene Stämme und aschfarbene Erde, bevor er die zwei Männer erreichte, die das breite Tor bewachten.

Obwohl beide Männer den braunen Umhang der Puristen trugen, wirkte keiner von ihnen wie ein magiehassender Kultist – und auch ihre Witterung wies nicht darauf hin. *Schlachtfelder und Teer.* Dies waren Männer der Gewalt, und das bewiesen sie, indem sie bei Aeduans Näherkommen ihre Armbrüste hoben.

»Ich suche einen eurer Priester!«, rief Aeduan und hob die Hände.

»Welchen Priester?«, fragte der dünnere der zwei Männer, dessen Haut die braune Färbung eines Marstokers aufwies.

»Einen Mann namens Corlant.« Aeduan verlangsamte seine Schritte, damit die Wachen sehen konnten, dass seine Hände leer waren – denn seine Messer waren natürlich unter seinem geknöpften Mantel versteckt. »Er sollte vor Kurzem angekommen sein.«

»Dein Name?«, fragte der zweite Mann, die Haut so schwarz wie Pech, mit südländischem Akzent – doch aus welcher Nation er entstammte, konnte Aeduan nicht sagen.

Sobald er seinen Namen genannt hatte, senkten die Männer ihre Armbrüste. Der Südländer führte ihn durch eine Seitenpforte neben dem Haupttor.

Das Innere des Lagers wirkte noch schmuddeliger als die Außenansicht – nur aufgewühlter Schlamm, gackernde Hühner und grobe Hütten, die beim ersten richtigen Windstoß umfallen würden. Eine Reihe von Männern und Frauen lehnte an der Palisade, alle mit einem Korb oder Sack in der Hand, und warteten darauf, eine Hütte zu betreten. Niemand sprach.

»Sie hören einem unserer Priester zu«, erklärte der Südländer. »Dann bekommen sie Essen für ihre Familien.«

»Sie sind keine Puristen?«

»Noch nicht. Aber das werden sie noch.« Gerade als der

Mann das sagte, stolperte ein Junge aus der Hütte und blinzelte, als würde er aus einem Traum erwachen. In seinen Armen trug er einen Korb.

In Aeduan stieg eine unerwünschte Erinnerung auf. An ein anderes Kind, einen anderen Korb, ein anderes Leben und eine Carawen namens Evrane, die ihn vor alledem gerettet hatte.

Evranes Fehler. Sie hätte Aeduan zurücklassen sollen.

»*Du kommst zu spät.*« Die Worte peitschten über den Hof. Wie Schlamm an einem Flussufer drangen sie in Aeduans Ohren und glitten über seinen Rücken.

Sofort rührte sich Aeduans Magie. *Feuchte Höhlen und klammernder Halt. Verrostete Schlösser und endloser Hunger.*

Dann löste sich eine schemenhafte Gestalt vom Holz einer Hütte. In einem Moment sah man nur verblasste Bretter, im nächsten stand ein hoch aufragender, dürrer Mann mit den Gesichtszügen eines Nomatsi neben dem Gebäude.

Die schiere Gegenwart des Priesters kratzte mit einem allumfassenden Gefühl der Falschheit über Aeduans Magie. Als würde man einem Ohrwurm dabei zusehen, wie er auf einen zuhielt. Der Drang, Corlant für immer zu vernichten, erfüllte Aeduans Muskeln, wann immer sie sich begegneten.

Corlant vollführte eine träge Geste in Richtung von Aeduans Führer. »Kehr auf deinen Posten zurück«, befahl er.

Der Südländer verbeugte sich. »Gesegnet sind die Reinen.«

Corlant wartete, bis der Mann das Lager wieder verlassen hatte, bevor er seine Aufmerksamkeit auf Aeduan richtete. Die beiden Männer starrten einander lange an, während Corlants Augenbrauen immer höher wanderten. Drei tiefe Falten bildeten sich auf seiner fahlen Stirn.

»Hat irgendwer dir je gesagt«, fragte Corlant schließlich, »dass du deiner Mutter mit jedem Tag ähnlicher wirst?«

Aeduan war sich Corlants Absicht bewusst, doch dieser Priester war ein Freund von Aeduans Vater. Sie waren im selben Stamm aufgewachsen und dürsteten inzwischen gemeinsam nach Rache an den drei Reichen. Sosehr sich Aeduan also auch wünschen mochte, Corlant zu vernichten – es sich hin und wieder sogar bildlich ausmalte –, war das doch kein Traum, den er je verwirklichen könnte.

Sobald klar wurde, dass Aeduan nicht vorhatte zu antworten, wandte sich Corlant dem Geschäftlichen zu. »Wo ist das Geld, Junge?«

»Ich besorge es.«

»Oh? Es ist also nicht hier?« Corlant blähte die Nasenflügel, doch nicht so sehr vor Wut als vielmehr vor Hunger. Als könnte er riechen, dass etwas nicht stimmte – wie ein Egel Blut im Wasser wittert. »Mir wurden Silbertaler versprochen.«

»Und du wirst sie bekommen. Allerdings nicht heute.«

Corlant spielt an der Kette an seinem Hals herum und verzog den Mund zu einem Lächeln. »Du hast das Geld verloren, nicht wahr, Junge? Ist es dir gestohlen worden?«

Aeduan antwortete nicht. Die Wahrheit lautete, dass er – als er zu dem Baumstamm zurückgekehrt war, wo er das Geld von Prinz Leopold fon Cartorra versteckt hielt –, nur eine leere Eisenschatulle und eine Handvoll Münzen vorgefunden hatte.

In der Umgebung der Schatulle hatte er eine vertraute Blutwitterung wahrgenommen, nach klarem Seewasser und gefrorenen Winterlandschaften. Es war dieselbe Gestalt, die sich mit Prinz Leopold verschworen hatte, um Aeduan zu verraten … also hatte sich Aeduan sofort auf die Spur gesetzt.

Doch nachdem er eine Woche lang nach Westen gelaufen war, war der Geruch vollkommen verschwunden, womit Aeduan keine andere Wahl geblieben war, als mit leeren Händen hierherzukommen. Geld hin oder her, er sollte sich trotzdem von Corlant seine nächsten Befehle abholen.

»Weiß dein Vater davon?«, drängte Corlant. »Denn ich werde es ihm gern erzählen, wenn wir uns das nächste Mal sprechen.«

Aeduan starrte demonstrativ ins Leere, bevor er antwortete. »Der König weiß es nicht.«

Der Priester stieß ein barsches Lachen aus. Dann ließ er seine Kette mit einem hohlen Knall auf seine Brust fallen. »Sehr unerwartet, nicht wahr?« Er wirbelte herum und hielt auf eine Gruppe von Hütten im hinteren Teil des Lagers zu, womit Aeduan keine Wahl blieb, als ihm zu folgen.

Hühner flohen vor Corlant, genauso wie andere Männer in braunen Roben. Männer, bemerkte Aeduan – Puristen waren immer Männer. Aeduan ging dem Priester nach, wobei er sorgfältig darauf achtete, sich hinter Corlant zu halten. Nicht weil er der Meinung war, dass Corlant es verdient hatte, die Führung zu übernehmen, sondern weil es ihm gefiel zu beobachten, wie der Mann beim Reden ständig den Kopf nach hinten drehen musste.

»Wir befinden uns an einem interessanten Scheideweg«, sagte Corlant über die Schulter. »Weißt du, ich muss etwas erledigen lassen, und du musst etwas verbergen.«

»Ich verstehe nicht, was du sagen willst.«

Corlants Augen blitzten auf. »Du scheinst zu glauben, du besäßest mehr Macht, als dir tatsächlich gegeben ist, Junge.« Er hielt vor einer offenen Tür inne. Dahinter führte eine Treppe in die Dunkelheit unter der Erde. »Du magst Ragnors Sohn sein, aber ich kenne Ragnor schon länger als du. Wenn es darum geht, wem seine Loyalität gehört …«

»Keinem von uns«, unterbrach Aeduan. »Der König

würde uns beide opfern, wenn er damit diesen Krieg gewinnen könnte.«

Corlant seufzte frustriert, bevor er schließlich zugab: »In dieser Hinsicht hast du recht, Junge. Was ein weiterer guter Grund ist zu kooperieren. Ich muss jemanden aufspüren. Meine Männer hatten bisher keinen Erfolg, aber vielleicht hast du mit deinen … Fähigkeiten mehr Glück.«

Aeduan merkte auf … denn jeder, den dieser dreckige Priester aufgespürt haben wollte, war wahrscheinlich interessant – und stellte vermutlich eine Gefahr für Corlant dar.

Trotzdem zwang sich Aeduan, zuerst zu fragen: »Wie lauten die Befehle meines Vaters?«

»Zu tun, was ich sage.« Corlant lächelte.

Was in Aeduan erneut den Wunsch erzeugte, diesen Mann wie einen Ohrwurm zu zerquetschen.

»Und was ich dir sage, Junge, ist, dass du eine Nomatsi-Strangmagis finden sollst. Soweit ich gehört habe, hat sie sich zuletzt in einer Stadt namens Lejna an der nubrevnanischen Küste aufgehalten.«

Ein finsteres, unangenehmes Gefühl breitete sich auf Aeduans Kopfhaut aus. »Ihr Name?«

»Iseult det Midenzi.«

Das Gefühl wanderte über Aeduans Nacken nach unten. »Wieso willst du dieses Mädchen finden?«

»Das geht dich nichts an.«

Aeduan schob die Arme hinter den Rücken, wo er die Hände zu Fäusten ballte. Doch seine Miene blieb ausdruckslos. »Was darf ich denn wissen? Informationen helfen dabei, Leute aufzuspüren. Und ich gehe davon aus, Priester Corlant, dass du wünschst, dass dieses Mädchen schnell gefunden wird.«

Corlants Augenbrauen hoben sich, und erneut erschienen die drei Furchen auf seiner Stirn. »Bedeutet das, dass wir eine Abmachung haben, Junge?«

Aeduan gab vor, über den Vorschlag nachzudenken. Vier Atemzüge vergingen. Dann: »Verstößt es nicht gegen deinen Eid, mit jemandem mit meinen … Talenten zusammenzuarbeiten?« Er wollte seine Macht nicht offen nennen, nicht inmitten von Leuten, die jeder Art von Magie feindselig gegenüberstanden.

Doch Corlant verstand die Andeutung, Wut blitzte in seinen Augen auf. »Du bist unheilig, ja, aber du bist auch der Sohn des Königs – und genau wie du etwas brauchst, brauche ich etwas. Ich werde dem König mitteilen, dass dein Geld wie angekündigt geliefert wurde, und im Austausch dafür wirst du diese junge Frau aufspüren.«

Aeduan ballte die Fäuste fester. Der Drang, Corlants Blut zu gefrieren – die Antworten aus seiner Kehle zu zwingen –, erfüllte seine Adern. Aber Fragen hätten nur weitere Fragen aufgeworfen.

Er nickte. »Ich verstehe.«

Corlants Stirn glättete sich. »Ausgezeichnet.« Er lächelte sein widerliches Lächeln und schob eine Hand unter den Kragen seines Umhangs, grub in einer scheinbar dort versteckten Tasche herum, bis er ein Stück Eisen hervorzog.

Eine nadelförmige Pfeilspitze. Typisch für die Nomatsi, und blutverschmiert.

»Das ist ihr Blut.« Corlant hielt Aeduan das Metallstück entgegen. Er nahm es, das Gesicht vollkommen ausdruckslos. »Wenn du sie gefunden hast, Junge, wirst du sie nicht töten. Sie hat etwas, das mir gehört, und ich will es zurückhaben. Und nun sage mir, wie lange wirst du brauchen, sie zu finden?«

»So lange es eben dauert.«

Das Lächeln verblasste. »Dann bete darum, dass es schnell

geht, bevor meine Geduld versiegt. Bete zur Mondmutter oder den Cahr Awen oder zu wem du auch immer betest.«

»Ich bete zu niemandem.«

»Dein Fehler.«

Aeduan gab vor, ihn nicht gehört zu haben. Er hatte sich bereits abgewandt.

Er hatte einfach keine Zeit für Gebete. Besonders seit er wusste, dass niemals jemand zuhörte.

6

Mit langen, zügigen Schritten folgte Merik Cams feuchtem, struppigem Kopf in die Altstadt.

Er hatte sich immer noch nicht an ihr kurzes Haar gewöhnt – sie hatte sich die Zöpfe, die alle nubrevnanischen Schiffsjungen trugen, erst heute Morgen abgeschnitten. *Wo ist der Nutzen, wie ein Matrose auszusehen, wenn ich doch keiner mehr bin?*, hatte sie auf der Fährüberfahrt zur Hauptstadt gefragt. *Außerdem wird mich so niemand erkennen.*

In diesem Punkt war sich Merik nicht so sicher. Auch wenn er schon andere Menschen mit gefleckter Haut gesehen hatte, war diese Eigenheit doch selten – und Cams helle Flecken traten vor ihrer dunklen Haut besonders deutlich hervor. Außerdem: Mit dieser üblen Narbe an der linken Hand war sie niemand, den man leicht vergaß.

Wie Merik hielt auch Cam ihre Kapuze tief ins Gesicht gezogen, während sie durch die sturmnassen Straßen marschierten. Hier in der Altstadt, in der nordwestlichen Ecke der Stadt und Kilometer westlich vom Richtplatz, sackten die Gebäude förmlich gegeneinander. Bis zu vier Familien lebten in jedem der schmalen Häuser, und die Straßen brodelten vor Menschen. Hier konnte Merik Zuflucht finden und sich für den Ausflug zu Pins Feste vorbereiten.

Cam bewegte sich leichtfüßig durch den Verkehr, ihre dürren Beine so geschickt wie die eines Strandläufers. Nachdem sie in Lovats aufgewachsen war, kannte sie die besten Wege durch die Stadt – und besaß ein ausgeprägtes Gespür dafür, wann Soldaten aufzutauchen drohten.

Und das war auch gut so, denn überall trieben sich Soldaten herum und bemühten sich, alle Leute mit den Richtplatz-Tätowierungen unter den linken Augen zusammenzutreiben. Regelmäßig wirbelte Cam herum, um Merik durch feuchte Seitengassen zu führen.

Selbst wenn keine Soldaten zu sehen waren, bog sie in Gassen oder schattige Durchgänge ab, bis Merik endlich ein vertrautes Gebäude entdeckte.

»Stopp«, befahl er. »Wir gehen hier rein.« Er deutete auf ein schmales Reihenhaus. Ein Ladenschild verkündete, dass darin ein Spielzeuggeschäft untergebracht war, doch die geschlossenen Läden ließen etwas anderes vermuten. »Inzwischen sind dort Wohnungen untergebracht«, erklärte Merik Cam, als würde das erklären, warum sie hierhergekommen waren.

Es erklärte nichts, doch Cam fragte nicht nach. Sie fragte nie nach. Sie vertraute ihrem ehemaligen Admiral – ihrem ehemaligen Prinzen –, obwohl Merik offensichtlich keinen echten Plan verfolgte und nicht wirklich wusste, was er tat.

Merik war wie der Fisch aus der Fabel, der durch das Gold der Königskrabbe in die Höhle gelockt wurde, und Cam war der blinde Bruder, der ihm glücklich folgte. Törichterweise. Direkt in das klickende Maul.

In dem heruntergekommenen Laden wich Merik spielenden Kindern aus und stieg über zusammengekauerte, hungrige Großmütter. Es drängten sich noch mehr Leute als beim letzten Mal, als er das Gebäude besucht hatte. Selbst der

Flur war inzwischen in Beschlag genommen worden. Eine Verlängerung der improvisierten Wohnungen.

Nahrung ist unterwegs, wollte Merik ihnen sagen, denn egal was Vivia vor Wochen ihm gegenüber behauptet hatte, er glaubte einfach nicht, dass Nubrevna Nahrungsmittel ablehnen würde, nur weil sie aus einem der Reiche stammten.

Als er und Cam drei Stockwerke nach oben stiegen, brannten Meriks Oberschenkel. Er genoss den Schmerz, weil er ihn von dem ablenkte, was ihn erwartete.

Und ihn daran erinnerte, dass er tot sein könnte. Dass er jeden Quadratzentimeter seiner noch lebenden Haut Nodens Güte und Cams prophetischem Bauchgefühl verdankte.

Mein Bauch, hatte sie Merik erklärt, kurz nachdem sie ihn gefunden hatte. *Er warnt mich immer vor Gefahr, und bisher hat er mich noch nie in die Irre geführt.* Das war die Art von abergläubischem Blödsinn, den Merik sonst sofort abgetan hätte … wenn nicht Cams Bauch der einzige Grund dafür gewesen wäre, dass Merik noch lebte, und wenn ihnen dieses mysteriöse Organ auf der Reise nach Lovats nicht mindestens sechs Mal den Hals gerettet hätte.

»Siebzehn, achtzehn, neunzehn«, zählte Cam hinter ihm. Jede Stufe bekam eine Zahl, und jede Zahl erklang atemloser als die letzte. Seit ein paar Tagen pikten die Schultern des Mädchens förmlich durch ihr Hemd. Merik hatte nicht übersehen, dass Cam den Großteil ihrer Rationen Merik zuschusterte. Obwohl er immer wieder argumentierte, dass jeder von ihnen genau die Hälfte bekommen sollte, vermutete er doch, dass sie ihm nicht immer gehorchte.

Cam erreichte siebenundzwanzig, dann schlurften sie und Merik auf den obersten Treppenabsatz.

Zwölf weitere Schritte durch einen überfüllten Flur führten sie vor eine niedrige Tür aus Kiefernholz. Nach einem wachsamen Blick machte sich Merik daran, den Rhythmus eines Schlosszaubers auf den Türrahmen zu klopfen.

Sein Herz schlug schneller. Die Maserung des Holzes verschwamm vor seinen Augen.

Dann klickte der Zauber. Ein Eisenriegel hob sich von innen. Merik stellte fest, dass er wie erstarrt dastand und die Klinke anstarrte. Die vertraute Delle im Holz darunter.

Er konnte das nicht. Er hatte gedacht, er wäre stark genug … aber jetzt, wo er hier stand, wusste er, dass er einen Fehler begangen hatte.

»Sir«, murmelte Cam, »gehen wir rein?«

Meriks Blut rauschte in seinen Ohren wie ein Hurrikan. »Die Wohnung gehörte … Kullen.«

»Dem Ersten Offizier.« Cam senkte den Kopf. »Das hatte ich mir schon gedacht, Sir.«

Mit einer schnellen Bewegung öffnete Merik die Tür und stürmte in die Wohnung. Seine Augen huschten durch den vertrauten Raum, dann beugte er sich nach vorne, nur um in dieser schiefen Haltung zu erstarren. Er hing in der Luft wie ein Gehängter, den man in der Schlinge vergessen hatte.

Ein einzelner Lichtstrahl drang durch ein schmales Fenster in den Raum. Fast fröhlich. Auf jeden Fall spöttisch. Er erhellte den Boden aus breiten Planken, die blutgetünchten Wände und die niedrigen Holzbalken der Decke.

Zu niedrig, als dass Kullen sich mühelos hier hätte bewegen können. Er hatte sich jedes Mal den Kopf angestoßen, genau wie auf der *Jana*. Genauso, wie er es schon in der Hütte auf den Nihar-Ländereien im weit entfernten Süden getan hatte, in der er aufgewachsen war.

»Kommt, Sir.« Cams schwielige Hand umfasste Meriks Arm. »Die Leute beobachten uns. Wir sollten die Tür schließen.«

Als Merik sich nicht bewegte, schob Cam ihn zwei

Schritte nach vorne. Ein lauter Knall erschütterte den Raum, dann knisterte Macht hinter Merik, als der Schlosszauber erneut aktiv wurde.

»Zünde?« Cams Ton war fragend, als hoffe sie nur darauf, dass die Lampen, die von den niedrigen Balken hingen, feuermagisch waren. Sie waren es. Kaum hatte sie den Befehl ausgesprochen, erwachten ihre Flammen flackernd zum Leben und gaben den Blick frei auf eine Essnische zur Linken.

Überall auf der Oberfläche lagen Bücher verteilt. Jeder Buchrücken zeigte eine andere Farbe oder andersartiges Leder, und jeder Buchrücken trug einen anderen Titel. Bücher in den Kommoden, Bücher auf dem Tisch, Bücher aufgestapelt auf den drei nicht zueinanderpassenden Stühlen.

Ein Stuhl für Kullen. Ein Stuhl für Merik. Und ein Stuhl, der neueste der drei, für Kullens Herzstrang.

Ryber. Bei diesem Namen – der Erinnerung an das schöne schwarze Gesicht, die damit in ihm aufstieg – wurde Meriks Brust eng. Ryber war nach Kullens Tod verschwunden, hatte Merik lediglich eine Nachricht hinterlassen. Auch wenn es stimmte, dass Merik ihr nie nahegestanden hatte – nie ganz verstanden hatte, was sie und Kullen teilten –, hätte er Rybers Gegenwart im Moment doch willkommen geheißen. Dann hätte zumindest noch ein anderer Mensch verstanden, was er gerade empfand.

Merik richtete den Blick nach rechts, wo Cam wachsam ein paar Schritte entfernt stand.

»Ich kann Euch allein lassen, Sir. Wenn Ihr wollt. Vielleicht könnte ich etwas Richtiges zu essen auftreiben.« Sie drückte die Hände über den Magen und zeigte damit, wie eingefallen ihr Bauch inzwischen aussah. »Ich weiß ja nicht, wie es Euch geht, aber das Lamm hat meinen Magen nicht gefüllt.«

»Aye«, hauchte Merik. »Es sollte … Marten geben …«

Seine Stimme verklang. Er stolperte zum Bett, es war ungemacht, und überall waren weitere Bücher verteilt.

Unter dem Kissen fand er einen Geldbeutel, aus dem Merik einen Silbermarten zog. Doch Cam schüttelte den Kopf, ihre Wangen leuchteten rot. »Den kann ich nicht verwenden, Sir. Die Leute werden denken, ich hätte ihn gestohlen.« Sie wedelte mit der Hand in Richtung ihrer dreckigen Kleidung, als würde das alles erklären.

Merik vermutete, dass sie damit sogar recht hatte. »Richtig.« Er grub weiter in dem Beutel herum, bis er einen Holzmarten fand. Dann zwei weitere. »Hier.«

»Danke, Sir. Ich werde bald zurück sein.« Sie schlug ihre Faust über das Herz, dann wartete sie auf ihre Entlassung. Auf eine Reaktion. Auf irgendwas.

Merik hatte nichts zu geben. Er war wie ein ausgetrockneter Brunnen. Er spürte keinen Zorn mehr. Keine Magie. Nur …

Nichts.

Er wandte sich ab, und Cam verstand den Hinweis. Augenblicke später zischte Magie hinter Merik, als sich die Tür öffnete und wieder schloss. Dann war er allein.

Er ging in die Essecke. Zu den Büchern, die auf dem Tisch und den Stühlen lagen. Ryber hatte Kullen in einen Leser verwandelt. Angefangen hatte es mit einem Buch, das sie ihm früh in der Werbephase geschenkt hatte. Der Luftmagis, der bisher in seinem Leben nie gelesen hatte, hatte plötzlich angefangen, ständig zu lesen … hatte jeden Roman und jedes Geschichtsbuch gekauft, das er in die Finger bekam.

Und es war das einzige Thema gewesen, über das er und Ryber je geredet hatten. Ständig hatten sie die Köpfe über einem Buch zusammengesteckt oder Argumente von Philosophen diskutiert, von denen Merik noch nie gehört hatte.

Jetzt saugten sich Meriks Augen an einem bestimmten Buchrücken fest, an einem vertrauten Titel, den Kullen nur Stunden vor seinem Tod auf der *Jana* gelesen hatte.

Die Wahre Geschichte der Zwölf Paladine.

Meriks Atem stockte. Er riss das Buch so schnell vom Tisch, dass Staub aufwirbelte, und öffnete den Deckel …

Eine andere Ausgabe. Merik atmete heftig aus. Diese Ausgabe hatte eine eingerissene erste Seite; das Exemplar auf der *Jana* war unbeschädigt gewesen. Und bei diesem Buch lag weißer Staub auf den Seiten, es waren bestimmte Abschnitte unterstrichen und Sätze angemerkt, während die Ausgabe auf der *Jana* jungfräulich gewesen war.

Natürlich war es eine andere Ausgabe. Das Buch vom Schiff war zu Asche verbrannt – und selbst wenn es dieselbe Ausgabe gewesen wäre, hätte das nichts geändert. Ein Buch konnte keinen Strangbruder ersetzen.

Merik ließ zu, dass sich das Buch von allein öffnete, auf eine Seite, von der eine Spielkarte mit goldenem Rücken zu ihm aufleuchtete. Er drehte die Karte um. Der König der Hunde. Sie stammte aus dem Taro-Spiel, das Ryber immer bei sich trug – so viel konnte er erkennen –, und darunter stand ein unterstrichener Absatz: *Die Paladine, die wir weggesperrt haben, werden eines Tages unter uns wandeln. Die Rache wird ihnen gehören, mit ungezügelter Wut. Denn es war uns nie gegeben, ihre Macht einzufordern. Doch erst im Tod konnten sie das Leben verstehen. Und nur im Leben werden sie die Welt verändern.*

Nun, Merik war im Moment weder wirklich lebendig noch wahrhaft tot – wo stand er also? Kein Schiff. Keine Mannschaft. Keine Krone.

Doch er hatte einen Hinweis, dem er folgen konnte. Hatte eine Verbindung zwischen dem Meuchelmörder namens Garren und seiner Schwester Vivia gefunden; eine erste Gelegenheit, um zu beweisen, dass die Prinzessin hinter der Explosion, hinter dem Angriff steckte. Mit solchen Beweisen würde der Hohe Rat Vivia sicherlich nie erlauben, den Thron zu besteigen.

Allein der Gedanke an Vivia jagte eine neue Welle Zorn durch Meriks Körper. Die Hitze strahlte in seine Arme und Finger aus. Brennend, gewalttätig, wunderbar. All die Jahre über hatte Merik versucht, den Nihar-Zorn zu zügeln. Hatte versucht, gegen das Temperament anzukämpfen, das seine Familie so berühmt und unangreifbar gemacht hatte. Schließlich war sein Temperament dafür verantwortlich, dass er viel zu früh in die Magis-Prüfung getrieben worden war – Meriks Temperament hatte König Serafin glauben lassen, dass Merik mächtiger sei, als er tatsächlich war.

Und all diese Jahre hatte Merik sein Temperament gezügelt, um Vivia so unähnlich zu sein wie nur möglich. Doch wohin hatte ihn das gebracht?

Das hatte Kullen nicht vor seinem eigenen Sturm gerettet.

Es hatte Safiya fon Hasstrel nicht vor den Marstokern gerettet.

Und es hatte bei Nodens wässriger Hölle Nubrevna nicht vor Hungersnot und Krieg bewahrt.

Also hieß Merik den Zorn willkommen. Ließ jeden seiner Atemzüge davon erfüllen. Jeden Gedanken. Er konnte diese Wut einsetzen, um seiner hungernden Stadt zu helfen. Um sein sterbendes Volk zu schützen.

Zwar mochten auch die Heiligsten fallen – und Merik war in der Tat tief gefallen –, doch sie konnten sich auch wieder nach oben kämpfen.

Die vierzehnte Glocke schlug, begleitet von stürmischen Winden, als Vivia endlich einen Moment Zeit fand, um sich unter die Stadt zurückzuziehen, tief ins Herz des Plateaus.

In den letzten neun Wochen war Vivia jeden Tag hierhergekommen, ohne Ausnahme. Ihre Routine bei diesen Besuchen war immer dieselbe: den See kontrollieren, dann in den Tunneln nach der verschwundenen sagenumwobenen Unterstadt suchen.

Vivia hatte den Kriegssaal verlassen, um von Chaos empfangen zu werden. Windtrommeln schlugen Alarm, um Hilfe auf dem Richtplatz anzufordern. Und als sie in der Stadt ankam, herrschte dort Aufruhr.

Nach einer Stunde erfolgloser Versuche, die entkommenen Gefangenen wieder in Eisen zu schlagen, während sich der Himmel mit jeder Minute weiter verdunkelte, hatte Vivia den Soldaten befohlen, sich zurückzuziehen.

Die Suche hatte keinen Sinn mehr – nicht, als es anfing zu regnen. Die meisten Leute in den Eisen hatten ihre Verbrechen nur begangen, um verhaftet zu werden, getrieben von der fehlgeleiteten Annahme, dass sie im Gefängnis zwei Mahlzeiten am Tag erhalten würden. Doch das Gefängnis von Lovats war bereits überfüllt, also mussten diese verzweifelten Verbrecher stattdessen in Eisen auf dem Platz stehen – wo es natürlich keinerlei Nahrung gab.

Trotzdem waren auch ein paar gefährliche Verbrecher noch auf freiem Fuß. Ganz abgesehen von diesem neuen Monster von Mann, das die Gefangenen in erster Linie befreit hatte.

»Die Furie«, flüsterte Vivia, während sie tiefer in den Untergrund eindrang. Das war ein dämlicher Titel, um ihn sich selbst zu verleihen – er schrie förmlich nach dem Zorn der Hexenfische. Auch wenn die Leute auf dem Richtplatz vielleicht leichtgläubig genug waren, um anzunehmen, dass Nodens rachsüchtiger Heiliger tatsächlich gekommen war, um sie zu retten, wusste Vivia doch, dass er nur ein Mann war – wer auch immer er sein mochte.

Und ein Mann konnte gefunden werden. Verhaftet. *Gehängt.*

Vivia beschleunigte ihre Schritte. So weit unter der Erde wurde die Luft niemals warm, und es gab wenig Leben. Das Licht von Vivias Laterne glitt über die groben Wände von Sandsteintunneln. Ein Tunnel nach dem anderen. Ganz anders als die geziegelten Zisternen über ihr, wo Abwasser rauschte und wassermagische Rohre verlegt waren. Wann immer Vivia wieder an die Oberfläche stieg, waren ihre Haut, ihr Haar, ihre Uniform staubverklebt.

Deshalb bewahrte sie immer eine Ersatzuniform im Garten ihrer Mutter auf, in einer wasserdichten Kiste. Außerdem arbeitete sie stets allein, denn diese verschlungenen Tunnel waren immer leer, für immer geheim. Soweit Vivia wusste, war sie die einzige Person, die überhaupt noch ahnte, dass diese Welt aus Magie und dem Fluss existierte.

Oder zumindest hatte ihre Mutter ihr das erzählt, bevor sie Vivia vor fünfzehn Jahren hier heruntergeführt hatte. Jana war damals noch Königin gewesen, eine mächtige Herrscherin. Der Wahnsinn – und der Hohe Rat – hatten ihr die Krone noch nicht genommen. *Dies ist die Quelle unserer Macht, kleiner Fuchs*, hatte sie Vivia gesagt. *Der Grund, warum unsere Familie Nubrevna regiert und nicht andere Leute. Dieses Wasser kennt uns. Dieses Wasser hat uns erwählt.*

Vivia hatte damals nicht verstanden, was Jana sagen wollte, aber inzwischen verstand sie es. Jetzt fühlte sie die Magie, die ihr Blut an diese unterirdischen Wasserstraßen band.

Sie stiefelte in den letzten Tunnel, wo eine uralte feuermagische Lampe sie empfing. Das grelle Licht, heller als ihre Laterne, sorgte dafür, dass ihre Augäpfel brannten.

Bleib in Bewegung. Hier zumindest *wollte* sie in Bewegung bleiben. Hier konnte sie in die Dunkelheit starren, und es spielte keine Rolle, wenn ihre Mutter zurückstarrte.

Tintenschwarzes Wasser erstreckte sich vor Vivia, so weit ihr angestrengter Blick reichte. Ein riesiger See, der von einem kilometerweit fließenden unterirdischen Fluss gespeist wurde; das Herz des Plateaus, auf dem Lovats ruhte. Hier lag Nubrevnas wahre Macht. Hier schlug der Puls der Stadt.

Am Ufer des Sees ruhten die verwitterten Rippen eines uralten Ruderboots, auf denen Vivia immer ihre Laterne und ihre Kleidung ablegte – was sie auch jetzt tat, angefangen mit dem lilienblauen Stoffstreifen um ihren linken Bizeps.

Das Protokoll verlangte, dass alle Männer und Frauen in den königlichen Truppen bis zur Beerdigung dieses Trauerband trugen, doch es war unendlich lästig. Eine Lüge. Die meisten in der Truppe hatten ihren Prinzen nicht gekannt und ihn sicherlich nie gemocht. Merik war im Süden aufgewachsen und hatte sich, anders als Vivia, nicht seinen Weg durch die Dienstgrade nach oben gearbeitet, durch eigene Anstrengung, eigene Stärke. Merik hatte einfach ein Schiff bekommen, eine Mannschaft und die glänzenden Knöpfe eines Kapitäns.

Dann, ein paar Jahre danach, als ultimative Beleidigung für Vivia, war Merik der Admiralstitel verliehen worden. Auch wenn Vivia die Empörung ihrer Matrosen- und Soldatenkollegen zu dieser Zeit gutgetan hatte – der Leute, mit denen sie ausgebildet worden war –, hatte es doch den Stich nicht mildern können, den es ihr versetzt hatte, dass Serafin sie einfach übergangen hatte.

Einfach, einfach. Alles in Meriks Leben war einfach gewesen.

Mit schnellen Bewegungen beendete Vivia ihr teilweises Entkleiden, indem sie sich die Stiefel von den Füßen riss und den Mantel abwarf. Dann tat sie, was sie immer tat. Sie zischte: »Verlösche.«

Dunkelheit breitete sich in der Höhle aus. Vivia hielt den

Atem an und wartete darauf, dass ihre Augen sich daran gewöhnten ... da. Sternenlicht funkelte.

Kein echtes Sternenlicht, sondern Streifen und Flecken und kleine Punkte leuchtender Pilze, die mehr als genug Licht boten, um etwas zu sehen, sobald sich Vivias Augen an das Dämmerlicht angepasst hatten. Vier Streifen, wie die Speichen eines Rads, zogen sich über den Felsen, trafen sich in der Mitte der Decke. *Fuchsfeuer*, hatte ihre Mutter es genannt.

Es ist ein Zeichen, dass unser Volk zu schwach war, um weiter zu kämpfen, hatte Jana erklärt. *Und ein Zeichen dafür, dass die königliche Familie zu schwach war, um das Volk weiter zu beschützen.*

Also hatten sich die Menschen der Stadt unter der Erde verborgen, in einer riesigen Stadt, die aus dem Felsen geschlagen worden war. Wo noch mehr Fuchsfeuer in solch riesigen Ansammlungen wuchs, dass das Licht ausreichte, um Pflanzen gedeihen zu lassen – zumindest, solange Pflanzenmagi anwesend waren, um ihr Wachstum zu begünstigen und zu unterstützen.

Die Unterstadt ist so groß wie Lovats darüber, mein kleiner Fuchs. Mächtige Magi, wie sie heute nicht mehr existieren, haben sie vor Jahrhunderten errichtet, als Versteck, in dem unser Volk überleben kann.

Vivia hatte mehr wissen wollen. *Wie wurde die Stadt erbaut, Mutter? Wieso gibt es keine solch mächtigen Magi mehr? Woher weiß das Fuchsfeuer, dass wir zu schwach sind? Und wo ist die Stadt?*

Das alles waren gute Fragen gewesen, auf die Jana keine Antwort gewusst hatte. Nachdem ihre Vorfahren die Stadt das letzte Mal benutzt hatten, war sie versiegelt worden. Es gab keine Aufzeichnungen über ihre Lage; keine Hinweise, denen man folgen konnte.

Doch es gab eine Frage, die zu stellen Vivia nie gewagt hatte: *Wirst du das hier je Merik zeigen?* Sie hatte die Antwort nicht wissen wollen; hatte nicht riskieren wollen, ihrer Mutter diese Idee in den Kopf zu setzen. Dies war ihr Rückzugsort gewesen, von Mutter und Tochter.

Und jetzt war es ihr Rückzugsort. Vivias. Nur ihrer allein.

Mit leisen Schritten trat sie an den Rand des Sees. Grünes Licht glitzerte auf der Oberfläche, tanzte im Takt des fließenden Wassers. Erhellte hin und wieder einen Fisch oder ein Krabbentier. Die Kraft des Wassers erfüllte Vivia, noch bevor ihre Zehen feucht wurden. Ihre Verbindung mit den Wellen und Gezeiten, der Macht und der Ewigkeit.

Der See hieß Vivia sofort willkommen. Ein Freund, bei dem sie sich sicher fühlte. Das Wasser kühlte ihre Zehen. Sie tauchte die Hände in die endlose Fläche, ließ ihre Augen zufallen. Dann tastete sie sich durch jeden Tropfen Wasser, der das Plateau durchfloss. Dies war ihre Macht. Dies war ihr Zuhause.

Vivias Magie glitt durch den See, über Kreaturen hinweg, die für alle Ewigkeit in dieser dunklen Welt lebten. Ihre Macht glitt über Felsen und Findlinge und Kostbarkeiten, die lange verloren und vergessen waren. Ihre Magie stieg im Fluss nach oben. Zeit verlor jede Bedeutung – wurde zu einem menschlichen Konstrukt, für das Wasser weder interessant noch nötig.

Mit dem See war alles in Ordnung. Also zog sich Vivia wieder in sich selbst zurück, erfüllt von einem Gefühl des Verlusts. So war es immer, wenn sie ihre Verbindung mit dem See beendete. Wäre es möglich gewesen, wäre sie nie gegangen. Sie hätte in diesem See Wurzeln geschlagen und sich für immer darin versenkt …

Vivia schüttelte sich. Nein. *Nein*. Sie musste in Bewegung bleiben. Wie der Fluss, wie die Gezeiten.

Die Arme eng um den Oberkörper geschlungen, stieg Vivia aus dem Wasser. Sekunden später trug sie wieder ihre Stiefel – feuchte Zehen in trockenem Leder – und griff erneut nach ihrer Laterne. Gestern hatte sie eine Reihe von Höhlen erkundet, die sich in Spiralen über den See hoben. Sie hatten vor einem Felssturz geendet, hinter dem Vivia Wasser gespürt hatte. Fließendes Wasser, wie die tosenden Fluten, die die Zisternen reinigten.

Sie wollte versuchen, sich einen Weg durch den Felssturz zu bahnen, denn auch wenn auf der anderen Seite vielleicht Stromschnellen warteten, stellten die doch für eine Gezeitenmagis kein Hindernis dar.

Vivia hatte fast eine Kreuzung in den Tunneln erreicht, als ihr etwas auf den Kopf fiel.

Sie zuckte zusammen und riss die Hand nach oben. Beine, Beine, Beine huschten über ihr Haar. Sie schlug zu. Fest. Ein schwarzer Fleck fiel auf den Höhlenboden.

Eine Wolfsspinne, riesig und behaart. Mit unglaublich langen Beinen sauste das Tier davon, ließ Vivia keuchend und mit klopfendem Herzen zurück.

Ein fast hysterisches Lachen stieg aus ihrer Kehle auf. Sie konnte sich ganzen Flottenverbänden stellen; konnte einem Wasserfall von der Bergspitze bis ans Ende des Tals folgen. Sie konnte gegen fast jeden Mann und jede Frau antreten und als Siegerin aus dem Kampf hervorgehen.

Aber eine Spinne … Ein Schauder lief Vivia über den Rücken. Sie zog die Schultern hoch. Bevor sie weiter durch die Höhlen aufsteigen konnte, entdeckte sie Bewegungen in der Nähe ihrer Füße. An den Höhlenwänden.

Die Wolfsspinne war nicht die einzige Kreatur, die versuchte, zur Oberfläche vorzudringen … und auch nicht die einzige Kreatur, die vor Angst zitterte. Ein Tausendfüßer – nein, Dutzende – drängten aus den Spalten zu Vivias Füßen. Salamander krochen an den Wänden hinauf.

Heiliger Noden, woher kamen all diese Kreaturen?

Und noch wichtiger: Wovor flohen all diese Tiere?

7

Sie war den halben Tag lang gewandert.

Einen halben Tag voller Durst.

Die Bewegung war ihr leichtgefallen. Irgendwie hatte Safi in der Dünung ihre Schuhe verloren, doch Safi war für solche Situationen ausgebildet worden, selbst barfuß. Und sie konnte kilometerweit wandern, auch wenn ihr Fuß erst vor zwei Wochen von einem eisernen Kriegsflegel zerstört worden war.

Doch der Durst… Das war eine neue Erfahrung und wurde noch verstärkt von dem endlosen Brackwasser, das unter den Mangroven schwappte – untrinkbar.

Weder Safi noch die Kaiserin sprachen. Nicht dass es eine Rolle gespielt hätte. Der Dschungel der Umkämpften Lande erzeugte mehr als genug Lärm.

Stundenlang liefen sie nach Südwesten, weg von der Küste. Weg von der cartorrischen Armada, die sie vielleicht jagte, oder jeglichen Meuchelmördern, die sich herumtrieben. Die zwei Frauen platschten durch Schlamm, der an ihren Beinen saugte. Kletterten über Mangrovenwurzeln und gebogene Zypressen. Durch klammernde Lianen, stechende Dornen und gierige, summende Insektenschwärme.

Bis sie endlich eine Pause brauchten.

Vaness setzte sich als Erste. Es kostete Safi mehrere schlurfende Schritte, überhaupt zu bemerken, dass hinter ihr plötzlich Stille herrschte. Sie riss den Kopf herum. Leerer Dschungel und grüne, grüne Schatten. Das Herz schlug ihr bis zum Hals. Vaness war direkt hinter ihr gewesen.

Da. Safis Blick fand eine zusammengekauerte Gestalt auf einem umgestürzten Mangrovenstamm. Das Schwarz von Vaness' Kleid bot im Gewirr aus Blättern und Schatten eine gute Tarnung.

Safis Herzschlag beruhigte sich. »Seid Ihr verletzt?«

»Hmmmm.« Mehr sagte die Kaiserin nicht, bevor ihr dunkles Haupt nach vorne sank, sodass schweißverklebtes Haar über ihr Gesicht fiel.

Safi drehte um. Wasser, Wasser – dieses Wort pulsierte in ihrem Kopf, während sie sich der Kaiserin näherte. Vaness brauchte es, Safi brauchte es. Ohne Wasser würden sie nicht weit kommen.

Doch es war nicht Flüssigkeitsmangel, der Vaness' kleinen Körper zum Zittern brachte. Es waren Tränen. Die Trauer der Kaiserin war so allumfassend, dass sie förmlich von ihrer Haut ausstrahlte, in heißen, kribbelnden Wellen, die *wahr, wahr* gegen Safis Haut brandeten. Sie konnte das Gefühl förmlich sehen – ein Klagelied, das sich durch den Wald ausbreitete und überall schwarze Wurzeln schlug.

Safi erreichte Vaness' Seite, doch sie fand keine helfenden Worte. Das hier … es war zu groß für sie.

Eisen war nicht zum Weinen bestimmt.

Vaness schien zu verstehen. Mit klappernden Schellen schlug sie die Hände vors Gesicht. Rieb und wischte die Tränen fort, bevor sie sagte: »Sie waren meine Familie.« Ihre Stimme klang belegt, ging fast unter im ständigen Lärm des Dschungels. »Die Nattern. Die Matrosen. Ich kannte sie schon mein ganzes Leben lang. Sie waren meine Freunde …

meine Familie.« Ein Brechen in ihrer Stimme. Ein Zögern. »Ich hatte nicht gedacht, dass der Krieg so bald zurückkehren würde. Der Waffenstillstand hat erst vor zwei Wochen geendet …« Ihre Stimme verklang, doch eine unausgesprochene Wahrheit hing weiter zwischen den Bäumen wie Nebel.

Ich *habe den Waffenstillstand beendet, indem ich Euch in Nubrevna für mich beansprucht habe. Ich habe das auf mich selbst herabbeschworen.*

Dann richtete sich Vaness auf, und ihre Haltung wurde so steif und unbeugsam wie das Eisen, das sie beherrschte. Als sie Safis Blick auffing, gab es kein Anzeichen mehr für Tränen in ihrem Gesicht – und sicherlich kein Zeichen von Bedauern. »Ich werde die Cartorrer töten, die das getan haben, Domna.«

»Woher wisst Ihr, dass es Cartorra war?« Doch schon als Safi diese Frage stellte, war ihr bewusst, dass das Reich ihrer Kindheit – das Reich, das eine ganze Armada auf ihre Fersen gesetzt hatte – der einzige Angreifer war, der Sinn ergab.

Nur … dass irgendetwas mit dieser Erklärung nicht stimmte. Wie ein Schlüssel, der in ein falsches Loch gesteckt wurde, weigerte sich die Vorstellung, in ihrem Kopf *Klick* zu machen. Denn wieso sollte der Kaiser Safi *töten*? Es schien viel wahrscheinlicher, dass er seine kostbaren Wahrmagis am Leben halten wollte.

Allerdings konnte es natürlich sein, dass er sie lieber für immer verlor, als sie an der Seite seiner Feindin zu sehen. Und der Meuchelmörder *hatte* blaue Augen gehabt.

»Henrick.« Vaness spuckte den Namen förmlich aus, als hätte sie Safis Gedanken gelesen. »Seine gesamte Flotte – ich werde sie finden. Ich werde alle töten.«

»Ich weiß.« Safi wusste es wirklich. Die Wahrheit von Vaness' Aussage war unverkennbar. Sie brachte Safis Haut zum Brennen, kochte in Safis Bauch – und wenn Kaiser Henricks

Niedergang kam, würde sie sich daran ergötzen. Dieser krötengleiche Anführer des Cartorrischen Reichs, dieser Mann mit den feuchten Händen, der versucht hatte, Safi dazu zu zwingen, ihn zu heiraten; der versucht hatte, sie dazu zu *zwingen*, ihre Wahrmagie in seine Dienste zu stellen.

Safi streckte der Kaiserin ihre Hand entgegen. Zu ihrer Überraschung nahm Vaness die Hilfe an. Ihre Hände schlossen sich erstaunlich weich um Safis Finger, die selten Waffen hielten; Haut, die nie schwere Arbeit gesehen hatte.

Und doch hatte Vaness heute kein einziges Mal geklagt.

Eisen mochte weinen, doch es brach nicht.

Schrammen und Kratzer, die Safi bisher nicht wahrgenommen hatte, machten sich bemerkbar. Jetzt, wo sie angehalten hatte, beschlossen ihre schmerzenden Füße, dass sie nicht länger ignoriert werden wollten. Besonders ihr heilender rechter Fuß. Und doch zwang sie sich zu sagen: »Wir müssen weitergehen, Eure Majestät. Wir befinden uns immer noch zu nah an der Küste.«

»Ich weiß … Domna.« Den Titel äußerte Vaness mit einem Stirnrunzeln. »Ich kann Euch nicht weiterhin so nennen. Nicht mehr, wenn wir Saldonica erreicht haben.«

»Dann Safi. Nennt mich Safi.«

Vaness nickte, formte das Wort mit den Lippen, als hätte sie noch nie zuvor einen Vornamen verwendet.

»Aber wie soll ich Euch ansprechen?«, fragte Safi. Die Aussicht auf einen Spitznamen erfüllte sie mit Energie. »Nessie? Van? V? Ssen … av?«

Vaness wirkte, als wäre ihr schlecht. Offensichtlich bereute sie ihre Eingebung bereits.

Safi allerdings hatte gerade erst angefangen. Sie hatte immer viel Spaß daran gehabt, sich vor einem Coup Decknamen auszudenken, sehr zur Verärgerung ihres Mentors Mathew.

Bei dem Gedanken an Mathew durchfuhr Safi ein Stich der Angst. Beim Gedanken an all die Männer und Frauen, die für Onkel Eron arbeiteten. Sie würden jetzt nicht mehr wissen, wo sie Safi finden konnten. Noch schlimmer, sie könnten sie für tot halten und niemals auftauchen, um sie zu holen.

Safi schluckte schwer, um die Enge in ihrer Kehle zu lösen. Dann schob sie ihre Sorgen weit in den Hintergrund. Sie konnte nichts anderes tun, als weiterzugehen.

Und natürlich musste noch ein neuer Name für die Kaiserin gefunden werden. »Eisena«, schlug sie vor, als sie sich wieder nach Westen aufmachten, der Sonne in Richtung Saldonica folgten. »Stahla? Oh! M-*eise*.« Das brachte sie zum Lachen.

Nicht so Vaness. Sie blickte nur finster drein.

»Oh, ich weiß!« Safi klatschte in die Hände, beeindruckt von ihrer eigenen Genialität. Ich werde Euch *R-eisen-de* nennen!«

»Bitte«, sagte Vaness kalt, »hört sofort damit auf.«

Aber das hatte Safi nicht vor.

Stundenlang wanderten Safi und Vaness weiter. Die Mangroven gingen in einen echten Dschungel über. Mahagoni und Eiche, Bambus und Farne, hin und wieder durchbrochen von gelblichen Grasflächen.

Safi wich diesen offenen Weiden aus, wann immer sie konnte. Sie lagen zu offen da, für den Fall, dass ihnen jemand folgte. Und außerdem war das dichte, hüfthohe Gras fast undurchdringlich. Im Wald war das Blätterdach so dicht, dass nur wenig Sonnenlicht hindurchdrang, womit auf dem Boden kaum Pflanzen wachsen konnten, und das wiederum bedeutete ungehinderte Sicht. Und im Dschungel gab es auch Wasser. Zweimal entdeckten die Frauen einen flachen

Bach. Beide Male war es nur ein schlammiges Rinnsal, aber immerhin etwas. Selbst zähflüssiges, nach Erde schmeckendes Wasser war Wasser.

Sie hatten gerade eine weitere Wiese umrundet, als Safi bemerkte, dass langsam Wolken den Himmel verdunkelten. Bald schon würde ein Gewitter ausbrechen, also hielten sie an einem umgefallenen Baumstamm. Doch sobald sie sich nicht mehr bewegten, machten sich die Schmerzen zehnmal stärker bemerkbar. Safis Fußsohlen brannten. Ihre Knöchel knirschten. Und der Durst …

Kaum hatte sie sich neben den Stamm gekniet, wurde ihr schwindelig. Fast wäre sie nach vorne umgefallen. Schlaffe Muskeln an erschöpften Knochen. Und der Kaiserin ging es nicht besser. Es schien Vaness all ihre verbliebene Kraft zu kosten, unter die überhängenden Schlingpflanzen zu kriechen.

Zumindest, dachte Safi vage, *war die Kaiserin nicht fordernd.* Sie ertrug ihre Misere – und Safis Humor – genauso stoisch, wie Iseult es getan hätte.

Bevor sich Safi Vaness unter dem Stamm anschließen konnte, traf ein Tropfen ihre Stirn. Weitere Tropfen folgten, glitten über ihre Arme, hinterließen helle Spuren in der Schicht aus Staub und Schweiß und Asche.

Sie musste den Regen nutzen, egal wie sehr sie sich auch ausruhen wollte.

»Könnt Ihr eine Flasche schaffen?«, fragte Safi Vaness. »Wir brauchen etwas, um das Wasser aufzufangen.«

Vaness nickte langsam. Sie war mehr als erschöpft … versank erneut in Trauer. Mehrere Regenschauer später ruhten zwei runde Schalen auf ihren Handflächen. Eine aus jedem Eisenband. Safi nahm die Behälter vorsichtig entgegen, als könnte eine plötzliche Bewegung die Kaiserin verschrecken.

Deren Augen wirkten in der Dunkelheit unendlich leer.

»Ich werde zu der letzten Lichtung zurückgehen. Dort ist es leichter, den Regen einzufangen.«

»Ja«, sagte Vaness mit belegter Stimme. »Tut das, Safi.« Dann zog sie sich unter den Stamm zurück, in dem Vertrauen, dass Safi zurückkehren würde. Oder vielleicht war ihr auch egal, ob sie für immer allein blieb.

Safi fand eine Stelle am Rand der Lichtung, wo uralte Säulen auf der Erde verteilt lagen. Sie entdeckte auch eine halb eingestürzte Mauer. Doch auch wenn Safi Marmor unter den Farnen und Kletterpflanzen erkannte, konnte sie doch die Ruinen nicht identifizieren. Ein vergessenes Volk, das zweifellos vor langer Zeit von einem der Reiche vernichtet worden war.

Es spielte keine Rolle, wer diese Ruinen bewohnt hatte. Im Moment zählte nur der Regen. Der Sturm war heftig. Regen peitschte gegen Safis Haut. Sie ließ die Tropfen über ihren Körper gleiten, fing sie mit dem Mund auf und ließ die Feuchtigkeit in ihr dreckiges Kleid einziehen, in ihr verknotetes Haar.

Es fühlte sich gut an. Es schmeckte gut. Und das Trommeln der Regentropfen übertönte die sich nähernden Schritte. Das hohe Gras verbarg die nahenden Gestalten.

Safi hob die Hände, rieb sich die Kopfhaut, ihre Augen närrischerweise geschlossen. Für einen Moment – einen ach so kurzen Moment – nahm sie nur das frische Wasser auf ihren Lippen wahr. Dann bohrte sich eine stählerne Spitze in ihren Rücken.

Safi bewegte sich nicht. Sie schloss weder den Mund, noch ließ sie sich auf andere Art anmerken, dass sie die Klinge gespürt hatte.

»Haltet still, Ketzerin, und wir werden Euch nicht verletzen.«

Dieser Befehl verriet Safi vier Dinge gleichzeitig. Der

Sprecher war ein Mann, er sprach Cartorrisch mit dem Akzent der Berge, er hatte »wir« gesagt, als hielten sich noch weitere Leute auf der Lichtung auf, und er hatte sie »Ketzerin« genannt.

Höllebarde.

Safi riss die Augen auf. Regentropfen rollten über ihre Wimpern und zwangen sie zu einem Blinzeln, bevor sie den Blick senkte und genau das entdeckte, was sie erwartet hatte.

Ein Höllebarde ragte fünf Schritte vor ihr auf. Auch wenn ein Stahlhelm sein Gesicht verbarg, ließ sich doch nicht übersehen, wie breit sein Hals war. Er war der größte Mann, den Safi je gesehen hatte. Und die zwei Äxte, die er in den Händen hielt, waren fast so lang wie Safis Beine. Regen glitzerte auf den Platten seines scharlachroten Panzerhemds, auf den Ärmeln aus Kettengeflecht und den ledernen Handschuhen – eine vollständige Rüstung, die hätte klappern müssen. Wie war es diesem Unmenschen gelungen, sich zu nähern, ohne dass sie ihn gehört oder gesehen hatte?

Sie drehte den Kopf gerade weit genug, um den Sprecher hinter sich zu erkennen. Was sie entdeckte, ließ nichts Gutes hoffen. Auch wenn er nicht so hoch aufragte wie der Riese, war doch auch die Silhouette dieses Höllebarden breit gebaut. Auch seine Rüstung war vollständig, er hielt sein Langschwert fachmännisch mit beiden Händen, und die scharlachroten Streifen auf seinen Panzerhandschuhen verrieten, dass er Offizier war.

Ein Höllebarden-Kommandant.

Wenn ein Gegner besser bewaffnet oder besser ausgebildet ist als du, hatte Habim ihr beigebracht, *dann tust du, was er befiehlt. Es ist besser, zu überleben und später nach Möglichkeiten Ausschau zu halten, als durch eine Übermacht zu sterben.*

»Was wollt Ihr von mir?«, fragte sie den Kommandanten.

»Für den Moment wollen wir, dass Ihr bleibt, wo Ihr seid.« Seine Stimme hallte in seinem Helm, und nichts in Safis Magie reagierte. Es war, als hätte er weder Wahrheit noch Lüge gesprochen.

»Es ist nass«, versuchte sie es erneut.

»Tut nicht so, als würde Euch das stören.«

Es störte sie. Safis Zehen waren taub. Ihre Knie schmerzten. Doch sie war klug genug, es gut sein zu lassen – besonders nachdem ihre Magie sie im Angesicht eines Höllebarden offensichtlich im Stich ließ. Sie nahm nur noch wahr, wie der Regen von der Rüstung des Mannes abprallte und dass der riesige Höllebarde so unbeweglich wie die Marmorsäulen vor ihr stand.

Dies war der Moment, vor dem Safi ihre gesamte Kindheit über geflohen war, und ihr Training schaltete sich ein. All die Lektionen und Übungskämpfe mit Habim, all die Vorträge und finsteren Geschichten von Onkel Eron – sie waren zu einem Teil ihres Selbst geworden. Schon lange bevor sie Iseult getroffen hatte, hatten Safis Lehrer ihr eingebläut, dass sie stark war, dass sie kämpfen und sich verteidigen konnte, dass niemand je fähig sein sollte, sie in eine Ecke zu treiben.

Safi war eine Wölfin in einer Welt von Kaninchen.

Außer wenn es um die Elitekampftruppe ging, die als die Höllebarden-Brigade bekannt war und deren einzige Aufgabe darin bestand, unregistrierte Magi im cartorrischen Reich aufzuspüren. Safi hatte ihr Leben damit verbracht, sich vor ihnen zu verbergen – denn ihre Magie war zu kostbar, um sie je zu enthüllen.

Seit ihrer ersten Reise in die cartorrische Hauptstadt im Alter von fünf Jahren hatten ihr Onkel und ihre Lehrer ihr erklärt, dass es unmöglich war, die Höllebarden zu bekämpfen. Dass sich Safi gegen sie nicht verteidigen konnte.

Onkel Eron, der selbst unehrenhaft aus der Höllebarden-Brigade entlassen worden war, wusste besser als jeder andere, wozu seine ehemaligen Kampfgefährten fähig waren. *Wenn du ihre scharlachrote Rüstung siehst,* hatte er ihr immer erklärt, *rennst du in die andere Richtung. Denn wenn du ihnen zu nahe kommst, werden sie deine Magie spüren. Sie werden dich als das erkennen, was du wirklich bist.*

Safi mochte eine Wölfin sein, doch die Höllebarden waren Löwen.

Vaness ist noch dort draußen, dachte Safi. Vaness, die mit ihrer Magie Explosionen aufhalten und gesamte Berge zum Einsturz bringen konnte – ein Löwe war nichts gegen die Eiserne Kaiserin.

Und Vaness würde Safis Abwesenheit bemerken – bald. Früher oder später würde sie Safi suchen kommen und diese überlaufenden Schalen mit Regenwasser entdecken.

»Zander«, sagte der Kommandant, dann bohrte sich das Schwert fester in Safis Rücken. »Hilf Lev.«

Der Riese nickte, bevor er sich umdrehte und im Gras verschwand – lautlos. Unnatürlich leise.

Safi wandte sich dem Kommandanten zu, wobei sie ignorierte, wie seine Klinge ihr Kleid durchbohrte, wie böse er auf sie herunterstarrte, ein schimmerndes Augenpaar unter einem dunklen Helm.

»Lasst mich gehen«, sagte sie, betonte ihre cartorrischen Vokale, sprach mit ihrem hochmütigsten Akzent. Sein Akzent war der ihrer Kindheit, der Akzent der Ungebildeten auf den Ländereien in den Bergen. Sie würde ihn mit ihrer adligen Sprache vernichten. »Ihr wollt mich nicht zur Feindin, Höllebarde.«

Das Schwert rückte weiter vor. Schmerz, weit entfernt und kalt, bohrte sich in ihr Fleisch.

Dann hörte sie etwas unter dem Regen. Er lachte. Ein

seltsames, fremdes Geräusch – wie ein Windstoß. Ein Aufwallen des Sturms.

Als er wieder sprach, färbte Erheiterung seine Stimme. »Nein, Safiya fon Hasstrel, Ihr habt recht damit, dass ich Euch nicht zur Feindin wünsche.«

Als sie ihren Namen hörte, rutschte ihr das Herz in die Hose. Sie fühlte sich, als würde sie fallen.

»Doch die Wahrheit lautet«, fuhr er fort, ohne sich bewusst zu sein, dass ihr die Galle in die Kehle stieg, »dass ich Euren Verlobten noch weniger zum Feind will. Schließlich hält Kaiser Henrick meine Henkersschlinge. Also gehe ich, wohin er mich schickt. Und ich fange ein, wen er haben will.«

Er hat gewonnen, dachte Safi, wie vor den Kopf geschlagen. Kaiser Henrick hatte ihr Schiff zerstört, und jetzt hatte er sie auch noch gefangen genommen.

Die Sonnenkarte war durch einen schlecht ausgespielten Trumpf dem Kaiser zugefallen. *Die Kaiserinnen-Karte ist noch im Spiel.*

Doch das war sie nicht. Die Kaiserin war ebenfalls gezogen worden. Diese Wahrheit wurde Safi nur kurz darauf später bewusst. Der Regen hatte sich zu einem stetigen Nieseln abgeschwächt, als eine neue Gestalt auf die Lichtung trat. Mit einer Armbrust in der Hand war dieser Höllebarde bei Weitem der Kleinste der drei.

»Kommandant Fitz Grieg«, sagte der Höllebarde mit der Stimme einer Frau. »Wir haben die Kaiserin.«

Dann erschien der Riese. Zander. Und vor seinem Körper hing Vaness, schlaff und mit einem dicken hölzernen Band um die Kehle.

Safi kannte solche Halsbänder. Sie hatte sie als kleines Mädchen oft genug gesehen. Die Angst vor ihnen gehörte genauso zu ihrer Kindheit wie die Furcht vor den Höllebarden. *Den Ketzerkragen legen die Höllebarden ihren Gefangenen an,* hatte Onkel Eron immer gesagt. *Der Kragen hebt gefährliche Magie auf. Selbst Wölfe können auf diese Weise in Kaninchen verwandelt werden.*

Für die Länge eines feuchten Atemzugs ergriff Panik Besitz von Safi. Jetzt gab es keine Chance auf Entkommen mehr. Es würde keinen Kampf geben, keine Flucht. Safi steckte in Schwierigkeiten, und es gab niemanden, der zu ihrer Rettung eilen würde.

Was würde Iseult tun?

Die Antwort war sofort klar. Das war Habims allerliebste Lektion gewesen: Iseult würde die Gegner abschätzen. Sie würde das Terrain kennenlernen, und dann würde sie ihr eigenes Schlachtfeld wählen.

»Wie lange wird die Kaiserin bewusstlos bleiben, Lev?« Der Kommandant sprach mit der kleinen Höllebardin, während er Safis Hände mit einem feuchten, kratzigen Seil hinter ihrem Rücken fesselte. Sie wehrte sich nicht.

Doch trotz ihrer scheinbaren Nachgiebigkeit ballte Safi die Hände zu Fäusten und beugte sie nach innen, um ihre Handgelenke so breit zu machen wie nur möglich.

»Es war eine hohe Dosis«, sagte die Höllebardin namens Lev. Ihre Stimme klang heiser und ein wenig schleppend. Der Akzent der pragarischen Armensiedlungen. »Und Ihre Majestät ist eine kleine Frau. Ich würde sagen, sie wird mindestens ein paar Stunden bewusstlos bleiben.«

»Kannst du sie so lange tragen?«, fragte der Kommandant. Diese Frage war an den Riesen gerichtet, während er ein letztes Mal prüfend an Safis Seil zog.

»Ja, Kommandant«, antwortete Zander. Seine Stimme war so tief, dass sie fast im sanften Prasseln des Regens unterging. »Aber vor einer Stunde haben wir eine Siedlung passiert. Dort können wir vielleicht ein Pferd finden.«

»Oder zumindest«, schaltete sich Lev ein, »Schuhe für die Damen.«

»Gut genug«, stimmte der Kommandant zu, dann zog er sich *endlich* – endlich – von Safi zurück.

Safi entspannte ihre Hände. Erleichterung, schwach, aber doch vorhanden, breitete sich durch ihre Arme aus. Endlich kehrte das Blut in ihre Finger zurück.

Eine Siedlung bedeutete einen Halt, und ein Halt bedeutete eine Gelegenheit. Besonders wenn Safi vorher etwas über ihre Gegner erfahren konnte. Sie hatte diese ganze Sache vielleicht nicht angefangen, aber sie konnte sie bei den Höllenfeuern zu Ende bringen.

Als der Kommandant also bellte: »Los, Ketzerin«, richtete sich Safi höher auf.

Und als er blaffte: »Geht, Ketzerin«, setzte sie sich in Bewegung.

8

Nachdem er das Lager der Puristen verlassen hatte, wanderte Aeduan erneut durch den nubrevnanischen Kiefernwald. Er hatte kein Ziel, doch nachdem Corlant ihm zwei Männer auf die Fersen gesetzt hatte, musste Aeduan zumindest vorgeben, eine Spur zu verfolgen.

Er ließ eine Weile lang zu, dass sie ihm folgten, bevor er seine Magie voll ausnutzte. Schneller und schneller rannte er, bis die Männer für seine Sinne nicht länger wahrnehmbar waren. Bis er sich weit genug entfernt hatte, um zu wissen, dass er ungestört ruhen konnte – auf einer Lichtung mit dichtem Unterholz, doch trotzdem erhellt von dämmrigem Sonnenlicht. Hier begutachtete Aeduan die Pfeilspitze.

Nichts. Keine Blutwitterung, so wie die Strangmagis keine Blutwitterung besaß.

Doch trotzdem nahm er verschiedene Gerüche wahr. Schwach und miteinander verschmolzen, als hätten noch andere Menschen die Pfeilspitze berührt. Corlants Witterung lauerte tief unter den Blutflecken. Und dann, über dem Blut, stieg ihm ein Duft nach Herdfeuern und Tränen in die Nase.

Doch nichts für die Strangmagis Iseult.

Aeduan wollte unbedingt wissen, warum das so war. Besaß sie einfach keine Blutwitterung, oder konnte er sie nur nicht riechen?

Er ließ seinen Daumen über die Pfeilspitze gleiten, und eine Erinnerung stieg in ihm auf, zu Anfang verschwommen. *Ein Gesicht, geschaffen aus Mondlicht und Schatten. Ein uralter Leuchtturm und ein sandiger Strand. Ein Hintergrund aus Nachthimmel, mit dem Gesicht der Strangmagis davor.*

An diesem Abend hatte sie Aeduan überlistet; hatte ihn lang genug abgelenkt, dass ihre Freundin entkommen konnte. Dann hatte sie sich vom Leuchtturm gestürzt – was sie sicherlich umgebracht hätte, wenn Aeduan ihr nicht gefolgt wäre. Doch sie hatte gewusst, dass er das tun würde, und letztendlich hatte sein Körper ihre Landung abgefedert.

An diesem Abend, als sie auf dem Strand Aeduans Leben verschont hatte, war ihr Gesicht vor Schmerzen verzerrt gewesen, und Blut hatte einen Verband an ihrem Oberarm rot gefärbt.

Eine Pfeilwunde, wie Aeduan jetzt wusste, die sie irgendwie mit Corlant in Verbindung brachte. Mit dem widerlichen Priester im Dienst seines Vaters.

Aeduan atmete tief durch. Seine Finger schlossen sich um die Pfeilspitze.

Ihm blieben zwei Möglichkeiten; es gab zwei Geister, die er jagen konnte: das Mädchen ohne Blutwitterung oder die Taler ohne Fährte.

Dann wurde die Entscheidung für ihn getroffen. Er witterte seine Silbertaler.

Bevor Aeduan die eiserne Schatulle mit dem Geld in einem hohlen Stamm versteckt hatte, hatte er sein Blut auf den Münzen verteilt. Denn er kannte sein eigenes Blut und konnte ihm immer folgen. Doch bis zu diesem Moment war er unfähig gewesen, die so gekennzeichneten Münzen zu fühlen – und noch weniger hatte er sie aufspüren und zurückholen können. Es war, als wären sie unter Salamanderstoff verborgen. Erst jetzt konnte Aeduan sie wittern.

Da war es wieder – ein leises Kribbeln in seiner Magie, ein Köder, der auf einem Fluss wippte.

Aeduan rannte los, mit magiegetriebener Geschwindigkeit, zweimal schneller als vorhin, weswegen er sie auch nicht so lange aufrechterhalten konnte. Nicht ganz zumindest. Die Witterung der Taler war zu nahe, um das Risiko eingehen zu können, sie erneut zu verlieren.

Abwesend bemerkte Aeduan weitere Blutwitterungen. Widerliche stumpfe Gerüche. Doch Menschen stellten so selten eine Bedrohung für ihn dar, dass er die Wahrnehmung ignorierte und weiterstürmte. Über einen Fluss, über eine Lichtung voll dahinwelkender Ackerwinde, dann über eine mit Farn bewachsene Lichtung.

Erst als eine Bärenfalle knapp unter Aeduans Knie zuschnappte, als eiserne Spitzen auf seine Knochen trafen und sich der Geruch seines eigenen Bluts im Wald ausbreitete, wurde Aeduan klar, dass er direkt auf eine Nomatsi-Straße gerannt war.

Idiot. Dreimal verdammter Idiot. Er mochte sich auf Nomatsi-Straßen nicht sicher bewegen können, aber er wusste, wie man ihnen aus dem Weg ging. Jetzt, ob er nun wollte oder nicht, würde sich sein Körper heilen. Er konnte nicht beeinflussen, wann dieser Teil seiner Magie aktiv wurde. Wenn er verletzt war, stieß seine Macht die Heilung an.

Blut spritzte, färbte die Kiefernnadeln und die Farne zu seinen Füßen rot, ergoss sich in einer Fontäne zur Seite, wo nur wenige Schritte entfernt seine Münzen warteten. Ein einziger Beutel voll. Er schätzte, dass es nicht mehr als vierzig waren.

Vierzig von fünfhundert.

Aeduan betrachtete die drei Münzen, die vor ihm in der

schwachen Sonne glitzerten. Sie waren aus dem Sack gerutscht, Silber mit braunen Flecken. Als wollten sie ihn verhöhnen. Als würden sie ihn auslachen.

Zwei Wochen lang hatte er nach den königlichen Talern gesucht, und das hatte ihm seine Suche eingebracht: eine Lichtung voller Bärenfallen, ein zerstörtes rechtes Bein und zu wenige Taler, um damit auch nur ein Pferd zu kaufen.

Aeduan knirschte mit den Zähnen, so fest, dass er es hören konnte, dann richtete er den Blick auf die Bärenfalle. Sein Bein war vollkommen zerstört, unter dem Knie quasi nicht mehr als solches erkennbar. Sein gesamter Schenkel war bis auf den Knochen aufgerissen, sodass Haut und Muskeln in Fetzen herunterhingen.

Bald würden die Fliegen kommen.

Er spürte auch Schmerz, doch den konnte Aeduan ignorieren. Schließlich waren Schmerzen nichts Neues für ihn.

Er holte tief Luft, bis sich sein Bauch blähte. Sein ganzer Körper von dem Atemzug erfüllt wurde. Das war das Erste, was ein neuer Mönch lernte: wie man richtig atmete, wie man sich innerlich aufspaltete. *Der Mensch ist nicht sein Geist. Der Mensch ist nicht sein Körper. Das sind lediglich Werkzeuge, mit denen sich der Mensch vorankämpfen kann.*

Aeduan atmete aus, zählte die Herzschläge und beobachtete, wie sein Blut aus seinem Körper floss. Mit jeder neuen Zahl, jedem Luftstoß, der über seine Lippen drang, löste er sich weiter von der Welt. Der Wind auf Aeduans Schienbeinknochen, die Fliegen, die auf den herunterhängenden Fleischstücken landeten, das Blut, das aus seinem Körper floss – all das trat in den Hintergrund.

Bis Aeduan überhaupt nichts mehr fühlte. Bis er aus nichts anderem mehr bestand als einer Ansammlung von Gedanken. Von Handlungen. Er war nicht sein Geist. Er war nicht sein Körper.

Als Aeduans Lunge sich vollkommen geleert hatte, lehnte er sich vor und packte die zwei eisernen Bügel, die ihn gefangen hielten. Ein Grunzen, ein Aufwallen von Macht, und die Falle löste sich.

Langsam – während Übelkeit sich heiß durch seinen Körper ausbreitete – zog Aeduan sein Bein aus der Falle.

Klirr! Erneut schnappte die Falle zu, wobei sie kleine Fleischfetzen über die Lichtung katapultierte. Aeduan sah sich kurz um, doch es gab keine weiteren Fallen, denen er ausweichen musste. Er roch Leichen in der Nähe, aber von Leichen ging keine Gefahr aus. Also setzte er sich. Seine Magie hatte bereits angefangen, ihn zu heilen, einen kühlen Tropfen Blut nach dem anderen.

Aber es kostete ihn so viel Energie. Zu viel. Die Dunkelheit schlich sich heran.

Doch direkt bevor die Bewusstlosigkeit von ihm Besitz ergriff, stieg ihm ein Duft nach feuchtem Rauch in die Nase. Wie ein Lagerfeuer, das von Regen gelöscht wurde. Gegen seinen Willen stieg das Gesicht seiner Mutter vor seinem geistigen Auge auf – zusammen mit den letzten Worten, die sie je zu ihm gesprochen hatte.

Lauf, mein Kind, lauf.

Nachdem sie ihre strangmagischen Sinne so weit gestreckt hatte, wie es eben möglich war – nur um festzustellen, dass keine weiteren Geborstenen oder andere Verfolger oder überhaupt Menschen in der Nähe lauerten –, begann Iseult, sich aus dem Netz zu befreien.

Sie fiel hart und schaffte es *gerade so*, sich abzurollen, bevor sie ihre Umgebung genau in Augenschein nahm. Alle Zeichen wiesen darauf hin, dass vor Kurzem ein Nomatsi-Stamm hier entlanggekommen war. Sie hatten ihr Lager im Wald aufgeschlagen. Geschlossen nach den Fallen und den

Spuren und den vergessenen Gegenständen, waren sie in größter Eile aufgebrochen.

In zu großer Eile, um ihre Nomatsi-Straße zu deaktivieren. Doch was auch immer sie in die Flucht getrieben hatte, es war verschwunden. Also sammelte Iseult alles Nützliche ein, was sie finden konnte, dankbar, dass sie niemandem begegnen musste. Dass sie nicht beweisen musste, dass sie genauso wie die Angehörigen dieses Stamms eine Nomatsi war.

Während sie suchte, erstellte sie im Kopf eine Liste der Dinge, die sie brauchte. *Öl für mein Entermesser. Einen Schleifstein. Tragbare Kochutensilien. Einen größeren Rucksack, um alles zu transportieren.*

Sie drang weiter auf den Lagerplatz vor, wobei sie alle paar Schritte anhielt, ihr Bewusstsein dehnte und nach Strängen suchte ... nach allem Lebenden.

Das war die erste Lektion, die Habim Iseult eingebläut hatte: ständig – *ständig* – darauf zu achten, wer sich in ihrer Nähe aufhielt. Manchmal war er ihr gefolgt, nur um herauszufinden, wie lange sie brauchte, um es zu bemerken. Um zu registrieren, dass er sich langsam heranschlich. Ein Messer aus seinem Gürtel zog.

Als er es zum ersten Mal getan hatte, hatte sie es erst bemerkt, als er sie schon fast erreicht hatte. Letztendlich waren es seine Stränge gewesen, die ihn verraten hatten. Doch er hatte nicht erwartet, dass sie ihn spürte, und in diesem Moment war Iseult klar geworden, dass sie einen Vorteil besaß.

Sie konnte das Gewebe der Welt erkennen. Jederzeit konnte sie sich in sich selbst zurückziehen und einfach *spüren*, wer sich in ihrer Nähe aufhielt. Welche Stränge sich wo wanden, welche Leute was empfanden und ob diese Empfindungen mit ihr zu tun hatten oder nicht.

Sie hatte dieses Bewusstsein trainiert. Fast hatte sie eine Besessenheit damit entwickelt, bis es zu einem natürlichen Instinkt geworden war, alle paar Minuten das Gewebe der Welt um sich herum zu kontrollieren. Und ihre Reichweite hatte sich vergrößert. Sie hatte herausgefunden, dass ihre strangmagischen Sinne immer weiter reichten, je mehr sie trainierte.

Als Habim sie zum zehnten Mal durch Veñaza verfolgt hatte, hatte sie ihn einen ganzen Häuserblock entfernt wahrgenommen – und in eine Gasse ausweichen können, bevor er sie erwischte.

Heute, auf diesem verlassenen Lagerplatz, handelte Iseult keinen Deut anders. Alle paar Herzschläge testete sie die Beschaffenheit des Walds. Streckte sich nach allen Strängen.

Niemand hielt sich in der Nähe auf.

Also fand Iseult Stück für Stück, was sie brauchte. Zur Seite getreten oder versteckt unter Grasbüscheln – jeder Gegenstand, der ihr nützlich erschien, verschwand in ihrem Tornister. Feuermagische Streichhölzer, ein Bratspieß, eine Keramikschüssel und ein winziger Schleifstein.

Doch der beste Fund war eine vergessene Fischreuse in einem nahe gelegenen Bach. Benommen zog Iseult die Fallen heraus und entdeckte zappelnde Äschen und eine Forelle darin. Sie entschuppte die Fische. Sie säuberte sie. Und dann zog sie los, um sich einen Platz zu suchen, der Schutz vor dem drohenden Regen bot.

Sie entdeckte einen Sandsteinüberhang. Nachdem dort bereits die Reste eines Feuers zu erkennen waren, erachtete sie ihn als geeignet, um darunter ihr Lager aufzuschlagen. Gerade rechtzeitig, denn bald schon wurden die ersten Tropfen unter den Überhang geweht, nährten das Moos und die Kletterpflanzen, die sich hier angesiedelt hatten.

Alle paar Minuten schossen Blitze über den Himmel. Strahlten viel heller als das jämmerliche Feuer, das Iseult zum Leben erweckt hatte.

Iseult briet eine Äsche und starrte mit leerem Blick in den Himmel. Erst als sie den Fisch von der schwachen Flamme zog, fiel ihr auf, dass sie ihre Münzen verloren hatte. Drei Blitzschläge lang überlegte sie, was sie tun sollte.

Sie konnte sie einfach liegen lassen, wo auch immer sie hingefallen waren. Nur dass sie Mathews Worte hörte: *Man kann nie voraussagen, was geschehen wird, und Geld ist eine Sprache, die alle Menschen sprechen.*

Schön. Sie würde zurückgehen müssen. Aber zuerst würde sie ihre Äsche essen. Saftig, köstlich und frisch schmeckte der Fisch, sodass sie ihn in Sekunden verschlang. Dann briet und aß sie den zweiten Fisch etwas langsamer, mit mehr Genuss.

Schließlich verklang der Regen zu einem Nieseln. Nachdem sie die übrigen zwei Fische gebraten hatte – um sie später zu essen –, löschte sie das Feuer und ging auf ihrer eigenen Spur zurück. Bis zu den Bärenfallen.

Bis zu dem Blutmagis.

Mehrere lange Sekunden musterte Iseult ihn. Er war offensichtlich bewusstlos, lag lang ausgestreckt im Schlamm. Seine Kleidung war durchnässt und blutig. Sein Bein eine einzige Wunde.

Tausend Fragen schossen Iseult durch den Kopf, aber keine davon war so drängend wie ein Befehl: *Flieh.*

Doch sie bewegte sich nicht. Atmete nicht einmal. Ohne Safi an ihrer Seite, um sie anzuleiten – ohne Safis Stränge, die ihr sagten, was sie empfinden sollte –, konnte sich Iseult nur fragen, warum ihre Lunge drohte ihre Rippen zu sprengen. Warum ihr Herz so schnell schlug.

Der Beutel mit Münzen lag mitten auf der Lichtung. Obwohl der Regen ein paar der Hinweise verwischt hatte, konnte Iseult doch nachvollziehen, welchen Weg der Blutmagis gekommen war. Sie sah seine Spuren, wo er von Westen auf die Lichtung gelaufen war. Dann folgten längere und schwerere Schritte, als er direkt auf die Münzen zugehalten hatte.

Er folgt dem Silber, vermutete Iseult. Und auch wenn ihr das Warum und das Wie schleierhaft waren, spürte sie doch Gewissheit. Die Silbertaler waren wichtig; der Blutmagis wollte sie.

Wie Habim immer sagte: Nutze jede mögliche Ressource.

Vorsichtig betrat Iseult die Lichtung. Als sich der Blutmagis nicht rührte – nicht einmal, als die feuchte Erde unter ihren Füßen schmatzte –, wurden ihre Schritte mutiger. Als sie den Beutel mit Münzen erreichte, spähte sie hinein. Die runden Silberscheiben glänzten zu ihr auf, genau wie in ihrer Erinnerung, der doppelköpfige Adler von braunen Flecken entstellt. Überzogen mit Blut.

Er muss dem Blut gefolgt sein.

Als Nächstes wandte sich Iseult dem Blutmagis zu. Eine blutverschmierte Bärenfalle stand in Reichweite, umschwärmt von Fliegen. Haut- und Fleischstücke klebten an den geschlossenen, zackenbewehrten Bügeln. Der Blutmagis war direkt in die Falle getreten, und jetzt heilte er.

Schmutz und totes Gewebe ergossen sich aus den Furchen in seinen zerstörten Muskeln. Durch das Prasseln des Regens hörte sie knirschende Geräusche.

Es war schrecklich anzusehen. Unmenschlich eigentlich, diese Fähigkeit, den eigenen Körper zu heilen. Die Macht der Finsternis. Die Macht eines Dämons.

Doch als Iseult einen Blick auf das schlafende, schmutzige Gesicht des Blutmagis vor sich warf, sah sie keinen Dämon schlaff vor sich liegen.

Sie schluckte.

Obwohl sie sich Aeduan inzwischen dreimal gestellt hatte, war dies das erste Mal, dass sie ihn wirklich anschauen konnte. Ihn *sehen* konnte.

Es war nicht das, was sie erwartet hatte.

Vielleicht, weil seine Muskeln im Schlaf keine Anspannung hielten, als wollte er jeden Moment angreifen. Weil er die Nase nicht angewidert in die Luft reckte. Weil in seinen Augen kein raubtierhaftes Glitzern zu erkennen war.

Sein Gesicht wirkte friedlich, sein Kopf leicht zur Seite geneigt, sodass der Hals gestreckt wurde. Seine fahlen Lippen standen leicht offen, und seine langen, dichten Wimpern flatterten bei jedem Atemzug.

Er war jünger, als Iseult angenommen hatte. Kaum älter als zwanzig, zumindest schätzte sie das. Und doch vermittelte er mit seiner barschen Stimme und der formellen Sprache ein altes Gefühl.

Es hatte auch etwas damit zu tun, wie er sich hielt – als wäre er schon tausend Jahre lang gelaufen und hätte vor, noch tausend Jahre weiterzugehen.

Dieser junge Mann hatte Iseult durch Veñaza verfolgt. Hatte grausam auf sie heruntergelächelt, während Rot in seinen Augen wirbelte. Dann hatte er sie gerettet, in Lejna. Mit einem Salamandermantel und einem einfachen Satz: *Mhe varujta*. Vertrau mir, als wäre meine Seele die deine.

Damals hatte sich Iseult gefragt, woher er diese Worte kannte. Wieso er Nomatsi sprach wie ein Stammesangehöriger.

Doch jetzt … jetzt konnte sie es sehen. Seine regendurchnässte Kleidung, die auf seiner sich hebenden und senkenden Brust klebte, enthüllte eine schmale Gestalt. Er war muskulös, aber nicht breit gebaut. Sein Körperbau war eher auf Geschwindigkeit ausgelegt.

Aber es war auch die Gestalt eines Nomatsi, genauso wie die Haut, die unter seiner zerrissenen Hose herausleuchtete, Nomatsi-Haut war. Fahl wie der Mond.

Mhe varujta.

Doch er war kein voller Stammesangehöriger. Seine Augen lagen nicht so tief wie die von Iseult, sein Haar war nicht dunkel wie der Mitternachtshimmel.

Vorsichtiger und leiser, als Iseult es sich selbst zugetraut hätte, kniete sie sich neben den Blutmagis. Sein Wehrgehänge glänzte im Regen. Die Messerknäufe hoben und senkten sich im Rhythmus seines Atems. Iseults Finger fanden die breite Spange, die zwischen seiner Seite und seinem Oberarm versteckt lag. Um sie zu öffnen, würde sie nackte Haut berühren müssen, denn die Schnalle hatte sich in seinem Hemd verfangen und die Baumwolle aufgerissen.

Nackte Haut. Fahle Nomatsi-Haut.

Die Haut eines Mannes.

»Überspannte Närrin«, fluchte sie schließlich, dann löste sie mit einer schnellen Bewegung die Schnalle. Aeduans Haut war warm. Überraschend warm, wenn man bedachte, wie stetig der kalte Regen fiel. Ihre Finger wirkten neben ihm kalt wie Eis …

Sein Atem stockte. Sie erstarrte.

Doch er wachte nicht auf. Nachdem sie einen Moment lang sein schlafendes Gesicht angestarrt hatte, fuhr sie mit ihrer Aufgabe fort. Schnell zog sie das Ledergeschirr unter ihm heraus.

Meine Güte, war er schwer.

Ein Zerren, ein zweites. Das Leder löste sich in einer klimpernden Melodie aus Messergriffen und Schnallen. Iseult grinste triumphierend, dann ließ sie sich auf die Fersen zurücksinken.

Sobald das Wehrgehänge entfernt war, ließ sich das Blut

auf Aeduans Hemd nicht mehr übersehen. Nicht aus einer einzelnen Verletzung, sondern aus sechs kleinen Wunden, gleich weit voneinander entfernt und vielleicht zwei Zentimeter im Durchmesser. Zwei unter seinen Schlüsselbeinen, zwei auf seiner Brust, zwei in seinem Bauch.

Iseult warf sich das Wehrgehänge über die Schulter und schlich sich vorsichtig davon. Sie ließ den Beutel mit Münzen liegen, wo er war, als sie zu ihrem Lager zurückging.

Dort versteckte sie die Messer des Blutmagis und wartete darauf, dass er aufwachte.

9

Die sechzehnte Glocke kam und ging, ohne dass Cam mit etwas zu essen auftauchte. Unfähig, still zu sitzen – denn das war der schnelle Weg in den Wahnsinn, wie Tante Evrane immer sagte –, zwang sich Merik, sich zu bewegen, die Bücher vom Küchentisch zu räumen, von der Kommode, vom Bett.

Ein Klopfen. Merik wirbelte so schnell herum, dass ihm ein Buch herunterfiel. Seine Magie sammelte sich …

Es war nur das Fenster. Der Fensterladen draußen stand offen und wurde gegen das Glas geweht. Meriks Herz fing wieder an zu schlagen – wenn auch zögernd. Seine Winde allerdings beruhigten sich erst, als er die Scheibe erreicht hatte.

Draußen nieselte es. Ein grauer Nebel verbarg die Stadt, sodass nur Schemen zu erkennen waren. Mit dem schwachen Lampenlicht im Rücken konnte Merik sein Spiegelbild nicht übersehen.

Die Furie starrte zurück.

Wenn auch verzogen und verzerrt durch die Verwerfungen in der Scheibe, gehörten die fehlenden Haare und die roten Flecken doch zu Merik. Überbleibsel der Explosion. Eilig öffnete er das Fenster und klemmte sich die Finger in dem ungewohnten Mechanismus, bevor er den Fensterladen sicher befestigen konnte.

Doch mit den Holzläden hinter dem Fenster wurde das Spiegelbild – die Ähnlichkeit – nur noch verstärkt. Über die gesamte rechte Seite von Meriks Gesicht – und auch über sein rechtes Ohr – zog sich glänzende rote Haut mit angedeuteten schwarzen Streifen darauf. Dreck, nahm er an, nachdem er sich seit Tagen nicht richtig gewaschen hatte.

Die Explosion hatte Merik seitlich getroffen, also hatten seine rechte Schulter, sein rechter Arm, das rechte Bein die Flammen abbekommen – die volle Wucht der Detonation.

Merik warf einen wachsamen Blick zur Eingangstür, doch sie blieb verriegelt. Cam konnte nicht einfach in den Raum stürmen, wenn sie zurückkehrte, weil Merik erst den Rhythmus des Schlosszaubers trommeln musste. Also zog er sich mit methodischer Vorsicht das Hemd aus. Elf Tage lang hatte er seine Wunden immer wieder begutachtet, trotzdem hatte er bisher nur einen Bruchteil des Gesamtbilds gesehen. Nur einen kleinen Teil des wahren Monsters, das jetzt vor dem Fenster stand.

Unter halb geschlossenen Lidern musterte Merik seinen Körper in der Spiegelung des Glases. Dreck – wenn es denn wirklich Dreck war, der ihn zeichnete – zog sich in Linien über die frische rötliche Haut auf seiner rechten Seite. Das Schwarz verteilte sich und sammelte sich am intensivsten auf seiner Brust. Über seinem Herzen.

Sobald er die Zeit fand, beschloss Merik, war ein Bad angebracht. Sobald es auf den Straßen nicht mehr von königlichen Truppen wimmelte. Sobald er in Pins Feste gefunden hatte, was er brauchte.

Er trat nach links und drehte sich, um seinen Rücken zu mustern. Der Dreck zog sich auch über seine Schulterblätter. Und auch die Verbrennungen, wenn auch nicht ganz so viele.

»Zu Höherem bestimmt?«, murmelte er, als er das Hemd wieder überzog. »Ich weiß, dass du das immer gesagt hast, Kull, aber sieh mich jetzt an. Ich sollte tot sein, und du solltest noch leben.«

Als diese Worte über Meriks Lippen glitten, hob sich eine Erinnerung. *Du solltest tot sein, und Mutter sollte noch leben.*

Merik schnaubte humorlos. Tante Evrane hatte immer behauptet, dass Vivia ihre Worte auf der Beerdigung nicht so gemeint hätte. Dass der Anblick der Leiche ihrer Mutter, zerschmettert von der Wucht des Aufpralls nach ihrem Sprung von der Wasserbrücke, Vivia zu dieser gedankenlosen Grausamkeit getrieben hatte.

Aber Merik hatte damals die Wahrheit gekannt – und er kannte sie auch heute. Vivia hatte immer Merik für die Melancholie ihrer Mutter verantwortlich gemacht. Jedes Mal, wenn Jana Tage am Stück in ihrem Bett verbracht hatte – wenn Jana ein Messer an ihre eigenen Handgelenke gesetzt oder ihre Kinder Wochen am Stück von sich ferngehalten hatte –, war Vivia kälter geworden. Und kälter. Denn in ihrer Vorstellungswelt war Jana erst nach Meriks Geburt in Dunkelheit versunken.

Vielleicht stimmte es sogar, auch wenn Tante Evrane immer etwas anderes behauptet hatte. *Janas Dunkelheit ist erwacht, als sie meinen Bruder geheiratet hat*, sagte Evrane stets. *Nicht nachdem sie dich bekommen hat.* Doch Merik war nicht geneigt, diese Behauptung zu glauben. Besonders nachdem Evranes Beziehung zu ihrem Bruder kein Stück besser war als Meriks zu Vivia.

Natürlich hatte Vivia ihren Hass einen Schritt weiter getrieben, als Serafin es je getan hatte: Sie hatte versucht, Merik zu beseitigen. Nicht nur hätte ihr das den Weg eröffnet zu regieren, wie auch immer sie es für richtig hielt, sondern es wäre auch die Rache für den Selbstmord ihrer Mutter, den Merik nicht ausgelöst hatte.

Vivia hatte allerdings darin versagt, ihn zu töten.

Also war jetzt Merik am Zug.

Als Cam zurückkehrte, war sie vollkommen durchnässt. Merik öffnete die Tür, als sie dagegen hämmerte. Sie drängte sich in den Raum, in einer Spur aus Wassertropfen und Pfützen.

Merik wartete, bis die Tür wieder geschlossen war, bevor er den Armvoll Essen betrachtete, den sie an ihre Brust drückte. Hartes Brot, schlaffes Gemüse und runzelige Früchte – alles eingewickelt in einen groben Stofffetzen.

Merik zog Cam mit knurrendem Magen das Bündel aus den kalten, regennassen Händen, brummte einen Dank und ging zur Trockenspüle. Auch wenn manche Gebäude in Lovats wassermagische Rohrleitungen besaßen, gehörte Kullens Wohnung nicht dazu.

Als Cam keine Anstalten machte, ihm zu folgen, warf er einen Blick über die Schulter. »Was ist?«

Ein schweres Schlucken. Dann schlurfte Cam vorwärts und rieb sich die feuchten Arme, ohne Merik direkt anzusehen. »Auf den Straßen nennen sie Euch die Furie, Sir.«

Ah. Also war der Name hängen geblieben.

»Inzwischen sind nicht mehr so viele Soldaten unterwegs«, fuhr sie fort, »aber die, die noch patrouillieren … Nun, sie alle suchen nach Euch. Nach … der Furie.«

Begleitet von einem scharfen Atemzug, ließ Merik die Früchte und das Gemüse in das Becken fallen – eine schlaffe Fenchelknolle, vier dicke Steckrüben in einer Schicht aus Erde, und sechs blaue Pflaumen, die nur kleine Fäulnisflecken aufwiesen. Der runde Laib Gerstenbrot war hart genug, um sich die Zähne auszubeißen, also wickelte Merik ihn erneut in den Lappen und legte ihn auf den Tisch, damit er Feuchtigkeit aufsaugte und weicher wurde.

Mit gerunzelter Stirn starrte er auf den Brotlaib hinab. »Wird es möglich sein, Pins Feste zu erreichen? Obwohl immer noch so viele Soldaten die Stadt durchkämmen?« Er richtete den Blick wieder auf das Mädchen, das den Mund verzog. Eine Miene, die Merik langsam als ihr nachdenkliches Gesicht erkannte.

»Seid Ihr Euch sicher, Sir ... Das heißt ...« Sie räusperte sich, dann ging sie schnell zum Becken, wo sie sich mit drängenden Bewegungen daranmachte, die Rüben mit den Knöcheln vom Erdmantel zu befreien. Die Narbe an Cams linker Hand bog und dehnte sich.

»Was?«, drängte Merik und trat einen Schritt näher.

Cams Räuspern wiederholte sich. »Seid Ihr Euch sicher, dass Ihr zu Pins Feste wollt? Was, wenn ... was, wenn es nicht Eure Schwester war, die versucht hat, Euch umzubringen?«

Meriks Nacken begann zu brennen. »Sie war es.« Kein Gefühl in der Stimme, keine Betonung. »Ich wusste es schon vor dem Richtplatz, und jetzt habe ich keinerlei Zweifel mehr.«

»Die Tatsache, dass sie Pins Feste verwaltet«, forderte Cam ihn heraus, »heißt noch nicht, dass sie den Meuchelmörder geschickt hat.«

Die Hitze breitete sich über Meriks Wirbelsäule aus. »Ich weiß, dass sie es war, Cam. Ich stelle ein Hemmnis für sie dar, seit ich wieder in die Hauptstadt gezogen bin. Und jetzt – jetzt«, fuhr er fort, während sich die Hitze in seiner Lunge ausbreitete, »habe ich eine direkte Verbindung zwischen Vivia und dem Meuchelmörder gefunden. Mir fehlt nur noch ein letzter Beweis, Junge. Etwas Fassbares, das ich dem Hohen Rat präsentieren kann. Ich bin mir sicher, dass ich das in Pins Feste finden kann.«

»Und was, wenn Euch das nicht gelingt?« Cams Stimme war kaum mehr als ein Quietschen, doch etwas in ihrem Ton ließ Merik zögern.

Er ballte die Hände zu Fäusten, bis die Gelenke knackten. »Woher«, fragte er, »kommt das plötzlich?«

Sie schrubbte fester, sodass das Geräusch ihre Worte mit einem Kratzen unterlegte. »Es ist nur, Sir, ich habe auf der Straße etwas gehört. Etwas Schlimmes. Etwas, das mich glauben lässt … Na ja, das mich glauben lässt, dass Eure Schwester nicht hinter alledem steckt.«

»Und was hast du gehört?«

»Es gab eine zweite Explosion.« Und dann sprudelte die ganze Geschichte aus ihr heraus. »Genau wie die auf der *Jana*, Sir. Die Leute sagen, es wären die Cartorrer gewesen. Oder vielleicht auch die Dalmotti. Aber sie sagen, dass, wer auch immer unser Schiff in die Luft gesprengt hat, auch der war, der dieses andere Schiff gesprengt hat.«

»Welches«, fragte Merik, während ihm das Herz in die Hose sank, »andere Schiff?«

»Oh Sir.« Cam stoppte ihr Schrubben und sank in sich zusammen. »Es war das Schiff der Kaiserin von Marstok, und alle an Bord wurden getötet. Darunter auch … auch diese Domna, die wir auf der *Jana* transportiert haben. Safiya fon Hasstrel.«

Vivia entdeckte nichts Neues im Untergrund. Nur noch mehr Spinnen und Tausendfüßer und Amphibien auf der Flucht. Und obwohl sie gefühlt stundenlang Steine zur Seite geräumt hatte, wirkte der Felssturz immer noch so undurchdringlich wie zuvor.

Doch ihr Frust war positiv. Sie genoss, wie er sie mit den

Zähnen knirschen ließ, als sie den Falkenweg entlangschritt, durch einen halbherzigen Regensturm. Sie nutzte den Frust, um eine höhnische, unerbittliche Maske aufzusetzen. Und als sie schließlich den größten der Wachtürme der Stadt erreichte, war Vivia erneut eine Nihar.

Sie stieg den Turm nach oben und nickte knapp den Soldaten zu, die nacheinander vor ihr salutierten, indem sie die Faust übers Herz schlugen. Hier war es so anders als im Kriegssaal. Keine spöttischen Blicke. Niemand wartete darauf, dass sie stolperte und fiel und versagte. Vivia vertraute diesen Männern vollkommen, und sie wusste, dass sie ihr im Gegenzug ebenfalls vertrauten.

»Bormin, Ferric«, sagte sie, womit sie die Männer neben der Tür im obersten Stock mit Namen nannte, bevor sie nach draußen in den Regen trat. Dann ging sie zu der Offizierin auf der Plattform: zu der großen, breitschultrigen Stacia Sotar – oder Stix für diejenigen, die sie gut genug kannten, um sich dieses Privileg verdient zu haben.

Stix' schwarze Haut glänzte feucht, und ihr weißes Haar klebte ihr am Schädel. Sie winkte Vivia zu, und ihr Magismal – ein auf dem Kopf stehendes Dreieck, das sie als volle Wassermagis auswies – streckte sich.

Während Vivia als Gezeitenmagis Wasser in flüssiger Form kontrollieren konnte, kontrollierte Stix alle Aspekte des Elements. Von Eis über Dampf bis zum Tröpfeln dieses Sturms. Und während Vivia Wasser in ihrer Nähe brauchte, dessen sie sich bedienen konnte, konnte Stix Feuchtigkeit direkt aus der Luft ziehen.

Wie immer blinzelte Stix mit kurzsichtigen Augen, als Vivia näher kam. Sobald sie erkannte, wer sich auf der Plattform aufhielt, salutierte sie. »Sir.« So nannte sie Vivia immer – nicht *Eure Hoheit*, nicht *Prinzessin*. Für Stix war Vivia ein Schiffskapitän.

Für Vivia war Stix … *Zu gut für mich.*

Vivia passte ihre Miene an Stix' ernstes Stirnrunzeln an, bevor sie ihr Fernglas aus ihrem Mantel zog. Von diesem Turm aus, dem höchsten Punkt der Stadt, konnte man über die chaotischen Dächer hinweg durchs Tal zu den Steppenhöfen in der Ferne sehen. Trotz des Regens strahlten die bunten Bauernhäuser vor dem leuchtenden Grün.

Vivia liebte das Meer. Das niemals endende Wogen blaugrüner Wellen. Die Schlichtheit des Wissens, das zwischen Leben und Tod nur ein wenig geteertes Holz und der Glaube zu Nodens Wohlwollen lag.

Aber diesen Anblick liebte sie noch viel mehr. Das Gewicht von Lovats unter sich. Das grün leuchtende Leben in der Ferne.

Dies war ihr Zuhause.

Die See erlaubte Männern und Frauen, sie für eine Weile zu befahren, doch es war eine unbehagliche Allianz. Das launische Temperament der See konnte jederzeit mit einem Donnern umschlagen. Wie die Launen der Nihars. Das Land allerdings hieß Männer und Frauen so lange willkommen, wie sie genauso viel gaben, wie sie nahmen. Partner. Freunde. Strangfamilie.

Vivia leckte sich über die Lippen, während sie das Fernrohr nach links richtete, dann nach rechts. Doch sie sah keine bedrohlichen Gewitterwolken. Nur grau – ein dunstiges Grau, das sich über das gesamte Tal erstreckte. Selbst Nodens Wachen, am Ende der südlichen Wasserbrücke, waren nur schwarze Silhouetten vor dem Mittagshimmel. Der Damm über der nördlichen Wasserbrücke sah aus wie immer: eine nichtssagende, sonnenbeschienene Wand mit einem schäbig geflickten Riss in seinem Herzen.

Noch etwas, bei dem sich der Hohe Rat weigerte, die richtigen Maßnahmen einzuleiten.

Seufzend ließ Vivia ihr Fernglas über die Wasserbrücken von Stefin-Ekart gleiten, die sich von den Bergen um das Tal zum Plateau von Lovats erstreckten – jede so breit wie der Fluss, der sie speiste. Die Brücken erhoben sich so hoch über dem Tal, dass Wolken unter oder neben den Schiffen vorbeiglitten, die Rumpf an Rumpf darauflagen.

So viele Schiffe, so viele Nubrevnaner, und kein Platz, um sie unterzubringen. *Zumindest, bis ich die Unterstadt gefunden habe.*

Stix räusperte sich. »Geht es Euch gut, Sir? Ihr wirkt… anders.«

Vivia war so überrascht, dass sie fast ihr Fernglas hätte fallen lassen. Ihr Stirnrunzeln schien sich aufgelöst zu haben. *Kein Bedauern. Bleib in Bewegung.* Viel zu fest schob sie das Glas zusammen. »Welche Nachrichten gibt es von den Füchsen, Erster Maat?«

Stix fuhr sich mit der Zunge über die Zähne, als frage sie sich, warum Vivia ihre Frage ignoriert hatte. Doch dann entspannte sie sich und sagte: »Gute Nachrichten, Sir. Tatsächlich habe ich sie gerade erst bekommen. Unsere kleine Piratenflotte hat heute zwei weitere Handelsschiffe aufgebracht. Eine mit Weizen aus Dalmotti und das andere mit Samen aus Cartorra.«

Oh Noden sei Dank. Samen waren ein Erfolg. Sie würden Nubrevna jahrelang verpflegen, solange das Land und das Wetter mitspielten. Vivia konnte es kaum *erwarten*, ihrem Vater davon zu erzählen.

Natürlich ließ sie sich gegenüber Stix nichts davon anmerken.

»Ausgezeichnet«, sagte sie nur.

»Das fand ich auch.« Stix grinste durchtrieben und zeigte so ihre strahlend weißen Zähne mit der kleinen Lücke zwischen den Schneidezähnen.

Vivias Kehle wurde eng. *Zu gut für mich.* Sie wandte sich ab. »Und … das vermisste Schiff?«

»Immer noch keine Nachricht, Sir.«

Vivia fluchte und bemerkte erleichtert, dass Stix das Gesicht verzog. *Das* war die Reaktion, die sie brauchte. Die Reaktion, die ihr Vater erzeugt hätte.

Das kleinste Schiff in der Fuchs-Flotte hatte sich seit zwei Tagen nicht mehr gemeldet. Vivia konnte nur vom Schlimmsten ausgehen, aber daran ließ sich nichts ändern. Die Füchse waren ein Geheimnis. Ein Notfallplan, den sie und Serafin entwickelt hatten, um Nubrevna mit Nahrung zu versorgen. Die Mannschaften waren sorgfältig ausgewählt und zur Verschwiegenheit verpflichtet worden – sie alle wussten, was auf dem Spiel stand. Jeder von ihnen hatte jemanden an Hungersnot oder Krieg verloren, also sehnten sie den Erfolg ebenso herbei wie Vivia und Serafin.

Doch bis das Vorhaben erfolgreich war, durfte niemand – besonders nicht der Hohe Rat – davon erfahren. Piraterie war nicht unbedingt legal.

»Außerdem haben wir nichts von unseren Spionen gehört«, sagte Stix kühl und sachlich. »Wer auch immer hinter der Ermordung des Prinzen steckt, es scheint keines der …«

Der Turm wackelte. Ohne Vorwarnung, nur ein einziges plötzliches Heben der Erde. So schnell und heftig, dass Vivias Knie nachgaben. Sie fiel auf Stix, die mit wedelnden Armen nach hinten kippte. Vivia packte sie und riss sie wieder nach oben, bevor sie über die Brustwehr stürzen konnte. Zwei Soldaten hatten weniger Glück. Sie fielen um.

Dann warteten alle, während ihre Körper im Rhythmus des nachlassenden Erdbebens zitterten. Stix starrte Vivia an, und Vivia starrte auf den Damm. Auf den Riss, der seit Jahrzehnten in seiner Mitte heranwuchs.

Doch die Steine hielten, und schließlich sagte Stix: »Erdbeben.«

Das Wort erschütterte Vivias Körper. Es war ein unmögliches Wort. Lovats war seit Generationen nicht von Erdbeben gebeutelt worden, und wenn es noch mal geschah, könnte das die Stadt schneller töten, als es Hungersnot oder Überbevölkerung je gelingen würde.

»Aye«, stimmte Vivia barsch zu. Sie hatte aufgehört zu denken, sobald sie festgestellt hatte, dass der Damm hielt. Für lange Zeit blieb die Welt still.

Sie ließ den Blick zu Stix gleiten, die jetzt nahe genug neben ihr stand, dass ihr Erster Maat nicht blinzeln musste. Zu nahe – in einer Nähe, der Vivia gewöhnlich aus dem Weg ging. Denn auch wenn Stix nie wieder über diesen Moment nachdenken würde, würde Vivia endlos darüber grübeln, ihn einschätzen und sich in unerwiderter Liebe suhlen.

Dann, so plötzlich, wie das Beben gekommen war – so plötzlich, wie Vivia und Stix sich einander genähert hatten –, kehrte das Leben in die Stadt zurück. Rufe von den Soldaten. Rufe von den Straßen. Hastig gab Vivia Stix frei und trat einen Schritt zurück. Beide Frauen strichen ihre Hemden glatt, rückten ihre Kragen zurecht.

»Kontrollier die Stadt«, befahl Vivia. »Ich werde nach dem Damm sehen. In zwei Stunden will ich einen Report über die Schäden. Ich werde dich in Pins Feste treffen.«

Stix salutierte, zittrig, aber doch voller Überzeugung. »Aye, Sir!« Sie marschierte davon. Mehrere Soldaten reihten sich pflichtbewusst hinter ihr ein.

Vivia beäugte die Wasserbrücken. Anders als der Damm waren sie von denselben mächtigen Magi bezaubert, die vor all diesen Zeitaltern die Unterstadt gebaut hatten. Nur Magie konnte diese riesigen Konstruktionen Hunderte Meter über dem Talboden aufrechthalten.

Doch Vivia konnte einfach nicht anders, als sich Sorgen zu machen, als sie sich der Tür zuwandte – denn wenn die Magie im Untergrund verklang, was geschah dann mit der Magie hoch oben? Schließlich spiegelte sich das, was oben geschah ...

Auch unten.

Merik fühlte sich, als würde er fallen. Als wäre er mitten in der Nacht von einer Wasserbrücke gesprungen, genau wie seine Mutter es getan hatte, und jetzt näherte sich das dunkle Tal mit unglaublicher Geschwindigkeit. Schwarzer Himmel und kalte Wolken.

Und die Hexenfische, die mit weit geöffneten Mäulern darauf warteten, ihn zu fangen.

Safiya fon Hasstrel ist tot.

Cam sprach immer noch. Ein entferntes Brummen aus Wörtern, von denen Meriks Ohren nur Fetzen auffingen. »Glaubt Ihr, Eure Schwester hätte auch dieses Schiff zerstört?« oder »Wieso sollte sie das wollen?« oder »Es ergibt keinen Sinn, Sir.« Doch Merik hörte ihr kaum zu.

Safiya fon Hasstrel ist tot. Die Worte sanken langsam in ihn ein, kalt und betäubend. Bis seine Welt auf diesen Chor in seinen Ohren zusammenschrumpfte. *Safiya fon Hasstrel ist tot.*

Das war unmöglich. Nicht schon wieder. Nicht noch jemand. Noden hatte bereits zu viel gefordert.

Merik stolperte zur Tür. Cams kalte Hände packten seine Arme. »Sir, Sir, Sir.« Aber Merik schüttelte sie ab und stolperte weiter.

Die Magie des Schließzaubers glitt über ihn hinweg, durchdrang für einen Moment das Rauschen in seinen Ohren. Dann hatte er Kullens Wohnung verlassen und eilte die Treppe nach unten. Durch das Chaos aus Leuten und Hunger und Lärm, bevor er sich schließlich auf der brechend vollen Straße wiederfand. Nieselregen fiel vom Himmel – würde es jemals wieder aufhören zu regnen? –, und jeder von Meriks Schritten war schwerer als der letzte.

Das ist deine Schuld, erklärte er sich selbst. Schließlich war Merik derjenige gewesen, der darauf bestanden hatte, dass Safi nach Lejna ging, wo die Marstoker darauf gewartet hatten, sie zu entführen. Wenn er nur seinen Vertrag mit Dom Eron fon Hasstrel aufgegeben hätte … Wenn er nur auf dieser Klippe an Safis Seite geblieben wäre, statt davonzufliegen, um Kullen zu treffen …

Am Ende hatte er Kullen trotzdem verloren. *Aber ich hätte Safi retten können. Ich hätte Safi retten* müssen.

Und Noden sollte Merik verfluchen, ihre letzten Worte an ihn waren fast prophetisch gewesen: »Ich habe so ein Gefühl, dass ich dich nie wiedersehen werde.«

Sie hatte Recht behalten, und das war Meriks Schuld.

Er stolperte in eine Seitengasse, ohne zu wissen, welche es war. Sobald die Regentropfen auf den Boden trafen, erhoben sie sich als Dampf, verwandelten sich in Nebel. Tauchten die Welt in graue Einförmigkeit. Jede Gestalt sah aus wie die nächste, die Gebäude verschmolzen mit ihren Nachbarn.

Wieder bog Merik nach links ab, dann erreichte er eine vertraute Säulenreihe. Merik stieg die Stufen hinauf, tauchte in die Dunkelheit des Tempels ein. Sofort wurde die Luft kühler, die Schatten saugten ihn ein.

Zwanzig weitere schlurfende Schritte, dann stand er erneut vor den Fresken von Nodens Heiligen. Und in diesem Moment zitterte die Erde, warf ihn auf die Knie. Ein Herzschlag, zwei … die Steine knirschten. Die Stadt bebte. Dann, so schnell, wie es gekommen war, war das Erdbeben vorbei und ließ Merik mit rasendem Herzen zurück, die Muskeln angespannt für den nächsten Erdstoß.

Doch als der nicht kam, atmete Merik tief durch und hob den Blick zu dem Fresko der Linken Hand des Gottes.

Zu dem Biest, das er geworden war.

»Was soll ich tun, Kull?« Merik musterte das schreckliche Gesicht des Freskos, rechnete halb mit einer Antwort. Doch nichts geschah. Er würde nie eine Antwort erhalten. Kullen – und diese Steine – würden für immer schweigen.

Allerdings stieg in der Stille ein Gedanke auf, an etwas, das Tante Evrane immer gesagt hatte, wenn sie mit Merik geschimpft hatte: *Die Furie vergisst nie, Merik. Was auch immer du getan hast, es wird zehnfach auf dich zurückfallen und wird dich jagen, bis du Wiedergutmachung leistest.*

Merik drehte die Handgelenke, genoss den Schmerz, mit dem seine neue Haut gegen die Bewegung protestierte. Genoss, wie die mit Blasen überzogenen Streifen aufplatzten. Er wurde von seinen Fehlern verfolgt, aber vielleicht … Wenn er den Kopf in genau dem richtigen Winkel neigte, konnte er das nicht als Fluch betrachten, sondern als Geschenk.

Der Meuchelmörder in der Nacht. Das Feuer auf der *Jana*. Die Frau auf dem Richtplatz. Jeder dieser Vorfälle hatte Merik hierhergeführt, in Nodens Tempel. Zu einem Fresko der Linken Hand des Gottes.

Und nur ein Narr ignorierte Nodens Gaben.

Wieso hältst du ein Rasiermesser in einer Hand?

»Damit die Menschen sich erinnern«, flüsterte Merik den Steinen zu, »dass ich so scharf bin wie jede Schneide.«

Und warum hältst du ein zerbrochenes Glas in der anderen?

»Damit die Menschen sich erinnern, dass ich alles sehe.«

Das Geschenk des Gottes annehmen. Die Furie werden.

Es wurde Zeit, zu dem Monster zu werden, das Merik die ganze Zeit über gewesen war. Keine betäubte Distanz mehr.

Kein Ankämpfen mehr gegen den Nihar-Zorn. Nur wilde, hungrige Hitze.

Einer für das Wohl von vielen; Rache für diejenigen, die er verloren hatte.

Es wurde Zeit, Wiedergutmachung zu leisten. Zeit, den Unterdrückten Gerechtigkeit zu bringen. Zeit, die Frevler zu bestrafen.

Merik wusste genau, wo er anfangen würde.

10

Safi wünschte sich, sie wäre tot. Dann hätte sie als Geist zurückkehren können, um diese Höllebarde zu terrorisieren.

Die Höllebarden hatten Safi und Vaness nicht mit in die Siedlung genommen. Sie hatten nicht einmal einen Halt in der Nähe eingelegt. Nur die Frau, Lev, hatte sich von der Gruppe gelöst, um im Dschungel zu verschwinden. Safi konnte nicht mal raten, welche Richtung sie eingeschlagen hatte.

In einem Moment war Lev noch da gewesen, leise wie ein Reh hinter dem Kommandanten, der hinter Safi ging. Dann war Lev plötzlich verschwunden. Und als Safi in das dichte Laubwerk geschaut hatte, hatte ihr das nur eine Klinge im Nacken eingebracht.

»Weitergehen, Ketzerin.«

Ketzer. Das war das Wort, mit dem im cartorrischen Reich unregistrierte Magi bezeichnet wurden. Es war das Wort, das auf Menschen angewandt wurde, die vor dem Gesetz flohen.

Und genau diese Leute spürten die Höllebarden ihrem Schwur entsprechend auf und schalteten sie aus. Sie konnten versteckte Magie fühlen. Sie konnten verborgene Magi aufspüren.

»Meine Füße tun weh, Höllebarde.«

»Schön für Euch.«

»Meine Handgelenke schmerzen ebenfalls.«

»Faszinierend.«

Safi schenkte ihm über die Schulter ein süßliches Lächeln. »Ihr seid ein Bastard.«

Keine Reaktion aus dem Inneren des Helms. Nur die metallisch klingenden Worte: »Das wurde mir schon öfter gesagt.«

Nun, Safi kam gerade erst in Schwung. »Wo gehen wir hin?«

Diese Frage beantwortete der Kommandant nicht, also machte sie weiter: »Wann werden wir dort angekommen?«

Immer noch nichts.

»Welches Gift habt Ihr der Kaiserin verabreicht? Habt Ihr vor, uns etwas zu essen zu geben, oder werdet Ihr uns verhungern lassen? Und watscheln alle Höllebarden wie Enten, oder gilt das nur für Euch?«

Und als er immer noch nicht reagierte: »Ich werde schreien, wisst Ihr?«

Ein Seufzen hallte in seinem Helm wider. »Und ich werde Euch knebeln, Ketzerin. Dieser kleine Trick mit Euren Handgelenken, den Ihr abgezogen habt? Bei einem Knebel wird das nicht funktionieren.«

Das brachte Safi zum Schweigen. Allerdings nicht wegen der Drohung in seiner Stimme, sondern einfach, weil sie sonst nichts empfing. Keine Wahrheit, keine Lüge. Keiner der Höllebarden war für ihre Magie wahrnehmbar. Wie, fragte sie sich, war das überhaupt möglich?

Das war das Einzige, was Safi seit ihrer Gefangennahme über ihre Gegner gelernt hatte, und das half ihr nicht, einen Fluchtplan zu entwerfen. Doch wenn sich eine Gelegenheit bieten sollte, wäre sie bereit.

Vaness wachte auf.

Es war kein langsames, träges Erwachen, sondern eher eine von Panik angetriebene, raubtierartige Explosion. In einem Moment lag die Kaiserin schlaff in den Armen des Riesen, während Zander eine Senke durchquerte. Er musste sich nach vorne lehnen, um die Böschung hinaufzusteigen, sein Körper ungeschickt verdreht.

Auf der Hälfte des Hügels allerdings verwandelte sich Vaness in einen Hurrikan.

Sie trat um sich. Sie schrie. Sie fiel zu Boden, während Zander darum kämpfte, sich auf den Beinen zu halten.

Die Kaiserin stand bereits auf den Füßen, bevor Safi ganz verstanden hatte, dass sie wach war. Und Vaness lief davon, bevor der Riese oder der Kommandant – oder Safi – ihr folgen konnten.

Doch Vaness kam nicht weit. Zanders Beine waren doppelt so lang wie ihre, und schon nach Sekunden packte er sie von hinten. Sie kreischte wie eine Geborstene.

Das verschaffte Safi genug Zeit, um ebenfalls etwas zu unternehmen. Sie ließ sich auf die Knie fallen und wirbelte nach hinten. Mit dem Oberkörper warf sie sich gegen die Knie des Kommandanten, dann rammte sie ihm die linke Schulter von unten in den Schritt. Selbst mit dem langen Panzerhemd musste das wehtun.

Er fiel auf jeden Fall schnell genug um, wobei er mit dem Rücken gegen die Uferböschung knallte.

Dann trat Safi zu – ein harter Stoß ihrer Ferse in Richtung seiner Kehle.

Nur dass sie ihr Ziel verfehlte und stattdessen seine ledergepanzerte Schulter traf.

Der Kommandant brüllte auf. Ein Ausdruck von Schmerz, mehr Schmerz, als ihr Angriff rechtfertigte. Er ließ sein Langschwert los – als würden die Muskeln in Arm und Hand ihre Arbeit verweigern.

Er ist verletzt, begriff Safi. Sofort rammte sie ihm die Ferse ein weiteres Mal gegen die linke Schulter.

Er kauerte sich zusammen.

Sie trat wieder und wieder zu, bis er zurückwich, die Hände an die Schulter gepresst. Sein Kopf fiel nach hinten. Der Helm rutschte von seinem Kopf.

Safi erstarrte.

Es kostete sie eine halbe Sekunde, um zu verstehen, was sie da sah. Er wirkte so vertraut … und doch so fremd.

Vielleicht lag es an dem Bartschatten, der sein Kinn bedeckte, oder vielleicht auch an den blutigen Krusten auf der linken Seite seines Gesichts, als hätte ihn jemand aufs Ohr geschlagen und die Verletzung mehrere Tage lang genässt.

Oder vielleicht lag es auch einfach nur daran, dass die Wahrscheinlichkeit, dem charmanten Schwindler hier zu begegnen … dass er ein Höllebarden-Kommandant war …

Es war unfassbar. Unmöglich.

Höllebarden-Kommandant … was hatte Lev gesagt? Fitz Grieg. Caden Fitz Grieg.

Nie, *niemals*, hätte Safi vermutet, dass dies die wahre Identität des charmanten Schwindlers war. Er war der Grund, wieso es sie überhaupt hierher verschlagen hatte. Er hatte ihr nach einem Taro-Spiel ihr Geld gestohlen, und dieser Betrug hatte letztendlich alle anderen Ereignisse ausgelöst.

Wenn Caden nicht ihr Geld gestohlen hätte, hätte Safi am nächsten Tag nicht versucht, es sich durch einen Diebstahl zurückzuholen. Hätte sie nicht versucht, es sich zurückzuholen, hätte sie nicht die falsche Kutsche angehalten. Hätte sie nicht die falsche Kutsche angehalten, hätte der Blutmagis-Mönch niemals ihre Witterung aufgenommen. Und hätte der Blutmagis ihre Witterung nicht aufgenommen, wäre sie im Moment wahrscheinlich frei.

Sie wäre frei, mit Iseult an ihrer Seite.

Niemals hätte Safi vorhersagen können, dass Caden der Mann mit dem Helm war. Sie hatte ausgespuckt, wann immer sie seinen Namen gesagt hatte, und geschworen, dass sie ihm seine hohen Wangenknochen zu Brei schlagen würde, falls sie ihn jemals wiedersah.

Hinter Safi waren weiter Kampfgeräusche zu hören. Vaness' Schreie und Tritte. Zanders Grunzen und das Klirren seiner Rüstung. Safi bemerkte es kaum. Sie konnte nur das Gesicht des charmanten Schwindlers anstarren und versuchen, sich eine Geschichte zusammenzureimen, die ihr unbegreiflich war.

Vielleicht hätte sie versucht zu fliehen, wenn eine echte Chance bestanden hätte. Vielleicht hätte Safi versucht, Vaness aus Zanders Griff und diesen verdammten Holzkragen zu lösen, wenn sie gewusst hätte, wie sie das anstellen sollte.

Aber das war nicht ihr Schlachtfeld, und in ihrem Kopf summten Fragen, als hätte jemand gegen ein Wespennest getreten.

Deshalb bemerkte Safi auch nicht, dass Lev von ihrem Ausflug zur Siedlung zurückkehrte. Weswegen Safi nicht einmal versuchte, sich zu wehren, als Lev direkt hinter ihr auftauchte und ihr die Beine unter dem Körper wegtrat. Dann beobachtete sie wie betäubt, wie der charmante Schwindler sich mit einer Grimasse den Helm aufsetzte und wieder zum Höllebarden-Kommandanten wurde. Selbst als die Höllebarden ein Seil um ihre Knöchel befestigten, sodass sie weder rennen noch treten noch kämpfen konnte, ließ sie es zu.

Doch als der Kommandant Safi herumwirbelte und knurrte: »Netter Versuch, Ketzerin«, reagierte Safi endlich. Sie grinste.

Es *war* ein netter Versuch gewesen und die Schwellung an ihrem rechten Knie mehr als wert. Denn sie hatte mehr über ihre Gegner erfahren, als sie jemals erwartet hätte. Sie wusste jetzt, dass der Riese stark, aber langsam war. Dass der Kommandant seine linke Seite schonte, weil er verletzt war – und seine alte Wunde offensichtlich wieder geöffnet werden konnte.

Und das Beste war: Safi wusste jetzt, dass die Höllebarden sie nicht verletzen würden. Der Kommandant hätte es gekonnt, sobald der Kampf entbrannt war. Er hätte sie aufschlitzen können – gerade weit genug, um sie zu stoppen. Und Lev hätte Safi mit sehr viel mehr Gewalt ausschalten können, als sie tatsächlich angewendet hatte.

Doch keiner der Höllebarden hatte Safi oder Vaness Schaden zugefügt, und das hieß, dass sie beide Frauen lebend wollten. Unverletzt. *Oder vielmehr will uns der Kaiser von Cartorra lebend und unverletzt.*

Das verlieh Safi eine gewisse Macht, selbst mit gefesselten Knöcheln und dem Kragen um den Hals der Kaiserin.

Wenn die Herrin des Schicksals ihr das nächste Mal eine Gelegenheit bot, wäre Safi bereit.

Als Aeduan erwachte, lag die Sonne hinter Regenwolken versteckt. Er konnte nicht abschätzen, wie lang er geschlafen hatte – aber sicherlich länger, als er es sich sonst erlaubte. Seine Magie hatte Energie gebraucht, und wenn Essen keine Möglichkeit war, blieb nur die Bewusstlosigkeit.

Es war kein tiefer Schlaf gewesen, sondern die Art von Dämmerzustand, in der sich Träume mit der Realität verbanden. Wo man glaubte, wach zu sein, um nach dem tatsächlichen Erwachen zu erkennen, wie seltsam die Geschehnisse gewesen waren. Bärenfallen so groß wie Menschen. Kiefernnadeln, verklebt mit Blut, das niemals trocknen würde. Regen, der von frisch gebildeter Haut abprallte.

Und der Geruch von Silbertalern, unablässig in Aeduans Nase.

Er riss die Augen auf. Seine frisch gebildeten Muskeln protestierten, und die neue Haut dehnte sich, als sich Aeduan in eine sitzende Position zwang. Seine Kleidung war vollkommen durchnässt.

Ein schneller Blick über die Lichtung enthüllte nichts als graue Wolken am Himmel und frischen Schlamm um sich herum; ein schneller Atemzug lieferte keinen Hinweis auf Gefahr in der Nähe. Aeduan richtete seine Aufmerksamkeit auf sein geheiltes Bein. Die Hose war zerfetzt, aber darunter leuchtete rosafarbene frische Haut im dämmrigen Licht. Es juckte, aber das ignorierte er, um stattdessen auf allen vieren zu den Talern zu kriechen.

Der Beutel war nicht bewegt worden, seit Aeduan blind in die Bärenfalle gelaufen war. Mit vor Erschöpfung zitternden Händen hob er den Sack und spähte hinein.

Ein Zweig knackte.

Aeduan kämpfte sich auf die Beine. Alles drehte sich um ihn, doch er roch niemanden.

»Beweg dich nicht«, sagte eine Stimme auf Nomatsi. Direkt hinter ihm.

Die Strangmagis. Natürlich war sie es. Doch Aeduan konnte nicht entscheiden, ob die Herrin des Schicksals ihm ihre Gunst erwies oder ihn verfluchte.

Er entschied sich für die zweite Möglichkeit, als die Strangmagis sagte: »Ich habe deine Messer entfernt und versteckt.«

In seiner blindwütigen Gier nach den Münzen hatte er seine Klingen vollkommen vergessen. *Narr.*

Er wandte sich in ihre Richtung und rief auf Dalmotti:

»Ich brauche meine Klingen nicht, um dich umzubringen, Strangmagis!« Regen begann, auf seinen Nacken zu fallen, auf seine Kopfhaut.

Das Mädchen atmete harsch aus, bevor sie die Lichtung umrundete. Sie trug Aeduans Mönchsmantel, das Innere nach außen gewendet. Klug, auch wenn es gegen die Klosterregeln verstieß. Aus einem Schritt wurden zehn, bis sie in einer Entfernung anhielt, die bei jedem anderen als einem Blutmagis sicher gewesen wäre. Aeduan dagegen hätte sich auf sie stürzen können, bevor sie auch nur blinzeln konnte.

Stattdessen ließ er die Arme schlaff herunterhängen. Er könnte die Strangmagis angreifen, aber Informationen gewann man am besten durch ein Gespräch. Oder zumindest hatte Mönch Evrane das immer behauptet.

Andererseits hatte Mönch Evrane auch erklärt, dieses Mädchen wäre eine Hälfte der Cahr Awen – dieses mythischen Paars, zu dessen Schutz sich jeder Carawen-Mönch per Eid verpflichtete. Aeduan hielt das allerdings für unwahrscheinlich – nicht nur dass dieses Mädchen Teil dieses Paars sein könnte, sondern dass die Cahr Awen überhaupt existierten.

»Wo ist der Rest meiner Münzen, Strangmagis?«

Keine Antwort. Drei Herzschläge lang beäugten sich die beiden nur durch den Regen. Tropfen rannen über das Gesicht der jungen Frau, erzeugten weiße Streifen in dem Schmutz darauf. Sie wirkte dünner als vor zwei Wochen. Ihre Wangenknochen stachen unter fast durchsichtiger Haut hervor, und dunkle Ringe lagen unter ihren Augen.

»Wo ist der Rest meiner Münzen?«, wiederholte Aeduan. »Und woher hast du sie?«

Ihre Nase zuckte. Ein Anzeichen, vermutete Aeduan, dass sie nachdachte.

Der Regen verstärkte sich. Pfützen entstanden im

Schlamm. Wasser rann über den Klostermantel, den Aeduan zurückhaben wollte. Sein eigener dreckiger Wollmantel war vollkommen durchnässt.

Als hätte sie seine Gedanken erraten, sagte das Mädchen auf Nomatsi: »Ich habe einen Unterschlupf für uns gefunden.«

»Uns?«, fragte Aeduan, immer noch auf Dalmotti. »Wofür hältst du das hier, Strangmagis?«

»Ein … Bündnis.«

Er lachte. Ein harsches Geräusch, das tief aus seinem Bauch aufstieg und sich mit dem am Himmel grollenden Donner verband. Er und die Strangmagis waren, wenn überhaupt, Feinde. Schließlich war er angeheuert worden, sie an Corlant auszuliefern.

Doch Aeduan war auch fasziniert. Es passierte nicht oft, dass Leute ihn überraschten, und noch seltener forderten Leute ihn heraus. Die Strangmagis tat mehr als das.

Sie verwirrte ihn. Er hatte keine Ahnung, was sie als Nächstes sagen würde. Was sie als Nächstes tun würde.

Aeduan witterte einmal. Keine Blutwitterung rührte an seiner Magie, doch etwas stieg ihm in die Nase …

Der feuchte Rauch. *Lauf, mein Kind, lauf.*

»Abendessen«, erklärte die Strangmagis und stiefelte an Aeduan vorbei. Sie bewegte sich, als wäre zwischen ihnen nie etwas vorgefallen. Als fiele kein Regen. Als hätte sie seine Carawen-Klingen nicht gestohlen.

Als wäre es nicht närrisch, einem Blutmagis den Rücken zuzukehren.

Aeduan setzte sich langsam in Bewegung. Ein paar prüfende Schritte mit seinem frisch geheilten Bein. Ein steifes Bücken, um die vergessenen Münzen aufzuheben. Dann, als keine Fallen zuschnappten, um ihn zu halten, kein Schmerz ihn erschütterte, fiel Aeduan in einen leichten Dauerlauf, um der Strangmagis zu folgen, wohin auch immer sie ihn führte.

Safis Stiefel waren viel zu groß. Sie scheuerten, bis sich Blasen an ihren Fersen bildeten – doch das war *nichts* im Vergleich zu der aufgeschrammten Haut an ihren Handgelenken, wo sich das Seil der Höllebarden in ihre Haut grub. Die Fesseln um ihre Knöchel dagegen waren in die losen Schäfte ihrer neuen Stiefel gerutscht und scheuerten dort auf ihrer Haut.

Jeder Schritt war die pure Pein.

Safi schwelgte in dem Schmerz. Er bot eine Ablenkung von dem Feuer, das in ihrem Bauch brannte.

Höllebarden-Kommandant Fitz Grieg.

Caden.

Der charmante Schwindler.

Da war diese Narbe an seinem Kinn – sie spähte unter seinem Helm heraus. Daran erinnerte sich Safi aus Veñaza. Genauso wie sie sich an sein selbstbewusstes Lächeln erinnerte, und die Art, wie er die Leute direkt angesehen hatte. Ohne zu blinzeln. Ohne den Blick abzuwenden.

Damals, vor so langer Zeit in Veñaza, hatte Safi sein Lächeln und die Intensität seines Blicks … interessant gefunden. Sogar anziehend.

Safis Stiefel blieb an einer Wurzel hängen. Sie fiel nach vorne. Seilfasern gruben sich in bereits blutiges Fleisch, und obwohl sich ihr Stolz dagegen wehrte, entfuhr ihr ein scharfes Keuchen.

»Haltet an, Ketzerin.« Der Kommandant gab das Seil frei, bevor er vor sie trat und ihr auf die Beine half. Dann zog er aus einer Tasche an seinem Gürtel zwei Leinenstreifen, wie man sie verwendete, um Wunden zu verbinden.

»Gebt mir Eure Hände.«

Safi kam der Aufforderung nach. Zu ihrer Überraschung wickelte er die Streifen um ihre Handgelenke, um zu verhindern, dass das Seil weiter auf ihrer Haut rieb. »Das hätte ich gleich machen sollen«, sagte er. Sein Ton war weder entschuldigend noch anklagend. Nur eine Aussage.

In diesem Moment, während sie auf die dreckige Oberseite seines Helms starrte, wurde Safi etwas klar. Die Erkenntnis ließ sie erneut nach Luft schnappen.

Was, wenn Caden dem Kaiser von Cartorra von Safis Magie berichtet hatte? Was, wenn *dieser Höllebarde vor ihr* der Grund dafür war, dass Kaiser Henrick wusste, dass sie eine Wahrmagis war – weswegen er sie als seine Verlobte wollte?

Der charmante Schwindler hatte sie übers Ohr gehauen. Dann hatte dieser Höllebarden-Kommandant sie gefangen.

Safi hatte jede Wut, jeden Zorn weit hinter sich gelassen. Das war jetzt ihr Leben – ständige Flucht. Der ständige Übergang von den Händen eines Feinds in die des nächsten, bis ihr irgendwann jemand den Kopf vom Körper trennen würde. Letztendlich war das unvermeidlich gewesen. Ihre Magie hatte sie von dem Tag ihrer Geburt an verflucht.

Aber Iseult ...

Iseult war irgendwo da draußen, ebenfalls auf der Flucht. Auch sie war gezwungen worden, ihr Leben in Veñaza aufzugeben – wegen Safi. Wegen des charmanten Schwindlers.

Kalter Hass breitete sich in Safis Körper aus. Pulsierte gegen ihre Fesseln, pulsierte in den Spitzen ihrer gequälten Finger und Zehen.

Der Hass wuchs noch, während sie weitergingen. Stunden der Pein, bis die Höllebarden endlich eine Pause einlegten. Zander fesselte Safi an eine mit Flechten bewachsene Buche, und sie ließ es zu. Selbst als Astknoten in ihren Rücken stachen, wehrte sie sich nicht. Auch nicht, als er ihre Arme nach hinten zog, bis sich ihr Rücken nach hinten wölbte. Dann band er das Seil hoch über ihrem Kopf fest – unangenehm hoch – und fesselte ihre Beine tief an den Stamm. Sie war eingewickelt wie die Ente, die Mathew immer zu ihrem Geburtstag gebraten hatte.

Obwohl Safi nicht sehen konnte, wie die Kaiserin hinter ihr an einen Baum gefesselt wurde, hörte sie doch das Surren des Seils. Dasselbe Knirschen in Schultergelenken, die über ihre Toleranz hinaus gedehnt wurden. In nächster Zeit würden sie weder fliehen noch kämpfen können.

Außerdem hörte sie, wie die Kaiserin fragte, unendlich höflich: »Dürfte ich bitte etwas Wasser haben?«

Der Riese brummte etwas in Levs Richtung, und als Lev mit einem Wasserschlauch in der Hand auf Safi zutrat, wurde ihr bewusst, dass der Höllebarden-Kommandant nirgendwo zu sehen war. Ihr Blick schoss nach links, nach rechts ... aber er war weg. Im Wald verschwunden.

»Wo ist der Kommandant?«, fragte Safi, nachdem sie vier wunderbare Schlucke schales Wasser getrunken hatte. »Er war verletzt. Ihr solltet nach ihm sehen.«

Ein metallisches Lachen hallte aus Levs Helm. »Ich glaube nicht.« Wieder lachte sie. Dann, nachdem sie den Wasserschlauch an ihrer Hüfte befestigt hatte, hob Lev langsam den Helm vom Kopf.

Das rötliche Licht, das durch die Blätter fiel, zeigte ein junges Gesicht. Sie war höchstens in Safis Alter. Kurzes braunes Haar, ein breites Kinn mit einer schmalen Spitze. Hübsch eigentlich, selbst mit den erhabenen Narben, die sich über ihre Wange bis hinter ihr Ohr zogen, als hätte jemand ihr Gesicht mit einer Rasierklinge bearbeitet.

Lev grinste leicht und enthüllte gebogene Eckzähne. Die Narben verzogen sich so sehr, dass es schmerzen musste.

»Woher stammt Ihr?«, fragte Safi. Sie hatte bereits eine Ahnung, wie die Antwort lauten würde.

»Praga. Aus Engelstatt.« Dem nördlichen Armenviertel. Genau das, was Safi anhand des Akzents erwartet hatte – obwohl Safis Magie ihr natürlich nichts verriet. Weder auf Wahrheit noch auf eine Lüge in den Worten der Höllebardin hinwies.

Safi biss die Zähne zusammen, während sie gegen den Drang ankämpfte zu fragen, *warum* sie die Höllebarden nicht lesen konnte. Möglicherweise hatten sie keine Ahnung, dass sie eine Wahrmagis war. Sicher, der Kommandant hatte sie Ketzerin genannt, aber vielleicht wusste nur *er*, was sie war.

Stattdessen fragte Safi: »Wie kam es dazu, dass Ihr eine Höllebardin seid?«

»Wie bei jedem anderen auch.«

»Und das wäre?«

Lev antwortete nicht. Stattdessen machte sie ein schnalzendes Geräusch mit der Zunge, als sie ihren grünen Blick über Safis gespannte Fesseln und ihre überdehnten Arme gleiten ließ. Dann über Safis Gesicht – wie ein Höllebarde, der eine Ketzerin inspiziert. Doch Safi hatte keine Ahnung, was Lev sah, was sie empfand.

»Es hieß die Henkersschlinge oder Köpfen«, erklärte Lev schließlich. »Und ich habe mich für die Henkersschlinge entschieden. Mehr Wasser?« Sie hob den Schlauch. Als Safi den Kopf schüttelte, meinte sie nur: »Wie Ihr meint.«

Abgelenkt beobachtete Safi, wie sich Lev in der Nähe niederließ und begann, ihre Waffen zu inspizieren, angefangen mit der Armbrust. Bis sich ihre Magie unangenehm an die Oberfläche drängte.

Lügen. Hinter ihr.

Dieses Gefühl war überraschend. Das Kribbeln auf ihren nackten Armen. Es war so lange her, dass jemand in Safis Gegenwart gelogen hatte – oder dass sie fähig gewesen war, es zu spüren. Und die Lüge lag nicht so sehr in den lispelnden Worten, die die Kaiserin sprach – sondern vielmehr im Ton und dem Drama dahinter.

»Ihr stammt aus der Nähe des Nordmeers?«, fragte Vaness, ihr Ton sanft und freundlich. »Ich bin ebenfalls in der Nähe von Wasser aufgewachsen. Aber nicht an einem kalten Meer wie Eurem. In der Nähe eines warmen, sonnigen Flusses.« Ihr Ton wurde abwesend – nahm einen Klang an, der erneut Safis Magie aktivierte. »Ich war auf meinem Weg zurück dorthin, mit meiner Familie. Nicht Familie des Bluts, sondern Strangfamilie. Selbstgewählt. Wir waren fast angekommen, wisst Ihr. Vielleicht noch ein oder zwei Tage Fahrt …«

Ein langes Schweigen, nur gebrochen vom Zirpen der Grillen und dem Rauschen der Blätter im Wind. Dann: »Habt Ihr mein Schiff zerstört?«

»Nein«, platzte Zander heraus. Laut genug, dass Safi es hören konnte. Fühlen konnte, wie er sich überrascht verspannte. Vaness hatte ihn mit ihrer Freundlichkeit überlistet.

»Lügner«, sagte die Kaiserin, jede Süße aus ihrer Stimme getilgt. Safi hörte nur noch die Härte von Eisen darin. »Ihr habt die Menschen getötet, die ich liebe, und dafür werdet Ihr zahlen. Ich werde Euch ausbluten lassen, Höllebarde vom Nordmeer. Also hoffe ich zu Eurem eigenen Besten, dass Ihr wirklich nichts damit zu tun hattet.«

Wahrheit brannte in den Worten der Kaiserin. Ein magischer Akkord, so rein, dass die Intensität der Worte für Safi fast ihre Bedeutung übertönte.

Safi musste lächeln. Das zweite Lächeln des Tages, denn wenn sich herausstellte, dass die Höllebarden für die Explosion verantwortlich waren, würde sie dasselbe tun. Und selbst wenn sie nichts damit zu tun gehabt hatten, würde sie den Kommandanten trotzdem ausbluten lassen. Den charmanten Schwindler, der all diese Höllenfeuer entzündet und damit Safis Leben bis auf die Grundmauern niedergebrannt hatte.

Sie würde ihn zahlen lassen.

Sie würde ihn bluten lassen.

11

»Nicht jetzt«, sagte Vivia zum achttausendsten Diener, der sich ihr seit ihrer Rückkehr in den Palast näherte. Sie war verschwitzt, sie war hungrig, sie kam zu spät. Doch der sonnenverbrannte Gärtner schien sich nicht für ihre Worte zu interessieren, während er hinter ihr durch die königlichen Gärten eilte.

»Aber Eure Hoheit, es geht um die Pflaumen. Der Sturm hat die Hälfte der Früchte fallen lassen, bevor sie ansatzweise reif …«

»Sehe ich aus, als würde ich mich für Pflaumen interessieren?« Sie interessierte sich für Pflaumen, aber in solchen Gesprächen gab es Protokolle einzuhalten. Außerdem war die unausweichliche Verstimmung des Regenten über ihre Unpünktlichkeit um einiges beängstigender als dieser Gärtner. Also warf Vivia ihm ihren finstersten Nihar-Blick zu und wiederholte: »Nicht. *Jetzt.*«

Endlich verstand der Mann den Hinweis und verschwand in den Schatten der erwähnten Pflaumenbäume, die tatsächlich ziemlich gebeutelt aussahen. Allerdings galt dasselbe für so ungefähr alles in Nubrevna.

Vivia hatte sich zu lange am Damm aufgehalten. Oh, es hatte sie kaum Zeit gekostet, ihre Jolle über die nördliche

Wasserbrücke von Stefin-Ekart zu segeln. Bald schon hatte der Damm mit seinem alten Riss darin vor dem Himmel Gestalt angenommen. Vivia war über die Schleusen höher gefahren – höher, höher, bis sie schließlich die Gewässer ganz oben erreicht hatte. Dort hatte sie ihre Zehen in den eisigen Fluss gehalten, hatte ihre Magie ausgeschickt, hatte sich gestreckt, bis sie jeden Tropfen Wasser spürte, der durch die wassermagischen Kanäle des Damms glitt. Doch alles war, wie es sein sollte. Der Riss erstreckte sich immer noch nur auf der Oberfläche der Steine.

Also war Vivia nach Lovats zurückgekehrt – und erst dann hatte sie Zeit verloren, eingezwängt zwischen den Schiffen, die Nubrevnaner in die Stadt brachten. Als Vivia schließlich am nördlichen Kai angelegt hatte, ging die Sonne bereits unter, und als sie das Palastgelände auf dem Königinnensteig erreichte, war sie fast vollkommen hinter den Sirmaya-Bergen verschwunden. Endlich trat Vivia auf einen Hof, der auf allen Seiten von den königlichen Wohngebäuden umgeben war.

Das defekte Schloss am Haupttor erforderte dreimal kräftiges Rütteln eines Lakaien, bevor er es öffnen konnte, dann kreischten die Angeln wie Krähen auf einem Schlachtfeld.

Vivia stiefelte in die Eingangshalle, wo sie – im wahrsten Sinne des Wortes – in den jüngsten Pagen ihres Vaters hineinlief. *Diener achttausendundeins.*

»Eure Hoheit«, quietschte der Junge. »Der Regent ist bereit, Euch zu empfangen.« Seine Nase zuckte, sodass sein an Schnurrhaare erinnernder Schnauzbart zitterte – und ihr endlich verriet, warum alle anderen Pagen ihn *Ratte* riefen. Vivia hatte immer vermutet, dass das von seinem ähnlich klingenden Namen kam – Rayet.

»Ich bin bereit«, erklärte sie steif und strich ihre Uniform glatt.

Ratte führte sie. Ihre Schritte hallten in dem eichengetäfelten Korridor wider. Es gab keine Teppiche mehr, um die Trittgeräusche zu dämmen, keine Wandbehänge, um das Klappern zu dämpfen. Vor zwölf Jahren hatte Serafin alle Dekorationen entfernt, die ihn an Jana erinnerten. Er hatte sie in die Lagerräume unter dem Palast verdammt, wo sie verrottet waren und sich echte Ratten an den Gesichtern lang vergessener Könige gütlich getan hatten.

Also hatte Vivia vor zwei Jahren alles verkauft. Stück für Stück und über Kanäle, die nicht unbedingt legal waren. Dalmottische Gildenmeister, schien es, waren durchaus bereit, heimlich Nahrung zu liefern, wenn sie im Gegenzug nubrevnanische Kunst dafür erhielten.

Als Vivia endlich die Räumlichkeiten ihres Vaters erreichte, lagen sie wie erwartet in Dunkelheit. Serafins Krankheit machte seine Augen lichtempfindlich; er lebte inzwischen in einer Welt der Schatten. Ratte eilte voraus, um die Tür zu öffnen und ihre Ankunft zu verkünden.

Vivia rauschte in den Raum, sobald der Junge fertig gesprochen hatte. Zweimal so groß wie ihr eigenes Schlafzimmer, waren die Räumlichkeiten des Königs doch genauso karg eingerichtet. Ein Bett an der linken Wand, mit einem Stuhl neben dem Kopfende. In die rechte Wand eingelassen, ein unbenutzter Kamin, durch den die Winde in den Raum drangen. Geschlossene Fensterläden, zugezogene Vorhänge.

Vivia richtete sich höher auf. Keine Verbeugung. Kein Salut. Kein Wort der Begrüßung. *Spar dir deine Energie für den Hohen Rat,* sagte er immer. *Bei mir kannst du du selbst sein.*

Das graue Haupt des Königs ruhte auf einem Kissen. Er atmete rasselnd ein … aus … dann wieder ein, bevor er Vivia näher heranwinkte. Irgendwie gelang es Serafin trotz der schmalen Schultern, die fast sein Schlafgewand durchstießen – trotz des allgegenwärtigen Gestanks des Todes, der im Raum hing wie der Nebel über der Morgenflut –, das gesamte Zimmer zu beherrschen.

Als Vivia ihn erreichte, wäre sie fast wieder zurückgewichen. Das Gesicht ihres Vaters, seine Augen – sie wirkten uralt. Bei jedem Besuch war es schlimmer als beim vorherigen, doch zumindest hatte der König klar gewirkt, als sie ihn gestern gesehen hatte.

Vivia spürte einen kalten Schauder im Nacken. Serafins Krankheit hatte die Grenze der Gebrechlichkeit überschritten. Sein Körper war zerstört; bald schon könnte sein Geist denselben Weg gehen.

»Setz dich«, krächzte er und zog einen Ellbogen an. Vivia half ihm, spürte seine Rippen unter ihren Fingern. Sobald der König aufrecht ruhte, setzte sie sich auf den Stuhl neben dem Bett.

»Du trägst einen Kapitänsmantel«, sagte Serafin, die Stimme jetzt kräftiger, mit beißenden Konsonanten wie die von Tante Evrane. »Warum?«

»Ich hatte den Eindruck, Eure Majestät, dass Ihr die Position des Admirals übernommen hättet.« Das hatte er vor zwei Wochen erklärt, in dem Gespräch, in dem Vivia ihn auch über Meriks Tod informiert hatte.

»Also fällt die Admiralität auf mich zurück«, hatte Serafin gesagt. Doch jetzt seufzte er nur.

»Sehe ich aus, als könnte ich eine Flotte führen? Antworte nicht«, fügte er hinzu, als sein trockener Humor aufblitzte. »Den ganzen Tag über erklären mir die Heiler, dass ich mich erhole – diese Lügner. Speichelleckende Idioten, sie alle.« Er redete immer weiter. Darüber, was die Heiler ihm gesagt hatten. Wie stark er in seiner Jugend gewesen war, über seine Jahre als Admiral und König, und …

Vivia wusste nicht, über was noch. Sie hörte ihm nicht

zu. Ihre regelmäßigen »Mmm-hmmm« und »Ayes« waren alle Lügen. Sie versuchte, ihm zuzuhören – das tat sie wirklich –, doch Serafin sprach immer nur über die Vergangenheit und kaute dieselben Geschichten wieder, die sie schon tausendfach gehört hatte.

Noden und seine Hexenfische, sie war eine schreckliche Tochter. Dies war der Moment des Triumphs, auf den sie Jahre gewartet hatte – er hatte sie gerade zur *Admiralin* ernannt –, doch trotzdem konnte sie sich nicht dazu bringen, dem König zuzuhören.

Sie schluckte schwer und rückte ihre Manschetten zurecht, während ihr Vater weiterfaselte. Jetzt riss er Witze über den Hohen Rat, analysierte die vielen Fehler der Wesire. Vivia gelang es, schrill zu lachen. Das kostete sie schließlich keine große Mühe und brachte ihr immer ein anerkennendes Lächeln ein.

Besser noch, manchmal brachte es ihr – wie heute – ein spitzes: »Wir sind uns wirklich ähnlich, nicht wahr? Nihars bis ins Innerste. Ich habe gehört, was heute im Kriegssaal geschehen ist. Dein Trick mit dem Wasser war gut ausgeführt. Zeig ihnen dein Temperament.«

Vivia wurde warm ums Herz. Dann sagte sie genau die Worte, von denen sie wusste, dass er sie am liebsten hören wollte: »Schwachköpfe allesamt.«

Er lächelte, wie erwartet, dann schnappte er rasselnd nach Luft. Vivias Herz setzte für einen kurzen Moment aus … Aber nein. Es ging ihm gut.

»Was hat der Rat heute gesagt? Informiere mich.«

»Hundertsiebenundvierzig Schiffe«, erklärte sie knapp, »haben diese Woche die Wachen passiert. Die meisten waren mit Nubrevnanern gefüllt, Eure Majestät. Die Wesire machen sich Sorgen um Nahrung …«

»Nahrung ist unterwegs«, unterbrach Serafin. »Dank unserer Füchse. Wir haben ein ordentliches Lager unter dem Palast angelegt, und diese Vorräte werden uns in diesem Krieg absichern. Der Vertrag mit den Cartorrern wird ebenfalls helfen, dank der Tatsache, dass dein Bruder sein Hirn eingesetzt hat.«

Vivias Brust schnürte sich zusammen. *Ich setze mein Hirn auch ein*, wollte sie sagen. *Die Füchse waren* meine *Idee und entspringen* meiner *schweren Arbeit*. Aber das konnte sie nie zu ihrem Vater sagen. Er beharrte immer darauf, dass sie den Ruhm guter Entscheidungen teilten – und auch den Tadel für schlechte.

Eine Flutwelle aus Schuldgefühlen überschwemmte Vivia. Sie hatte ihrem Vater nie von der mythischen Unterstadt oder dem unterirdischen See erzählt. Und auch wenn sie sich selbst gegenüber immer wieder erklärte, dass es daran lag, dass ihre Mutter sie hatte schwören lassen, nichts davon zu verraten, kannte sie doch die Wahrheit. Sie war eine selbstsüchtige Tochter; sie *wollte* den Ruhm nicht teilen, falls ihre Jagd nach der Unterstadt je von Erfolg gekrönt wurde.

»Und was ist mit unseren Verhandlungen mit den Marstokern?«, fuhr der König fort. »Ein weiterer Sieg deines Bruders, der uns ernähren wird.« Als er das sagte, weilte Serafins Blick auf dem Trauerband an Vivias Oberarm. Der König hatte immer noch keines angelegt. Zu Beginn hatte es Vivia verwirrt, nachdem Serafin nur lobende Worte für Merik fand – zumindest, seit Merik zurück nach Lovats gezogen war und sich den königlichen Truppen angeschlossen hatte.

Dann hatte die Abwesenheit des Trauerbands Zufriedenheit in ihr hervorgerufen, weil das doch sicherlich heißen musste, dass Serafin sie mehr liebte.

Selbstsüchtige Tochter.

»Mit den Marstokern?«, zwang Vivia sich zu wiederholen, während sich ihre Schultern hoben. Sie erkannte ein vertrautes Blitzen in den Augen des Königs. Serafin erwartete eine bestimmte Antwort, und er rechnete damit, dass Vivia ebendiese Antwort *nicht* lieferte.

Sie leckte sich die Lippen und warf sich in die Brust, bevor sie vorsichtig sagte: »Wir befinden uns noch in Gesprächen mit dem marstokischen Sultanat, Eure Majestät, aber ich werde Euch sofort informieren, wenn ein Verhandlungsergebnis erzielt …«

»Oh?« Mit einer unsicheren, aber doch schnellen Bewegung schnappte sich Serafin ein Stück Papier von seinem Bett, das bisher im Schatten verborgen gewesen war. »Wieso habe ich dann heute Morgen erfahren, dass du die Verhandlungen mit ihnen abgebrochen hast?«

Vivia fühlte sich plötzlich leer. Das Papier, das er schüttelte, war nichts anderes als die Nachricht, die sie vor einer Woche per Sprachmagis an den marstokischen Botschafter übermittelt hatte. Wie beim *Höllenwasser* hatte Serafin sie in die Hände bekommen?

»Ich hielt das Angebot für inakzeptabel«, beeilte sie sich zu sagen und kleisterte sich ein lässiges Grinsen ins Gesicht. Als Serafin sie nur weiterhin mit harter Miene betrachtete, wechselte sie die Taktik und versuchte es mit einer neuen Maske – einer bissigeren, wütenderen. »Ein einziger Blick auf die Vorschläge der Marstoker hat ausgereicht, um mir zu verraten, dass Nubrevna damit nur das stinkende Ende der Schaufel bekommen hätte. Bündnisse sind dafür da, unseren Interessen zu dienen, nicht denen des Marstokischen Reichs. Außerdem gab es da noch das kleine Problem der marstokischen Seestreitkräfte, die vor zwei Wochen in Nubrevna einmarschiert sind, Eure Majestät.«

»Ich mache mir nur Sorgen deinetwegen«, sagte er, auch wenn seine Miene immer noch hart blieb. »Ich will nicht, dass der Rat dich für schwach hält, weil du nicht besser verhandelt hast.«

Übelkeit stieg in Vivia auf. Ihre Worte drangen noch schneller über ihre Lippen. »Aber Eure Majestät, ich dachte, Ihr würdet sicherlich nie wünschen, mit diesen Flammenfressern zu verhandeln. Dafür seid Ihr viel zu klug. Und wenn Ihr nur gesehen hättet, was sie in diesem Abkommen angeboten haben! Und natürlich hätten sie jetzt, wo die Kaiserin eventuell tot ist, die Verhandlungen ziemlich sicher von sich aus abgebrochen!«

»Aber du konntest nicht wissen, dass die Kaiserin sterben würde. Außer …« Serafins harte Miene schmolz ein wenig. Ein Anflug von Humor kehrte in seine Augen zurück. »Außer an ihrem Tod ist mehr dran, als ich mir gedacht habe.«

Vivias Antwortlachen klang viel zu schrill.

Serafin sank gegen das Kopfende. »Ich habe dir gesagt, dass ich mir nur um deinetwillen Sorgen machen. Ich weiß, dass du stark bist … aber der Rat weiß es nicht.«

Als der König wieder in Geschichten über seine eigenen Taten versank, versuchte Vivia, ihr Herz zu beruhigen und vorzugeben, dass sie zuhörte. Doch in Wahrheit zitterten ihre Hände so sehr, dass sie sich daraufsetzen musste, um ihre Reaktion zu verbergen.

So war es immer mit dem König. Wann immer er verärgert war, ertappte sie sich dabei, dass sie zitterte wie Espenlaub – was lächerlich war. *Beschämend*. Denn ihr Vater liebte sie. Wie er gesagt hatte: Er machte sich nur um Vivias willen Sorgen.

Serafin war der gute König, ein starker Anführer. Und Vivia könnte das auch sein, wenn sie sich nur benehmen könnte wie er. Wenn sie nur an seiner Seite blieb. *Teile den Ruhm, teile den Tadel*. Mit diesen Worten im Kopf – Worte, die sie sich in letzter Zeit immer öfter ins Gedächtnis rufen musste –, setzte sie eine aufmerksame Miene auf, beugte sich interessiert vor. Und lauschte für zwei weitere Stunden den Geschichten seiner Taten, seines Scharfsinns und seiner meisterhaften Beherrschung der nubrevnanischen Politik.

Außerhalb des königlichen Flügels traf Vivia die Palastvögtin und zehn steife Soldaten. Die Soldaten salutierten, als sich Vivia näherte, während sich die Vögtin – eine winzige Frau, die Vivia schon ihr gesamtes Leben kannte – lächelnd verbeugte.

Dies war die allabendliche Routine nach dem Treffen mit ihrem Vater. Vivia und die Vögtin kontrollierten die Palast- und Verteidigungsanlagen. Vivia lauschte, während die Vögtin alle Beschwerden auflistete, die im Laufe des Tages angefallen waren, und Angestellte im Palast durften ihre Anliegen ebenfalls vorbringen.

Jetzt war der richtige Zeitpunkt für diesen Gärtner, sich über seine Pflaumenbäume zu beschweren.

Sie setzten sich mit schnellen Schritten in Bewegung, als der Wind auffrischte und durch die Gärten rauschte, während sich am Horizont neue Wolken sammelten.

Früher einmal waren diese Pflanzen und Kieswege privat gewesen, ordentlich gepflegt und rein dekorativ. Doch vor achtzehn Jahren hatte Jana den Palastgärtnern freie Hand gelassen. Schon nach wenigen Sommern standen mehrere Reihen Apfel- und Birnenbäume um den zentralen Brunnen verteilt. Zucchiniranken mit großen gelben Blüten krochen über die Wege und um Rosenbüsche, während sich in der westlichen Ecke des Gartens mehr Kohlköpfe aus der Erde erhoben, als es Menschen im Palast gab.

Vivias Blick huschte zum letzten noch unberührten Ort in den königlichen Gärten: ein winziger Nebenhof an der nordöstlichen Seite, umrahmt von Hecken und mit einem Seerosenteich in der Mitte. Das war Janas Lieblingsplatz gewesen. Vivia hatte immer angenommen, dass es damit zu tun hatte, dass dort ein Zugang zum unterirdischen See versteckt war. Und doch fragte sie sich …

»Wartet bitte einen Moment«, murmelte sie, bevor sie abdrehte. Kurz darauf betrat sie den überwucherten Torbogen, passierte das verrostete Tor und betrat den Garten ihrer Mutter.

Er sah genauso aus wie immer. Efeu kroch über den Boden, durchbrochen nur von dem Teich und Rohrkolben darin. Eine Trauerweide ließ ihre langen Zweige in das Wasser hängen, während Blaubeeren an der hinteren Wand ein wildes Gebüsch bildeten.

Jeden Tag eilte Vivia über den Kiesweg – das Einzige, was der Efeu noch nicht übernommen hatte – in Richtung der Falltür hinter den Blaubeerbüschen. Und jeden Tag stellte sie fest, dass es keine Hinweise darauf gab, dass jemand den Garten betreten hatte.

Eine einsame Bank stand mehrere Schritte vom Teich entfernt. Dorthin ging Vivia jetzt – denn das war die Stelle, an der Jana immer gesessen hatte. Vivia ließ sich langsam auf der Bank nieder, wie ihre Mutter es immer getan hatte, dann starrte sie, wie ihre Mutter immer, auf ein Büschel Schwertlilien.

Die Blumen behaupteten sich in ihren Töpfen vor den Rohrkolben. Es waren die einzigen schwarzen Lilien, die Vivia je gesehen hatte. Die meisten Lilien waren blau oder rot oder purpurn, aber nicht diese. Nicht die Blumen, die ihre Mutter so sehr geliebt hatte.

Jana hatte immer diese Blüten angesehen, wenn sie geredet hatte. Wieder und wieder hatte sie einen Vers aus »Eridysis Wehklage« zitiert, diesem Lied, das betrunkene Matrosen oder Leute mit gebrochenen Herzen gern sangen. *Doch erst im Tod konnten sie das Leben verstehen. Und nur im Leben werden sie die Welt verändern.* Und dann hatte Jana diese Strophe gesungen, immer wieder. Bis alle in ihrer Nähe ebenfalls drohten in Wahnsinn zu versinken, so wie es ihr geschehen war.

Drei Atemzüge lang beäugte Vivia die Blumen, auch wenn ihre Gedanken in der Vergangenheit weilten. Bei der Art, wie ihre Mutter mit starren Blick vor sich hin sang. Zuerst in unregelmäßigen Abständen, dann einmal die Woche. Dann jeden Tag …

Und dann war sie für immer verschwunden.

Vivia mochte in mancher Hinsicht wie ihre Mutter sein, aber *so* war sie nicht. Sie war stärker als Jana. Sie konnte gegen diese Dunkelheit in sich ankämpfen.

Mit diesem Gedanken sprang Vivia von der Bank und stürmte auf den Torbogen zu. Bis auf die Falltür gab es in diesem Garten nichts von Wert. Hier lebten nur Schatten und Wahnsinn. Nur Erinnerungen und Wehklagen.

12

Der Schlick.

Es war das dreckigste, überfüllteste Viertel der gesamten Hauptstadt. Vielleicht sogar in ganz Nubrevna.

»Zu Hause«, sagte Cam, während sie Merik hindurchführte. Es war das erste Mal, dass sie sprach, seit sie Kullens Wohnung verlassen hatten, und sie sagte es so bedeutungsschwer – als kostete es sie ihre gesamte Kraft –, dass Merik keine angemessene Antwort hervorbrachte. Selbst auf den sterbenden Nihar-Ländereien im Süden hatte es Platz gegeben. Es hatte Essen gegeben.

Es half auch nicht, dass Donner durch die Luft grollte und alle paar Minuten Regen vom Himmel fiel, schwach, aber trotzdem bedrohlich. Noch schlimmer: Das Erdbeben hatte Spuren hinterlassen. Abgestürzte Regenrinnen, zusammengefallene Zelte und Panik in den Augen der Menschen. Doch es hätte schlimmer sein können – Merik hatte Geschichten von Erdstößen gehört, die ganze Gebäude zum Einsturz brachten.

Cam bewegte sich geschmeidig durch das Chaos. Mit ihren langen Beinen sprang sie mühelos über Pfützen und wich den Betrunkenen aus. Merik folgte ihr, so gut es ihm eben möglich war. Zwei Zeilen aus dem alten Kinderreim hallten bei jedem Schritt in seinem Kopf wider. *Bruder Filip, der Narr, führte Bruder Daret, den Blinden, tief in die Höhlenschlucht.*

Allerdings war sich Merik nicht ganz klar darüber, ob er der närrische Bruder Filip war oder der blinde Bruder Daret.

Dann vergaß er das Lied, denn Cam bog abrupt nach links ab. Innerhalb von Sekunden war sie in einer finsteren Gasse verschwunden, sodass sich Merik beeilen musste, ihr zu folgen. Das stürmische Abendlicht war verblasst; Schatten tanzten in den Gassen.

»Hier«, zischte Cam, dann zerrte sie ihn in die schmale Lücke zwischen zwei Häusern. Dort standen sie. Merik starrte Cam nur an, während Cam ihre vernarbte Hand vor den Mund schlug, als wollte sie ihren Atem dämpfen.

Als in den nächsten paar Augenblicken niemand in der Gasse erschien, sackte sie in sich zusammen und ließ die Hand sinken. »Tut mir leid«, murmelte sie. »Ich dachte, jemand hätte uns gesehen.« Dann schob sie vorsichtig den Kopf um die Ecke ihres Verstecks, bevor sie noch weiter zusammensackte.

Sie benahm sich, fand Merik, ganz anders als heute Vormittag, als sie sich mit solcher Leichtigkeit bewegt hatte. Als er fragte: »Wer soll uns gefolgt sein?«, und sie antwortete: »Soldaten?«, war er sich daher nicht sicher, ob er ihr glaubte.

Doch er hakte nicht nach. »Können wir weitergehen? Die Stadt braucht uns.« *Um Vivia aufzuhalten*, wollte er sagen. *Um mehr Nahrungsmittel zu gewinnen, mehr Handel anzuregen.* Doch er hielt den Mund, denn es war unnötig, Cam zu ermahnen. Ihr Gesicht brannte bereits vor Scham.

»Natürlich, Sir. Entschuldigung, Sir.« Sie nahmen ihre Wanderung zu Pins Feste wieder auf, auch wenn nicht zu übersehen war, wie oft sie ihre Kapuze ins Gesicht zog, oder wie sie zusammenzuckte, wann immer jemand ihren Weg querte.

Doch bald umrundeten Merik und Cam eine Ansammlung von windschiefen Holzhütten, und die berühmte Feste ragte vor ihnen auf. Ein uralter Turm, älter als die Altstadt. Älter als die Stadtmauern und vielleicht sogar als die Wasserbrücken von Stefin-Eckart. Merik erkannte es an dem Stein, aus dem der Turm erbaut war. Ein schwarzer Granit, der im glühenden Licht des Sonnenuntergangs orange leuchtete.

Als Nubrevna zuerst von Männern aus dem Norden besiedelt worden war, hatten sie schwarzen Granit aus ihrem Heimatland mitgebracht – bereit, dieses neue Land ihrem Willen zu unterwerfen. Doch mit der Zeit war Nubrevna zu einer eigenen Nation herangewachsen. Mit einem eigenen Volk, das den Sandstein verwendete, das dieses Land so reichhaltig lieferte.

Planken und schiefe Zelte lehnten am Fundament des Turms. Das trockene Husten von Kranken und das Kreischen von Babys durchschnitt die lärmerfüllte Abendluft. Alles im Schlick war lauter als in Meriks Erinnerung. Das Viertel stank auch mehr und war viel voller. Eine Schlange von Menschen, manche humpelnd und mit fehlenden Gliedmaßen, andere hustend und ausgezehrt, manche kaum aus den Windeln heraus, ergoss sich aus dem niedrigen Torbogen, der Zugang zum Turm gewährte.

Merik fluchte. »Können wir uns vordrängeln, Junge?«

Cam musterte ihn wissend aus den Tiefen ihrer Kapuze. »In der Tiefe der Zugang, seid bereit. Sir, hier entlang!« Und dann passierte das Mädchen einfach so die gesamte Schlange, bog um den Turm ab und trat schließlich durch ein rostiges Tor. Hier lehnte der breite Turm am Granit der Stadtmauer.

Zwei Schritte hinter dem Tor senkten sich die Pflastersteine der Gasse plötzlich, als hätte es hier einmal eine Treppe gegeben.

»Wartet da drüben.« Cam deutete auf einen Schattenfleck, den die sinkende Sonne nicht mehr erhellte. »Ich werde die Tür öffnen, und dann könnt Ihr Euch hineinschleichen, wenn niemand hinsieht.«

Merik zögerte. Er wollte nicht, dass Cam den Turm betrat – sie hatte ihm nur bis hierher helfen sollen, dann wollte er die Führung übernehmen. Doch das Mädchen schlenderte bereits zur Tür und hob die Hand, um zu klopfen.

Also duckte sich Merik in die Ecke, wie Cam befohlen hatte, obwohl eine Stimme, die an Safis erinnerte, in seinem Kopf sagte: *Ich habe so ein Gefühl, dass ich dich nie wiedersehen werde.*

Als er sich tiefer in die Schatten zurückzog, traf das Licht der Abendsonne genau im richtigen Winkel auf den Turm, um Buchstaben über dem Hintereingang erscheinen zu lassen. Zuerst kam ein **P**, gefolgt von einer Lücke, in der Regen, Zeit und Vogeldreck verschiedene Buchstaben hatte verschwinden lassen. Und dann folgte **ins Feste**.

Was eine Frage beantwortete, die sich Merik seit seiner Kindheit stellte: Wieso das Asyl Pins Feste genannt wurde. Unter dem Namen, in kleineren Buchstaben, konnte er mit Mühe die Worte erkennen: **Der Feind ist nicht immer die Dunkelheit, in der Tiefe der Zugang, seid bereit.**

Das also hatte Cam gemeint.

Das Mädchen klopfte einmal an die niedrige Tür, die innerhalb von Sekunden weit geöffnet wurde. Hitze und Dampf drangen heraus. »Wer ist da? Wir haben ein Schlagen am Eingang, weißt … Cam!« Das letzte Wort kreischte die Frau förmlich. Dann zerrte sie das Mädchen hinein, so schnell, dass Cams lockerer Umhang hinter ihr flatterte wie

Mottenflügel. »Varrmin! Du wirst nicht glauben, wen die Hexenfische angeschleppt haben!«

»Nein, werde ich nicht«, erklang die gedämpfte Antwort.

»Camilla Leeri!«

Die Tür fiel langsam zu. Merik stolperte fast über seine eigenen Füße, als er darauf zusprang. Im letzten Moment glitt er durch die Öffnung. Erst als er im Turm stand – in einer schlecht beleuchteten Küche, wo vollkommenes Chaos herrschte – fiel ihm auf, dass die Frau *Camilla* gesagt hatte.

Also nicht Cam – ein Name, den Merik noch nie zuvor gehört hatte –, sondern Camilla. Ein handfester nubrevnanischer Frauenname, wenn er je einen gehört hatte.

Nun, das beantwortete eine andere Frage, die ihn schon eine Weile beschäftigte.

Nachdem er seine Kapuze kontrolliert hatte, setzte sich Merik durch die Küche von Pins Feste in Bewegung. Ein paar Arbeiter sahen böse in seine Richtung, doch sonst beachtete ihn niemand.

Er passierte vier Leute mit Richtplatz-Tätowierungen unter den Augen, und ihm wurde warm. Sein Atem ging stoßweise. Der Meuchelmörder Garren *war* hierher verkauft worden; hier befand sich das Herz der Pläne seiner Schwester – er konnte es *spüren*.

Als Merik endlich aus der Küche entkam, erstreckte sich ein schmaler Flur vor ihm. Die tief hängende dunkle Holzdecke erinnerte ihn an das Innere eines Schiffs, doch statt draußen zu tosen, tosten die Wellen in seinem Inneren.

Pins Feste lebte … sie atmete. Massen von Leuten strömten durch drei verschiedene Türrahmen. Eine Gruppe eilte in einen hell erleuchteten Raum nur wenige Schritte entfernt. Eine Krankenstation – man konnte die Arbeiter in den Heilerroben nicht übersehen. Eine andere Gruppe bog nach links ab, in ein dunkleres, ruhigeres Zimmer, und der Rest strömte direkt geradeaus, in Richtung einer Geräuschkulisse aus Lachen und Gemurmel.

In diesem Rauschen war nichts Genaues auszumachen – keine Gespräche, keine einzelnen Stimmen, keine Gedanken. Das Chaos von Pins Feste füllte Meriks Kopf.

Dann entspannten sich seine Muskeln. Ein Teil der immer vorhandenen Wut in seinem Bauch löste sich – wurde von etwas Weicherem ersetzt. Etwas Älterem. Etwas … das an Trauer erinnerte.

Zweimal die Woche war Königin Jana hierhergekommen, und zweimal die Woche hatten Merik und Jana sie pflichtbewusst begleitet. Natürlich nur bis zu dem Tag, als Meriks Vater erfahren hatte, dass Meriks Magie nicht so stark war wie die von Vivia. Bis zu dem Tag, an dem Serafin Merik nach Süden geschickt hatte, um bei seiner verbannten Tante zu leben.

Merik schloss die Augen. Er war nicht um seiner selbst willen hier. Er war wegen der Unterdrückten hier, wegen der Frevler.

»Sir?« Cams Finger umschlossen sanft seinen Arm. Sofort erkennbar und willkommen. Ein Anker im Sturm.

»Es geht mir gut.« Merik spielte an seinen Ärmeln herum. »Ich suche nach einem Büro oder einem Privatraum, in dem Aufzeichnungen aufbewahrt werden könnten. Irgendwelche Ideen?«

»Aye.« Sie versuchte zu grinsen, doch es wirkte angespannt. Abwartend.

Merik ahnte, woran das lag. *Camilla*. Sie musste sich Sorgen machen, dass er das gehört hatte, also sagte er so barsch wie möglich: »In welche Richtung, *Junge*? Ich habe keine Zeit zu verschwenden.«

Ihr Lächeln wurde strahlender, glaubhafter. »Durch den

Hauptsaal.« Sie packte Meriks Umhang und zerrte ihn so grob hinter sich her, wie ein Maultier ein Boot durch den Kanal zog.

Mit jedem Schritt in Richtung auf den Hauptsaal der Feste empfand Merik die Musik deutlicher. Zuerst spürte er den Bass in den Fersen. Dann breitete sich ein Sirren in seinem Bauch und seiner Brust aus, bis er schließlich eine Tür durchschritt und ein Lied und Stimmen über ihm zusammenschlugen.

Merik und Cam befanden sich in einem großen Raum, schlecht erleuchtet, aber erfüllt mit dem Gestank von Körpern und dem Duft von Rosmarin. Dem köstlichen Aroma von Hammelsuppe.

Merik lief das Wasser im Mund zusammen. Er konnte sich kaum erinnern, wann er das letzte Mal ein heißes Mahl genossen hatte. Das musste auf der *Jana* gewesen sein – so viel war sicher. Sein Magen knurrte und verkrampfte sich.

Cam deutete auf eine Wendeltreppe in der hintersten Ecke. »Früher befand sich am Ende dieser Treppe ein Lagerraum, Sir, aber jetzt ist es ein Büro.«

Perfekt. »Besorg dir etwas zu essen«, befahl Merik. »Ich werde bald zurück sein.«

»Ich komme mit Euch.« Sie versuchte, Merik zu folgen, als er sich abwandte, doch er schenkte ihr seinen härtesten, kältesten Blick.

»Nein, Junge, du kommst auf keinen Fall mit mir. Ich arbeite allein.«

»Und dann werdet Ihr jedes Mal erwischt …«

»Bleib. Hier.«

Merik verschwand in der Menge, bevor sie ihm folgen konnte. Sobald er die Treppe erreicht hatte, löste er sich aus dem Gewühl und stieg die ersten zwei Stufen hinauf. Dann drehte er sich um, um nach Cam zu schauen. Doch dem

Mädchen ging es gut. Es hatte sich an der Schlange für den Eintopf angestellt. Allerdings sah sie immer wieder zu Merik, während sie nervös an ihrer Kapuze herumspielte.

Merik atmete tief ein, ballte die Hände zu Fäusten und sammelte seine Macht – wie Kullen es ihm vor mehr als zehn Jahren beigebracht hatte. Zwei Jungen, die an einem Strand spielten und versuchten, ihre Magie zu verstehen.

Dann atmete er aus und schickte einen dünnen Strom Luft nach oben in den wie auch immer gearteten Raum, der ihn dort erwartete.

Seine Winde fanden niemanden. Der Raum war leer.

Also duckte sich Merik nach einem letzten Blick zu Cam noch tiefer in seinen Mantel und stieg die Treppe nach oben.

Ein Büro mit Schlafgelegenheit – das fand Merik über dem Speisesaal von Pins Feste. Der kleine Raum zwischen Saal und Dachboden war in einen überfüllten Wohnraum verwandelt worden.

Die Frage lautete allerdings, wann. Nach Janas Tod war die Leitung von Pins Feste auf Serafin übergegangen, der die Aufgabe an die Diener delegiert hatte. Merik hatte zum ersten Mal davon gehört, dass Vivia das Ruder übernommen hatte, als er vor drei Jahren nach Lovats zurückgekehrt war. Und doch gehörte dieser Raum zweifellos ihr.

Ein durchgesessenes Sofa stand unter einem offenen Fenster. Über der Rückenlehne lag, trotz der mottenzerfressenen Ecken, ein ordentlich gefalteter Quilt mit dem aufgestickten Seefuchs-Wappen der Nihars. Neben dem Fenster hing ein dazu passender Vorhang herab, was darauf hinwies, dass die schlecht befestigten Fensterläden die Zugluft nicht ganz aufhalten konnten.

Merik konnte den Blick kaum von den Vorhängen losreißen. Sie ließen die Erinnerung an ein anderes Fenster in ihm aufsteigen – an einen anderen Raum, genau wie dieser, aber versteckt in einem lange vergessenen Flügel des Palasts.

Vivia hatte den Raum gefunden. Ihn eingerichtet. Und eine Zeit lang hatte sie Merik erlaubt, ihn mit ihr zu nutzen. *Meine Fuchshöhle*, hatte sie ihn genannt, und er hatte dort mit Spielzeugsoldaten gespielt, während sie Buch um Buch … um Buch las.

Dann war ihre Mutter gestorben, und nachdem sie die Trauergebinde in Flammen gesetzt und von den Wasserbrücken geworfen hatten, um ernst zurück in den Palast zu marschieren, hatte sich Vivia sofort in ihrer Fuchshöhle eingeschlossen.

Merik hatte den Raum nie wieder betreten dürfen.

Eine Motte flatterte in der feuchten Sturmbrise, die durchs Fenster drang, und erregte Meriks Aufmerksamkeit. Riss ihn zurück in die Gegenwart. Das Insekt flatterte in der hellsten Ecke, wo einfache Bretter gleichzeitig die Wände stützten und als Regal dienten.

Merik schlich dorthin. Er achtete darauf, sich vorsichtig zu bewegen, während sein Blick über die Buchrücken glitt. *Beweg dich mit dem Wind*, hatte Jagdmeister Yoris ihn gelehrt. *Beweg dich mit dem Fluss. Zu schnell, Prinz, und deine Beute wird dich spüren, lange bevor du sie erreicht hast.*

Yoris hatte die Nihar-Wachen befehligt, und Merik hatte – ebenso wie Kullen – unzählige Stunden damit verbracht, dem hageren Soldaten zu folgen und alles nachzuahmen, was er tat.

Auch jetzt imitierte Merik seinen alten Lehrmeister, indem er sich langsam bewegte. Vorsichtig. Dem Drängen nach Geschwindigkeit in sich widerstand, bis er schließlich einen nützlichen Band auf dem höchsten Regalbrett entdeckte. *Richtplatz-Verkäufe, Jahr 19*, stand auf dem Rücken.

Ein leises Lächeln verzog Meriks Mundwinkel. Als er Garrens Namen in dem Folianten entdeckte, wurde es breiter.

Gekauft J19T173 vom Richtplatz. Verkauft an Serrit Linday zur Feldarbeit, im Austausch gegen Nahrung.

»Verkauft«, formte Merik mit den Lippen. »An Serrit Linday.« Er blinzelte. Las den Namen ein zweites Mal. Aber ja – dort stand definitiv Serrit Linday.

Das war nicht das, was Merik zu finden erwartet hatte. Auch wenn er sicher nicht damit gerechnet hatte, eine Notiz zu finden, auf der stand: *In die Nihar-Bucht geschickt, um Bruder zu töten*, hatte er doch erwartet, etwas zu entdecken, das Garren mit dem Angriff auf die *Jana* in Verbindung brachte.

Stattdessen hatte er ein ganz neues Glied in der Kette gefunden. Merik stieß einen zischenden Fluch aus und schlug das Buch zu. Cams Worte hallten in seinen Ohren wider. *Was, wenn es nicht Eure Schwester war, die versucht hat, Euch umzubringen?*

Aber sie war es gewesen. So musste es sein, denn sie war die Einzige, deren Schuld Sinn ergab. Ganz zu schweigen davon, dass der jüngste Linday – ein adliger Mistkerl, wenn es je einen gegeben hatte – als Kind mit Vivia befreundet gewesen war. Es mochte ein weiteres Glied sein, doch letztendlich führte die Kette immer noch zurück zu Vivia.

Als Merik das Buch schließlich auf das Regalbrett zurückstellte, hatte sich die Motte in eine feuermagische Laterne verirrt. Sie starb innerhalb von Augenblicken. Der scharfe Geruch ihres Todes verdrängte für einen kurzen Moment den scharfen Zitronenduft in der Luft.

Einen Augenblick lang starrte Merik auf die heller brennende Flamme. Auf den Rauch, in den sich die Motte verwandelt hatte. Dann zwang er seinen Blick auf Vivias Schreibtisch. Eigentlich war es nur ein Tisch. Es gab keine Schubladen, um wichtige Nachrichten darin zu verstecken, keine Schließkassetten darunter. Trotzdem blätterte Merik kurz durch die Papiere. Suchte dazwischen, dahinter, darunter.

Sechs Stapel blätterte er durch, doch er fand nichts von Interesse. Nur endlose Inventurlisten und Zahlenreihen in einer winzigen, schrägen Schrift, die so sauber war, dass sie fast wie gedruckt wirkte.

Sein Blick fiel auf einen anderen Stapel, auf gekritzelte Berechnungen und Strichlisten und Notizen. Lesbar, aber so schief, dass die Zahlen fast waagrecht lagen.

Und jede war durchgestrichen. Mit wütenden Strichen. Die Anzahl der ankommenden Menschen (pro Tag) im Vergleich zu den ankommenden Nahrungsmitteln (pro Tag, die Unterstützung des Palasts abgezogen), alles im Kontrast zu der Geldmenge, die ausgegeben wurde.

Die Summen passten nicht zusammen. Nicht mal ansatzweise. Die Hungrigen und Obdachlosen überwogen bei Weitem die Nahrung und Geldmittel. Nodens Atem, was für eine riesige Zahl es war. Sechzehn neue Leute kamen jeden Tag in der Hoffnung auf ein Bett und vierundvierzig weitere auf der Suche nach Nahrung.

Wenn so viele Leute zu Pins Feste kamen, um Obdach zu finden, eine Mahlzeit zu bekommen, geheilt zu werden, wie viele erreichten die Feste dann nicht? Merik wusste, dass sein Heimatland ruiniert war – so war es schon seit zwanzig Jahren, und in den letzten Jahren war alles noch tiefer im Höllenwasser versunken. Aber diese Zahlen …

Sie machten deutlich, dass es Nubrevna viel schlechter ging, als Merik begriffen hatte.

Merik seufzte, dann nahm er sich zusammen, um sich dem letzten Stapel auf dem Tisch zuzuwenden. Obenauf lag ein großer Papierbogen, über den sich Knicke zogen.

Eine Karte der Zisternen – des riesigen Netzwerks aus

Tunneln unter der Stadt, durch das Wasser und Abwässer flossen. Merik beugte sich aufgeregt vor, denn auf der Karte war eine Stelle mit einem dicken X markiert – und daneben standen sechs Tageszeiten, von denen eine von einem Kreis umgeben war. Ein Treffpunkt und die Zeit des Treffens vielleicht?

Vorsichtig zog Merik die Karte vom Stapel und faltete sie entlang der schon vorhandenen Knicke. Er hatte sie sich gerade in den Gürtel geschoben, als sein Rücken kalt wurde. Er fühlte Eis und Macht und hörte eine Stimme: »Legt das bitte zurück.«

Oh Noden und seine Hexenfische. Merik kannte die Stimme.

Stacia Sotar hatte den Raum betreten.

Merik drehte ganz leicht den Kopf. Die Kapuze verbarg sein Gesicht. Er musste nur das offene Fenster erreichen. Ein Sprung, und er wäre frei.

Oder zumindest dachte er das, bis Wasser an seinem Bein nach oben glitt. Es schlängelte und wand sich, bevor es erstarrte und sich in eine Fessel aus Eis verwandelte – denn natürlich, wie hatte er das vergessen können? Stix war verdammt noch mal eine ausgewachsene Wassermagis. Damit blieb Merik nur eine Wahl: Er überließ sich der Dunkelheit.

Er wurde zur Furie.

Seine Winde schossen heraus. Das Eis brach. Merik riss sein Bein nach oben, bereit zu fliegen.

Das Eis schmolz. Es erhob sich als Dampf in die Luft, verbrannte sein zerstörtes Gesicht.

Merik konnte nicht anders. Er brüllte vor Schmerz, bevor er über den Tisch sprang und sich auf der anderen Seite zu Boden fallen ließ.

Eiskristalle sausten gegen die Wand, rissen Meriks Kopfhaut auf. Seine Kapuze war heruntergefallen. Er spürte, wie

Stix mehr Magie sammelte. Mühelos, als hätte der Kampf gerade erst angefangen.

Sie stampfte mit dem Fuß auf den Boden. Sofort verwandelte sich jegliches Wasser im Raum in Nebel. Merik konnte nicht das Geringste sehen.

Mit einem schwachen Aufwallen von Winden bahnte er sich einen Weg zum Fenster. Der Nebel zog sich zurück. Merik sprang auf die Füße und rannte.

Doch wie er gefürchtet hatte, erschien Stix in seinem Weg. Er wirbelte nach rechts, setzte seine Winde ein, um sie in ihren eigenen Nebel zu hüllen. Bevor er sich an ihr vorbeidrängen konnte, schoss eine Hand nach vorne und packte sein Handgelenk.

Eis schoss über seinen Unterarm und fesselte ihn an sie.

Ihre Blicke trafen sich, ihre Augen dunkel wie Nodens Hölle – dann weiteten sie sich. Ihre Lippen wurden dünn.

Sie erkennt mich. Bis auf den Tod konnte ihm nichts Schlimmeres passieren. Erkannt zu werden würde Meriks gesamten Plänen ein Ende setzen.

Nur dass aus Stix' Kehle nicht *Merik* drang, oder *Prinz* oder *Admiral*.

»Die Furie«, hauchte sie, und sofort erstarrte der Nebel zu Schnee. Harmlose Flocken drifteten um Merik herum zu Boden. »Es gibt dich tatsächlich.«

Eine ganz neue Kälte – diesmal von innen – ergriff Besitz von Merik. Er war so zerstört, so entstellt, dass Stix ihn nicht erkannte. Und auch wenn er versuchte, sich einzureden, dass sie kurzsichtig war … dass sie sein Gesicht auf keinen Fall erkennen konnte, wenn sie nicht direkt vor ihm stand … kannte er doch die Wahrheit. Er war schrecklich anzusehen. Er war die Furie.

Doch dieses Innehalten war ein Geschenk. Ein Moment, den er nutzen konnte.

»Ich bin die Furie.« Als er sich dazu bekannte, glitt ein heißer Schauder über Meriks Rücken. Er zapfte die Wut an.

Macht, Macht, Macht.

»Gib mich frei«, befahl er.

Stix gehorchte. Sie riss die Hand zurück; das Eis verschwand – doch nicht, ohne seinen Ärmel aufzureißen. Seine Haut aufzureißen.

Merik sprang zum Fenster. Kopfüber warf er sich hindurch, vorbei an den Fensterläden und Zitronengras. Vorbei an Dachschindeln und Regenrinnen. Kopfüber in Richtung der uralten, schmalen Gasse weit unter ihm.

Seine Winde fingen ihn. Schlossen sich sanft um ihn, sodass er sich aufrichten konnte, bevor er die aufgesprungenen Pflastersteine berührte.

Sobald seine Stiefel den Boden berührt hatten, rannte er, doch er sah zweimal zurück. Einmal, um zu schauen, ob Cam sich in der Nähe aufhielt, aber das Mädchen war nirgendwo zu sehen – und Merik konnte ja schlecht zurückgehen, um nach ihr zu suchen.

Zum zweiten Mal, um herauszufinden, ob Stix ihn verfolgte.

Doch das tat sie nicht. Sie beobachtete ihn einfach nur durch das offene Fenster, einen Heiligenschein aus Kerzenlicht und fallendem Schnee um den Kopf.

13

Iseult und Aeduan aßen schweigend. Sein Kiefer mahlte methodisch. Er hatte kein Wort gesprochen, seit sie die Bärenfalle hinter sich gelassen hatten.

Iseult hatte auch nicht damit gerechnet. Allerdings hatte sie sich niemals mehr danach gesehnt, Stränge zu sehen. Die Welt war so leer, so farblos ohne Menschen in der Nähe, und in den letzten Wochen hatte sie nur in weiter Ferne dünne Fäden gespürt. Jetzt, da sie sich endlich wieder einem Menschen gegenüberfand, war er farblos. Stranglos. Leer.

Körpersprache, Mienenspiel – das waren Rätsel, die Iseult nie zu entschlüsseln gelernt hatte. Doch ohne Stränge, die über dem Blutmagis hingen, musste sie jede Bewegung seines Gesichts registrieren. Jede Bewegung seiner Muskeln.

Nicht dass er sich viel bewegte. Kalt wie eine Strangmagis, hätte ihre Mutter gesagt. Gretchya hätte das als Kompliment gemeint, denn natürlich sollten Strangmagi keine Empfindungen zeigen. Für Iseult allerdings war die Phrase immer eine Beleidigung gewesen, weil sie nie angewandt wurde, um sie selbst zu beschreiben. Gretchya verwendete sie nur für andere Leute – diejenigen, die besser darin waren, Ruhe zu finden, gelassener waren, als Iseult es je sein konnte.

Je länger Iseult Aeduan beobachtete, desto mehr spürte sie ein Gefühl von ihm aufsteigen. Misstrauen.

Sie sah es daran, wie steif und bereit er sich während des Essens hielt. Daran, dass seine Augen Iseult nie freigaben; ihr immer folgten, als sie sich durch das kleine Lager bewegte. *Er hat mir das Leben gerettet*, dachte Iseult, während er aß, *und er hasst mich deswegen*.

Aber Iseult war an Misstrauen gewöhnt, genauso wie an Hass. Und wenn diese Gefühle allein töten könnten, wäre sie schon vor langer Zeit gestorben.

»Mehr?« Sie deutete auf das Lagerfeuer, auf die letzte Äsche an ihrem Bratspieß.

Der Blutmagis räusperte sich. »Wo sind meine Klingen, Strangmagis?« Er sprach immer noch stur Dalmotti.

Also antwortete Iseult ebenso stur auf Nomatsi: »Versteckt.«

»Und der Rest meiner Taler?«

»Weit weg.«

Die Finger des Blutmagis zuckten. Er stand auf. »Ich kann die Antwort aus deiner Kehle zwingen, wenn ich es will.«

Das konnte er nicht, und das wussten sie beide. Er hatte alle Macht über sie verloren, als er in Veñaza zugegeben hatte, dass er sie weder wittern noch ihr Blut kontrollieren konnte.

Doch als Iseult seine Pose spiegelte, das Kinn hoch erhoben und die Schultern zurückgenommen, klopfte ihr das Herz trotzdem bis zum Hals. Bisher war alles so gelaufen, wie es ihr Plan vorsah – wie sie gehofft hatte. Aber jetzt … jetzt folgte der letzte Knoten ihrer Falle.

»Ich werde dir deine Münzen zurückerstatten«, verkündete sie, dankbar, dass ihr Stottern Ligen entfernt schien, »aber nur, wenn du jemanden für mich aufspürst.«

Sein gesamter Körper spannte sich an wie der einer

Schlange vor dem Biss. Mehrere Atemzüge lang geschah gar nichts. Donner grollte in der Ferne. Wind pfiff unter den Überhang, sodass Regentropfen ihre Haut trafen. Doch Aeduan bewegte keinen Muskel.

Bis er schließlich murmelte: »Also … brauchst du mich.«

»Ja. Um Safiya fon Hasstrel zu finden.«

»Die Wahrmagis.«

Iseult zuckte zusammen. Eine winzige Bewegung, doch sie wusste, dass Aeduan es bemerkte. Sie wusste, dass er es zur Kenntnis nahm.

»Die Wahrmagis«, stimmte sie schließlich zu, wobei es sie traf, wie seltsam es war, das Wort laut auszusprechen. Das eine Wort, das sie in den letzten sechseinhalb Jahren niemals zu äußern gewagt hatte, für den Fall, dass es jemand hörte. Für den Fall, dass sie damit Safi aus Versehen zu Gefangenschaft oder Tod verurteilte. »Die Marstoker haben Safi entführt, aber ich weiß nicht, wohin. Du, Blutmagis, kannst sie aufspüren.«

»Wieso sollte ich das für dich tun?«

»Weil ich dir dann sagen werde, wo sich der Rest deiner Münzen befindet.«

Er trat zwei Schritte näher, umrundete das sterbende Feuer, ohne zu blinzeln und ohne den Blick abzuwenden. »Du willst mich mit meinen eigenen Silbertalern bezahlen?«

Also gehörten die Münzen ihm. Iseult wusste nicht, wieso, oder wie die Taler in Mathews Keller gelandet waren, aber sie hatte trotzdem vor, sich die Tatsache zu Nutze zu machen.

Auf ihr Nicken hin lachte Aeduan. Ein Geräusch voller Schreck und Unglauben. »Was soll dich davon abhalten, mein Geld zu behalten? Sobald ich die Wahrmagis für dich gefunden habe, woher soll ich wissen, dass du deinen Teil des Handels erfüllst?«

»Woher soll ich wissen«, hielt Iseult dagegen, »dass du nicht versuchst, Safiya fon Hasstrel zu behalten, sobald du sie gefunden hast? Versuchst, sie zu verkaufen, wie du es schon mal getan hast?«

Der Blutmagis zögerte, als wöge er mehrere Antworten ab, bevor er sich für die entschied, die ihm am besten gefiel. Oder diejenige, die seinem Zweck am besten diente.

Kalt wie eine Strangmagis.

»Also geht es nur um die Frage nach dem *Wann.*« Er ließ die Handgelenke kreisen. »Es geht darum, wer wen zuerst verrät.«

»Heißt das, du stimmst zu?«

Er trat einen weiteren Schritt auf sie zu, raumgreifend genug, um den Abstand zwischen ihnen zu schließen. Iseult musste das Kinn heben, um den Blickkontakt zu halten.

»Du bist nicht meine Herrin, Strangmagis. Du bist nicht meine Arbeitgeberin. Und vor allem bist du nicht meine Verbündete. Wir reisen eine Weile lang auf derselben Straße, mehr nicht. Hast du verstanden?«

»Verstanden.«

»In diesem Fall«, fuhr er fort, immer noch auf Dalmotti, »stimme ich zu.«

Iseult ballte die Hände zu Fäusten, um keine sonstige Reaktion zu zeigen. Um nicht preiszugeben, wie erleichtert sie war.

Ich komme, Safi.

Sie wandte sich ab, wartete bis zum letztmöglichen Moment, um den Blickkontakt zu brechen und sich ganz umzudrehen. Dann marschierte sie in eine dunkle Ecke, wo dicke Pilze auf der schrägen Kalksteinwand wuchsen. Sie ging in die Hocke und streckte die Hand aus. Sofort berührten ihre Finger Leder.

Sanft zog sie das Wehrgehänge heraus, achtete sorgfältig

darauf, dass die Messer nicht klapperten und das Leder nicht knirschte. Selbst als sie über die feuchte Erde ging, hielt sie das Leder gestreckt und die Schnallen lautlos.

Dann streckte sie ihm das Wehrgehänge entgegen. »Die Klingen brauchen Öl.«

Keine Reaktion. Er befestigte lediglich die Klingen wieder über seiner Brust, methodisch und leise, bevor er an den Rand des Überhangs schlenderte. Regenschleier wogten um ihn herum. Zum ersten Mal, seit Aeduan im Wald erwacht war, hatte Iseult das Gefühl, frei atmen zu können.

Er würde ihr helfen.

Er würde sie nicht umbringen.

»Bist du bereit zum Aufbruch?«, fragte sie, als sie die Hand um ihren Strangstein schloss. *Ich komme, Safi.* »Wir haben keine Zeit zu verschwenden.«

»Bei diesem Wetter werden wir kaum vorankommen, und bald wird es dunkel.« Er riss an der Schnalle neben seiner Schulter; Messer klapperten warnend. »Wir brechen morgen im ersten Tageslicht auf.«

Dann sank der Blutmagis im Schneidersitz auf den feuchten Boden, schloss die Augen und sagte kein Wort mehr.

Der Höllebarden-Kommandant kehrte aus dem Dschungel zurück. Mit ungeschickten Bewegungen schlurfte er zu Zanders Rucksack und grub darin herum. Falls er Safis bohrenden Blick bemerkte, ließ er es sich nicht anmerken.

Die Nacht rückte näher. Safi hatte gehofft, sie würden ein Lager aufschlagen, doch so weit reichte die Gunst der Herrin des Schicksals nicht.

Der Kommandant zog getrocknetes Fleisch heraus, dann nahm er seinen Helm ab und legte ihn neben den Rucksack. Ein Sonnenstrahl brach durch das Blätterdach des Waldes und fiel auf den Nacken des Mannes, wo verkrustetes Blut klebte.

Und ein weißes Stück Stoff zu sehen war.

Er war in den Wäldern verschwunden, um seine Wunde zu verbinden. Darauf hätte Safi ihr Leben verwettet. Er benutzte seinen linken Arm kaum, und die linke Schulter wirkte ein wenig dicker, als wäre der Platz unter der Rüstung mit Verbänden gefüllt.

Also ist es eine blutende Wunde. Safis Lippen zuckten, als ihr dieser Glücksfall bewusst wurde. Sie musste die Wunde mit ihren Tritten neu geöffnet haben, was bedeutete, dass er Blut verloren hatte. Und das wiederum bedeutete, dass er geschwächt war.

Ihre Mundwinkel hoben sich noch ein wenig.

Der Höllebarde bemerkte es. »Wirkt nicht so selbstgefällig, Ketzerin. Ihr seid diejenige, die an einen Baum gefesselt ist.«

Du wirst auch bald gefesselt sein, dachte sie, auch wenn sie ihr Lächeln verblassen ließ. Es hatte keinen Sinn, ihm ihre Kniffe zu verraten. »Ich habe einfach nur die Aussicht bewundert, Höllebarde. Ihr seht ohne Euren Helm so viel besser aus.«

Ein misstrauisches Stirnrunzeln erschien auf Cadens Stirn – und jetzt, ohne seinen Helm, war er Caden. Der charmante Schwindler, der sie zu einem Leben auf der Flucht verurteilt hatte. Zu einem Leben als Beute.

Caden schlenderte näher heran. Noch näher, bis er in Reichweite gewesen wäre, hätte Safi nicht in Fesseln gelegen.

Er streckte ihr einen Streifen Trockenfleisch entgegen. »Schweinebauch?«

»Bitte.« Sie klimperte mit den Wimpern. »Und danke.«

Die Falten auf seiner Stirn vertieften sich, dann kontrollierte er die Fesseln an Safis Armen und Beinen. Aber die Seile waren immer noch gespannt. »Woher kommt die gute Laune, Ketzerin? Und wieso so höflich?«

»Ich bin eine Domna. Ich kann selbst die hässlichste Kröte anlächeln und ihr Komplimente zu ihren *perfekt* positionierten Warzen machen.«

Ein Schnauben, nicht ganz ein Lachen. Caden hielt ihr den Fleischstreifen vor den Mund; er schwebte Zentimeter vor Safis Gesicht, sodass sie gezwungen war, den Kopf zu strecken. Hineinzubeißen und Stücke abzureißen. Erniedrigend. Anstrengend.

Also grinste Safi nur umso breiter, während sie kaute und kaute. Und dann noch ein wenig, bevor das zähe, salzige Stück endlich durch ihre Kehle passte. »Es ist … trocken«, presste sie hervor. »Könnte ich bitte etwas Wasser bekommen?«

Caden zögerte und kniff ein Auge zu. An diesen Ausdruck erinnerte sich Safi von ihrem Abend am Taro-Tisch. Dieser Blick sagte: *Ich denke nach, und ich will, dass du es siehst.*

Dann zuckte Caden mit den Achseln, als sähe er keinen Grund abzulehnen. Er löste den halb leeren Wasserschlauch von seinem Gürtel und hielt ihn an Safis Lippen. Sie trank gierig.

Er ließ sie den Schlauch leeren. »Danke«, sagte sie, nachdem sie sich über die Lippen geleckt hatte, und meinte es ehrlich.

Er nickte, dann befestigte er den Schlauch wieder an seinem Gürtel. Offensichtlich fiel es ihm schwer, die Finger seiner linken Hand zu bewegen.

»Verletzt?«, flötete Safi.

»Höllebarden können nicht verletzt werden«, murmelte er.

»Ach«, hauchte Safi. »Das erleichtert es sicher ungemein, unschuldige Magi zu töten.«

»Ich habe noch nie unschuldige Magi getötet.« Er hielt den Kopf gesenkt, immer noch ungeschickt damit beschäftigt, den Schlauch zu befestigen. »Aber ich habe Ketzer getötet.«

»Wie viele?«

»Vier. Sie wollten sich nicht ergeben.«

Safi blinzelte. Sie hatte nicht mit einer Antwort gerechnet. Und auch wenn sie ihn mit ihrer Magie nicht lesen konnte, vermutete sie doch, dass er die Wahrheit sagte. Er hatte vier Ketzer getötet, als die Wahl sie oder er gelautet hatte.

»Was ist mit dem ganzen Schiff voller Marstoker, das Ihr gerade dahingemetzelt habt? Zählt Ihr die zu der Liste Eurer Morde?«

»Welches Schiff?« Erneut erschien diese Falte auf seiner Stirn, und endlich hob er den Blick.

»Das Schiff, das Ihr zu Kohle verbrannt habt. Das Schiff, auf dem die Kaiserin und ich uns befunden haben.«

»Das waren wir nicht.« Er bewegte die rechte Schulter, vollführte eine vage Geste in Richtung Lev und Zander. »Wir verfolgen Euch seit Lejna.«

»Lügen.«

Wieder schnaubte er. Diesmal war es ein Lachen, denn gleichzeitig huschte ein schiefes, hinterhältiges Lächeln über sein Gesicht. »Freut mich zu sehen, dass Eure Magie bei mir immer noch nicht funktioniert, Ketzerin.«

Safis Lächeln verrutschte. Sie konnte nicht bluffen. Sie konnte ihn wirklich nicht lesen, also entschied sie sich zur Abwechslung für Ehrlichkeit. Sie ließ ihr Grinsen verblassen und runzelte stattdessen die Stirn. »Warum? Warum funktioniert meine Magie bei Euch nicht?«

»Magie wirkt nicht auf Höllebarden.«

»Ich weiß«, antwortete sie einfach. »Aber warum?«

Er kratzte sich am Kinn, wo eine Narbe zu sehen war. »Anscheinend hat Euer Onkel es Euch nie verraten.«

Er trat einen Schritt zurück. »Magie, Hexerei, Macht. Das alles ist für die Lebenden bestimmt, Ketzerin. Aber wir?« Caden klopfte sich auf die Brust, sodass die Metallplatten seines Panzers klirrten. »Wir Höllebarden sind bereits verdammt. Wir sind bereits tot.«

Die Pfeilspitze brannte in Aeduans Tasche, während er die dunklen Kiefern und Eichen um sich herum musterte. *Wer würde wen als Erstes verraten?* Eine Stunde war vergangen, seit er und die Strangmagis ihre Abmachung getroffen hatten, und doch stellte sich Aeduan diese Frage immer noch.

Der Regen hatte endlich aufgehört. Er war nicht langsam verklungen wie der Regen am Kloster, sondern hatte einfach aufgehört. In einem Moment hatte es gestürmt, im nächsten war der Sturm verschwunden. So war das südliche Wetter: harte Kanten und eine Natur, die nur darauf wartete zuzuschlagen.

Sobald es nicht mehr regnete, kamen die Insekten der Nacht heraus. Zikaden zirpten, Motten flatterten. Und die Fledermäuse, die sich von ihnen ernährten, erwachten ebenfalls. Sie schossen durch die Luft und tauchten vor einem dumpf schwarzen Himmel. Irgendwann lösten sich die Wolken auf, sodass die Sterne funkelten. Aeduan beobachtete, wie der Schlafende Riese am Himmel erschien – diese breite Säule aus Sternen, die einem immer verriet, wo Norden war.

Er beobachtete die Sterne allein, denn die Strangmagis schlief. Kurz nach ihrem Gespräch hatte sie sich in der trockensten Ecke ihres Unterschlupfs niedergelassen und war schon Momente danach eingeschlafen.

Aeduan konnte nicht anders, als sich darüber zu wundern, wie schnell sie Schlaf gefunden hatte. Wie unbequem diese schiefe Schlafstellung sein musste. Oder wie furchtlos sie war, weil sie ihre Deckung so vollkommen fallen ließ.

Furchtlos oder dumm. Und wenn man sich ihren Trick mit den Messern betrachtete, war es wohl Letzteres. Andererseits, sie *hatte* Aeduan geschickt in diese verrückte Partnerschaft gelockt. *Wer wird wen zuerst betrügen?*

Das Einzige, was Aeduan sicher wusste, war, dass alles mit allem zusammenhing. Die Pfeilspitze. Der Puristenpriester Corlant. Und Aeduans verschwundene Taler. All das hing zusammen, selbst wenn Aeduan noch nicht sehen konnte, wie.

Er gab die Pfeilspitze in seiner Tasche frei und bewegte sich leise und bedächtig durch den Wald. In der Nähe gab es einen Fluss; er brauchte ein Bad.

Er entdeckte eine Stelle am Ufer, wo das Unterholz nicht so dicht war. Sternenlicht drang auf den Boden. Wasser plätscherte vorbei.

Aeduan glitt aus seinem Wehrgehänge, dann zog er sein Hemd aus. Seit er aus der Bärenfalle entkommen war, hatte er keinen Moment Ruhe gehabt, um die alten Wunden zu kontrollieren. Es überraschte ihn nicht zu entdecken, dass sie sich erneut geöffnet hatten. Doch vorsichtiges Tasten enthüllte nur getrocknetes Blut.

Aeduan seufzte. Sein Hemd und seine Hose waren ruiniert. Auch wenn das dem Wald egal war, Menschen würde es interessieren. Die Strangmagis würde es interessieren.

Spielt keine Rolle. Blut war ein Teil von Aeduan, und Blutflecken hatten ihn noch nie gebremst. Er war so weit gekommen. Er würde weitermachen.

Aus irgendeinem Grund allerdings tauchte er das Hemd in den eiskalten Fluss. Er ertappte sich dabei, wie er an den Flecken herumrieb, um sie zu entfernen. Doch das Blut war hartnäckig und wollte sich nicht lösen.

So hartnäckig wie die Wunden, die er vor all diesen Jahren empfangen hatte. *Lauf, mein Kind, lauf.*

Gerade als Aeduan anfing, zitternd kaltes Wasser auf seiner Brust zu verteilen, entdeckte er eine Bewegung am gegenüberliegenden Ufer. Zuerst hielt er es für eine Täuschung, für leere Schatten, und ihm fiel ein altes Lied ein. Ein Lied, das sein Vater gesungen hatte, bevor … vor allem.

Dem Blick in die Schatten vertrau niemals, mein Kind
Der Schelm, er versteckt sich in Dunkel und Wind.
Ob hoch in den Bäumen oder tief unter Erd
Ist der Schelm in der Gegend, Vertrauen nicht währt.

Aeduan schüttelte den Kopf. Wasser spritzte. Er hatte so lange nicht an dieses Lied gedacht. Wieder schüttelte er den Kopf, diesmal, um seinen Blick zu klären.

Doch die Bewegung war immer noch da. Ein dumpfes Glühen, das in Wolken durch den Wald zu wabern schien. Je länger Aeduan es beobachtete, desto heller wurde das Licht. Desto deutlicher und klarer, als hätten sich Wolken verzogen, um den Sternenhimmel zu enthüllen.

»Glühwürmchen«, sagte eine Stimme hinter ihm. Schon eine Sekunde später hielt Aeduan sie gegen eine Eiche am Ufer gepresst.

So standen sie beide da und starrten einander an. Die Strangmagis mit dem Rücken zum Stamm und den Händen an Aeduans Brust. Er mit seinem Unterarm über ihrer Kehle, tropfnass.

Zwei schwere Atemzüge, dann gab er sie frei. »Sei vorsichtiger«, blaffte er, als er davonstiefelte. Allerdings war er selbst nicht sicher, ob er mit ihr oder mit sich selbst sprach. Er wusste nur, dass sein Herz in der Brust raste. Sein Blut und die Magie in seinen Adern kochten.

Er hatte ihr Kommen nicht gewittert. Er *konnte* ihr Kommen nicht wittern, also hatte sein Körper reagiert wie auf eine Bedrohung.

Er würde lernen müssen, damit umzugehen. Zumindest, solange sie sich in seiner Nähe aufhielt.

»Ich hätte dich fast getötet«, sagte er.

»Nomatsi«, lautete ihre Antwort – was ihn dazu brachte, einen bösen Blick nach hinten zu werfen und zu knurren: »Was?«

Sie löste sich von dem Baum, trat ins Sternenlicht, und wie bei den Glühwürmchen im Wald leuchtete ihr Gesicht plötzlich. Geisterhaft weiß. Schön und von innen heraus strahlend.

Ein halber Atemzug. Länger hielt es nicht. Dann löste sich die Illusion auf. Sie war erneut ein reizloses Mädchen. *Dem Blick in die Schatten vertrau niemals, mein Kind.*

»Du sprichst Nomatsi mit mir«, erklärte sie, als sie sich Wasser von der Brust schlug, von den Armen. »Und diese glühenden Lichter sind Glühwürmchen. In Marstok gelten sie als Glücksbringer, weißt du? Kinder wünschen sich bei ihrem Anblick etwas.«

Aeduan atmete aus. Ein langsames, zischendes Geräusch. Sie benahm sich, als hätte er sie nicht fast vernichtet. Als wäre es wichtig, über Wünsche oder die verwendete Sprache zu reden.

»Ich werde dich umbringen«, warnte er, erneut auf Dalmotti, »wenn du nicht vorsichtiger bist. Hast du verstanden, Strangmagis?«

»Dann gib mir eine deiner Münzen.« Sie ließ den Kopf nach hinten sinken, sodass die Beugung ihres Halses betont wurde.

Und zum ersten Mal, seit sie aufgetaucht war, wurde Aeduan klar, dass er mit nackter Brust vor ihr stand. Seine Narben waren sichtbar, Gänsehaut zog sich über seine

Haut. Sein Hemd allerdings konnte er nirgendwo entdecken – und er weigerte sich, der Strangmagis den Rücken zuzukehren.

»Die Münzen sind mit Blut gezeichnet, richtig?«, fuhr sie fort. »So hast du mich gefunden. Also gib mir eine Münze, und du wirst immer spüren, wenn ich mich nähere.«

Das war clever. Eine einfache Lösung für ein Problem, von dem sich Aeduan inständig wünschte, sie wüsste nicht davon. Und doch wusste sie, dass er sie nicht wittern konnte, und daran war jetzt nichts mehr zu ändern.

Aeduan nickte. »Morgen früh«, sagte er. Er kämpfte gegen den Drang, einfach zu verschwinden, in den Fluss zu springen, um sein Hemd zu suchen. »Ich werde dir morgen früh eine Münze geben.«

Iseult nickte ebenfalls einmal, bevor sie sich zurückzog. Sie verschwand im Wald, und die Glühwürmchen leuchteten ihr den Weg.

Sofort sprang Aeduan ins Wasser, schwamm mit schnellen Zügen und betete, dass das einzige Hemd, das er besaß, nicht schon zu weit abgetrieben war.

14

Nebel hüllte die nachtdunklen Straßen von Lovats ein, als Merik das Herrenhaus der Linday-Familie beobachtete. Wie alle Wesir-Domizile stand das Haus würdevoll an der von Eichen gesäumten Weißen Straße, die über den Königinnensteig nach oben führte.

Im Herrenhaus brannten keine Laternen, keinerlei Schatten bewegten sich dort. Was nur einen Ort übrig ließ, an dem sich ein Pflanzenmagis logischerweise aufhielt: seine Gärten.

Es kostete Merik nur wenige Minuten, das Linday-Gewächshaus zu erreichen. Nebel waberte durch die Gärten und verbarg das Gebäude aus Glas und Eisen, das Merik kannte.

Dreizehn Jahre waren vergangen, seit Merik die Dschungel dieses Gewächshauses durchstreift hatte. Damals war er noch ein Kind gewesen, erst sieben Jahre alt.

Außerdem war das tagsüber gewesen, und – noch wichtiger – man hatte ihn eingeladen.

Doch keine der unbeholfenen Wachen bemerkte, wie Merik von einem Schatten zum nächsten huschte. Zweimal wäre Merik fast in eine Patrouille hineingelaufen, doch zweimal hob er mit Hilfe seines Winds eine Wand aus Nebel, die ihn verbarg.

Er glitt um eine Glockenblumen-Hecke in voller Blüte und duckte sich unter die unteren Zweige eines Kirschbaums. Was für eine widerwärtige Platzverschwendung dieses Gewächshaus darstellte. Dieser Garten. Und was für eine widerwärtige Verschwendung von Magie. Die Linday-Familie hätte ihre Ressourcen einsetzen können, um die Verhungernden zu nähren, die sich gegen ihre Tore drängten, doch stattdessen züchtete sie Zierblumen ohne Nutzen.

Vielleicht konnte Merik diesen Punkt auf die Liste seiner Gesprächsthemen mit dem Wesir setzen.

Merik schlich weiter. Auf Linday zu, auf die Wahrheit über den Meuchelmörder Garren zu. *Macht, Macht, Macht.* Sie pulsierte durch Meriks Körper, war mühelos anzuzapfen. War unendlich einfach zu befehligen, selbst in seinem erschöpften Zustand.

Seit Pins Feste – seit er den Namen Furie für sich angenommen hatte – waren seine Winde widerstandlos zu ihm gekommen, war sein Temperament ausgeglichen geblieben. Ruhig.

Und in Meriks Augen bedeutete ruhig dasselbe wie gut. Ruhig sorgte dafür, dass Schiffe ohne Angst segeln konnten und Mannschaften die Heimat erreichten.

Doch ruhig beinhaltete keine Stolperdrähte. Merik spürte den Widerstand an der Hintertür des Gewächshauses in dem Moment, als der Draht sein Schienbein berührte – und fühlte die Vibrationen, die sich ausbreiteten wie auf der Saite einer Harfe.

Oh Höllenwasser.

Er riss die Hände hoch; seine Winde schossen nach außen; ein Stoß aus Macht, um das Zittern des Drahts auszugleichen.

Merik beobachtete mit angehaltenem Atem, wie der Draht sich beruhigte. Die ganze Welt schrumpfte auf diese verdammte Stolperfalle und sein rasendes Herz zusammen, das laut genug schlug, um ihn zu verraten.

Doch kein Alarm erklang. Keine Falle wurde ausgelöst. Sorgfältig ließ Merik den Blick über jedes Blatt, jede Blüte, jedes Stück Rinde im Umkreis gleiten. Der Draht verschwand in den Schatten, in Richtung der Eisenstreben, welche die Glasscheiben hielten. Dann glitt der Draht nach oben zu einer Messingglocke.

Merik atmete auf. Das war viel zu knapp gewesen. Denn auch wenn diese Glocke winzig sein mochte, sie reichte doch vollkommen aus, um jemanden auf Meriks Gegenwart aufmerksam zu machen. Das einzige andere Geräusch war das Plätschern des Springbrunnens im Herzen des Gewächshauses.

Auch wenn es Merik nicht überraschte zu erfahren, dass der junge Serrit Linday ein paranoider Mistkerl war, hatte es doch in seiner Kindheit niemals Wachen oder Stolperdrähte im Haus des Adligen gegeben.

Was vermuten ließ, dass sich Linday mit jemandem treffen wollte. Und entweder, er vertraute diesem Jemand nicht, oder er hatte vor, ihn zu verraten. Hätte Merik die Zeit gehabt, wäre er in einen nahen Kirschbaum geklettert und hätte gewartet, um zu sehen, wer über diese Falle an der Hintertür stolperte. Schließlich wäre es wichtig zu erfahren, vor wem sich Linday fürchtete.

Doch Merik fehlten die Zeit und Geduld dafür. Außerdem hatte er die arme Cam in Pins Feste zurückgelassen. Sie war immer noch da draußen, zweifellos in Panik, weil sie nicht wusste, wohin ihr Admiral verschwunden war.

Also ging Merik weiter, sobald er sich vergewissert hatte, dass seine Kapuze nach wie vor sein Gesicht verbarg. Er entdeckte zwei weitere Stolperfallen und wich ihnen zwei weitere Male aus. Er kam nur langsam voran, während er sich durch die Blätter und Wurzeln schob, wobei er seine Winde einsetzte, um den Dschungel unbeweglich zu halten. Um zu verhindern, dass die Stolperdrähte Alarm auslösten.

Schließlich erreichte Merik das Herz des Gewächshauses, wo die Kieswege in Bodenplatten aus Sandstein übergingen, die in einem komplexen Sonnenmuster verlegt waren. Das Wappen der Linday-Familie. In der Mitte der Fläche stand der Springbrunnen, ebenfalls in Form einer stilisierten Sonne, und vor dem plätschernden Wasser saß Serrit Linday. Seine nervöse Energie passte nicht zur Ruhe der restlichen Umgebung. Er schlug und schlug und schlug wieder nach den leuchtend weißen Lilien, die am Rand des Brunnens wuchsen, während sein schicker Schuh das perfekte Gras zerstampfte. Selbst das Laternenlicht von draußen wirkte zu hell, zu rein für Lindays altes schwarzes Gewand.

Dies war nicht der arrogante Wesir, an den sich Merik aus seiner Kindheit erinnerte. Dies war ein verängstigter Mann – und verängstigte Männer waren einfach.

Einfach war immer *gut*.

Merik glitt an den Rand der Lichtung, wo sich ein Pflasterweg um die Rasenfläche zog. Hinter Linday und immer noch verborgen. Dann schlug er seine Kapuze zurück und sagte rau: »Hallo Wesir.«

Der Mann keuchte. Er sackte in sich zusammen, bis seine Schultern nur knapp über den Knien schwebten. Einen Moment lang glaubte Merik, er wäre in Ohnmacht gefallen … bis er ein schwaches »Ich habe es nicht« hörte.

Merik trat aus den Schatten. »Ihr verwechselt mich.«

Bei diesen Worten verspannte sich Linday, dann riss er den Kopf herum. Sein Blick fing den von Merik auf. Dann glitten seine Augen nach unten und wieder nach oben, begutachteten Meriks Narben, die zerfetzte Kleidung. Für einen winzigen Moment glaubte Merik, der Wesir würde ihn trotz ihrer nur kurzen Begegnungen in all den Jahren erkennen.

Doch das tat er nicht. Merik hätte fast gelächelt, als widersprüchliche Gefühle in der Miene des jungen Mannes kämpften. Erleichterung, gemischt mit Entsetzen und Verwirrung … erneut verdrängt von Erleichterung.

Was nicht unbedingt die Reaktion war, auf die Merik gehofft hatte.

Er näherte sich dem Brunnen. Doch auch wenn Linday zurückzuckte, lief er doch nicht davon. Nicht einmal, als Merik ihn am Kragen packte und nach oben zerrte.

»Wisst Ihr, wer ich bin?«, murmelte Merik. Aus solcher Nähe betrachtet, war das Gesicht des Mannes eine Karte winziger Linien. Er wirkte viel älter, als er tatsächlich war.

»Nein«, krächzte Linday. Inzwischen zitterte er. »Ich kenne Euch nicht.«

»Sie nennen mich die Linke Hand von Noden. Sie nennen mich die Furie.« *Macht, Macht, Macht.* »Ich werde Euch jetzt ein paar Fragen stellen, Wesir, und ich möchte, dass Ihr schnell antwortet. Wenn Ihr das nicht tut …« Er drehte seine Faust, sodass Lindays Kragen eng wurde und ihm die Luft abschnitt.

Linday zitterte umso heftiger. *Das* war eher die Reaktion, die sich Merik erhofft hatte. »Ich werde antworten. Ich werde antworten.«

»Gut.« Merik kniff die Augen zusammen, sodass seine Brauen nach unten sanken. »Ihr habt einen Gefangenen aus Pins Feste gekauft. Garren lautete sein Name. Ich muss wissen, was Ihr mit ihm angestellt habt.«

»Ich weiß es nicht.«

Ein Reißen. Ein Drehen. Linday keuchte erneut.

»Lügt mich nicht an.«

»Ich muss, ich muss…« Linday begann zu schielen. »Ich… *muss*, oder er wird mich töten.«

Frische Wut kochte in Merik hoch. Er drehte Lindays Kragen noch weiter. »Von wessen Hand wollt Ihr lieber sterben, Wesir? Seine oder meine?«

»*Keine*«, krächzte der Mann. »*Bitte* – der Schattenmann wird mich holen. Helft mir. Bitte, bevor sie mich in eine ihrer Marionetten verwandeln – bitte! Ich werde Euch alles sagen, was Ihr wissen wollt…«

Eine Glocke klingelte.

Das leise Bimmeln hallte durchs Gewächshaus.

Wesir Linday sackte nach unten, als könnten seine Knie ihn nicht länger halten. Merik gab den Mann frei, und sofort sank er zu Boden.

Eine zweite Glocke bimmelte. Kalte Schauder glitten über Meriks Nacken. Seinen Rücken. Er wirbelte herum…

Um festzustellen, dass eine Wand aus Nacht durch das Gewächshaus glitt, auf den Brunnen zurauschte und dabei alles verschlang. Schatten wie Hände, die sich nach vorne streckten, über den Boden, über die Blätter, die Decke.

Seine Instinkte schrien Merik an zu rennen. Befahlen seinen Muskeln zu fliehen. Doch da war noch ein anderer Impuls in ihm – heiß und nicht zu ignorieren.

Merik ließ seine Wut aufsteigen. Sie erwachte genau in dem Moment zu brennendem Leben, als sich die Dunkelheit um ihn schloss.

Der Schattenmann war erschienen.

Es gab kein anderes Wort, um zu beschreiben, was auf die Lichtung schlich – Linday hatte ihm den richtigen Titel verliehen. Nicht weil der Mann aus Schatten bestand, sondern weil er sie vielmehr trug wie einen Umhang. Weil er lebendig von Dunkelheit gefressen wurde.

Die Züge des Mannes – des Monsters – vor Merik waren

unmöglich zu erkennen. Das bisschen Haut, das freilag – Hände, Hals, Gesicht –, bewegte sich, als würden Tausende dunkle Aale flussaufwärts strömen.

Trotz des Wissens, dass es weder weise noch sicher war, schloss Merik die Augen und riss die Arme hoch, um sein Gesicht zu bedecken. Er wich zwei Schritte zurück, wobei er fast über Linday stolperte.

Darüber lachte der Schattenmann. Ein so tiefes Geräusch, dass Merik es kaum wahrnehmen konnte, doch er fühlte die Erschütterungen in seiner Lunge. Fühlte, wie der Mann sagte: »Ich respektiere Euren Versuch, mich aufzuhalten, Wesir, aber Wachen und Alarmanlagen sind nutzlos. Gebt mir, weswegen ich hier bin, oder alle Anwesenden sterben. Eure Wachen. Dieser Freund von Euch. Und Ihr.«

Ein Wimmern durchbrach die Finsternis und zwang Merik, seine Arme zu senken, die Augen zu öffnen und den Schattenmann anzusehen, der sich langsam näherte. Eine Kreatur, die alle Macht im Raum hielt.

Alle Macht der Welt.

Merik zwang sich hinzusehen. Zwang sein Hirn zu denken, seine Muskeln, sich zu bewegen, und weckte seine eigene Macht. Sie war seltsam schwach. Seltsam kalt – eine eiskalte dunkle Ranke … als hätte der Schattenmann alle Wärme aus dem Raum gesaugt.

»Wo ist es, Wesir?« Die Stimme des Monsters kratzte und waberte. Wie Schuppen, die über Sand glitten. »Wir hatten eine Abmachung.«

»Ich k-konnte es nicht finden.« Lindays Zähne klapperten lauter als seine Worte. »I-ich habe gesucht.«

Der Schattenmann lachte wieder, bevor er sich neben dem Wesir auf die Knie sinken ließ – als wäre Merik vergessen. Offensichtlich sah er Merik nicht als Bedrohung.

Nun, das war ein Fehler.

Sofort rief Merik mehr Magie zu sich, wobei er gleichzeitig zurückwich. Der Wind war immer noch gefroren und steif, doch trotzdem folgte er Meriks Ruf. Eine sanfte Brise wand sich um ihn. Verstärkte sich. Breitete sich aus, als der Schattenmann nach Lindays Kehle griff. Es war eine fast sanfte Geste, wäre da nicht der Tod gewesen, der zwischen seinen Fingern zischte.

»Das war Eure letzte Chance, Wesir. Jetzt werden wir gezwungen sein, den letzten Plan in Kraft zu setzen. Euer Werk, Wesir. *Euer* Werk.«

Eine Wurzel schoss aus der Erde und grub sich mitten in die Brust des Schattenmanns. Lindays Magie.

Ein Schrei – menschlich und bestialisch in einem, lebend und tot gleichzeitig – hallte durch das Gewächshaus. Anders als die gesprochenen Worte war dieses Geräusch echt. Etwas Spürbares … wie eisige Winde, die Meriks Schädel spalteten und ihm die Haut von den Wangen fetzten.

Merik blieb gerade genug Zeit, um Lindays Blick aufzufangen, als der Schattenmann die Hand zur Faust ballte.

Er zerquetschte den Hals des Wesirs so mühelos, als wäre er nicht mehr als eine Traube. Dunkelheit ergoss sich aus Lindays Kehle. Blut und Schatten spritzten aus seinem Mund, ergossen sich aus seinen Augen. Und Merik erkannte – im ursprünglichsten Teil seines Hirns, auf den er schon vorher hätte hören sollen –, dass er keine Chance hatte.

Mit dem bisschen Macht, das er gesammelt hatte, warf sich Merik nach hinten. Eis trug ihn. Kälte lenkte ihn. Winter fuhr durch ihn hindurch, gleichzeitig beruhigend und beängstigend.

Äste brachen; Blätter peitschten; eine Glocke nach der anderen bimmelte. Der Schattenmann verfolgte ihn, doch er war durch Lindays Wurzel verletzt. Merik hatte einen Vorsprung.

Merik erreichte eine Tür. Nicht die, durch die er gekommen war, sondern einen Ausgang, der ihn in einen anderen Teil des Gartens führte. Nachtluft glitt über ihn hinweg, ein befreiendes Gefühl, das ihm Macht verlieh. Und endlich konnte seine Magie sich voll entfalten, heiß und vertraut.

Er flog. Schnell und hoch. Seine Winde tosten unter ihm. Doch gerade als Merik den höchsten Punkt seines Flugs erreichte – gerade als er sich entspannte und es riskierte, einen Blick nach hinten zu werfen – holte ihn die Wand aus Schatten ein.

Gefrorene Schwärze explodierte um ihn herum. Blendete ihn. Wie die Explosion auf der *Jana*, aber kalt. Dunkelheit, die von innen heraus detonierte. Zu viel Macht, zu viel Wut, zu viel Eis.

Dann erlosch Meriks Magie. Er fiel, taumelnd und in den Händen des Todes. Bis er schließlich mit solcher Wucht auf etwas knallte, dass er meinte, seine Knochen brechen zu spüren. Seinen Geist splittern zu fühlen.

Doch selbst da hörte Merik nicht auf zu fallen. Er bewegte sich nur langsamer. Sank nach unten.

Wasser, dachte er, als sich seine Lunge füllte. Dann war er zu tief, um noch an etwas anderes zu denken als an Ertrinken und Dunkelheit und Nodens wässrigen Hof.

15

***Du bist mir** aus dem Weg gegangen*, sagte eine Stimme aus Glasscherben und Albträumen.

Iseult befand sich wieder im Traumzustand. Diesem seltsamen Ort zwischen Wachen und Schlafen. Ein klaustrophobischer Ort, an dem sich ihr Geist von ihrem Körper löste. Wo sie nicht anders konnte, als auf die Puppenspielerin zu lauschen.

Esme lautete ihr Name. Iseult hatte das bei der letzten – und einzigen – Trauminvasion seit der Nacht des Angriffs in Lejna erfahren. Esme hatte Iseults Aufenthaltsort direkt aus Iseults Hirn gepflückt und diese Information dann eingesetzt, um zu bersten. Um zu töten.

Und Iseult hatte überhaupt nichts dagegen unternehmen können.

Gib es zu, sagte Esme, *du hast dich absichtlich von mir ferngehalten.* Iseult versuchte nicht zu widersprechen. Sie *war* Esme aus dem Weg gegangen. Mit jedem Teil von Geist und Körper hatte Iseult versucht, sich von der anderen Magis fernzuhalten.

Was bedeutete, dass Iseult in den letzten zwei Wochen kaum geschlafen hatte. Das war der einzige sichere Weg, dem Traumzustand zu entkommen. Der einzige Weg, wie sie sichergehen konnte, dass es nicht zu nächtlichen Angriffen der Puppenspielerin kam.

Traumloser Kurzschlaf, gepaart mit einem Geist und Körper im ständigen Belastungszustand, sodass sie nie ganz abschalteten – das war nötig, um Begegnungen mit Esme zu vermeiden. Doch gut genährt und ohne Angst zu sein half offensichtlich nicht.

Tu das nicht, erklang Iseults Traumstimme, ein knisterndes, entferntes Geräusch, das im Kopf der Puppenspielerin widerzuhallen schien.

Iseult klang kleinlaut. Jämmerlich. Sie hasste den Klang ihrer eigenen Stimme, doch offenbar konnte sie nichts dagegen tun – genauso wenig, wie sie Esme von ihren Beutezügen abhalten konnte. Sie durchsuchte Iseults Geist wie eine Ratte einen Müllhaufen. *Lies meine Gedanken heute Nacht nicht, Esme. Nicht jetzt. Niemals.*

Das Mädchen schien sich anzuspannen – ein heißes Gefühl, das auch Iseults Muskeln verkrampfte. *Ich kann nicht anders*, verteidigte sie sich. *Ich* versuche *nicht, deine Gedanken zu lesen. Sie treiben einfach an der Oberfläche. Wie dieser tote Fisch, den du heute Morgen gesehen hast. Und ja, ich kann den Fisch sehen und den kalten Fluss und die Geborstenen auf der Lichtung. Ich kann auch erkennen, dass du die Geborstenen im Stich gelassen hast. Warum, Iseult? Sie sollten dir helfen.*

Sie haben versucht mich zu töten, Esme.

Entsetzen flackerte in Esme auf – um sich dann durch die Magie zu übertragen, die sie benutzte, um Iseults Träume heimzusuchen. *Nein! Sie würden dich nie verletzen, Iseult. Ich habe sie dir als Freunde geschickt.*

Jetzt war es an Iseult, überrascht zu sein. *Ich ... ich verstehe nicht.*

Ein Zögern. Esme dachte offensichtlich darüber nach, wie sie antworten sollte. Dann erklärte sie, begleitet von Wärme in der Verbindung zwischen ihnen: *Sie hatten Geschenke für dich, Iseult. Einer von ihnen war ein Jäger, ich dachte, dass seine Ausrüstung dir nützlich sein könnte. Die anderen waren Soldaten. Um dich zu beschützen.*

Übelkeit stieg in Iseult auf. *I-Ich konnte nicht* … Iseult brach ab. Die Göttin möge sie retten, sie stotterte. Sie hatte nicht einmal gewusst, dass das im Traumzustand möglich war. *Ich … konnte … nicht … erkennen*, zwang sie hervor, *dass sie mir helfen wollten. Die Geborstenen haben sich benommen, als wollten sie mich töten.*

Stattdessen hast du sie getötet. Ein Aufflackern von Hitze von Seiten der Puppenspielerin. *Du hast meine Geborstenen auf eine Nomatsi-Straße geführt und sie umgebracht.*

Iseults Übelkeit verstärkte sich. Sie hatte diese Männer nicht getötet … oder? Sie waren Geborstene – bereits dem Tod verschrieben.

Nein, sagte Esme. Ihr Missfallen schlug in heiße Wut um. *Das waren Männer, die ich für dich* geborsten *habe, nachdem du so närrisch beschlossen hast, die Umkämpften Lande zu durchqueren. Niemand quert die Umkämpften Lande allein und überlebt, Iseult. Doch dann hast du meine Geborstenen in die Irre geführt, und sie sind gestorben.*

Iseults Brust wurde eng. Sie wollte nicht, dass Esme von dem Blutmagis erfuhr; sie wollte nicht, dass Esme *irgendetwas* erfuhr. Also lenkte sie sich durch einfaches Kopfrechnen ab. Sie konnte die Oberfläche ihres Geists mit Zahlen füllen, während ihre Gedanken innerlich weiterarbeiteten.

Multiplizieren. Iseult mochte multiplizieren. *Neun mal drei ist siebenundzwanzig. Neun mal acht … zweiundsiebzig.*

Iseult war zu langsam. Esme sah genau das, was sie verbergen wollte.

Stranglos. Die Überraschung des Mädchens durchfuhr Iseult. Ein so allumfassender Schock, dass Iseult die türkise Farbe ihrer Stränge selbst im Traumzustand förmlich sehen konnte.

Wieso ist der Blutmagis bei dir? Esme klang entsetzt. Ihre Panik sorgte dafür, dass Iseult kaum noch Luft bekam. *Du verstehst nicht, Iseult – er ist gefährlich!*

Ich weiß, presste sie hervor. *Aber ich brauche seine Magie. Er muss meine Strangschwester für mich finden.*

Nein, schrie Esme. *Ich werde dir helfen, Iseult. Ich werde dir helfen! Er ist nicht an die Welt gebunden wie der Rest von uns – du verstehst das, oder? Er hat keine Stränge!*

Das … sehe ich. Iseult konnte keine andere Antwort anbieten, denn inzwischen breitete sich auch eigene Überraschung in ihrem Traum-Selbst aus. *Du siehst es auch?*

Natürlich sehe ich es! Und das bedeutet, dass Webermagi wie wir ihn nicht kontrollieren können! Es bedeutet, dass er gefährlich ist, Iseult! Du musst schnell und weit fliehen! Wach auf, bevor er dich im Schlaf tötet!

Doch zum ersten Mal wollte Iseult nicht aufwachen. Sie wollte nicht aus dem Traumzustand gedrängt werden. *Was bedeutet das, Esme? Sag es mir. Bitte.*

Später, Iseult. Sobald er weg ist. Bitte, ich flehe dich an – bitte, WACH AUF.

Iseult wachte auf.

Safi war noch nie so müde gewesen. Ihr Knie tat weh, weil Lev dagegengetreten hatte. Ihr heilender Fuß schmerzte noch viel heftiger.

Die Höllebarden waren die ganze Nacht über marschiert, mit nur einer Laterne, um ihnen den Weg zu leuchten. Um auszuruhen, hatten sie sich lediglich kurz in den Wald gekauert, wo Lev ständig ihre Armbrust auf Safis Kopf gerichtet hielt.

Die Sterne waren am Himmel erschienen, während sie weiter in eine sich verändernde Landschaft eindrangen. Das dichte Blätterdach des Dschungels ging in schwüle Sümpfe über, die von kleinen Wäldchen oder den schimmernden

Silhouetten von Ruinen aus Marmor unterbrochen wurden. Doch trotz der Blickfreiheit, die die Sümpfe boten, war Safi der Dschungel lieber. Im Sumpf war der Boden uneben und nachgiebig. Gras, so hoch, dass es Safi bis an die Hüfte reichte, schnitt ihr in die Beine, während dunkler Torf plötzlich unter ihr nachgab und sie nach unten saugte.

Sie beschwerte sich nicht, kein einziges Mal. Selbst wenn die Höllebarden fragten, wie es ihr ging, presste sie jedes Mal ein »Gut« heraus.

Doch es ging ihr nicht gut. Der Schmerz in ihrem Knie wurde mit jedem Schritt schlimmer. Die mit Leinen umwickelten Seile an ihren Handgelenken scheuerten weiter, doch sie verlor kein einziges Wort darüber. Sie wollte den Höllebarden einfach nicht die Genugtuung eines Siegs gönnen.

Vaness machte es genauso. Sie sprach nie. Sie reagierte auf nichts, trotz ihres schweren Holzkragens und trotz der Moskitos, die sich an ihr gütlich taten, mehr als an jedem anderen. Trotz der Schwellungen, die sich nach jedem Biss auf ihren Armen und Beinen bildeten.

Als der Tag dämmerte und der Dschungel wieder die Landschaft dominierte, hätte Safi fast geweint. Und als sie die ersten Hinweise auf Menschen entdeckten, wurde ihre Brust wirklich eng, und Tränen brannten in ihren Augen.

Sie dachte nicht mehr an Flucht. Sie wollte einfach nur *anhalten*.

Es gab ein paar Hütten neben einem langsam fließenden Fluss, über den sich eine Brücke aus Holzplanken erstreckte. Dahinter wartete eine echte Stadt, umgeben von Ruinen aus Marmor, braun gefleckt und mit bröckelnden Kanten. Der Rauch von Kochfeuern stieg in den Sonnenaufgang.

Safi wollte diese Stadt betreten. Die Höllebarden wollten diese Stadt betreten. Die Kaiserin von Marstok allerdings wollte das nicht. Sie grub ihre Fersen in die Erde der Straße und blaffte: »Ihr könnt mich nicht dorthin bringen.«

Als Zander versuchte, sie weiterzuzerren, richtete sie ihren Blick auf den Kommandanten. »Das ist Baedyed-Territorium. Ich werde sterben, wenn ich die Stadt betrete.«

Eine kurze Geste des Kommandanten sorgte dafür, dass Zander anhielt, und alle hielten an der Grenze zwischen Natur und Zivilisation.

»Woher wisst Ihr, dass dort drin die Baedyed herrschen?« Die Stimme des Kommandanten klang angestrengt, sodass Safi den Blick auf seine Schulter richtete. Doch seine Haltung verriet nichts, selbst wenn er Schmerzen haben sollte.

Vaness starrte finster auf das Banner, das über den Mauern der Ruinen hing. Grün mit einer goldenen Mondsichel – fast identisch zur Standarte der marstokischen Flotte … und doch anders. »Die Schlange um den Mond«, erklärte Vaness, »ist das Emblem der Baedyed-Piraten.«

»Nun«, überlegte der Kommandant laut, »dies ist der einzige Weg in die Piratenrepublik von Saldonica, den ich kennen. Also werden wir diesen Weg nehmen.«

»Dann werden sie mich töten, sobald sie meiner ansichtig werden.« Vaness' Worte, ihr Gesicht – alles verriet Panik und Schrecken. Doch die Wahrheit kratzte über Safis Magie, jagte kribbelnde Gänsehaut über ihre schlammverschmierten Arme.

Die Kaiserin log.

Sofort war Safi aufmerksam. Die Erschöpfung, die brennenden Muskeln, der Durst – all das verging in ihrem aufsteigenden Interesse. Die Kaiserin sah eine Chance zur Flucht. Safi versuchte, an all die Vorträge zurückzudenken, die sie auf dem Kriegsschiff hatte ertragen müssen. Da war auch irgendwas über die Baedyeds gewesen, oder nicht?

Die Höllentore mochten sie verschlingen. Mathew hatte die ganzen Jahre über recht gehabt – Safi *hätte* lernen müssen, besser zuzuhören.

Safi atmete tief durch, dann versuchte sie, noch erschöpfter zu wirken. Sie mochte nicht genau wissen, was hier vor sich ging, aber sie konnte trotzdem mitspielen.

»Wieso sollten die Baedyeds Euch tot sehen wollen?«, fragte Lev.

»Weil meine Vorfahren vor einem Jahrhundert Krieg mit ihren Vorfahren geführt haben. Als die Baedyeds verloren haben, waren sie gezwungen, sich dem marstokischen Reich anzuschließen. Einige der Rebellen haben den Kampf nie eingestellt, und aus ihnen ist das entstanden, was wir heute die Baedyed-Piraten nennen. Seit dieser Zeit gibt es einen Tötungsbefehl für meine Familie.«

Mehrere lange Atemzüge lang huschten Cadens Augen von Vaness zur Brücke zu seinen Höllebarden. Vaness, Brücke, Höllebarden. Dann seufzte er. »Die Götter mögen mich dreimal verdammen«, murmelte er schließlich. »Ich hasse Politik.«

»Allerdings«, sagte Vaness und richtete sich höher auf, »wird das nichts daran ändern, dass die Baedyeds mich tot sehen wollen.«

Lüge, Lüge, Lüge.

»Noch«, schoss der Kommandant zurück, »ändert das etwas an der Tatsache, dass dies der einzige Zugang zur Stadt ist. Die Rotsegel beherrschen den Norden, und sie werden uns alle töten, wenn sie uns entdecken. Oder uns an die Arena verkaufen … wo wir trotzdem sterben werden, wenn auch auf schmerzhaftere Art.«

»Es gibt noch einen anderen Eingang, Sir.« Zanders sanft rumpelnde Stimme ging fast im endlosen Lärm des Dschungels unter. »Eine größere Brücke. Mehr Verkehr, sodass es leichter fallen dürfte, das Baedyed-Territorium unbemerkt zu betreten.«

»Das wird nicht reichen«, beharrte Vaness. Sie warf sich in die Brust und starrte nacheinander mit großen Augen jeden Höllebarden an. Flehend, verängstigt und absolut *falsch*. »Ich bin für euch lebend mehr wert als tot.«

»Ihr seid nicht die Erste, die das sagt.« Der Kommandant flüsterte es mit solcher Erschöpfung in der Stimme, dass Safi gegen ihren Willen für einen Moment Mitleid empfand.

Bis ihr wieder einfiel, was er damit meinte. Er sprach von *Ketzern*. Ketzern, die er umgebracht hatte.

»Doch diesmal«, bot Lev vorsichtig an, »stimmt es zur Abwechslung mal. Sie *ist* für uns lebend mehr wert als tot.«

»Schön. Gut. In Ordnung.« Der Kommandant seufzte. »Wir werden die Republik auf deinem Weg betreten, Zander, und dann können wir endlich unser Schiff besteigen und diesen Ort weit hinter uns lassen. Lev, gib der Kaiserin deinen Helm.« Caden riss seinen eigenen Stahlhelm vom Kopf und wirbelte zu Safi herum. »Ich werde der Ketzerin meinen geben.«

Caden stülpte Safi den Helm über den Kopf, bevor sie zurückweichen konnte. Hitze, Dunkelheit und der Gestank von Metall und Schweiß schlugen über ihr zusammen. Doch sie wiedersprach nicht, protestierte nicht – obwohl ihr Gesichtsfeld in zwei Teile geschnitten wurde und plötzlich alle Geräusche blechern hallten. Nicht mal, als Caden sie mit schnellen Schritten durch den Dschungel führte.

Nichts davon spielte eine Rolle, denn Vaness schien einen Taro-Trumpf in ihrem imperialen Ärmel zu tragen, und Safi musste bereit sein, sobald sie ihn ausspielte.

16

Vivia war nicht glücklich, vor Sonnenaufgang geweckt zu werden.

Besonders nicht von Serrit Linday.

Es half auch nicht, dass ihr Schädel pulsierte – oder dass ihre Brust sich leer anfühlte. Drei Stunden unruhigen Schlafs hatten nichts dazu beigetragen, die Dunkelheit zu vertreiben, in dem ihr gestriger Tag zu Ende gegangen war.

Zuerst war Vivia in Pins Feste gekommen, um ihr Büro in Chaos vorzufinden. Niemand wusste, warum. Niemand wusste, wie es geschehen war. Alle hatten gesagt, dass Stix da gewesen war, und doch hatte seit Stunden niemand ihre Erste Offizierin gesehen.

Also hatte Vivia auf Stix gewartet. Weit über Mitternacht hinaus war sie in ihrem Büro gewesen, hatte erst aufgeräumt, dann alle Unterlagen kontrolliert und schließlich einfach aus dem Fenster gestarrt. Doch Stix war nicht aufgetaucht, sodass Vivia mit schweren Schritten allein zum Palast zurückgekehrt war.

Jeder Schritt war ihr schwerer gefallen als der letzte, denn Vivia konnte sich genau vorstellen, wo Stix steckte. Zweifellos hatte ihre Erste Offizierin jemanden gefunden, der ihr das Bett wärmte. Wieder einmal. Und zweifellos war dieser

Jemand schön und charmant und auf eine Weise lebensfroh, wie Vivia es nie sein konnte.

Und jetzt war Vivia hier und folgte Serrit Linday müde und mit schmerzenden Knochen durch das Gewächshaus seiner Familie, gefolgt von zwölf Soldaten der königlichen Truppen. Magnolienblüten tanzten am Rande ihres Blickfelds. So hell und vollkommen außerhalb der Saison.

Die Macht eines Pflanzenmagis, dachte sie, und gleich darauf folgte ein zweiter Gedanke: *Wieso ist Serrit so selbstsüchtig? Wir könnten diesen Platz brauchen, um Lebensmittel anzubauen – und auch seine Magie wäre nützlich*.

Doch trotz des üppigen Bewuchses konnte man auch die Schäden nicht übersehen. Ganze Büsche waren zerdrückt und Blumenbeete zu Matsch zertrampelt, vollkommen anders als beim letzten Mal, als Vivia hier gewesen war. Vor Unzeiten, schien es, auch wenn es eigentlich erst fünf Jahre zurücklag.

Serrit hatte ihr Gefühle gestanden, von denen Vivia genau wusste, dass er sie nicht hegte. Sie hatte an ihrem eigenen Vater gesehen, wie Männer Lügen und Heiratsanträge einsetzten, um Macht zu gewinnen. Ihre Freundschaft mit Serrit hatte an diesem Tag ein Ende gefunden.

Vivia drängte die Erinnerung zurück, nahm die Schultern nach hinten und strich ihre Kapitänsjacke glatt. Zwei Schritte vor ihr humpelte Linday über den Kiesweg, der ins Zentrum des Gewächshauses führte.

Er warf einen Blick über die Schulter und machte sich dabei nervös am Kragen seines Gewands zu schaffen. »Ich weiß wirklich sehr zu schätzen, dass Ihr Euch mit diesem Problem beschäftigt, Eure Hoheit.« Er klang nicht im Mindesten dankbar, sondern ungewöhnlich weinerlich. »Die Prinzessin selbst kommt. Welche Ehre.«

Prinzessin. Vivia spürte die Spitzen in diesem Wort – eine

Erinnerung daran, dass sie immer noch nicht Königin war. Denn natürlich erlaubten ihr Linday und der Rest des Rats nicht, den ihr rechtmäßig zustehenden Titel zu beanspruchen.

Sie ließ ihren Frust in ihre Miene treten. »Natürlich, mein Lord. Dasselbe würde ich für jeden meiner Wesire tun.«

»Oh?« Linday zog die Augenbrauen hoch. Irgendwie schief, als wollten die Muskeln seines Gesichts seinen Befehlen nicht folgen. Eine Lichttäuschung, keine Frage. »Ich dachte, vielleicht wärt Ihr wegen der...«, er senkte die Stimme, »Unfähigkeit Eurer Männer gekommen. Denn ist es nicht ihre Schuld, dass der Mann, den sie die Furie nennen, immer noch dort draußen ist?«

Ah, er machte sich über sie lustig – und auch über die Soldaten hinter ihr, die ihn sicherlich gehört hatten. Also ignorierte Vivia Linday einfach.

Augenblicke später, nachdem sie einen Strauch Glockenblumen umrundet hatte, der in voller violetter Blüte stand, öffnete sich der zentrale Hof des Gewächshauses vor ihr. Der Brunnen plätscherte halbherzig, der Wasserauslass war verbogen.

Vor dem Becken lag ein toter Mann.

»Da. Seht Euch das an.« Linday deutete heftig, als könnte Vivia den verstümmelten Körper nicht von alleine sehen. Seine Stimme klang unnatürlich hoch, als er fortfuhr: »Schaut Euch an, was die Furie mir *angetan* hat.«

»Ihr meint«, warf Vivia ein, »was die Furie *Eurem Wachmann* angetan hat.« Sie vollführte eine Geste, und die Soldaten ordneten sich in einer perfekten Reihe an, um zu warten. Dann näherte sich Vivia dem Leichnam.

Mit den Schatten, die über den Körper krochen, wirkte er kaum noch menschlich. »Wesir«, setzte Vivia an, während sie gegen die Galle in ihrer Kehle anschluckte, »wieso erzählt Ihr mir nicht, was hier geschehen ist?« Sie kniete sich hin.

Dunkle Linien zogen sich über den Körper des Mannes, an manchen Stellen so dünn wie ein Spinnenfaden, um an anderen Stellen ein dickes Geflecht zu bilden. Seine Gliedmaßen hatten sich in glänzende verkohlte Klumpen verwandelt. Geschwärzte Finger – nur neun, bemerkte Vivia abwesend –, ein geschwärztes Gesicht und geschwärzte, haarlose Kopfhaut.

Hinter ihr erklärte Linday händeringend, wie ein vernarbter Mann angegriffen hatte, während er im Garten arbeitete. »Das tue ich oft, wenn ich nicht schlafen kann. Ich bin mir sicher, Ihr versteht das.«

»Hmmmm«, antwortete Vivia. Sie hörte ihm ungefähr genauso aufmerksam zu, wie sie es immer bei ihrem Vater tat. Sie konnte nicht anders. Diese Male auf dem Körper hatten etwas Lebendiges. Wann immer ihr Blick unscharf wurde, schienen sie sich zu bewegen und auf eine Weise zu pulsieren, die gleichzeitig widerlich faszinierend und abstoßend vertraut war.

»Geborsten«, murmelte Vivia schließlich – obwohl das nicht *ganz* zutreffend schien.

»Entschuldigt?« Linday schob sich, stark humpelnd, näher heran. Immer noch spielte er mit seinem Kragen herum, als könnte er ihn gar nicht hoch genug ziehen.

Vivia stand wieder auf. »Hat der Angreifer …«

»Die Furie«, warf Linday ein.

»… Euch verletzt?« Sie deutete auf Lindays linkes Bein, das er schonte, und gab vor, nicht gehört zu haben, dass er den Titel *Die Furie* verwendet hatte. Diesem Verbrecher den Namen eines Heiligen zu verleihen, besonders vor ihren Soldaten, würde dem Mann Macht verleihen.

»Die Furie hat mich verletzt.« Linday rollte seinen Ärmel

zurück, um schwarze Kratzer auf der Innenseite seines Unterarms zu enthüllen. »Und etwas Ähnliches befindet sich auf meinem Bein.«

Vivia riss die Augen auf. »Was hat das verursacht? Magie?«

»Oh, er war auf jeden Fall ein Magis. Ein verdorbener Windmagis. Mächtig.«

Vivia runzelte die Stirn. Ein Windmagis würde den Kreis möglicher Verdächtiger verkleinern – besonders nachdem ihr das erlaubte, im Register nachzusehen. »Hatte er ein Magismal?«

»Ich habe es nicht bemerkt. Es wurde von den Narben verdeckt. *Narben*«, betonte Linday, »wie diese.« Bedeutungsschwer sah er zu der Leiche.

»Also … glaubt Ihr, dass Euer Angreifer geborsten war.«

»Es ist eine Möglichkeit.«

Nur dass das eben nicht möglich ist, dachte Vivia. Während Bersten in der Tat erklären würde, wieso die Leiche aussah, wie sie aussah, erklärte es doch nicht, wie der Mann, der sich als die Furie ausgab, Gespräche führen konnte. Und auch nicht, wie er so lange überleben konnte. Sobald die Veränderung des Berstens von einem Magis Besitz ergriff, zerstörte sie die Magie einer Person in wenigen Minuten.

»Hat der Angreifer Euch gesagt, warum er gekommen ist?« Vivia rückte ein wenig näher an Linday heran. Heilige Höllenwasser, war er immer so verschwitzt? »Oder hat er irgendwelche Forderungen gestellt?«

»Er *hat* eine Forderung gestellt«, presste Linday heraus. »Aber vergebt mir, Eure Hoheit, Euch wird nicht gefallen, was ich zu sagen habe.«

Das konnte nichts Gutes bedeuten.

»Die Furie hat erklärt, ich solle die verlorene Ursprungsquelle finden.«

Vivias Muskeln wurden steif. »Verlorene … Ursprungsquelle? Ich wusste gar nicht, dass eine verloren gegangen ist.«

Mehrere Augenblicke lang hielt Linday Vivias Blick, als glaube er ihr nicht. Dann erschien ein schiefes Lächeln auf seinem Gesicht. »Und dabei hatte ich so sehr gehofft, dass Ihr wüsstet, wovon die Furie sprach … denn sie hat erklärt, wenn ich diese Quelle nicht finde, würde sie mich umbringen.«

»Wieso genau glaubt dieser Mann, dass Ihr die Quelle finden könnt?«

Linday zog eine schiefe Schulter nach oben. »Das kann ich nicht sagen, Eure Hoheit. Vielleicht habe ich mich verhört. Es *war* mitten in der Nacht.«

Und ist es immer noch, du Narr. Aber Vivias Interesse war geweckt. Eine verlorene Ursprungsquelle. Ein Mann, der sich als Furie ausgab. Eine Leiche, halb geborsten …

»Wesir«, bot sie schließlich an, ihr Ton gelangweilt, »wäre es wohl möglich, etwas zu trinken zu bekommen? Ich bin vollkommen ausgetrocknet, aber ich würde die Leiche gern genauer untersuchen.«

Linday öffnete die Arme. »Natürlich, Eure Hoheit.« Während er an den Soldaten vorbeischlurfte und krächzend nach jemandem rief, um »Ihrer Hoheit eine Erfrischung zu bringen«, setzte sich Vivia in Bewegung und kauerte sich neben den Toten.

Spinnen aller Größe huschten durch das Gras. Wenn man nicht genau hinsah, waren sie kaum zu erkennen, doch Vivia *sah* genau hin.

Und es waren nicht nur Spinnen. Auch Grasmilben und Käfer. Sie huschten auf Vivia zu, dann vorbei, als flöhen sie vor etwas im Gewächshaus, das sich im dschungelähnlichen Grün versteckte.

Es war genauso wie das, was sie im Untergrund gesehen hatte.

Vivia befahl ihren Männern, leise zu bleiben, wo sie waren, dann folgte sie der Spur aus Insekten um einen Kirschbaum und eine weitere Pflaume. Motten – schrecklich viele Motten – hoben ab, sobald ihre Hüften an Ästen vorbeistrichen, bis sie schließlich die Quelle der fliehenden Insekten erreichte.

Eine Falltür. Aus Holz, quadratisch und ins Gras eingelassen hinter einem großen Farngebüsch. Die Holzplanken waren an einer Stelle aufgebogen, und aus der Lücke ergossen sich eine Ameisenstraße und ein spindeldürrer Weberknecht.

Vivia presste die Lippen aufeinander. Die Falltür sah genauso aus wie die im Garten ihrer Mutter. Sie schüttelte den Kopf, dann wartete sie, bis Linday das Gewächshaus ganz verlassen hatte. Drei Herzschläge später verklang das Quietschen der Tür.

Vivia öffnete die Falltür. Die Angeln protestierten nicht. Gut geölt und oft benutzt. Weitere Spinnen krabbelten heraus, dann starrte sie in ein schwarzes Loch, in dem eine Strickleiter nach unten hing.

Sie hatte keine Laterne, doch die brauchte sie auch nicht. Der Geruch der feuchten Luft, das Gefühl in ihrer Brust – sie verrieten ihr, was sich dort unten befand.

Die unterirdischen Tunnel. *Ihre* unterirdischen Tunnel unter den Zisternen, die ihr zuriefen: *Komm, kleiner Fuchs, komm.* Sie spürte es in ihren Fersen, in ihren Händen.

Der uralte See lag dort unten. Vielleicht abgeschnitten durch meterdicken Sandstein und Dunkelheit und Tunnel, aber trotzdem lag er dort unten. Grauen ergriff Besitz von Vivia. Jana hatte immer darauf bestanden, dass der See ein Geheimnis bleiben musste. Dass niemand je davon erfahren durfte. Niemals.

Doch irgendwie hatte Linday die unterirdischen Gänge aufgespürt, die dorthin führten. Die Frage lautete nur, ob er auch den unterirdischen See gefunden hatte.

Dann erschütterte sie ein neuer Gedanke. *Die verlorene Ursprungsquelle.* Das konnte nicht der See sein … oder? Es hieß, die Ursprungsquellen wären die Quelle der Magie – und Nubrevna besaß bereits eine davon im Süden. Eine tote Quelle, aber trotzdem vorhanden.

Hätten nicht Vivias Soldaten in der Nähe gewartet – hätte nicht die Gefahr bestanden, dass Linday jeden Moment zurückkehren konnte –, wäre Vivia sofort in dem Loch verschwunden. Sie musste herausfinden, wohin es führte. Sie musste herausfinden, wie viel Linday über die unterirdische Welt wusste und wieso es ihn überhaupt interessierte.

Doch Vivias Männer waren hier, und Linday auch. Ganz abgesehen davon, dass der nach Heckenkirsche duftende Wind den Glockenschlag zur fünften Stunde heranwehte. Es war die Stunde, zu der sie normalerweise aufstand.

Vivia verspürte Übelkeit, als ihr klar wurde, dass sie warten musste. Sie rief ihren Männern zu, den Leichnam wegzuschaffen, dann folgte sie erneut der Spur aus Ameisen und Spinnen und Tausendfüßern. Entfernte sich von der Falltür. Entfernte sich von dem, was auch immer den Insekten unter der Erde Angst einjagte.

Merik ertrank nicht.

Es hätte passieren müssen, doch irgendwie trug ihn das Wasser – rein und kalt – ans Ufer. Er erwachte mit dem Rücken an den niedrigen Rand des Falkenweg-Kanals gelehnt. Er erwachte mit Cams Stimme im Ohr.

»Oh, kommt schon, Sir.« Sie schüttelte ihn. Er wünschte sich, sie würde damit aufhören. »Bitte, wacht auf, Sir.«

»Ich … bin wach«, presste er hervor. Zitternd hoben sich seine Lider. Cams geflecktes Gesicht erschien vor seinen Augen, umrahmt von dem grauen Morgenhimmel der ersten Dämmerung.

»Danke, Noden«, hauchte sie. Und endlich, endlich, hörte sie auf, ihn zu schütteln. »Eigentlich solltet Ihr tot sein, Sir, aber Lady Baile hat Euch ihren Segen gegeben.«

»Das«, krächzte Merik, seine Kehle rauer und wunder als seit Tagen, »oder die Hexenfische mochten meinen Geschmack nicht.«

Sie lachte, aber es war ein angespanntes Geräusch. Falsch. Dann brachen die Worte nur so aus ihr heraus, zu schnell, um sie aufzuhalten. »Ich habe mir solche Sorgen gemacht, Sir! Es ist Stunden her, dass wir in Pins Feste waren. Ich dachte, Ihr wärt tot!«

Scham erfüllte Merik, als Cam ihm auf die Beine half. »Es ist in Ordnung, Junge. Ich bin in Ordnung.«

»Aber ich habe gesehen, wie Ihr nach oben gegangen seid, Sir, und ich habe gewartet … und gewartet – genau, wie Ihr mir befohlen hattet. Aber dann ist dieser weißhaarige weibliche Erste Offizier nach oben gegangen, und ich war mir sicher, dass Ihr in Schwierigkeiten steckt. Nur dass nichts passiert ist. Die Frau kam wieder nach unten, aber Ihr … Ihr nicht.« Cam schlug sich auf den Bauch. »Mein Bauch hat mir gesagt, dass Ihr in Schwierigkeiten steckt. Aber als ich endlich nach oben konnte, wart Ihr verschwunden – seid Ihr sicher, dass Ihr nicht verletzt seid?«

»Es geht mir gut«, versicherte Merik wieder, während er seine Kapuze über den Kopf zog. »Nur vollkommen durchnässt.« Das stimmte. Er war bis auf die Unterwäsche nass. Und kalt – ihm war unglaublich kalt.

»Wieso habe ich Euch dann gerade aus dem Timetz gefischt? Wohin seid Ihr verschwunden, Sir?« Der Blick, den sie auf ihn richtete, lag irgendwo zwischen einem bösen Starren und einem Flehen. Als wollte sie unbedingt wütend auf ihren Admiral sein, könnte sich aber irgendwie nicht dazu durchringen.

»Ich werde es dir erklären, sobald wir wieder in der Wohnung sind.«

»Aye, Admiral«, murmelte sie.

Meriks Schultern hoben sich, bis sie fast seine Ohren berührten. Es schien Ewigkeiten her zu sein, seit jemand ihn so genannt hatte.

Er vermisste es nicht.

Er bedeutete Cam, ihn loszulassen – er konnte allein laufen –, dann ging er zu den Stufen, die aus dem Kanal führten. Er schuldete dem Mädchen eine Entschuldigung. Allerdings keine Erklärung, zumindest seiner Meinung nach. Stacia Sotar und die Furie, ein Schattenmann mit gefrorenen Winden, ein toter Wesir im Gewächshaus – das war keine Geschichte, die man so locker erzählte wie Cam ihre melodischen Märchen.

Außerdem wäre sie umso sicherer, je weniger sie wusste.

Während er durch die Straßen ging, Cam auf den Fersen, rief er sich das Gewächshaus in Erinnerung. Dachte zurück an den Schattenmann.

Diese Kreatur hatte Wesir Linday so mühelos getötet, wie Merik eine Spinne zertrat. Wäre Merik nicht geflohen, wäre er als Nächstes dran gewesen.

Nichts verabscheute er mehr, aber so war es nun mal: Diesem Monster konnte er sich nicht allein stellen. Er konnte nicht gegen die dunkle Magie kämpfen, konnte diese Falschheit nicht allein aufhalten. Doch seine Stadt, sein Volk ... Merik musste etwas unternehmen.

Was also blieb ihm anderes übrig, als weiter seinen Kurs zu verfolgen? Diesem Schattenmann hätte sich Merik nur mit einer ganzen Kompanie gut ausgebildeter Magi und Soldaten stellen können – vielleicht. Um in den Besitz einer solchen Armee zu kommen, musste er den Thron besteigen – oder zumindest dafür sorgen, dass Vivia die Krone nicht bekam.

Bis Merik und Cam die Altstadt erreichten, ging die Sonne auf. Die ersten Sonnenstrahlen glitzerten auf den Pfützen, die vom Sturm der letzten Nacht geblieben waren. Wasser spritzte bei jedem von Cams Schritten, und erst da fiel Merik auf, dass sie barfuß lief. Seine Scham verdoppelte sich. Sie lief seit Wochen barfuß und hatte sich kein einziges Mal beschwert.

Natürlich hatte er es bemerkt, doch es hatte so viele andere Dinge gegeben, um die er sich Sorgen machen musste. Natürlich war das keine Entschuldigung. Stirnrunzelnd spielte er an seiner Kapuze herum, bevor er mit geducktem Kopf in das Haus abbog. Die Flure waren inzwischen noch voller, weil über Nacht Leute von den Straßen hier Schutz gesucht hatten. Wie er erwartet hatte – wie sie es immer, immer tat –, folgte Cam ihm auf den Fersen.

Sobald sie Kullens niedrige Tür erreicht hatten, verdrängte Merik alle Gedanken und konzentrierte sich darauf, den Schlosszauber zu klopfen. Seine Knöchel schmerzten heftiger, als er zugeben wollte, und seine Finger waren von seiner Zeit im Kanal ganz verrunzelt.

»Oh Sir!« Cam glitt näher heran. »Ihr blutet wieder.«

»Aye.« Merik seufzte. So müde. Stix' Eis hatte ihm den rechten Unterarm aufgerissen. Und wer wusste schon, welche Verletzungen er auf seiner Flucht vor dem Schattenmann davongetragen hatte? Allerdings fühlte er nichts. Für ihn war das alles altes Blut.

»Ich habe eine erdmagische Heilsalbe, Sir. Habe ich in Pins Feste bekommen.«

Merik drehte sich müde zu dem Mädchen um, Worte der Dankbarkeit auf den Lippen.

Cam deutete die Bewegung falsch. Sie hob die nicht spiegelgleichen Hände. »Ich habe sie nicht gestohlen, Sir! Meine Freunde in Pins Feste haben sie mir gegeben!«

»Oh … Ich … danke dir«, sagte er schließlich und meinte es ernst. Er hasste es, dass sie sofort defensiv reagierte – hatte er sie in den letzten zwei Wochen wirklich so oft gescholten, dass dies ihre erste Reaktion war?

Nachdem er Kullens Wohnung betreten und den Befehl zur Entzündung der Lampen gezischt hatte, schlurfte Merik zu dem schiefen Tisch. Das Brot von gestern hatte Feuchtigkeit gezogen, und auch wenn es nicht *weich* war, schien es jetzt doch essbar.

Er biss ein Stück ab, bevor er die feuchte Karte aus seinem Gürtel zog und sie auf dem Tisch ausbreitete. Dann zwang er sich zu sagen: »Es tut mir leid, wenn ich dir Sorgen bereitet habe, Cam. Wie du sehen kannst, geht es mir gut.«

»Ihr lebt«, gestand sie fast widerwillig ein, »aber ich würde nicht sagen, dass es Euch gut geht. Wasser?« Ein Schatten glitt über die Karte, dann erschien ein Tonbecher vor Merik.

»Danke.« Er nahm den Becher entgegen, nur um auf Cams Handgelenk frische Blutergüsse zu entdecken. Ein Schnitt zog sich über die Innenseite ihres Unterarms. »Was ist passiert?«

»Das ist nichts, Sir.« Sie wanderte davon. Bevor Merik ihr folgen konnte, sah er erneut ihren Schatten, diesmal mit einer Dose aus Keramik. »Die Salbe, Sir. Für Euer Gesicht … und den gesamten Rest.«

»Du zuerst.« Er stand auf.

Sie streckte ihm die Dose entgegen. »Ich habe doch

schon gesagt, dass das nichts ist. Ich wurde einfach in der Nähe von Pins Feste von den falschen Leuten in eine Ecke getrieben. Ihr dagegen wart Noden weiß wo, um Euch von Noden weiß wem die Fresse polieren zu lassen, um dann in einen Kanal zu springen und fast zu ertrinken. Ich gehe davon aus, wenn hier jemandem eine Geschichte zusteht, dann bin ich es.«

Merik zögerte und ballte die Hände zu Fäusten, bis seine Knöchel knackten. »Wer hat dich in die Ecke getrieben?«

»Ihr zuerst.«

Merik beging den Fehler, Cams Blick aufzufangen. Die scharfe Entschlossenheit, die darin brannte, war nicht zu übersehen – und er kannte sie so gut von einem anderen Freund. Aus einem anderen Leben.

Merik seufzte und ließ sich wieder auf seinen Stuhl sinken. »Setz dich.«

Sie tat es.

Merik trank mit zwei großen Schlucken das Wasser aus, bevor er schließlich sagte: »Was passiert ist, Cam … ich bin erwischt worden, weil ich ein idiotischer Narr bin. Aber Stix … damit will ich sagen, Erster Offizier Sotar hat mich gehen lassen, sobald ihr klar wurde, dass ich die Furie bin.«

Ein Schauder überlief Cams Körper, sie verschränkte die Arme vor dem Bauch. So konnte sie ihre Quetschungen verbergen. »Aber Ihr seid eigentlich nicht die Furie, Sir. Wenn überhaupt, dann seid Ihr ein Geist, der schon hundertmal hätte sterben müssen.«

»Die Hexenfische können mich haben«, murmelte Merik, den Blick in seine leere Tasse gerichtet, »wenn sie dafür Kullen oder Safiya oder … unzählige weitere Seelen freigeben, die besser sind als ich.«

»So mögt Ihr empfinden«, murmelte Cam, »aber sonst niemand.«

Merik klopfte auf den Tisch, auf die Karte – alles, um das Thema zu wechseln. »Ich habe das hier im Schreibtisch meiner Schwester in Pins Feste gefunden.«

»Die Zisternen.« Cams Ton war sachlich. Falls sie bemerkte, wie unwohl sich Merik fühlte, ließ sie es sich nicht anmerken. Stattdessen lehnte sie sich vor, um auf das X zu tippen. »Aber was ist das?«

»Ich hatte gehofft, du würdest es vielleicht wissen. Hast du nicht mal erzählt, dass du früher die Zisternen benutzt hast, um die Stadt zu durchqueren?«

»Aye.« Sie runzelte die Stirn, verzog den Mund. »Ich kenne diesen speziellen Ort nicht, aber ich weiß ungefähr, wo das ist. Der hier« – sie deutete auf einen breiten Tunnel, der über die Hälfte der Karte verlief – »erstreckt sich unter der Brackstraße. Wir nennen sie Kackstraße, weil sich dort die gesamten Abwässer der Stadt sammeln.«

»Und diese Uhrzeiten?« Merik umkreiste die Liste mit dem Finger.

Sofort liefen Cams Wangen rot an und ließen die weißen Flecken deutlicher hervortreten. »Ich kann rechnen, Sir, aber keine Zahlen lesen.«

»Ah.« Überrascht stellte Merik fest, dass auch er rot wurde. Natürlich konnte ein Großteil seiner Mannschaft nicht lesen. Er hatte vergessen, dass dies ein Luxus war, den er sich einfach dadurch verdient hatte, dass er in die richtige Familie hineingeboren worden war.

»Also, hier sind sechs Uhrzeiten aufgeführt«, sagte er. »Die Liste beginnt eine halbe Stunde nach dem zehnten Glockenschlag und zählt dann in halben Stunden weiter.«

»Oh, aye, Sir.« Ein erleichtertes Lächeln. »Das müssen die Zeiten sein, wenn die Flut einbricht. Die Tunnel transportieren Wasser vom Fluss, versteht Ihr? Ein Großteil davon läuft durch die Stadt, aber ein Teil auch in die Kackstraße. Die Flut peitscht durch die Tunnel, reißt den Müll mit sich und verschwindet wieder.

Alles wird in einem großen Reservoir unter dem südlichen Kai aufgefangen und ergießt sich dann südlich der Stadt wieder in den Fluss. In der Kackstraße kommt die Flut oft, wie Ihr Euch denken könnt ... was ein weiterer Grund ist, warum die Leute nicht dorthin gehen. Aber *vielleicht*«, sagte sie und zog das letzte Wort in die Länge, »gibt es dort ein Treffen. In den anderen Tunneln gibt es so was häufig. Ständig sammeln sich die Banden oder kämpfen oder handeln an all den Orten, die die königlichen Truppen nie betreten.«

»Also muss sich meine Schwester eine halbe Stunde nach Mittag mit jemandem treffen.« Merik lächelte, wenn auch müde. »Gut gemacht, Junge.«

Cam schluckte sichtbar. Dann riss sie hastig ein Stück Brot ab. »Frühstück?«

»Hmmmm.« Merik nahm ein Stück entgegen, bevor er sagte: »Jetzt bist du dran. Erzähl mir, was passiert ist.«

»S'war einfach eine der Schlick-Banden.« Sie biss in ihr Brot. Krümel verteilten sich auf ihren Lippen, dann fügte sie mit vollem Mund hinzu: »Ich wusste nicht, dass sie ihr Revier erweitert hatten, und habe Wege genommen, die ich nicht hätte nehmen sollen. Also bin ich in Pins Feste zurückgekehrt, und die Leute dort haben mich versorgt und mir diese Salbe geschenkt.«

Merik versuchte, ruhig zu nicken – versuchte, das Feuer zu verbergen, das plötzlich in seinen Adern brannte. »Welche Gang war es, Cam?«

»Eine, die Ihr nicht kennt.« Mehr Brot, wieder Kauen, mehr sturer Widerstand.

Also gab Merik es auf. Für den Moment. »Du bist in Pins Feste gut bekannt?«

»Sicher.« Sie zuckte mit einer Schulter. »Ich war oft dort, bevor ich mich verpflichtet habe, Sir. Wenn die Straßen oder die Zisternen zu gefährlich wurden, um dort zu schlafen … na ja, dann bin ich immer in Pins Feste gelandet.«

Bei den Worten, *die Zisternen zu gefährlich wurden, um dort zu schlafen*, kochte die Hitze in Meriks Blut höher. »Du … hast in den Zisternen geschlafen?«

Cam zuckte hilflos mit den Achseln. »Aye, Sir. Es ist ein Unterschlupf, oder nicht? Und man kann dort unten leben, sobald man die Flutungszeiten gelernt hat.«

»Wie viele Leute leben dort?«

Zögernd, als könnte sie kaum glauben, dass Merik die Gang nicht noch mal ansprechen würde, entspannte sich Cam. Sie sackte in ihre übliche kauernde Haltung, während sie mehr Brot abriss. »Tausende, vielleicht?«

»Alle wissen das, oder? Ich bin der einzige Idiot, der keine Ahnung hat.« Merik verschränkte die Arme vor der Brust und lehnte sich zurück. Der Holzstuhl knirschte protestierend. »Nodens Atem«, sagte er, zur Decke gerichtet. »Ich weiß nichts über diese Stadt.«

»Ihr seid nicht hier aufgewachsen, Sir. Ich schon.«

Genau wie Vivia. Sie war mit den Matrosen und den Soldaten aufgewachsen. Mit dem Hohen Rat und König Serafin. Das verschaffte ihr einen Vorteil, und das war nur einer von vielen.

Als Junge hatte Merik geglaubt, er habe Glück gehabt – weil er wild auf den Nihar-Ländereien aufgewachsen war, mit Kullen an seiner Seite. Weil er gejagt und gefischt hatte und die Freiheit besessen hatte, durch halb tote Wälder zu streifen. Doch auch wenn ihm das im Süden Liebe und Loyalität eingebracht hatte, war Merik hier in Lovats ein Niemand.

Aber das konnte er ändern. Er würde Wiedergutmachung leisten. Das sein, was die Leute brauchten.

Mit neu erwachter Stärke lehnte sich Merik über die Karte. »Kannst du mich zur Kackstraße bringen, Junge?«

»Zu diesem Treffen? Auf jeden Fall. Aber nur wenn ich bei Euch bleiben darf – denn Ihr wisst«, sie hob die Stimme, noch bevor er widersprechen konnte, »dass ich Euch, wenn Ihr mich in Pins Feste bei Euch behalten hättet, mit einem Pfiff hätte warnen können, bevor dieser Erste Offizier die Treppe betreten hatte.«

»Dann wärst du diejenige gewesen, die sich ihrer Wassermagie hätte stellen müssen.«

»Eine *Wassermagis*?« Cams Augen wurden groß. »Eine volle Wassermagis – nicht nur eine Gezeitenmagis …« Ihre Stimme verklang in einem heftigen Gähnen. Mit dem weit geöffneten Mund und den geschlossenen Augen sah sie aus wie ein müder Welpe.

Sofort kochte Meriks Wut wieder hoch. Steif deutete er auf das Bett. »Schlaf, Cam.« Der Befehl klang barscher, als er geplant hatte. »Wir werden uns der Kackstraße stellen, sobald die Sonne ein wenig höher steht.«

Cams Lippen öffneten sich. Offensichtlich wollte sie gehorchen und schlafen – aber ihre verdammte Loyalität ließ nicht zu, dass sie ihn so einfach im Stich ließ. »Was ist mit Euch, Sir?«, fragte sie sofort.

»Ich werde auch schlafen. Irgendwann.«

Sie schenkte ihm ein wachsames Lächeln. Merik versuchte, es nicht zu erwidern, aber Cam hatte diese Wirkung. In einer Welt aus Dunkelheit konnte sie einen Raum trotzdem zum Leuchten bringen.

Augenblicke später hatte sie sich auf dem Bett zusammengerollt und schlief tief. Merik wartete, bis sich ihre Brust gleichmäßig hob und senkte, bevor er aufstand, so leise er nur konnte, und sich zur Tür schlich. Er hatte zwei Aufgaben zu erledigen, bevor er schlafen durfte.

Zuerst musste Merik ein Paar Stiefel finden, auch wenn er keine Ahnung hatte, wo ihm das zu dieser Stunde gelingen könnte.

Und zum Zweiten – und das war wirklich wichtig und sorgte dafür, dass Merik die Stufen nach unten förmlich hinuntersprang – musste er eine Gang finden. Eine, die in der Nähe von Pins Feste herumlungerte. Eine, die dachte, es wäre eine akzeptable Lebensweise, Jagd auf die Schwachen zu machen.

Wieso hältst du ein Rasiermesser in einer Hand?

»Damit die Menschen sich erinnern«, murmelte Merik, während er in den feuchten Morgen trat, »dass ich so scharf bin wie jede Schneide.«

Und warum hältst du ein zerbrochenes Glas in der anderen?

»Damit die Menschen sich erinnern, dass ich alles sehe.« Mit dieser letzten Äußerung zog sich Merik die Kapuze tief ins Gesicht und machte sich auf in den Schlick.

17

Die Piratenrepublik von Saldonica war anders als alles, was Safi bisher gesehen hatte. Oh, sie hatte Geschichten über die riesige Stadt gehört, die in uralte Ruinen gebaut worden war – in der sich verschiedene Fraktionen ständig bekämpften und sich die Territorien ständig verschoben, trennten und wieder verbanden. Und sie hatte von der berüchtigten Sklavenarena gehört, in der Krieger und Magis für Geld kämpften – und in der die Feindschaft zwischen Baedyed und Rotsegeln zugunsten von Gewalt und Wetten beiseitegeschoben wurde.

Safi hatte auch gehört, dass in Saldonica nicht nur jeder ohne Rücksicht auf Hautfarbe oder Hintergrund oder Staatsangehörigkeit leben, sondern auch gekauft und verkauft und gehandelt werden konnte. Von Seefüchsen, die größer waren als die Schiffe in der Bucht und Männer und Schiffe in die Tiefe rissen.

Doch Safi hatte gedacht, das wären nur Gutenachtgeschichten für eine wilde Sechsjährige gewesen, die ständig jammerte: *Ich will noch nicht schlafen, Habim, und könntest du mir nicht noch eine Geschichte von den Piraten erzählen?*

Nur dass es stimmte. Alles.

Na ja, vielleicht nicht die Seefüchse. Safi war bewusst –

aus eigener Erfahrung –, dass es diese Kreaturen wirklich gab, aber bisher hatte sie die Saldonica-Bai noch nicht gesehen, also konnte sie nicht bestätigen, dass die Wesen hier lebten.

Eine Stunde Wanderung durch den schwülen Dschungel hatte die Höllebarden, Safi und Vaness auf eine zweite Straße geführt. Aufgewühlt und in der Mitte geebnet von Pferden und Karren, war sie auch im Moment genau damit vollgestopft, um sie noch ein wenig mehr aufzuwühlen. Alle trudelten nach Nordosten, und nur drei Leute schenkten Safi oder Vaness einen zweiten Blick. Doch niemand schien bereit zu sein, tatsächlich *Hilfe* anzubieten oder auch nur echtes Interesse aufzubringen.

Safi konnte es ihnen nicht übelnehmen. Sie wollte es, doch in Wahrheit verstand sie, wieso die anderen sich lieber um ihre eigenen Angelegenheiten kümmerten. Allein Zander, groß wie er war, hätte ausgereicht, um Leute in die Flucht zu schlagen. Lev und Caden verstärkten nur den Eindruck von *Leuten, die man besser in Ruhe ließ*.

Außerdem waren nicht alle so selbstlos wie Merik Nihar. Nicht *jeder* war ein verrückter Windmagis, der sich, von Winden getragen, in Kämpfe stürzte, ohne auf seine eigene Sicherheit zu achten – oder seine eigenen Knöpfe.

Irgendwann zogen sich die Bäume von der Straße zurück und gaben den Blick frei auf eine Brücke. Das Flussufer war kaum höher als die trägen braunen Fluten, und ein einziger heftiger Regen hätte die breite Brücke überschwemmen können.

Die Krokodile schienen das verstanden zu haben, denn die Biester schwammen und ruhten auf beiden Seiten der verzogenen Planken. Götter in der Tiefe, sie hatten wirklich eine Menge Zähne. Caden musste Safi nicht mit dem Schwert anstupsen, damit sie ihre Schritte beschleunigte.

Endlich, als die Brise neun Glockenschläge herantrug, führten die Höllebarden Safi und Vaness zu einem breiten Tor, das in eine uralte, schiefe Mauer eingelassen war. Über ihnen baumelte eine riesige Standarte. Aus der Nähe betrachtet, war es unmöglich, die Schlange zu übersehen, die sich um die Mondsichel wand.

Der Verkehr stockte, weil mehr Leute in die Piratenrepublik von Saldonica drängten, als herauswollten. Schließlich betrat Safi die Stadt – und stellte fest, dass der den Baedyed unterstellte Teil hübsch war. Erschreckend hübsch. Safi hatte sich einen Slum aus Rechtlosigkeit und Verzweiflung vorgestellt, doch stattdessen gab es Straßen und Regenrinnen, feuermagische Straßenlaternen und Wachen in goldenen Uniformen, um den Verkehr zu regeln. Und von jeder Straßenlaterne hingen Banner.

Ja, die Gebäude rückten immer näher zusammen, je tiefer sie in die Ebene eindrangen. Und ja, es war voller als in den meisten anderen Städten, doch trotzdem war der von den Baedyed kontrollierte Teil von Saldonica definitiv kein Slum.

Jenseits der befestigten Straßen im Baedyed-Territorium erstreckte sich ein sumpfiges Delta. Linker Hand erhob sich dichter dunkler Dschungel über dem Sumpfland. Rechts ging die feuchte Erde in eine schlammige Bucht über. So weit Safi sehen konnte, erstreckten sich Hafenanlagen, vollgestopft mit eng nebeneinanderliegenden Schiffen.

Es war, als hätte jedes Schiff aus Veñaza in einem einzigen Hafen angelegt. Noch niemals hatte Safi so viele aufgerollte Segel gesehen. Oder so viele Möwen.

Verdammte Vögel.

Doch besonders fesselte die Arena Safis Aufmerksamkeit. Man konnte sie nicht übersehen. Sobald ihr vom Helm geteilter Blick auf das halb aus Holz, halb aus Stein bestehende

Stadion fiel, wusste sie, was es war. Seine reine Größe verriet es – größer und höher als jedes andere Gebäude in der gesamten Piratenrepublik.

Aus dieser Entfernung sah es allerdings eher aus wie eine riesige, uralte Festung, die langsam wieder von der Natur zurückerobert wurde. Hölzerne Gerüste waren errichtet worden, um die fehlende Hälfte zu ergänzen, und Banner in allen Farben flatterten an den acht Türmen. Insgesamt wirkte die Arena ein wenig wie eine dreckige, juwelenbesetzte Krone, die zur Ergötzung der Krokodile zurückgelassen worden war.

Bald verlor Safi die Arena genauso aus dem Blick wie die Sümpfe. Eigentlich sah sie nichts anderes mehr als die Leute um sich herum. Wo auch immer Safi hinschaute, entdeckte sie Menschen aller Hautfarben und Abstammungen. Selbst Nomatsi schritten in aller Seelenruhe über die festgestampften Erdstraßen der Baedyed-Piraten – genauso wie Südländer, Leute aus dem fernen Osten und Personen anderer Ethnien, die Safi nicht einmal identifizieren konnte.

Unter den Rufen der Händler und dem Brüllen der Matrosen und all diesen Geräuschen, die auf sie einprasselten, waren genauso viele Lügen – belastend nach all den Tagen auf See und in der Wildnis.

Doch bald schon verbanden sich Lügen und Wahrheiten zu einem Hintergrundrauschen, wie es letztendlich immer geschah. Ein Rauschen, das sie leicht ignorieren, leicht vergessen konnte, selbst als die Höllebarden Safi und Vaness auf einen offenen Marktplatz führten.

Hier erstreckten sich wogende Sonnensegel, so weit man sehen konnte.

»In Saldonica kann man alles kaufen, was sich ein Mensch nur wünschen kann.«

Safi drehte den steifen Hals und sah durch die Schlitze in

ihrem Helm zu Caden. Er war bleich, sein Gesicht auf eine Weise verschwitzt, die nicht nur dem heißen Sommertag zu verdanken war. Seine Wunde machte ihm Probleme – was Safi *sehr* freute.

Er fing ihren Blick auf und hob leicht die Augenbrauen. »Und alles, was ein Mensch hasst, kann hier auch verkauft werden.«

»Soll das eine Drohung sein?«

»Ich hasse Euch nicht, Ketzerin. Ich folge einfach nur Befehlen … Verdammt.« In einem plötzlichen Spurt sprang er an Safi vorbei, aber da er immer noch das Ende ihrer Fesseln hielt, wurde sie herumgewirbelt. Fast wären ihr die Schultern aus den Gelenken gerissen worden.

Schmerzen erschütterten sie. Ein Schrei drang über ihre Lippen. Dann bemühte sie sich eilig, Caden zu folgen, der einfach weiterrannte.

Doch er konnte es nicht mehr aufhalten. Die Kaiserin war gestürzt, umgeworfen von einem vorbeifahrenden Karren. Und es war nicht irgendein Karren, sondern einer, der von drei Männern mit der Baedyed-Standarte an ihren Panzerhemden gezogen wurde.

Noch schlimmer, Vaness war der Helm vom Kopf gerutscht, sodass ihr gerötetes, verschwitztes Gesicht für alle Welt zu sehen war. Auch für die drei Baedyeds. Sie duckte sich, als wollte sie ihr Gesicht verstecken, doch dass sie sich ein wenig zu langsam bewegte – den Körper *gerade* weit genug drehte, dass die Piraten ihre Magismal-Tätowierung sehen konnten –, erzeugte in Safis Magie ein Gefühl der Falschheit.

Vaness wollte gesehen werden; sie hatte den gesamten Unfall inszeniert, und es funktionierte. Einer der Baedyeds starrte ihr ins Gesicht, der andere auf ihre Hand, und der dritte eilte davon, als hätte er woanders dringende Geschäfte zu erledigen.

Dringende Geschäfte, die Safi und Vaness aus der Gefangenschaft der Höllebarden befreien würden, oder dringende Geschäfte, die beinhalteten, die marstokische Kaiserin umzubringen – in diesem Punkt konnte sich Safi nicht sicher sein. Und ihr blieb auch keine Zeit, darüber nachzudenken, weil Lev sich bereits einen Weg zwischen zwei Ständen hindurchbahnte, Zander die Kaiserin, erneut mit Helm, widerstandslos in seine Arme hob und Caden Safi eilig hinter ihnen herschubste.

Der erste Gasthof, in dem die Höllebarden fragten, war voll. Genauso wie der nächste und die folgenden drei. Anscheinend war in zwei Tagen ein wichtiger Feiertag, und Tausende drängten in die Stadt, um den jährlichen Kampf in der Arena zu sehen. Bailes Gemetzel wurde er genannt. Die Piratenrepublik von Saldonica war gerammelt voll und platzte fast aus allen Nähten.

Safi merkte sich das für später – so wie sie auch versuchte, sich zu merken, wie das Baedyed-Territorium aufgebaut war und wo sich Soldaten herumtrieben, offensichtlich auf der Suche nach den Höllebarden. Nach Vaness. Doch aufgrund seiner Größe sah Zander sie immer kommen. Dann hob er eine Hand, und die Höllebarden bogen in eine Seitengasse ab, Safi und Vaness im Schlepptau.

Das sechste Gasthaus war ein baufälliger Turm, der zu etwas halbwegs Bewohnbarem umgebaut worden war, jedes Stockwerk in einer anderer Kombination aus Stein und Holz und Fenstern. Dort fanden die Höllebarden einen Raum, in dem sie sich verkriechen konnten, auch wenn Safi nicht ansatzweise erahnen konnten, wie lange sie bleiben wollten.

Der Raum war klein und im vierten Stock. Die Decke kaum hoch genug für Zander, der ständig den Kopf zur Seite beugen musste. Nicht dass das eine Rolle gespielt hätte –

denn kaum hatten die Höllebarden Safi und Vaness ins Zimmer geführt, verschwand der Riese.

Zwei gegen zwei. Eine bessere Quote, aber immer noch keine gute. Besonders nachdem sich Safi fühlte, als wäre sie mit Sand gefüllt und Vaness sich sofort auf dem einzigen Bett ausstreckte und einschlief.

Safi hatte nicht in ihren Gliedmaßen oder ihrer Lunge die stärksten Schmerzen. Auch die aufgeplatzten Blasen an ihren Fersen, Zehen und Knöcheln ließen sich verkraften. Selbst den Schmerz in ihrem Knie und Fuß konnte sie ausblenden.

Aber die vom Seil aufgescheuerte Haut unter dem Verband – die Art, wie Safi jeden losen Faden in ihrem Fleisch fühlen konnte … Mit jedem Schritt war mehr Haut abgescheuert worden, und die Wunden hatten sich vergrößert, hatten sich immer höher und höher auf Arme und Beine verlagert.

Safi wartete schweigend, während Caden den Helm von ihrem Kopf zog und sie den Raum endlich vollständig sah: ein einzelnes Bett mit einer grauen Wolldecke und einem niedrigen Hocker daneben. Ein Tisch mit Waschschüssel an der gegenüberliegenden Wand, unter etwas, das aussah wie ein wassermagischer Hahn. Zwei Öllaternen an den Wänden und schließlich ein Fenster ohne Glas, aber die Läden weit genug geöffnet, dass eine leise Brise und die Geräusche der Feierlichkeiten in den Raum dringen konnten.

Nichts im Raum war nützlich. Zumindest nichts, was Safi in ihrer Erschöpfung entdecken konnte. Es gab nur einen interessanten Gegenstand im Zimmer, und das war das Schild über der Tür, auf dem geschrieben stand: **Bleib immer, immer über Nacht.**

Safi hatte keine Ahnung, was das bedeuten sollte.

Sie stand einfach nur da, bis ein sanftes Ziehen an ihren

Handgelenken ihre Aufmerksamkeit wieder auf Caden zog. Er schnitt das Seil durch. Gegen ihren Willen traten ihr Tränen in die Augen. Nicht vor Erleichterung oder Dankbarkeit, sondern vor Schmerz. Die Pein brannte in ihren Knochen. »Die Wunden müssen gesäubert werden«, sagte Caden, und obwohl seine Stimme nicht befehlend klang, setzte sich Lev sofort in Bewegung.

Sie verließ den Raum. *Eine gute Chance.*

»Setzt Euch«, befahl Caden. Safi stolperte zur freien Seite des Betts. Damit kam sie Vaness näher als jemals seit dem Beginn ihrer Gefangenschaft. Höllenflammen und Dämonenfeuer, die Kaiserin sah schrecklich aus. Mit den aufgerissenen Füßen, den dreckigen Armen und Beinen und diesem riesigen Holzkragen, der immer noch um ihren Hals lag.

Benommen sank Safi auf die Bettkante; die Kaiserin regte sich nicht. Auch Safi kostete es ihre gesamte Energie, die Augen offen zu halten, bis Lev schließlich mit Seife und frischen Leinenverbänden zurückkehrte.

Dann tauchte auch Zander wieder auf. Mit Essen – echtem Essen und echtem Brot und echtem Wasser, um alles herunterzuspülen. Der Duft weckte Vaness. Der Fisch war zäh und so überwürzt, dass Safis Zunge protestierte, doch das war ihr egal. Und der Kaiserin offensichtlich auch. Sie schlang das Essen hinunter und dann, bevor Safi auch nur versuchen konnte, mit der Kaiserin über … na ja, irgendwas … zu sprechen, lag Vaness schon wieder auf der Seite und schlief ein.

In der Zwischenzeit verschwanden Lev und Zander ein weiteres Mal, während Caden den Hocker zwischen Bett und Tür aufstellte. Dann legte er seine Rüstung ab, Stück für Stück, Lage um Lage. Panzerhandschuhe, Panzer, Kettenhemd, Sarrock und schließlich seine Stiefel. Jedes Teil landete ordentlich auf einem Stapel neben der Waschschüssel.

Der Höllebarden-Kommandant wurde kleiner und kleiner, bis er nur noch halb so groß wirkte und nichts mehr trug außer seiner Unterkleidung. Dann legte er sogar sein Unterhemd ab und fügte es dem riesigen Haufen Ausrüstung hinzu, bis etwas zurückblieb, das Safi kaum erkennen konnte.

Jetzt war Caden kein Höllebarde mehr. Der war grimmig und beängstigend und angriffslustig gewesen. Und er war auch nicht der charmante Schwindler, verschlagen, umgänglich, unterhaltsam.

Dieser Caden war schlank und muskulös und hatte viele Narben. Er war Pflichterfüllung, er war Dunkelheit, er war … *Kummer*. Ja, irgendetwas an Caden wirkte leer. Verloren.

Er erinnerte Safi an jemanden, den sie gut kannte: ihren Onkel.

Mit der Waschschüssel zwischen den Füßen befeuchtete Caden einen Lappen, dann säuberte er die Wunde an seiner Schulter, stieß zischend den Atem aus und rieb weiter. All seine Klingen blieben in den Scheiden, aber doch in Reichweite. Also bezweifelte Safi trotz seiner fahlen, nackten Brust und seines schmerzverzogenen Gesichts keinen Moment, dass er sie umbringen konnte.

Letztendlich hieß es also doch Löwen gegen Wölfe.

Was würde Iseult tun?, dachte Safi dumpf. Zum einen: sich nicht fangen lassen. Aber Iseult würde auch so viel erfahren wie nur möglich. Das Essen mochte Safis Müdigkeit noch verstärkt haben, aber sie musste doch irgendeinen nützlichen Gedanken in ihrem vernebelten Hirn finden.

Sie räusperte sich. Es tat weh, und die Worte schmeckten nach schwarzem Pfeffer. »Was ist mit Euch geschehen, Höllebarde?«

»Ich wurde verletzt.« Cadens Brust senkte sich zitternd, während er das Tuch auf den blutigen Schnitt auf seiner

Schulter drückte. Die Wunde wirkte tief an seinem eher schmalen Körper und den sehnigen Muskeln, die eng am Knochen anlagen.

Das erinnerte sie an eine andere Brust eines anderen Mannes. Das Erste, was sie von Merik gesehen hatte, als er durch die Luft auf das Dock in Veñaza geflogen war.

Safi runzelte die Stirn und vertrieb den Gedanken mit einem Kopfschütteln. Vertrieb die Erinnerung an Meriks Brust. Die würde ihr hier nicht helfen.

»Wie wurdet Ihr verletzt, Höllebarde?«

»Eine Klinge.«

»Oh?« Safis Stimme wurde scharf. Der Höllebarden-Kommandant war genauso gut darin, Fragen auszuweichen, wie sie darin, sie zu stellen. »Und wessen Klinge mag das gewesen sein?«

»Die meines Feinds.« Mehrere lange Minuten hörte man nur das Plätschern des Wassers, wann immer er sein blutiges Tuch eintunkte. Das tropfende Geräusch, wenn er es auswrang. Sein Keuchen, während er eine Wunde behandelte, die mehr als Wasser brauchte, um zu heilen.

Doch es stellte sich heraus, dass Caden auch mehr als Wasser zur Verfügung stand. Er zog einen Tontopf aus dem Stapel seiner dreckigen Ausrüstung, doch statt das Mittel auf seine eigene Wunde aufzutragen, weichte er einen frischen Streifen Stoff ein und kam zu Safi.

Sie weigerte sich, ängstlich zusammenzuzucken. Selbst als er nah genug war, um sie zu packen. Sie hob nur ihr Kinn und hielt die Wirbelsäule steif.

Er wirkte unbeeindruckt.

»Ich weiß, dass Ihr denkt, ich würde das genießen, aber so ist es nicht.« Er ließ sich auf die Knie sinken. »Und ich weiß, dass Ihr glaubt, eine Art Sieg zu erringen, wenn Ihr Eure Schmerzen stur ignoriert. Aber so ist es nicht. Vertraut mir. Letztendlich werdet Ihr Euch nur noch mehr verletzen. Und jetzt zeigt mir Eure Füße.«

Safi bewegte sich nicht. Sie konnte den Blick nicht von dem nässenden Schnitt unter seinem Schlüsselbein abwenden. Röte umgab die Wunde, ein Zeichen, dass der Wundbrand bald einsetzen würde. Doch nicht das überraschte sie – sondern die Narben unter der Wunde. Und auch darüber. Und auf seiner gesamten Brust und den Armen. Sie bedeckten jeden Zentimeter von Cadens Körper, identisch zu den Narben auf Levs Gesicht.

»Eure Füße«, wiederholte Caden.

Safi saß weiter wie erstarrt, ihr Blick gefesselt von der schlimmsten Narbe an seiner Kehle. Ein kleines Stück über der goldenen Kette, die genauso aussah wie die, die Onkel Eron trug, war dieses Wundmal so breit wie Safis Daumen und zog sich kreisförmig um Cadens Hals.

»In Ordnung«, sagte Caden schließlich. »Wenn Ihr nicht wollt, dass ich Eure Wunden versorge, dann werde ich es nicht tun. Auch die Kaiserin braucht Hilfe.«

»Doch.« Das Wort drang einfach heraus. Safi schluckte schwer und löste mit Mühe den Blick von den Narben des Höllebarden. »Ich möchte, dass Ihr sie säubert.«

»Klug.« Er beugte den Kopf, eine fast elegante Bewegung. Fast. »Wisst Ihr, ich war, wo Ihr jetzt seid, Ketzerin. Das gilt für alle Höllebarden.«

»Dann lasst mich laufen.«

»Damit Ihr fliehen könnt? Das würde Henrick nicht gefallen.« Caden griff langsam nach ihren Knöcheln, als wollte er ihr keine Angst einjagen.

Safi fiel fast in Ohnmacht vor Schmerz. Ein Aufwallen von Hitze und Licht. Die Welt drehte sich. Sie sackte zusammen.

Aber sie war nicht dumm. Sie ließ sich von dem Höllebarden die Knöchel reinigen, weil Caden recht damit hatte, dass ihre Sturheit keinem Zweck diente. Letztendlich hatte sie sich damit nur Schmerzen zugefügt, aber Ziegentitten, es verletzte ihren Stolz, das einzugestehen. Selbst wenn sie es nur sich selbst gegenüber tat.

»Wieso seid Ihr vom Waffenstillstandskongress geflohen?«, fragte Caden, während er sanft die Wunden versorgte.

»Warum«, zischte Safi durch zusammengebissene Zähne, »nicht? Würdet Ihr eine alte Kröte heiraten wollen, die Euch um Eurer Magie willen benutzen wird?«

Ein leises Glucksen von Caden, auch wenn Safi nicht erkennen konnte, ob er auch lächelte. »Wenn Ihr ihn heiratet, könntet Ihr Cartorra helfen. Ihr könntet Hasstrel helfen.«

»Sie brauchen mich nicht.« Sie schaffte es kaum, die Worte hervorzupressen. Caden hatte sich ihren Fußsohlen zugewandt, und irgendwie war das noch schlimmer. »Und was interessiert Euch Hasstrel?«

»Ich bin in der Nähe aufgewachsen.«

»Dann solltet Ihr wissen, wie schrecklich die Orhin-Berge sind – und wie kleingeistig die Menschen dort. Sie lieben es, unter dem Joch von Kaiser Henrick zu leben.«

»Und Ihr solltet wissen, wie unreif das klingt.« Eine gewisse Härte hatte sich in Cadens Stimme geschlichen. Zum ersten Mal zeigte er etwas, das fast an Gefühle erinnerte. *Gut zu wissen*. Doch es hatte keinen Einfluss auf die methodischen Bewegungen, mit denen er ihre Füße säuberte. »Cartorra hat seine Fehler, Ketzerin, aber es schenkt auch Sicherheit. Und Nahrung sowie Wohlstand, Straßen, Bildung. Ich könnte weitermachen, denn es ist eine lange Liste. Gebt mir Eure Handgelenke.«

Safi tat es, und schon bei der ersten Berührung musste sie die Augen schließen. Schmerzen wallten auf. Schmerzen verblassten. »Aber«, zwang sie sich zu sagen, weil dieses Gespräch ihr einziger Halt zu sein schien, »Freiheit wird sich auf dieser Liste nicht finden, oder?«

»Es gibt Abstufungen von Freiheit. Vollkommene Freiheit ist nicht immer gut, noch ist der Mangel daran immer schlecht.«

»Das könnt Ihr leicht sagen, solange Ihr nicht derjenige seid, der gegen seinen Willen festgehalten wird.«

Wieder erklang das Lachen, dann hob Caden die Augen – blutunterlaufen, nachdenklich – zu ihren. »Ihr habt wirklich keine Ahnung, oder?«

»Wovon?«

Doch er sprach bereits weiter. »Es gibt Abstufungen von allem, Ketzerin, die sicherlich nicht in Eure Wahr-oder-falsch-Sicht der Welt passen.«

»So funktioniert meine Magie nicht.« Nicht ganz jedenfalls.

»Dann erklärt es mir.«

Safi presste nachdenklich die Lippen aufeinander. Sie hatte ihre Magie so lange Zeit vor der Welt verborgen. Vor genau dem Mann, der jetzt vor ihr kniete … doch wahrscheinlich hatte es keinen Sinn mehr, ihre Macht zu verbergen. Nicht wenn der Kaiser und die Höllebarden bereits gewonnen hatten.

»Jeder lügt«, sagte sie schließlich.

»Ich nicht.« Er löste den Deckel von dem Tontopf mit Heilsalbe und übertrug ein wenig davon auf einen sauberen Verband.

Sobald die Salbe in Kontakt mit ihren Handgelenken kam, zog sich der Schmerz zurück. Kälte breitete sich aus.

»Natürlich lügt Ihr«, hielt sie dagegen, während sie die Augen schloss, um die kühle Erleichterung zu genießen. »Wie ich schon sagte, Höllebarde: *Jeder* lügt. Wir lügen, wenn wir mit unseren Freunden scherzen. Wir lügen, wenn wir Vorbeigehende beiläufig grüßen. Die bedeutungslosesten Dinge, die wir jeden Moment und jeden Tag tun, sind oft Lügen. Hunderte und Tausende winzige, belanglose Lügen.«

Cadens sorgfältige Bewegungen verhielten für einen Moment. »Und Ihr spürt sie alle?«

Safi nickte und hob die Lider gerade weit genug, um seinen unerschütterlichen Blick aufzufangen. »Es ist, als lebe man neben dem Meer. Man hört das Rauschen der Wellen irgendwann gar nicht mehr, weil man so sehr daran gewöhnt ist. Man hört nicht mehr jedes Brechen, jedes Abfließen. Bis eines Tages ein Sturm heraufzieht. Die großen Lügen – die fühle ich. Aber die kleinen? Die gehen in der Flut unter.«

Er reagierte nicht. Seine Miene blieb unergründlich, als dächte er über jeden ihrer Sätze nach. Über jedes Wort. Jeden Moment der Stille. Doch bevor er antworten konnte, erklang ein Klopfen an der Tür.

»Ich bin's, Sir!«, rief Lev.

Caden stand auf. Sofort kehrten Pflichterfüllung und Konzentration in seine Haltung zurück. Er gab Safi die Dose und den mit Salbe bedeckten Verband, bevor er an die Tür trat.

Lev betrat den Raum. »Zander und ich haben das Badehaus hinter dem Gasthaus begutachtet, Sir. Es ist sicher genug, dass ich die Ladys zum Waschen bringen kann.« Sie deutete mit dem Daumen aufs Fenster. »Dann könnt Ihr und Zander die Schutzzauber setzen und während unserer Abwesenheit nach dem Schiff suchen.«

»Gut genug.« Caden griff nach seinem Unterhemd und zog es sich über den Kopf. »Ich werde dir helfen, die Frauen nach unten zu bringen … was?«

Lev hatte die Augenbrauen hochgezogen. »Ich dachte

nur … vielleicht könntet Ihr und Zander es auch schaffen, Euch heute mal zu baden?«

»Ich habe mich gerade erst gesäubert.«

»Nicht gut genug. Und wir sind diejenigen, die durch Euren Gestank leiden müssen.«

Safi konnte einfach nicht widerstehen. »Sie möchte damit sagen, dass Ihr stinkt wie der Hintern eines toten Hundes.«

»Zur Kenntnis genommen«, erklärte Caden im selben Moment, in dem Lev rief: »Nein, hört Euch diesen Bergakzent an. Ihr klingt schlimmer als er!«

Röte breitete sich auf Safis Wange aus. Unratverstopfte Regenrinne. Es war lange her, dass sie das letzte Mal Cartorrisch gesprochen hatte. Der Orhin-Akzent musste sich in ihre Worte geschlichen haben. Caden lächelte, während er sich seinen Schwertgürtel um die Hüfte schlang. Ein echtes Lächeln, wie der charmante Schwindler, den sie bei einem Kartenspiel getroffen hatte. Spöttisch, vertraulich …

Was Safi daran erinnerte, dass er der Feind war. Dass er der Grund dafür war, dass ihr Leben zu Asche verbrannt war. Das durfte sie nie vergessen. Diese Leute waren ihre Gegner, und nur die Flucht zählte.

18

Iseult wachte auf und musste feststellen, dass ihre linke Hand vollkommen taub war. Seit ihrer Begegnung mit Esme hatte sie nur in jämmerlichen kurzen Etappen geschlafen, doch das letzte Nickerchen war in mehrere Stunden Schlaf in unbequemer seitlicher Position übergegangen, mit dem Arm unter der Hüfte eingeklemmt.

Sie verlagerte das Gewicht, hob ihre linke Hand mit der rechten an … und drehte dann den Körper. Leicht rosafarbenes Dämmerlich drang auf den Platz unter dem moosbewachsenen Überhang, den sie und der Blutmagis sich geteilt hatten. Die Luft war vom gestrigen Regen feucht, aber warm, und Aeduans sanfter, gleichmäßiger Atem erklang nur wenige Schritte entfernt.

Hitze stieg in ihr auf. Wie konnte der Blutmagis schlafen? Er hätte Iseult wecken müssen, damit sie Wache halten konnte.

Du bist zwei Wochen lang gereist, ohne jemanden zu haben, der Wache steht, mahnte ihr Gewissen.

Sicher, erklärte sie sich selbst, während sie ihren Arm massierte, *aber das muss ich jetzt nicht mehr tun.* Jetzt konnte sie jede Ressource nutzen, die ihr zur Verfügung stand, und der Blutmagis war genau das: eine Ressource. Ein Werkzeug.

Ein Geschenk.

Als Iseult an Esmes Worte dachte, lief ihr ein Schauder über den Rücken. Die Puppenspielerin hatte diese Männer getötet, um Iseult zu »helfen«. Nicht zum ersten Mal wünschte sie sich, es gäbe jemanden, der ihr dabei half, Esme zu bekämpfen.

Göttin, inzwischen hätte sie nach jedem Strohhalm gegriffen – irgendwen musste es doch dort draußen in der Welt geben, der über den Traumzustand und von Puppenspielerinnen kontrollierte Geborstene Bescheid wusste.

Webermagi wie wir, hatte Esme gesagt – und Iseult rieb ihren tauben Arm heftiger. Sie war nicht wie Esme. Sie war *nicht* wie Esme.

Ruhe, befahl sie sich selbst. *Ruhe in deinen Fingerspitzen und deinen Zehen.*

Sobald sich ihr Arm wieder normal anfühlte, trat Iseult in die Morgendämmerung, erleichtert, dass sie eine Aufgabe hatte, um sich zu beschäftigen. Nachdem sie kontrolliert hatte, dass sie ihr Entermesser trug und ihr Salamandermantel – oder eigentlich Aeduans Salamandermantel – fest geschlossen war, glitt sie zwischen die umstehenden Kiefernbäume. Im Gehen umklammerte sie ihren Strangstein.

Ich komme, Safi. Mehrere Atemzüge lang, während sie den Rubin festhielt, schmolz der Frost, der von Iseult Besitz ergriffen hatte, und löste sich unter einer warmen Welle auf. Etwas wuchs in ihrer Brust heran und drückte gegen ihre Lunge … Hoffnung, wurde ihr schließlich klar. Das Vertrauen, dass sie und Safi sich wiederfinden würden.

Bei Iseults nächstem Schritt schlug ein silberner Taler gegen ihre Fingerknöchel, befestigt am selben Lederband wie der Strangstein. Aeduan hatte ein Loch in das dreckige Silber gebohrt – so mühelos, als bestünde die Münze aus Papier –, und jetzt lag der doppelköpfige Adler warm an Iseults

Fingerspitzen. Sie zog die Hand zurück und ging schneller. Ihre Schritte quietschten auf dem feuchten Boden.

Als sie mit dem Hasen aus ihrer Falle zu dem moosbewachsenen Überhang zurückkehrte, war der Blutmagis wach und saß im Schneidersitz auf dem Felsen. Seine Augen waren geschlossen, die Hände ruhten auf seinen Knien. Er meditierte.

Iseult wusste aus ihrem Buch über die Carawen-Mönche von dieser Gepflogenheit. Das Schweigen und die unbewegliche Haltung erlaubten einem Mönch, seinen Geist vom Körper zu trennen.

Iseult hatte das auch einmal versucht, jedoch ohne Erfolg. Sie kämpfte bereits so sehr darum, sich selbst von ihren Gefühlen zu distanzieren – wenn sie ihre Gedanken auch noch freigab, was bliebe übrig?

Als Aeduan keine Reaktion zeigte, die darauf hinwies, dass er Iseults Rückkehr bemerkt hatte, glitt sie leise unter den Felsvorsprung. Sie ließ den Salamandermantel zu Boden fallen und rollte die Ärmel auf, bereit, den Hasen zu häuten.

»Keine Zeit.«

Iseult zuckte zusammen. Sie hatte nicht gehört, dass sich der Blutmagis genähert hatte – doch anders als er, wenn er überrascht wurde, erstarrte Iseult. Die Quetschung an ihrer Kehle, direkt über ihren Schlüsselbeinen, war Warnung genug, ihn nie wieder zu überraschen.

Als Aeduan in Lejna gesagt hatte, dass er sie umbringen würde, hatte sie ihm nicht geglaubt. Als er letzte Nacht erklärt hatte, dass er sie töten würde, hatte sie es ihm abgenommen.

»Es ist einfacher, den Hasen zu häuten, wenn er noch frisch …«

»Er kann ein paar Stunden warten.« Er sprach Dalmotti mit schlafrauer Stimme.

»Das Fleisch wird schlecht werden.«

»Dann wirst du einen anderen fangen«, hielt er dagegen. »Wir müssen so weit kommen wie möglich, bevor die Hitze des Tages zu heftig wird.«

»Warum?«, fragte Iseult, doch der Blutmagis ignorierte sie. In weniger als einer Minute hatte er den Lagerplatz gesäubert. Alles war eingesammelt, gefaltet und ordentlich in Iseults Ranzen verstaut. Dann schwang er sich den Tornister auf den Rücken, bereit zum Aufbruch.

Iseult sah einfach nur zu. Er bewegte sich so schnell. So effizient. Seine Magie schenkte ihm offensichtlich eine Geschwindigkeit und Grazie, zu der niemand sonst fähig war.

Sie wanderten stundenlang. Aeduan war immer da, wenige Schritte hinter ihr. Er weigerte sich, vor ihr zu gehen, weil er klar erkenntlich damit rechnete, dass Iseult ihm in den Rücken fiel. Vielleicht war es aber auch ein Test, um zu sehen, wie sehr sie ihm vertraute.

So oder so akzeptierte Iseult die Situation. Jedenfalls für den Moment.

Der Blutmagis nutzte kurze, harte Worte, um sie zu dirigieren. Im einen Moment stampften sie über eine schlammige Überflutungsebene, im nächsten Augenblick befahl er ihr, nach rechts abzubiegen und eine Böschung zu erklimmen.

»Genau östlich«, sagte er plötzlich. Oder: »Südlicher.« Iseult wusste nie, ob der Blutmagis seinen Kurs anpasste, weil Safi die Richtung geändert hatte, oder ob Safis Geruch verschwand … und kam … und wieder verschwand, sodass Aeduan ihm folgten musste, so gut er eben konnte. Auf jeden Fall hielt er alle paar Minuten an, um die Augen zu schließen und prüfend die Luft zu wittern.

Und wenn sich seine Lider hoben, brannten seine Augen für einen Moment rot. Vielleicht auch länger.

Nach einem halben Tag rauer Borke und dunkler Nadeln wurden die Nadelbäume kleiner und machten Platz für Laubholz-Schösslinge. Eichen erhoben sich, mit silbernen Stämmen und umwuchert von Farnen und weißem Affodil. Der Fluss Amonra, breit und dunkel, rauschte in der Nähe.

Iseult wusste aus der Karte in ihrem Rucksack, genauso wie aus ihrem Unterricht bei Mathew und Habim, dass der Wald bald schon ganz verschwinden würde. Das Land würde zu einer Schlucht mit dichtem Gestrüpp und riesigen Findlingen abfallen. Auch der Fluss würde in die Tiefe stürzen, über die riesigen Amonra-Fälle.

Hier hatten sich die Marstoker vor zwanzig Jahren den Nubrevnanern gestellt. Hier hatte Feuer Familien aus ihren Heimen vertrieben und Nubrevna den Kampf letztendlich verloren. Eine weitere Nation auf der Liste.

Vor Nubrevna hatte hier Dalmotti geherrscht, vor Dalmotti Marstok. Jahrhundertelang hatte diese Halbinsel immer wieder den Besitzer gewechselt, und jahrhundertelang hatte niemand je wirklich gewonnen – oder verloren.

Der Blutmagis neben Iseult atmete hörbar ein, Rot in seinen Augen. »Wir haben zwei Möglichkeiten«, sagte er schließlich. »Entweder wir steigen neben den Amonra-Fällen ab, was den sichereren Weg in die Schlucht darstellt. Oder wir reisen nordöstlich durch die Wälder – und bevor du ›Wasserfälle‹ sagst, solltest du wissen, dass dieser Weg länger dauert.«

»Wie weit ist Safi entfernt?«, fragte Iseult, bevor sie mit zusammengekniffenen Augen in Richtung Schlucht starrte. Am Himmel kreisten Vögel.

»Weit.«

»Könntest du etwas genauer sein?«

»Nein.«

Iseult blähte die Nasenlöcher. Ruhe. »Woher weiß ich

dann, dass du mich überhaupt in die richtige Richtung führst?«

»Woher weiß ich, dass du tatsächlich den Rest meiner Münzen besitzt?«

Das war ein Argument – und sie hatten bereits festgestellt, dass es unausweichlich zum Verrat kommen würde. »Wie gefährlich ist ›gefährlich‹?«

»Sehr.«

Iseult konnte einfach nicht mehr anders. Sie seufzte.

Aeduans Miene änderte sich nicht, auch wenn er sagte: »Es gibt eine Siedlung in der Nähe. Ich kann dir ein Pferd besorgen. Das würde uns erlauben, länger zu reisen, bevor du müde wirst.«

»Wie nah?« Iseult konnte reiten.

»Eine Stunde mit meiner Höchstgeschwindigkeit. Ich würde am späten Nachmittag zurückkehren.«

»Und ich … warte einfach?« Nach Aeduans Nicken musste Iseult zweimal tief durchatmen, bevor sie weitersprechen konnte: »Und das Pferd ist es wert, diese Stunden zu verlieren?«

»Deine Freundin befindet sich in dieser Richtung.« Er deutete südöstlich über die Umkämpften Lande hinweg. »Sie befindet sich viele, viele Ligen entfernt – und viele, viele Tagesreisen. Ein Pferd wird helfen.«

Seine Argumente ergaben Sinn, so ungern Iseult das auch eingestand. *Nutz jede vorhandene Ressource.* Trotzdem, der Gedanke, mehrere Stunden warten zu müssen …

Der Blutmagis deutete Iseults Schweigen als Zustimmung. Er hob den Arm. »Gib mir meinen Mantel zurück. Mönche bekommen bei Geschäften bessere Konditionen.«

Iseult konnte sich kaum weigern. Schließlich gehörte der Mantel ihm. Und doch spürte sie einen Widerstand in sich, also ließ sie sich unendlich viel Zeit damit, den Stoff von ihren Schultern zu lösen. Luft drang an ihren Körper, kühl und entlarvend.

Sie schluckte, während sie den Blutmagis dabei beobachtete, wie er die weiße Seite nach außen drehte und sich den Mantel in einer geübten Bewegung über die Schultern schwang.

»Ich werde bald zurück sein«, sagte er barsch, wobei er sich bereits abwandte, die Luft witterte und sich anspannte. »Halte dich bis dahin außer Sicht. In den Umkämpften Landen lauern schlimmere Gefahren als Blutmagi.«

Ein Pferd würde nicht viel Zeit sparen. Nicht im Dickicht der Umkämpften Lande. Auch wenn Aeduan durchaus vorhatte, ein Reittier für die Strangmagis zu finden, wenn es denn möglich war, lag darin nicht der Hauptgrund für seinen Ausflug.

Aeduan hatte einen Hauch von klarem Seewasser und gefrorenen Winterlandschaften aufgefangen. Von der Blutwitterung, die ihn seit Leopolds Verrat heimsuchte. Die Witterung desjenigen, der sich mit Leopold verbündet hatte, um Aeduan aufzuhalten. Der Geruch, der dort verweilt hatte, wo Aeduan seine Münzen versteckt hatte und von dem er nur annehmen konnte, dass er dem Dieb seiner Taler gehörte.

Wie diese Münzen im Besitz der Strangmagis geendet waren – das war eine weitere Antwort, die er aus der Kehle der betreffenden Person pressen würde. Und er würde mit diesem mysteriösen Fremden nicht so freundlich umspringen wie mit Leopold an der Ursprungsquelle in Nubrevna.

Und am besten war … wenn Aeduan herausfinden konnte, wer dieser Geist war und wo er die Münzen versteckt hatte, würde er die Strangmagis nicht mehr brauchen. Er könnte sie im Wald verrotten lassen und Corlant in seinem Lager.

Dieser Gedanke trieb Aeduan noch schneller voran. Die Bäume wuchsen spärlich, die Farne niedrig. Mühelos zu überwinden. Die Welt verschwamm um ihn herum. Grün und Granit und Rinde, getaucht in endlosen Nebel.

Bald schon würde er Antworten bekommen.

Nachdem er mühevoll die Wahrmagis verfolgt hatte, die sich Hunderte von Ligen außerhalb von Aeduans magischer Reichweite befand, kostete ihn diese neue Jagd keinerlei Kraft. Er nutzte die zusätzliche Energie, um seinen Lauf *anzutreiben*.

Bis, wie es offenbar immer der Fall war, Aeduan die Witterung verlor. Zwischen einem großen Schritt und dem nächsten verschwand der Geruch einfach. Keine gefrorenen Winterlandschaften. Kein klares Seewasser.

Aeduan hielt an und zischte leise: »Nicht schon wieder, nicht schon wieder.« Das passierte *jedes Mal. Jedes Mal* kam Aeduan diesem Phantom so nahe, nur um die Witterung dann vollkommen zu verlieren.

Aeduan stand dort, ein Fuß auf einem Bett aus Kiefernnadeln, den anderen auf einer knorrigen Zedernwurzel, und schloss die Augen. Er richtete seine Gedanken und seine Magie nach innen. Tat einen Atemzug nach dem anderen. Der Wald erwachte um ihn herum, nahm sein übliches Leben wieder auf. Zuerst wachsam mit dem zögernden Ruf von Lerchen. Den vorsichtigen Bewegungen eines Marders.

Wenn er seine Gedanken beruhigen und seinen Körper unbeweglich halten konnte, würde sich seine Magie zu größter Kraft entfalten.

Zumindest lautete so der Plan, bis links von ihm ein kehliges Krächzen erklang.

Aeduans Lider schossen nach oben. Er fing den Blick einer Saatkrähe ein, deren schwarze Augen und grauer Schnabel vollkommen unbeweglich waren. Ihre zerzausten

Federn bewegten sich im Wind. Sie floh nicht und bewegte sich nicht, sondern betrachtete unverwandt Aeduan.

Aeduans Nackenhaare stellten sich auf. Er hatte noch nie eine einzelne Saatkrähe gesehen. Gewöhnlich flogen sie in Schwärmen außerhalb des Waldes.

Aeduan witterte die Luft. Von Fischen bis zu Federvieh ging von allen Tieren derselbe wilde Geruch aus: Freiheit. Über diesem Geruch lag … *Waldnebel.*

Er hustete, ein harsches Ausstoßen von Luft, das über die Lichtung hallte. Die Saatkrähe blinzelte. Aeduan hustete erneut, und diesmal verstand die Krähe den Hinweis. Sie hob ab, trug ihre Freiheit und ihren Waldnebel von Aeduan fort, so schnell ihre Flügel sie trugen.

Nur dass Aeduan jetzt ein neuer Geruch in die Nase stieg. Seine Magie erwachte zum Leben. *Blut. Magie. Hunderte von Menschen.* So viele Gerüche, die sich verbanden. Alle Altersklassen. Alle Typen. Und all das direkt vor ihm.

Zweifellos Piraten. Aber von welcher Fraktion? Und wieso so tief im Binnenland? Sowohl die Rotsegel mit ihren riesigen Flotten als auch die Baedyeds mit ihren hinterhältigen Seefeuerattacken starteten ihre Angriffe immer in der Nähe der Küste.

Doch beide metzelten, beide versklavten. Wie Krieg und Stürmen konnte man der Vorherrschaft, die manche Menschen über andere ausübten, nicht entkommen. Es gab allerdings die Möglichkeit, ihr auszuweichen, deswegen schlich Aeduan weiter. Das entsprang einfach seinem Selbsterhaltungstrieb. Er musste wissen, wem er und die Strangmagis in den Umkämpften Landen begegnen würden. Er musste erfahren, welchen Weg diese Piraten auf ihrem Weg aus dem Tal einschlagen würden.

Besonders wenn Rotsegel mit von der Partie waren.

Also drehte Aeduan den Carawen-Mantel von innen nach

außen, wie die Strangmagis es getan hatte, und eilte an Kiefern und Laubbäumen vorbei, bis er schließlich auf eine riesige Goshorn-Eiche kletterte. Dort kauerte er sich auf einen dicken Ast, um zu beobachten, wer den aufgewühlten Trampelpfad darunter beschritt.

Es waren keine Rotsegel, die in Sicht kamen. Der vorderste Reiter trug nichtssagende Kleidung, doch seine kastanienbraune Stute trug klar erkenntlich einen Baedyed-Sattel mit einer quastenbehängten Decke, die noch aus ihrer ursprünglichen Heimat im Sandmeer stammte.

Nach dem ersten Späher trudelten zwei weitere Baedyeds zu Pferd vorbei. Dann kamen Fußsoldaten – dabei hatte Aeduan nicht einmal gewusst, dass die Baedyeds solche Truppen besaßen. Doch hier marschierten sie, Mann auf Mann auf Frau in einer langen Reihe hintereinander. Mit kleinen Schritten, aber ausdauernd. Mit Säbeln, die an ihren Hüften rasselten.

Und mit mehr als nur ein paar Magis in ihren Reihen; Aeduan witterte Stürme und Steine, Feuer und Fluten.

Aeduan witterte genauer, nur für alle Fälle. Aber nein, das klare Seewasser und die gefrorenen Winterlandschaften waren wieder verloren. Inzwischen hätte er ahnen können, dass die Jagd auf diesen Geist nirgendwohin führte. Es war vergebliche Mühe, jedes Mal. Eine Ablenkung.

Während Aeduan mit dem Gedanken spielte, eines dieser wunderschönen Baedyed-Pferde von seinem Reiter zu befreien, fiel sein Blick auf zwanzig berittene Männer am Ende der Reihe. Unorganisiert, lässig. Sie trugen Peitschen, und ihre Pferde hatten Wunden an Flanken und Beinen.

Rotsegel.

Sofort stellten sich Aeduan die Nackenhaare auf. Auch wenn niemand wollte, dass sein Dorf oder sein Stamm von Piraten angegriffen wurde, folgten die Baedyeds zumindest einem Moralkodex. Die Rotsegel, wie Aeduan aus eigener Erfahrung wusste, besaßen nichts Derartiges.

Aeduan runzelte die Stirn, und er schob sich auf dem Ast nach vorne, um besser sehen zu können – wieso reisten diese zwei Fraktionen zusammen. Sie waren Feinde, kämpften ständig um Territorien, um mehr Sklaven, mehr Reichtum. Doch hier war ein ganzes Kontingent, das gemeinsam marschierte.

Die Antwort wurde bereits nach ein paar Augenblicken geliefert, denn gerade als die Rotsegel unter Aeduans Versteck trudelten, kehrte ein Baedyed zurück.

»Wo ist der Rest deiner Männer?« Der Baedyed wandte sich an den widerlichsten der Piraten.

Bei all der Widerwärtigkeit unter Aeduan war es dieser Mann, der sich am meisten an Entsetzen ergötzte. Das stieg aus seiner Blutwitterung auf. *Aufgeplatzte Knöchel und abgebrochene Fingernägel.*

Das Blut dieses Mannes zeichnete ihn als Monster, sein roter Sattel machte ihn zum Anführer.

»Wir haben einen Hinweis auf Beute«, antwortete der Mann, gelangweilt und herablassend.

Welches Bündnis auch immer hier existierte, es war nicht besonders fest.

»Die Höllenfeuer mögen dich verbrennen«, fauchte der Baedyed. Seine Stute scharrte nervös mit dem Huf. »Wir müssen das Puristenlager bis morgen erreichen. Erwartest du, dass wir warten?«

»Wenn sich meine Männer uns nicht bald wieder anschließen, dann ja.«

Der Baedyed fluchte wieder, diesmal in einer Sprache, die Aeduan nicht erkannte. Doch er wendete sein Pferd, bevor er fauchte: »Der König wird davon erfahren. Das verspreche ich.«

»Und ich verspreche dir, dass es ihn nicht interessieren wird.«

Direkt nachdem der Baedyed wieder an die Spitze der Kolonne galoppiert war, erschien ein weiterer Rotsegel-Pirat zu Pferd. *Verbranntes Haar und rauchendes Fleisch. Scheiterhaufen und Schreie um Gnade.*

Ein Feuermagis. Aeduans Haut kribbelte. Feuer ... beunruhigte ihn.

Der Anführer hatte den Feuermagis ebenfalls entdeckt. »Du kommst spät!«, rief er. »Geh und hilf den anderen. Sie haben die Wasserfälle fast erreicht. Ich will, dass diese Strangmagis heute gefangen wird.«

Strangmagis. Wasserfälle. Die Wörter kristallisierten in Aeduans Hirn, und schon einen Augenblick später schob sich leise auf seinem Ast nach hinten.

Bis etwas sich im Blätterwerk bewegte – ein dunkler Vogel mit breiten Flügeln. Die Saatkrähe hob ab und krächzte in den Tag.

Der Feuermagis sah auf. Sein Blick fiel durch eine Lücke im Blätterdach auf Aeduan. Er lächelte. Er klatschte. Die Goshorn-Eiche fing Feuer.

Von einem Moment auf den anderen stand der Baum in Flammen. Innerhalb von Sekunden knisterte und knackte und zischte es überall. Hätte Aeduan nicht seinen Salamandermantel getragen, hätte auch er Feuer gefangen.

Doch er hatte seinen Mantel, und so schaffte er es, zu Boden zu springen. Dort hob er die Feuerklappe mit zitternden Fingern vor seinen Mund.

Lauf, mein Junge, lauf.

Er warf einen kurzen Blick zurück. Ein Fehler, denn der Feuermagis näherte sich mit erhobenen Händen – und die Flammen schlugen höher. Überall um Aeduan herum züngelten sie. Eine Feuersbrunst, um ihn zu vernichten.

Dagegen konnte er nicht kämpfen. Er konnte kaum denken, kaum etwas sehen – und noch weniger konnte er den Feuermagis töten, bevor die Flammen siegten. Seine Beine zitterten bereits. Schon jetzt erinnerte ihn das alles zu sehr an diesen Morgen vor all diesen Jahren.

Wortlos und ohne einen weiteren Blick zu dem Feuermagis wirbelte Aeduan herum und floh.

19

Merik erwachte mit dem zehnten Schlag der Glocke vom Geräusch von Cam, die in ihren neuen Stiefeln durch die Wohnung stampfte. Merik hatte das Paar für sie vor das Bett gestellt, bevor er auf die andere Seite gekrochen war, um selbst in tiefem Schlaf zu versinken.

Das Mädchen bewegte sich wie ein neugeborenes Fohlen, steif und abgehackt. Ihre Schritte – die sie zählte – waren seltsam lang.

»Hast du noch nie zuvor Schuhe getragen?«, fragte Merik, seine Stimme so rau wie eine Klinge auf dem Schleifstein. »Oder sind sie zu klein?«

»Achtundvierzig, neunundvierzig.« Cam zuckte mit den Achseln. »Richtige Größe, glaube ich. Und ich habe schon Schuhe getragen, Sir. Als ich jünger war. Es gab nur selten gute Gründe, sie anzulassen.«

»Und wie lautet der Grund heute?«

»Seid Ihr auf Dank aus?« Cam verzog das Gesicht, sodass sich kleine Falten auf ihrer Nase bildeten – und Merik ertappte sich bei einem Lachen.

Seine Kehle schmerzte davon. Und seine Brust. Und sein Gesicht. Aber zumindest ließ das Lachen Cams strahlendes Lächeln aufblitzen.

»Danke für die Stiefel, Sir.« Sie vollführte eine ausladende Verbeugung. »Jetzt bin ich bereit für die Kackstraße.«

»Ich nicht.« Merik richtete sich auf. Seine Muskeln und die frische Haut protestierten. Die Salbe hatte geholfen, aber trotzdem war sein Schlaf ruhelos gewesen. Erfüllt von Träumen von dem Sturm in Lejna, einstürzende Gebäude und Kullen, der bettelte: »Töte ... mich.«

Merik war dankbar, dass Cam über dem Frühstück in ihre übliche Geschichtenerzähler-Rolle schlüpfte. Er war auch dankbar, dass sie die neuen Prellungen an seinen Knöcheln nicht zu bemerken schien – und auch nicht, dass er sich aus der Wohnung geschlichen hatte, während sie schlief.

»Der beste Zugang zu den Zisternen«, erklärte Cam, den Mund voller nicht allzu saftiger Pflaumen, »liegt am nördlichen Kai.« Und dann brabbelte sie weiter, wie sie es so gern tat, über die besten Routen durch die Unterwelt. Die sichersten Tunnel. Die Banden, die dort um Reviere stritten.

Merik hörte ihr zu und bemerkte – nicht zum ersten Mal –, dass sie nur selten etwas über sich selbst erzählte. Er hatte endlose Erzählungen über Dinge gehört, die sie gesehen hatte oder von jemand anderem gehört hatte, doch nie sprach sie über ihr eigenes Leben.

Je länger er in ihr Gesicht mit den strahlenden Augen starrte, desto deutlicher erklang in seinem Kopf das alte Kinderlied.

Bruder Filip, der Narr, führte den Bruder Daret, den Blinden
tief in die Höhlenschlucht.
Wo die Königin der Krabben Hof hielt und lebte
Doch das schlug ihn nicht in die Flucht.

Merik konnte sich nicht an den restlichen Text erinnern, also erklang dieser eine Vers wieder und wieder in seinem Kopf, im Takt seines Kauens.

Als er und Cam, beide wie immer mit Kapuzen über dem Kopf, durch die Straßen der Altstadt aufbrachen, schlugen die Glocken die elfte Stunde. Sie tauchten in den spätmorgendlichen Verkehr ein und gingen nach Osten, Cam an der Spitze.

Träger Nebel hing in den Straßen. Der Regen der letzten Nacht, der als Dunst aufstieg, weil die Sonne heißer und heller brannte. Bevor Merik und Cam auch nur die letzten Häuser der Altstadt hinter sich gelassen hatten, juckte schon Schweiß auf Meriks Haut.

Hinter der blutverschmierten Schwelle eines Metzgers bog Cam rechts ab, dann überquerte sie zwei weitere geschäftige Straßen. Wie jedes Mal ließ sie sich von ihrem Bauch führen und zerrte Merik aus dem Weg, wann immer Soldaten zu nahe heranrückten.

Bald schon erreichten sie den emsigsten Kai von Lovats. Hier war zwischen den Schiffen kaum ein Zentimeter Wasser sichtbar. Hätte Merik gewollt, hätte er den Hafen auf Decks überqueren können, indem er von Prahm auf Fregatte auf Schoner trat, um schließlich eine Viertelmeile entfernt eine von Läden gesäumte Straße zu erreichen.

Das war genau die Art Herausforderung, die er als Junge geliebt hatte. Er und auch Kullen.

Töte … mich.

Cam winkte Merik zu einer Treppe, die schräg nach unten führte. Früher hatte es hier einen Markt gegeben, wo man die Waren frisch vom Schiff kaufen konnte – Merik erinnerte sich daran, wie er ihn als Kind besucht hatte. Bevor Jana gestorben war. Bevor sich Vivia für immer verändert hatte.

Auch wenn einige tapfere Händler immer noch versuchten, ihre Waren anzupreisen, sah Merik mehr hungernde Obdachlose als sonstige Menschen, während er Cam in die Schatten folgte. Fast alle Halter an den Wänden waren leer, die Kerzen längst gestohlen, die Laternen vor langer Zeit zerschlagen.

Der Lärm von oben wurde gedämpfter, ging in hohe Stimmen über. Die von Kindern, Frauen. Meriks Augen gewöhnten sich an die Dunkelheit, Familien bildeten sich im Dämmerlicht heraus. Wasser tropfte von der gebogenen Decke und sammelte sich in Pfützen auf dem Boden, durch die Merik und Cam auf ihrem Weg platschten.

Inakzeptabel. Dieser Tunnel, diese Familien, dieses Leben, mit dem sie sich alle abgefunden hatten. *Hilfe kommt,* wollte Merik sagen. *Ich arbeite, so schnell ich kann.*

»Hier entlang, Sir.« Cam bog scharf nach rechts ab. Zwei alte Männer, die Taro spielten, wichen gerade weit genug zurück, dass sie und Merik zwischen ihnen hindurchtreten konnten. Dann verschwand das Mädchen in einem Schattenfleck, den kein Feuerschein erreichte.

Sie wanderten sechsundfünfzig Schritte lang durch die Dunkelheit (Cam zählte, wie sie es immer tat), bevor vor ihnen ein fahles gelbes Licht erschien. Weitere zweiundfünfzig Schritte, und sie hatten die Quelle erreicht: eine feuermagische Laterne, die eine scharfe Rechtskurve im Tunnel erhellte. Dann wieder Dunkelheit – diesmal hundertsechs Schritte lang, ständig begleitet von tropfendem Wasser.

Schließlich bemerkte Merik eine Veränderung in Cams Schrittrhythmus. Das Mädchen wurde langsamer. Dann hörte er ein Rascheln wie Fingerspitzen an einer Wand … bevor sie verschwand.

Einfach verschwand.

In einem Moment hörte Merik Cams müden Atem und das schwere Stampfen ihrer Stiefel. Im nächsten Moment war da nichts mehr als das Platschen der Wassertropfen.

Also tat Merik, was Cam getan hatte, ließ seine Handfläche über die Tunnelwand gleiten und ging langsam weiter...

Macht kribbelte auf seiner Haut.

Es war nur ein kurzes Aufflackern, begleitet von Kälte. Seine Ohren knackten, sein Atem stockte. Dann war er hindurch. Das Licht kehrte zurück, ungleichmäßig, aber hell. Ein niedriger geziegelter Tunnel erstreckte sich nach rechts und links, während von allen Seiten Geräusche auf Merik einstürmten – Rufe von Männern und schwere Schritte.

Und das Röhren von Wasser, das alle paar Augenblicke durch entferntere Tunnel rauschte.

Cam spielte kurz an ihrer Kapuze herum, zog sie tiefer, bis ihr Gesicht vollkommen verborgen war. »Ich hätte Euch vor den alten Schutzzaubern warnen müssen. Eigentlich sollen sie die Leute zurückhalten, nehme ich an, aber anscheinend funktionieren sie nicht mehr so gut. Oh, Entschuldigung, Sir. Wo sind nur meine Manieren?« Sie öffnete weit die Arme. »Willkommen in meinem zweiten Zuhause, Sir. Willkommen in den Zisternen.«

Es war schon fast Mittag, bevor Vivia die Chance fand, in die Unterwelt zurückzukehren. Sie hatte nicht viel Zeit; es gab eine Menge zu tun. *Kontrollier den See, durchsuch die Tunnel.* Die Worte hallten immer wieder durch ihren Kopf, im Rhythmus ihrer schnellen Schritte. Ihre Laterne schwankte und flackerte. *Kontrollier den See, durchsuch die Tunnel.*

Als sie den See endlich erreichte, rannte sie. Sie verschwendete keinen Gedanken an ihre Uniform, während sie Stiefel und Mantel abwarf, Hose und Hemd. Irgendetwas stimmte nicht – sie konnte es am Kräuseln der glänzenden Wasserfläche *sehen*.

»Verlösche«, murmelte sie. Dann stürzte sie sich in die Fluten.

Zu viel Wasser. Das war das Erste, was sie bemerkte, als sie eintauchte. Es gab Wasser, das sie noch nie zuvor gespürt hatte, das wirbelnd durch die Flüsse rann und in die Zisternen mündete. Vivia musste herausfinden, warum. Sie musste herausfinden, *woher* es kam.

Auch wenn der gestrige Erdstoß an der Oberfläche kaum dauerhafte Schäden hinterlassen hatte, fürchtete Vivia, dass für die Welt hier unten nicht dasselbe galt.

Sie erreichte die Mitte des Sees, wo das kristallklare Wasser kalt genug war, um sich hart anzufühlen. Wo die Felsen scharf genug waren, um zu schneiden. Doch nur hier konnte sie wahrhaft empfinden, was der See wollte, was der See fühlte.

Tief, tief auf dem Grunde des Sees, wo das Plateau mit den Sirmaya-Bergen verbunden war, die seit Unzeiten heranwuchsen, fühlte Vivia das neue Wasser eindringen. Es stammte nicht aus den Stürmen der letzten Zeit, sondern war dem Erdstoß zu verdanken. Und das eindringende Wasser war nicht auf das Plateau beschränkt, sondern hatte sich von den Bergen hinweg bis unter das Tal gegraben.

Hoch oben sickerten Strömungen aus einem Riss in der Erde. Aus einer neuen Quelle, eiskalt und frisch, die mehr Wasser in die Tunnel leitete und auch in den Fluss, den Timetz – flussaufwärts. Über dem Damm.

Heraus, heraus, heraus drängte das Wasser, wie ein Bienenschwarm, der aus einem Stock floh. Es floss nach oben, zur Seite und auch nach unten. Wenn es nicht aufgehalten wurde, würde der Damm überfließen. Die Stadt würde überflutet. Es würde langsam gehen. Monate, vielleicht Jahre würden vergehen, denn diese neuen Quellen waren klein.

Kaum mehr als Risse im Fels. Doch falls diese Risse jemals Spalten wurden – falls ein weiteres Erdbeben das Stefin-Ekart-Tal erschütterte –, könnte sich das Wasser zu schnell ausbreiten, um aufgehalten zu werden. Die Stadt könnte innerhalb von Tagen untergehen.

Oder noch schlimmer – falls der Damm doch brach, könnte Lovats in Stunden überflutet werden.

Bei diesem Gedanken hörte Vivia die letzte Diskussion mit Linday in ihren Gedanken: *Unsere Leute wären in Sicherheit, selbst jenseits unserer Grenzen, falls es notwendig werden sollte.*

Nein. Vivia konnte das nicht tun. Nubrevna abhängig zu machen von den Puristen war keine Lösung.

Und doch … Serrit Linday. Wieso kam alles immer wieder auf ihn zurück? Seit sich vor drei Jahren der Spalt im Damm gebildet hatte, war *er* es, der sich dagegen ausgesprochen hatte, ihn zu reparieren. Jetzt war er derjenige, der mit den Puristen sprach, und er war derjenige, in dessen Gewächshaus sich ein Zugang in die Unterwelt verbarg.

Diese Falltür war es, die Vivia heute hierhergeführt hatte. Sie hatte vor, den Zugang in die Unterwelt zu finden, und vermutete, dass er sich auf der anderen Seite des Felssturzes befand.

Als Vivia schließlich aus dem See stieg, war sie bis auf die Knochen durchgefroren. Schwer atmend und zitternd, schlüpfte sie wieder in ihre Kleidung. Doch als sie sich umdrehte, um nach ihrer Blendlaterne zu greifen, erregte ein Flackern ihre Aufmerksamkeit.

Als würde sich eine Wolke vor den Mond schieben, verblasste ein Streifen des Fuchsfeuers an der Decke.

Drei der sechs Speichen des Rads waren jetzt erloschen.

Was auch immer oben passiert, passiert auch unten. Und auf diesen Gedanken folgte ein weiterer: *Die Furie hat erklärt, ich solle die verlorene Ursprungsquelle finden.*

Vivia schwankte. Nein, nein – Linday konnte nicht recht haben. Nur … jede Ursprungsquelle wurde von sechs Bäumen umrahmt, und hier gab es stattdessen sechs Linien aus leuchtendem Fuchsfeuer. Jede Quelle lieferte außerdem Magie … und Vivia konnte die unendliche Macht, die in diesem Gewässer brummte, nicht leugnen.

Vor langer Zeit hatten Vivias Lehrer ihr beigebracht, dass die fünf Ursprungsquellen die Herrscher der Magislande erwählten. Das hing irgendwie mit den Zwölf Paladinen zusammen. Auch wenn sie sich nicht erinnern konnte, wie genau, erinnerte sie sich doch, dass die Ursprungsquelle des Wassers im südlichen Nubrevna dafür gesorgt hatte, dass ihre Nation so lange unabhängig blieb, selbst im Angesicht der immer weiter wachsenden Reiche.

Aber vielleicht hatten die Geschichtsbücher etwas übersehen – schließlich fehlte eine Ursprungsquelle. Eine, die einem Element zugeordnet war, an deren Existenz niemand glaubte.

Die Ursprungsquelle der Finsternis.

Doch Vivia war keine Finstermagis, genauso wenig, wie es ihre Mutter gewesen war, oder ihre Großmutter vor ihnen – also wie konnte die Macht ihrer Familie dieser Quelle entspringen? Der See konnte keine Ursprungsquelle sein.

Das war unmöglich.

Aber falls doch … Dann könnte Vivia ihren Vater heilen. Das war die stärkste Macht einer Ursprungsquelle: die Macht, jedes Leiden zu heilen. Vivia könnte Serafin einfach hier nach unten bringen, um es auszuprobieren. Wenn er gesund wurde, würde sie es wissen.

Bei diesem Gedanken spürte Vivia eine tiefe Leere in ihrer Brust, die sich zu einem Knoten verhärtete. Als *wollte* sie ihren Vater gar nicht nach hier unten bringen.

Kein Bedauern. Bleib in Bewegung.

Vivia schnappte sich ihre Laterne, zischte: »Zünde«, und blinzelte ins plötzliche Licht. Es gab zu viele Fragen und zu wenig Zeit. Sie musste sich all das durch den Kopf gehen lassen, musste die Möglichkeiten abwägen, während sie suchte – denn die Unterstadt würde sich nicht plötzlich von allein offenbaren.

Ebenso wenig, wie sich die Oberstadt von allein *retten* würde.

Allein.

Iseult war wieder allein. Sie fragte sich, was in aller Welt in den Umkämpften Landen schlimmer sein konnte als Blutmagi. Aeduan hatte sie neben einer überwucherten Senke zurückgelassen. Es war akzeptables Terrain für den Fall, dass etwas Unerwartetes geschah. Die Sicht war gut, die Deckung noch besser, mit dicken moosbewachsenen Stämmen und hoch aufragenden Granitplatten.

Nachdem sie einen flachen Felsen gefunden hatte, um sich darauf auszustrecken, legte Iseult ihre Ausrüstung ab und wandte ihre Aufmerksamkeit endlich dem Hasen zu, den sie am Morgen gefunden hatte. Den ganzen Tag über hatte er schlaff von dem Rucksack auf Aeduans Rücken gebaumelt, und jedes Mal, wenn Iseult hingesehen hatte, hatten seine toten Augen den Blick erwidert.

Sie legte den Hasen auf den Fels. Der Körper war steif und kalt, wie sie es Aeduan prophezeit hatte. Sie konnte nur hoffen, dass das Fleisch noch nicht verdorben war.

Es gab nur eine Möglichkeit, das herauszufinden.

Sie rollte die Ärmel hoch. Aeduans grober Wollmantel war viel zu groß, und der Stoff kratzte. Aber sie fühlte sich sicherer, wenn sie ihn trug. Er roch nach Rauch und altem Schweiß. Kein schlechter Geruch, sondern einfach nur … da.

Nachdem sie ihre Hände mit Wasser aus dem Schlauch gewaschen hatte, löste sie ihr Entermesser. Die Klinge war fantastisch geeignet, die Hasenpfoten abzutrennen, doch für den zweiten Schritt war sie nicht geeignet: einen winzigen Einschnitt am Rücken des Hasen.

Iseult war so sehr darauf konzentriert, nicht zu tief zu schneiden und damit ein Organ zu verletzen (was das Fleisch sicherlich verdorben hätte), dass sie die sich nähernden Stränge nicht fühlte, bis sie schon fast über ihr waren.

Wenn sie nur zwei Atemzüge länger gewartet hätte, um ihren Geist zu strecken und das Gewebe der Welt zu prüfen, hätte sie die Männer nicht bemerkt, bevor es zu spät war. Sie dankte der Mondmutter dafür, dass ihre Gewohnheit stärker war als ihre Konzentration auf den Hasen.

Sechs Gruppen von Strängen schlichen auf sie zu, purpur gefärbt mit Stahlgrau. Hunger nach Gewalt, Verlangen nach Schmerz – und nah. Nur Sekunden entfernt.

Iseult konnte nicht denken. Ihr blieb keine Zeit zu reagieren, keine Zeit, einen Plan zu entwerfen. Ihr blieb nur die Flucht. Also packte Iseult ihr Entermesser und sprang in die Senke, wo der Boden eben und das Dickicht spärlich war.

Pinkfarbene Aufregung und grüne Entschlossenheit erschienen in den Strängen. Und sie bewegten sich schneller, rannten hinter ihr her. Aber warum, warum, *warum*? Wer waren sie, und wieso jagten sie sie? Anders als die Männer, die Esme geschickt hatte, waren diese Jäger definitiv nicht geborsten. Ihre Stränge waren ganz und vollkommen darauf konzentriert, Iseult Schmerzen zuzufügen, sobald sie sie gefangen hatten.

Iseult lief schneller. Die Zeit wurde unwichtig, der Wald huschte verschwommen vorbei. Iseult sah nur den Boden der Senke, die Farnbüschel. Steine. Sie nahm nichts anderes mehr wahr als das, was sie aufhalten könnte.

Ein Mann hinter ihr brüllte etwas in einer Sprache, die sie nicht kannte. Die Stränge brannten heißer. Hungriger. Ein Schlachtruf, um Feinde einzuschüchtern.

Bei Iseult funktionierte es. Fast wäre sie gestolpert, doch irgendwie hielt sie das Gleichgewicht. Sie riss die Füße höher und packte ihr Entermesser fester.

Geradeaus. Die Bäume enden. Der Himmel öffnet sich. Die Gedanken schossen durch ihr Hirn, einer nach dem anderen. Ungebeten und ohne Zeit, darüber nachzudenken. Keine Zeit zu planen.

Sie erreichte den Waldrand. Ihre Füße trafen kahle Felsen, benetzt von Wasser. Vor ihr lag der Amonra, weiß schäumend vor Geschwindigkeit, schwarz vor Kälte. Die Art von Stromschnellen, der selbst ein Gezeitenmagis ausgewichen wäre – und es gab keinen Weg über den Fluss.

Iseult bog nach rechts ab. Das Ufer war schrecklich, eine Ansammlung von Felsen und Stämmen und kleinen Bächen. Sie sah zurück.

Ein Fehler. Die Männer waren näher herangekommen, als ihr klar gewesen war. Nah genug, um ihre Pockennarben und Narben zu erkennen, um ihr zahnloses Grinsen zu sehen. Die Bindestränge zwischen ihnen zu erkennen – ein Hinweis, dass sie denselben Befehlen folgten. Ein Hinweis, dass sie Kameraden waren, die zusammenarbeiteten.

Iseult trieb sich weiter an. Ihr Atem ging keuchend. Vor ihr brummten die Amonra-Fälle. Zuerst war es nur ein leises Vibrieren in der Wirbelsäule. Ein Nebel am Horizont. Doch das Geräusch wurde mit jedem Schritt lauter, steigerte seine Intensität, bis Iseult es als Erschütterung wahrnahm, begleitet von einem Regen aus dicken Tropfen.

Ruhe, Iseult! Ruhe in deinen Fingerspitzen und Zehen! Doch sie fand keine Ruhe. Sie konnte nicht innehalten, konnte nicht planen. Sie fand sich einer Wand gegenüber, die aus gewalttätigen Männern und gewalttätigen Stromschnellen bestand.

Eine Mauer, die Safi in einem Herzschlag überkommen würde. Ohne Vorbereitung. Ohne Sorge. Nur instinktives Handeln. Wäre Safi hier, würde sie nicht warten. Sie würde eine Gelegenheit erkennen und sie ergreifen.

So dumm es auch scheinen mag, hatte Safi Iseult einmal erklärt, *ist Dummheit doch auch etwas, womit niemand je rechnet.*

Ja, hatte Iseult damals geantwortet, *und Dummheit ist auch der Grund, warum ich dir ständig den Pelz retten muss.*

Aber hey! Ein strahlendes Safi-Lächeln. *Zumindest gibt es einen Pelz zu retten, Iz. Habe ich nicht recht?*

Sie hatte recht. Die Mondmutter möge sie retten, aber Safi hatte recht. Manchmal war Dummheit die beste Lösung.

Und manchmal war Dummheit alles, was einem noch blieb.

Iseult drehte den Kopf im Laufen nach links, ließ den Blick zu der Linie gleiten, wo der Fluss auf das Ufer traf. Im aufgewühlten Wasser schwammen keine Trümmer, denn die Stromschnellen waren zu stark. Der Amonra riss Zweige, Blätter und Leben in die Tiefe, ohne sie je wieder auszuspucken.

Göttin, es wäre dumm, in diesen Fluss zu springen. So dumm.

Handle jetzt. Kümmer dich später um die Konsequenzen. Vereint. Verbunden.

Es wurde Zeit. Die Jäger ergossen sich aus dem Wald.

Iseult sprang. Als ihre Füße sich vom schlammigen Ufer lösten und feuchte Luft ihr Gesicht traf, erklangen Schreie hinter ihr. Stränge blitzten gleichzeitig auf, in türkisfarbener Überraschung, scharlachroter Wut. Dann hatte Iseult den höchsten Punkt ihrer Flugbahn erreicht und begann zu fallen.

In diesem Moment schoss ihr ein Gedanke durch den Kopf. Er war nicht greifbar – keine Worte, die durch ihr Hirn rasten –, sondern eher ein Gefühl, dass sie von innen erleuchtete, während der schwarze Fluss sich näherte.

Du warst schon einmal hier, sagte das Gefühl. *Und du weißt, was zu tun ist.*

Ihre Hände schossen instinktiv zu ihrem Wollmantel. Ihre steifen Finger zerrten am Kragen, dann trafen Iseults Füße das Wasser. Kalt, kalt, kalt, kalt… *riss* es sie nach unten. Verdrängte jede Luft aus ihrer Lunge. Ertränkte Licht und Geräusche und Sinne.

Der Amonra zerrte Iseult in die Tiefe.

Als sie nach unten sank, löste sie den Mantel. Er blieb weit ausgebreitet zurück, eine Ablenkung genauso wie ein Schild, um Iseult zu verstecken, während sie ohne Luft stromabwärts schoss, in einer unkontrollierbaren Welt.

20

Nachdem sie unter Levs wachsamem Blick gebadet hatten, waren Vaness und Safi gezwungen, erneut ihre dreckige, zerrissene Kleidung anzuziehen.

Lev, die in der Tür des Badehauses stand, verzog entschuldigend das Gesicht. »Zander ist unterwegs, um Kleidung für Euch zu finden«, sagte sie, dann reihte sie sich hinter den Frauen ein und trieb sie zurück in das Zimmer im vierten Stock.

Dort fanden sie Zander, den Kopf gebeugt, sodass er auf seine Füße blickte. »Ich habe mehrere Kleider. Ich war mir nicht sicher, was die Damen gern tragen möchten.«

Safi brauchte ihre Magie nicht, um die Ehrlichkeit in Zanders Worten zu spüren. Gegen besseres Wissen ertappte sie sich bei einem Lächeln. »Danke, Höllebarde.«

Dann ließ man sie und Vaness allein. Lev und Zander unterhielten sich leise im Flur. Caden war nirgendwo zu entdecken.

»Zwei gegen zwei«, murmelte Vaness auf Marstoki, als sie zum Bett glitt. »Trüge ich nicht diesen Kragen« – sie wackelte damit, das Holz dunkel vor Feuchtigkeit –, »wäre das keine Herausforderung.«

Safi dagegen eilte zum Fenster. Die Läden standen offen,

doch auch wenn vier Stockwerke einen tiefen Sturz bedeuteten, war sie – flammende Ziegentitten – doch bereit, es zu riskieren.

Sie erreichte das Fenster. Die Piratenrepublik erstreckte sich vor ihren Augen, mit der hoch aufragenden Arena in der Ferne. Sie versuchte, den Kopf durch den Rahmen zu schieben …

Wärme und Licht blitzten auf. Safis Stirn traf auf eine harte Schicht Luft – und sofort rutschte ihr das Herz in die Hose. Magie. Schutzzauber, wurde Safi klar. Doch wovor sie schützten oder wie Höllebarden überhaupt Magie wirken konnten, wusste Safi nicht.

Sie versuchte es wieder und wieder, doch ihre Stirn knallte einfach jedes Mal gegen die unsichtbare Wand. Licht blitzte auf, glitt in goldenem Glühen über den Rahmen.

»*So* also wirken die Schutzzauber«, sagte Vaness von ihrem Platz neben dem Bett aus. »Gut zu wissen.«

Safi zog eine Grimasse und brummte unzufrieden, dann wandte sie sich von dem sonnigen Meerespanorama vor dem Fenster ab. Beim Bett machte sie kurzen Prozess mit ihrem zerstörten Kleid und riss es sich mit einer schnellen Bewegung über den Kopf. Vaness entkleidete sich natürlich langsamer, sorgsamer, und faltete ihr zerstörtes Kleid ordentlich auf dem Bett.

Safi spürte einen Stich im Herzen. Das war etwas, das auch Iseult getan hätte. Die Situation war so vertraut: Safi stürmte voraus, unbedacht und getrieben, während sich ihre Gefährten Zeit ließen, überlegten und ihre Gedanken sammelten.

Safi packte mit einer Hand ein jagdgrünes Kleid, während die andere zu ihrem Strangstein glitt. Die Lederschnur, an der er hing, ruhte feucht zwischen ihren Schlüsselbeinen. Sie zog den Stein heraus.

Entsetzen breitete sich in ihr aus. Der Stein blinkte. *Iseult.*

»Was bedeutet das?«, fragte Vaness leise.

»Es bedeutet, dass meine Familie in Gefahr ist.« Safi hörte ihre eigene Stimme, als käme sie von weit her. Sie drehte sich im Kreis, versuchte abzuschätzen, in welche Richtung der Strangstein sie führen würde. In welcher Richtung Iseult sich vielleicht aufhielt. »Irgendwo … da.« Sie deutete nach Nordwesten.

Ihre Erschöpfung war vergangen. Safi wollte sich bewegen. Sie wollte rennen.

Die Kaiserin schien das zu verstehen, denn sie sagte auf Marstoki – und gespielt gelassen: »Ich habe einen Plan, um uns hier rauszuholen«.

Safi blinzelte, dann wirbelte sie zu Vaness herum. »Vorhin. Ihr habt gelogen, als Ihr behauptet hat, die Baedyeds wollten Euch töten.«

»Das habe ich.« Vaness zog ein senfbraunes Kleid vom Stapel und hielt es sich vor den Körper, um die Länge abzuschätzen. »Kurz vor dem Waffenstillstandskongress habe ich eine Abmachung mit den Baedyed-Piraten geschlossen. Ich werde ihnen einen Großteil des Sandmeers zurückerstatten, und im Gegenzug schließen sie sich mit ihren Schiffen der marstokischen Flotte an. Damit sind sie in Wirklichkeit gar nicht meine Feinde, sondern meine Verbündeten.«

Safis Magie schnurrte *Wahr.* »Also werden sie uns helfen?«

Vaness musste dreimal an dem Kleid zerren, um es über den Holzkragen zu bekommen. Als sie es endlich trug, schob Lev den Kopf ins Zimmer. »Alle fertig?«

»Fast«, flötete Vaness. Dann fügte sie flüsternd hinzu: »Haltet Euch bereit, Safi. Denn bald werden die Baedyeds kommen, uns zu holen.«

»Gut.« Safi konnte ein finsteres, triumphierendes Grinsen

nicht unterdrücken, während sie sich das waldgrüne Kleid über den Kopf zog. Es hing lose um ihren Oberkörper und reichte ihr nur bis zur Mitte der Unterschenkel, aber so war es ihr lieber. Das gab ihr die Freiheit, sich zu bewegen. Die Freiheit zu kämpfen.

Ich komme, Iz.

Die Tür wurde aufgerissen, und Caden betrat mit großen Schritten das Zimmer. Er hielt direkt auf Safi zu. Sein Blick huschte über ihr Kleid – dann nickte er mit leiser Zustimmung. Auch er war sauber und trug frische Kleidung. Seine Rüstung allerdings war nirgendwo zu sehen. Kein Kettenhemd, kein Schuppenpanzer, keine Panzerhandschuhe, kein Stahlhelm.

Doch sein Schwert hing immer noch an seiner Hüfte, und seine Schulter erschien um einiges belastbarer als noch vor einer Stunde.

»Ketzerin«, sagte er, als er vor Safi anhielt. »Zieht Eure Stiefel an.«

Kühl hob Safi eine Augenbraue. »Warum, Höllebarde?«

»Weil Ihr und ich einen kleinen Ausflug machen und es gute Gründe für das Sprichwort gibt, das besagt, dass die Straßen von Saldonica mit Scheiße gepflastert sind.«

Auch wenn Caden Safi nicht fesselte, hielt er doch seinen Dolch in der Hand und zwang sie, direkt vor ihm zu gehen. Nah genug, um sie zu packen, sollte sich die Notwendigkeit ergeben.

Die Notwendigkeit würde sich nicht ergeben, denn Safi hatte nicht vor, in diesem Moment zu fliehen. Ihr Strangstein mochte aufgehört haben zu blinken, doch das änderte nichts an ihrem Drang zu entkommen – und ihre Chancen standen viel besser, wenn ihr ein ganzer Trupp Baedyed-Soldaten zu Hilfe eilte, als wenn sie allein durch die Straßen von Saldonica flüchtete. Tatsächlich waren sie mit Dreck und Müll überzogen, was ihr auffiel, kaum dass sie den sauberen Bereich des Baedyed-Territoriums hinter sich gelassen hatten.

»Wo wollen wir hin?«, fragte Safi, den Kopf nach hinten gedreht, damit Caden sie hören konnte. Sie befanden sich erneut auf einem offenen Marktplatz, doch hier ließen sich die scharlachroten Banner der Rotsegel an den Häusern nicht übersehen. »Ich dachte, Ihr hättet gesagt, die Rotsegel würden uns alle töten.«

»Das werden sie«, sagte Caden laut genug, damit sie ihn über den Lärm des Nachmittags hören konnte. »Sie haben geschworen, alle Cartorrer zu töten, derer sie ansichtig werden. Deshalb können wir nicht Cartorrisch sprechen – und nicht lange bleiben.«

Wo lange bleiben?, wollte Safi nachhaken. *Und wieso habt Ihr mich überhaupt mitgenommen?* Doch sie bekam keine Gelegenheit, ihre Fragen zu stellen, denn sie näherten sich einem massiven Torbogen, in dem Männer warteten, mit mehr Klingen bewaffnet, als sie Zähne besaßen.

Die Männer beobachteten, wie Caden und Safi vorbeischlenderten. Böse Männer. Falsche Männer. Das Kribbeln auf ihrer Magie verriet Safi alles, was sie wissen musste. Zumindest machte keiner von ihnen Anstalten, Safi und Caden in den stinkenden Sumpf zu folgen, der das Territorium der Rotsegel war.

Die Baedyeds mochten das Land gerodet und auf ihrem Teil der Halbinsel eine echte Stadt errichtet haben, aber die Rotsegel hatten den Dschungel einfach sich selbst überlassen. Hier war die Welt so, wie Safi sie sich vorgestellt, wie Habim sie ihr beschrieben hatte. Baufällige Hütten lehnten an breiten Wurzeln oder schmiegten sich an uralte, überwucherte Ruinen. Willkürlich. Ohne Organisation. Fast alles stand auf Stelzen, als würde das Land bei Stürmen überflutet.

Seilbrücken hingen zwischen Gebäuden, und Safi sah genauso oft Wäsche wie Leichen hängen. Manche waren frisch, wenn auch aufgedunsen, andere waren so stark verwest, dass die Schädel leuchteten.

Das war das Ergebnis vollkommener Freiheit. Das richtete die Menschheit an, wenn es keine Regeln und kein Joch der Herrschaft gab.

Cartorra hat seine Fehler, Ketzerin, aber es schenkt auch Sicherheit. Und Nahrung sowie Wohlstand, Straßen, Bildung. Ich könnte weitermachen, denn es ist eine lange Liste.

Verflucht sollte der Höllebarde sein, denn die Wahrheit seiner Worte ließ sich nicht leugnen. Sie sangen tief in Safis Magie, ein beruhigendes goldenes Pulsieren unter dem erratischen falschen Kratzen, das ihre Umgebung in ihr hervorrief.

Caden führte Safi eine schmale Straße entlang, die zwischen Ruinen und Bäumen hindurchführte. Gedämpfte Musik, Gespräche und Geräusche, die nur aus einem Hurenhaus stammen konnten, drangen an ihre Ohren, bevor sie ein blütenförmiges Schild sah, das in der schwülen Brise schwankte: *Die vergoldete Rose*.

Caden ließ Safi vor dem hölzernen Gebäude anhalten. »Da drin hält sich eine Admiralin auf, die ich … befragen muss. Und Ihr, Ketzerin, werdet dabei sein, um sicherzugehen, dass sie die Wahrheit sagt.«

»Über die verwesende Leiche meiner Großmutter.« Safi schnaubte. »Niemals werde ich zulassen, dass Ihr von meiner Magie profitiert, Höllebarde.«

»Euch bleibt keine Wahl.« Er schwenkte seinen Dolch, sodass die Sonne auf dem Stahl glitzerte.

»Oh, aber Ihr könnt die Wahrheit nicht aus mir herauszwingen.« Sie klimperte mit den Wimpern und verschränkte die Hände hinter dem Rücken. »Ich glaube, ich habe schon einmal erwähnt, dass ich die hässlichste Kröte anlächeln kann, ohne dass sie eine Lüge spüren wird.«

Jetzt war es an Caden, abfällig zu schnauben. »Oh Ketzerin, Ihr wisst es nicht einmal, oder?« Er schob seinen Dolch in die Scheide an der Hüfte. »Es war nicht mein Höllebarden-Schutz, der Euch in Veñaza verraten hat, sondern Ihr selbst.«

Safi versteifte sich. Dann schluckte sie gegen besseres Wissen den Köder. »Was meint Ihr damit?«

»Ich meine«, sagte er und schloss den Abstand zwischen ihnen, »dass Ihr ein verräterisches Zeichen habt.«

»Habe ich nicht.«

»Oh doch, habt Ihr.« Inzwischen lächelte er. Ein charmanter Schwindler, der Safis Blut zum Kochen brachte und dafür sorgte, dass ihre Beine zuckten. »Also egal was diese Admiralin zu mir sagt, ich werde allein durch einen Blick auf Euch erfahren, ob sie die Wahrheit sagt oder nicht. Und jetzt …« Ruhig legte er die Hände auf Safis Schulter und drehte sie, sodass sie auf die schief hängende Tür der *Vergoldeten Rose* starrte. »Lasst uns hineingehen und das hinter uns bringen, bevor wir uns den Leichen anschließen, die hier draußen verrotten.«

21

»**Das ist einfach** nicht richtig«, murmelte Merik, als er und Cam im Licht einer alten Fackel tiefer unter die Erde vordrangen. Zwei feuchte Geschosse unter dem Eingang zu den Zisternen, und immer noch entdeckte er überall Menschen – und Ratten mit glühenden Augen. »Menschen brauchen Himmel über sich.«

»Ich hatte nicht erwartet, dass Ihr Angst bekommt, Sir.« Cam bedachte ihn über die Schulter mit einem frechen Lächeln.

»Ich habe keine Angst«, erklärte Merik mit finsterer Miene. »Hier gibt es keinen Wind, Junge. Keine Luft. Ich fühle mich … erstickt.«

»Nun, wir haben die Oberfläche gerade erst hinter uns gelassen, also gewöhnt Euch daran. Die Kackstraße liegt noch um einiges tiefer, und es riecht dort um einiges schlechter.«

Das Mädchen übertrieb nicht. Nachdem sie sechs weitere Geschosse nach unten gestiegen waren, reicherte Gestank die Luft an. Obwohl die Decken höher und die Tunnel breiter wurden, war der Gestank bald allumfassend genug, um die Kehle zu reizen, und scharf genug, um in der Nase zu brennen.

Cam klappte zusammen, keuchend und würgend, sodass die Fackel in ihrer Hand schwankte. »Scheiße«, stieß sie hervor. Merik war sich nicht sicher, ob das Mädchen über den Gestank fluchte oder einfach nur seine Quelle benannte. Auf jeden Fall stimmte er ihm zu.

Drei Wegbiegungen später erreichten sie die berüchtigte Kackstraße. Cam schlug die Hand vor den Mund und hob die Fackel. Licht glitzerte auf der bröckligen Flut aus Flüssigkeit, die aus Körpern stammte (und auch einigen Feststoffen aus derselben Quelle). Außerdem tropfte etwas Dunkles, Öliges zwischen den Deckenziegeln heraus.

Schlimmer als der Anblick war allerdings das *Plopp! Plopp!*, das jeder Tropfen in dem Teich erzeugte – und die Blasen, die direkt danach an die Oberfläche stiegen.

»Könnt Ihr uns hinüberfliegen, Sir?«

Merik dachte darüber nach, während er durch den Stoff seiner Kapuze atmete.

Doch dann schüttelte er den Kopf. »Ich müsste einen Wind beschwören, um zu fliegen. Ich könnte es natürlich versuchen, aber hier gibt es einfach nicht genug Luft, um uns weit zu tragen.«

»Wäre besser, wenigstens bis zur Hälfte zu fliegen als durch den ganzen Mist zu waten«, stellte Cam fest. »Der Tunnel ist fast voll, Sir! Dieser Strich« – sie deutete auf die gegenüberliegende Wand – »zeigt an, wie hoch die Abwässer steigen, bevor die Flut kommt, um alles davonzuspülen. Dieser Schleim ist knietief, Sir!«

Merik schwieg, während er darüber nachdachte, wie dringend er wirklich Antworten über die Unternehmungen seiner Schwester in den Zisternen wollte. Nur dass es keine Rolle spielte, was er wollte. Die Menschen der Stadt brauchten seine Hilfe.

Merik biss die Zähne zusammen. Das X auf der Karte befand sich irgendwo direkt vor ihnen, also mussten sie dort entlang.

»Habt Ihr mich gehört?«, drängte Cam. »Die Abwässer werden uns fast bis ans Knie reichen, Sir! Das bedeutet …« Irgendwie gelang es ihr, noch gequälter auszusehen, bevor sie die Augen zukniff. »Die Flut wird jeden Moment kommen.«

»Scheiße«, sagte Merik und meinte es als Schimpfwort. »Cam, ich will, dass du in der Nähe wartest. In einem sichereren Tunnel.«

Sie richtete sich höher auf. »Ich werde Euch nicht verlassen, Sir. Ich weiß, dass ich viel gejault habe, aber das ist meine Schuld, versteht Ihr? Ich habe gesagt, dass diese Zeiten die Fluten anzeigen … aber ich dachte, damit wäre das Ende gemeint – nicht ihr Anfang!«

»Mach dir keine Vorwürfe, Junge.« Meriks Ton wurde hart und drängend. »Ich bin derjenige, der dachte, es wären die Zeiten eines Treffens – und das ist auch immer noch möglich. Aber für dich ist es nicht sicher weiterzugehen.«

»Für Euch auch nicht«, hielt sie dagegen. »Und außerdem tut Ihr nur wieder etwas Dämliches, wenn ich Euch nicht begleite.« Sie warf sich in die Brust. »Ihr könnt mich nicht aufhalten, Sir.«

Es folgte ein Moment der angespannten Stille. Cam wirkte in diesem Licht so klein. Und so unglaublich starrköpfig.

Bruder Filip, der Narr, führte den Bruder Daret, den Blinden
tief in die Höhlenschlucht.
Wo die Königin der Krabben Hof hielt und lebte
Doch das schlug ihn nicht in die Flucht.

»Wenn du verletzt wirst …«, setzte Merik an.

»Wird nicht passieren.«

»... wirst du dir auf jeden Fall deine neuen Stiefel ruinieren.«

»Ich mochte Schuhe sowieso noch nie.«

»Schön«, sagte Merik nur.

Cams Zähne blitzten in einem Grinsen auf. Damit hatte die Diskussion ein Ende gefunden, auch wenn sich Merik fast wünschte, es wäre anders. Denn jetzt gab es nichts mehr zu tun, als durch menschliche Ausscheidungen zu waten.

Die Höllenwasser sollten ihn verschlingen, er hatte sich nie vorgestellt, dass eines Tages das Wandern durch unterirdische Abwässer zu seinem Leben gehören würde. Allerdings hatte er sich auch nie ausgemalt, dass er eines Tages ein Toter auf der Flucht vor seiner eigenen Familie sein würde.

Als endlich eine Wand in Sicht kam und Cam endlich rief: »Der Treffpunkt ist am Ende dieser Stufen, Sir«, hätte Merik fast vor Freude gejubelt. An dieser Stelle gabelte sich der Tunnel. Daneben öffnete sich ein niedriger Torbogen, der von fahlem Fackellicht erhellt wurde. Merik zog sich auf den hüfthohen Absatz, bevor er Cam half, sich aus dem Sog der Kackstraße zu befreien.

Beide sahen abstoßend aus, bedeckt mit Dreck, der zu schleimig war, als dass Merik ihn genauer hätte betrachten können, ohne zu würgen. Obwohl er und Cam versuchten, den Dung abzuschütteln, erreichten sie nicht viel.

Bald traten sie durch den Torbogen. Erneut spürte Merik das Kratzen von Magie auf der Haut, wie bei ihrem Eindringen in die Zisternen.

Merik verstand, dass die Zauber nicht nur dazu gedacht waren, Leute fernzuhalten; sie dienten auch dazu, das Wasser der Flut *zurück*zuhalten.

»Werden jemals Leute von der Flut erfasst?«, fragte er.

Cam zuckte mit einer Schulter und schlug endlich die

Kapuze zurück. »Natürlich, Sir. Natürlich.« Dann deutete sie mit dem Kinn auf die von Fackeln erhellte Treppe. Ohne sich umzusehen, ob Merik ihr folgte, stieg sie die Stufen hinauf.

Vivia ging zwischen den Pflaumenbäumen des Palastgartens hindurch – nachdem sie sich die frische Uniform angezogen hatte, die sie hinter den Blaubeeren versteckt hielt –, als sie einen Tumult hörte.

Sie wurde langsamer, drehte sich um und entdeckte, dass der König auf den Garten der Königin zuhielt. Wachen und Diener folgten ihm, genau wie zwei Heiler in einfachem Braun.

Das war seltsam. Der König verließ selten seine Räumlichkeiten, und er betrat nie den Garten der Königin.

Niemals.

Bis Vivia zurückgeeilt war, hatte jedes Mitglied des Gefolges einen Platz an der efeuüberwucherten Wand gefunden. Der König in seinem Rollstuhl, geschoben von Ratte, war im Garten verschwunden.

Ratte huschte gerade wieder aus dem Tor. Er wich Vivias Blick aus, während er sich kurz verbeugte, und sie wich seinem aus, als sie in den Garten eilte.

Der König saß mit dem Rücken zu ihr, der Rollstuhl vor dem Teich. Der Heiligenschein seiner Haare bedeckte kaum seinen Schädel, und er trug immer noch sein Nachthemd – was Vivia angesichts der vielen Beobachter kaum glauben konnte. Für genau so was hatte er ihre Mutter immer gescholten.

Vivia hielt sich mastgerade, während sie sich Serafin näherte. *Alles normal,* wollte sie mit ihrem Körper ausdrücken. *Ich sehe hier nichts, worüber ich mir Sorgen machen müsste.*

Eine Lüge. Ihre Körperhaltung war eine einzige Lüge.

Ihre Gedanken rasten, gingen jeden Schritt durch, den sie gemacht hatte, seit sie vor ein paar Minuten die Unterwelt verlassen hatte. Hatte sie die Falltür ganz geschlossen? Waren die Blaubeeren so angeordnet, wie sie es sein sollten? Und die Lilien … sie hatte doch nicht aus Versehen welche davon zertreten, oder?

»Rayet?«, erklang die dünne Stimme des Königs.

»Nein, Eure Majestät!«, rief sie. »Vivia.«

»Oh, eine nette Überraschung.« Der König legte den Kopf schräg, gerade weit genug, dass sie den Rand eines angegriffenen Ohrs sehen konnte. »Hilf mir aufstehen.«

»Sir?« Sie eilte nach vorne; betete, dass er nicht versuchte, aus eigener Kraft aufzustehen. Dann erreichte sie seinen Stuhl. »Seid Ihr Euch sicher, dass das weise ist?«

Er sah zu ihr auf.

Sie konnte gerade noch ein Keuchen unterdrücken. In der Dunkelheit der königlichen Gemächer hatte sie nicht bemerkt, wie bleich die Haut des Königs geworden war. Wie eingesunken seine Augen wirkten.

»Ich möchte auf Janas Bank sitzen«, erklärte er. Doch als Vivia keine Anstalten machte, ihm zu helfen, knurrte er: »Jetzt.« Sein Körper mochte dahinsiechen, aber seine Persönlichkeit wurde immer noch vom Nihar-Zorn getrieben.

Vivia schob eine Hand hinter den Rücken. Er zischte vor Schmerz und kniff die Augen zusammen. *Ein Gerippe*, dachte Vivia. Ihre Finger fanden nur Knochen.

Erneut stieg Scham in ihr auf. Eventuell befand sich die Möglichkeit, ihren Vater zu heilen, direkt unter ihren Füßen. Sie durfte ihm das nicht vorenthalten.

Sie würde ihm von dem See erzählen. Natürlich würde sie.

Vier schwankende Schritte später erreichten sie die Bank.

Sie war dreckig, doch als Vivia sich bemühte, Erde und Pollen und Samen abzuwischen, murmelte Serafin nur, sie solle es lassen.

Sobald er saß, sah sie seine Miene. Wie er die Lippen schürzte, seine Nasenlöcher zitterten.

Zuerst dachte Vivia, die Bank wäre noch zu dreckig. Dann wurde ihr klar, dass sein Blick auf ihrer Marinejacke ruhte. »Immer noch keine Admiralsuniform?«

»Mir fehlte die Zeit«, murmelte sie. »Heute Abend werde ich ein graues Jackett auftreiben.«

»Oh, mir macht das nicht aus.« Er zuckte mit einer kantigen Schulter. »Ich mache mir nur Sorgen um *dich*, Vivia. Die Wesire werden dich schmuddelig nennen, und die Diener werden sagen, du sähest aus wie deine Mutter. Das wollen wir doch nicht, oder?«

»Nein«, stimmte Vivia zu, obwohl sie den Gedanken nicht unterdrücken konnte, dass *er* es war, der wahrhaft schmuddelig – und ein wenig verwirrt wirkte.

»Irgendeine Nachricht über Meriks Tod?«, fragte er, als er endlich den Blick von Vivia löste und auf den Teich richtete. »Sicherlich stellt es für deine Spione doch kein Problem dar herauszufinden, wer ihn umgebracht hat.«

Vivia hatte Nachrichten erhalten, doch sie bestanden aus einem Chaos von Informationen, die zurück nach Nubrevna führten. Zu einem Übeltäter in den eigenen Reihen. Und sie war nicht bereit, *diese* Information mit ihrem Vater zu teilen.

Zumindest noch nicht.

Also sagte sie nur: »Keine neuen Hinweise, Eure Majestät. Auch wenn es klingt, als wäre die Kaiserin von Marstok auf dieselbe Weise getötet worden.«

»Das war eine starke Anführerin. Vaness. Genau wie ihre Mutter vor ihr.«

Vivia schluckte schwer. *Ich kann stark sein.*

»Jana war immer zu sanft. Zu milde.« Serafin bedeutete Vivia, sich neben ihn zu setzen. »Nicht wie wir.«

Vivia setzte sich, doch sie konnte nicht verhindern, dass ihre Hände zitterten. Sie musste sie auf ihren Schenkeln zu Fäusten ballen. *Stillhalten ist ein sicherer Weg in den Wahnsinn*, ermahnte sie sich selbst – als könnte dies das Zittern erklären.

Doch je länger ihr Vater Jana kritisierte und auf ihr herumhackte, desto mehr fragte sich Vivia, ob es vielleicht einen ganz anderen Grund für die Hitze gab, die sich zwischen ihren Schultern ausbreitete.

Oh, Vivia war inzwischen an die Beleidigungen anderer gewöhnt. Gewöhnlich genoss sie sogar die Tatsache, dass Serafin, der offenbar alle Menschen hasste, sie trotzdem zu lieben schien. Heute allerdings fiel ihr das Lächeln und Lachen schwerer als sonst.

»Idioten«, sagte er, und es kostete Vivia einen Moment zu verstehen, über wen er gerade fluchte. Die Heiler, wurde ihr bald klar.

»Aber sie versichern mir, es ginge mir besser.« Serafin lächelte. »Das ist das Nihar-Blut, weißt du? Du hast Glück, solche Stärke in deinen Adern zu tragen.«

»Ich weiß«, antwortete sie, auch wenn ihr Blick auf der Haut ihres Vaters ruhte, so dünn wie die abgeworfene Hülle einer Schlange.

»Die königliche Linie brauchte dringend Nihar-Blut«, fuhr Serafin fort, der sich für das Thema erwärmte. »Bis ich auf der Bildfläche erschienen bin, wurde Jana kein Respekt entgegengebracht. Nicht von den Zivilisten, nicht von den Truppen und besonders nicht vom Rat. Den habe ich ihr verdient, weißt du?«

»Ich weiß«, wiederholte Vivia.

»Und ich werde ihn auch für dich verdienen.« Er lächelte sanft, und seine wässrigen Augen verschwanden unter den

Falten seiner Haut. »Sobald es mir wieder gut geht, werde ich in diesen Rat stürmen und sie anweisen, dir die Krone auf den Kopf zu setzen.«

»Danke.« Sie erwiderte das Lächeln – und diesmal war es ehrlich gemeint. Denn Noden allein wusste, was Vivia ohne ihren Vater an ihrer Seite tun würde. Oder ohne dieses Nihar-Blut in ihren Adern.

Sich ihrer Mutter anschließen vermutlich.

»Ich will nur das Beste für dich, Vivia.« Eine Brise spielte mit seinem dünnen Haar. »Und ich weiß, dass du nur das Beste für mich willst.«

Vivias Muskeln verspannten sich, und ihre Scham brannte noch heißer. Ihr Vater war so zerbrechlich. Egal was die Heiler auch sagen mochten, er stand auf der Schwelle des Todes.

Also würde sie *natürlich* versuchen, ihn zu heilen. *Natürlich* würde sie ihm von dem unterirdischen See erzählen. Ja, bei dem Gedanken lief ihr ein Schauder über den Rücken – und ja, ihre Mutter hatte sie angewiesen, das Geheimnis zu bewahren. Aber das war, bevor Jana in den Tod gesprungen war und Vivia ganz allein zurückgelassen hatte. Bevor sie entschieden hatte, dass ihre eigene Schwermut wichtiger war als ihre Tochter.

Serafin hatte immer zu Vivia gestanden. Er war ein guter Vater, selbst wenn Vivia seine Unterstützung nicht verdient hatte.

Sie holte tief Luft, bereit, auf die Blaubeeren und die Falltür zu zeigen, als eine Alarmglocke erklang.

Der Palastalarm.

Sofort sprang Vivia auf die Beine – und sofort brüllte sie den Wachen zu, sich um den König zu versammeln. Dann, mit nur ein paar gehauchten Worten zu ihrem Vater, doch bitte ruhig zu bleiben, rannte Vivia aus dem Garten der Königin. Auf halber Strecke neben den Zucchinistauden begegnete sie Stix.

»Was ist los?«, rief Vivia über den Alarm hinweg, wobei sie versuchte, nicht zu bemerken, wie zerzaust und müde Stix wirkte. Als hätte die Frau die ganze Nacht nicht geschlafen.

»Die Lagerräume!«, brüllte Stix zurück und winkte Vivia zu, ihr zu folgen. »Jemand ist eingedrungen – und, Sir, ich glaube, es könnte die Furie sein.«

Nach dem betäubend lauten Tosen der Fluten wirkte die Stille im langsam ansteigenden Tunnel fast verstörend. Wie ein bisschen Fels das Donnern von unten so dämpfen konnte, war Merik schleierhaft. Besonders nachdem er die Erschütterungen immer noch in seinen Füßen, seiner Lunge spürte.

Der Gestank hatte kaum nachgelassen, denn auch wenn Merik und Cam die Kackstraße hinter sich gelassen hatten, schleppten sie doch eine Menge Unrat mit sich herum.

Vierundvierzig Schritte gingen sie, die Cam leise zählte, bis die beiden eine Ziegelmauer erreichten, durch die sich ein gezackter Riss zog. Der Spalt wirkte zufällig und frisch, mit scharfen Kanten. Der Schutt darunter neu.

Doch offensichtlich war es das, was Merik und Cam hatten finden wollen, also schoben sie sich durch die Spalte. Merik ging voraus, nur um sich hinter einem feuchten Zedernholzregal wiederzufinden. Er schob sich seitwärts, dann stand er in einem Keller.

Die königlichen Lagerräume. Sie sahen genauso aus wie in Meriks Erinnerung: uneinheitliche Bretter, gefüllt mit Kisten und Säcken und Decken und Flaschen – allen Vorräten also, um den Palast zu versorgen.

Mehrere langsame Atemzüge lang wartete und lauschte

Merik. Suchte nach Atemzügen in der abgestandenen Luft, hielt im schwachen Licht der magischen Lampen Ausschau nach Gestalten.

Merik hörte niemanden. Merik sah niemanden. Das einzige Geräusch stammte von Wasser, das in der Nähe in eine Pfütze tropfte. Kondenswasser, das sich auf dem Granit sammelte und vielleicht auf ein Leck im Fundament hinwies.

»Wir befinden uns auf der untersten Ebene der königlichen Lagerräume«, murmelte Merik schließlich in Cams Richtung.

Sie keuchte überrascht. »Also, es war ziemlich leicht, hier einzudringen.«

Merik musste ihr zustimmen. Und er konnte nicht anders, als sich zu fragen, ob das X auf der Karte vielleicht gar keinen Treffpunkt markiert hatte – sondern vielmehr diesen Riss in der Wand, der repariert werden musste.

Doch jetzt waren sie hier, und Merik hatte vor, sich auch umzusehen. Besonders nachdem dies das erste Mal war, dass er Vorräte auf der untersten Ebene sah. Die oberen zwei Stockwerke waren gewöhnlich gut gefüllt, doch die unteren vier Stockwerke waren immer leer. *Immer.*

Merik hatte diese Lagerräume noch vor zwei Monaten betreten. Er war in die zweite Ebene gestiegen, hatte nichts entdeckt außer Mäusen und war direkt zu seinem Vater gegangen, um zu verlangen, dass noch vor dem Waffenstillstandskongress eine Handelsabordnung nach Veñaza geschickt wurde.

Serafin hatte zugestimmt.

Dann hatte Serafin Merik diese Aufgabe übertragen – hatte ihn nicht nur ermächtigt, neue Handelsverbindungen zu knüpfen, sondern auch, Nubrevna als Admiral der Königlichen Marine bei dem Waffenstillstandskongress zu vertreten.

Die Heiligsten fallen immer am tiefsten.

»Komm.« Merik winkte Cam vorwärts. Die Regale des Lagers führten auf eine zentrale Kreuzung zu, in deren Mitte sich eine steinerne Wendeltreppe sechs Stockwerke in die Höhe schraubte.

Sie passierten ein Regal nach dem nächsten, alle Bretter vollgestellt mit Vorräten.

»Was steht da?«, flüsterte Cam und deutete auf einen prallen Sack. Sie hatten vielleicht die Hälfte der Strecke zur Raummitte zurückgelegt, und die Vorräte wurden spärlicher. »Das sieht nicht aus wie nubrevnanische Buchstaben.«

»Weil es keine sind«, antwortete Merik. Er spielte an seinen dreckigen Ärmeln herum. »Das ist Dalmotti. Auf dem hier steht *Weizen*. Auf dem anderen *Gerste*.« Er deutete auf eine Kiste, die seitlich mit roter Farbe markiert war. »In dieser Kiste sind getrocknete Datteln aus Marstok, und auf der da drüben steht auf Cartorrisch *Walnüsse*.«

Cams Lippen rutschten zur Seite. »Aber, Sir … was machen fremde Nahrungsmittel hier? Ich dachte, niemand will mit uns handeln.«

Merik stellte sich dieselbe Frage, doch er hatte eine Idee. Eine Vorstellung, in der marstokische Waffen, Schiffsminiaturen und Gewalt auf See eine Rolle spielten.

Hitze glitt über Meriks Arme nach unten.

Hier unten lagerten viel mehr Vorräte, als man in zwei Wochen der Piraterie erbeuten konnte. Vivia musste die Füchse schon vor Monaten losgeschickt haben – lange bevor sie Merik auf See verraten und dem Tod überlassen hatte.

Meriks Überzeugung wuchs – genauso wie seine Wut –, je näher er und Cam dem Herz des Kellers kamen, wo die Treppe wartete. Hier waren alle Regalbretter leer, als hätte derjenige, der das Zimmer gefüllt hatte, seine Taten verbergen wollen.

»Hoch«, befahl Merik. Er musste in der fünften Ebene nachsehen. Er musste herausfinden, ob es dort genauso aussah.

So war es. Meriks Lunge brannte. Ebene fünf war sogar noch besser mit Vorräten gefüllt als Ebene sechs, und keines der Etikette war auf Nubrevnanisch beschriftet.

Und alles lag *hier*, wo es niemandem half.

Diese Nahrung hätte Pins Feste ernähren sollen oder die Obdachlosen in den Zisternen – oder, Höllenwasser, die Bewohner der Nihar-Ländereien. Stattdessen lagen sie hier herum und nutzten niemandem. Außer vielleicht Vivia.

Genug – Merik hatte genug gesehen, und es wurde Zeit, diesen Ort auf demselben Weg zu verlassen, auf dem sie ihn betreten hatten. Hier gab es kein Treffen. Nur einen Riss in der Zisternenwand, der repariert werden musste.

Merik und Cam hatten die Hälfte des Rückwegs zurückgelegt, als ein Stöhnen in ihre Richtung hallte. »Hilfe.«

Merik erstarrte, Cam stoppte neben ihm. Die stöhnende Stimme wiederholte: »Hilfe«, und Cam schlug die Hände gegen den Bauch.

»Wir müssen nachsehen gehen, Sir.«

Merik schüttelte den Kopf. *Nein.*

»Jemand ist verletzt, Sir.«

Wieder ein Kopfschütteln, diesmal heftiger. Eis breitete sich in Meriks Adern aus. Eine dunkle Macht, bestehend aus Hexenfischen und Schatten. *Verschwinde, solange du noch kannst*, schrien Meriks Instinkte. *Hier ist es für dich nicht sicher!*

Der Schattenmann war hier.

Merik packte Cams Umhang, der immer noch feucht und dreckig war, und zerrte das Mädchen in Richtung Treppe. Sie kamen gerade mal drei Schritte weit, bevor sie die Quelle des Stöhnens fanden.

Ein Mann lag auf dem Boden, ein Schwert im Bauch, seine Eingeweide auf dem Pflaster verteilt. Schmerz brannte in seinen Augen, während sich Linien, so dunkel wie die schwärzesten Tiefen des Meeres, über sein Gesicht zogen.

Das erinnerte so sehr an einen anderen Tod. Einen anderen Mord – den Merik begangen hatte. *Verschwinde, solange du noch kannst. Verschwinde, solange du noch kannst.*

Cam wand sich aus Meriks Halt und sank neben dem Mann auf die Knie. »Ich bin da«, flüsterte sie, bemüht, ihn zu beruhigen. »Jetzt bin ich da.«

Der Blick des Mannes glitt zu Cam, dann blitzte etwas in seinen Augen auf, das fast wie Erkennen wirkte. Er versuchte zu sprechen, doch Blut quoll aus seinem Mund, ebenso wie aus der Wunde in seinem Bauch.

Der Wachmann konnte diese Verletzung auf keinen Fall überleben, und doch hatte Cam recht. Selbst Tote hatten Mitgefühl verdient. Also zwang sich Merik, sich neben das Mädchen zu kauern, obwohl alles in ihm zur Flucht drängte. Und dann sah er es.

Dem Mann fehlte ein Finger – der linke kleine Finger, genau wie bei dem Meuchelmörder Garren.

Es war, als befände er sich wieder auf der *Jana*. Doch wie? Wer war dieser Mann? Das konnte kein Zufall sein.

Bevor Merik dem Sterbenden seine Fragen stellen konnte, erstarrte sein Körper. Selbst der Lagerraum und die Staubmotten schienen in Eis zu erstarren.

Tot. Der Mann war tot.

Merik räusperte sich, bereit, Cam den Befehl zum Weitergehen zu geben, doch in diesem Moment hallte ein Krächzen durch den Keller. Es kribbelte auf Meriks Haut wie tausend Sandflöhe.

Bruder Filip, der Narr, führte den Bruder Daret, den Blinden
tief in die Höhlenschlucht.
Wo die Königin der Krabben Hof hielt und lebte,
doch das schlug ihn nicht in die Flucht.

Cam zuckte nach hinten, fiel auf die Fersen zurück. Merik starrte die Leiche nur mit offenem Mund an. Der Mund des toten Mannes bewegte sich nicht, seine Augen blieben starr und glasig … und doch ließ sich nicht leugnen, dass die Worte aus seiner Kehle drangen.

Unmöglich, unmöglich.

Cam wich auf allen vieren zurück und zischte: »Sir, Sir«, als der Leichnam weiterflüsterte:

»Sagte Daret, der Blinde, zu Filip, dem Narren
Herrscht die Königin der Krabben nicht länger hier?
Sie soll Fische fressen und auch ziemlich wild sein,
Vermeiden wir besser das Tier.

»Sir, Sir, Sir.« Cam packte Meriks Hand.

Eine Glocke begann zu schlagen, ohrenbetäubend laut und unendlich intensiv – der Palastalarm.

Merik setzte sich in Bewegung. Hand in Hand rannten er und Cam zur Treppe – während der Rest des Lieds hinter ihnen erklang.

Sagte Filip, der Narr, zu Daret, dem Jungen:
Gab ich nicht immer gut auf dich acht?
Ich bin älter als du, ich weiß, was ich tue,
hab dich nie vom Weg abgebracht.

Unmöglich, *unmöglich*.

Wachen drängten von oben ins Lager. Merik fühlte das

Hämmern ihrer Schritte auf den steinernen Stufen. Er spürte ihren Atem in der Luft der Treppe.

Er und Cam erreichten die unterste Ebene und rannten zu den Regalreihen, doch irgendwie gelang es den Wachen, sie zu verfolgen.

Der Geruch, dachte Merik vage. *Die Wachen können unserem Gestank folgen*. Doch dagegen ließ sich nichts unternehmen. Sie konnten nur laufen. Die Regale waren verschwommene Schatten am Rand seines Blickfelds. Er und auch Cam atmeten keuchend.

Sie erreichten die hintere Wand. Merik stieß Cam hinter das Zedernregal, als Licht auf ihn fiel. Zehn Wachen mit Fackeln in den Händen drängten näher heran.

»Die Furie!«, schrie einer der Soldaten. »Erschießt ihn!«, blaffte ein anderer Mann.

Merik kroch hinter Cam in die Zisternen. Sie hatte auf ihn gewartet – dummes Mädchen –, und erneut packte er sie und hielt ihren Arm fest, während sie den dunklen Tunnel entlangrannten.

Schatten, Schreie, Unrat – all das wurde von den Wänden zurückgeworfen. Dann hörte er einen Ruf von Cam – »Armbrüste!« – und spürte einen Windstoß an der Brust.

Nein, keinen Wind. Diese Veränderung in der Luft, dieser Donner – es war die Flut.

Die Soldaten schrien Merik und Cam zu, sie sollten anhalten. Doch das taten sie nicht. Das konnten sie nicht. Dieses Geräusch, dieser Sturm, der sich näherte …

Merik und Cam mussten die Kackstraße überqueren, bevor die Flut sie durchtoste.

Sie kamen an den Kanal. Cam sprang in das Abwasser, und Merik fiel mit ihr. Seine Knie gaben nach. Seine Hände und Brust sanken ein. Doch das Röhren, die Flut – sie zwangen Merik und Cam erneut auf die Beine.

Sie rannten. Ein Armbrustbolzen sauste über ihre Köpfe hinweg. Ein zweiter zerstörte eine Lampe und tauchte den Tunnel in Dunkelheit, sodass nur noch die Fackeln der Soldaten Licht spendeten.

Der Flut war das egal. Sie raste trotzdem heran, so laut wie die Stadt selbst. Wie Kullens geborstener Tod. *Kein Entkommen. Nur der Sturm.*

Merik rannte weiter, Schwarz vor den Augen. Sein Hörvermögen ausgeschaltet durch das Dröhnen. Weiter, weiter – er musste einfach weiter.

Orangefarbenes Licht flackerte. Neue Laternen. Neue Tunnel. Das Ende der Kackstraße war jetzt ganz nahe, am Ende der glitzernden Rampe vor ihnen. Merik rannte schneller. Vier Schritte.

Zwei.

Er warf sich auf den Absatz, wirbelte herum und entdeckte Cam immer noch zehn Schritte hinter sich, gejagt von einer Wand aus Wasser.

Ohne darüber nachzudenken, schickte Merik eine Peitsche aus Macht aus. Die Winde schlossen sich um Cam. Winzig, aber so stark wie sie auch. Ein Faden aus Licht trug das Mädchen die letzten Schritte in Sicherheit.

Cam kollabierte schwer atmend auf dem Boden neben Merik. Ihr Körper zitterte. Sie war mit Dung und Noden weiß was überzogen, während Wasser in einem perfekten magischen Kreisel an ihnen vorbeischoss.

Besorgt griff Merik nach ihr. »Geht es dir«, keuchte er, »gut?«

Ein erschöpftes Nicken. »Aye … Sir.«

»Wir können aufhören.«

»Niemals«, krächzte sie. Als Merik ihr seine Hand entgegenstreckte, lächelte sie erschöpft. Dann ließen sie gemeinsam das wilde Tosen der Kackstraße hinter sich.

22

Aeduan stürmte den Uferweg entlang, seine Magie in Flammen. Sein Körper bewegte sich zu schnell, um anzuhalten, zu schnell, um zu kämpfen. Er stürmte direkt zwischen den Rotsegeln hindurch, die die Strangmagis jagten.

Sie zogen ihre Säbel. Stahl blitzte, Schreie erklangen. Doch Aeduan plante kein Gefecht. Nicht heute.

Ein Säbel zischte nach vorne, entzündete Aeduans Instinkte. Er duckte sich, rollte sich ab und brach durch die Bäume neben dem Amonra.

Strangmagis, Strangmagis – wo war die Strangmagis?

Er entdeckte sie. Nicht weit vor ihm, am Ufer. Er könnte sie einholen, wenn sie nur anhalten würde.

Doch sie stoppte nicht, sondern tat stattdessen etwas von solch monumentaler Dummheit, dass sich Aeduan fragen musste, ob sie von einem Todeswunsch getrieben würde. Denn er hatte schon einmal gesehen, wie sie so etwas getan hatte, auf einer Klippe nördlich von Veñaza. Diesmal allerdings würde Aeduan sie nicht entkommen lassen.

Diesmal würde er ihr über die Kante folgen.

Aeduan stieg eine Blutwitterung in die Nase, die nach Folter und herausgerissenen Eingeweiden stank. Er wirbelte genau in dem Moment herum, als der Mann angriff. Aeduan trat zu und traf mit der Wucht eines Hammers das Knie das Mannes.

Knochen brachen. Der Mann stürzte, doch Aeduan war bereits verschwunden. Rannte schon, bereit, sich in den Fluss zu stürzen wie geplant … und dann erstarrte er. Ein beiger Mantel – sein Mantel, den er bei der Strangmagis gelassen hatte – sauste den Fluss entlang, in einer Geschwindigkeit, der kein Mensch folgen konnte.

Kein Mensch außer Aeduan. Er warf sich in einen magiegetriebenen Sprint. Innerhalb von Sekunden hatte er den Mantel eingeholt. Das Kleidungsstück raste den Fluss hinab, in Reichweite des Ufers.

Aeduan lief schneller, schneller, einen Baum am Ufer im Blick. Die Böschung darunter war unterspült, sodass die Wurzeln freilagen und perfekten Halt boten.

Erde flog durch die Luft, als sich Aeduan nach vorne warf und einen Arm um die Wurzeln schlang. Wasser spritzte, eisige Kälte traf seine Wangen.

Der Mantel hatte ihn fast erreicht. Er streckte sich, streckte sich weiter … Er war zu weit entfernt. Aeduans Hand fand nur eisiges Wasser. Ohne darüber nachzudenken, stieß er sich vom Ufer ab und tauchte in die Wellen.

Doch unter der Wolle wartete keine Strangmagis. Dort erwartete ihn nichts außer Kälte und der tobenden Wut des Amonra.

Iseult hatte keine Ahnung, wieso sie noch lebte.

Der Logik und der Physik zufolge sollte das nicht möglich sein. Der Amonra war unbezwingbar. Er wirbelte sie nach oben, nur um sie wieder nach unten zu reißen. Licht, Keuchen. Dunkelheit, Tod. Nicht hören, nicht atmen, nicht leben. Ein Jahrhundert lang – oder vielleicht auch nur wenige Momente – füllte die Strömung jeden Teil von Iseults Wahrnehmung.

Sie knallte gegen Felsen, touchierte den Grund, wurde von Wellen durchgeschüttelt, die so stark waren, dass sie sich fest anfühlten. Ihre Knöchel blieben zwischen Steinen und an Wurzeln hängen, an tausend unsichtbaren Klauen im Fluss. Jedes Mal wirbelten die schäumenden Stromschnellen sie wieder nach oben, sodass sie nach Luft schnappen konnte, nur um sofort wieder in die Tiefe gesaugt zu werden.

Bis Iseult gegen etwas stieß, das *zurück*stieß. Die Welt löste sich auf. Dann wurde ihr Körper nach hinten gerissen. Vollkommen falsch. Aber sie wurde von etwas festgehalten.

Iseult riss die Augen auf, kämpfte gegen den Druck des Flusses an ihrem Gesicht. Sie sah nichts, fühlte aber Hände. Arme.

Er. Er musste es sein. Niemand sonst besaß keine Stränge.

Niemand sonst war so stark.

Doch der Amonra war noch stärker. Immer stärker. Er riss den Blutmagis – und Iseult mit ihm – weiter. Hob die beiden an die Oberfläche … und presste sie wieder nach unten.

Luft, dachte Iseult. Es war der einzige Gedanke, der in ihrem Kopf noch Platz hatte. Sterne blitzten auf und explodierten. Ein Hämmern erhob sich in ihrem Kopf, doch gleichzeitig drängte sich noch etwas anderes in ihr Bewusstsein. Ein gewaltiges Rumpeln.

Etwas, das sie und der Blutmagis nicht überleben konnten: die Amonra-Fälle.

Wann immer ihre tauben Zehen den Grund berührten, versuchte Iseult sich einzugraben. Der Fluss zerrte an ihr, doch sie bohrte sich tiefer in den Boden. Hinter ihr verstand der Blutmagis, was sie vorhatte. Er imitierte ihre Bewegungen, rammte seine Fersen in den Boden.

Er hielt den schlimmsten Druck der Strömung von ihr ab, also streckte Iseult die halb gefrorenen Arme aus, um etwas zu finden, an dem sie sich festklammern konnte. Verzweifelt. *Luft, Luft*. Ihre Knöchel trafen auf Stein. Beiläufig nahm sie wahr, dass ihre Haut aufplatzte – und gleichzeitig spürte sie, wie der Blutmagis den Halt verlor. Bald schon würde der Fluss sie wieder für sich beanspruchen.

Luft, Luft.

Das, woran sie sich die Knöchel aufgerissen hatte, war ein Vorsprung an einer hohen Felssäule. Sie packte den Stein mit gefrorenen Fingern. Gerade rechtzeitig. Aeduans Füße wurden aus dem Grund gerissen, der Fluss zerrte ihn nach vorne.

Aber er klammerte sich an Iseult fest, und Iseult umklammerte den Felsen. Ihre Muskeln schrien, die Gelenke knackten.

Aeduan zog sich um Iseult herum. Eine Hand, groß und rau, schloss sich um ihre – festigte ihren Griff und hielt auch ihn fest, als er denselben Felsen umklammerte.

Luft, Luft.

Aeduan fand einen weiteren Halt. Er zog, Iseult drückte, und zusammen kämpften sie sich nach oben, Zentimeter um Zentimeter. Iseult ankerte, Aeduan kletterte – während der Fluss an ihnen zerrte.

Bis der Amonra sie beide schließlich freigab. Bis sie endlich die Oberfläche durchstießen und Luft, Luft, *Luft* sie umspielte.

Iseult blieb gerade genug Zeit, sich einmal umzusehen – eine zerklüftete Felszunge, Wasserfall vor ihnen, keuchender Blutmagis neben ihr –, bevor sie auf dem nassen Granit zusammenbrach und die Welt wunderbar still wurde.

Aeduan lag, schwer atmend, auf den Felsen, und es kam ihm wie eine Ewigkeit vor, während der Fluss vorbeidonnerte und die eisige Kälte des Amonra langsam aus seinen Knochen wich. Das Brüllen des Amonra verklang allerdings nie.

Irgendwann setzte sich die Strangmagis auf, also tat Aeduan es ihr gleich. Die Rotsegel, die sie gejagt hatten, waren verschwunden. In der Nähe lauerten keine Witterungen – weder die der Piraten noch die anderer Menschen.

»Warte hier«, sagte Aeduan mit belegter Stimme. »Ich werde bald zurück sein.«

Auf das schweigende Nicken des Mädchens hin dehnte Aeduan seine Magie an die Grenzen ihrer Reichweite, dann suchte er nach einem sicheren Versteck. Nach einem Ort, an dem ihm kein menschliches Blut in die Nase stieg, wo seit Jahren niemand gewandelt war.

Was er fand, waren uralte Ruinen. An die Klippen gebaut, mehr Wald als Festung. Wer auch immer diese Granitwände und Säulen hinterlassen hatte, das Volk war in der Zeit verloren gegangen. Alte Steinreliefs waren zu rätselhaften Mustern verwittert. Böden und Decken waren von Wurzeln und Ästen ersetzt worden, Fliesen und Mosaike von Flechten und Pilzen.

Doch so an den Felsen geschmiegt, war der Ort leicht zu verteidigen, und er lag gut versteckt. Ein intensives Schnüffeln um die Stelle gab nichts preis außer Tierdüften. Die Saatkrähe war hier entlanggekommen, aber keine Menschen. Keine Sklavenhändler.

Als Aeduan zu der glatten Granitplatte zurückkehrte, äußerte er nur die Worte: »Hier entlang.« Doch sie verstand. Sie folgte ihm. Weg vom Wasserfall, fort vom Fluss, weg von jeder Blutwitterung von Menschen.

Es dauerte lange, über den steilen Hügel abzusteigen.

Ein ständiges Vor und Zurück, um den einzigen Weg zu finden, den das Gelände erlaubte. Schließlich erhoben sich die ersten Monolithen aus dem Boden, und der Boden glättete sich zu einer schmalen, überwucherten Steppe. Hier hatten Menschen die Klippen nach ihrem Wunsch bearbeitet. Hier hatten riesige Zypressen ungehindert Wurzeln geschlagen.

Die Strangmagis sprach auf der Wanderung kein Wort. Sie atmete stoßweise. Offensichtlich brauchte sie Ruhe, offensichtlich brauchte sie Nahrung. Also hielt Aeduan, obwohl seine Muskeln nach Geschwindigkeit verlangten, seine Schritte langsam. Machbar.

Bis sie endlich das Herz der Ruinen erreicht hatten. Es war der einzige Ort, an dem noch vier Wände standen. Zugegeben, Ranken und Pilze hatten den Granit erobert, und es gab kein Dach, aber Mauern waren Mauern. Die meisten Leute mochten sie.

Allerdings war die Strangmagis nicht wie die meisten Leute.

Sie sank auf Stein und Erde und zog die Knie an die Brust. Trotz der schwülen Hitze zitterte sie.

»Wieso jagt er dich?« Aeduans heisere Worte durchschnitten die greifbare Stille.

»Wer?«, fragte die Strangmagis, die Stimme erschöpft und durch ihre Knie gedämpft. Sie hob den Kopf. Sie hatte einen Schnitt auf der Stirn, den Aeduan bisher nicht bemerkt hatte.

»Der Puristenpriester«, antwortete Aeduan. »Corlant.«

Zu seiner Überraschung stockte ihr der Atem. Ihre Hand schoss zu ihrem rechten Oberarm, etwas wie Angst huschte über ihr Gesicht.

Mehr Gefühl hatte er bei der Strangmagis noch nie gesehen. Ein Hinweis darauf, dass die Erschöpfung ihre sorgfältige Selbstkontrolle gebrochen hatte. Aeduan hatte nicht gewusst, dass das möglich war.

Das Mädchen hatte gegen Aeduan gekämpft – ihn in eine Falle gelockt und ihm die Wirbelsäule gebrochen. Sie hatte sich mit Stadtwachen geschlagen und sich geborstenen Giftmagi direkt gestellt, und doch hatte Aeduan noch nie Furcht an ihr bemerkt.

»Du kennst ihn also«, sagte Aeduan.

»*Woher*« – offensichtlich musste sie sich konzentrieren, um das Wort hervorzupressen –, »kennst *du* ihn?«

Aeduan zögerte. Mehrere Augenblicke lang hörte man kein Geräusch, abgesehen vom entfernten Dröhnen des Wasserfalls, sah keine Bewegung außer den Ästen, die sich in der Brise wiegten.

Aeduan schwankte unter dem Messer der Herrin des Schicksals. Die Frage lautete, welche Seite der Klinge bedeutete weniger Schmerzen? Iseult die Wahrheit über Corlant und die Pfeilspitze zu enthüllen würde bedeuten, dass jeder Verrat, den Aeduan vielleicht geplant hatte, unmöglich wurde.

Doch die Pfeilspitze geheim zu halten sorgte dafür, dass ihnen mehr Männer wie die Rotsegel folgen würden. Aeduan konnte nicht seine gesamte Zeit an Iseults Seite verbringen, und wenn einer von Corlants anderen Hunden sie erneut einholte – wenn er sie an die Rotsegel verlor … an diesen Feuermagis –, dann würde er auch sein Silber verlieren.

Also zog er die Pfeilspitze aus der Tasche. »Corlant hat mich angeheuert«, erklärte er barsch, »bevor ich dir begegnet bin. Er wollte, dass ich dich finde und dich zu ihm bringe. Lebend.« Vorsichtig schob sich Aeduan näher an die Strangmagis heran, wobei er damit rechnete, dass sie zurückwich.

Das tat sie nicht. Natürlich nicht. Sie rieb sich lediglich den Oberarm. Sobald Aeduan nahe genug war, zog sie die Pfeilspitze aus seinen ausgestreckten Fingern.

»Wieso erzählst du mir das?«

»Weil meine Silbertaler mir mehr wert sind als das, was der Priester anbietet. Und weil ich nicht die einzige Person bin, die Corlant angeheuert hat, um dich zu finden. Diese Männer arbeiten für ihn, und ich gehe davon aus, dass noch mehr folgen werden.«

Iseult starrte Aeduan an. Sie schwankte. Ihr Gesicht verzog sich. Dann fing sie an zu lachen.

Das Geräusch unterschied sich von allem, was Aeduan bis jetzt gehört hatte. Es war kein perlendes Lachen wie das der wohlhabenden Ehefrauen in Veñaza, die ihre Erheiterung kontrolliert und wie eine Waffe eingesetzt hatten. Nicht das schallende Wiehern von jemandem, der frei, offen und oft lachte.

Dieses Lachen klang schrill und atemlos, halb krampfhaftes Trillern, halb panisches Keuchen. Es war kein angenehmes Geräusch; es lud andere nicht dazu ein, darin einzufallen.

»Dämliches Glück«, presste sie hervor. »Das ist es, was mich immer wieder rettet, Blutmagis. Dämliches. *Glück.*« Zum ersten Mal, seit sie sich mit ihm zusammengetan hatte, sprach die Strangmagis Dalmotti. »Göttin im Himmel, das ist schon in der Phrase beinhaltet, nicht wahr? ›Dämliches Glück.‹ Wähle die dümmste Möglichkeit, und die Herrin des Schicksals wird dich belohnen.

Ich sollte tot sein, Blutmagis. Ich sollte von Steinen zermahlen oder unter dem Wasserfall zerschmettert sein. Aber das bin ich nicht. Und Corlant? E… er hat schon einmal versucht, mich zu töten. Mit diesem Pfeil.« Sie hielt die Spitze hoch, die Augen unverwandt darauf gerichtet. »Und er hat ihn sogar noch verflucht. Damit der F-Fluch mich töten würde, sollte es der Wunde nicht gelingen. Aber irgendwie habe ich überlebt.«

Iseults Lachen wurde schwächer, dann verklang es vollständig. »Du warst immer da, Blutmagis. Irgendwo, l-lauernd. Du bist der Grund, warum ich zu meinem Stamm zurückkehren musste – was bedeutet, dass du der Grund dafür bist, dass Corlant angreifen k-k-konnte. Wenn ich dich also nie getroffen hätte, wäre ich dann heute überhaupt hier?«

Aeduan kniff die Augen zusammen – nicht wegen ihrer Worte, sondern wegen der Art, wie sie sich ausdrückte. Sie machte ihn für den Puristenpriester Corlant verantwortlich. Gab ihm die Schuld an allem. Doch es war ja nicht so, als hätte er um das alles gebeten.

»Wenn ich dich nie getroffen hätte«, hielt er kühl dagegen, »wäre meine Wirbelsäule nie gebrochen, und Leopold fon Cartorra hätte mich nie angeheuert. Mönch Evrane wäre nicht fast gestorben, und ich wäre nicht gezwungen, für …«

»Mönch Evrane lebt?« Die Strangmagis kämpfte sich auf die Beine, und ein neuer Gesichtsausdruck verdrängte die Hysterie: die Augen riesig, die Lippen geöffnet. *Hoffnung*. »Ich dachte, die Geborstenen in Lejna hätten sie getötet. Aber … sie lebt?«

Auf Aeduans Nicken hin ließ Iseult den Kopf in den Nacken sinken und schloss die Augen. Als sie wieder sprach, war es Nomatsi, und das Stottern war verschwunden. »Was auch immer zwischen uns geschehen sein mag«, sagte sie ruhig. »Welche Ereignisse auch immer uns hierher geführt haben, es lässt sich nichts mehr daran ändern. Und jetzt schulde ich dir mein Leben. Zweimal.«

Aeduan versteifte sich bei der Erwähnung einer Lebensschuld. Doch sie war noch nicht fertig.

»In Lejna hast du versprochen, mich umzubringen, falls wir uns noch mal begegnen sollten. Du hast erklärt, deine Lebensschuld sei gezahlt. Nach deiner eigenen Rechnung stehe ich einmal in deiner Schuld, weil du mich letzte Nacht nicht getötet hast. Ein zweites Mal, weil du mich vor dem Amonra gerettet hast. Vielleicht sogar ein drittes Mal, weil du mich vor Corlant gewarnt hast.« Sie lachte, erneut dieses hysterische Geräusch – aber es verklang sofort wieder. Dann sagte sie mit kühler, ernster Miene: »Ich weiß nicht, wie ich dir das vergelten soll, Mönch Aeduan. Aber ich weiß, dass die Mondmutter wollen würde, dass ich es versuche.«

Bei diesen Worten zuckten Aeduans Muskeln. Er wandte sich zu heftig von ihr ab. »Ich bin kein Mönch mehr«, war alles, was er sagte, bevor er die Ruine mit großen Schritten verließ.

Jemand musste ihre vergessenen Vorräte retten.

Seine langsamen Schritte beschleunigten sich zu einem Trab und wurden zu einem Galopp, bei dem Farnwedel gegen seine Beine peitschten und ihm Äste die Haut zerkratzten.

Jemand schuldete Aeduan eine Lebensschuld. Das war ...

Etwas Neues.

Etwas Neues, von dem er nicht wusste, wie er damit umgehen sollte. Die Strangmagis Iseult war noch am Leben, weil er dafür gesorgt hatte. Sie konnte im Moment atmen und das Flusswasser schmecken, weil er ihr Leben gerettet hatte.

Doch in gewisser Weise hatte sie auch seines gerettet. Zuerst hatte sie ihn nicht getötet, als er bewusstlos in der Bärenfalle lag. Und zum Zweiten war sie es gewesen, die sich kurz vor den Amonra-Fällen an dieser Säule festgeklammert hatte.

Doch Aeduan beschloss, das nicht zu erwähnen. Denn

wenn die Strangmagis glaubte, sie schulde ihm drei Leben, verschaffte ihm das einen Vorteil. Er konnte das zu seinem Vorteil einsetzen. Er wusste noch nicht, wie, wusste noch nicht, wann. Er wusste nur, dass er es tun würde.

23

Trotz ihres heruntergekommenen Aussehens gehörte das Publikum der *Vergoldeten Rose* zu den Reichsten der Rotsegel. Die Sklaven verrieten es – ihre sauberen Gesichter, die maßgeschneiderte Kleidung.

Als Caden und Safi das Haus betraten, schien die Luft zu knistern, und Safis Magie kribbelte sofort in ihrem Nacken. Hier gab es irgendeine Art von Illusion. Ein Zauber, der Mängel vertuschte, die Wahrheit abmilderte und alle in ein unnatürliches, aber schmeichelhaftes Licht tauchte.

Falsch, falsch, falsch.

Die Paare auf dem niedrigen Sofa und die Leute, die an den Tischen aßen, sahen alle aus, als wären sie aus einem Gemälde getreten.

Schönheit, wurde Safi klar, während sie Caden zu einer mit einem Vorhang verhängten Tür im hinteren Teil des Zimmers folgte. Welcher Zauber auch immer hier am Werk war, er verlieh *allen* Schönheit.

Allerdings nicht Caden. Der Illusionszauber ließ ihn nicht glänzen, und welche Schönheit er auch besitzen mochte – Safi konnte nicht leugnen, dass es sie gab –, war allein der Natur zu verdanken. Dann hatten sie den Vorhang hinter sich gelassen, und vor ihnen standen kniehohe Tische gleichmäßig verteilt auf kostbaren Teppichen, umgeben von Bodenkissen. Auf jedem Tisch lagen Karten und Münzen, während dichter Rauch aus Pfeifen die nackte Haut der Sklaven der *Vergoldeten Rose* umspielte.

Safis Magie kratzte und kribbelte, während sie das Zimmer durchquerten. *Falsch* beschrieb nicht mal ansatzweise diesen Ort. Oder die Rotsegel.

Caden deutete auf einen Tisch in der hintersten Ecke, an dem lediglich eine einsame Frau saß. Ihr graues Haar war hoch auf ihrem Kopf aufgetürmt, und wie jeder andere in diesem Etablissement leuchtete ihre schwarze Haut vor Perfektion. Geld und Karten lagen vor ihr verteilt, und ihr selbstzufriedenes Grinsen ließ vermuten, dass sie die Verlierer des Kartenspiels gerade vertrieben hatte.

Die Frau war so sehr in das Zählen ihrer Münzen vertieft, dass sie weder Caden noch Safi bemerkte, bis sich Caden auf die Bank neben ihr fallen ließ.

Ein Stirnrunzeln. »Wer seid …« Sie brach ab, ihr Stirnrunzeln vertiefte sich. »Drückt Ihr da ein Messer an meine Nieren?«

»So ist es«, antwortete Caden in derselben Sprache, die die Frau gesprochen hatte – Dalmotti. »Ich habe nur ein paar Fragen zu stellen, Admiralin Kahina, dann werden meine Begleiterin und ich Euch wieder Eurem Kartenspiel überlassen.«

»Und wenn ich nicht antworte … dann was? Werdet Ihr mich ausweiden?« Sie wedelte gelangweilt mit der Hand und sagte gedehnt: »Oh nein. Jemand muss mich vor dem bösen Mann mit dem Messer retten.«

Safi schloss die Frau sofort ins Herz.

»Euch ist bewusst«, fuhr Kahina fort, »dass ich die größte Flotte von Rotsegeln auf der Jadansi-See befehlige? Falls Ihr tatsächlich dämlich genug sein solltet, mir dieses Messer in den Rücken zu rammen, wärt Ihr tot, bevor Ihr auch nur die Tür erreichen könnt.«

»Falls Euch das lieber ist«, bot Caden an, die Miene unverändert, »können wir beide dieses Gespräch auch zu Füßen der Höllentore weiterführen. Ich habe gehört, Nierenverletzungen bluten heftig. Wir könnten uns dort treffen, noch bevor die nächste Stunde schlägt.«

Kahina beäugte Caden einige Momente lang. Ihre Finger trommelten auf den Tisch. An ihrem rechten Daumen trug sie einen protzigen Jadering, der auf dem Tisch klapperte. Dann verzog ein Lächeln ihre Lippen. »Wer seid Ihr? Ich bin keine Männer gewöhnt, deren Zunge so scharf ist wie ihr Aussehen. Und du« – ihr Blick huschte zu Safi –, »setz dich, Mädchen. Bei meiner Ehre, ich werde nicht beißen.«

Die Wahrheit ihrer Worte war nicht zu überhören, also tat Safi, wie ihr befohlen worden war, und setzte sich auf Kahinas andere Seite. Jetzt konnte sie das Taro-Spiel auf dem Tisch näher betrachten. Seegrüner Rücken, abgestoßene Ränder.

Safis Finger begannen, auf ihre Knie zu trommeln, weil sie sich danach verzehrten, die Karten zu mischen. Zu spielen. Doch sie zwang sich, den Blick abzuwenden und stattdessen Admiralin Kahina zu mustern – die Safi jetzt durch die Magie der Illusion hindurch erkennen konnte. Die Admiralin, wenn auch von Natur aus gut aussehend, war nicht mehr jung, und ihre Zähne waren zu einem schlammigen Braun verfärbt.

Safi verstand, warum, als Kahina sagte: »Gib mir die Pfeife, Mädchen.«

Safi tat es, Caden starrte böse. »Wir sind nicht zum Vergnügen hier, Admiralin. Wir sind wegen des Schiffs hier, das Ihr vor drei Tagen aufgebracht habt.«

»Zünde«, murmelte Kahina in Richtung Pfeife, bevor sie

einen tiefen Zug nahm. Fahler Rauch glitt zwischen ihren Zähnen hervor, während sie flötete: »Da müsst Ihr schon genauer werden. Ich bringe so viele Schiffe auf. Habe ich schon erwähnt, dass ich die größte Flotte der Rotsegel besitze?« Kahina lehnte sich Caden verführerisch entgegen.

Zu Safis Entsetzen beugte auch er sich verführerisch vor. Direkt vor ihren Augen verwandelte sich Caden in den charmanten Schwindler. Die Veränderung war unglaublich – genauso wie die Geschwindigkeit, mit der sie ablief. Der Höllebarde namens Caden, so pflichtbewusst und streng, entspannte sich zum charmanten Schwindler, mit interessiertem Blick und attraktivem Lächeln.

Genau so ein Lächeln ließ er jetzt aufblitzen. Hitze stieg in Safi auf. Wütende Hitze. Faszinierte Hitze. *Verwirrte* Hitze. Denn es war dieses perfekte, dreimal verdammte Grinsen, das sie in Veñaza in Schwierigkeiten gebracht hatte.

»Das Schiff, nach dem ich suche, ist ein Marinekutter. Bemannt mit Männern in Grün.«

»Marstokisches Grün oder cartorrisches Grün? Oh, wie dumm von mir.« Sie zog an ihrer Pfeife, dann richtete sie den Blick auf Safi.

Safis Finger trommelten schneller.

»Ich habe noch nie zwei Menschen gesehen, die cartorrischer aussehen. Das helle Haar und diese Sommersprossen. Ihr habt Glück, dass Euch bisher niemand in unserem kleinen Territorium die Haut abgezogen hat.«

»Beantwortet die Frage.« Cadens Stimme wurde härter. Sein Charme ließ bereits nach. »Wo ist der cartorrische Kutter?«

»Auf dem Grund der Bucht.«

Also, das war eine Lüge – und der perfekte Moment für Safi, sich einzumischen. Schließlich konnte auch sie dieses

Spiel spielen. »Ist das auch der Ort, an dem Ihr Eure Jugend und Schönheit versteckt?«

Kahina verschluckte sich an Rauch. Dann lachte sie. »Ihr beide«, sagte sie, immer noch begleitet von leisem Lachen, »seid sehr viel unterhaltsamer als meine üblichen Tischgesellen.« Sie biss in die Pfeife, um sie festzuhalten, dann sammelte sie die Taro-Karten vom Tisch ein. »Ihr seid Euch sicher bewusst, dass Ihr – selbst wenn das Schiff in der Nähe wäre – niemals fähig wärt, es aus der Bucht zu segeln.«

»Und deshalb werdet Ihr uns auch verraten, wo sich die Mannschaft befindet.«

Kahina schnaubte abfällig. »Morgen ist Bailes Gemetzel.« Als Safi und Caden nur verwirrt die Stirn runzelten, fügte sie hinzu: »Lady Baile – wahrscheinlich kennt Ihr sie in Cartorra nicht. Doch in diesen Breiten ist sie die Schutzherrin der Meere, und Matrosen nehmen ihre Regeln ernst.«

»Regeln?«, fragte Safi, obwohl Caden ihr Blicke zuwarf, die deutlich sagten: Ermuntere sie nicht.

»Drei Regeln hat sie«, flötete Kahina, während sie die Karten mischte. »Unsere Herrin der Meere. Kein Pfeifen im Sturm. Katzen mit sechs Krallen halten Mäuse in Schach. Und bleibt vor Bailes Gemetzel immer, immer über Nacht.«

Nun, dachte Safi, *das erklärt das Schild im Gasthaus.*

Kahina war noch nicht fertig. »Versteht Ihr nicht, Ihr Lieben? Bis nach dem Kampf in der Arena ist es Schiffen nicht einmal *erlaubt*, den Hafen zu verlassen. Und selbst dann werden es nur wenige tun. Heute Abend werden alle heftig saufen, und morgen noch mehr. Das ist schließlich der größte Kampf des Jahres.« Mit einem Lächeln fächerte sie die Karten auf, eine geschickte Bewegung, die den Blick auf sich ziehen sollte.

Weder Caden noch Safi fielen darauf herein. Tatsächlich stieß Caden seine Klinge ein weniger fester in den Körper der Frau. »Admiralin, meine Geduld ist nicht endlos. Wo. Ist. Der. Cartorrische. Kutter?«

Kahina zog einen Schmollmund. »Oh, Ihr beide seid so mürrisch. Wie wäre es damit ...« Sie hielt Caden die Karten entgegen. »Ich werde Euch sagen, wo Ihr Euer Schiff findet, wenn Ihr beim Taro gewinnen könnt.«

»Nein, Admiralin«, beharrte Caden. »Ihr werdet es uns jetzt sagen.«

»Nur eine Runde. Das beste Blatt gewinnt.«

»Ich werde es machen.« Die Worte drangen über Safis Lippen, bevor sie darüber nachdenken konnte oder auch nur abschätzen konnte, welche Sorte Gegner Kahina sein würde. Sie wusste einfach nur, dass Kahina die Wahrheit gesagt hatte: Im Falle einer Niederlage würde sie ihnen von dem verlorenen Schiff erzählen.

Und Safi bemerkte auch, dass in dem Moment, in dem die Abmachung geschlossen war, ihre Finger endlich Ruhe fanden.

Die Admiralin der Rotsegel-Piraten lächelte. Rauch kräuselte sich zwischen ihren braunen Zähnen hervor. Dann mischte sie zweimal schnell und gab jedem von ihnen vier Karten. Ihr Ring glitzerte und blitzte.

»Schau«, befahl sie.

Safi begutachtete ihre Karten. Es war ein gutes Blatt, und obwohl sie sich vollkommen sicher war, dass sie keine verräterischen Zeichen hatte, achtete sie sorgfältig darauf, ihre Miene unbeweglich zu halten.

»Karte?«, fragte Kahina sanft. Ihre Nüstern blähten sich siegessicher.

Es war ein Bluff. Eine Lüge. Safi spürte es, ohne hinzusehen.

»Zwei Karten.« Safi schob ihre zwei schlechtesten Karten über den Tisch, bevor sie zwei weitere vom Stapel nahm.

Die Kaiserin und der Magis. Eine ausgezeichnete Kombination.

Doch als Kahina nur eine neue Karte nahm, spürte Safi einen Stich der Unsicherheit. Hatte sie sich geirrt? Passierte dasselbe wie in Veñaza? Deutete sie die Zeichen falsch und tappte in eine …

»Sehen.«

Bei diesem Befehl übernahmen Safis Instinkte das Kommando. Safi legte ihre Karten im selben Moment auf den Tisch wie Kahina ihre.

Safi hatte gewonnen. Gerade so. Kahinas Namenloser-Mönch-Karte verdoppelte das Gewicht ihrer Trümpfe – aber Safis Kombination aus Magis, Kaiserin, Sonne und Geburt bedeuteten letztendlich den Sieg. Endlich erlaubte sich Safi, Caden anzusehen.

Seine Augen glänzten. Als er sich zu Kahina beugte, lächelte er, und seine Bewegungen waren von neuer Energie erfüllt. »Und jetzt wegen dieses Schiffs, Admiralin.«

»Schön.« Ein dramatisches Seufzen. »Ich habe den Kutter in meine Flotte aufgenommen, wie es jeder mit ein wenig Hirn getan hätte. Er ist ein hübsches, geschwindes Schiff, und ich hoffe inständig, dass Ihr ihn nicht zurückhaben wollt.« Sie hielt inne, um an ihrer Pfeife zu ziehen. Dann drangen die Worte in einer Rauchwolke aus ihrem Mund: »Und was die Mannschaft angeht, die habe ich an die Arena verkauft. Jegliche Magi werden morgen kämpfen, und all die anderen, nun … jedes gute Gefecht braucht Lämmer für die Schlachtbank.«

Wahr, wahr, wahr.

Doch obwohl sich die Wärme der Wahrheit in Safi ausbreitete, hob sich ihr Magen.

Caden schien es ähnlich zu ergehen, denn seine Miene war eiskalt. Kein charmanter Schwindler mehr, sondern nur die kalte Entschlossenheit des Höllebarden. Er stand auf; Safi folgte seinem Beispiel.

Admiralin Kahina griente zu ihnen empor. »Ich hoffe sehr, Euch wiederzusehen.«

»Das werdet Ihr nicht«, versprach Caden, während er die Hand nach Safi ausstreckte. Er berührte sie nicht, sondern wies sie nur mit einer Geste an, vor ihn zu treten, damit sie zum Ausgang gehen konnten.

»Aber was ist«, flötete Kahina hinter ihnen her, »mit unserem Treffen zu Füßen der Höllentore? Ich hatte mich so darauf gefreut.«

Weder Safi noch Caden sahen zurück. Das mussten sie nicht, denn das spöttische Lachen der Piratin folgte ihnen bis zur Tür.

24

Vivia untersuchte den Riss in der Wand des königlichen Lagers. Sie hatte die berühmte verärgerte Nihar-Miene aufgesetzt – die Merik immer so leichtgefallen war –, wobei sie sich den Nasenrücken massierte.

Alles stank nach Exkrementen.

Neben ihr faselte eine hübsche Wachfrau endlos davon, dass sie nicht gewusst hatte, dass es Risse im Fundament gab. »Hätten wir davon gewusst, hätten wir dieses Loch sofort gestopft«, beharrte sie.

Vivia musste nur nicken und angemessen wütend wirken. Die Wahrheit lautete, dass Vivia gewusst hatte, dass es diesen Riss gab. Tatsächlich hatte sie diesen Spalt selbst geschaffen, wissend, dass die Fluten und der Dreck der Kackstraße Eindringlinge fernhalten würden. Bisher war es die perfekte Lösung gewesen, die Güter der Fuchs-Flotte ungesehen ins Lager zu bringen. Entweder Vivia oder Stix rief eine frische Flut, um den Tunnel zu säubern, und dann wurden nach und nach die gestohlenen Waren eingelagert.

Die Frauen hatten diesen Trick fünfzig Mal durchgezogen, und es war immer problemlos gegangen.

Natürlich bis auf heute.

»Verdammte Furie«, fluchte Vivia, echte Gehässigkeit

in der Stimme. Nicht nur weil der Mann eine königliche Wache getötet hatte, sondern weil Vivias Pläne dadurch ins Wanken gerieten. Zu viele Leute hatten das Geheimnis gesehen – all die unleugbar fremden Nahrungsmittel in den untersten Ebenen. Und dieser Zugang zum Lager war ihre Idee gewesen – gegen die sich ihr Vater vehement gewehrt hatte.

Oh, Serafin würde nicht glücklich sein.

Vivia wandte sich ab. Die Wachfrau rief hinter ihr her: »Sollen wir den Riss schließen, Sir?«

»Lasst ihn!«, rief Vivia. »Für den Moment will ich, dass er bewacht wird. Zehn Wachen, rund um die Uhr.« Es folgte eine kurze Bestätigung, dann ließ Vivia die Frau zurück, um in Richtung Treppe zu gehen. Sie umrundete Diener und Soldaten, die alle nach weiteren Rissen im Fundament des Palasts suchten. Nach weiteren Stellen, an denen Kriminelle eindringen könnten.

Zu viele Leute, dachte Vivia, als sie die Treppe erreichte. Auf keinen Fall konnte sie damit rechnen, dass sie alle das Geheimnis der Füchse wahrten. Eine Person – mehr brauchte es nicht. Irgendwer würde einem Freund über einem Glas Ochsentee im *Geborstenen Mann* erzählen: »Ich habe im Lager marstokischen Weizen gesehen!« Dann würde dieser Freund plaudern, bis jeder über die Füchse Bescheid wusste, bevor Vivia oder Serafin bereit waren, deren Existenz preiszugeben. Der Hohe Rat würde sie als Risiko betrachten, als wahnsinniges Risiko, und dann würde Vivia niemals die Krone ihrer Mutter gewinnen …

»*Nein*«, zischte sie leise, als sie jeweils zwei Stufen auf einmal nahm. »Kein Bedauern. Bleib in Bewegung.« Sie erreichte die nächste Ebene und verließ die Treppe. Stix' weißer Kopf ragte über die anderen Wachen heraus, alle um die Leiche versammelt.

Vivia hatte nur einen kurzen Blick auf den Toten geworfen, doch mehr war auch nicht nötig gewesen. Der Mann sah genauso aus wie die Leiche in Lindays Garten. Die Furie war in der Tat hier gewesen; die Furie hatte in der Tat erneut getötet.

Doch jetzt trat ein Offizier, kahl und mit Baritonstimme, vor Vivia. Er schüttelte den Kopf. »Das ist keiner von Unseren. Sir.«

Vivia blinzelte verwirrt. »Was meint Ihr damit?«

»Ich meine, dieser Mann gehört nicht zur königlichen Wache.« Mit den Ellbogen bahnte er sich einen Weg durch die Menge, damit Vivia die Leiche betrachten konnte. »Das ist nicht unsere Uniform, Sir. Es ist schwierig, es unter diesem verklebten Blut zu erkennen – oder was auch immer das sein mag.« Er schüttelte sich. »Aber darunter ist es ganz andere Kleidung. Außerdem möchte ich Euch darauf aufmerksam machen, dass er nur neun Finger hat.«

Die Hand über Mund und Nase gedrückt, beugte sich Vivia vor. Tatsächlich, neun Finger. Genau wie die Leiche bei Linday.

»Wollt Ihr damit andeuten«, fragte Vivia, als sie sich wieder aufrichtete, »dass er Mitglied der Neunen ist? Ich dachte, die Bande hätte sich vor Jahren aufgelöst.«

»Vielleicht nicht.« Der Offizier zuckte mit den Achseln. »Oder vielleicht war er vor langer Zeit Mitglied bei den Neunen. Es ist ja nicht so, als könnte man einen kleinen Finger einfach wieder wachsen lassen.«

»Stimmt«, murmelte sie, und jetzt war ihre grimmige Nihar-Miene echt. Nichts von alledem ergab Sinn. Neunen im Lager – oder Neunen, die Lindays Gewächshaus bewachten.

»Sir«, sagte Stix.

Vivia gab vor, sie nicht gehört zu haben, und stiefelte stattdessen zurück zur Treppe. Sie wusste, dass es gemein von ihr war, aber es passierte schon so viel. Sie war sich nicht sicher, ob sie die Kraft hatte, Stix' zerzaustes Haar oder ihre verknitterte Uniform zu betrachten.

»Sir.« Stix packte ihren Oberarm über dem Trauerband. »Die Furie hat einen Gefährten – und ich weiß, wo der Junge lebt.«

Jetzt hörte Vivia ihr zu. Jetzt hielt sie an, auf der dritten Stufe. Sie drehte sich um, ihre Augen auf gleicher Höhe mit denen von Stix. Ihr Erster Offizier hatte auf der Stufe unter ihr angehalten.

»Letzte Nacht … es war die Furie, die Euer Büro zerstört hat. Mir blieb keine Zeit aufzuräumen – oder auf Euch zu warten –, weil ich ihm gefolgt bin.«

Vivia atmete auf. Sie verabscheute die Erleichterung, die sich in ihr ausbreitete. Denn dass Stix die Nacht nicht mit einer Geliebten verbracht hatte, machte sie trotzdem nicht zu einer passenden Partie für Vivia.

»Ihm wohin gefolgt?«, fragte Vivia angespannt.

»Zu Wesir Lindays Gewächshaus.«

Noden verdamme sie. Vivia wich zurück, erklomm eine weitere Stufe. »Wieso hast du den Mann nicht aufgehalten? Wieso hast du ihn nicht verhaftet? Er hat zwei Männer ermordet, Stix!«

Stix riss die Hände in die Luft. »Ich wusste nicht, dass er töten würde. Ich dachte, er würde vielleicht mit Wesir Linday zusammenarbeiten. Also habe ich draußen gewartet, in der Hoffnung, dass er wiederauftaucht. Als das nicht passiert ist, bin ich zu Pins Feste zurückkehrt – wo eine zweite Person in Eurem Büro war.«

Sie erreichten die nächste Ebene. Inzwischen nahmen beide Frauen jeweils zwei Stufen auf einmal.

»Ein Junge«, fuhr Stix fort. »Er war dürr, mit zweifarbiger Haut und suchte offensichtlich nach jemandem. Also habe ich ihn suchen lassen … und bin ihm dann gefolgt. Zuerst zu Nodens Tempel auf dem Falkenweg und schließlich zu einem Haus in der Altstadt.«

Der dritte Treppenabsatz glitt an ihnen vorbei. »Bist du ihm nach drinnen gefolgt? Hast du gesehen, welches Zimmer er betreten hat?«

»Nein. So nahe konnte ich ihm nicht kommen – er hat unglaubliche Reflexe. Die Art, die man nur von Kindern aus den Zisternen kennt.«

Zweiter Treppenabsatz. Inzwischen rannte Vivia förmlich. *Bleib in Bewegung, bleib in Bewegung.*

»Ich könnte Soldaten zu dem Haus schicken, Sir.«

»Nein«, keuchte Vivia. »Ich will den Mann nicht aufschrecken. Wenn er die Macht besitzt … auf diese Art zu töten« – sie deutete nach unten –, »dann dürfen wir keine Zivilisten in Gefahr bringen. Aber ich will, dass das Haus beobachtet wird. Falls der Junge auftaucht, will ich, dass man ihm folgt. Wenn wir ihn verhaften können, können wir vielleicht dieses Monster herauslocken, das sich die Furie nennt.«

»Aye, Sir!« Stix salutierte vage, als sie den letzten Treppenabsatz erreichten. Doch Vivia kam nur zehn Schritte weit, bevor sie langsamer wurde, anhalten und durchatmen musste.

Ein beängstigender Gedanke ließ ihr die Haare zu Berge stehen. »Stix«, keuchte sie. »Wenn dieser Leichnam … da unten … kein Wachmann war« – sie hielt inne und schnappte nach Luft – »und er tatsächlich zu den Neunen gehörte … was wollte er dann hier? Und was wollte die Furie hier?«

Stix hob in einer hilflosen Geste die Hände. »Ich … weiß nicht, Sir. Habt Ihr die Vorräte kontrolliert?«

»Nein … Verflucht, *nein*.«

Gleichzeitig drehten die Frauen um und eilten zur Treppe zurück. Sie liefen die Stufen hinunter, doppelt so schnell wie bei ihrem Aufstieg. Dann hatte Vivia die fünfte Ebene erreicht und drängte sich an den Wachen vorbei, Stix auf den Fersen. Sie hielt direkt auf den nächstliegenden Sack ausländisches Getreide zu.

Doch Vivia wusste bereits, was sie finden würde. Sie fühlte es in ihrem Bauch. Eine Sicherheit, die dafür sorgte, dass ihr übel wurde und ihr Magen schmerzte.

Sie riss den Sack mit dalmottischer Gerste auf.

Schwarz, alle Körner – überzogen mit demselben schattenhaften verkohlten Öl, das auch die Leiche überzog. Vollkommen ungenießbar. Genauso wie der nächste Sack und der Sack darauf.

Alles, wofür Vivia gearbeitet hatte, war zerstört. Monate der heimlichen Piraterie, ohne ausreichend Waffen, um ihre Männer zu beschützen … Monate der heimlichen Bestückung der Lagerräume … und Monate, in denen sie sich versteckt und gelogen und darum gebetet hatte, dass es sich lohnen würde. Und wofür? Damit all das durch den widerlichen Makel korrumpierter Magie zerstört werden konnte.

Sie hätte niemals auf ihren Vater hören sollen. Sie hätte auf ihre eigenen Instinkte hören und die Nahrung in Pins Feste verwenden müssen.

Und sie hätte niemals, niemals diese dreimal verdammten Waffen von den dreimal verdammten Marstokern stehlen und Merik zurücklassen sollen.

Vivia konnte nicht anders. Obwohl Stix direkt neben ihr stand, obwohl noch weitere hundert Soldaten anwesend waren, obwohl sie wusste, dass diese Geschichte an die Ohren des Hohen Rats dringen würde, presste sie die Hände an die Schläfen und schrie.

In der backofengleichen Hitze des Nachmittags führte Cam Merik durch kleine Gassen und Seitenstraßen zu einem öffentlichen Badehaus in der Altstadt. Es war genauso heruntergekommen wie alles andere in der Gegend, aber zumindest war das Wasser darin sauber.

Noch besser war, dass um diese Tageszeit niemand das Badehaus besuchte, und die Angestellten durch Meriks Münzen kaum aus ihrem Schlummer zu reißen waren. Falls sie ihren Gestank oder die Schicht auf ihrer Haut bemerkten, ließen sie es sich nicht anmerken.

»Wir brauchen neue Kleidung«, stieß Cam hervor, wenige Sekunden nachdem sie die dunkle Hütte betreten hatten. »Überlasst das mir, aye? Ich werde baden, wenn ich zurück bin!« Dann hastete sie zurück ins Sonnenlicht.

Merik ließ sie gehen. Er verstand ihr Bedürfnis, ihr *Camilla*-Geheimnis zu wahren, und letztendlich hatte sie recht. Sie brauchten neue Kleidung.

Merik badete allein, genoss den Schmerz der Seife auf wunder Haut. Im heißen durch Magie erhitzten Wasser, das seine Hüften umspielte. Wie lange würde er schrubben müssen, fragte er sich, um die Wut abzuwaschen?

Oder die Schatten?

Er hatte gehofft, er hätte sich die Streifen, als er bei Sonnenaufgang die heilende Salbe aufgetragen hatte, nur eingebildet – dass die Streifen auf seiner Brust nur von Lichtspiegelungen stammten. Doch jetzt … ließen sich die schwarzen Linien, die von seinem Herz ausgingen wie Risse in zersprungenem Glas, nicht mehr leugnen.

Noch vor einem Monat hätte Merik seine Tante gefragt, was zur Hölle mit ihm geschah. Doch wie die Dinge lagen, hatte Merik niemanden, an den er sich wenden konnte. Nur Cam, die weniger über Magie wusste als ein Frosch im Teich über das Meer.

Als hätte sein Gedanke sie beschworen, öffnete sich die Lattentür, und Cams dunkler Kopf schob sich hindurch. »Kleidung, Sir.« Sie ließ einen Haufen zu Boden fallen, zusammen mit groben Lederstiefeln. Dann zog sie sich zurück, und die Tür schwang zu.

»Junge!«

Die Tür stoppte in ihrer Bewegung.

»Schlagen die Windtrommeln noch?«

»Aye, Sir«, lautete die angespannte Antwort. »Aber keine Soldaten in der Altstadt.« *Noch nicht*, dachte Merik, als sich die Tür ganz schloss. Eilig beendete er sein Bad. Schatten und tote Männer – er würde sich später damit beschäftigen.

Als er Cam schließlich im Eingang zum Badehaus fand, wo sie Planken in der Wand zählte, glänzte die Haut des Mädchens, und ihr schwarzes Haar wirkte so daunenweich wie das Gefieder eines Gänsekükens. Wie Merik trug sie eine einfache weiße Tunika und eine weit geschnittene braune Hose, die ihr viel zu groß war, selbst mit aufgerollten Beinen und Gürtel. Anders als Merik hatte sie weder Schuhe noch einen Umhang mit Kapuze, aber andererseits brauchte sie sie wahrscheinlich auch nicht. Ihr Gesicht war nicht von Narben gezeichnet, und sie war nicht diejenige, deretwegen die Windtrommeln sangen.

»Ich glaube«, sagte er, als er an ihre Seite trat, »dass ich immer noch nach Abwasser stinke. Und ich bin mir sicher, dass sich der Gestank für die Ewigkeit in meine Nase gebrannt hat.«

Statt des Grinsens, das er erwartet hatte, entlockte das Cam nur ein Grunzen. Das sah dem Mädchen so unähnlich, dass er leicht zusammenzuckte. Sie hatte sich bereits abgewandt, eine Hand schon an der Tür.

Die Stadt kochte vor Feuchtigkeit, Menschen und Hitze,

doch Cam kommentierte nichts davon – genauso wenig wie die Soldaten, an denen sie Merik vorbeiführen musste. Sie sagte nicht einmal etwas zu der riesigen Pfütze aus Noden wusste was, durch die sie mit ihren nackten Füßen tapsen musste.

Ihr Mund blieb grimmig verzogen. Ihr Stirnrunzeln verschwand keinen Moment.

Erst als sie und Merik sich wieder sicher in Kullens Wohnung befanden, brach Cam endlich ihr Schweigen.

Sie stiefelte zu dem trüben Glas des Fensters, starrte zwei Atemzüge lang nach draußen und wirbelte dann zu Merik herum. Ihre Wangen brannten. Merik hoffte, dass es von der Hitze kam, vermutete aber, dass die Röte Wut entsprang.

»Ich habe lange und eingehend darüber nachgedacht, Sir, seitdem wir diese Lagerräume verlassen haben. Und ich habe entschieden, dass wir Hilfe brauchen.«

»Hilfe«, wiederholte Merik, während er sich den neuen Umhang auszog – viel zu groß – und ihn aufs Bett legte. »Bei was genau?«

»Toten Männer, die wieder zum Leben erwachen.« Cam schob das Kinn vor, als bereite sie sich auf eine Diskussion vor. »Was auch immer das war – was auch immer wir in diesem Lagerraum gesehen haben –, es war nicht richtig. Es war … *unheilig*!«

»Und ich bin mir sicher, die Wachen werden sich darum kümmern.«

»Was, wenn sie es nicht tun? Was, wenn sie es nicht können? Oder wenn sie nicht mal gesehen haben, was wir gesehen haben? Jemand muss erfahren, dass dunkle Magie in den Zisternen gewirkt wird, Sir.«

»Jemand?«, fragte er vorsichtig, obwohl er bereits sah, wo das hinführte.

»Die königlichen Truppen. Oder … oder der Hohe Rat.«

»Ah. Genau.« Merik lachte, ein trockenes, grausames Geräusch. »Du meinst die königlichen Truppen und der Hohe Rat, die von meiner Schwester angeführt werden. Die, nur für den Fall, dass du es vergessen hast, versucht hat, mich umzubringen.«

»Das wissen wir nicht. Nicht sicher.«

»Ach nein?« Eine heiße, aufgeladene Brise sammelte sich in seiner Brust. Merik kämpfte dagegen an. Er würde den Wind nicht einsetzen – nicht gegen Cam. »Wir wissen, dass sie uns auf See zurückgelassen hat.«

»Das hat sie für die Füchse getan, Sir. Ich sage nicht, dass es richtig war, aber sie hat Waffen für die Füchse besorgt, und wir haben gerade deutlich gesehen, dass ihre Piraterie erfolgreich war.«

Für einen kurzen Moment konnte Merik Cam nur anstarren. Dann sagte er bedrohlich langsam: »Was wir gesehen haben, war Nahrung, die Vivia hortet. Für sich selbst. Schlägst du dich auf ihre Seite, Cam?«

»Nein!« Cam riss die Hände in die Luft. »Es ist nur … wir können uns keinen Leichen stellen, die zum Leben erwachen, Sir! Nicht allein! Und was, wenn die Prinzessin«, drängte sie, »nicht versucht hat, Euch umzubringen? Was, wenn es … na ja, jemand war, der auch etwas mit dem toten Mann im Lager zu tun hat?« Sie stolperte zwei Schritte auf Merik zu.

Doch er wandte sich ab. Er konnte sie nicht ansehen. Die Einzige, der er vertraute … die Einzige, die die ganze Zeit über zu ihm gestanden hatte … wandte sich jetzt ebenfalls gegen ihn.

Er richtete den Blick auf Kullens Bücher. Auf die *Wahre Geschichte der Zwölf Paladine.* Meriks Lunge dehnte sich, drängte von innen gegen seine Rippen, gefüllt mit einer Wut, die darum bettelte, eingesetzt zu werden. Darum bettelte, zuzuschlagen und zu zerstören. Die Sache mit seiner Schwester ein für alle Mal zu klären.

»Vivia«, presste er hervor, »ist diejenige, die versucht, uns umzubringen.«

»Nein«, knurrte Cam. »Ist sie nicht. Seht mich *an*, Sir.«

Merik sah sie nicht an, und seine Winde wirbelten jetzt in kurzen, aufgewühlten Böen um ihn herum.

Cam trat einen weiteren Schritt vor, und ihr Hemd flatterte wie Segeltuch, während sie sich ihm näherte. »Schaut mich an!«

»Warum?« Merik musste lauter sprechen, um seine Winde zu übertönen. Der Deckel der *Wahren Geschichte* klappte auf. »Was willst du von mir, Cam?«

»Ich will, dass Ihr die Wahrheit erkennt! Ich will, dass Ihr Euch ihr stellt, Sir. Ich bin nicht blind, wisst Ihr? Ich habe die Male auf Eurer Brust und auf Euren Armen gesehen! Genau wie bei dem toten Mann im Keller. Wir brauchen Antworten, Sir, und ich glaube, ich weiß, wo …«

»Und ich bin ebenfalls nicht blind, Cam.« Endlich drehte sich Merik zu ihr um. »Ich kann verdammt noch mal erkennen, dass du ein Mädchen bist.«

Einen halben stürmischen Atemzug lang starrte sie ihn nur überrascht an. »Dafür haltet Ihr mich? All diese Zeit, und Ihr habt es *immer noch nicht* kapiert?« Sie stieß ein hohles Lachen aus. »Wieso überrascht mich das? Ihr habt mich auf der *Jana* nicht bemerkt. Ihr konntet Euch damals nicht mal an meinen Namen erinnern. Also wieso sollte ich erwarten, dass Ihr versteht – mich als das *seht*, was ich jetzt bin!«

Cam schob sich näher heran, bis er nichts mehr erkennen konnte als ihr Gesicht wenige Zentimeter vor seinem. Zu nah, als dass sich Meriks heiße Winde hätten zwischen sie drängen können. »Ihr haltet Euch für so selbstlos«, fauchte sie. »Ihr glaubt, Ihr arbeitet, um alle zu retten. Doch was, wenn Ihr die Sache ganz falsch anpackt? Zumindest wird, wenn ich als Junge lebe, niemand verletzt. Aber Ihr, der Ihr vorgebt, ein Märtyrer zu sein? Vorgebt, die Furie zu sein? Das verletzt alle.«

Es war zu viel. Meriks Winde hoben sich, drängten sich zwischen sie. Warfen Cam nach hinten und schleuderten Bücher in alle Richtungen. Doch sie war noch nicht fertig. Sie war nicht mal beunruhigt.

Cam richtete sich zu voller Größe auf und brüllte: »Hört auf zu sehen, was Ihr sehen wollt, Merik Nihar, und fangt endlich an zu sehen, was wirklich ist!«

Dann stürmte sie an ihm vorbei zur Tür. Sie knallte zu, sodass er allein mit seinen Winden, seiner Wut und den überall verteilten Büchern zurückblieb.

25

Der Traum heute Nacht unterschied sich von den anderen. Vollkommen.

Iseult fand sich in Esmes Turm, einem heruntergekommen, bröckelnden Bauwerk in Poznin, das sie schon einmal gesehen hatte – nur dass sie es das letzte Mal durch Esmes Augen erblickt hatte.

Diesmal allerdings sah Iseult den Turm durch ihre eigenen Augen. Sie befand sich in Poznin, in ihrem eigenen Körper, und starrte auf den Rücken eines Mädchens, von dem sie nur annehmen konnte, dass es die Puppenspielerin war.

Iseult hatte keine Ahnung, wieso sie hier war. Sie war erst vor wenigen Augenblicken weggedämmert, während der Blutmagis in der Nähe Wache hielt. Dann war sie in diesem Turm aufgewacht – wenn man es denn überhaupt so nennen konnte. Zuerst hatte sie nur verschwommen gesehen, sodass der Steinboden in diesem obersten Stockwerk zu einer grauen Masse verschwamm und die Dunkelheit der Nacht vor dem Fenster nur einen schwarzen Fleck darstellte. Doch Iseult hatte ihre Umgebung trotzdem erkannt.

Sie hatte auch die Puppenspielerin erkannt, obwohl sie das Mädchen noch nie gesehen hatte. Esme saß auf einem Stuhl vor einem Schreibtisch, auf dem sich Bücher stapelten. Kerzen brannten auf dem Tisch, auf dem Fensterbrett, auf hervorstehenden Steinen in der Wand, sodass der gesamte Raum in flackerndes, warmes Licht getaucht war.

Esmes langes schwarzes Haar war zu zwei Zöpfen geteilt. Als sich Iseults Sicht klärte, wurde ihr klar, dass die leuchtenden Farbflecken in Esmes Haar Filzstreifen waren. Perlenketten. Es waren sogar getrocknete Blüten darunter.

Als sich das Mädchen schließlich umdrehte, machten ihr leiser Aufschrei und ihre großen grünbraunen Augen deutlich, dass sie nicht geahnt hatte, dass jemand anwesend war.

Dann begann ihr fahles Nomatsi-Gesicht zu strahlen. »Du bist es«, flüsterte sie, bevor sie über den unebenen Boden zu Iseult rannte.

Iseults Traumkörper wich zwei Schritte zurück. Der Raum verschwamm, löste sich an den Rändern auf. Esme erreichte sie. Ihre Sicht wurde wieder scharf, als stände Iseult tatsächlich in diesem Zimmer.

Nur dass Esmes Hand, als sie sie nach Iseult ausstreckte, direkt durch ihren Körper glitt.

Das Mädchen lachte, ein lockeres, lispelndes Geräusch. »Es ist, als würdest du hier neben mir stehen! Du wirkst so klar. Wie?« Sie eilte nach links, umkreiste Iseult. Ihre Augen huschten über ihren Körper.

»Ich … ich weiß es nicht.« Iseults Traumzunge fühlte sich geschwollen an. Ihre Kehle eng.

»Du bist größer, als ich gedacht habe«, verkündete Esme und klatschte in die Hände. »Und muskulöser.« Sie wollte Iseults Oberarm packen, doch natürlich glitten ihre Finger hindurch.

Ein weiteres verzücktes Lachen. Sie hüpfte vor Iseult zurück, und diesmal richtete sie den Blick auf Iseults Gesicht.

Sie runzelte die Stirn. »Du hast eine Narbe neben dem Auge. Wie eine rote Träne. Wann ist das passiert?«

In Lejna, wollte Iseult blaffen. *Das war der Giftmagis, den du geborsten hast.* Doch sie schluckte ihre Traumworte hinunter. Wenn Esme schon wegen Iseults Behandlung der Geborstenen auf der Nomatsi-Straße wütend gewesen war, wie würde sie in Bezug auf diejenigen empfinden, die Iseult und Aeduan in Lejna geköpft hatten?

Glücklicherweise schien Esme Iseults Schweigen nicht zu bemerken. Stattdessen öffnete sie die Arme weit und fragte: »Sehe ich aus, wie du es erwartet hast?«

Iseult zwang sich zu nicken, obwohl es eine Lüge war. Die Puppenspielerin war viel hübscher – fraglos die schönste Nomatsi-Frau, die Iseult je gesehen hatte, mit ihrem wohlgeformten Gesicht und der fast durchscheinend weißen Haut. Die Farbflecken in ihrem Haar betonten noch ihre Schönheit, genauso wie das Grübchen in ihrer rechten Wange, das immer aufblitzte, wenn sie lächelte.

»Du bist ... etwas kleiner, als ich gedacht hätte.« Das zumindest stimmte. Esmes zierlicher Körperbau passte einfach nicht zu der gewaltigen Magie, die sie kontrollierte.

»Was für eine wunderbare Überraschung, dich hier zu haben.« Esmes Grübchen vertiefte sich. »Ich habe studiert, wie ich es immer um diese Zeit tue. Die Nacht ist die einzige Zeit, die ich für mich habe.« Das Grübchen verschwand – aber nur für einen Augenblick. Dann kehrte ihr Grinsen zurück, und sie tapste zum Schreibtisch.

»Du musst dich an einem der alten Orte aufhalten!«, rief sie über die Schulter zurück. »Wie mein Turm. Wo die Grenzen zwischen dieser Welt und der Alten Welt dünner sind. Aber wo, frage ich mich?« Sie griff sich einen mitgenommenen Folianten vom Tisch, sodass die Kerzen flackerten. Dann wirbelte sie zu Iseult herum. »ÖFFNE DIE AUGEN!«

Die Kraft des Befehls – seine überraschende Plötzlichkeit – schlugen über Iseult zusammen. Sie konnte sich nicht widersetzen, der Turm verschwamm, und die Ruinen, in denen Iseult schlief, erstanden vor ihren Augen.

Esme jauchzte verzückt. Irgendwie stand sie neben Iseult, ihr Buch in den Händen. Iseult schwebte über ihrem eigenen schlafenden Körper. Eisige Kälte breitete sich in Iseults Traum-Selbst aus. Solche Magie hatte sie noch nie gesehen. Hatte noch nicht einmal davon *gehört*.

Esme bemerkte Iseults Verzweiflung nicht. Die Puppenspielerin war ausnahmsweise vollkommen von Iseults Geist getrennt. Sie konnte Iseults Gedanken nicht lesen, ihre Geheimnisse nicht stehlen.

»Das ist definitiv ein Palast aus den alten Tagen. Diese Statuen verraten es. Aber sind es Eulen oder sind es Krähen?«

Eulen? Iseult sah in die Richtung, in die Esme deutete. Sternenlicht erhellte die verwitterten Monolithen in den Ecken des Raums; für Iseult sahen sie einfach aus wie hoch aufragende Steinsäulen, die mit gelben Flechten überwuchert waren. Nicht wie Eulen oder Krähen oder irgendetwas anderes.

»Und natürlich«, fuhr Esme fort, »verrät auch die Leichtigkeit, mit der wir uns unterhalten, was dieser Ort ist.« Inzwischen sprach sie eher mit sich selbst. Nachdem sie sich in die Mitte des Zimmers gekniet hatte, öffnete sie ihr Buch. Es gab kein Licht, um das Lesen zu ermöglichen, doch Esme schien es nicht zu brauchen. Es war, als leuchteten die Kerzen aus Poznin bis hierher.

Iseult schlich sich näher an Esme heran. Ihr Blick huschte zwischen dem, was die Puppenspielerin scheinbar untersuchte, zu ihrem eigenen schlafenden Körper. *Falsch*.

Iseults Körper bewegte sich nicht, und Esmes Buchseiten erzeugten kein Geräusch. Falsch, falsch. Tatsächlich hörte sie nichts als Esmes Stimme.

»Ich kann diesen Ort nicht finden«, sagte Esme, inzwischen im Schneidersitz. »Eridysis Notizen erwähnen ihn nicht.«

»Eridysi?« Der Name brach aus ihr heraus, bevor Iseult sich bremsen konnte. Bevor sie den Namen auch nur verarbeiten konnte – denn natürlich konnte sich Esme nicht auf die Sichtmagis Eridysi beziehen, die vor Jahrhunderten die berühmte »Wehklage« geschrieben hatte. Genauso, wie Iseults alte Puppe nicht nach dieser Eridysi benannt worden war – es war einfach nur ein Name gewesen, den sie als kleines Mädchen schön gefunden hatte.

Nur dass Esme tatsächlich die berühmte Sichtmagis meinte. »Ja«, antwortete sie einfach. »Ragnor hat mir vor ein paar Jahren das Tagebuch der alten Sichtmagis gegeben.« Sie schenkte Iseult ein kurzes Lächeln, fast scheu. »Alles, was ich weiß, stammt aus diesen Seiten. Vom Bersten über das Wiederbeleben bis zum Binden von Puppen an den Webstuhl. Und du kannst das alles auch lernen, Iseult.«

Oder vielleicht könnte ich es im Dunkel des Vergessens verschwinden lassen. Bevor Iseult fragen konnte, wie sie diesem … Traumwandeln ausweichen konnte, betrat Aeduan das Zimmer.

Er tigerte auf und ab wie ein gefangenes Tier, wobei er direkt durch Esme schritt. Seine Nasenlöcher weiteten sich, während er die Luft witterte, doch was auch immer er gespürt haben mochte … es war offensichtlich, dass er weder Esme noch Iseult sehen konnte, die wie Geister in der Mitte der Ruinen schwebten.

Esme erhob sich und starrte Iseult böse an. »Du bist immer noch mit ihm zusammen. Ich habe dir doch gesagt, dass er gefährlich ist, Iseult.«

»Er hat mir das Leben gerettet.« Iseult hörte ihre eigenen Worte kaum. Ihre Aufmerksamkeit wurde von dem Blutmagis gefesselt – dessen Aufmerksamkeit wiederum von der schlafenden Iseult gefesselt wurde.

Kein Wittern. Kein Tigern. Er starrte sie nur mit unlesbarer Miene an.

»Er hat dein Leben vor was gerettet?«, verlangte Esme zu wissen. Sie schob sich vor Iseult, blockierte ihre Sicht auf Aeduan. Als Iseult immer noch nicht antwortete, wiederholte sie: »Hat dein Leben *vor was* gerettet?«

Esme riss die freie Hand nach oben, die Finger gespreizt, und rammte sie in Iseults Schädel.

Der Traumzustand hob sich. Keine Ruinen mehr, kein Selbst aus Schatten, kein Blutmagis. Iseult war gefangen, und erneut kontrollierte Esme ihren Geist.

Nichts war privat. Innerhalb von Sekunden hatte Esme die Erinnerung gefunden, die sie suchte. *Oh, die Göttin möge mich behüten.* Ihre Worte hallten in Iseults Kopf wider. *Diese Männer hätten dich fast gefangen – und der Blutmagis* hat *dich gerettet.*

Sie grub weiter. Würmer in Iseults Hirn. *Neun mal vier, sechsunddreißig. Neun mal fünfzehn, hundertfünfunddreißig …*

Iseults Multiplikationen konnten Esme nicht aufhalten.

Diese Männer arbeiten für … Corlant? Wer ist er? Ein Puristenpriester, aber … Esmes Stimme verklang, und blaues Verständnis blitzte im Traumzustand auf. *Ich kenne diesen Mann,* fuhr sie schließlich fort. *Aber unter einem anderen Namen. Wenn er dich verletzt, Iseult, dann bedeutet das, dass du … Es bedeutet, dass er …* Esmes Überraschung überschwemmte Iseult. *Oh, das ist unerwartet. Und doch sicherlich ein Irrtum! Du kannst auf keinen Fall die Cahr Awen sein, oder?*

NEIN!, presste Iseult viel zu heftig hervor. Doch im Traumstand fiel es immer so schwer, ein Gleichgewicht zu finden. Besonders nach der seltsamen Wirkung dieser geisterhaften Ruinen.

Es folgte eine lange Pause, die darauf hinwies, dass Esme nachdachte. Die Sekunden wurden zu Minuten, und Iseult konnte nichts anderes tun, als zu warten. Allein. In einer Welt aus endlosen, erstickenden Schatten.

Bis Esme schließlich wieder sprach – und Iseults verräterische Traumlunge sich in einem erleichterten Atemzug weitete.

Vielleicht bist du die Cahr Awen, Iseult. Vielleicht bist du es nicht. Auf jeden Fall solltest du nicht länger den Blutmagis brauchen, um dich zu retten. Vier Männer sind leicht für solche wie uns. Berste sie einfach und fertig.

Schau, ich werde dir zeigen, wie es geht.

Ein Aufblitzen von Licht, dann befanden sie sich wieder in Esmes Turm, doch diesmal war Iseult in Esmes Geist gefangen. Gezwungen, durch ihre Augen zu sehen.

Das Mädchen stand am Fenster, scheinbar ohne sich Sorgen um die Kerzen zu machen, die so nahe flackerten, dass Wachs auf sein Kleid tropfte. Es deutete in die Dunkelheit, kniff die Augen zusammen, bis Reihen von Geborstenen – dieselben Reihen, die Iseult vor zwei Wochen gesehen hatte – ins Blickfeld rückten. Schwarze Silhouetten in der Dunkelheit.

»Da ist ein Mann ganz vorne«, sagte Esme. »Siehst du ihn? Der mit der Schürze? Er war mal Schmied.«

Iseult sah den Mann – sie konnte es nicht vermeiden, als Esme den Blick auf ihn richtete. Die graue Schürze des Mannes war mit schwarzem Blut besudelt.

»Er war ein schwacher Eisenmagis«, erklärte die Puppenspielerin kühl und ganz ruhig. »In seinem Dorf hatte er einen Strangbruder. Einen elementar machtlosen Mann. Als ich den Schmied geborsten habe, hat der Strangbruder versucht einzugreifen. Ich habe keine Ahnung, was er glaubte, erreichen zu können. Wenn ein Mann birst, gibt es kaum etwas, das ihn heilen kann, außer die Mondmutter… und ich natürlich.« Esmes Worte waren vollkommen sachlich – ohne Anzeichen von Eitelkeit, als sie ihre Macht auf eine Stufe mit der ihrer Göttin stellte.

»Aus irgendeinem Grund allerdings«, fuhr Esme fort, und eine gewisse Erschöpfung schlich sich in ihre Stimme, »habe ich nicht zugelassen, dass der Schmied seinen Strangbruder angreift. Ich nehme an, damals hatte ich noch Großzügigkeit in mir. Ich habe den Schmied zu mir gerufen, bevor er irgendwen töten konnte. Aber schau – siehst du die pinkfarbenen Stränge? Sie schimmern in seinen durchtrennten Strängen. Sie verweilen, obwohl alle anderen Stränge verschwunden sind.« Esme musterte die Stränge, die sich um den Körper des Magis schlangen, während sie auf Iseults Antwort wartete.

Also zwang Iseult ihr Traum-Selbst zu sagen: *Ja, Esme. Ich sehe die Stränge der Freundschaft.*

»So kontrolliere ich sie. Ich durchtrenne alle Stränge bis auf einen, dann binde ich diesen letzten Strang an den Webstuhl. Aber das ist kompliziert. Eine Technik, die ich dich in einer anderen Nacht lehren werde. Für den Moment musst du nur wissen, wie du *sie tötest.*«

Mit dieser Ankündigung hob die Puppenspielerin die Hände, die Handgelenke so schmal, die Unterarme so zierlich. Aus dieser Nähe betrachtet, war nicht zu übersehen, wie sehr ihre Finger denen von Iseult glichen: so dünn, dass die einzelnen Gelenke fast hervortraten, und sehr beweglich.

Die Puppenspielerin streckte die Hand aus, krümmte und streckte die Finger wie eine Musikerin an der Harfe.

Oder eine Weberin am Webstuhl.

Die Stränge des Schmieds – die Fäden in der Farbe des Sonnenuntergangs, die ihn immer noch mit einem weit entfernten Strangbruder verbanden – wehten leicht in Richtung von Esmes Händen, spannten sich, wurden dünner und dünner … bis sie in die Lücken zwischen den Fingern des Mädchens glitten.

Sobald sich die Stränge fast bis in die Unsichtbarkeit

gedehnt hatten, während sie sich so dicht um Esmes Finger wickelten, dass sie aussahen wie ein Knäuel pinkfarbenen Garns, hob Esme die Hände vors Gesicht. »Und jetzt braucht es nur einen kleinen Schnitt.«

Esme senkte den Kopf. Iseult meinte zu spüren, wie sich ihr Mund öffnete, wie sie die Zähne fletschte und die Stränge dazwischenschob …

Esme schloss schnell den Mund. Die Stränge knisterten wie ein falscher Schritt auf einem zugefrorenen See. Mit einem Lichtblitz schrumpften sie, zogen sich zurück, verschwanden vollkommen.

Der Schmied begann zu zucken. Er fiel auf die Knie, während sich frische Pusteln auf seiner Haut bildeten und platzten. Dann wandte sich Esme vom Fenster ab, und Iseult konnte den Mann nicht mehr sehen.

»Das Bersten wird sich jetzt vollkommen durch seinen Körper brennen«. Esme schlug sich die Hände ab, als hingen daran noch Reste der Stränge. »Er wird in Sekunden sterben.«

Iseult fand keine Antwort. Hitze stieg in ihrer Brust auf, brannte in ihrer Kehle. Das war keine Strangmagie. Das war keine Aethermagie. Dies war *nichts*, was Iseult konnte.

Sie war nicht wie Esme. *Sie war nicht wie Esme!*

»Was ist mit dir los, Iseult?«

N-Nichts, versuchte sie zu sagen. Sie musste fliehen. Sie musste aufwachen. *I … ich möchte dir für das danken, was du mir gezeigt hast*, log sie. Alles, um aus dem Traumzustand zu entkommen.

Es funktionierte. Esme lächelte – Iseult fühlte, wie sich das Lächeln auf einem Gesicht ausbreitete, das nicht das ihre war. Dann nickte Esme, sodass Iseults Blick auf den Turm wackelte. *Gut, Iseult. Üb das, und bald schon werden wir zusammen sein.*

Esme klatschte in die Hände.

Die Welt wurde schwarz, und Iseult versank endlich in echtem, traumlosem Schlaf.

Die Strangmagis erzeugte zu viele Geräusche.

Aeduan hätte das nie von ihr erwartet. Sie war so stoisch, so hart. Und doch war es so: Aeduan versuchte, seine morgendliche Routine zu Ende zu führen, und die Strangmagis unterbrach ihn ständig.

Er hatte sich beim ersten Morgenlicht aus den inneren Räumen der uralten Festung entfernt, um einen offenen Bereich auf einer höheren Ebene zu finden. Hier hatte vor kurzer Zeit ein Feuer gewütet. Das Inferno nach Blitzschlag war heftig genug gewesen, um junge Bäume und Unterholz zu vernichten. So etwas geschah oft in den Umkämpften Landen, fast, als würden hin und wieder die Götter herabstoßen, um das Alte zu vernichten und Platz für das Neue zu machen.

Es war wie der Nomatsi-Reim, den die Kinder beim Seilspringen sangen.

Totes Gras wird erweckt von den Flammen,
tote Erde nach Regen erwacht.
Ein Leben geht über ins nächste,
Der Kreislauf des Lebens erzeugt neue Pracht.

Das war die Melodie, die die Strangmagis heute Morgen sang. Sie flötete furchtbar falsch, und es war schrecklich ablenkend für Aeduan, der im Schneidersitz auf einer umgestürzten Säule meditierte.

Sobald ihr seine Anwesenheit bewusst wurde, brach sie ab, doch es war zu spät. Seine Konzentration war zerstört.

Er hätte das Mädchen verflucht, wenn er geglaubt hätte,

dass es etwas geändert hätte. Doch so wäre es nicht. Kaum hatte er sich erhoben und seinen Carawen-Mantel abgelegt, hob ihre Melodie wieder an – ein leises Summen, während sie mit geübten Bewegungen das Holz für ein Feuer stapelte.

Aeduan gab stattdessen vor, seine morgendlichen Aufwärmübungen zu beginnen; er ließ seine Handgelenke kreisen und schwenkte die Arme. Doch er konnte sich nicht konzentrieren. Nicht mit all ihrem Lärm.

»Ruhe«, knurrte er schließlich.

»Warum?«, hielt sie dagegen, das Kinn stur vorgeschoben.

»Du lenkst mich ab.«

Ihr Trotz verstärkte sich, wurde auch in der Haltung ihrer Schultern deutlich. Sie richtete sich höher auf. »Ich dachte, du wärst kein Mönch mehr. Wieso also meditierst du oder tust … was auch immer das ist?«

Aeduan ignorierte sie. Stattdessen begann er die ersten Tritte, warf seine Beine hoch in die Luft.

»Wie war es so, ein Mönch zu sein?« Sie trat näher heran.

Drei weitere Tritte, dann begann er mit den Kniebeugen. *Eins, zwei …*

»Jeder kann ein Mönch werden«, fuhr sie fort und trat vor ihn. »Ohne Rücksicht auf familiären Hintergrund oder« – sie wedelte mit der Hand in seine Richtung – »Magie.«

»Nein.« Aeduan wusste, dass er dieses Gespräch und die Strangmagis ignorieren sollte, aber er konnte ihre Worte – falsch, wie sie waren – nicht stehen lassen. »Vertrau mir, Strangmagis«, stieß er zwischen Kniebeugen hervor, »Mönche können genauso grausam sein wie der Rest der Menschheit. Sie tun es nur im Namen der Cahr Awen.«

»Du hast das Kloster wegen ihrer Grausamkeit verlassen?«

Aeduan hielt nach einer Kniebeuge inne. Die Miene des

Mädchens war ausdruckslos, und selbst ihre sonst so verräterische Nase zuckte nicht.

Er seufzte. »Dass ich jeden Glauben an die Sache verloren habe, bedeutet nicht, dass das Training keinen Nutzen mehr hat.«

Sie legte den Kopf schräg. »Und warum glaubst du nicht an die Sache?«

Was hatte sich Aeduan da eingebrockt? Jede Frage zog hundert weitere nach sich, und das Mädchen hatte genau das Thema angesprochen, über das Aeduan nicht reden wollte. Niemals.

»Es reicht.« Er wandte sich von ihr ab. »Geh weg oder sei still.«

Er trat auf einen schattigen Teil der Lichtung, wo das Gras am kürzesten war und keine bröckelnde Mauer im Weg stand. Wo er herumwirbeln und abrollen, treten und springen konnte.

Aus irgendeinem unverständlichen Grund folgte ihm die Strangmagis.

»Du kannst einer Antwort vielleicht für den Moment ausweichen, aber ich habe vor, die Frage weiterhin zu stellen.« In ihrer Stimme lag ein Drängen. Kein Stottern, wie er es ein paar Mal gehört hatte. Dies hier war Entschlossenheit.

Und sie stand viel zu nah. Drang in seinen persönlichen Raum ein, wie es sonst nie jemand wagte. »Weich zurück«, warnte er sie, »oder ich werde davon ausgehen, dass du dich dem Training anschließen willst.«

»Ich werde nicht verschwinden, bevor du nicht geantwortet hast.« Sie trat einen weiteren Schritt vor, und er erkannte die Herausforderung – in ihrem Blick, ihrer Haltung, dem Winkel ihres Kinns.

Ein Kribbeln breitete sich in Aeduans Bauch aus. Dann trat er ihr die Beine unter dem Körper weg.

Sie sah den Angriff kommen – hatte sich darauf vorbereitet –, aber Aeduan war zu schnell, um etwas dagegen zu unternehmen. Sein Fuß schoss nach vorne, und sie fiel.

Doch bevor ihr Rücken ins Gras knallen konnte, fing Aeduan sie auf und senkte sie langsam ab. Ihre Fäuste vergruben sich in seinem Hemd, als er ihren Rücken auf die taufeuchte Erde sinken ließ.

»Du solltest deine Energie nicht auf Angeberei verschwenden«, sagte sie ausdruckslos. Keine Angst in ihren gelben Nomatsi-Augen, nur eine leichte Röte auf ihren Wangen.

Aeduan hätte fast über diese Farben gelacht – und auch über ihre Worte. Denn das war keine Angeberei. Dies war lediglich die Anwendung der grundlegendsten Carawen-Ausbildung. Um das zu beweisen, packte er mit der gegenüberliegenden Hand ihr Handgelenk, vergrub seine Finger zwischen ihren Sehnen und drehte nach innen. Ihrem Gelenk blieb keine andere Wahl, als sich zu drehen.

Sie gab sein Hemd frei, doch zu seiner Überraschung zuckte sie weder zusammen, noch hob sie in Panik ihre Hüften. Sie öffnete einfach nur die Beine, umklammerte ihn mit den Fersen und versuchte, ihn ins Gras zu ziehen. Zu langsam. Sie war viel zu langsam. Ein Novizenringer im Kampf gegen einen Meister.

Aeduan drückte fester zu, drehte ihr Gelenk heftiger und zwang Iseult so, sich zur Seite zu rollen. Kaum eine halbe Sekunde später hatte er sie auf den Bauch gedreht, den Kopf zur Seite gerichtet. Jetzt konnte man das Brennen in ihren Augen nicht mehr übersehen. Die Strangmagis-Ruhe war verschwunden.

Sie hatte darum gebettelt, das wusste sie, und sie kochte vor Wut.

»Wieso interessiert es dich«, fragte Aeduan, »dass ich das Kloster verlassen habe?«

»Mir ist … egal … dass du gegangen bist.« Erneut schwang Anspannung in ihren Worten mit, ein Geräusch, von dem Aeduan inzwischen ahnte, dass es bedeutete, dass sie gegen das Stottern ankämpfte. »Mich interessiert … warum. Glaubst du nicht länger an die Cahr Awen?«

Aeduan zögerte, überrascht von ihrer klaren Frage. Dann erinnerte er sich.

»Ah. Mönch Evrane hat dir den Kopf mit Unsinn vollgestopft, und jetzt glaubst du, du gehörst du den Cahr Awen.« Er gab sie frei, rollte sich von ihrem Rücken und sprang auf die Beine. Dann streckte er ihr die Hand entgegen.

Sie nahm sie nicht, sondern stemmte sich nur auf Hände und Knie, den Blick aufs Gras gerichtet. »Warum … ist das Unsinn?«

»Du bist keine Finstermagis.« Seine Worte waren neutral, doch trotzdem schienen sie sie zu treffen wie Steine.

Sie zuckte zusammen. Dann sagte sie: »Ab-ber … Ich … Wir haben die Ursprungsquelle geheilt.«

Aeduan legte den Kopf schräg. Er nahm einen tiefen Atemzug der feuchten Morgenluft, während im Wald Grillen zirpten und in der Ferne Donner grollte.

»Ja«, gab er schließlich zu. »Jemand hat sie geheilt.« Er hatte die erwachende Ursprungsquelle selbst gesehen. Doch sie war ihm nicht vollkommen geheilt erschienen – nicht im Geringsten wie die Aetherquelle, in deren direkter Nähe Aeduan fast seine gesamte Kindheit verbracht hatte.

Er sprach diesen Gedanken aus, dann fügte er hinzu: »Es war, als wäre die Quelle nur teilweise lebendig. Als hätte nur eine Hälfte der Cahr Awen sie geheilt, und ich glaube nicht, Strangmagis, dass du diese Hälfte warst.«

Jetzt war es an dem Mädchen, tief durchzuatmen. »Ah.« Sie kämpfte sich auf die Beine. Ihr Körper schwankte, ihr Blick war leer und unruhig.

Aeduan erkannte sofort, dass er einen Fehler begangen hatte. Er hätte den Mund halten und zulassen sollen, dass sie weiter eine sinnlose, vergebliche Hoffnung hegte.

Schließlich würde eine unglückliche Strangmagis sie nur aufhalten.

»Erste Lektion eines Carawen-Novizen«, bot Aeduan an, um sich zu benehmen, als wäre nichts geschehen. »Man fordert niemanden heraus, der besser ist als man selbst.«

Iseult blähte die Nasenlöcher. Ihre Miene wurde hart. Der Trotz, die Entschlossenheit – beides war zurück. Fast gegen Aeduans Willen hoben sich seine Mundwinkel.

»Ich habe dich nicht herausgefordert«, erklärte sie kühl.

»Zu nahe an jemanden herantreten wird in den meisten Kulturen als Herausforderung gedeutet.«

»Dann unterrichte mich.«

Er zog die Augenbrauen hoch.

»Lehre mich, was du gerade getan hast – das Festhalten. Bring es mir bei, damit ich nicht noch mal denselben Fehler begehe.«

»Dafür fehlt uns die Zeit.« Er schüttelte den Kopf, dann wandte er der Strangmagis absichtlich den Rücken zu.

Sie griff an.

Und Aeduan lächelte.

26

Trotz aller Anstrengungen, wach zu bleiben, war Safi eingeschlafen. Die ganze Nacht hindurch und in den nächsten Tag hinein hatte sie geschlafen. Essen, ein Bad und ein Taro-Spiel – das war zu viel gewesen für ihren Körper. Sie hatte sich neben Vaness auf dem Bett zusammengerollt, und dann waren die Höllebarden und die Kaiserin und die Piratenrepublik von Saldonica einfach verschwunden.

Bis es an der Tür klopfte.

Safi erwachte so abrupt, dass sie vom Bett fiel. Ihre Glieder verhedderten sich in den neuen, mit Seide umwickelten Seilen, die Lev nach ihrem Ausflug in das Gebiet der Rotsegel fast entschuldigend um ihre Knöchel gebunden hatte.

Die Höllebarden hatten Messer und Beile gezogen, bevor Safi sich aufrichten konnte, und als sie sich endlich auf die Füße gekämpft hatte, kroch Lev – die Einzige in voller Rüstung – bereits mit einer Klinge in der Hand zur Tür.

Wieder klopfte es. Abrupt, entschlossen. Safi warf einen Blick zur Kaiserin, die ganz ruhig neben den geschlossenen Fensterläden saß. Die Hände im Schoß verschränkt, perfekt aufrecht auf einem niedrigen Hocker.

»Ihr hättet nicht herkommen sollen!«, rief ein Mann auf Marstokisch.

Der Mund der Kaiserin verzog sich zu einem schlecht verborgenen Lächeln – was bedeuten musste, dass dies zu ihrem Plan gehörte. Wenn Safi nur wüsste, wie der *tatsächlich* aussah.

Die Höllebarden waren offensichtlich so ahnungslos wie Safi, denn Lev und Zander starrten Caden an, in Erwartung eines Befehls, der nicht kam.

»Sprecht Ihr Marstokisch?«, fragte die Kaiserin förmlich. Zu förmlich. Sie stand auf, und der Kragen um ihren Hals schien leicht wie ein Löwenzahnsamen, auch wenn er ihre Bewegungen verlangsamte. »Sie haben gesagt, wir hätten nicht herkommen sollen.«

Caden hob eine Hand, und ein Messer blitzte auf. Dann schnüffelte er und richtete seine zusammengekniffenen Augen auf das Fenster. »Rauch«, sagte er.

Alle rissen die Köpfe zu den Läden herum, durch die tatsächlich die ersten Fäden von Grau in den Raum drangen.

»Abgründe der Hölle«, fluchte Lev.

Im selben Moment brummte Zander: »Ich habe Schutzzauber gegen feuermagische Flammen errichtet!«

»Ja, aber dies sind keine magischen Flammen«, erklärte Vaness. Inzwischen strahlte sie. Es war ein hungriges Lächeln. »Sondern alchemistische. Das ist Baedyed-Seefeuer.«

»Aber wir sind nicht auf See«, murmelte Lev. »Und wieso das gesamte Gasthaus verbrennen? Ich dachte, sie wollten nur Euch.« Sie warf einen Blick zur Kaiserin.

»Wollt Ihr nicht die Kaiserin von Marstok?«, schrie Caden, immer noch auf Cartorrisch. »Sie wird sterben, wenn Ihr uns nicht freilasst.«

»Sie hat nichts anderes verdient!«, erklang die gedämpfte Antwort. Dann folgte leidenschaftslos: »Wieso sollten wir nur Teile des Sandmeers bekommen, wenn wir stattdessen ganz Marstok beherrschen können?«

Schweigen breitete sich aus, während Vaness' Gesicht bleich wurde wie die Wand.

Dann brach ein unterdrückter Schrei über ihre Lippen. Sie sprang vom Stuhl auf und zum Fenster. Bevor irgendwer sie aufhalten konnte, hatte sie die Fensterläden aufgerissen. »*Angriff abbrechen!*«, kreischte sie, als Rauch in den Raum waberte. »Als Eure Kaiserin befehle ich Euch, den Angriff abzubrechen!«

»Für das Sandmeer! Für das Sandmeer!«

Ein Lichtblitz erhellte gleißend den Raum, glitt mit dem Kribbeln von Magie über Safis Haut. Drei weitere Blitze, dann zerrte Zander die Kaiserin vom Fenster weg. Als sie in das helle Licht blinzelte, wurde Safi klar, dass Armbrustbolzen gegen die Schutzzauber flogen und abprallten.

Die schützende Magie funktionierte – zumindest gegen Angriffe von außen. Der Rauch allerdings drang ein. Heiß, beißend und nur zu vertraut. Safis Kehle war wie zugeschnürt, weil die Erfahrung noch nicht lange genug zurücklag; noch zu frisch in ihrer Erinnerung war. Rauch. Flammen. Tod.

»Erweitere die Schutzzauber gegen echtes Feuer«, blaffte Caden Zander an. Als Nächstes wandte er sich an Lev. »Wir müssen den Rauch so lange wie möglich aussperren.« Zusammen rissen er und Lev die Wolldecke vom Bett und spannten sie mit geübten Bewegungen wie ein Toppsegel.

Weißes Licht erhellte den Raum, und Rauch brannte in Safis Augen. Durch den Dunst und die blitzenden Lichter fiel Safis Blick auf eine Kaiserin mit großen Augen. Ihre Finger umklammerten den Kragen, um daran zu zerren. Ihre Arme zitterten. Ihr *gesamter Körper* zitterte.

»Sie haben mich betrogen«, murmelte sie, die verzweifelten Augen auf Safi gerichtet. »Sie haben mich verraten.« Das war alles, was sie sagte, wieder und wieder: »Sie haben mich verraten.«

Plötzlich erlosch das blitzende Licht. Es prallten keine weiteren Bolzen gegen den Zauber, und Caden und Lev hatten mit ihrem wallenden Tuch das Fenster erreicht. Safi bemerkte es kaum, denn Vaness zerrte jetzt mit solcher Verzweiflung an ihrem Kragen, dass ihre Nase blutete. Ein dünnes Rinnsal floss aus einem Nasenloch.

»Stopp.« Safi eilte zu ihr und packte die Handgelenke der Kaiserin. »Ihr könnt ihn nicht aufbrechen.«

Vaness' Blick hob sich, dann verengte sie die Augen zu Schlitzen. »Versteht Ihr nicht, Safi? Die Baedyeds haben mich betrogen. Die ganze Zeit über waren sie die Fäulnis in meinem Hof – und sie waren diejenigen, die mein Schiff zerstört und meine …« Ihre Stimme brach, dann machte sie einen unsicheren Schritt nach vorne. »Befreit mich«, verlangte sie auf Cartorrisch von den Höllebarden. Inzwischen tropfte Blut aus beiden Nasenlöchern.

»Unsere Schutzzauber werden halten«, antwortete Caden, doch sobald er diese unerschütterliche Aussage getroffen hatte, wandte sich Zander von der Tür ab und sagte: »Ich kann die Schutzzauber nicht erweitern, Sir. Nicht während wir angegriffen werden – die Flammen unter uns steigen zu schnell auf.«

Lev wirbelte zu Vaness herum. »Wie würdet Ihr uns befreien?«

»Ich kann die Flammen ersticken. Das habe ich schon getan.«

»Hat sie«, warf Safi eilig ein. »So haben wir den Angriff auf das Schiff überlebt.«

Cadens Blick saugte sich an Vaness fest, während die zwei Höllebarden unverwandt ihren Kommandanten ansahen. Und warteten.

Bis Caden fragte: »Woher sollen wir wissen, dass Ihr Euch nicht gegen uns wenden werdet, Eure Majestät?«

»Weil uns die Zeit dafür fehlt«, antwortete Vaness. Doch selbst durch den Wahnsinn, der im Raum herrschte – selbst in der Hitze, die vom Boden aufstieg –, fühlte Safi die Lüge in ihren Worten.

»Wir können durch Eure Magie nicht getötet werden«, fuhr Caden vor und steckte sein Messer weg. Eine vorsichtige Bewegung, als wöge er seine Entscheidung immer noch ab. »Es hat keinen Sinn, es zu versuchen.«

»Euer Tod«, schoss Vaness zurück, »wird mir nicht helfen. Seefeuer brennt viel schneller als natürliche Flammen, und uns läuft die Zeit davon!« Anklagend deutete sie zur Tür, durch deren Spalten ebenfalls Rauch drang.

Zander fluchte, und Lev packte erneut die Wolldecke. Cadens Hände legten sich rechts und links an Vaness' Kragen. Sein Mund bewegte sich stumm, bis ein Klicken durch den Raum hallte und der hölzerne Kragen sich weit öffnete.

Sofort setzte sich Vaness in Bewegung. Sie trat aus dem Kragen, der mit einem lauten Knall auf den Boden fiel, packte Safi und eilte zur Tür. »Senkt die Schutzzauber«, befahl sie Zander. »Wir können den Raum nicht verlassen, solange sie noch halten.«

Zander sah Caden an. Der Kommandant nickte. »Tu es.«

Der Riese hob die Arme und murmelte leise. Der Raum flackerte und summte. Macht löste sich Faden für Faden auf, in einer Art, die für Safi keinen Sinn ergab – Höllebarden, die Magie wirkten?

Dann glitten Silber und Dunkelheit in verschwommenen Streifen durchs Zimmer, als Vaness jedes Stück Eisen zu sich rief. Zwei Stücke formten sich zu Klingen und durchschnitten mühelos Vaness' und Safis Fesseln, bevor sie sich zu dünnen Rapieren verlängerten. Einer für die Kaiserin, einer für Safi.

Der Schutzzauber fiel. Safi fühlte es in einer Explosion aus Licht und dem gewalttätigen Prasseln der Armbrustbolzen gegen die Außenwand.

»Schafft uns hier raus!«, blaffte Caden.

»Nein«, antwortete sie. Sie hob die Hände. Die Klingen der Höllebarden richteten sich gegen sie und sausten direkt auf ihre Köpfe zu.

Wie Fische in einem Bach schoss das Eisen einfach durch die Köpfe der Höllebarden hindurch, um hinten wieder auszutreten – gleichzeitig glühten die Ketten um die Hälse der Höllebarden rot.

Vaness schien allerdings gewusst zu haben, was passieren würde, denn sie nutzte die kurze Ablenkung, um zur Tür herumzuwirbeln.

Ein Stöhnen von Metall sorgte dafür, dass sich Safi eilig von den Höllebarden abwandte. Die Türangeln lösten sich. Der Riegel hob sich und nahm eine neue Form an. Dann, bevor einer der Höllebarden sie aufhalten konnte, riss Vaness die Arme hoch.

Die Tür öffnete sich in einer Druckwelle aus Luft und Rauch und Hitze. Sie wirbelte zur Seite, dann traf sie die drei Höllebarden und schleuderte sie nach hinten gegen die Wand, so mühelos, wie eine Fliegenklatsche drei Insekten zerquetschte.

»Wir haben nur Befehle befolgt!«, schrie Caden. In dem Rauch, der ihn umspielte, wirkte er wie ein Geist. Wie ein Skelett. »Wir haben nur unsere Arbeit getan.«

»Und ich«, knurrte Vaness, Streifen aus Blut auf ihrem Gesicht, »mache nur meine.« Sie wirbelte zum leeren Türrahmen herum.

Safi allerdings folgte ihr nicht. Sie starrte Caden an, ganz links. Lev in der Mitte. Und Zander ganz rechts. Sie vertraute den Höllebarden nicht, sie mochte die Höllebarden nicht. Doch das bedeutete nicht, dass sie sie einfach sterben lassen konnte.

»Warte!«, schrie sie Vaness zu, und die Kaiserin stoppte in der Tür. Hinter ihr floss eine Flut aus Eisen nach oben, aus Türangeln und Nägeln und allem, was ihre Eisenmagie erreichen konnte. »Lass sie frei.«

»Sie werden uns nur erneut gefangen nehmen.«

»Nein!«, schrie Lev. Die Narben in ihrem Gesicht flackerten und glühten. »Wir werden Euch helfen!«

»Wir können ihnen nicht vertrauen«, beharrte Vaness. Sie griff nach Safis Arm. Blut tropfte von ihrem Kinn. »Wir müssen gehen, Safi. Jetzt.«

»Ihr könnt uns vertrauen.« Das kam von Zander, sein Gesicht angespannt, da die Tür ihn immer fester gegen die Wand presste. »Wir können es beweisen. Lasst mich nur meine Henkersschlinge lösen …«

»Ich habe es bereits getan.«

Alle Augen schossen zu Caden, dessen Hand über der Tür herausstand, eine goldene Kette zwischen den Fingern. Es war die Kette, die alle Höllebarden trugen, auch Safis Onkel. Und das war es, wurde Safi bewusst, was sie alle meinten, wenn sie von der Henkersschlinge sprachen.

»Bei unserer Ehre«, krächzte Caden, offenbar unter großer Anstrengung – und großen Schmerzen –, »wir werden Euch nicht verletzen.«

Das war die erste Aussage eines Höllebarden, die Safis Magie spüren konnte, und sie war *wahr*.

»Wir werden Euch nicht erneut gefangen nehmen.« Sein Gesicht verzog sich noch mehr. »Wir werden gemeinsam fliehen.«

Immer noch wahr, wahr, *wahr* – Safi konnte es nicht leugnen. Ihre Magie brannte von der Ehrlichkeit in seinen Worten, und auch wenn es für sie keinen Sinn ergab, konnte sie doch nicht leugnen, was sie sah. Was sie fühlte.

1 Zeile kürzen

»Gib sie frei!«, schrie sie Vaness zu. »Er sagt die Wahrheit – wir können ihnen vertrauen. Sie werden uns *helfen*!«

Die Welt schien anzuhalten. Rauch, Hitze, Funken. Alles trat in den Hintergrund, während die Kaiserin überlegte.

»Beeil dich!« Safi versuchte, nicht zu schreien, doch genau in diesem Moment *knirschte* das gesamte Gasthaus. Und der Boden sackte plötzlich ein Stück nach unten.

Die Zeit war abgelaufen, und die Kaiserin wusste es. Knurrend ließ sie die Tür fallen. Caden stolperte gegen Lev, die ihm sofort dabei half, die Henkersschlinge wieder anzulegen. In der Zwischenzeit rief Vaness alle eisernen Beschläge aus der Tür zu sich, sodass schwarze Streifen durch die Luft auf sie zuschossen. Damit vergrößerte sie ihr Schild, bevor sie alle in den Korridor traten, umgeben von einer dünnen Wand aus Metall, um den Rauch und die Flammen zurückzuhalten.

Das Metall beschützte sie bei jedem Schritt, Safi und Vaness an der Spitze, während die drei Höllebarden stolpernd folgten.

Genau in dem Moment, als Aeduan und Iseult ihre Sachen aus den Ruinen holten, erschütterte ein Knall die Luft. Ein entferntes Geräusch, als wäre Ligen entfernt eine Kanone gezündet worden.

Iseult suchte Aeduans Blick. »Menschen«, sagte sie.

Er nickte.

»Wir sollten nachsehen.«

Er nickte wieder. »Bleib hier.«

Das tat sie nicht. Er seufzte – wobei er sich in ihrer Nähe in letzter Zeit immer häufiger ertappte. Doch er hielt sie nicht auf. Innerhalb weniger Minuten waren sie auf dieselbe Freifläche zurückgekehrt, auf der sie miteinander gerungen hatten.

Das Gras, auf dem er sie wieder und wieder festgehalten hatte, hatte sich noch nicht aufgerichtet. Aeduan hatte Iseult nie verletzt – er hatte sorgfältig darauf geachtete, sich zurückzuhalten, hatte immer nach Anzeichen von Schmerz in ihrer Miene gesucht –, aber er hatte sie auch nie gewinnen lassen. Genau wie Mönch Evrane ihn niemals hatte gewinnen lassen.

Von der Steppe aus stiegen sie im Zickzack über die bewaldete Klippe auf, bis sie eine Lichtung zwischen den Eichen und Kiefern erreichten.

Bis sie die Schiffe sahen, die auf dem Amonra flussaufwärts trieben.

Aeduan sog scharf die Luft ein, Iseults Nase zuckte. »Rotsegel«, riet er. »Und auch Baedyeds. Ich nehme an, jetzt, wo der Zwanzigjährige Waffenstillstand ein Ende gefunden hat, haben sie ein Angriffsbündnis geschlossen.« Schnell erklärte er, wer die zwei Piratenfraktionen waren und warum jedes Bündnis, das sie schlossen, immer unter der Klinge der Herrin des Schicksals schwebte.

Während er sprach, zog Aeduan ein Fernglas aus Bronze aus seinem Wehrgehänge und richtete den Blick in die Ferne. Jedes Schiff war vollgepackt mit Kämpfern, und jeder Kämpfer war ordentlich bewaffnet. Und auch am Ufer drängten sich Menschen. Fast unsichtbar, aber wenn man lange genug eine Stelle beobachtete … *Dort*. Bewegung. Pferde. Noch mehr Kämpfer.

»Wo wollen sie hin?«, fragte Iseult, sobald er seine Erklärung beendet hatte.

»Flussaufwärts.«

Jetzt war es an Iseult zu seufzen, doch sie sagte nichts. Tatsächlich hielt das Schweigen so lange, dass Aeduan schließlich sein Fernglas senkte – und feststellte, dass sie ihn beobachtete, mit unbeweglichem Körper. Doch zur Abwechslung war ihr Gesicht einmal nicht ausdruckslos. Es war schmerzverzogen, die Lippen zusammengepresst und die Nase gerümpft. Aeduan schluckte. Vielleicht hatte er sie doch verletzt. Grasflecken prangten auf ihren Schultern, ihren Knien, und auf ihrem Wangenknochen leuchtete eine Schürfwunde.

Aber nein. Je länger er ihren grünbraunen Blick hielt, desto deutlicher sah er es. Dies war kein Schmerz – sondern Trauer. Zum zweiten Mal an diesem Morgen wünschte er sich, er hätte nichts über die Cahr Awen gesagt.

Er wandte sich ab, steckte das Fernglas zurück in sein Wehrgehänge und räusperte sich. »Sie werden vor den Amonra-Fällen von Bord gehen müssen, Strangmagis. Wir müssen verschwunden sein, bevor das geschieht.«

»Dann lass uns aufbrechen«, sagte sie tonlos.

»Wir werden uns schnell bewegen müssen. Bist du dem gewachsen?«

Sie schnaubte, und als Aeduan zu ihr zurücksah, stellte er fest, dass sich ihre Miene entspannt hatte. Jetzt erkannte er einen Anflug – nur einen winzigen – von Verschmitztheit darin.

»Ich glaube, die Antwort auf diese Frage kennen wir beide, Blutmagis.« Sie stiefelte an ihm vorbei, das Kinn herausfordernd vorgeschoben. »Die Frage ist eher, ob du mithalten kannst.«

Dann rannte sie los, und Aeduan trabte hinter ihr her.

27

Am Morgen des nächsten Tages war Cam noch nicht wiederaufgetaucht. Merik hatte in den Straßen der Altstadt und darüber hinaus nach ihr gesucht – selbst in den Zisternen –, sie aber nicht gefunden.

Hört auf zu sehen, was Ihr sehen wollt, Merik Nihar, und fangt endlich an zu sehen, was wirklich ist! Ihre letzten Worte brannten noch auf seinen Trommelfellen. Wieder und wieder. Höhnisch. Vorwurfsvoll. Eine Heimsuchung, die keine Ruhe gab. *Hört auf zu sehen, was Ihr sehen wollt.*

Was Merik sehen wollte, war Cam, die Freundin, die durch Fluten und Höllenwasser zu ihm gestanden hatte. Über die Kackstraße und zurück.

Bevor er sie von sich gestoßen hatte.

Merik konnte sich nur vorstellen, dass Cam losgezogen war, um Antworten zu dem toten Mann im Lagerraum zu suchen … und dabei über etwas gestolpert war, gegen das sie nicht kämpfen konnte. Wie den Schattenmann.

Merik zog sich die Kapuze tiefer ins Gesicht, eilte schneller über den Falkenweg. *Hört auf zu sehen, was Ihr sehen wollt!* Der Vorwurf pulsierte in seiner Brust, in seinen Ohren. Unentrinnbar und nur zu wahr.

Merik hatte mögliche Handelsbeziehungen für Nubrevna

gesehen, wo es keine gab. Er hatte eine Marine gesehen, die »seine Führung brauchte«, obwohl das nicht stimmte. Er hatte in Safiya fon Hasstrel eine selbstsüchtige Domna, in Iseult det Midenzi eine frustrierte Strangmagis und in Cam einen unwichtigen Schiffsjungen gesehen – doch keine dieser Annahmen hatte sich bestätigt.

Am schlimmsten war aber: In seiner größten Verblendung hatte Merik einen Thron gesehen, auf dem er seiner Meinung nach sitzen sollte – und von dem Kullen angedeutet hatte, dass er ihn eines Tages für sich beanspruchen sollte, obwohl diese »Größe« das Geburtsrecht seiner Schwester war.

Merik schob sich langsam weiter. Zu langsam. Karren und Flüchtlinge und dreimal verdammte Maultiere tauchten überall auf, wo er hintreten wollte.

Ein Mann stolperte gegen Meriks Rücken, und als Merik nicht auswich, schubste ihn der Kerl. »Geh zur Seite …«

Einen Augenblick später hatte Merik sein Handgelenk gepackt und drehte es, bis er fühlte, wie Sehnen und Knochen sich dehnten. Noch einen Zentimeter, und etwas würde brechen. »Ich werde dich umbringen«, war alles, was Merik sagte.

»Bitte«, stammelte der Mann.

Merik gab ihn frei. Stieß ihn von sich. Er wollte brüllen: *Ich bin gefährlich!*

Doch die Worte drangen nie über seine Lippen, denn in diesem Moment glitt ein sanfter Wind über Meriks Haut. Eine Brise, die zu seiner Magie sprach.

Tod. Schatten. Der Wind rief ihn … nach Süden. Weiter den Falkenweg entlang. Es war dieselbe eisige Dunkelheit, die im Lagerraum zu ihm gesprochen hatte – derselbe gefrorene Fluch, von dem er fürchtete, dass er Cam verschlungen hatte.

Merik ließ die Straße hinter sich, tauchte in eine dunkle Gasse. Hier stieg er auf, Stück für Stück, trat mal an die eine, mal an die andere Wand, ließ sich von einem Wind nach oben heben. Hin und her, bis er endlich auf Dachziegeln stand.

Die Sonne brannte vom Himmel. Er ging in die Hocke und bewegte seine Finger; beobachtete, wie Staub sich hob, getragen von seinen Winden. Er streckte sich nach allem, was seine aufgeladene Luft berührte.

Dort. Direkt voraus.

Mit wehendem Umhang machte sich Merik auf den Weg. Seine Kapuze fiel nach hinten. Seine Stiefel knallten auf die Dachschindeln und brachten sie zum Zittern. Erzeugten Risse. Zerbrachen mehr als nur ein paar davon.

Er erreichte das Ende des Gebäudes, sammelte seinen Atem und seine Macht, dann sprang er über eine dunkle Gasse. Ein Dach nach dem anderen, Windstoß für Windstoß, schrumpfte der Abstand zwischen Merik und dieser Dunkelheit – einem Schatten, der nach seinem Blut *rief*.

Bis die Dächer ein Ende fanden und ihn zum Anhalten zwangen. Vor ihm erstreckte sich der südliche Kai, und dahinter erhob sich die Wasserbrücke über das wolkenverhangene Tal in Richtung Nodens Wachen.

So voll. Boote lagen Bug an Heck, sodass man kein Wasser mehr sah. Und auch keine Lücke in den herandrängenden Menschen.

Merik duckte sich auf die Schieferschindeln und kroch an den Rand des Dachs. Instinktiv griff er nach dem Fernrohr in seiner Admiralsjacke …

Aber natürlich trug er keine Jacke. Kein Fernglas. Keine Waffen.

Egal. Er brauchte all das nicht – nicht wenn sein Blut nach dem Schattenwind *hungerte*.

Ein schneller Blick über den Kai zeigte die verschiedensten Ethnien, die verschiedensten Alter, Stimmen und Verzweiflungsgrade. Hier hielten sich nicht nur Nubrevnaner auf, sondern auch Leute von außerhalb der Grenzen. Leute aus den Umkämpften Landen oder den unsicheren Sirmaya-Bergen.

Meriks Blick blieb an einem kahlen Mann hängen, der an der Stelle herumlungerte, wo die Docks in den von Menschenhand geschaffenen Hafen übergingen. Er war genauso übel vernarbt wie Merik, zumindest auf dem Kopf – und auch an der Hand, die er jetzt hob.

Eine Hand, an der der kleine Finger fehlte.

Ein kalter Schauder rann Merik vom Nacken aus über die Arme nach unten, als er sich fragte, ob dies ein weiterer Mann sein konnte wie der aus dem Lagerraum. Dann drehte sich der Mann um, und es war Garren. Der Meuchelmörder von der *Jana*.

Mehrere dröhnende Herzschläge lang schien der Kai nicht zu existieren. Merik sah nur noch diesen Mörder und hörte nichts anderes als das Rauschen des Bluts in seinen Ohren. Er spürte keinen Wind auf den Wangen, hörte keine Stimmen.

Die gesamte Welt bestand nur noch aus diesem wandelnden Toten.

In dieser Nacht, in der Dunkelheit seiner Kabine, hatte Merik Garren ein Entermesser durch den Bauch gestoßen. Blut hatte gespritzt, Eingeweide waren hervorgequollen. Und doch stand der Mann jetzt hier.

Merik verengte die Augen zu Schlitzen. Sonnenflecken tanzten vor seinen Augen, doch trotzdem erkannte er die gezackten schwarzen Linien, die sich am Hals des Mannes nach unten zogen.

Male, wie auch Merik sie trug.

Die Male, die ihn gerufen hatten.

Merik hatte bisher nicht gewusst, was diese Linien bedeuteten. Er wusste es immer noch nicht. Er wusste nur, dass Cam recht hatte: Sie verhießen nichts Gutes.

Und Merik wusste auch, dass – wenn Garren ihn zu Cam führen konnte – er jetzt nicht innehalten durfte.

Garren entfernte sich schlurfend von Merik, schob sich unbeirrt durch das Chaos. Er hielt auf eine Kneipe namens *Der Geborstene Mann* zu, die neben dem Kanal lag. Ein großes Steingebäude, gefüllt mit Matrosen und Soldaten und all denjenigen, die billigen Rausch suchten.

Augenblicke später hatte Merik das Dach verlassen und näherte sich der heruntergekommenen Taverne. Die Menge verklang zu Hintergrundlärm, zu einem Farbenmeer ohne Bedeutung.

Dann hatte er den *Geborstenen Mann* erreicht und starrte auf das Schild, das in der Brise knirschte. Das geschwärzte Auge auf dem Holz wirkte ein wenig zu vertraut. Ein wenig zu … *echt*.

Die Tür schwang auf. Merik zog den Kopf ein, als zwei Matrosen in das Tageslicht stolperten, selbst zu dieser Stunde schon betrunken. Hinter ihnen allerdings – das war es, was Merik interessierte. Denn irgendwo da drin waberte Dunkelheit und wandelten Tote.

Der Eingangsbereich sah genauso aus wie in Meriks Erinnerung: die Hälfte der Lampen dunkel, blaue Becher, die zu Braun verblasst waren, und alles glänzte von verschüttetem Ochsentee. *Der Geborstene Mann* braute eine Menge verschiedene Alkoholika im Keller, doch am berühmtesten war der Ochsentee, der weder Tee war noch etwas mit Ochsen zu tun hatte.

Doch ein Mann konnte sich damit betrinken. Schnell. Und in einer Welt, die von Feinden und Hunger regiert wurde, wollten die Gäste sich betrinken. Schnell.

Merik erreichte den Hauptraum der Taverne. Er breitete sich vor ihm aus. In großen Lüstern flackerten Kerzen. Wachs tropfte auf die Leute an dem guten Dutzend klappriger Tische herab. Merik hielt auf die hintere Ecke zu. Er hatte den Raum schon halb durchquert, als ihm auffiel, dass sich Stille ausgebreitet hatte. Die Zecher hatten aufgehört zu zechen, und an einem Tisch in seiner Nähe saß ein Matrose unbeweglich da, seinen Becher mit Ochsentee halb vor dem Mund.

Jemand stieß seinen Nachbarn an. Jemand räusperte sich. Dann stöhnte Holz und kratzte über den Boden, als alle, die bisher gesessen hatte, gleichzeitig beschlossen aufzustehen.

»Ich habe dir gesagt, dass er kommen würde.« Die Stimme eines Mannes, ölig und vertraut, glitt durch die Stille.

Merik wirbelte zur Bar herum, wo ein verschwitzter Serrit Linday mit erhobenem Arm stand.

Für einen winzigen Augenblick hörte die Welt auf, sich zu drehen. Hielt einfach an. *Ich habe dich sterben sehen*, dachte Merik. Doch Linday stand da, ein zweiter wandelnder Leichnam – und sagte jetzt auch noch, die Stimme fast vergnügt: »Verhaftet ihn, Soldaten. Verhaftet die Furie.«

Safi, Vaness und die Höllebarden drängten aus dem Gasthaus, nur Minuten bevor es in einer Kakophonie aus schwarzem Seefeuer in sich zusammenbrach. Sie rannten durch das Badehaus, versteckten sich im wabernden Rauch, dann stolperten sie in den heißen Mittag, unter einen Himmel, der kein Recht hatte, so sonnig zu sein, und so blau.

Zander führte sie, auch wenn für Safi jede Straße gleich aussah. Weitere Gebäude lehnten an Ruinen aus einer vergessenen Vergangenheit. Blut drang in einer Menge aus

Vaness' Nase, die kein Körper lange aushalten konnte, und noch weniger, während man mit Höchstgeschwindigkeit durch eine feindliche Stadt rannte. Mit Lev auf einer Seite und Safi auf der anderen gelang es der Kaiserin trotzdem weiterzustolpern.

Caden übernahm die Nachhut, ein eisernes Langschwert – von Vaness aus den zwei Rapieren geschaffen – in der Hand.

Als Zander sie auf eine Kreuzung führte, von der fünf Straßen abgingen, von Ulmen gesäumt und mit Bannern geschmückt wie alle anderen Straßen im Distrikt, grub Vaness ihre Fersen in den Boden. »Muss … anhalten«, keuchte sie, bevor ihr Oberkörper nach vorne sank.

Safi kehrte mit Lev zurück, dann breitete sich Entsetzen in ihr aus. Das Blut aus Vaness' Nase hatte eine Spur hinter ihnen gezogen, der jeder Idiot folgen konnte. *Denk wie Iseult, denk wie Iseult.* Das Wichtigste zuerst: das Blut. Sie mussten verhindern, dass es auf den Boden tropfte.

Doch Lev riss bereits Stoff von ihrem Ärmel. »Hier.« Sie ging in die Hocke und drückte das Gewebe an die Nase der Kaiserin. »Wir müssen in Bewegung bleiben.«

»Ich weiß.« Vaness' Stimme klang gedämpft hinter dem dicken Baumwollbündel heraus. »Ich schaffe es. Lasst mich nur … einen Moment … Luft schnappen.«

»Wir haben keinen Moment!« Caden eilte nach vorne. Er stieß Lev zur Seite und schob seinen viel längeren, viel kräftigeren Arm hinter die Kaiserin. »Die Baedyeds sind uns auf den Fersen. Wir müssen uns bewegen.« Als Safi Vaness freigab, zerrte er die Kaiserin in einen Trott.

Gerade rechtzeitig, denn ein Mann in Baedyed-Gold rannte in ihre Richtung. *Schnell.*

Aber Caden war bereits verschwunden, duckte sich tief und zerrte Vaness die engste der fünf Straßen entlang. »Man sieht sich!«, rief er, womit Safi keine andere Wahl blieb, als so schnell wie möglich hinter Zander und Lev herzurennen.

Nur dass auch sie weg waren, untergetaucht in der Menge – und jetzt rannte ein zweiter Baedyed direkt auf sie zu.

»Schlammfressende Mistkerle!«, kreischte Safi und schlug den einzigen Weg ein, der ihr geblieben war: geradeaus. Während ihre Fersen hart auf den Boden trafen, kochte Wut in ihrem Körper. Die Kackköpfe hatten sie zurückgelassen! Und *man sieht sich* wo genau?

Safi bog nach links ab, in eine Gruppe von Männern, die schwer an knirschenden Wäschekörben schleppten. Als sie in eine andere Straße abbogen, folgte Safi ihrer Führung. Dann schubste sie den Mann neben sich. Er stolperte, sein Korb fiel, und Wäsche ergoss sich über die Straße, sodass auch die Männer hinter ihm aus dem Tritt gerieten. Der Verkehr stockte, doch Safi war bereits weitergerannt.

An der nächsten Kreuzung lief Safi direkt in Caden und Vaness. Oh, und da waren auch Zander und Lev. Sie eilten voraus und klärten einen Weg durch den Verkehr.

Sie passte ihre Einschätzung der schlammfressenden Mistkerle an. Aber nur leicht.

Die Straße führte jetzt bergab und gab den Blick frei auf einen offenen Markt, auf ein Meer aus im Wind flatternden Zelten. Alarmglocken lärmten – *seit wann das?* –, was bedeutete, dass entweder vor ihnen noch mehr Baedyeds warteten oder dass sich das Feuer im Gasthof ausgebreitet hatte.

Wahrscheinlich beides. Doch keiner von ihnen wurde langsamer. Nicht einmal Vaness, die Caden inzwischen quasi trug. Sie rannten den Hügel hinunter, Höllebarden genauso wie Ketzerin und Kaiserin. Abzweigungen und Leute glitten vorbei.

Bis sie den Markt erreichten und – genau wie Safi es befürchtet hatte – überall Grün und Gold aufblitzte. Auf allen Seiten. Baedyeds. *Wütende* Baedyeds.

Sie umrundeten eine Reihe von Zelten, Zander an der Spitze, Safi ganz hinten. Für einen Moment folgte ihnen niemand. Die kleine Gasse – wenn man es denn überhaupt so nennen konnte – war leer.

Was würde Iseult tun? Was würde Iseult tun?

Dann sah Safi und verstand. Sie konnte nicht anders – ein Lächeln breitete sich auf ihrem Gesicht aus. »Vor uns!«, schrie sie. »Diese Kutsche am Ende der Zeltreihe!«

Mehr war für Zander nicht nötig. Eine Kutsche steckte in der Menge fest. Ihr Schatten fiel in die Gasse.

Und die Tür war unverschlossen, wie Safi sah, als Zander sie aufriss. Die Frau darin öffnete den Mund, um zu schreien, aber Lev drückte ihr schon ein Messer gegen die Kehle, bevor auch nur der leiseste Laut hervordringen konnte.

Dann kletterten Caden, Vaness und Safi hinter den beiden anderen Höllebarden in die Kutsche. Sie ließen sich auf die Bänke sinken, und Safi knallte die Tür zu.

Für die Dauer eines keuchenden Atemzugs herrschte Stille. Dann zwei. Dann drei. Doch falls der Kutscher die Neuankömmlinge in dem ganzen Chaos draußen bemerkt hatte, ließ er sich nichts anmerken.

An die folgende halbe Stunde würde sich Safi für immer als eine der seltsamsten Zeitspannen ihres Lebens erinnern. Die vornehme Stille im Inneren der wackelnden Kutsche stand im Widerspruch zu dem Verkehrslärm und den Rufen draußen, während die geschmackvollen mit blauem Filz bezogenen Wände und die scharlachroten Vorhänge vor den Fenstern nicht zu den unerwünschten Besuchern passten, die alle keuchten und nach Rauch stanken.

Ganz zu schweigen von ihrer unwilligen Gastgeberin, einer Großmutter mit Augen, die auf eine Abstammung aus dem fernen Osten hinwiesen und die vollkommen unbeeindruckt von der Klinge wirkte, die Lev ihr an den Hals presste.

Das Einzige, was dieser absurden Szenerie noch fehlt, dache Safi, *ist, dass im Hintergrund leise Walzermusik spielt.* Dann hätte es einfach eine Szene aus den Theaterkomödien sein können, die Mathew so liebte.

»Es … tut mir leid«, bot Caden der Frau schließlich an, immer noch keuchend. »Wir brauchten … eine Stelle, an der wir uns verstecken können.«

»Außerdem brauchen wir Hilfe für Vaness.« Safi drehte sich zu der Kaiserin neben ihr um, die nur mit Mühe bei Bewusstsein zu bleiben schien.

Die fernöstliche Dame bemerkte es ebenfalls. Ohne die Arme zu bewegen, deutete sie mit einem Finger auf einen Koffer neben Safis Bank.

»Ein Heilkasten«, sagte Zander, dann kauerte sich der Riese – der den Kopf einziehen musste, um überhaupt in die Kutsche zu passen – noch weiter zusammen, um den Koffer zwischen Safis Beinen herauszuziehen.

»Vorsichtig«, warnte Caden, obwohl seine Aufmerksamkeit auf die Kaiserin gerichtet war. Darauf, ihr weiter einen Stofffetzen unter die Nase zu halten. »Diese Frau ist eine Sklavenhändlerin. Man kann ihr nicht vertrauen.«

»Eine Sklavenhändlerin?«, spottete Safi. »Das glaube ich nicht. Seht sie euch doch an.«

Der Blick der Frau schoss zur Seite. Verwirrt von der cartorrischen Sprache, vielleicht … aber ohne Angst.

»Ich schaue«, schoss Caden zurück, »auf diesen Heilkasten. Solche Kästen bringen Sklavenhändler mit in die Arena, nachdem so viele der Kämpfer die Arena halb tot verlassen.«

»Er … hat recht«, krächzte Vaness – und Safis Magie summte: *Wahr.* Und doch verstand sie nicht, *wie* das der

Realität entsprechen konnte, als sie den dunklen Blick der alten Frau festhielt. Diese schmale Großmutter wirkte so freundlich und mitfühlend.

Es gibt Abstufungen von allem, hatte Caden am Vortag gesagt, *die sicherlich nicht in Eure Wahr-oder-falsch-Sicht der Welt passen.*

Vorsichtig, die starken Muskeln angespannt, um sich gegen eine Falle zu wappnen, öffnete Zander den Koffer. Doch es schlugen keine Flammen empor. Kein Gift wurde verspritzt. Stattdessen fanden sie genau das, was der Koffer versprach: einen Heilkasten.

»Darf ich?«, fragte Zander die Frau mit perfekter Höflichkeit – ein weiteres absurdes Detail dieser Szene. Doch die Frau wedelte bereits mit den Händen in Vaness' Richtung, als wollte sie sagen: *Beeilung, Beeilung!*

Zander beeilte sich, grub sich durch den Inhalt des Koffers, um einen blutstillenden Trank zu finden. Safi beeilte sich, dem Riesen das Fläschchen aus der Hand zu reißen. Dann beeilte sich auch Caden, als er das blutgetränkte Tuch zur Seite warf und Vaness' Kinn anhob. Eine zähflüssige, sirupartige Tinktur in der Farbe alten Bluts glitt in ihren Mund.

Dann starrten alle – angespannt und unverwandt – auf die Kaiserin von Marstok.

Sie holte tief Luft, hustete einmal und senkte den Kopf. Kein weiteres Blut floss aus ihrer Nase. Ihre Augen, wenn auch gerötet, waren geöffnet und aufmerksam.

Gleichzeitig sackten Safi und die Höllebarden in sich zusammen und stießen erleichtert den Atem aus.

Vaness dagegen ließ den Blick nacheinander über die Höllebarden gleiten. Zander, Lev, dann Caden. »Danke.«

»Dankt uns noch nicht.« Caden schob sich zu einem Vorhang und spähte ins Sonnenlicht. »Der Alarm erklingt noch, und wir sind auf allen Seiten umzingelt. Es ist nur eine

Frage der Zeit, bevor sie anfangen, auch die Kutschen zu durchsuchen.«

»Was ist mit dem Territorium der Rotsegel?«, fragte Safi. »Könnten wir nicht dorthin? Uns verstecken, bis es vorbei ist?«

Obwohl Safi ihre Frage an Caden gerichtet hatte, war es ihre fernöstliche Geisel, die sagte: »Sie sind jetzt verbündet.« Ihre Stimme war rauchig und voll. »Die Baedyeds und die Rotsegel haben sich unter dem Banner des Räuberkönigs zusammengeschlossen. Im Gegenzug hat er ihnen Nubrevna und Marstok versprochen.«

Caden warf Safi einen Blick zu, doch sie konnte nichts anderes tun, als zu nicken – weil Wahrheit in den Worten der Großmutter widerhallte.

»Das ist schlecht fürs Geschäft.« Die alte Frau rümpfte die Nase, und ihr Tonfall wurde herablassend. »Wenn zwei Fraktionen zu einer werden, wird der Handel nicht mehr von Angebot und Nachfrage bestimmt.«

»Ihr meint, die Arena wird nicht mehr davon bestimmt«, hielt Caden dagegen.

Die Frau zuckte nur nachlässig mit einer Schulter, als wollte sie sagen: *Ist doch dasselbe.*

Und die ganze Zeit über rollte die Kutsche weiter.

»Fahrt Ihre gerade dorthin?«, fragte Lev. »Zur Arena?«

Das Nicken der Frau sorgte dafür, dass sich Caden zurücklehnte. »Gut genug.« Er schenkte Safi und Vaness das Lächeln des charmanten Schwindlers. »Unsere Männer befinden sich in der Arena. Sobald wir sie befreit haben, werden wir diese stinkende Sumpflandschaft hinter uns lassen. Zusammen. Wie versprochen.«

28

Es dauerte mehrere Stunden, die Klippen neben den Amonra-Fällen nach unten zu steigen. Die Schwüle und die Hitze, die aus der Schlucht aufstiegen, waren furchtbar.

Iseult verlor kein Wort darüber, und natürlich hielt Aeduan es genauso.

Er ging jetzt vor ihr, als hätte Iseult die Prüfung bestanden, der er sie am Tag zuvor unterzogen hatte. Oder vielleicht hatte er auch einfach vergessen, ihr misstrauisch gegenüberzustehen. Sie vermutete eine Mischung aus beidem. Außerdem hatte er ihr den Salamandermantel gegeben und trug wieder den grauen Wollmantel, in dem sie ihn gefunden hatte.

Das bedeutete etwas – dass er ihr diesen Mantel zum zweiten Mal gegeben hatte. Und auch wenn Iseult nicht verstand, was genau, wusste sie doch, dass es ein gutes Gefühl war, wieder unter den dicken Fasern verborgen zu sein.

Besonders nachdem irgendetwas Wichtiges in ihr zerbrochen war.

Stunden nachdem es passiert war, Meilen entfernt, verstand sie endlich, dass es ihr Herz gewesen sein musste. Dass sie in dem Moment, als Aeduan ihr mitgeteilt hatte, dass sie keine der Cahr Awen war, eine allumfassende Trauer gespürt hatte, die sie aus dem Gleichgewicht gebracht und niedergedrückt hatte. Doch im Moment selbst hatte sie nur gewusst, dass dies ihre Bestätigung war. Ihr Beweis.

Sie war zerstört. Sie war nutzlos. Sie war die sinnlose Hälfte einer Freundschaft. Diejenige, die immer in den Schatten leben würde, egal was sie auch tat. Egal gegen wen sie kämpfte. Iseult hatte niemals um etwas gebeten. Nicht seit sie als kleines Mädchen gelernt hatte, dass verrostete Schlösser an einer Tür das Beste waren, worauf sie hoffen konnte.

Dann hatte sie Safi getroffen, und heimlich, im Stillen – so tief in sich, dass niemand je darauf stoßen konnte –, hatte Iseult angefangen zu hoffen, dass ihr Leben zu etwas werden könnte. Kleine Träume waren nicht so schlimm. Iseult konnte sie hin und wieder ansehen, ohne dass jemand davon erfuhr.

Doch jetzt … jetzt konnte sie nicht länger diesen riesigen Traum hegen, von dem sie sich selbst immer wieder gesagt hatte, dass er unmöglich wahr werden konnte … Dass *sie* Teil der Cahr Awen war. Erst jetzt wurde ihr klar, wie sehr sie sich danach verzehrt hatte.

Schon immer, seit sie ein kleines Mädchen gewesen war.

Versponnene Närrin.

Aeduan anzugreifen war ein gutes Gefühl gewesen. Zu gut. Iseult hatte sich im Kampf verloren. Im Ringen. In dem kurzen Aufflackern von Schmerz, wann immer Aeduan einen Treffer landete.

Am Ende war alles an ihr schweißnass gewesen. Sie hatte gekeucht, lange bevor ihr Körper aufgegeben hatte, und für Aeduan hatte dasselbe gegolten. Obwohl Iseults Bewegungen im Verlauf des Kampfs abgehackt geworden waren und obwohl er sie auf den Boden geworfen, sie gewürgt, jeden ihrer Angriffe pariert hatte, hatte der Blutmagis nie nachgelassen oder sich zurückgezogen.

Und der Wettlauf durch den Wald – der hatte mehr Spaß gemacht, als Iseult seit langer Zeit gehabt hatte. Selbst jetzt, mit Kratzern und blauen Flecken und brennenden Schenkeln. Vielleicht würde Iseult ihre Meinung ändern, wenn sich ihre wunden Muskeln versteiften, bis sie kaum noch laufen konnte. Doch sie rechnete nicht damit.

Schließlich war der Schmerz die Lektion dafür, zu ambitionierte Träume gehegt zu haben.

Das Tal jenseits der Fälle war wunderbar kühl. Farnwedel schwankten in der Brise, zusammen mit weißem und gelbem Affodil. Bäume waren selten. Stattdessen erhoben sich Steinsäulen aus der Erde, geformt und gefurcht von der Macht des Flusses. Es gab Pfeiler in allen Breiten, allen Höhen, allen Farben.

Und es herrschte vollkommene Stille. Hier gab es keine Menschen.

Schließlich führte Aeduan Iseult aus der schmalen Klamm auf eine offene Flutfläche. Eichen erschienen, deren Schatten Schutz vor der Sonne boten.

Es gab auch Hinweise auf Menschen, aber nicht auf die lebenden Menschen, die vor ihnen warteten. Dies waren Schlachtfelder aus einer fernen Vergangenheit, lang vergessen.

Verrostete Helme und Brustplatten. Schwerter, Speere, Pfeilspitzen. Überall, wo Iseults Blick hinfiel, entdeckte sie Anzeichen des Todes, manche Stücke so alt, dass Erde und Farne sie fast verschlungen hatten. Iseult bemerkte sie erst, wenn sie unter ihren Füßen zerfielen. Andere Überreste waren noch neu genug, um zu glänzen; lagen unberührt unter der brennenden Sonne, wo sie gefallen waren. Es gab auch Skelette, die meisten mit Moos überwachsen.

»Wieso ist das hier?«, fragte Iseult schließlich. »Wieso hat niemand die Toten begraben oder verbrannt?«

»Weil es dafür nicht genügend Überlebende gab.« Aeduan bog nach rechts ab, führte Iseult nach Süden, näher an den Amonra heran. Riesige glatte Felsen aus dem Fluss lagen hier und dort auf der weichen Erde, und Schösslinge streckten sich in eigenartigen Winkeln Richtung Himmel.

Der Wald war seltsam still, als wüssten selbst die Tiere, dass dieser Ort verdammt war. Als wüssten sie, dass sich per Schiff Piraten näherten.

Also hielt Iseult die Stimme gesenkt. »Wieso so viele Kämpfe? Ist das Land kostbar?«

»Es gibt hier nichts von Wert«, antwortete Aeduan ebenso leise. »Doch die Menschen glauben immer, alles besser zu wissen als diejenigen, die vor ihnen kamen. Dass sie diejenigen sein werden, die die Umkämpften Lande für sich beanspruchen können.«

Er stieg eine felsige Anhöhe hinauf, um dann den Arm auszustrecken und Iseult seine Hand anzubieten. Sie nahm sie, froh über die Hilfe, auch wenn ihre wunden Knöchel protestierten. Aeduans Finger lagen warm um ihre.

»Im Kloster«, fuhr er fort, als er ihre Hand freigab, »haben sie uns beigebracht, dass die Paladine, nachdem sie sich gegenseitig betrogen hatten, hier ihren letzten Kampf ausgefochten haben. Ihr Tod hat das Land verflucht, sodass niemand je die Umkämpften Lande für sich gewinnen kann. Ich halte das allerdings für eine Lüge.«

»Warum?«

Er antwortete nicht sofort, sondern bewegte die Finger, als hätte sie seine Hand zu fest gehalten.

»Weil«, sagte er schließlich mit einem leisen Stirnrunzeln, »es immer leichter ist, Götter oder Legenden für etwas verantwortlich zu machen, als sich den eigenen Fehlern zu stellen. Dieses Land ist nicht mehr verflucht als andere Gebiete. Es ist lediglich mit zu viel Blut getränkt.«

Nach dieser Äußerung ging Aeduan weiter, und Iseult folgte ihm. Eine weitere Meile lang sahen sie keine Hinweise auf menschliches Leben. Nur uraltes, vergessenes Blut. Bis Aeduan plötzlich mitten in der Bewegung erstarrte.

»Rotsegel«, murmelte er, während er sich in die Hocke sinken ließ und die Luft prüfte. »Diejenigen, die dich gejagt haben. Wir müssen nach Norden ausweichen.« Allerdings kam er nur drei Schritte weit, bevor er ein zweites Mal anhielt. Und jetzt leuchteten seine Augen vollständig rot.

Plötzlich lehnte er sich zu Iseult. Sein Mantel zuckte wie der Schwanz einer Katze. »Warte hier«, befahl er. »Ich muss etwas kontrollieren.«

Iseult blieb keine Zeit für eine Antwort, bevor er auch schon im Wald verschwunden war. Ihre Nase zuckte, doch sie versuchte nicht, ihm zu folgen. Der Blutmagis hatte sie bis jetzt nicht in die Irre geführt, und nur Ruhe konnte ihr gute Dienste leisten.

Oder zumindest erklärte sie sich das selbst, als die Herzschläge vergingen – und der Boden anfing zu zittern. Nur ein kurzes Heben. Fast nicht wahrnehmbar, abgesehen von dem Zittern in Iseults Knöcheln. Und den Motten, die vom Boden aufstiegen.

Dann bebte die Erde wieder, und diesmal erhoben sich mehr als nur ein paar Motten. Ein riesiger Schwarm Stare löste sich aus den Ästen und erhob sich über die Bäume.

Ein drittes Erdbeben erschütterte das Land. Ein heftiger Erdstoß, der Iseult zu Boden warf. Mit rasendem Herzen bemühte sich Iseult, wieder aufzustehen, doch der Boden bewegte sich immer noch. Äste schwankten, Blätter fielen, Eichhörnchen und Marder und Drosseln rasten vorbei.

Ein Schatten glitt über den Wald. Riesig, mit Flügeln und ausgestattet mit pulsierenden silbernen Strängen. Erst ein einziges Mal hatte Iseult solche Stränge gesehen.

Bei Seefüchsen.

In den Umkämpften Laden lauern schlimmere Gefahren als Blutmagi.

Iseult war davon ausgegangen, dass Aeduan schlimmere *Menschen* als Blutmagi gemeint hatte – Männer wie die Rotsegel. Doch als der Schatten näher kam, dessen Stränge in ihrem Herzen funkelten, wurde Iseult klar, dass Aeduan nicht von Menschen gesprochen hatte.

Er hatte Bergfledermäuse gemeint, diese riesigen schlangenartigen Wesen aus den Mythen. Diese altertümlichen Plünderer von Schlachtfeldern.

Iseult kämpfte sich auf die Beine und rannte los.

Es gab nur einen Grund, warum Aeduan auf die Armeen zuhielt – und er war sicher, dass es sich um Armeen handelte.

Er hatte aufgeplatzte Knöchel und abgebrochene Fingernägel gewittert, ein Gestank, der alles andere überlagerte. Ein Zeichen, dass der Anführer der Rotsegel irgendwo in der Nähe lauerte. Doch es war der Duft, der unter dieser Niedertracht lauerte, der Aeduan erschütterte. Der ihn vorantrieb, die Strangmagis war vollkommen vergessen.

Rosenwasser und in Wolle gewickelte Schlaflieder. Ein Kind.

Kälte breitete sich in Aeduans Bauch aus. Breitete sich in seiner Lunge, seinen Fäusten aus, ergriff Besitz von seinen Trommelfellen. Nur zweimal in den vergangenen zehn Jahren war dieses Gefühl – diese Erinnerung – umfassend an die Oberfläche gestiegen. Zweimal hatte Aeduan der Vergangenheit tief in die Augen gesehen und gesagt: »Ja. Heute darfst du herauskommen.«

Beide Male waren Leute durch Aeduans Hände gestorben. Beide Male hatte er den unergründlichen Drang verspürt, eine Lebensschuld für jemand anders zu begleichen.

Heute geschähe es zum dritten Mal.

Lauf, mein Junge, lauf.

Er bewegte sich mit ausgesuchter Vorsicht durch das Gelände, der Boden so nah beim Fluss weich und sandig. Seine Muskeln – seine Magie – schrien danach, aktiv zu werden. Schrien nach Geschwindigkeit. Summten vor Macht. Doch hier hing Blut in der Luft, tränkte die Überschwemmungsebene wie der Gestank eines moskitoverseuchten Teichs. Aeduan zwang seine Füße, sich quälend langsam zu bewegen.

Er erreichte den Fluss und stoppte neben einer abblätternden Weißbirke. Die Witterungen, denen Aeduan folgte – das Kind und der Anführer der Rotsegel – führten nach Norden, weg vom Fluss. Aeduan folgte, die Muskeln erfüllt von seiner Magie. Wesen huschten aus seinem Weg. Der Boden zitterte, eine ferne Ablenkung.

Aeduan spürte nur die Kälte in seinen Fäusten, die Gewalttätigkeit in den Adern.

Dann hatte er sein Ziel erreicht: ein Lager neben einem schmalen Bach. Es wirkte so vertraut. Ähnelte so sehr diesem Tag vor vierzehn Jahren.

Sieben Männer hielten sich hier auf, die meisten in einem festen Zelt, dessen Stoff mit goldenen Streifen verziert war. Die Art Zelt, wie Aeduan sie bei reichen Familien bei Picknicks gesehen hatte.

Dies waren die Männer, denen Aeduan am Tag zuvor begegnet war. Die Männer, die die Strangmagis gejagt hatten.

Aeduan trat auf die Lichtung, fast angetan, als die Erde sich kaum zwei Atemzüge später entschloss, ein weiteres Mal zu beben. Die einsame Wache vor dem Zelt bemerkte Aeduan. Sein Bart war fettig, doch sein guter geölter Mantel war offensichtlich einem wohlhabenden Reisenden abgenommen worden. Er warf einen nervösen Blick zum Himmel, bevor er sich Aeduan näherte.

Doch der Idiot zog keine Waffe. Andererseits: Aeduan tat ebenfalls nichts dergleichen.

Der Mann stampfte vorwärts. Sandiger Kies knirschte unter seinen Füßen, während er den Blick über Aeduan gleiten ließ. Was auch immer er sah, es schien ihn nicht zu beeindrucken.

Da war gut. Je näher er Aeduan kam, je weiter er sich von diesem Zelt entfernte, desto leichter würde der Kampf.

»Du solltest nicht hier sein.« Der Wachmann war jetzt nahe genug, dass seine Stimme auch über das Beben der Erde, das Knirschen der Bäume hinweg zu hören war. Sein Bart war so beschnitten, dass er in einer einzelnen langen Spitze endete, wie die Männer aus dem Norden es bevorzugten. »Dreh dich um und verschwinde.«

Wieder warf er einen schnellen Blick zum Himmel. Dann sauste ein Schatten vorbei. Flügel erzeugten Wind und brachten auch Aeduan dazu, den Blick zu heben.

Eine Bergfledermaus glitt über den Himmel. Vage wurde Aeduan klar, dass er eine solche Kreatur noch nie gesehen hatte. Sie war gleichzeitig größer und schlanker, als er erwartet hatte, mit einem langen Schwanz, der durch die Luft peitschte. Sonst allerdings sah diese riesenhafte Fledermaus genauso aus wie die kleineren Früchte fressenden Fledermäuse aus den Dschungeln im Süden.

Aeduan nahm an, dass er Angst haben sollte.

Doch die hatte er nicht. Die Kälte in seinem Blut brauchte ein Ventil, und das Kind, das in diesem Zelt gefangen gehalten wurde, brauchte Hilfe. Das war alles, was im Moment zählte.

Er wandte sich wieder dem Sklavenhändler zu, der offensichtlich keine Ahnung hatte, wer die größere Bedrohung darstellte: Aeduan oder die Bergfledermaus. Für Aeduan war die Antwort auf diese Frage offensichtlich. »Du solltest jetzt fliehen«, warnte er den Mann. »Oder ich werde dich töten.«

Die Lippen des Mannes verzogen sich. »Sieben von uns und nur du allein.« Er packte Aeduans Hemd.

»Genau«, sagte Aeduan. »Was der Grund ist, warum du fliehen solltest.« Dann, mit einer Geschwindigkeit, der kein anderer Mensch gewachsen war, drückte er die Hand des Mannes an seine Brust und riss die Faust nach oben. Seine Faust traf den Arm seines Gegners direkt über den Ellbogen, zerstörte das Gelenk und brach den Oberarm.

Knochen durchbohrten Haut; der Mann schrie.

Doch das war nur der Anfang. Aeduan rammte den schlaffen Ellbogen in einem unnatürlichen Winkel, für den er niemals gedacht gewesen war, zum Hals des Mannes. Das gezackte Ende des Knochens bohrte sich in eine weiche Kehle.

Sofort färbte sich der Bart des Mannes rot. Mit einer lässigen Bewegung stieß Aeduan den Leichnam zur Seite.

Danach versank alles in einem Chaos aus zitternder Erde und Schreien und Blut. Aus Angst, die Pupillen der Männer weit werden ließ, als sie verstanden, dass sie sterben würden.

Sechs weitere Männer. Aeduan tötete jeden in weniger Zeit, als es ihn kostete, seine Stiefel zu binden. Doch beim letzten Mann, dem Anführer, der nach aufgeplatzten Knöcheln stank, ließ sich Aeduan Zeit.

Oder zumindest lautete so der Plan. Doch als Aeduan dem Mann sein Knie in den Rücken drückte, sodass der Bach sein Gesicht umspielte – als er das Haar des Mannes packte und seinen Kopf zurückzog, sodass ein pockennarbiges Kinn mit offenen Stellen sichtbar wurde –, begann dieser menschliche Abschaum zu sprechen.

»Der König«, krächzte er, »wartet auf uns.«

»Das bezweifle ich.« Aeduan zog sein Messer – die erste Waffe in diesem Kampf – und drückte die Spitze auf einen Druckpunkt direkt hinter dem Ohr.

Ein Schauder überlief den Körper des Mannes, doch nicht vor Angst. Ein Monster wie dieses hier besaß nicht die Fähigkeit, sich zu fürchten. Aeduan roch das Vergnügen, das die Adern des Mannes erfüllte. Er schien zu genießen, wie sich die Messerspitze langsam in seine Haut bohrte, wie sie ein Bündel aus Nerven durchtrennte, sodass Schmerzen seinen gesamten Körper erschütterten. »Der König … im Norden. Ragnor.«

Bei diesem Namen erstarrte Aeduan.

»Ragnor«, wiederholte der Mann. »Er ist … der Räuberkönig, und er wartet auf uns. Auf unsere Fracht.«

Ein langer Moment verging. Die Bergfledermaus flog in diese Richtung, in einem Wirbel aus Wind und Blättern und Zweigen.

Doch Aeduan blieb unbeweglich. Beobachtete, wie das Blut des Sklavenhändlers über seinen Hals floss, um sich mit dem Wasser des Bachs zu verbinden.

Dann rammte Aeduan ihm das Messer bis zum Knauf in den Körper. Ein Stoß, rein und raus. Blut spritzte. Der Gestank glitt über ihn hinweg.

Bevor er aufstand, wischte Aeduan seine Klinge sorgfältig am Rücken des Mannes ab. Die Kälte in seinem Körper hatte sich verfinstert.

Lauf, mein Junge, lauf.

Aeduan hob den Blick zum Himmel, als er sein Messer wegsteckte. Die Bergfledermaus kam in diese Richtung, ihre Flügel aus Haut fast durchsichtig.

Sie schrie und brachte damit Aeduans Zähne zum Klappern. Doch er konnte noch nicht fliehen. Nicht ohne das Kind, das ihn überhaupt erst hierher geführt hatte.

Aeduan wirbelte zum Zelt herum. Das Mädchen – denn das spürte er inmitten des Rosendufts und der Schlaflieder – war dort drin.

Das Innere war vollgestopft mit Vorräten und Kisten. Hinter einem dieser Kästen hatte sich eine winzige Gestalt zu einem Ball zusammengerollt. Ihre Nomatsi-fahlen Hände waren gefesselt, und sie trug einen Sack über dem Kopf.

Aeduan ließ sich neben ihr auf die Knie sinken, zog mit eiligen Fingern seine kleinste Klinge. Während er die Seile um ihre Handgelenke durchtrennte, sprach er auf Nomatsi mit ihr. »Ich werde dich nicht verletzen. Ich bin hier, um zu helfen, kleine Schwester.«

Über ihnen schrie die Bergfledermaus erneut. Wind wogte gegen das Zelt, erschütterte das Innere in rhythmischen Schlägen, als schwebe die Kreatur direkt über ihnen.

Doch sie griff nicht an, also ignorierte Aeduan das Wesen.

Das fadenscheinige salbeigrüne Kleid des Mädchens war vom schlammigen Boden durchnässt. Ihre Haut war kalt wie Eis, ihre nackten Zehen fast blau. Sie zitterte, doch als Aeduan sich dem Sack über ihrem Kopf zuwandte, wehrte sie sich nicht.

Sie war sogar noch jünger, als er erwartet hatte – und dazu dreckig, ihr schwarzes Haar feucht und verklebt.

Aus welchem Stamm auch immer sie kam, sie war erst vor ein paar Tagen von den Rotsegeln gefangen genommen worden. Was für Aeduan keinen Sinn ergab. Sicherlich würde sein Vater nicht mit Sklavenhändlern zusammenarbeiten. Nicht nach allem, was geschehen war.

Lauf, mein Junge, lauf.

»Ich werde dich nicht verletzen«, wiederholte Aeduan. Die Sprache glitt so natürlich über seine Lippen und klang doch so seltsam in seinen Ohren. »Ich bin hier, um dir zu helfen.«

Das Mädchen reagierte nicht. Gab keinerlei Hinweis darauf, dass sie seine Worte überhaupt gehört hatte. Aber als er sagte: »Ich werde dich jetzt tragen«, leistete sie keinen Widerstand.

Aeduan zog sie in seine Arme und stand auf. Sie war so leicht, so zerbrechlich. Ein kleiner Vogel in seinen dämonischen Armen.

Draußen verklangen die Schreie der Bergfledermaus abrupt. Das Zelt zitterte weniger und weniger … und dann gar nicht mehr.

Die Kreatur war davongeflogen.

»Schließ die Augen«, wies Aeduan das Mädchen an, als er an die Klappe des Zeltes trat. Er wollte nicht, dass sie den Tod sah, den er hinterlassen hatte.

Doch sie weigerte sich. Wie die kleine Schwester der Mondmutter, die ihre Augen nicht schließen wollte, als der Schelm sie alle betrog, hielt auch diese kleine Eule ihre Wimpern weit erhoben.

Es war ihre Wahl, entschied Aeduan, bevor er in das Massaker trat.

29

Nun, Merik war in diese Falle direkt hineingelaufen. Er hatte gesehen, was er sehen wollte – den toten Meuchelmörder –, und war einfach in einen Raum voller königlicher Truppen geschlendert.

Mit einem Blick zählte Merik zwanzig Soldaten, die die Ausgänge der Bar blockierten, mit genauso vielen Schwertern. Eine gute Quote. Für die Soldaten.

Doch Merik hatte einen Vorteil: seine Magie. Ein einziger Atemzug, und Hitze wallte in ihm auf. Ein weiterer, und er bewegte sich, wirbelte nach hinten, auf einen Becher Ochsentee zu, der hinter ihm auf einem Tisch stand. Ein wütender Windstoß, und der fast kochende Alkohol flog durch die Luft.

Ein zischender Regen aus Ochsentee verbrannte die näher rückenden Soldaten.

Einer der Männer war offensichtlich auf den Trick vorbereitet gewesen. Er hatte sich tief geduckt und stürmte jetzt heran, bereit, Merik zu packen.

Merik ließ ihn kommen. Als der Mann gegen ihn rannte, rollte sich Merik auf den Rücken und hielt sich fest. Sie vollführten einen Purzelbaum, weil der Schwung des Mannes sie vorwärtstrieb … wo Merik sofort obenauf landete.

Ein Schlag auf die Nase. Blut spritzte. Ein zweiter Schlag auf ein Ohr, begleitet von einem Knall von Meriks Winden. Das Trommelfell des Mannes platzte; er schrie.

Gut. Das Wort kribbelte in Meriks Fingern, als er sich das Entermesser des Offiziers schnappte. Er fühlte sich gut. Wild. Rachsüchtig.

Merik sprang auf und drehte sich. Seine Klinge hob sich und traf ein Marineschwert. Er drehte den Knauf, um gegen das Handgelenk dieses neuen Gegners zu schlagen. Ein schneller Angriff, und der Mann stürzte. Sein Entermesser fiel, und Merik schnappte es sich mühelos.

Jetzt war er mit zwei Schwertern bewaffnet. Seine Chancen verbesserten sich. Natürlich nur abgesehen von den Armbrüsten, die mehrere Soldaten inzwischen auf ihn richteten.

Merik rammte den Fuß zur Seite. Ein Tisch knackte, fiel Richtung Boden und schleuderte zwei weitere Tassen Ochsentee durch den Raum. Dann warf sich Merik hinter den umgestürzten Tisch, genau in dem Moment, als sich die Bolzen lösten. Der Tisch knirschte, Kannen zerbarsten, und ein Blitz aus Hitze und Licht zuckte durch den Raum.

Eine der Kerzen war aus dem Kronleuchter gefallen und hatte eine Pfütze mit Ochsentee entzündet. Bald schon würde sich eine Wand aus Flammen zwischen Merik und den Soldaten erheben.

Also war jetzt der richtige Zeitpunkt, um zur Bar zu springen. Merik ließ beide Entermesser fallen, bevor er sich über den Tresen katapultierte, gerade rechtzeitig, um die aufwallende Hitze zu spüren und zu hören, wie wahre Raserei ausbrach.

Innerhalb von Sekunden stand der *Geborstene Mann* in Flammen.

Merik blinzelte in den Rauch und das Feuer, auf der Suche

nach einem Hinweis auf Garren. Die Tür in der Ecke des *Geborstenen Mannes* rief immer noch nach Merik. Die Schatten sangen immer noch.

In diesem Moment erwachte die volle Kraft von Meriks Macht. Luft sauste auf ihn zu, erfüllt von Funken. Er explodierte hinter der Bar heraus. So schnell seine Muskeln und Magie ihn tragen konnten, stürmte er auf die vier Soldaten zu, die alles waren, was ihn von dieser Hintertür trennte.

Ein Soldat versuchte zu fliehen. Merik schlug mit seinen Winden aus wie mit einer Peitsche. Zwei weitere Männer fielen.

Erneut hatten sich Meriks Chancen verbessert. Er konnte ein Grinsen nicht unterdrücken, wobei brennende Luft in seine Kehle drang. Licht, Rauch, Flammen – dies waren seine Elemente. Seine Freunde. Er war aus ihnen geboren worden, eine Kreatur halb aus Fleisch, halb aus Schatten. Und zu diesen Elementen würde er zurückkehren.

So scharf wie jede Schneide.

Die verbliebenen zwei Männer griffen an, feuerten ihre Armbrüste ab. Die Bolzen – zu schnell, als dass Merik hätte ausweichen können – trafen seinen Bauch und einen Oberschenkel. Doch mit einem Aufblitzen von Macht, die ihn durchfuhr, gerannen Schatten in seinem Blut.

Merik blieb gerade genug Zeit, um zu denken: *Kein Schmerz*, bevor er auch schon beide Bolzen aus seinem Körper riss und weiterlief. Dann stürmte er durch die Hintertür, hinter ihrer fast undurchdringlichen Wand aus Rauch und Feuer.

Die Furie war auf dem Weg.

Vivia saß an ihrem Schreibtisch in Pins Feste und rechnete noch einmal Zahlen durch, die sie vor ein paar Tagen eingetragen hatte. Die bisher trostlosen negativen Summen würden bald schon wunderbar positiv erscheinen. Doch auch wenn sich bei dem Gedanken, die neueste Lieferung der Füchse vor ihrem Vater zu verbergen, ihr Magen ein wenig verkrampfte, vertrieb die Wärme in ihrer Brust doch schnell alle Schuldgefühle.

Schließlich hatte das Verstecken von Vorräten im Lager letztendlich zu einem riesigen Verlust geführt. Also sah Vivia keinen Grund mehr, weiter Nahrungsmittel zu hamstern. Pins Feste verhungerte *jetzt*. Ende der Geschichte.

Mit einem befriedigenden *Skriiiietsch* unterstrich sie die Menge der eingehenden Vorräte. Dann schrieb sie eine neue Summe aufs Papier.

Schritte auf der Treppe, schnell und eilig. Dann stürmte Stix in den Raum. »Sir!« Sie keuchte. »Ich bin dem Jungen gefolgt – dem Gefährten der Furie. Ihr müsst kommen. Jetzt.«

Vivia sprang auf die Beine. Papiere rutschten vom Tisch. »Wo ist er?«

»Hier. In Pins Feste.« Sie wartete nicht darauf, dass Vivia ihr folgte. Ihr weißer Kopf verschwand aus dem Sichtfeld, bevor Vivia auch nur die Tür erreicht hatte. Als Vivia schließlich am Ende der Wendeltreppe stand, hatten Stix' lange Beine sie schon fast aus der Halle getragen.

Halb ging, halb rannte Vivia hinter ihr her. Sie holte ihren Ersten Offizier ein, als Stix sich in die Küche duckte. Dampf und Hitze und das dumpfe Klappern von Messern glitt über Vivia hinweg. Leute hielten inne, um ihre Prinzessin anzulächeln, um sich zu verbeugen, zu knicksen oder zu salutieren. Stix allerdings wurde nicht langsamer, also folgte Vivia ihrem Beispiel.

Sie passierten die heißen Öfen, dann die Regale mit den Vorräten des heutigen Tages. Dann, endlich, erreichten sie die Kellertür in der dunkelsten Ecke, vor der zwei Männer Wache standen.

»Ist der Junge wieder herausgekommen?«, rief Stix.

»Nein, Sir!«, bellte einer, während der andere rief: »Niemand hat die Tür passiert, Sir!«

»Gut.« Stix duckte sich durch den Türrahmen. Vivia folgte ihr. Ihre Haare glitten über Stein. Schatten verdunkelten ihre Augen.

»Der Junge ist hier runtergestiegen«, flüsterte Stix, während sie vorwärtsschlichen, langsam und leise. »Vielleicht können wir ihn in die Ecke treiben. Ihn als Köder für die Furie einsetzen … Aber hier ist niemand.« Stix nahm die letzte Stufe. Wirbelte einmal im Kreis herum. »Absolut niemand.«

Sie hatte recht. Der viereckige, von Laternen erhellte Kellerraum war leer, mit zu wenig Platz, um jemandem ein Versteck zu bieten. Nirgendwo auf oder hinter den Regalen, die sich an die Wände lehnten, konnte eine Person Platz finden.

»Ich schwöre«, zischte Stix, mehr zu sich als zu Vivia, »dass der Junge nach hier unten gegangen ist. Meine Männer müssen ihn übersehen haben.« Sie wollte zurück zur Treppe eilen.

»Warte.« Vivia ging mit gerecktem Hals zu einem Regal direkt vor sich. Es stand schief, und aus einem Riss zwischen ihm und einem anderen Regal krabbelten Spinnen heraus. Eine nach der anderen. Und ein Tausendfüßer.

Sekunden später hatte Vivia ihre Finger bereits hinter das Holz gehakt. Sie riss daran. Der Regalkorpus glitt mühelos nach vorne – zu mühelos. Als wären winzige Räder unter den Kiefernholzplatten angebracht.

Ein Torbogen öffnete sich in der Wand aus Steinen. Wasser tropfte von seinem uralten Scheitelstein. Eine Kakerlake huschte heraus.

»Heilige Höllenwasser«, flüsterte Stix, als sie an Vivias Seite trat. »Was glaubt Ihr, wo er hinführt?«

»Der Feind ist nicht immer die Dunkelheit«, murmelte Vivia. »In der Tiefe der Zugang, seid bereit.«

»Zugang zu ... was?«

Vivia antwortete nicht. Sie konnte nicht, denn im Moment kochte etwas in ihrer Brust nach oben. Etwas Heißes, das vielleicht ein Lachen war, vielleicht aber auch ein Schluchzen. Denn natürlich musste die Antwort zur Unterstadt sich hier befinden. Direkt unter ihrer verdammten Nase – und auch unter der verdammten Nase ihrer Mutter. All diese Jahre hatten sie geglaubt, die Stadt unter Tage wäre verloren; und all diese Monate hatte Vivia ihre Zeit darauf verschwendet, nach ihr zu suchen.

Tränen brannten in ihren Augen, doch Vivia biss die Zähne zusammen. Sie konnte später lachen, sie konnte später weinen, sie konnte all das später empfinden. Für den Moment musste sie in Bewegung bleiben.

»Schnapp dir eine Laterne«, sagte sie gepresst. Dann trat sie in die Dunkelheit.

Vivia führte sie, obwohl Stix hinter ihr die Laterne trug. Vivias Schatten glitt über die Wände des Kalksteintunnels, der nur eine Richtung kannte: abwärts.

Nach ihrer ersten Frage hatte Stix – immer der perfekte Erste Offizier – keine weiteren Fragen mehr gestellt, und Vivia bot auch keine Erklärungen an.

Mit jedem Schritt nach unten breitete sich das vertraute grüne Glühen von Fuchsfeuer weiter aus, bis Vivia und Stix ihre Laterne nicht mehr brauchten. Fuchsfeuer erleuchtete alles, zog sich über die Decke wie ein Sternbild über den Himmel. Dann endete der Tunnel, und vor ihnen ragte eine steinerne Tür auf, leicht geöffnet.

Geschlagen aus dem glühenden Kalkstein, spähten sechs Gesichter aus der Mitte der Tür auf. Eines über dem anderen, verwittert, aber doch klar erkenntlich. Nodens Hexenfische.

Vivia stoppte, schluckte und atmete und schluckte wieder, denn in ihrem Bauch hatte sich ein schwarzer Mahlstrom aufgetan.

Sie musste nur durch diese Tür treten. Dann konnte sie ihre Antworten finden. Dann würde sie finden, wonach sie die ganze Zeit gesucht hatte.

Vivia atmete tief durch und trat zur Tür. Die Steinplatte knirschte in ihrem Rahmen, und die Gesichter verdunkelten sich, als das grüne Leuchten für einen Moment verblasste.

Dann lag sie vor ihr: die Unterstadt. Sie erstreckte sich in der Höhle vor ihr, schmale Straßen, die sich verteilten, mit Gebäuden – drei Stockwerke hoch – auf beiden Seiten. Manche ragten aus Kalksteinwänden heraus, andere erhoben sich direkt aus dem Höhlenboden. Fenster und Türen gähnten leer, abgesehen von den Spinnweben darin.

Und alles wurde von Fuchsfeuer erhellt. Der Pilz strebte an den Höhlenwänden hinauf und wuchs an der schroffen Decke, wand sich um Säulen und erstreckte sich über Türrahmen. Sogar in manchen der leeren Häuser erkannte Vivia ein grünes Leuchten.

Leer. Bewohnbar. Vivia konnte Tausende – Zehntausende – Nubrevnaner hier unterbringen. Erneut nahm der Mahlstrom sein Wirbeln in ihrem Bauch auf, diesmal doppelt so schnell. Ein glücklicher Schmerz, der ihre Lunge weitete und gegen ihr Brustbein drängte.

Stix schlug ihr sanft die Hand auf die Schulter. »Was ist das hier, Sir? Es ist so riesig wie die Falkenstraße.«

»Größer.« Vivia packte Stix' Hand und zerrte sie vorwärts. »Komm.« Sie *musste* in Bewegung bleiben. Sie *musste* Antworten finden.

Gemeinsam erkundeten sie die Stadt, wobei sie immer

wieder auf Anzeichen von Leben stießen. Zerrissene Spinnennetze oder verschmiertes Fuchsfeuer, als hätten sich hier Leute mit ungeschickter Hand abgestützt. Die Häuser waren alle identisch, eins neben dem anderen. Gebäude, genauso gebaut wie die ältesten Wohnhäuser über der Erde. So viel Platz – endlich, *endlich*.

Doch gerade als Vivia und Stix eine Kreuzung überquerten, hallte ein *Klirr* durch die Stadt. Wie Eisen auf Stein. Wie eine alte Klinge, die zu Boden fällt.

Vivia verspannte sich. Stix erstarrte. Sie warteten mit angehaltenem Atem, umgeben von grünem Leuchten und Spinnweben.

Dann erklang eine Stimme. Laut und nah schrie sie – viel zu nah. Vivia und Stix duckten sich in das nächststehende Haus. Gerade rechtzeitig, denn die schreiende Person wurde kurz darauf an ihnen vorbeigeschleppt.

Vivia spähte um den uralten Türrahmen herum, hinter dem sie und Stix kauerten. Ein Junge, mit kurzem Haar und schlaksig, wehrte sich gegen die zwei Leute, die ihn über die Straße zerrten. Er war an den Handgelenken gefesselt, doch er trat um sich. Er wand sich. Er spuckte. Und wieder und wieder schrie er: »So muss es nicht sein! So muss es nicht sein!«

Vivia suchte in der Dunkelheit Stix' Blick. »Ist das der Junge?«, formte sie mit den Lippen.

Stix nickte.

Einer der Männer, ein bärtiger Bär von Nubrevnaner, verlor schließlich die Geduld mit dem Jungen. Er packte ihn am Kragen und rammte ihm die Faust auf die Nase.

Der Junge hustete – und dann noch mehr, bevor ein hysterisches Lachen aus seiner Kehle drang. »Das wirst du … bereuen«, sagte er keuchend.

»Ich denke eher, du wirst es bereuen«, knurrte der Bär.

»Hierher zurückzukommen war das Dümmste, was du tun konntest, Cam. Er wird dich zahlen lassen, weißt du?«

»Dürfte Spaß machen, das zu beobachten«, sagte eine zweite Stimme, weiblich und barsch. »Ich bezweifle, dass er dich noch mal gehen lassen wird.«

»Für wen arbeitet ihr?«, verlangte der Junge zu wissen, das Lachen war verschwunden. »Wer hat euch angeheuert, um zu töt ...«

Krach! Die Stimme des Jungen brach ab. Ein dumpfer Schlag erklang, als hätten seine Knie nachgegeben.

»Sei ein gutes Mädchen, Cam«, sagte der riesige Mann, »und halt deine verdammte Klappe.«

Keine Antwort. Als Vivia erneut um den Türrahmen spähte, legte sich der riesige Kerl das schlaffe *Mädchen* gerade über die Schulter.

Vivia wartete, bis sie aus dem Sichtfeld verschwunden waren, bevor sie sich zu Stix umdrehte, die murmelte: »Ist Euch etwas an ihren Händen aufgefallen?« Als Vivia die Stirn runzelte, wackelte Stix mit den Fingern der linken Hand. »Keine kleinen Finger.«

Vivias Stirn entspannte sich. »Genau wie die Leichen, die die Furie getötet hat. Ich nehme an, die Neunen *sind* zurück.«

»Oder«, meinte Stix bedeutungsschwer, »sie sind nie verschwunden. Sie könnten sich die ganze Zeit über hier versteckt haben ...« Ihre Stimme verklang, ihre Augen wurden groß. Weitere Stimmen näherten sich. Und dazu mehr Licht, orangefarben, wie es von Laternen erzeugt wurde.

Leute. Eine Menge Leute. In Vivias Stadt und vermutlich im Bunde mit der Furie.

Also traf Vivia eine Entscheidung. Sie schob sich näher an Stix heran. Nah genug, dass sie auf keinen Fall jemand hören konnte, als sie sagte: »Geh zurück zu Pins Feste. Wir brauchen Soldaten.«

»Was werdet Ihr tun?«

»Nichts Dummes.«

Stix musterte Vivia mit besorgter Miene. »Ich glaube Euch nicht. Ihr wirkt heute … anders.«

Vivias Augenbrauen schossen überrascht nach oben – dann wurde ihr klar, was Stix meinte. Sie wirkte heute tatsächlich anders. Sie war so konzentriert gewesen, so beschäftigt, dass sie sich die Mühe gespart hatte, eine Nihar zu sein.

Aus irgendeinem irrationalen Grund brachte sie dieser Gedanke zum Lächeln. Sorgte dafür, dass seltsame Freude hinter ihren Rippen brodelte. »Geh schon, Stix«, drängte sie. »Ich werde einfach nur die Neunen beobachten und sehen, was ich erfahren kann.«

»In Ordnung«, sagte Stix, machte aber immer noch keine Anstalten aufzubrechen. Ihr Stirnrunzeln vertiefte sich, als wäre sie unentschlossen.

Dann lehnte sie sich vor, bis ihre Lippen über Vivias Wange glitten. Ein unendlich sanfter Kuss. »Sei vorsichtig.«

Und dann war Stix verschwunden.

Mehrere unregelmäßige Herzschläge lang konnte Vivia nicht atmen. Stix hatte ihre Maske durchschaut, und doch war sie nicht geflohen. Hatte kein Urteil gefällt. Hatte sie nicht gehasst.

Höllenwasser, was wäre geschehen, wenn sie ihr wahres Selbst schon vor Jahren gezeigt hätte? Vielleicht hätten sie und Stix …

Nein. Vivia rieb sich die Augen. Kein Bedauern. Sie konnte diese Situation später erneut betrachten und analysieren. Für den Moment musste sie in Bewegung bleiben.

Nach einem Moment, um sich zu sammeln, schlich Vivia weiter. Allein. Die Geräusche vor ihr wurden lauter – mindestens zehn Leute –, und auch das Licht wurde gleißender, als befänden sich zu viele Lampen an einem Ort.

Sie erreichte die Menge, die sich auf einem großen Platz versammelt hatte, schlich sich in ein Haus am Rand der freien Fläche. Dann stieg sie nach oben, ein Stockwerk nach dem anderen, bis sie das Dach erreicht hatte. Von hier aus hatte Vivia perfekte Sicht. Hier konnte sie in den Schatten kauern und die Neunen unter sich beobachten.

Denn Stix hatte recht. Das *waren* die Neunen. Sie kannte diesen Mann in der Mitte – sie hatte ihn beschäftigt. Garren Leeri, vom Richtplatz. Allerdings hatte er seine Arbeit so lustlos erledigt, dass sie ihn so schnell wie möglich verkauft hatte.

Er sah *schrecklich* aus. Nur noch Haut und Knochen. Schwarze Narben überall.

»Zurück!«, krächzte er. »Gebt meiner Schwester Raum!«

Die Leute zogen sich zurück, sodass Vivia einen guten Blick auf das Mädchen hatte, das gerade erst wieder erwachte. »Garren«, murmelte das Mädchen überrascht.

Dann verwandelte sie – Cam? – sich plötzlich in einen Wirbelsturm. Sie wand sich, schlug um sich, sie wirbelte herum. Versuchte aufzustehen, kämpfte gegen ihre Fesseln. Bis Garren ein Beil aus einer Scheide an seiner Hüfte zog.

Cam erstarrte, doch sie hielt nicht den Mund. »Du hast mich benutzt.« Ihre Worte hallten von den Kalksteinwänden wider, laut genug, dass jeder auf dem Platz sie verstehen konnte. »Ich habe dir vertraut, und du hast mich *benutzt.*«

»Ich habe nur Schulden eingetrieben, Cam, nachdem du uns verlassen hast, ohne deinen Beitrag zu leisten.« Er schwenkte das Beil in ihre Richtung. »Kann ich deine Fesseln lösen? Wirst du dich benehmen?«

Sie verzog den Mund und nickte.

Garren durchtrennte die Seile, eine erstaunlich sanfte Geste. Sobald die letzte Faser riss, wich Cam vor ihm zurück. »Was *bist* du?«

»Ich könnte dir dieselbe Frage stellen.« Er lachte, und zwei weitere Neunen lachten mit ihm. »Junge, Mädchen – hast du dich schon entschieden, Cam?«

Sie wollte nichts davon hören und fletschte die Zähne. »Ich habe gesehen, wie du gestorben bist, Garren.«

»Aye. Und du hast auch den Prinzen sterben sehen. Aber der Tod – der stellt keine Grenze mehr für mich dar. Für dich kann es auch so sein, Cam. Und jetzt gib mir deine linke Hand. Wir müssen zu Ende bringen, was wir angefangen haben, bevor du weggelaufen bist.«

»Nein.« Cam versuchte zu fliehen.

Der bärtige Riese packte sie, stieß sie zurück.

»*Nein!*«, kreischte sie. »*NEIN!*«

Viva stand auf. Sie war in der Unterzahl und hatte nur ihre Klinge, um sich zu schützen, nachdem es nirgendwo in der Nähe Wasser gab. Aber das spielte keine Rolle. Dieses Mädchen wurde bedroht; Vivia würde ihr helfen.

Im selben Moment, als Vivia herumwirbelte, um zur Treppe zu rennen, entdeckte sie eine zweite Gestalt. In Dunkelheit gehüllt, wartete der Mann auf dem Gebäude gegenüber. Wind kreiste um ihn. Seine Kleidung flatterte. Schatten waberten.

Dann sprang er auf den Platz, und Licht erhellte sein Gesicht.

Es war Merik.

Es war Vivias Bruder.

Merik hatte den Feind aufgespürt: fünfzehn Leute, alle Blicke auf Garren und Cam in der Mitte des Platzes gerichtet. *Die Neunen*, wie Merik jetzt wusste. Und es war so einfach gewesen, sie zu finden. Wie einen Fisch am Haken hatten ihn die Schatten vorwärtsgezogen.

Durch gewundene Gänge, durch weitläufige Pfützen,

durch unbeleuchtete Löcher und über hängende Leitern, bis er schließlich hier angekommen war. Bei Cam, die mit blutigem Gesicht vor dem Meuchelmörder von der *Jana* kniete. Vor ihrem Bruder, Garren.

Jetzt ergab alles Sinn – wieso Cam sich in dieser Gasse versteckt hatte, wer sie an Pins Feste angegriffen hatte und warum sie immer wieder darauf bestanden hatte, dass vielleicht nicht Vivia hinter dem Angriff gesteckt hatte.

Er würde sie später darüber befragen und endlich Antworten bekommen. Würde später entscheiden, ob er vergeben konnte.

Doch für den Moment war Cam in Gefahr.

Mit einem einzigen Sprung ließ sich Merik auf den Platz fallen. Seine Winde umschlossen ihn, bereit zum Kampf. Ein Mann drehte sich um. Merik schlug nach seiner Brust, fällte ihn mit einem einzigen Schlag.

Zwei weitere Männer griffen an, mit gezogenen Entermessern.

Darüber konnte Merik nur lachen – als würden die Klingen seine Winde interessieren. Seinen *Zorn*.

Er riss beide Hände nach oben, formte seine Macht zu einem Ball. Auf das Zucken seiner Handgelenke hin wirbelte der gesamte Staub der Umgebung in die Gesichter der Männer. In ihre Augen.

Sie schrien.

Merik wirbelte herum, und seine Winde verteilten sich um ihn wie Verlängerungen seines Körpers. Die meisten Männer flohen inzwischen, inklusive desjenigen, der Cam auf den Platz getragen hatte. Doch Merik hatte nicht vor, den Kerl gehen zu lassen. Nach drei langen Schritten hatte er den Mann eingeholt und trat ihn von hinten in die Kniekehle. Er knallte auf den Boden, wobei eine Staubwolke aufstieg, die schnell von Meriks Winden eingefangen wurde.

Merik rollte den Mann auf den Rücken. Unverständliche Worte drangen aus seiner Kehle. Er war kaum älter als Merik, trug einfach nur einen Bart. Und er hatte Hunger, zumindest ließen seine eingefallenen Wangen das vermuten.

Merik richtete sich auf und hob das Entermesser des Mannes mit beiden Händen. Bereit – hungrig – nach der Rache, die in diesem Stahl wohnte. Er würde den Hals durchtrennen, die Adern, die Wirbelsäule

»STOPP, ADMIRAL!«

Die Worte bohrten sich in Meriks Schädel. Er erstarrte, die Klinge über dem Kopf. Seine Winde umtosten ihn. Der bärtige Mann zitterte, die Augen fest zugepresst.

Merik drehte sich um und entdeckte Cam zwanzig Schritte entfernt – mit einem Beil an der Kehle. Garren umklammerte sie von hinten.

Sofort breitete sich Kälte in Meriks Körper aus. Sofort verstummten seine Winde.

»Lass sie los«, versuchte er zu sagen, doch seine Stimme war heiser, unverständlich. Ein Hitzeflimmern, wo ein Sturm nötig gewesen wäre.

Garren verstand ihn trotzdem. Er lächelte, wobei sich sein zerstörtes Gesicht seltsam verzog. »Bleibt, wo Ihr seid, oder das Mädchen stirbt.«

Merik ließ das Entermesser fallen und hob abwehrend die Hände. Er musste mit dem Strom schwimmen, mit dem Wind gleiten. Merik zweifelte nicht daran, dass Garren seine eigene Schwester töten würde, falls er Angst bekam.

Mit der Explosion auf der *Jana* hatte er das bereits einmal fast geschafft.

»Lass sie los«, befahl Merik, jetzt mit lauterer Stimme. »Ich bin es, den du tot sehen willst.«

»Stimmt.« Garrens Lächeln wurde breiter. »Aber es hat sich herausgestellt, dass du schwierig zu töten bist.«

»Dasselbe könnte ich über dich sagen.«

Darüber lachte der Mann – ein durchdringendes Geräusch, das Schauder über Meriks Haut jagte. »Ich weiß, wer du bist, Prinz Merik Nihar. Aber ich frage mich: Weißt du, wer sie ist?« Die Klinge zuckte. Blut leuchtete.

Meriks Herz krampfte sich zusammen, doch er blieb, wo er war. Beim Anblick des Bluts, das aus Cams Kehle drang, verblasste sein Zorn schnell. *Schwimm mit dem Strom, gleite mit dem Wind.*

»Du solltest dich den Neunen anschließen, Cam«, erinnerte Garren sie mit seidiger Stimme. »Nach mir die Führung übernehmen und diese Stadt wieder aufbauen, mit dem einzigen Wesir, der sich für uns interessiert. Stattdessen bist du wie ein Feigling geflohen. Und dann hast du mich wie ein Feigling auf das Schiff des Prinzen gelassen …«

»So war es nicht!«, stieß Cam hervor.

»Genau so war es.« Mit diesen Worten riss Garren ihre linke Hand nach oben und schnitt ihr den kleinen Finger ab.

Blut schoss hervor, ein einziger dunkler Strahl. Sie schrie. Der Finger fiel zu Boden.

Merik war schon dort, bereit, sie zur Seite zu stoßen, bevor Garren noch mehr Schaden anrichten konnte.

Lachend stolperte Garren rückwärts, ehe er sich umdrehte. Flüchtete.

Gut. Merik begrüßte die Jagd. Er hob ab. Ruhig, ganz ruhig – ohne Zorn. Als Inbegriff eines kalten, kalkulierten Todes.

Er landete zwei Straßen entfernt, direkt vor Garren, der gerade um die Ecke gebogen war. Ihm blieb kaum Zeit, überrascht zu wirken, als sich Meriks Hände schon um seinen Hals schlossen. Er riss sie nach oben. Garrens Füße verloren den Kontakt zum Boden, dann trat er vor, immer weiter vor, bis Garren gegen eine Wand knallte.

Glühende Pilzstücke rieselten von der Wand, doch immer noch lachte der Mann. »Du kannst mich nicht töten«, presste er hervor, während er versuchte, Meriks Finger zu lösen. »Ich bin … wie du, Prinz.«

»Nein.« Merik holte tief Luft, und Winde sammelten sich um ihn.

»Bin ich, bin ich.« Garren grinste. »Wir sind jetzt Marionetten, du und ich! Wir können *immer* zurückkehren!«

»Bist du dir da sicher?«, erklang eine neue Stimme. Eine, die Merik kannte; die er jahrelang gehasst hatte. Doch jetzt, als er sich erlaubte, den Kopf zu drehen – als er seinen Augen erlaubte, etwas anderes wahrzunehmen als Garren und Cam –, empfand er nur noch Erleichterung.

Denn Vivia lief in seine Richtung. Ihre Augen brannten, ihr Gesicht erfüllt von vertrauter Nihar-Stärke. Silber blitzte auf. Sie sprang nach vorne, dann köpfte Vivia Garren mit einem einzigen Schlag.

Sein Kopf kippte und fiel, und einen halben Atemzug später folgte sein Körper in einer Wolke aus Kalksteinstaub.

»Kehr davon zurück«, knurrte Vivia, bevor sie den Blick zu Merik hob. Bevor ein neuer Ausdruck auf ihrem Gesicht erschien. Einer, den Merik noch nie zuvor gesehen hatte. Er erinnerte fast an … Bedauern.

»Merry«, sagte sie schließlich, hauchend, fast lachend, »du siehst *schrecklich* aus.«

30

Safi hatte es aufgegeben, ihre nervösen Finger, ihre zuckenden Beine beruhigen zu wollen. Caden hatte es aufgegeben, sie dazu aufzufordern.

Nach gefühlten Stunden in der Kutsche waren alle überspannt. Auch nachdem sie den überfüllten Markt verlassen hatten, waren die schlammigen Straßen und jede Brücke über verschiedenen Flussarmen verstopft mit Menschen, die zur Arena wollten. Die meisten Leute waren grauenhaft betrunken – genau, wie Admiralin Kahina es beschrieben hatte –, und obwohl Caden nur selten durch die Vorhänge spähte, ließen sich die Geräusche von draußen doch nicht überhören. Von Prügeleien und Wetten auf die Sklavenkämpfe.

Die Landschaft veränderte sich ebenfalls. Festgestampfter Boden ging über in unebenen Schlamm und schwankende Brücken. Der lebendige Odem der Stadt dämpfte sich zum schwefelartigen Gestank eines Sumpfs, und die ganze Zeit über stieg die Temperatur in der Kutsche von erträglicher Hitze zu unerträglich bedrückender Schwüle.

Die einzige Person, die von alledem unbeeinflusst zu bleiben schien, war Zander, der sogar versuchte, Konversation zu machen. »Ich habe gehört, der fernöstliche Kontinent wäre sogar noch größer als die Magislande. Welcher Nation gehört Ihr an?«

Das brachte ihm nur einen vernichtenden Blick der Sklavenhändlerin ein, begleitet von einem entschuldigenden Achselzucken von Caden.

Als schließlich der Kutscher aufs Dach schlug und rief: »Fast am Ziel!«, war niemand traurig, dass sich die Fahrt ihrem Ende näherte.

Die Kutsche ruckelte und rumpelte eine heftige Steigung nach unten. Die Geräusche von außen wurden von Mauern abgeschnitten, und jegliches Licht, das bisher durch die Vorhänge gedrungen war, verschwand. Sie befanden sich unter der Erde.

»Der Eingang für die Sklavenhändler«, erklärte die Dame aus Fernost mit einem verächtlichen Blick auf das Messer, das immer noch an ihrer Kehle ruhte. »Er befindet sich unter der Arena. Dort werden viele Bewaffnete warten.« Ihre Worte waren weniger eine Warnung als eine Drohung.

Das brachte Caden dazu, sich aufrechter hinzusetzen. »Zander«, bellte er. »Ich will, dass du zuerst aussteigst. Kümmere dich um jegliche Soldaten …«

»Bitte«, unterbrach Vaness ihn, und Autorität drang genauso aus ihren Poren wie Schweiß. »Bitte gestattet das mir.« Sie wartete nicht auf eine Antwort. Die Kutsche stoppte bereits, und Vaness hatte die Hand schon nach der Tür ausgestreckt.

Niemand hielt sie auf. Als Safi schließlich aus der Kutsche stieg, waren alle zwölf Arenawachen an den Boden gekettet und mit Eisen geknebelt.

Die Einzigen, die Vaness nicht angriff, waren der Kutscher und ihre Gastgeberin. Der Erste hatte sich unter der Kutsche verkrochen, und die Zweite saß immer noch auf ihrer Bank und fluchte gotteslästerlich.

Während die Höllebarden den unterworfenen Wachen die Klingen abnahmen, musterte Safi den höhlenartigen Eingang mit der gewölbten Decke und den flackernden Fackeln. Wasser rann zwischen nicht zueinanderpassenden Pflastersteinen heraus. Als versänke die Arena langsam im Boden.

Wahrscheinlich war es so.

Zwei Torbögen erregten Safis Aufmerksamkeit. In einem brodelten Schatten, hinter dem anderen brodelte Lärm. Alle paar Sekunden hallte Brüllen und Jubeln durch die Gänge. Ein fast spürbarer Druck, der die Steine zum Erzittern brachte.

Welcher Kampf auch gerade in der Arena stattfand, er war gut. Und er bedeutete, dass der ruhige Tunnel derjenige war, der zu den Sklavenpferchen führte.

»Ketzerin«, murmelte Caden, als er neben ihr erschien. Er bot ihr ein plumpes Kurzschwert an. Schwer, aber brauchbar. »Eine Vermutung, wo sich unsere Mannschaft befindet?«

»Dort.« Safi deutete auf den dunklen Torbogen.

Ein anerkennendes Lächeln verzog Cadens Lippen, dann schnappte er sich eine Fackel aus einem Halter und eilte mit schnellen Schritten in die Eingeweide der Arena. Safi folgte dem Kommandanten, versuchte, ein Gefühl für die grobe Klinge zu bekommen, während Vaness ihnen eilig folgte. Die Kaiserin war selbstverständlich unbewaffnet, doch zwei neue Manschetten zogen sich um ihre Handgelenke wie kleine Schlangen. Lev und Zander übernahmen die Nachhut. Obwohl alle nach weiteren Wachen Ausschau hielten, tauchte niemand auf.

Götter in der Tiefe, Safi genoss es so sehr, sich zu bewegen. Es fühlte sich so gut an, ihre Beine zu strecken, ohne Höllebarden, die sie verhöhnten, oder Baedyeds, die sie jagten. Es war wunderbar, wieder ein Schwert zu halten, selbst wenn es für Hände geschaffen war, die doppelt so groß waren wie ihre. Nichts davon spielte eine Rolle.

Und es spielte auch keine Rolle, dass Safis Stiefel alle paar Schritte durch Pfützen patschten, während Wassertropfen auf ihren Kopf fielen, eiskalt und unangenehm. Sie *bewegte* sich.

Bald schon verblassten die Geräusche von oben, ersetzt von murmelnden, widerhallenden Gesprächen und dem endlosen Rauschen eines Bauwerks, das halb versunken war. Hier war der gesamte Boden knöchelhoch mit zähflüssigem, schwefeligem Wasser bedeckt.

Als sich der Tunnel in mehrere Gänge aufspaltete, erschienen sechs Wachen. Bevor sie auch nur überrascht das Gesicht verziehen konnten, hatte Vaness sie bereits an die feuchten Wände gefesselt. Mit schmalen Eisengürteln um die Taillen und eisernen Knebeln im Mund.

»Cartorrer?«, fragte Caden einen der Männer, der schief in einem Gürtel hing, der ungefähr zehn Zentimeter zu hoch an seinem Körper saß. Sein Blick huschte zum mittleren der Tunnel – ein Blick erfüllt von solcher Panik, dass sich Safis Magie erwärmte.

»Hier entlang!«, rief sie und lief weiter.

Lev schob sich vor sie. »Lasst besser mich die Führung übernehmen. Für den Fall, dass wir Magi begegnen.«

Guter Hinweis.

Feuer flackerte vor ihnen. Gespräche stockten, als das Platschen ihrer Schritte erklang. Dann waren sie da: an einem niedrigen Verlies, das einem albtraumhaften Märchen entsprungen zu sein schien. Es zog sich endlos dahin, erhellt von primitiven Fackeln. Steinerne Zellen mit Gesichtern in allen Farben, Altersklassen und Größen, die sich gegen die groben Gitter pressten. Viele trugen Kragen wie denjenigen, den die Höllebarden Vaness aufgezwungen hatten.

»Cartorrer?«, rief Caden und hielt seine Fackel hoch in die Luft.

Die Antwort kam sofort. Fast jede Gestalt in Sichtweite schob die Arme durch die Gitter. »Ich bin Cartorrer!« »Nein, ich bin Cartorrer!« »*Cartorra!*«

Sie alle stammten offensichtlich nicht aus Cartorra. Obwohl Safi der Gedanke missfiel, all diese Männer und Frauen in der Sklaverei zurückzulassen, damit sie als Zeitvertreib für wettende Piraten kämpften – *starben* –, war sie doch nicht naiv genug zu glauben, dass sie allen helfen konnten.

Flucht. Nur das zählte.

»*Hier, Sir!*«, rief Lev, die an den Zellen entlanggelaufen war. Und tatsächlich, als Safi zu ihr aufholte, unterhielt sich Caden mit einem Mann in einer Cartorra-grünen Uniform. Es klang, als frage er etwas über *Der Prinz, wo ist der Prinz?*, doch in der Kakophonie aus schreienden Sklaven und platschendem Wasser war es fast unmöglich, einzelne Wörter zu verstehen.

Flucht, Flucht. Ihre *eigene* Flucht. Nur das zählte.

Doch als Safi einen Blick zur Kaiserin von Marstok warf, sah sie etwas ganz anderes in Vaness' Augen glitzern.

»Majestät.« Caden winkte die Kaiserin an die Gitter. »Dies ist unsere Mannschaft. Befreit sie bitte, damit wir unser Schiff finden und dieses verfluchte Land verlassen können.«

Die Kaiserin bewegte sich nicht, und die Sklaven brüllten weiter. Wasser spritzte auf sie, auf Safi. Alle waren durchnässt, ihre Kleider hingen schwer am Körper. Sie waren nicht mehr senfbraun oder waldgrün, sondern einfach feuchte Dunkelheit.

»Eure Majestät«, versucht es Safi, als sie näher trat.

Die Kaiserin spießte sie mit einem Blick auf: »Ich vertraue ihnen nicht. Sie werden uns beide zu Henrick bringen.«

»Werden sie nicht«, hielt Safi dagegen. »Sie haben im Gasthaus die Wahrheit gesprochen.«

»Weil da ein Feuer war, um sie anzuspornen.« Vaness' Augen glänzten wie die der Krokodile im Sumpf. »Ich will eine weitere Garantie, Höllebarde. Entfernt Eure Kette und lasst Euch erneut von Safi lesen. Wenn Ihr Euch weigert, befreie ich niemanden.«

Cadens Schulter sackten nach unten, fast unsichtbar im flackernden Licht der Fackeln.

»Ich werde es machen, Sir.« Zanders Hände hoben sich zu der Henkersschlinge um seinen Hals.

»Nein.« Das Wort peitschte gleichzeitig von Cadens und Vaness' Lippen.

»Ich mache es«, redete Caden weiter, im selben Moment, in dem Vaness erklärte: »Ich will das Wort des Kommandanten.«

Zander verzog das Gesicht, nahm aber die Fackel entgegen, die Caden ihm reichte. Dann traten er und Lev zur Seite, mit traurigem Blick.

Traurigem, tief traurigem Blick. Safi brauchte ihre Magie nicht, um diese Wahrheit zu erkennen.

Caden schlurfte vorwärts, bis er nur wenige Schritte vor Vaness und Safi stand. Dann lehnte er seine Klinge gegen sein Bein und löste mit ungeschickten Bewegungen – als hätte er das noch nie gemacht; als hätte er es nicht vor kaum einer Stunde getan – die Henkersschlinge.

Vaness bewegte sich. Die Arme schossen nach oben. Die Manschetten schlängelten nach vorne. Sie legten sich um Cadens Hals, während sich die Klinge an seinem Bein krümmte wie eine Mangrovenwurzel. Sie verankerte ihn am Boden. Niemand konnte sich bewegen. Niemand konnte es aufhalten. Kaum einen halben Atemzug später war der Höllebarden-Kommandant an den Boden gefesselt.

Wasser schwappte um ihn herum, und die Sklaven brüllten zustimmend.

Zander und Lev sprangen vor, doch eine erhobene Hand von Vaness stoppte sie. »Bleibt, wo ihr seid, oder er stirbt.« Sie glitt zu Caden, als befände sie sich in einem Ballsaal, und sah nach unten. »Wir segeln nach Azmir, Kommandant.«

»Und wenn … ich mich … weigere?«, presste er hervor, ein schmerzerfülltes Geräusch, das Gesicht verzerrt, bis sich Safi nicht vorstellen konnte, dass er die Augen oder Lippen noch fester zusammenpressen konnte.

»Werde ich Euch so liegen lassen. Irgendwann wird es Euch umbringen, nicht wahr? Ich habe Geschichten vom Untergang eines Höllebarden gehört. Wie Bersten, aber langsam – und die ganze Zeit bei vollem Bewusstsein. Ihr seid Euch der Geschehnisse bewusst, besitzt aber keinerlei Kontrolle.«

»Bitte«, flehte Lev. »Bitte, tut ihm das nicht an.«

Caden stöhnte. Er ballte die Hände zu Fäusten, und obwohl Eisen seine Handgelenke fesselte, hämmerte er auf den Boden. Und hämmerte.

Doch das war nur der Anfang. Denn als sich Vaness neben den Höllebarden kniete, ergossen sich schimmernde Wellen nach außen. Schwarz fing an, über Cadens Gesicht zu fließen.

Zuerst dachte Safi, sie würde es sich einbilden, bei all den Schatten um sie herum. Doch als sich Cadens Lippen zu einem weiteren Stöhnen öffneten und Rauch aus seinem Mund drang, wusste sie, dass es nur zu wahr war.

Es war wie der Rauch aus Admiralin Kahinas Pfeife. Nur … dass dieser Rauch aus Magie bestand. Und er war falsch. Alles daran jagte Schauder über Safis Haut, über ihre Magie. Ihr Magen hob sich ebenfalls, denn dies war Folter. Schlicht und einfach.

»Stopp.« Zanders Stimme brummte, hallte die Reihe der Zellen entlang – Zellen, in denen jetzt gespenstische Ruhe herrschte. Jeder Sklave, jeder Matrose, jeder Mann, jede Frau begaffte den Höllebarden-Kommandanten.

Doch Vaness wirkte vollkommen unbeeindruckt. »Wir segeln nach Azmir, Kommandant. Ich will Euer Wort, dass Ihr mich dorthin bringen werdet, sobald wir uns auf einem Schiff befinden.«

Caden sagte es, doch die Worte waren unverständlich. Gingen im Klatschen seiner Fäuste unter. Im verzweifelten Kampf seiner Füße gegen das Eisen. Doch was auch immer er sagte, die Worte glühten vor panischer Wahrheit.

Safi konnte nicht anders. Sie streckte die Hand nach Vaness aus. »*Bitte*.« Kein Mann sollte ertragen müssen … was auch immer das war.

»Nicht, bevor er nicht zustimmt.« Vaness lehnte sich näher zu Caden, und Dunkelheit glitt über sie wie Dampf aus einem kochenden Topf. »Sagt, dass Ihr mich nach Azmir segeln werdet, Kommandant.«

»Ja«, keuchte Caden. Dann wieder. »Ja, ja, ja, *ja, ja, ja, JA, JA JA JA*.«

Es war zu viel. »Er sagt die Wahrheit!« Safi warf sich nach vorne, ohne sich darum zu kümmern, dass ihre Ellbogen die Kaiserin rammten, oder darum, dass Cadens dunkle Magie über sie glitt, kalt wie ein Winterkuss und gleichzeitig brennend wie schwarzer Sand an einem heißen Tag. Sie ging an seiner Seite auf die Knie, tastete in seiner Hand nach der Kette.

Er hielt sie nicht mehr, also fuhr sie mit den Händen durchs Wasser, bis es in alle Richtungen spritzte. Panisch. *Verzweifelt*.

Und immer noch schrie Caden: »JA JA JA JA.«

Die Kette senkte sich, direkt auf sein Schlüsselbein. Als

Safi den Blick nach oben riss, stellte sie fest, dass Vaness desinteressiert eine Hand ausgestreckt hielt. Dann ging die Kaiserin davon, und das Eisen, das Caden gefesselt hatte, folgte ihr wie Hunde an der Leine.

Lev sprang nach vorne, während Safi ungeschickt die Kette um Cadens Hals legte. Sobald sich die zwei Enden einander näherten, flüsterte Magie zwischen ihnen. Sie verbanden sich. Sofort wurde die Dunkelheit nach innen gezogen, verschwand in groben Spiralen wieder in den Narben auf Cadens Gesicht, seinem Hals, seinen Händen.

Von denen eine, wie Safi erst jetzt bemerkte, ihre Finger fest umklammerte, mit weiß hervortretenden Knöcheln und zitternd. Ein Griff, um sie durchs Höllenfeuer und zurück festzuhalten.

Seine Augen öffneten sich flatternd, die Pupillen riesig und schwarz, dann sagte er mit heiserer, harscher Stimme: »Danke … Domna. Danke.«

31

Iseult hatte keine Ahnung, was sie mit dem Kind anfangen sollte.

Als Aeduan Iseult wieder eingeholt hatte, hatte sie am Ufer des Amonra gestanden und die Bergfledermaus dabei beobachtet, wie sie nach Süden davonsauste. Ihr Magen hatte sich vor Überraschung verkrampft. Vor Angst.

Er war so leise. So stranglos.

Außerdem war er blutverschmiert. Als Iseult die Augen aufriss, sagte er: »Ist nicht mein Blut.« Dann bedeutete er ihr mitzukommen.

Also war sie ihm gefolgt, zu einem Gebüsch aus Holundersträuchern unter einer riesigen Goshorn-Eiche in der Nähe des Ufers. Stränge hatten darin pulsiert, in stetigem, verängstigtem Grau. Iseult hatte sich zwischen die Zweige geschoben und ein Mädchen gefunden, das sich an die silbernen Wurzeln presste, sodass es fast mit dem Baum verschmolz. Eine optische Täuschung, zweifellos, doch es hatte Iseult dreimal Blinzeln und einmal Augenreiben gekostet, einen klaren Blick zu bekommen. Um das Alter des Mädchens abzuschätzen und zu sehen, wie zerbrechlich es wirkte; wie deutlich seine betäubte Distanz zu erkennen war.

Das Mädchen wirkte, als wäre es sechs Jahre alt, vielleicht sieben. Außerdem wirkte es verloren und zerstört. Seine Stränge leuchteten in endlosen Schattierungen aus fahlgrauer Furcht. Keine anderen Farben. Keine anderen Gefühle.

Aeduan trat hinter Iseult in das Gebüsch. Er drängte sich an ihr vorbei, um neben dem Mädchen in die Hocke zu gehen. »Woher kommst du, kleine Schwester?« Er sprach klares Nomatsi. »Haben die Rotsegel deine Familie mitgenommen?«

Keine Antwort. Das Kind starrte nur mit großen haselnussbraunen Augen Iseult an.

Ein Kind. Ein *Kind*. Iseult hatte *keine* Ahnung, was sie mit einem Kind anstellen sollte.

Sie ließ ihren Rucksack auf die Erde fallen. Sie brauchten einen ordentlichen Unterschlupf, und das Mädchen brauchte Kleidung. Schuhe. Ein Feuer konnte auch nicht schaden – vorausgesetzt, das durften sie mit den sich nähernden Armeen riskieren.

Als sich Iseult auf Aeduan zuschob, flammten die Stränge des Kinds heller auf, mit Hinweisen von Panik im Grau. Es presste sich noch enger an die Wurzeln.

»Ich werde dir nicht wehtun«, sagte Iseult, versuchte, ihre Miene so ruhig wie möglich zu halten.

Die Stränge des Mädchens änderten sich nicht.

»Mönch.« Iseult war sich nicht sicher, wieso sie Aeduan mit seinem Titel ansprach. Wahrscheinlich wollte sie vor dem Mädchen einfach nicht *Blutmagis* sagen.

Aeduan stand auf. Das Kind verspannte sich. Als er sich abwandte, griff es nach ihm. Seine Finger vergruben sich in seinem Mantel.

Seine Miene veränderte sich nicht, während er nach hinten sah. Sein Gesicht blieb steinern und unbeweglich, doch gleichzeitig sagte er sanft: »Ich gehe nirgendwohin, kleine Eule.« Ihr Griff löste sich.

Und das Pink des Sonnenuntergangs blühte langsam in ihren Strängen auf. Ein strahlender Farbfleck im Grau. Die Stränge, die binden.

»Was ist?«, fragte Aeduan und zog damit Iseults Aufmerksamkeit wieder auf sein kantiges Gesicht. Seine fahlblauen Augen wirkten im schwachen Licht fast weiß.

»W-warum«, setzte Iseult an, nur um sofort die Lippen aufeinanderzupressen. Sie war müde. Die Bergfledermaus hatte sie beunruhigt. »Warum«, versuchte sie es erneut, diesmal deutlicher, »ist dieses Kind hier? Was hast du mit ihm vor?«

»Ich weiß es nicht.«

Iseult warf einen schnellen Blick zu dem Mädchen, das sie beide mit großen Augen anstarrte. Mit dem braunen Schlamm auf ihrer bleichen Nomatsi-Haut sah sie genauso aus, wie Aeduan sie genannt hatte: wie Mondmutters kleine Schwester, Eule.

Sie braucht ein Bad, dachte Iseult.

»Hast du sie bei den Rotsegeln gefunden?« Erneut sah sie Aeduan an.

Er nickte. »Bei denselben, die dich gejagt haben.«

»Und … w-wo sind sie jetzt?«

»Weg.« Das war alles, was der Blutmagis sagte, doch mehr war für Iseult auch nicht nötig. Er hatte sie umgebracht … das erklärte das Blut.

Iseult wusste, dass sie schockiert sein sollte. Entsetzt. Abgestoßen. Niemand außer der Mondmutter sollte Leben fordern, doch … sie fühlte nur kühle Erleichterung. Corlants Männer konnte ihr nichts mehr anhaben. »Kannst du die Familie des Mädchens riechen?«, drängte sie. »Oder ihren Stamm? Vielleicht können wir sie zu ihnen zurückbringen.«

Als Aeduan nichts sagte, sah Iseult ihn wieder an. Er beobachtete sie mit ruhiger Miene, und auch seine Brust bewegte sich nicht, als hielte er den Atem an. Sie konnte nicht erraten, was er dachte.

Hitze wallte in ihr auf. Sie blaffte: »Was? Kannst du ihre Familie finden oder nicht?«

Aeduans Mundwinkel senkten sich. »Ich kann sie finden. Es gibt Witterungen von ihrem Stamm an ihrem Kleid. Aber …« Aeduan richtete seine Aufmerksamkeit über Iseults Schulter. Seine Pupillen pulsierten. »Ihre Familie ist im Norden. Den Weg zurück, den wir gekommen sind.«

Iseults Nase zuckte. »Wenn wir jetzt nicht weiterziehen, werden wir es nicht mehr können. Die Rotsegel werden anlanden, ihre Armee wird uns den Weg blockieren.«

»Sie werden deinen Weg blockieren, ja.«

Es kostete Iseult einen langen Augenblick, um zu verstehen, was er meinte. Und als das geschehen war, breitete sich Eis in ihrem Körper aus. Ein leises Keuchen entkam ihren Lippen.

Dies war also das Ende ihrer gemeinsamen Reise. Ihre seltsame Partnerschaft würde enden, wahrscheinlich für immer.

»Ich kann das Kind nicht zurücklassen«, sagte Aeduan ausdruckslos und ohne Mienenspiel. Und doch ahnte Iseult, dass er sich verteidigte.

»Nein«, stimmte sie zu.

»Sie wird eine Last sein, wenn wir weiterziehen.«

»Ja.«

»Die Wahrmagis befindet sich südöstlich von hier.« Er deutete in Richtung Fluss. »Wahrscheinlich hält sie sich ganz am Ende der Halbinsel auf. Oder vielleicht sogar auf dem Meer dahinter.«

Iseult nickte. Es gab keine Argumente – nichts, was sie

sagten konnte … sagen würde – um Aeduan dazu zu bringen, weiter mit ihr zu reisen.

»Die direkteste Route führt am Fluss entlang. Auch wenn du dich beeilen musst, wenn du vorhast, den Rotsegeln zuvorzukommen. Ich werde Eule tragen …« Jetzt redete er von Essen, dass man die Rationen teilen konnte und wer den Carawen-Mantel behalten sollte.

Iseult hörte ihm nicht länger zu.

Erneut sah sie das Mädchen an. Eule. Die kleine Schwester der Mondmutter. Mehr Tier als Mensch, folgte sie der Mondmutter, wo immer sie hinging. In all den alten Geschichten zeigte sich Eules Mut nur nachts, während sie sich am Tag in den dunkelsten Ecken des Walds versteckte – genau wie dieses kleine Wesen es gerade tat.

Wieso musste er sie finden?, dachte Iseult, begleitet von einem heißen Schauder zwischen den Schulterblättern. Denn wenn Aeduan dieses Kind nicht gefunden hätte, müsste Iseult nicht allein weiterreisen.

Safi befand sich südöstlich; Safi war alles, was zählte. Safi war die Rose im Sonnenlicht und Iseult der Schatten hinter ihr. Ohne sie war Iseult nur eine chaotische Ansammlung von Gedanken, die sie ständig in die Irre führten.

Safi war die Cahr Awen. Iseult war lediglich das Mädchen, das sich wünschte, sie könnte es sein.

Monster, erklärte sie sich selbst. *Du bist ein Monster.*

In diesem Moment fiel Iseult auf, dass Aeduan nicht mehr sprach. Er starrte sie an, sie starrte zurück. Einen Atemzug. Zwei. Weiter und weiter, während eine Brise durch das Gebüsch raschelte und Insekten brummten.

Iseult wusste, was sie tun musste. Sie wusste, was Safi an ihrer Stelle getan hätte. Was Habim oder Mathew oder ihre Mutter oder jeder mit Rückgrat tun würde. Also wieso fiel es ihr so schwer, die Worte zu finden?

Iseult schluckte. Aeduan wandte sich ab, um zu gehen. Eigentlich gab es nichts mehr zu sagen. Sekunden später hatte er Eule auf die Beine gezogen. »Würdest du lieber laufen, kleine Eule, oder getragen werden?«

Das Mädchen antwortete nicht mit Worten, und doch nickte sie Aeduan zu, als wäre er derjenige, der die grüne Entschlossenheit in ihren Strängen aufflackern sehen könnte.

In diesem Moment wandte sich Iseult ab und schob sich durch die Holunderstauden. Etwas zitterte in ihrer Brust. Ein Gefühl, das sie nicht erkannte, gleichzeitig heiß und eiskalt. Wäre Safi hier, würde sie wissen, was sie fühlte.

Und genau darum musste Iseult weiterziehen.

Ein Tapsen hinter ihr. Eule trat zwischen den Zweigen heraus, dann folgte Aeduan. Iseult sah keinen von ihnen an, ihre Gedanken waren im Süden, bei dem besten Weg vorbei an den Rotsegeln.

Einen Augenblick später erschien Aeduan leise – unendlich leise – direkt neben Iseult. Auf seiner ausgestreckten Handfläche lag die Pfeilspitze.

Als Iseult keine Anstalten machte, danach zu greifen, packte er sanft ihr Handgelenk und ihre Hand. Dann ließ er die Spitze auf ihre Handfläche fallen. Sie lag warm auf ihrer Haut, genauso wie seine Finger – Finger, die er jetzt öffnete.

Keine Worte drangen über seine Lippen, und auch Iseult sprach nicht. Sie musterte nur fast wie betäubt die eiserne Nadel, die in einem Sonnenfleck glitzerte.

Aeduan war an Eules Seite zurückgekehrt, bevor sich Iseult ihm zuwenden konnte. Sie verschwanden bereits aus dem Sichtfeld, eine leise Bewegung in einem Meer aus Grün, als Iseult endlich ihre Stimme fand.

»Aeduan.« Sie hatte seinen Namen noch nie laut ausgesprochen. Es überraschte sie, wie mühelos er ihr von der Zunge ging.

Er sah zurück, seine Miene unlesbar wie immer, aber erfüllt von … etwas. Sie meinte Hoffnung zu erkennen, obwohl sie wusste, dass das unrealistisch war.

Aeduan gehörte nicht zu der Sorte Mann, die sich jemals der Hoffnung hingab.

»Die Taler«, fuhr sie fort, »befinden sich in Lejna. Auf einem Hügel gibt es ein Kaffeehaus, und ich habe eine Kiste voller Münzen im Keller entdeckt. Ich weiß nicht, wie sie dorthin gekommen sind. Ich habe sie einfach gefunden und genommen.«

Aeduans Brust senkte sich in einem Seufzen. Er wollte Fragen stellen – Iseult erkannte es daran, wie seine Lippen sich anspannten. Bereit für Worte.

Doch dann änderte er seine Meinung und wandte sich ab.

Also spiegelte Iseult seine Bewegung, wirbelte zum Fluss herum und ging los.

Sie sah nicht zurück.

Merik ließ sich neben Cam auf die Knie sinken, alle Gedanken an Vivia oder Garren oder irgendeinen der Neunen vergessen. Cam hatte sich zu einem Ball zusammengerollt, die linke Hand an den Bauch gedrückt. Sie blutete.

»Wir müssen dir Hilfe holen«, sagte Merik. Er versuchte, sie hochzuheben, doch sie wehrte sich. Schüttelte den Kopf.

»Es tut mir leid, Sir«, flüsterte sie. »Ich wusste nicht, was Garren vorhatte …«

»Das ist mir egal, Cam. Steh auf, verdammt noch mal. Wir müssen Hilfe für dich holen.«

Vivias Schatten fiel über sie. »Pins Feste«, sagte sie. »Dort können wir einen Heiler finden. Sie liegt in dieser Richtung.« Sie deutete quer über den Platz.

»Dann lass uns gehen.« Ohne auf Cams Widerspruch zu achten, schob Merik eine Hand hinter den Rücken des Mädchens, während Vivia an Cams andere Seite trat.

Doch Cam, stur wie immer, schüttelte sie ab. Ihr Gesicht war bleich. Alles war mit Blut besudelt. »Ich kann laufen«, schnaubte sie. »Es tut höllisch weh, aber ich kenne den schnellsten Weg. Kommt.« Sie stolperte über die Leichen davon, ließ Merik und Vivia keine andere Wahl, als ihr eilig zu folgen.

Und in dem Moment, als Cam sie auf eine Seitenstraße führte, spürte Merik ihn – einen kalten Windhauch, wie aus einem leeren Kamin. Frost, der seine brodelnde Wut kühlte.

Er wirbelte zu dem Gefühl herum, und so, wie er wusste, was er entdecken würde, so wie er den Zug in seinem Bauch spürte, trafen seine Augen auf eine Wand aus Schatten. Sie ragte hoch über die Gebäude aus. Verdunkelte die gesamte Stadt, die gesamte Höhle.

Die Wand bewegte sich in ihre Richtung.

»Lauft.« Der Befehl sprang von Meriks Zunge wie ein lebendiges Wesen. Wand sich wie die Kreatur, die auf sie zukam. Dann rief er lauter: »*Lauft*!«

Er packte Cam und zerrte sie schneller auf Pins Feste zu – und was auch immer vor ihnen lag. Aber definitiv fort von dem Schattenmann.

Niemand widersprach. Alle rannten.

Bei jedem Schritt verkrampfte sich Meriks Brust. Er war der Fisch an der Angel, der in die falsche Richtung gezogen wurde. Häuserblock nach Häuserblock versuchte er, die Panik unter Kontrolle zu halten.

Eine ferne Stimme begann zu singen.

»Tiefer sie schwammen ins Dunkel hinein,
ein Klicken in der Ferne so roh.
Daret glaubte darin die Scheren zu hören,
doch laut Filip, da war es nicht so.«

Cam wäre fast gestolpert. Merik fing sie auf, schlang seinen Arm fest um ihren Rücken.

»Was war das?«, fragte Vivia.

Merik antwortete nicht. Er trieb sie einfach weiter, denn die Wand aus Dunkelheit holte auf.

»Bruder Filip, der Narr, er schwamm viel zu schnell
Vergaß, dass sein Bruder nichts sah.
Denn er erwartete Gold, erwartete Münzen
Der Schatz der Krabbe so nah.«

Die Stimme hatte eine nahe gelegene Straße erreicht. Die Schatten wurden dichter. Jeden Moment würde die finstere Wand über Merik und Vivia und auch über Cam hinwegrollen, sie alle blind zurücklassen. Sie alle gefangen nehmen.

»Die Krabbe hasst Fische, so glaubte er fest
Nur Reichtum erfüllte ihr Sinnen.
Und er glaubte, dass Geld auch Liebe erwirbt
Wollte dadurch viel Status gewinnen.«

Die Straße vor ihnen endete, und eine leise Luftbewegung küsste Meriks Gesicht. Eine Brise. Kühl, erfrischend …

»Nach rechts«, blaffte Merik, und Vivia und Cam gehorchten.

»Doch das Geheimnis der Krabbe, warum sie noch herrscht
Lag im Wissen um menschliche Triebe.
Das Glänzen der Münzen, der Wunsch nach der Macht,
Die Sehnsucht nach Anseh'n und Liebe.«

Sie bogen noch zweimal ab, rannten noch durch zwei weitere Straßen, dann verstärkte sich die Brise auf Meriks Haut. Doch gerade als er den Mund öffnete, um ihnen zuzurufen, dass sie nach links abbiegen wollten, wurde ihm mit einem Aufwallen von Entsetzen klar, dass er sie im Kreis geführt hatte. Dass die Wand aus Schwarz jetzt direkt vor ihnen wartete.

Es war eine Falle. Die mit einem Köder versehene Angel der Königin der Krabben, und er war in der Tat der närrische Bruder. Der Wind, dem er gefolgt war, gehörte dem Schattenmann.

»Stopp.« Das Wort drang aus Meriks Kehle, als er schlitternd anhielt und Cam näher an sich zog. »Ich habe uns in die Irre geführt.«

Cam blieb ruhig, obwohl sie immer noch blutete. »Hier entlang.« Sie deutete mit dem Kinn auf eine weitere Straße. Dreißig Schritte später hatten sie eine Höhlenwand erreicht, wo sie eine Tür erwartete.

Gerade rechtzeitig, denn die Schatten waren fast bei ihnen. Tentakel aus Dunkelheit schoben sich in ihre Richtung, wie der Tod auf dem Meeresgrund. Schwer. Hungrig. Unnatürlich.

Vivia glitt zuerst durch die Tür, Merik und Cam hinter sich. Der steinerne Tunnel hob sich in engen Spiralen, bevor er abrupt vor einem rasenden Gewässer endete. Genau wie in der Zisterne sauste das Wasser in einer Geschwindigkeit vorbei, der sich kein Mensch widersetzen konnte. Vivia warf sich nach vorne, als wollte sie es versuchen.

»Wartet!«, rief Cam. »Die Flut bricht ab! Alle sechs Herzschläge stoppt sie zehn Herzschläge lang! Man muss nur zählen können!«

»Aber wir wissen nicht, wie viele Herzschläge bereits vergangen sind!«, schrie Vivia. »Nur für den Fall, dass du es nicht bemerkt hast, wir werden von einem Monster gejagt!«

Wie als Antwort auf ihre Worte quoll das Lachen des Schattenmanns durch den Tunnel. »Ihr müsst mich nicht fürchten.«

»Das tue ich nicht«, sagte Merik, obwohl er sich nicht sicher war, wieso er antwortete. Er war sich nicht einmal sicher, wieso er die Stimme über das Dröhnen des Wassers überhaupt hörte.

In diesem Moment brach die Flut ab. Eine letzte Gischtwelle sauste vorbei, um feuchte Steine und einen ähnlichen Tunnel zehn Schritte entfernt zu enthüllen.

Cam löste sich von Merik und rannte. Vivia folgte.

Merik blieb unbeweglich.

Oh, er versuchte, ihnen zu folgen, doch seine Füße schienen am Boden angewurzelt. Es kostete ihn unendliche Kraft, einen Schritt zu bewerkstelligen. Dann einen zweiten.

Und dann war es zu spät. Der Schattenmann hatte ihn erreicht.

Schwarz schlug über Merik zusammen, genau wie in Lindays Gewächshaus, aber zehnmal stärker. Tausendmal heftiger. Dies war nicht das sanfte Verlöschen einer ausgepusteten Kerze oder das allmähliche Schrumpfen einer feuermagischen Flamme. Es war plötzlich, und es war allumfassend. In einem Moment konnte Merik den Tunnel vor sich sehen … konnte erkennen, wie Cam und Vivia ihn erreichten.

Im nächsten war Merik in Schwarz gefangen. Es gab kein Oben. Kein Unten. Er konnte nicht spüren, wo er endete und die Schatten begannen. *Eklipse.* Die Empfindung, Licht zu sehen, wo keines war, Schmerz zu spüren, der keine Quelle hatte.

Er versuchte, sich vorwärtszutasten, doch es gab keine Wand, an der er sich orientieren konnte. Nichts, an dem er sich festhalten konnte. Nur die Worte, die von hinten an sein Ohr drangen.

»Dieses Lied ist nicht nubrevnanisch, weißt du?« Die Stimme war so nah. Eine Klaue, die über Meriks Rücken kratzte. »Die närrischen Brüder sind älter als diese Stadt. Ihre Geschichte wurde aus den Bergen nach unten getragen. Damals, als ich noch einen anderen Namen trug. Damals, bevor ich zu dem Heiligen namens die Furie wurde.«

Eine leise Brise glitt über Meriks Gesicht. Er atmete tief ein, sog die Luft in sich hinein. Sammelte seine Magie. Jetzt konnte er den Tunnel fühlen. Spürte, wie sich die Flut von rechts näherte. Er musste nur laufen.

Oder zumindest dachte er das, als er sich nach vorne warf. Der Schattenmann lachte. »Oh, Strangbruder, du hättest deine Magie nicht in meiner Nähe einsetzen dürfen.«

Bei diesen Worten erstarrte Merik. *Strangbruder.* Das … konnte nicht sein.

Wie als Antwort auf seinen Gedanken zog sich die Dunkelheit zurück. Erneut erhellte der leuchtende Pilz die Welt, der vom Sturm des Schattenmanns verdeckt worden war. Das Glühen bedeckte jeden Zentimeter dieses Tunnels – und gab den Blick frei auf die Flut, die jetzt in diese Richtung toste.

Jeden Moment würde das Wasser Merik treffen. Er sollte sich bewegen. Er sollte fliegen.

Doch das tat er nicht. Stattdessen drehte er den Kopf und beobachtete, wie sich die Tentakel aus Dunkelheit einer nach dem anderen in den Mann zurückzogen, der in seine

Richtung schritt. Ein großer Mann. Breit und mit Haar, so fahl wie Asche, obwohl rauchige Schatten auf seiner Haut tanzten. Obwohl sie über seine Gliedmaßen glitten, während geschwärzter Schnee um seinen Kopf kreiste.

Kullen lächelte. Ein herzzerreißend vertrautes Lächeln. »Hallo, alter Freund«, sagte er. »Hast du mich vermisst?«

Merik blieb gerade noch genug Zeit, um zu denken: *Das ist unmöglich*, bevor die Flut ihn erfasste.

32

So sollte es nicht sein. Es sollte nicht das Mädchen sein, das Merik zuschrie, dass er fliehen sollte, während Vivia alles wie betäubt beobachtete.

Es sollte nicht Merik sein, davongestohlen von Schatten und Fluten.

Doch es war so. Und wenn es jemals einen Moment gegeben hatte, um in Bewegung zu bleiben, dann jetzt. »Geh zur Feste«, befahl Vivia dem Mädchen. »Hol Hilfe, und *verhindere*, dass die Soldaten in die unterirdische Stadt eindringen.«

Dann, ohne ein weiteres Wort, sprang Vivia in die Flut.

Das Wasser schwappte über ihr zusammen. Raubte ihr die Sicht, ihr Hörvermögen, jedes Gefühl. Freund. Mutter. Selbst. All das war Teil von Vivia, und Vivia war ein Teil von alledem.

Sie fühlte Merik in der Dunkelheit, im Gewicht dieser tosenden, brüllenden Wellen unter der Erde. *Voraus*. Ihr Bruder befand sich vor ihr. Der Tunnel gabelte sich, er schoss weiter. Nach rechts.

Also trieb sich Vivia an, ein Wesen aus Geschwindigkeit und Macht. Sie nutzte ihre Magie und ihre Instinkte, um schneller zu schwimmen als Merik. Schneller als die knochenzermalmende Strömung.

Sie war ein Hai in der Gezeitenwelle. Ein Seefuchs auf der Jagd.

An der Gabelung des Tunnels schoss sie nach rechts. Ihre Lunge brannte, doch sie kannte das Gefühl. Hieß es willkommen. Das Wasser war eine Mutter für Vivia, eine Tyrannin für jeden anderen.

Sie rammte gegen Merik, umklammerte ihn fest. Falls er noch Luft in der Lunge gehabt hatte, hatte sie die jetzt aus ihm herausgepresst.

Aber er war bei Bewusstsein – Noden sei Dank. Er hatte die Arme um sie gelegt, und sie hatte das Sagen. Sie konnte die Gischt und die Gewalttätigkeit einsetzen, um sie beide voranzutreiben.

Vor ihnen würde sich der Tunnel erweitern. Sie spürte einen luftgefüllten Spalt über den Wellen.

Sie schoss nach oben. Sie durchstießen die Oberfläche; Meriks Brustkorb hob sich unter ihren Armen.

Dann zog sie ihn wieder nach unten, bevor sich der Tunnel erneut verengte.

Vivia trieb sie schneller voran, dankbar, dass sich Merik nicht wehrte. Dass er instinktiv seinen Körper streckte, um eine höhere Geschwindigkeit zu erreichen. Das war der Windmagis in ihm, vermutete sie. Er verstand – er wurde zu einem Wesen, das so wenig Widerstand bot wie möglich.

Das war das Einzige, worum sie ihn je beneidet hatte. So leicht, er hatte es immer so leicht gehabt. Doch im Moment war nichts leicht.

Eine weitere Gabelung. Diesmal hielt sich Vivia links. Vor ihnen wartete ein Absatz im Fels, den Vivia nur spürte, weil Wasser darüberschwappte.

Es würde reichen müssen.

Sie packte Merik fester, und er packte sie fester – als

wüsste er, dass, was auch immer als Nächstes kam, nicht angenehm werden würde.

Flut, dachte sie. Eine Flut, um uns zu tragen. Sie stellte sich die hautzerfetzende Macht einer Gegenströmung vor. Unter ihr und hinter ihr.

Dann war das Wasser da. Es schob sich unter ihre Füße, packte ihre Stiefel und riss sie beide in eine aufrechte Position. Die volle Macht der Strömung hämmerte auf sie ein. Kämpfte darum, sie nach unten zu reißen.

Nach oben!, kreischte Vivia in ihrem Kopf. Mit ihrer Magie.

Und endlich entsprach das Wasser ihrem Wunsch.

Sie schossen nach oben, in Richtung einer Decke, von der Vivia spürte, dass sie zu nahe war. Doch wenn sie sich langsamer bewegten, würde ihnen der Schwung fehlen, um den Stromschnellen zu entkommen.

Kopf.

Körper.

Füße.

Vivia und Merik durchstießen die Oberfläche, die Arme fest um den Körper des anderen geschlungen. Das Wasser gab sie frei, und sie fielen auf den Kalkstein.

Vivia kämpfte sich hoch. Sie wusste, wo sie sich befand, denn sie fühlte, wo der Stein feucht war, wo sich Tropfen an den Wänden gesammelt hatten. Wo das Wasser andere Tunnel erfüllte, andere Treppen – und welche Wege frei waren. Welche sicher waren.

Sie befand sich am Felssturz, und hier, hinter dem Sprühnebel, befand sich das Loch, das sie erst vor Kurzem geöffnet hatte.

Sie zog Merik hoch, fühlte, wie er sich anstrengte, seine Muskeln zu kontrollieren. Sobald er stand, ungeschickt auf ihre Schulter gelehnt, nutzte Vivia die Gischt, um sich führen zu lassen. Es gab so vieles, was sie sagen wollte, während sie in Richtung Oberfläche humpelten. Tausend Fragen, tausend Entschuldigungen und tausend kritische Bemerkungen einer älteren Schwester. Doch wie das Wasser, das schnell im Plateau aufstieg, fanden Vivias Worte keinen Ausgang. Sie drängten nur von innen gegen ihre Rippen, lasteten auf ihrer Seele.

Letztendlich sagte sie gar nichts.

Merik lebte. Sie wusste nicht, wie; sie wusste nicht, warum. Aber er lebte. Und ausnahmsweise – zum ersten Mal in ihrem Leben – hatte sie das Gefühl, die richtigen Entscheidungen getroffen zu haben. Als würde sie wirklich nichts bedauern, wenn sie diesen Weg weiterhin beschritt.

Iseult hatte den Fluss fast erreicht, als sie auf die erste Leiche stieß.

Und dies war kein vergessenes Skelett aus einem uralten Krieg, sondern ein frischer Körper. Ein junger Körper.

Sie hatte gerade eine umgestürzte Eiche hinter sich gelassen, in deren hoch aufragendem Wurzelballen summende Bienen lebten, deren Brummen Iseults Aufmerksamkeit vernebelte. Weswegen sie auch nicht damit gerechnet hatte, sich Angesicht zu Angesicht mit einem Toten wiederzufinden.

Er saß zusammengesackt auf der gegenüberliegenden Seite der Eiche, seine braune Haut noch nicht aufgedunsen. Er war vor Kurzem gestorben, denn auch wenn Fliegen um den Schnitt an seiner Kehle summten, krümmten sich noch keine Maden in seiner Wunde.

Iseult sah zum Himmel. Bussarde und Krähen kreisten über ihr und wiesen damit auf noch mehr Tod am Ufer des Flusses hin.

Iseult kniete sich neben den Mann. Eigentlich ein Junge,

kaum älter als sie selbst. Seine Augen standen offen, starrten glasig nach vorne, während Fliegen darüberkrabbelten. Die goldene Schlange, die Aeduan ihr als die Baedyed-Standarte beschrieben hatte, wand sich auf seinem Gürtel. Allerdings sah er nicht im Geringsten aus wie die Matrosen, die Iseult und Aeduan von der Klippe aus beobachtet hatten. Dieser Körper trug keinen Säbel, nur Messer und ein Fernrohr.

Ein Späher. Iseult musste sich vorsichtig bewegen. Sie zog sich den Ärmel über die Hand und hob sie, um die Augen des Jungen zu schließen. Nicht weil die Mondmutter verlangte, dass die Toten »schliefen«, bevor sie ihr Reich betraten, und auch nicht weil der Schelm dafür bekannt war, Besitz von den vergessenen Leichen des Walds zu ergreifen.

Nein, Iseult wollte die Augen des Jungen schließen, einfach, weil sich ihr bei dem Anblick der Fliegen darauf der Magen hob. Mit einem stoffbedeckten Finger zog sie das linke Augenlid des Jungen nach unten.

Sie wandte sich dem linken Auge zu. Doch als sich das Lid langsam senkte, flackerten Stränge in ihrem Bewusstsein auf. Hungrige purpurfarbene Stränge, wütend scharlachrote Stränge. Sie bewegten sich am Rande ihrer Magie – faserige Enden, die sich um sie schlossen. Konzentrierte blaue Stränge, konzentrierte grüne Stränge.

Iseult kämpfte sich auf die Beine. Zum ersten Mal, seit sie den Mann gefunden hatte, wurde ihr klar, was der Fund bedeuten musste. Ein toter Späher in einem instabilen Bündnis. Konnte dies das Ende des zerbrechlichen Friedens bedeuten?

Sie entfernte sich eilig von der Leiche, hielt direkt auf den Fluss zu. Fort von den jagenden Strängen. Schneller, immer schneller bewegte sie sich, ohne große Vorsicht. Sie wusste, dass niemand ihr folgte, und ihre Spur zu verbergen hätte zu viel Zeit gekostet.

Weitere Stränge flackerten in ihrem Bewusstsein auf, vor ihr am Fluss. Auf den Schiffen, von denen sie wusste, dass sie sich dort befanden und an denen sie vorbeimusste.

Das Blätterwerk öffnete sich; die Überflutungsebene ging über in Wurzelwerk und die weiche Erde des Ufers. Schiffe und Soldaten und Stränge. Drei massive Galeonen, sechs kleinere Boote – und noch mehr trieben hinter der nächsten Flussbiegung. Spannung hing in der Luft, ein Zittern im Gewebe der Welt.

Iseult kannte diese Vibrationen, auch wenn sie sie in so großem Ausmaß noch nie gesehen – noch nie gespürt – hatte.

Die Stränge, die banden, standen kurz vor dem Brechen.

Ohne nachzudenken, rannte Iseult los. Ihre Knöchel schmerzten, die Knie knackten. Aber sie musste an diesen Schiffen vorbei, an diesen Armeen und diesen kreisenden Vögeln, bevor die Welt um sie herum explodierte. Bevor die Stränge, die Baedyed an Rotsegel banden, zerfetzt wurden.

Iseult hatte nicht daran gedacht, dass sie noch weitere Leichen finden könnte. Tatsächlich hatte sie die Bussarde und Krähen fast vergessen. Ihre Welt bestand nur noch aus ihren Füßen, ihrem Weg, ihrer Geschwindigkeit.

Ruhe fand sie immer dann, wenn sie einem Plan folgte. Wenn sie nicht einfach um ihr Leben rannte. Ihr Plan allerdings war nicht gut – was ihr klar wurde, als sie über einen weiteren Toten stolperte. Sein Arm, so braun im Gras des Ufers, hatte gewirkt wie eine Wurzel. Sie sprang … und ihre Ferse landete mitten auf seiner Brust.

Iseult fiel zu Boden. Ihre Hände landete auf einer dritten Leiche – auf einem Bein –, und ihr Kopf senkte sich in der Nähe der offenen Augen eines vierten Mannes.

Bevor Iseult aufstehen konnte, kamen die Stränge, die sie vorhin gespürt hatte – die bösartigen, die wütenden – in

Reichweite. Sie liefen zum Ufer. Bald würden sie sie erreichen.

Iseult bemühte sich, auf die Beine zu kommen, ihre Finger in totem Fleisch vergraben. Immer noch frisch genug, um sich zu widersetzen, aber hart. Steif.

Tot, tot, tot.

Sobald sie stand, suchte sie nach Deckung … doch es gab nichts. Keine Felsen, die groß genug waren, um sich dahinter zu ducken, keine Äste, die tief genug hingen, um daran nach oben zu klettern.

Ein verzweifelter Blick zum Fluss zeigte ein sich näherndes Beiboot, zum Bersten gefüllt mit Männern, deren Stränge in gewalttätigen Farben leuchteten.

Keine Zeit zur Flucht. Keine Zeit zu planen. Doch zur Abwechslung einmal schnürte keine Panik Iseult die Kehle zu. Sie wünschte sich nicht, Safi wäre hier, um instinktiv einen Ausweg zu finden. Stattdessen atmete Iseult ruhig. Sie blieb konzentriert. Ihr Training saß.

Gib einer Person mit der Rechten, was sie erwartet.

In einem Wald voller Leichen war die Antwort offensichtlich. Sie ließ sich neben der nächsten Leiche zu Boden fallen, legte sich quer über sein Bein und entspannte ihre Muskeln.

Ihre Augen schlossen sich genau in dem Moment, in dem die Rotsegel auf das Flussufer stürmten.

33

Ohne die Pfeilspitze fühlte sich Aeduans Tasche leicht an, während er zwischen den Eichen der Umkämpften Lande dahinschritt. Er hatte nicht bemerkt, wie sehr er sich an das Gewicht gewöhnt hatte. Die metallene Gegenwart.

Doch jetzt war sie weg, und das war's. Nicht darüber nachsinnen. Einfach weitermachen.

Seine Muskeln kribbelten. Seine Finger zuckten, ballten sich im Rhythmus seiner Schritte zu Fäusten. Und jedes Mal, wenn Eule ausrutschte, musste er gegen Frust ankämpfen.

Es war nicht Eules Fehler, dass sie klein und zerbrechlich war. Es war nicht ihr Fehler, dass er sie ständig im Auge behalten musste. Ihre Schritte waren kurz, ihr Körper geschwächt. Sie zuckte ständig zusammen, sie kauerte sich hin, sie starrte alles lange an, was nicht Aeduans Augen waren.

Für jeden von Aeduans Schritten musste sie drei machen. Über jede Erhebung, die er mit einem Schritt überwand, musste sie klettern. Sie musste sich nach oben kämpfen, den Boden vor jedem Schritt in Anschein nehmen.

Daran ließ sich nichts ändern. Dies war der Pfad, den Aeduan gewählt hatte, und er führte nach Norden. Genau den Weg zurück, den er und die Strangmagis gekommen waren. Tatsächlich vermutete er, dass ihn die Witterungen, die an Eules Kleidung hingen, zu demselben Nomatsi-Stamm führen könnten, dessen Bärenfalle sein Bein zerstört hatte. Doch wie der Geruch der Wahrmagis befanden sich auch die Blutwitterungen in weiter Ferne. Eine Woche Reise, bei Eules aktueller Geschwindigkeit wahrscheinlich länger.

Und nicht in die Richtung, in der sich seine Taler befanden.

Er war überrascht, wie wenig ihn die Taler interessierten. Tatsächlich dachte Aeduan mehr über die Gestalt nach, die seine Münzen gestohlen hatte, als über die Münzen selbst. Er wollte wissen, wie sein Geld in Lejna gelandet war. Wie der Mann, der nach klarem Seewasser und gefrorenen Winterlandschaften roch – oder die Frau –, es geschafft hatte, das Geld überhaupt dorthin zu bringen. Aeduan hatte fest vor, Antworten auf seine Fragen zu finden, sobald Eule in Sicherheit war.

Bei diesem Gedanken sammelte sich noch mehr Unruhe in Aeduans Muskeln. Er wollte rennen. Kämpfen. Er kannte das Gefühl inzwischen gut – hatte es oft genug empfunden, nämlich wann immer Mönch Evrane ihn gescholten oder Gildenmeister Yotiluzzi ihn getadelt hatte. Es war eine Wand, die sich um Aeduans Herz bildete und dafür sorgte, dass er seine Fersen fester, immer *fester*, in den Boden rammte.

Bis Eule wimmerte, weil ihre Finger in seiner Hand fast zerquetscht wurden.

Aeduan hielt an. Er hatte sie hinter sich hergezerrt. Weil er ein Dämon war und Dämonen so etwas nun einmal taten. Er senkte den Blick auf ihre großen, jämmerlichen Augen.

»Es tut mir leid«, erklärte er ihr, obwohl er das nicht hätte tun müssen. Sie vertraute ihm. Närrisches Kind. Er konnte nicht glauben, dass sein Vater sie haben wollte. Warum, warum – nach allem, was geschehen war, *warum*?

Gerade als Aeduan in die blutunterlaufenen Augen des kleinen Mädchens starrte, donnerte eine Kanone in der Ferne. Im Süden. Dort, wo die Strangmagis jetzt sein musste.

Ohne nachzudenken, holte Aeduan tief Luft. Seine Macht streckte sich weit, seine Magie fand den Geruch seines eigenen Silbertalers, der immer noch von ihrem Hals hing.

Ja, sie war im Süden. *Beeil dich*, dachte er, denn offensichtlich brachen Kämpfe aus.

So wie immer in den Umkämpften Landen.

Aeduan ließ seine Magie abflauen, holte sie ein wie eine Kordel, als neue Blutwitterungen auf ihn einbrandeten, Hunderte davon. Sie erhoben sich aus dem Wald, waren aus dem Norden hierhermarschiert. Einige zu Pferde, einige zu Fuß.

Aeduan konnte nur annehmen, dass es dieselben Baedyed-Soldaten waren, die er gestern passiert hatte – doch aus irgendeinem Grund hatten sie umgedreht. Jetzt reisten sie durch die Schlucht mit den Steinsäulen darin nach Süden.

Aeduan stoppte. Einfach dort im Wald, mit Eule an seiner Seite. Die Männer auf Pferden würden ihr Ziel bald erreichen … Er schnüffelte, ließ seine Magie aufsteigen und sich ausbreiten.

Weitere Leute näherten sich von hinten, genau wie Aeduan und Iseult es heute Morgen von den Ruinen aus beobachtet hatte. Bald schon würden sich die zwei Gruppen treffen.

Aeduan sah erneut auf Eule hinab, die ihn schweigend beobachtete. Immer schweigend.

»Wir müssen jetzt laufen, kleine Schwester. Ich werde

dich tragen. Ist das in Ordnung?« Auf ihr Nicken hin kniete er sich hin. »Klettere auf meinen Rücken.«

Sie gehorchte.

Aeduan rannte.

Safi hatte fest vor, den Höllebarden und den cartorrischen Marinematrosen zu folgen. Schließlich war es zweifellos der logische nächste Schritt, die Arena zu verlassen.

Es schien allerdings, als hätten die Götter etwas anderes geplant, denn als Safi hinter Vaness und den Höllebarden herrannte, entdeckte sie ein vertrautes Gesicht.

Sie erhaschte nur einen kurzen Blick aus dem Augenwinkel, einen kurzen Eindruck. Sie sah nur das kantige Kinn des Mannes, doch das jagte ihr ein Kribbeln des Erkennens über die Kopfhaut.

Erst als sie den Tunnel aus dem Kerker schon fast erreicht hatte, stiegen die Worte *Matsi-liebendes Drecksstück* in ihr auf.

Nubrevnaner.

Und nicht einfach irgendwelche Nubrevnaner, sondern Matrosen der *Jana*. Aus Meriks alter Mannschaft.

Safi warf sich mitten im Lauf herum. Nach zehn schnellen Schritten durch spritzendes Wasser erreichte sie die Zelle des Mannes.

Irgendwie gelang es den Sklaven, noch lauter zu schreien. Sie schlugen gegen ihre Gitter und spritzten Wasser nach draußen.

Befrei uns, befrei uns, befrei uns.

»Du!«, schrie Safi auf Nubrevnanisch. Sie näherte sich dem Mann mit dem kantigen Kinn, der sich nicht bewegte und auch nicht reagierte. »Wie bist du hierhergekommen?« Als er nicht antwortete, schob sie ihr Gesicht ganz nah vor die Gitterstäbe. »Wie bist du hierhergekommen?«

Immer noch sagte der Mann kein Wort. Seine Gefährten

allerdings folgten seinem Beispiel nicht. Ein Junge mit nacktem Oberkörper und einem Kopf voller Zöpfe trat näher. »Wir gehören zu den Füchsen, Lady. Aus Lovats.«

Das sagte Safi gar nichts. »Ihr gehört nicht zu Prinz Meriks Mannschaft?«

»Nein«, erklärte ein anderer Matrose. Ein Offizier, wie Safi anhand seiner marineblauen Jacke und dem Magiskragen um seinen Hals vermutete. »Wir arbeiten für Prinzessin Vivia. Unsere Mission ist es, Nahrung und Saatgut und Vieh zu erbeuten – alles, was wir zu unserem Volk bringen können.«

»Nubrevna hat sich der Piraterie zugewandt?«, rief Vaness.

Safi zuckte zusammen. Sie hatte nicht bemerkt, dass sich die Kaiserin genähert hatte. Hatte im flackernden Fackellicht und über das Spritzen des Wassers nicht bemerkt, dass sie an ihre Seite getreten war.

»Aye«, erklärte der Offizier Vaness. »Aber wir haben versagt, denn unser Schiff wurde vor zwei Tagen von den Baedyeds aufgebracht. Und die Mannschaft – nun, wir wurden an die Arena verkauft.«

»Es ist noch schlimmer«, schaltete sich der Junge ein. Er musste schreien, um sich über den Wahnsinn im Kerker hinweg verständlich zu machen. »Sie haben unser Schiff gestohlen und es mit Seefeuer gefüllt. Es befindet sich *jetzt im Moment* auf dem Weg nach Lovats, bereit, alle zu töten!«

Safi fiel die Kinnlade nach unten, und selbst die Eiserne Kaiserin wich einen Schritt zurück.

»Helft uns«, bettelte der Offizier. Er sah erst Safi, dann Vaness an. »Bitte. Befreit einfach nur unsere Sprachmagis. Sie kann eine Warnung an die Hauptstadt schicken – um mehr bitten wir nicht.«

»Bitte.« Die Zöpfe des Jungen zitterten. »Die Piraten haben unseren Prinzen getötet, und jetzt werden sie unsere Familien umbringen.« Noch während er sprach – wobei Safi das Summen der Wahrheit in seinen Worten spürte –, schob sich eine neue Gestalt durch die Reihen nach vorne.

Eine Frau mit einem Kragen. Die Sprachmagis.

Doch Safi bemerkte es kaum. *Die Piraten haben unseren Prinzen getötet.* Solche Sprengkraft in einer so einfachen Aussage.

»Prinz Merik«, wiederholte Safi, »ist tot?« Als der Junge sie nicht hörte, trat sie noch näher vor die Zelle und schrie. »*Prinz Merik ist tot?*«

Er wich zurück, dann nickte er. »Die *Jana* ist explodiert. Seefeuer.«

Vaness wandte sich an Safi. »Wie mein Schiff«, sagte Vaness, doch sie wirkte nicht überrascht. Als hätte sie es bereits gewusst. *Die Nachricht auf dem Kriegsschiff.* Darin musste Vaness über Meriks Tod informiert worden sein.

Safi konfrontierte Vaness aber nicht mit dieser Erkenntnis – nicht jetzt. Es war sinnlos. Stattdessen tastete sie nach ihrem Strangstein.

Merik Nihar war tot.

Ich habe so ein Gefühl, dass ich dich nie wiedersehen werde. Das waren Safis letzte Worte an ihn gewesen. Dreimal verdammt sollte sie sein – sie hatte das nicht *ernst* gemeint. Sie hatte nur ihre Gefühle ausgedrückt, nachdem sich ihre Lippen berührt hatten. Es konnte keine Prophezeiung gewesen sein. Merik Nihar konnte nicht wirklich tot sein.

Ein Klicken hallte durch die Luft. Der Kragen fiel vom Hals der Sprachmagis. Sofort stolperte die Frau zurück. Als sie sich in die Stränge der Sprachmagi einklinkte, verfärbten sich ihre Augen pink. Ihre Lippen begannen sich zu bewegen.

Die Sklaven tobten nur umso lauter.

»Warum«, schrie Safi dem Offizier zu, »greifen die Baedyeds Lovats an?« Doch entweder konnte der Mann sie nicht hören, oder er wusste es nicht, denn er zuckte mit den Achseln. Sein Blick wirkte hilflos.

»Sie greifen an, um uns zu schwächen.« Die Antwort rumpelte aus der Kehle des Mannes mit dem kantigen Kinn. »Die Baedyeds und die Rotsegel marschieren bereits durch die Umkämpften Lande, und Ragnors Räuberarmeen sammeln sich in den Sirmaya-Bergen. Sobald Lovats überflutet und tot ist, kann nichts sie mehr davon abhalten, ganz Nubrevna zu erobern.«

»Woher weißt du das?«, forderte Vaness.

»Ich habe die Männer belauscht, die uns gefangen genommen haben.«

»Ich habe es auch gehört.« Der Junge umklammerte die Gitterstäbe. »Sie werden jeden umbringen, den wir lieben, und unser Zuhause zerstören. Einfach so.« Wie zur Betonung rüttelte er an den Gittern.

Und während er das tat, bogen sich die Stäbe zur Seite. Weit genug, dass er hindurchtreten konnte.

Keuchend wich er zurück. Dann schossen alle Augen zu Vaness – selbst Safis. Doch die Eisenmagis zeigte keine Reaktion außer dem herrischen Befehl: »Warnt Eure Leute«, sagte sie. »Und haltet den Räuberkönig auf.« Dann wandte sie sich ab.

»Warte!«, rief Safi. »Ihr müsst alle befreien.«

Vaness gab vor, sie nicht gehört zu haben; das Röhren wurde noch lauter.

»Bitte!« Safi eilte ihr nach. »Beide Piratenfraktionen liegen für Bailes Gemetzel vor Anker, Kaiserin! Sie werden nicht vor morgen lossegeln – wir könnten diesen Ort in *Trümmern* hinterlassen.«

Immer noch ging Vaness weiter. Sie hatte den Torbogen fast erreicht. War fast verschwunden.

»Denkt an Eure Nattern!«

Bei diesem Namen hielt die Kaiserin endlich an. Drehte sich endlich wieder um, die Miene ausdruckslos. Durch und durch eisern. Dann hob sich Vaness' Hand, als wollte sie Safi zum Tanz auffordern. Und Magie erwachte zum Leben. Sie toste über Safi hinweg, heiß und lebendig, als sich hundert Schlösser gleichzeitig öffneten. An Türen, an Ketten, an Krägen.

Zwischen einem Atemzug und dem nächsten wurde aus der berühmten Sklavenarena, wo Krieger und Magi für Geld kämpften, ein reiner Kampf ums Überleben.

Bailes Gemetzel hatte begonnen.

34

Hallo, alter Freund. *Hallo, alter Freund.* Die Worte waren ein Rhythmus, in dem Merik Vivia stolpernd aufwärts folgen konnte. Ihr keuchender Atem und hin und wieder das Rauschen weit entfernter Wellen durchbrachen die Stille, während das wabernde Licht grüner Pilze ihren Weg erhellte.

Hallo, alter Freund.

Meriks Füße stoppten schlurfend. Kalksteinkies knirschte unter seinen Stiefeln. Er schüttelte den Kopf, und dicke Wassertropfen fielen auf den Fels.

Vivia sah sich um. Feuchte Strähnen klebten an ihrer Stirn. »Bist du verletzt … Merry?« Das waren die ersten Worte, die sie sprach, seit sie ihn aus den Fluten gezogen hatten.

Er reagierte nicht. Es gab nichts zu sagen.

Hallo, alter Freund.

Merik hatte in Lejna *gesehen*, wie sein Strangbruder geborsten war. Er hatte *gesehen*, wie sich das Verderben seinen Weg durch Kullens Körper gebahnt hatte, und er hatte beobachtet, wie Kullen davongeflogen war, um allein zu sterben. Niemand überlebte das. Leute kamen nicht von den Toten zurück.

Nur … dass sie es doch taten. Getan hatten. Garren Leeri, Serrit Linday …

Wieder schüttelte sich Merik, diesmal heftiger. Fast panisch … Beine! Er fühlte Beine über sich huschen. Er schlug nach Kopf und Hals. Etwas krabbelte auf ihm. Schatten, die die Kontrolle übernahmen, Dunkelheit, die in ihm lebte …

Vivia schlug ihn auf die Schulter.

Er wich zurück und riss die Fäuste hoch.

»Spinne«, stieß sie hervor. »Da war eine Spinne.« Sie deutete auf das haarige Vieh, das jetzt an der Wand nach oben kletterte.

Mehrere Herzschläge lang beobachtete Merik die Kreatur, während sein Herz ihm bis zum Hals schlug. *Schatten. Dunkelheit. Spinnen.* Nichts davon war echt gewesen. Natürlich war es nicht echt gewesen.

Er zwang sich dazu, seiner Schwester zuzunicken – das Signal weiterzugehen. Sie zögerte, öffnete die Lippen, als wollte sie noch etwas sagen. Doch es gab nichts zu sagen, also räusperte sie sich und warf sich wieder in einen Trab.

Der Tunnel endete. Vivia kletterte an einer Strickleiter hinauf. Dann fiel gleißendes Licht in die Dunkelheit und zwang Merik, mit zusammengekniffenen Augen zu der viereckigen Öffnung über ihm aufzustarren. Mit der Sonne kam frische Luft, frischer Wind, frischer *Treibstoff* für die Hitze und die Wut, die ihn tagelang angetrieben hatte.

Merik ließ sich davon erfüllen. Ließ sie über seine Haut gleiten wie das Donnern vor einem Sturm. In ihm mochte Dunkelheit leben, doch jetzt im *Moment* konnte er sich erheben.

Er hob ab, seine Winde unter ihm. Keine Leiter nötig. Die Seilknoten schossen an ihm vorbei, bis graues Tageslicht über ihn glitt. Bis er den Tunnel verlassen hatte und stattdessen von Hecken und Efeu umgeben war.

Blätter raschelten, Zweige peitschten. Wind aus seinem eigenen Zyklon, genauso wie Wind aus einem dunkleren

Sturm am Himmel. Merik flog höher, über die Pflanzen hinweg, bevor er schließlich neben einem Teich landete. Das Wasser plätscherte bei jeder böigen Berührung seiner Magie.

Der Garten seiner Mutter. Er war so lange nicht hier gewesen. Der Hof war verwildert und in Schatten gehüllt, und die Trauerweide tauchte ihre Zweige wieder und wieder in den Teich.

»Merry, du bist verletzt«, sagte Vivia. Sie stand neben der Marmorbank, den Körper dem Ausgang zugewandt, doch den Blick nach hinten gerichtet. Wind brachte die Rohrkolben hinter ihm zum Schwanken, aber ihre durchnässte Uniform bewegte sich kaum.

Stand da wirklich seine Schwester vor ihm? Als Merik sie anstarrte, erkannte er nichts von ihrer Arroganz. Keinen Hinweis auf ihre herablassende Stärke oder das selbstgerechte Nihar-Temperament.

Tatsächlich sah Merik seine Mutter.

Eine Lüge. Genauso wie das, was er im Untergrund gesehen hatte, nicht Kullen gewesen war.

»Dein Bauch«, fügte Vivia hinzu. »Und dein Bein.«

Meriks senkte den Blick auf das Loch in seinem Hemd, das Loch in seiner Hose. Geschwärzte blutige Male waren darunter zu sehen. Diese Bolzen im *Geborstenen Mann* hatten ihn getroffen; jetzt erinnerte er sich. Er drückte seine Finger auf das Blut, spürte jedoch keinen Schmerz. Er spürte nur aufgeworfene Haut. Die Wunden waren bereits verschorft.

»Es geht mir gut«, sagte er schließlich. Ließ die Hände sinken. »Aber Cam. Ich brauche …« Meriks Stimme verklang. Er wusste nicht, was er brauchte. Er trieb dahin. Ziellos. Sank langsam unter die Wellen.

Die Heiligsten fallen immer am tiefsten.

Wochenlang hatte er nach Beweisen dafür gesucht, dass

seine Schwester ihn umgebracht hatte. Wochenlang hatte er sich nach diesen Beweisen verzehrt, damit er ein für alle Mal beweisen konnte, dass ihre Herangehensweise an die Herrschaft falsch war – und Meriks richtig.

So lautete die Wahrheit, nicht wahr? Er hatte gesehen, was er hatte sehen wollen, obwohl er tief drin, in den dunkelsten Ecken seines Bewusstseins, geahnt hatte, dass Vivia nicht der Feind war. Er hatte einfach nur jemanden gebraucht, den er für sein eigenes Versagen verantwortlich machen konnte.

Der Feind war er selbst.

»Deine Freundin«, sagte Vivia und riss ihn damit wieder in die Gegenwart. »Das Mädchen? Ich habe sie zu Pins Feste geschickt. Wir können dorthin, aber du musst den königlichen Truppen erklären, was unter Tage vor sich geht …« Sie brach ab, runzelte plötzlich die Stirn. Drehte sich zum Tor um, zur Stadt.

Dann hörte Merik es ebenfalls. Eine Windtrommel hallte, ihr Schlagen fast verloren im schwarzen Sturm am Himmel, in dessen wirbelndem Herzen Blitze zuckten.

Eine zweite Trommel schloss sich an, dann eine dritte, bis hundert Windtrommeln über Lovats hämmerten. Lauter als die Winde, lauter als der Wahnsinn.

Angriff am nördlichen Kai, verkündete ihr Rhythmus. *Alle Soldaten. Angriff am nördlichen Kai!*

Merik dachte nicht einmal nach. Er sammelte seine Magie, rief einen Wind, um ihn schnell und weit zu tragen. Er schob die Böen unter die Füße seiner Schwester, unter seine eigenen.

Dann flogen die Nihar-Geschwister zusammen zum nördlichen Kai. Der Garten schrumpfte unter ihnen, bis sie freien Blick auf das Palastgelände hatte, in dem es vor Menschen nur so wimmelte. Und dasselbe galt für Lovats. Es war, als würde sich eine Welle ihren Weg durch Sand bahnen, mit kleinen Rinnsalen, die ihr folgten.

Alle rannten in dieselbe Richtung. Weg vom nördlichen Kai, weg vom aufsteigenden Rauch – schwarz, erstickend, unnatürlich. Er breitete sich über dem Hafen aus, tilgte alles. Eine Wolke, die alles verschlang.

Doch je näher Merik und Vivia heranflogen, desto häufiger erhaschte Merik Blicke auf das, was den Rauch verursachte – die schwarzen Flammen, die sich schnell ausbreiteten, mit kochendem Weiß in ihrer Mitte.

Seefeuer.

Merik hatte Geschichten davon gehört, wie ganze Flotten auf schäumenden Wellen zu Asche verbrannt waren. Seefeuer fraß sich durch alles hindurch, und Wasser schenkte ihm nur mehr Reichweite. Sein eigenes Schiff war ihm erlegen – *er* war ihm erlegen –, und jetzt brannten weitere Schiffe. Auch die Hafenanlagen und Gebäude in der Nähe der Kais.

Wenn der Sturm, der über ihnen kreiste, schließlich brach, dann konnte nichts das Feuer mehr davon abhalten, die Stadt zu erobern.

Merik kniff die Augen zusammen, um inmitten des Rauchs und des Chaos zu erkennen, wo die königlichen Truppen angriffen. Er sank tiefer, und Vivia taumelte hinter ihm her. Dann ließ er sich noch weiter herab, bis er eine Blockade am Ende des Falkenwegs entdeckte. Steine und Sand, die höher, immer höher aufgestapelt wurden, um den Fluss zu blockieren. Die Straßen zu blockieren.

Diese Barrikade hielt das Seefeuer zurück.

Bevor Merik den Damm erreichen konnte, spürte er ein vertrautes Kribbeln im Nacken. Eine Leine, die verkürzt wurde. Eine Angelschnur, die eingeholt wurde.

Sein Flug verlangsamte sich. Er riss den Kopf nach hinten. Sah zum Auge des Sturms. In eine wabernde Dunkelheit, die Tentakel nach der Stadt ausstreckte.

Der Schattenmann.

»Was ist das?«, kreischte Vivia über Meriks Winde hinweg. Ihre Uniform flatterte wieder trocken, und ihre Haare flogen in alle Richtungen. Schwankend schnappte sie nach Luft.

»Das ist der Schattenmann«, antwortete Merik. Er schrie nicht, doch das musste er auch nicht. Vivia hatte es bereits gesehen, hatte bereits verstanden.

Sie protestierte nicht, als Merik sie tiefer senkte – schneller, schneller, während Rauch ihnen ins Gesicht schlug –, nur um sie in der Nähe des Damms abzusetzen.

Und sie protestierte auch nicht, als Merik nicht neben ihr landete. Als er stattdessen herumwirbelte und die Hitze der kochend heißen Luft nutzte, um erneut nach oben zu streben.

Es fing an zu regnen.

Vivia knallte auf den Boden. Der Schlag erschütterte ihre Fersen, Knöchel, Knie. Fast wäre sie gefallen, doch dann tauchten Soldaten auf, um sie aufzufangen, um sie zu halten. Dann zeigten sie ihr den Mann, der das Sagen hatte.

Wesir Sotar.

Stix' Vater ragte hoch über allen anderen auf, brüllte den Windmagis-Offizieren Befehle zu, die sich hinter der Sperre aufgebaut hatten. »Die Steine müssen trocken bleiben! Haltet den Rauch zurück!«

Sobald er Vivia entdeckte, stürmte er heran. Von Rauch gefärbter Regen lief ihm über das Gesicht.

»Informiert mich«, befahl Vivia, während Soldaten und Zivilisten vorbeieilten, beladen mit Steinen und Ziegeln für die Sperre.

»Unsere Sprachmagi haben eine Nachricht aus Saldonica

erhalten«, schrie Sotar, »dass ein Schiff unterwegs sei, beladen mit Baedyeds und Seefeuer. Wir haben den Verkehr auf dem Fluss sofort gestoppt, aber es war zu spät.« Er deutete auf die Stelle, wo der Fluss in den nördlichen Hafen mündete. »Das Schiff war bereits hier. Als wir versucht haben, es zu durchsuchen, ist eine Wasserhose aufgetaucht. Um das Seefeuer zu verteilen.«

»Welches Schiff?«, verlangte Vivia, so laut es ihr möglich war. Sie musste Nase und Mund mit dem Arm gegen den Rauch schützen. »Wie ist es an den Wachen vorbeigekommen?«

»Es ist eines unserer Schiffe, Hoheit! Ein Kriegsschiff mit zwei Masten – das Ihr selbst bewilligt hattet!«

Vivia zuckte zurück. »Ich habe es bewilligt? Ich habe nicht ...« Oh. Aber das hatte sie. Ein Schiff der Füchse mit zwei Masten. Ein Schiff der Füchse, das vor der Küste von Saldonica verschollen war.

»Es segelt jetzt auf die Wasserbrücke!«, fuhr Sotar fort. »Wir fürchten, dass es auf dem Weg zum Damm ist, aber bisher konnten wir es nicht aufhalten! Keiner der Windmagi, die ich ausgeschickt habe, ist zurückgekehrt.«

Vivia nickte stumm. Der Regen, der Rauch, die Hitze und der Lärm – alles verklang zu einem Hintergrundrauschen.

Kein Bedauern, versuchte sie sich zu sagen. *Bleib in Bewegung.* Es musste eine Lösung geben. Eine Möglichkeit, das Schiff anzuhalten, bevor es den Damm erreichte. Und doch ...

Sie bedauerte Dinge. Tausende. Und das Gewicht lastete zu schwer auf ihren Schultern, um in Bewegung zu bleiben. Sie war ein Schiff, das nicht segeln konnte, weil sein Anker – seine Tausende Anker – auf dem Meeresgrund festhingen.

»Hoheit!« Sotar stand neben ihr und sagte etwas. Versuchte, sie zu halten. Sie hörte ihn nicht. Es war ihr egal.

Seit dem Tod ihrer Mutter hatte Vivia versucht, etwas zu sein, das sie nicht war. Sie hatte eine Maske nach der anderen getragen, in der Hoffnung, dass eine davon irgendwann halten würde. In der Hoffnung, dass eine von ihnen die Leere verdrängen konnte, die in ihr lebte.

Stattdessen hatte sich das Bedauern in ihr aufgebaut und angesammelt und an Kraft gewonnen, um die Leere in ihr zu nähren, bis sie sie nicht mehr leugnen konnte.

Und jetzt … musste man sich nur ansehen, was Vivia getan hatte. Diese Feuersbrunst, dieser Tod – das war ihr Werk. Sie hatte die Füchse gegründet. Sie hatte die Waffen gestohlen, die es ihrer Flotte erlaubt hatten, zu kühn zu werden.

Und sie, Vivia Nihar, hatte ihren Bruder dem Tod überlassen. Vor dieser Wahrheit konnte sie nicht länger fliehen. Genauso wie sie nicht vor diesen Flammen fliehen konnte.

»Ein Heiler für Ihre Hoheit!«, schrie Sotar. Erneut versuchte er, sie aufzurichten, doch Vivia widersetzte sich. Verankert. Verklemmt.

Bis sie ihn sagen hörte: »Wir haben bereits Prinz Merik verloren! Wir können die Prinzessin nicht ebenfalls verlieren – bringt sie in Sicherheit.«

Prinz Merik. Der Name glitt in Vivias Bewusstsein, umschloss ihr Herz und beruhigte ihre Muskeln. Denn sie hatten Prinz Merik nicht verloren und Vivia nicht ihren Bruder.

Derjenige, in dessen Adern echtes Nihar-Blut kochte, war immer noch am Leben und kämpfte, denn Merik konnte genauso wenig stillsitzen wie sie. Das blieb eine unerschütterliche Wahrheit, und zumindest in diesem einen Punkt ähnelte Vivia *wirklich* ihrem Vater. Ähnelte *wirklich* Merik.

Und da war es – das war sie. Wenn man sie entzweischlüge, sähe man dort die Stärke ihres Vaters, den Antrieb ihres Vaters. Das Mitgefühl ihrer Mutter, die Liebe ihrer Mutter für Nubrevna.

Und als diese Gewissheit von Vivia Besitz ergriff, wusste sie genau, was sie zu tun hatte. Es wurde Zeit, endlich zu der zu werden, die sie immer schon gewesen war.

Sie richtete sich hoch auf, befreite sich aus Sotars Griff. Dann rannte sie auf die Barrikade zu. Linker Hand gab es eine Lücke. Sie konnte hindurch. Sie konnte den Hafen erreichen. Sie konnte das Schiff erreichen, bevor sich Seefeuer und Chaos weiter ausbreiteten.

Sotar schrie ihr zu, sie solle anhalten. »Das Feuer wird Euch umbringen!«

Natürlich würde es das tun. Vivia wusste, dass sie auf der Wasserbrücke der Tod erwartete. Diese schwarzen, unnatürlichen Flammen würden ihre Haut finden und brennen, bis sie auch die Knochen verschlangen.

Doch Vivia wusste auch, sie konnte nicht zulassen, dass Tausende Leute – ihre Leute – starben. Wenn der Damm brach, würde sich das Seefeuer weiter ausbreiten. Zuerst würde die Stadt brennen. Anschließend würde die Stadt ertrinken.

Vivia stürzte sich Kopf voraus in das Hafenbecken, durch Rauch und Flammen, bis sie zu tief war, als dass das Seefeuer sie hätte erreichen können.

Und dann schwamm sie, so schnell ihre Magie sie trug, auf die nördliche Wasserbrücke.

35

Iseults Herz hatte niemals heftiger geschlagen.

Sicherlich konnten die Männer um sie herum es hören. Sicherlich sahen sie, wie ihr Körper im Rhythmus ihres Herzens zitterte.

Zwölf Männer standen um sie herum. Neun von der Küste, drei aus dem Wald. Der Stiefel von einem befand sich nur wenige Schritte entfernt. Ein Geräusch wie Schleifstein auf Stahl stach in Iseults Ohren. Er schärfte sein Messer.

Sie hatte ihr Haar nach vorne gezogen und ihren Kragen gehoben, um ihre fahle Haut so gut wie möglich zu verbergen. Die Fliegen hielt das nicht ab. Sie krabbelten über ihre Ohren und Hände, selbst über ihren Nacken nach unten in ihren Mantel.

Sie bewegte sich nicht. Sie atmete nur so flach wie möglich, durch leicht geöffnete Lippen.

Die Männer warteten schweigend. Dann schloss sich ihnen ein letzter Mann an. Selbst mit geschlossenen Augen spürte Iseult seine Stränge als Mischung aus gewalttätigem Grau und brennendem Rot. Feuermagis. Er war derjenige, der das Sagen hatte, denn sobald er angekommen war, mischte sich moosgrüne Ehrerbietung in die Stränge.

Der Feuermagis stampfte durch das Gemetzel. »Sie haben das Kind.«

»Die Baedyeds?«, fragte der Mann, dessen Stiefel so nahe stand. Er verlagerte sein Gewicht, Knochen knirschten.

»Wen gibt es hier sonst?« Hitze waberte, während der Feuermagis sprach, als stieße er mit jedem Wort auch Feuer aus. In seinen Strängen blitzten jedenfalls die orangefarbenen Fasern auf, die von aktiver Feuermagie sprachen.

»Ich dachte«, sagte ein dritter Mann mit heftigem Akzent, »dass Ragnor nur uns von dem Kind erzählt hat.«

»Ragnor hat offensichtlich gelogen.« Der Feuermagis hatte sich genähert. Iseult spürte seine Stränge, hörte seinen Atem, als er zwischen den Leichen umherschritt wie ein Hund auf der Jagd.

Ihr Herz schlug noch heftiger. Jetzt zitterte sie wirklich. *Bitte komm nicht hierher. Bitte komm nicht hierher.*

»Vielleicht«, meinte der Erste, »wissen die Baedyeds nicht, was sie gefunden haben. Vielleicht haben sie sie zufällig entführt.«

»Und sieben unserer Leute getötet, um sie zu bekommen?«

Eule, wurde Iseult klar – und direkt darauf folgte ein weiterer Gedanke: *Aeduan hat sieben Männer getötet.*

Der Feuermagis kam näher. Er hatte etwas gefunden, das ihm gefiel. Seine Stränge leuchteten vor Interesse und Verlangen.

Dann schoss Feuer durch die Luft. Hitze verbrannte eine Seite von Iseults Gesicht.

Der Mann mit dem Stiefel wich fluchend zurück.

Der Feuermagis lachte nur, dann drang ein Geruch wie verbranntes Haar an Iseults Nase. Er verbrannte die Leichen.

»Stopp«, sagte der Mann mit dem Stiefel, während seine

Stränge vor Ekel fahl wurden. »Die Baedyeds werden den Rauch sehen.«

»Spielt das eine Rolle?«, blaffte der Feuermagis. Doch er klatschte in die Hände, und das Feuer verlosch. Zurück blieben nur der Gestank und ein leises Knistern. »Wir können ihre Schiffe gewinnen. Und ihre Pferde. Und sogar ganz Saldonica, wenn wir jetzt angreifen. Alle gleichzeitig, bevor die Baedyeds etwas ahnen.«

Bei diesen Worten begannen alle Stränge in der Gegend in hungrigem Violett zu leuchten. Sie wollten, was die Baedyeds hatten.

»Aber was ist mit Ragnor?«, fragte eine neue Stimme. »Was ist mit dem Kind?«

»Wir holen uns das Kind zurück und verkaufen es. Wenn seine Magie so kostbar ist, dass Ragnor es haben will, wird sicher auch jemand anders es wollen.«

Grünes Einverständnis glitt durch die Stränge. Doch obwohl der Mann weitersprach, hörte Iseult ihn nicht mehr. Sie *durfte* nicht zuhören, denn der Feuermagis kam jetzt in ihre Richtung.

Ihre gesamte Welt schrumpfte auf seine Stiefel zusammen, die sich von links näherten. Ein Schritt. Zwei.

Dann war er da. Er trat auf ihren Arm, und Weiß explodierte in ihrem Kopf. Ihre Lunge brannte. Sie durfte nicht atmen, konnte sich nicht bewegen, konnte nicht denken. Der Drang, die Augen zu öffnen, versteifte ihre Muskeln.

Der Feuermagis kniete sich hin – das spürte Iseult, denn sie konnte ihn nicht sehen. Konnte nicht beobachten, wie sich sein Knie in ihren Ellbogen bohrte, das Gelenk in eine Position schob, für die es nicht gedacht war.

Sie hörte jeden seiner Atemzüge. Ein harsches Rasseln, das nach Rauch und Tod roch. Es kam näher und beugte sich vor, seine Finger vergruben sich in ihrem Salamandermantel …

Ein Hornstoß zerriss die Luft. Tief, rumpelnd und schimmernd vor Blutlust.

Gleichzeitig schlugen alle Stränge um Iseult in türkisfarbene Überraschung um, gefolgt von hellbrauner Verwirrung. Doch nur für einen Moment, dann machte sich scharlachrote Wut breit.

Dann erklang das Donnern einer Kanone – einmal. Zweimal.

Der Feuermagis gab Iseults Mantel frei und stand auf. Knurrend und begleitet von Flammen, die über Iseult hinwegschlugen, doch immer noch bewegte sie keinen Muskel.

Nicht bevor er sich nicht entfernt hatte; nicht bevor er sich nicht den anderen angeschlossen hatte, um mit ihnen zusammen seine Wut in den Himmel zu schreien.

Sobald die Männer verschwunden waren – sobald Iseult wusste, dass ihre Stränge weit genug entfernt waren, um sie nicht mehr zu sehen –, kämpfte sie sich auf die Beine.

Der Salamandermantel war intakt, doch ihre Hose war unterhalb der Knie verbrannt. Schon bildeten sich feuchte Blasen auf ihrer Haut. Aber sie war am Leben.

Die Mondmutter möge sie segnen, sie *lebte* noch.

Mehrere keuchende Atemzüge lang zögerte Iseult. Halb stehend, halb zusammengekauert, mit einer immer noch rauchenden Leiche neben sich.

Sie musste fliehen. Jetzt. Bevor eine echte Schlacht ausbrach. Doch in welche Richtung – das war die Frage. Und obwohl Iseult wusste, wohin sie laufen wollte, wohin sie laufen *sollte*, stimmten ihre Wünsche und Bedürfnisse doch nicht mehr überein.

Iseult tastete nach ihrem Strangstein. Er hatte unter ihrem Schlüsselbein eine Einkerbung in die Haut gedrückt, genauso wie der silberne Taler, der daneben hing. Iseult umklammerte beides mit weiß hervortretenden Knöcheln. Die Logik der Strangmagis in ihr drängte sie, eine Richtung einzuschlagen. Zu rennen, zu laufen, vor dem zu fliehen, was kommen würde. Ihr Herz bettelte ebenfalls darum, diese Richtung einzuschlagen – die Stränge, die binden, zogen sie nach Süden.

Doch das galt nur für die Hälfte ihres Herzens. Die andere sehnte sich danach, nach Norden zu gehen. Den närrischen Weg einzuschlagen. Den, auf dem Überleben unmöglich schien.

Weitere Kanonen donnerten in der Ferne. Rauch waberte über den Himmel. Der Kampf hatte begonnen, und bald schon würde er sich dorthin erstrecken, wo sich Aeduan und Eule aufhielten. Wenn Iseult nach Süden ging, konnte sie all das hinter sich lassen.

In diesem Moment, als sie in brennender Ungewissheit dort stand, rollte Magie über sie hinweg. Ein Hurrikan aus Macht und brennenden Strängen. Sie schoss über den Himmel, heiß genug, um den Himmel in Flammen zu setzen.

Und da wusste Iseult, was sie tun musste. Logik spielte keine Rolle mehr, genauso wenig wie das praktische Denken einer Strangmagis. Nicht einmal die zerrissenen Hälften ihres Herzens zählten.

Wichtig war nur, das Richtige zu tun.

Also traf Iseult ihre Wahl und rannte los.

Aeduan trug Eule auf seinem Rücken. Sie wurde durchgerüttelt, hin und her geworfen. Ihre Furcht war deutlich spürbar.

Doch wie ihre Namenspatronin war Eule eine Kämpferin. Sie hielt sich fest und widersetzte sich dem schnellen Lauf kein einziges Mal. Aeduans Blut, kochend vor Magie, trieb ihn in eine Geschwindigkeit, der kein Mensch folgen konnte. Die kein Mensch aufhalten konnte.

Das hoffte er zumindest. Aeduan hatte noch nie so laufen müssen, während er eine andere Person beschützte.

Ein Horn zerriss die Luft mit einem einzigen, lauten Ton. *A-ooooo!*

Feuer brach in der Ferne aus, ein Inferno, entzündet durch Magie.

Feuermagis. Aeduan wusste nicht, ob es derselbe war wie gestern – und es spielte auch keine Rolle. Ein gigantischer Sturm aus Hitze und Flammen rollte in seine Richtung. Er musste vor ihm davonlaufen.

Dann waren die Pferde da, brachen mit Baedyeds auf ihren Rücken aus dem Wald. Farben blitzten an den Sätteln – grell vor dem Hintergrund der grauen Schwaden, die jetzt zwischen den Bäumen schwankten.

Aeduan zog Eule nach vorne und riss sie zu Boden. Ein Pfeil traf seinen Rücken, und er sank stolpernd über Eule zusammen.

Doch kein Pfeil traf sie, und das, dachte Aeduan, war zumindest etwas Gutes.

Er zog Eule enger an sich, schützte sie, während er den Schmerz und den Schaden einschätzte. Gebrochene Rippe. Linker Lungenflügel punktiert. Herz getroffen.

Die Verletzung des Herzens könnte zum Problem werden – das würde ihn aufhalten. Denn ohne Blut, das mühelos durch seine Adern gepumpt wurde, konnte Aeduan nicht seine volle Macht anzapfen. Er wäre schwach.

Und jetzt traf ihn ein zweiter Pfeil. Direkt in den Hals. Blut spritzte.

Immer. Wo Aeduan auch hinging, immer gab es Blut.

Das Feuer rückte näher. Rauch drang in seine Kehle, in sein Gesicht. Seine Augen tränten, und die Eichen, die Reiter, die Soldaten, die jetzt von hinten herandrängten – sie alle schienen zu verschwimmen.

Lauf, mein Junge, lauf.

Der Fluss. Wenn Aeduan Eule nur zum Amonra bringen konnte, dann könnten sie dieser lodernden Feuersbrunst vielleicht entkommen.

Er erhob sich und brach im Aufstehen den Pfeilschaft an seinem Hals ab. Stimmen und Blutwitterungen schlugen über ihm zusammen. Hirsche und Eichhörnchen und Mäuse flohen.

Ohne ein Wort legte Aeduan Eule auf seine Schulter und lief weiter. Ein Hirsch rannte ebenfalls, und Aeduan zwang sich, mit dem Tier Schritt zu halten. Denselben Weg durch den Wald einzuschlagen.

Kein einziges Mal sah Aeduan nach Eule. Um sie anzusehen, hätte er den Hals drehen müssen, und dafür fehlte ihm einfach die Zeit. Jetzt, da er jeden Schritt sorgfältig setzen musste, um dem Feuer auszuweichen. Jetzt, da er seine gesamte Aufmerksamkeit darauf richten musste, sie festzuhalten.

Endlich entkamen er, Eule und der Hirsch dem Röhren der Flammen. Stattdessen erklang nun das Klirren von Waffen. Blutwitterungen krochen in Aeduans Nase. Erneut herrschte Krieg in den Umkämpften Landen.

Aeduan wurde nicht langsamer. Wenn überhaupt, trieb er seine Beine noch heftiger an. Eule zitterte an ihm, doch sein Griff – und ihrer – blieben fest.

Vor ihm endeten die Bäume. Das Ufer öffnete sich, doch alles war voller brennender Schiffe und feuernder Kanonen.

Der Hirsch erreichte die Waldgrenze.

Pfeile bohrten sich in seinen Körper. Das Tier bäumte sich auf, und Blut spritzte.

Aeduan blieb kaum genug Zeit anzuhalten. Herumzuwirbeln, bevor weitere Pfeile durch die Luft schossen und um ihn herum einschlugen. Um seinen linken Arm zu treffen. Doch er drehte sich, stellte Eule auf den Boden.

Sie wurde nicht getroffen. Sie war sicher, sie war sicher.

Aeduan allerdings war es nicht. Er hatte zu viele Wunden, verlor zu viel Blut, hatte zu viel Rauch in der Lunge. Noch schlimmer, er befand sich am Fluss und sah keinen Weg zum Wasser.

Lauf, mein Junge, lauf.

Aeduan riss Eule zurück zwischen die Bäume. Aber zu hart – er zog zu heftig. Sie stolperte, sie fiel.

Ihre Augen, panisch und tränend, hoben sich, um Aeduan anzusehen. So viel Entsetzen darin, so viel Verwirrtheit und Vertrauen.

Die Erde zitterte, bewegte sich fast im Takt mit Eules keuchenden Atemzügen. So plötzlich, so seltsam – das Beben ließ Aeduan die Knie weich werden. Er fiel zwischen den Bäumen heraus ans Ufer.

Pfeile trafen ihn, einer nach dem anderen.

Er wandte sich zu Eule um, in der Hoffnung, ihr zurufen zu können: *Lauf! Versteck dich!* Genau, wie seine Mutter es ihm vor so vielen Jahren zugerufen hatte. Doch er war zu langsam. Ein Baedyed-Reiter zerrte das Mädchen nach oben. Dann riss er sein Pferd herum und galoppierte zurück zwischen die rauchvernebelten Bäume.

Aeduan schleppte sich hinterher. Die Erde zitterte immer noch, Tausende Nachbeben, die jeden Pfeil tiefer in sein Fleisch bohrten. Er konnte sie nicht entfernen, sonst würde sein Körper den Heilungsprozess mit voller Macht beginnen lassen – und wenn er heilte, würde er bewusstlos.

Sein Atem stockte. Blut ergoss sich aus seinem Mund. Sein Blick verschwamm, an den Rändern sammelte sich Schwarz.

Er witterte, fast verzweifelt, nach Eules Blut. Oder nach dem Mann, der sie gefangen hatte. Doch Aeduan war einfach zu schwach und hatte keine Magie mehr übrig.

Schwankend taumelte er durch die Bäume. Immer noch flohen Tiere und Vögel, während sich die Flammen vorwärtsfraßen. Doch Aeduan fühlte die herandrängende Hitze kaum. Eule war in diese Richtung geschleppt worden, also würde er in diese Richtung gehen.

Bis eine Gestalt vor ihm erschien.

Zuerst hielt Aeduan ihn für eine Erscheinung. Glaubte, dass Erschöpfung und die Rauchgasvergiftung ihm vorgaukelten, dass dunkle Schatten durch die brennenden Bäume glitten.

Dann trat die Gestalt aus dem Feuer, die Hände erhoben wie die eines Dirigenten. Wann immer er seine Handgelenke drehte, explodierten neue Flammen. Bäume, Hecken, selbst Vögel – sie alle entzündeten sich in einer Explosion aus heißem Tod.

Aeduan wusste, dass er ausweichen sollte, doch ihm war der Weg abgeschnitten. Der Wald brannte, und er saß in der Falle.

Der Feuermagis drehte sich, um eine Birke anzuzünden, und seine Augen – glühend wie Kohlen – fanden Aeduan.

Der Mann lächelte, ein weißer Blitz in einer Welt aus Flammen. Aeduan erkannte ihn. Es war derselbe Mann wie gestern. Der Feuermagis, der versucht hatte, ihn umzubringen.

Als diese Erkenntnis von ihm Besitz ergriff, sammelte sich neue Energie in Aeduans Muskeln. Rauch waberte, und Feuer kochte, doch die Macht reichte aus, um ihn vorwärtszutreiben. Wenn er diesen Mann tötete, würde das Feuer vielleicht enden. In drei magiegetriebenen Schritten erreichte Aeduan den Feuermagis und zog sein Schwert.

Der Feuermagis öffnete den Mund, und Feuer drang heraus.

Aeduan schaffte es gerade noch, sich nach links zu werfen, sodass der Flammensturm an ihm vorbeischoss, so laut tosend, dass er alle anderen Geräusche verschlang. So heiß, dass er alle Sinne vernebelte.

Aeduan schlug zu. Seine Klinge traf nur Feuer – und jetzt entzündete sich der Boden unter seinen Füßen. Funken und Rauch blendeten ihn. *Lauf, mein Junge, lauf.*

Wieder warf er sich nach links. Mehr Feuer. Er stolperte nach rechts. Endlose Flammen. Er wirbelte herum, um sich zurückzuziehen, fand aber nur Felsen. *Die Säulen in der Schlucht.* Kein Entkommen.

Aeduan stellte sich dem Feuermagis, der immer noch dieses verfluchte Lächeln zur Schau trug. Schadenfroh und hämisch.

So also werde ich sterben. Aeduan hatte nie geglaubt, dass es Flammen sein würden. Eine Enthauptung, vielleicht. Altersschwäche, wahrscheinlich. Doch nicht Feuer – nicht seitdem er diesem Tod vor all diesen Jahren entkommen war.

Die Welt zitterte und wankte vor ihm. Trotzdem hielt sein Training. Mit der freien Hand kontrollierte Aeduan, dass sein Wehrgehänge sich noch an seinem Platz befand. Dass die Messer bereit waren.

Dann stellte er sich breitbeinig hin. Blut mochte brennen, aber Aeduans Seele nicht.

Der Feuermagis hob die Hände zu einem letzten Feuerstoß. Selbst durch den Rauch witterte Aeduan den Angriff, der sich im Blut des Mannes sammelte. Er würde direkt in die Flammen laufen müssen, wenn er den Hals des Mannes erreichen wollte.

Doch der Angriff kam nie. Während Aeduan dort stand, bereit und gewappnet, glitten Schatten über das Feuer. Zuerst dachte er, es wären Wolken – ein Regensturm –, doch je länger er starrte, desto deutlicher erkannte er, dass die Schatten aus dem Feuermagis selbst stammten.

Schmale Bänder glitten über den Körper des Mannes, Rinnsale aus Dunkelheit. Er begann zu schreien und zu zucken. Er kratzte seine geschwärzten, blasigen Arme, kratzte und kratzte.

Bersten, wurde Aeduan klar. Gerade als dieser Gedanke durch seinen Kopf schoss, erstarrte der Feuermagis. Seine Augen wurden vollkommen schwarz. Seine Feuer um ihn herum erloschen, eines nach dem anderen.

Eine Gestalt in einem weißen Mantel erschien hinter dem Feuermagis. Sie bewegte sich steif, die Arme gehoben und die Augen verdreht. Die Feuerklappe des Salamandermantels lag vor ihrem Gesicht. Asche klebte an ihrer Stirn.

Aeduan wusste nicht, wieso die Strangmagis hier war. Er wusste auch nicht, warum. Er wusste nur, dass er den Blick nicht abwenden konnte.

Die Strangmagis ging mit gleichmäßigen Schritten zu dem Feuermagis. Inzwischen war er ein vollständig geborstenes Monster, doch als er sich wand und Iseult anknurrte, zeigte sie keine Angst. Zeigte sie überhaupt keine Reaktion.

Stattdessen senkte sie die Feuerklappe des Salamandermantels, dann öffnete sie weit den Mund … und ließ ihre Zähne in der Luft zusammenschnappen.

Der Feuermagis brach zusammen. Tot.

36

Vivia katapultierte sich ungefähr auf der Hälfte der Wasserbrücke aus dem Kanal. Hier brannte noch kein Seefeuer. Hier segelten keine Schiffe, und sie glitt auf einer selbstgeschaffenen Flut dahin.

Selbst durch die Wildheit der Wasser vor sich erkannte Vivia das Kriegsschiff ihrer Füchse.

Beim Gedanken an die Baedyed-Piraten an Bord explodierte Hitze in ihrer Brust. Ein sengendes Gefühl, das ihre Adern, ihre Haut, ihre Lunge erfüllte. Der Nihar-Zorn.

Endlich empfand sie ihn. Endlich konnte sie die wilde Wut der Familie ihres Vaters anzapfen, konnte diese Berserkerstärke umarmen, die jede Angst vertrieb.

Vivia schoss aus dem Wasser, die Gewalttätigkeit in ihrem Körper allumfassend genug, um hoch aufzusteigen. Matrosen entdeckten Vivia. Sie deuteten und rissen die Münder weit auf, während weitere Matrosen zur Verteidigung eilten.

Doch sie waren zu langsam und Vivia zu wütend. Sie schoss auf das Hauptdeck des Schiffs. Mitten in der Luft schlug sie mit ihren Fäusten – mit ihren Wellen – zu. Männer wurden nach hinten geworfen. Gegeneinander, in den Fluss und ein Mann direkt auf seinen eigenen Säbel, den er – viel zu spät – zu ziehen versucht hatte.

Dann landete Vivia auf dem Deck. Als sie aufprallte, splitterte Holz unter ihren Füßen. Eine Bewegung ihrer linken Hand, und eine Flut erhob sich, um weitere Männer über Bord zu reißen. Eine Bewegung ihrer Linken, und Scherben aus Wasser schnitten durch Fleisch. Rissen Kehlen auf.

Blut, heiß und wunderbar, spritzte auf Vivias Haut.

Sie bemerkte es kaum, ihre Aufmerksamkeit bereits gefesselt von dem Schlauch im Bug. Bis heute hatte sie noch nie Seefeuer gesehen, doch sie erkannte die Quelle. Ein breiter Lederschlauch vom Durchmesser eines Eichenstamms pumpte Pech von unter Deck nach oben. Die Spritze war eine umgebaute Kanone, die sich drehen ließ, um zu zielen.

Ein Schwert sauste auf Vivias Kopf nieder. Sie duckte sich. Zu langsam. Stahl traf ihre linke Schulter, traf Kleidung und Haut. Blut quoll hervor. Hitze – weit entfernt und bedeutungslos – schoss an ihrem Arm entlang. Doch Vivia hatte den Schlauch schon erreicht, und es gab nichts, was die Matrosen tun konnten. Mit dem blutspritzenden linken Arm riss sie die Spritze herum und zielte auf das Deck. Dann drückte sie den Hebel …

»Stopp! Stopp!« Eine Gestalt humpelte auf sie zu, mit wedelnden Armen und wehenden Gewändern.

Serrit Linday.

Vivia hielt erschrocken inne. Hier war der Schuldige in Nubrevna – hier war der Mann, zu dem die irrwitzigen Meldungen ihrer Spione sie letztendlich führen würden. Linday war derjenige, der mit den Baedyeds zusammenarbeitete, derjenige, der mit den Neunen kooperierte – und *er* hatte versucht, Merik zu töten.

Vivia wusste nicht, wie, und wusste nicht, warum, doch sie konnte nicht leugnen, was direkt vor ihr lag. Alles führte zurück zu Serrit Linday.

»Bleib, wo du bist«, befahl Vivia.

Linday hielt an. Seine Robe war zerrissen, das Gesicht mit Schwarz verschmiert. Asche, vermutete Vivia, nur dass sich die Dunkelheit zu bewegen schien, Kreise zog und sich wand.

»Wenn Ihr das Seefeuer freigebt«, rief Linday, »werdet Ihr tausend Feuertöpfe unter Deck entzünden. Ich werde sterben, und auch Ihr werdet sterben.«

Vivia konnte nicht anders. Sie lachte. Ein hohles, harsches Geräusch. »Wieso bist du hier, Serrit? Hat es dir nicht gereicht, uns an die Puristen zu verraten?«

Sein Gesicht verkrampfte sich. Die Dunkelheit pulsierte unter seiner Haut. Mehrere Augenblicke lang bewegte sich seine Kehle, als müsste er würgen.

Und die ganze Zeit glitt das Schiff weiter auf den Damm zu. Unter ihnen glitt das nebelige Tal entlang, immer noch so grün und lebendig.

Dann quietschte Linday schließlich: »Ich wollte Nubrevna nicht verraten. Ragnor hat mir Euren Thron versprochen.« Seine Stimme brach ab. Er krümmte sich und hustete.

Schwarzes Pech drang aus seinem Mund. Die Schatten auf seiner Haut wirbelten schneller, warfen kleine Blasen, wie bei einem Geborstenen.

Vivia entfernte sich von der Feuerspritze und ging drei Schritte auf den Wesir zu, den sie am wenigsten mochte. Die Matrosen spannten sich für einen Angriff, doch Linday knurrte durch Schübe von schwarzem Teer: »Zurück.«

»Was geschieht mit dir?«, fragte Vivia. »Birst du?«

Linday hustete noch dreimal, dann drehte er den Kopf und sah mit glänzenden Augen zu ihr auf. Als er wieder sprach, war seine Stimme glatt und hatte einen Akzent. »Die Toten können nicht bersten, Prinzessin. Nicht richtig, denn die Toten … ihre Stränge sind bereits zerrissen. Ich sammle sie lediglich ein, bevor sie verkümmern.«

»Wer tut das? Wer *bist* du?« Die Fragen waren so leise, dass sie fast im Wind auf der Brücke und dem entfernten Donnern des Sturms und Seefeuers hinter Vivia untergingen.

Doch Linday – oder wer auch immer ihn kontrollierte – hatte keine Probleme, sie zu verstehen. »Ich bin die, vor der Ihr Angst haben solltet, Prinzessin. Denn sobald der Damm bricht und die Stadt stirbt, werde ich diejenige sein, die einmarschiert und alles für sich beansprucht. Inklusive der Quelle, die Eure Familie all die Zeit über versteckt hat.«

Bei diesen Worten schien sich die Welt zu dehnen, die Zeit langsamer zu vergehen. Hundert Gedanken kollidierten in Vivias Kopf. Hundert kleine Details verlangten nach Aufmerksamkeit.

Der Damm ragte hoch vor ihnen auf, mit seinem breiten Riss, so seltsam ruhig. So seltsam still. Möwen kreisten, und ein Falke segelte auf den Luftströmungen neben der Wasserbrücke. Die Brise liebkoste Vivias Haut, und die Matrosen beobachteten den Himmel, als warteten sie auf etwas.

Oder auf jemanden.

Schwerfällig, die Szene vor ihr wie ein Gemälde aus frischer Farbe im Regen, sah Vivia zurück. Auf Lovats, wo schwarze Rauchsäulen aufstiegen, schon jetzt schwächer als zu der Zeit von Vivias Aufbruch.

Der Sturm zog sich ebenfalls zurück. Kein Regen mehr, keine weiteren Blitze. Nur schwarze, wirbelnde Wolken, die sich zurückzogen wie Gift, das aus einer Wunde gesaugt wurde.

Lovats würde diesen Tag überleben, doch nur wenn Vivia den Damm davon abhalten konnte zu brechen. Nur wenn sie verhindern konnte, dass dieses Schiff weitersegelte. Und obwohl sie nicht wusste, ob die Magie der Wasserbrücke halten würde, war sie doch der Meinung, dass die Konsequenzen eines überfluteten Tals besser waren als die einer überfluteten Stadt.

Sie drehte den Kopf nach links. Starrte auf das Flickwerk aus Höfen unter sich. Derselbe Anblick, den auch ihre Mutter gesehen hatte, bevor sie dieses Leben für immer verlassen hatte.

Es war, beschloss Vivia, kein schlechter letzter Ausblick.

Bei diesem Gedanken nahm die Zeit ihren Lauf wieder auf. Die Welt gewann wieder an Bedeutung. Vivia sprang zur Feuerspritze. Sie packte den eisernen Hebel und zog ihn zurück. Glänzendes Harz quoll hervor. Dann nahm die Fontäne Schwung auf, ergoss sich über die Planken, den Mast, die Segel.

Feuer brach aus. Schwarz und weiß und zu schnell, um zu entkommen.

Die verbliebenen Matrosen flohen. Nicht so Linday. Er stand einfach nur da, ließ das Seefeuer über sich zusammenschlagen, obwohl sein Körper in Flammen aufging wie eine Fackel. Blieb unbeweglich, selbst als er brannte, brannte, *brannte*.

Vivia wandte sich zur Reling und sprang. Sie tauchte unter die Wellen und schwamm, getrieben von ihrer Magie, zurück Richtung Lovats.

Aber sie war zu langsam – zu langsam.

Das Schiff explodierte. Eine Druckwelle fuhr über sie hinweg, zerrte sie an die Oberfläche. Dann hörte sie den Lärm, doch sie wurde bereits nach oben und in die Luft gerissen.

Als ihr Körper die Wasserbrücke verließ und das Tal unter ihr erschien, verschwommen hinter Schatten und Feuer, konnte Vivia nichts anderes tun als lächeln. Denn zumindest hatte die Wasserbrücke gehalten, auch wenn sie in den Tod stürzte.

Zumindest hatte der Damm gehalten.

* * *

Safi wollte etwas zerstören. Sie wollte vernichten, zerreißen, auf jemanden einprügeln und morden.

Vielleicht würde die Welt dann wieder Sinn ergeben.

Denn Merik Nihar konnte nicht tot sein. Diese Wahrheit pulsierte im Rhythmus ihres Herzens. Im Takt ihrer langen Schritte.

Sklaven stürmten nach langer erzwungener Passivität auf allen Seiten an ihr vorbei, ihre Magie bereit zum Einsatz. Schreiend, rennend, hungrig. Feuer zu ihrer Rechten, Windstöße zu ihrer Linken, zitternde Steine unter ihren Füßen. Ein Mahlstrom aus Farben und Gewalt, aus Hunger und Freiheit. So wahr, wahr, wahr. Die Sklaven ergossen sich in die Tunnel, jeder Gang identisch. Es war unmöglich zu sagen, wer angriff, wer floh.

Finger packten Safis Ellbogen. Sie riss ihr Schwert nach oben … doch es war nur Lev, die Augen riesig, die Narben auf ihrem Gesicht in die Länge gezogen. »Wo ist die Kaiserin?«

Safi wusste es nicht, also schwieg sie.

»Wir müssen weg«, fuhr Lev fort und packte Safi fester. »Die Sklaven befreien andere Sklaven, und bald schon wird es hier vor Wachen wimmeln.«

Gut. Safi lächelte. Sie wollte diesen Ort in Trümmern hacken, angefangen mit den Baedyeds, die Merik getötet hatten.

Lichter flackerten auf. In die Wände eingelassene Alarmsteine blitzten, um Wachen herbeizurufen.

Safis Lächeln verbreiterte sich.

»Lev!« Caden schob sich durch das Getümmel, die cartorrischen Matrosen hinter sich. »Wir können nicht den Weg zurück, den wir gekommen sind. Zander ist losgezogen, um einen anderen Ausgang zu finden … Wo ist die Kaiserin?«

Die Frage war an Safi gerichtet, doch die grinste nur breiter. Zander, dessen Kopf über das Chaos hinausragte, bedeutete ihnen mit einem Winken, ihm zu folgen.

Safi zog sofort los, froh, sich zu bewegen. Zu kämpfen. Sie rammte sich durch die Menge, mit spitzen Ellbogen und gefletschten Zähnen.

Und die ganze Zeit blinkten die Alarmsteine weiter.

Das Chaos spuckte Safi vor Zander aus, der neben einem Gang wartete, der seltsam ruhig, seltsam leer war. Einige Sklaven rannten hinein, doch die meisten hielten sich verdächtig fern. »Das ist der Weg in die Arena!« Zanders Bassstimme ging im Lärm fast unter. »Aber ich glaube, es gibt einen Nebengang, der nach draußen führt!«

»Geh voran!«, befahl Caden, bevor er sich der cartorrischen Mannschaft zuwandte, um die Männer zu zählen, während sie an ihm vorbeidrängten.

Safi stiefelte hinter Zander her, folgte seiner dunklen Gestalt durch den leicht aufwärts führenden Gang. Die Pfützen verschwanden. Ein seltsames Vibrieren breitete sich über den Boden aus.

Zuerst dachte Safi, es wäre eine Folge des Lärms und all der Sklaven, die um ihre Freiheit kämpften. Doch je näher sie der Gabelung im Tunnel kamen, desto heftiger wurde das Zittern unter ihren Füßen. Sie fühlte es bei jedem Atemzug in ihrer Lunge. Selbst die Fackeln flackerten in ihren Haltern.

»Was ist das?«, fragte einer der Matrosen.

»Es kommt aus der Arena«, sagte ein anderer.

»Was der Grund ist, warum wir nicht in die Arena gehen werden.« Lev drängte sich nach vorne und erreichte als Erste die Gabelung im Tunnel. Dann, nach einem lauten Ruf an alle – »Wartet einen Moment« –, tauchte sie in den dunkleren Tunnel ein.

Die Zeit verging, und alle sammelten sich an der Kreuzung. Safis Puls schlug im selben Rhythmus wie die Vibrationen im Stein – schneller, schneller –, bis sie sicher war, dass der dunkle Gang, den Lev gewählt hatte, falsch, falsch, *falsch* war.

Sie wirbelte zu Caden herum. »Ruft sie zurück. Irgendetwas ist dort unten.«

»Was …«, setzte Caden an.

Falsch, falsch. Safi schoss an ihm vorbei und formte die Hände vor dem Mund zu einem Trichter. »Lev! Komm zurück!«

»Einen Moment«, hörte sie die Antwort. »Ich sehe etwas …« Ihre Worte brachen ab, verdrängt von einem ohrenbetäubenden Kreischen.

Dann loderte orangefarbenes Feuer im Tunnel auf, und Levs Stimme hallte durch den Gang: »Flammenfalke! Sie haben einen verdammten Flammenfalken! Lauft!«

»Oh Scheiße«, sagte Caden. Oder vielleicht auch jemand aus der Mannschaft. Vielleicht hatte Safi das Wort auch selbst geäußert. Jedenfalls dachte sie es, als sie umdrehte und losrannte, als wären die Dämonen der Finsternis hinter ihr her.

Flammenfalke. Dämon. Fast dasselbe.

Lärm baute sich hinter ihr auf. Ein ansteigendes Brüllen wie ein schnell näher rückender Wasserfall. Nur war es das eben nicht, denn Wasserfälle sorgten nicht dafür, dass der Boden schwankte, und sie verwandelten die Nacht auch nicht in Tag.

Als Nächstes folgte die Hitze. Safi fühlte sie an ihrem Rücken, als Kratzen auf ihren Schultern, lange bevor das feuerrote Glühen sie erreichten.

Und als das Glühen sie *wirklich* erreichte – heilige Höllentore, Safi war noch nie in ihrem Leben so schnell gelaufen.

Sie ließ Matrosen genauso hinter sich wie Sklaven, sie überholte Caden und Zander, und oh, da war die Kaiserin, die gerade durch einen Torbogen ins Tageslicht trat.

»Lauf!«, schrie Safi. Sie erreichte Vaness und packte den Arm der Kaiserin. Mit all ihrer Kraft schubste sie sie – aus dem Torbogen, aus dem Weg des Flammenfalken.

Doch der Ort, an dem Safi und Vaness sich jetzt wiederfanden, war nicht viel besser als der Flammenfalke. Sie hatten die Arena betreten.

Überall in der kiesbedeckten Senke tobte Bailes Gemetzel. Ein Blitz schoss durch die Luft und versengte Safis Wange, bevor sie einen Stalagmiten traf, der sich plötzlich aus dem Boden erhob. Ein Sturmmagis, der gegen einen Erdmagis kämpfte. *Fantastisch*.

Safi warf sich nach links, konnte gerade noch einem Gestöber aus Eisscherben ausweichen, die schnell von einer Flammenwand verschlungen wurden. Alle Grenzen zwischen Freund und Feind, Sklave und Sklavenhalter, Rotsegel und Baedyed lösten sich auf. Alle kämpften. Jeder dreimal Verdammte, der in dieser Arena noch lebte, kämpfte – Hand gegen Hand, Klinge gegen Klinge oder Magie gegen Magie.

Oh, und dann war da ja noch der Flammenfalke. Er hatte die Oberfläche erreicht und sauste jetzt in einer Spur aus weißer Hitze aus dem Tunnel.

Den Göttern sei Dank, dass Safis Muskeln klüger waren als ihr Hirn. Denn sobald sie des Monsters ansichtig würde – ein Feuerstreifen so lang wie eine Galeone, mit Flügeln, die doppelt so breit waren – wäre Safi in ehrfürchtigem Schrecken erstarrt.

Ihre Beine allerdings wollten sich bewegen. Sie rannten auf einen Stalagmiten zu, der jedoch zerbröselte, kaum dass sie sich ihm näherte. Also rannte Safi weiter. Deckung, Deckung – sie brauchte Deckung. Denn der Falke kreiste jetzt und kreischte seine Wut in den klaren blauen Himmel.

Dann legte er die Flügel an und schoss nach unten. Direkt auf Safi zu.

Sie versuchte, zu entkommen, sich zu ducken, sich zur Seite zu werfen. Doch noch während sie auswich, wusste sie im primitivsten Teil ihres Hirns, dass dies kein Wesen war, dem man einfach entkommen konnte, indem man sich schnell bewegte.

Sie hörte nichts mehr als Lärm, sah nichts mehr als ein tosendes Inferno. Es würde kein Entkommen geben. Nicht dieses Mal.

Ein Körper rammte sie von hinten. Sie fiel zu Boden, sodass ihr Kinn hart auf den Kies knallte. »*Schließ die Augen!*«, schrie Caden.

Safi schloss die Augen. Der Falke schlug zu.

Ihr altes Leben endete.

Als sie noch ein Kind gewesen war, hatte Habim ihr erklärt, dass die Marstoker glaubten, Flammenfalken wären die Geister des Lebens. Der Geburt. Einem Flammenfalken zu begegnen – und zu überleben – bedeutete, dass einem eine zweite Chance gewährt wurde. Ein neuer Anfang. Ein sauberer Bruch.

Safi glaubte es. Denn in diesem Moment zwischen einem Herzschlag und dem nächsten, als das Monster hell und heiß und laut über sie hinwegraste, kristallisierte sich Safis gesamtes Sein in einem Gedanken. Einer Erinnerung, so scharf wie die beste aller Klingen.

Alles, was du liebst, wird dir genommen, Safiya … und dahingemetzelt. Aber du wirst es bald kennenlernen. In aller Ausführlichkeit wirst du es durchleben. Und dann hatte er zu ihr gesagt: *Wenn du wolltest, Safiya, könntest du die Welt beugen und formen. Du hast die nötige Ausbildung – dafür habe ich gesorgt. Unglücklicherweise scheint es dir am nötigen Ehrgeiz zu mangeln.*

Nun, das hielt Safi für Pferdescheiße. Ihr mangelte es nicht an Ehrgeiz. Sie bestand *nur* aus Ehrgeiz, durch und durch.

Verbunden, vereint.

Safi war bereit, die Welt zu beugen. Bereit, sie zu *zerstören*.

Und mit diesem Gedanken begann ein neues Leben.

Der Flammenfalke schoss vorbei. Caden glitt von Safis Rücken. Ihr Haar war bis auf halbe Länge verbrannt, und ihr Kleid hatte riesige Löcher an den Rändern.

Caden streckte ihr die Hand entgegen. Wie immer flüsterte die Dunkelheit seiner Narben von Falschheit. Seine Pupillen waren so riesig, dass seine Iris kaum mehr zu sehen war.

»Das nächste Mal«, keuchte er, seine Worte verschlungen mit Schatten, »wenn du einen Flammenfalken siehst, wäre es gut, ihm *nicht* im Weg zu stehen.« Er wandte sich ab, als wollte er davonstolpern.

Doch Safis Hand schoss nach vorne. Sie packte seine Henkersschlinge und zerrte ihn daran zu sich. »Was«, zischte sie, »bist du?« Noch während sie die Frage stellte, zogen sich die Schatten zurück. Seine Iris wurde wieder braun, und keine rauchähnliche Dunkelheit quoll mehr aus seinem Mund.

»Wenn wir das hier überleben«, sagte er und wirkte erneut wie der charmante Schwindler, den sie gekannt hatte, »erinnere mich daran, es dir zu erzählen. Aber für den Moment, Domna, müssen wir in Bewegung bleiben.«

37

Merik kannte diesen Sturm. Er hatte ihn in Lejna überlebt; war dort durch dieselben aufgeladenen Böen geflogen, auf der Suche nach einem Auge. Auf der Suche nach der Quelle.

Als Merik heute das Herz des Sturms fand, flog dort derselbe Mann. Heute allerdings starb Kullen nicht zusammengesackt, sondern schwebte stattdessen hoch aufgerichtet vor ihm, als stünde er auf dem Gipfel eines Bergs.

Einmal, in Meriks Kindheit, hatte ein Feuer ein Haus auf den Nihar-Ländereien verschlungen. Die Leute darin waren entkommen; ihr Hund nicht. Die glänzende verkohlte Form seiner Leiche in den Trümmern hatte sich für alle Zeit in Meriks Gedächtnis eingebrannt.

Und hier stellte er sich jetzt demselben Anblick. Resten. Einem Leichnam. Entsetzlich, doch deutlich erkennbar, obwohl eine Stimme in seinem Kopf flüsterte: *Hör auf zu sehen, was du sehen willst.*

Kullen entdeckte Merik. Blitze zuckten und beleuchteten ein breites Lächeln. Seine Lippen verzogen sich auf eine Art, die gleichzeitig vertraut und vollkommen unmenschlich wirkte. Schwarze Winde kreisten endlos hinter ihm, trugen Trümmer, Laub und Salbeiblätter.

»Kein Wort der Begrüßung, Strangbruder?«

»Du bist nicht mein Strangbruder.« Merik war schockiert davon, wie ruhig seine Stimme klang. »Ich habe meinen Strangbruder sterben sehen.«

»Du hast mich *bersten* sehen.« Kullen breitete fast genüsslich die Arme aus, Blitze schossen aus seinen Fingerspitzen. »Bersten muss allerdings nicht das Ende bedeuten.«

»Was bist du?«

»Du kennst die Antwort darauf. Ich bin Rache. Ich bin Gerechtigkeit. Ich bin die Furie.«

Bei diesen Worten vergruben Eis und Wut ihre Klauen tief in Meriks Brust. Doch ihm war fast unwirklich bewusst, dass die Gefühle nicht seine waren.

»Ich habe dich gebeten, mich zu töten«, fuhr Kullen fort. Er glitt näher heran. Immer näher, bis die Schatten, die in seinem Fleisch lebten, deutlich zu sehen waren. »Erinnerst du dich daran, Merik? In Lejna habe ich um den Windschlag gebeten. Noden sei Dank hast du dich geweigert, denn sonst wäre keiner von uns heute hier. Du wärst tot, und ich wäre tot. Wir würden beide mit den Hexenfischen tanzen.«

Merik versuchte zu antworten. Versuchte, irgendeine Entgegnung zu finden, doch die Worte wollten nicht kommen. In seinem Kopf kreiste nur: *Ich wäre tot, ich wäre tot.*

Kullen lachte. »*Doch erst im Tod konnten sie das Leben verstehen. Und nur im Leben werden sie die Welt verändern.*« Er tippte sich an den Kopf, und dieses unnatürliche Grinsen wurde noch breiter. Ein Lächeln, das seine toten, toten Augen nicht erreichte. »Die Erinnerungen der Furie waren immer hier, Merik. Ich musste nur sterben, um sie aufsteigen zu lassen.

Und jetzt werde ich dich zum König machen!« Kälte strahlte von Kullen aus. Macht, die darum bettelte, genutzt zu werden. »Zusammen werden wir diese Stadt für uns beanspruchen! Die ganze Nation!«

»Nein.« Merik schüttelte den Kopf. Tränen rannen über

seine Wangen und verschwanden im Sturm. »Das will ich nicht, Kull! Ich will nicht König sein ...«

»Oh, aber du willst.« Bevor Merik blinzeln oder sich widersetzen konnte, hatte Kullen ihn am Hals gepackt. Saugte die Luft direkt aus Meriks Lunge. »Wenn du dich mir nicht anschließt, Strangbruder, werde ich dich als Feind betrachten. Und vergiss nicht: *Ich bin so scharf wie jede Schneide.*«

»Bitte, Kull.« Merik schlug auf Kullens Arme ein. »Das bist nicht du!«

»Das bin ich, Merik. Mein wahres Selbst, endlich befreit.« Kullens Finger packten fester zu, gruben sich tiefer in Meriks Haut.

»Stopp diesen Sturm«, presste er hervor. »Geh, Kullen, *geh*.«

»Nein.« Kullen lachte leise, ein kehliges Geräusch, das Donner rumpeln ließ. Sie schwebten so hoch, so unendlich hoch in der Luft. »Ich habe diese Stadt geschaffen, und ich werde sie auch zerstören.«

»Ich werde es nicht zulassen«, keuchte Merik. Seine Lunge glühte. Er verbrannte von innen.

Kullen packte noch fester zu. Schwarzes Eis grub sich in Meriks Haut. Schnee wirbelte um sie herum. »Glaubst du, du könntest mich aufhalten, Mer? Ich bin an den Webstuhl gebunden, und du bist an mich gebunden. Wenn du meine Seele über das letzte Riff sendest, wird deine mir folgen. Strangbrüder bis zum Schluss.«

Mit dieser Erklärung gab er Merik frei. Atemluft ergoss sich in Meriks Lunge, während sich Winde unter ihn schoben. Ihn in der Luft hielten. Kullens Winde, das wusste er. Doch gleichzeitig spürte er dort auch seine eigene Macht. Als kontrollierten sie die Magie gemeinsam, als erstrecke sich seine Macht – seine Wut – wie ein Fluss zwischen ihnen. Eine Quelle, aus der sie beide Kraft zogen.

Und in diesem Moment verstand Merik.

Er war ein toter Mann. Genau wie Garren. Genau wie Linday. Und, noch schlimmer, genau wie Kullen, der vor ihm schwebte. Der Heilige aller zerstörten Dinge, grotesker als selbst die Hexenfische. Kullen war die Furie, durch und durch.

»Ich sehe, du verstehst«, sagte Kullen. Und obwohl die Worte im Tosen des Sturms untergingen, spürte Merik sie in seiner Seele. »Die Explosion auf der *Jana* hat dich getötet, aber wir waren als Strangbrüder aneinandergebunden. Dieselbe Webermagie, die mich am Leben hält, hat sich auf dich erstreckt. Wenn einer von uns stirbt, stirbt auch der andere. Also welche Wahl hast du, als dich mir anzuschließen?«

Licht blitzte hinter Kullen auf. So gleißend, dass Merik instinktiv die Augen schloss und die rechte Hand hob. Dann folgte ein Donnerschlag, heftig genug, um die Erde zu erschüttern. Als Merik die Augen wieder öffnete, stellte er fest, dass Kullen nach unten starrte.

Durch die Wolken und das Chaos konnte Merik es ebenfalls erkennen: Das Schiff mit dem Seefeuer war explodiert.

Kullens Aufmerksamkeit schoss zurück zu Merik, seine Augen vollkommen schwarz. Jetzt gab es keine Blitze mehr. Nur Eis und Wind und Wut. »Deine Schwester mag denken, sie hätte gewonnen, aber ich werde den Damm einfach persönlich zerstören. Diese Stadt wird auf die eine oder andere Art ihrem rechtmäßigen Herrscher zurückerstattet werden.«

Merik hörte ihm nicht mehr zu. Durch tränende Augen und Sturm sah er, wie Gestalten in Richtung Tal stürzten, farbige Flecken in einer Welt aus Rauch und dunklen Flammen.

Eine Gestalt versuchte, das Wasser zu sich zu rufen. Versuchte, sich zurück auf die Wasserbrücke zu ziehen. *Vivia*. Sie stürzte in den Tod, sodass Merik nur zwei Wahlmöglichkeiten blieben.

Die Stadt retten.

Oder seine Schwester retten.

Die Antwort, das wusste er, war offensichtlich. Ein Leben im Austausch gegen viele – er hatte sein gesamtes Leben nach dieser heiligen Regel ausgerichtet, hatte sich selbst geopfert, Safi aufgegeben und schließlich auch Kullen an etwas verloren, das er für das übergeordnete Wohl gehalten hatte.

Aber es hatte nicht geklappt.

Es klappte nie. Merik war immer mit leeren Händen zurückgeblieben, mit einer Dunkelheit, die sich immer tiefer grub. Bald schon wäre nichts mehr von ihm übrig, und er hätte nichts mehr zu geben.

Das erkannte Merik jetzt. Was wusste er schon von dieser Stadt? Was wusste er von den Wesiren oder der Marine? Er hatte es versucht – Noden wusste, dass er versucht hatte zu sein, was sein Volk brauchte. Doch der Lohn bestand nur aus Asche und Staub.

Vivia allerdings … die Schwester, die Merik nie verstanden hatte … bei der Merik vergessen hatte, sie zu lieben … die Nihar, die diese Nation zu Sicherheit, zu Wohlstand führen konnte, die sich den Reichen genauso mutig stellen konnte – stellen würde – wie einer Flut …

Vivia war dazu geschaffen, Königin zu sein. Sie war dafür geboren und ausgebildet.

»Komm«, befahl Kullen. Er forderte Meriks Aufmerksamkeit. Winde und Frost pulsierten um die Stränge, die sie aneinanderbanden. »Es wird Zeit, die Menschen daran zu erinnern, dass ich alles sehe.«

Der Drang zu gehorchen kristallisierte sich in Meriks Knochen. Der Drang, Kullens Zyklon einzusetzen und sich der endlosen Macht zu ergeben. Zu zerstören und zu schreien, zu zerfetzen und zu vernichten.

Doch Merik kämpfte dagegen an. Diesmal tauchte er tief in sich ein. Und fand die Wut. Den Funken des Nihar-Zorns. Das war seine Magie – schwach und winzig, aber vollkommen sein Eigen. Es würde reichen müssen.

Sonst würde Merik seine Schwester niemals vor den hungrigen Hexenfischen erreichen.

Mit diesem Gedanken wandte sich Merik von Kullen ab, wobei er nur seine eigene Magie einsetzte, nur seinen eigenen Willen.

Das Wohl eines Einzelnen, gestellt über das Wohl vieler.

Die Flucht aus Bailes Gemetzel war ein Chaos aus Stahl und Blut und Magie. Safis Stahl. Anderer Leute Blut. Vaness' Magie.

In der Nähe des Haupttors aus der Arena trafen sie wieder auf Zander und Lev, denen immer noch ein Großteil der cartorrischen Matrosen folgte.

»Pisspastete«, fluchte Safi, sobald sie die Arena verlassen hatten, denn irgendwie herrschte außerhalb der Arena noch größeres Chaos als darin.

»Pisspastete«, stimmte Caden zu. Die einzelne Straße Richtung Hafen war begraben unter fliehenden und kämpfenden Menschen. Zwei Brücken waren aufgrund von Überlastung zusammengebrochen, während drei weitere in Flammen standen.

Der letzte Tritt in die Nieren allerdings waren die Wassergräben um die Arena. Sie kochten vor Blut und Bewegung. Vor Krokodilen, die sich wanden und drehten und nach jedem schnappten, ob lebendig oder tot.

»Auf keinen Fall«, brüllte Safi, »können wir den Hafen erreichen!«

Caden schenkte ihr ein Lächeln, das vor Selbstgefälligkeit nur so triefte. »Das ist gar nichts«, sagte er. Dann rief er: »Höllebarden! In Formation! Alle anderen, dahinter aufreihen! Ihr« – er deutete auf die Kaiserin. »Wir brauchen drei Schilde. Große.«

Vaness erwiderte sein Grinsen, und mit derselben Kontrolle, die ihren Bewegungen, ihrer Magie, immer zu eigen war, hob sie die Arme. Drei große eiserne Schilde sammelten und formten sich aus jeglichem Metall in der Nähe. Safis eigenes Schwert glitt aus ihrer Hand, bevor es sich zu einem gebogenen, brusthohen Schild für Caden formte.

»In Deckung!«, rief Caden.

Safi ging hinter ihm in Deckung.

»Formation!«

Sofort bildeten die Höllebarden ein Dreieck. Zander an der Spitze, Lev und Caden seitlich und ein Stück dahinter. Dann stürmten sie mit Höchstgeschwindigkeit vorwärts.

Gefolgt von einem Innehalten.

Gefolgt von Bewegung.

Safi hatte so etwas noch nie gesehen. Sie handelten in perfektem Einvernehmen. *Vorwärts. Stopp. Vorwärts. Stopp.* Und obwohl ein paar wenige Mutige die Formation von seitlich oder hinten angriffen … auch die Matrosen waren gut ausgebildet.

Auf diese Weise überquerten die Cartorrer das Marschland. Zeit verlor jede Bedeutung. Sekunden und Atemzüge wurden unwichtig, nur Bewegung und Stopps zählten. Nur die Klingen, die durch die Luft sausten, und die gefletschten Zähne um sie herum. *Vorwärts. Stopp. Vorwärts. Stopp.* Immer so weiter unter einem perfekt blauen Himmel.

Bis sie endlich den Hafen erreichten.

Bis sie endlich ein Schiff erreichten.

Sie waren jedoch nicht die Einzigen, die den cartorrischen Kutter am Ende des Kais im Blick hatten. Matrosen eilten bereits über das Deck, während eine Frau mit grauem Haar auf dem Bug Befehle schrie.

Sie entdeckte die Gruppe vor ihrer Mannschaft und lächelte – ein falsches Grinsen, das einen Schauder über Safis Magie jagte. Dann flötete sie: »Zu spät, um Euer Schiff für Euch zu beanspruchen, Ihr Lieben!«

Einer nach dem anderen drehten sich ihre Männer, um die Neuankömmlinge zu mustern. Und einer nach dem anderen zog Messer, Säbel und feuermagische Pistolen.

Vaness hob die Arme, und Safi wusste genau, wo das hinführen würde. Noch mehr Kämpfe, noch mehr Blutvergießen, noch mehr verschwendete Leben.

Dann erinnerte sie sich an Ehrgeiz. An das Beugen und Brechen der Welt. Plötzlich fand sie sich vor der Kaiserin wieder. Vor den Höllebarden. »*Wartet!*«

Kahina wartete, die Augenbrauen hoch auf ihrer Stirn.

»Wir müssen das nicht tun«, sagte Safi. Merik mochte tot sein – und zahllose andere auch –, doch das bedeutete nicht, dass sich ihm heute noch jemand im Tod anschließen musste.

»Verschwindet.« Kahina stiefelte zur Reling. Ihr eigenes Schwert rasselte an ihrer Hüfte. »Ich habe keine Händel mit Euch. Aber ich habe dieses Schiff erobert, und jetzt behalte ich es.«

»Spielt mit mir darum.« Die Worte explodierten aus Safis Mund. Dumm – so dumm. Aber auch etwas, das niemand vorausgeahnt hätte.

Caden und Vaness wirbelte mit entgeisterten Mienen zu Safi herum.

Admiralin Kahina allerdings wirkte hocherfreut. Ein katzenartiges Lächeln breitete sich auf ihrem Gesicht aus, und sie stemmte eine Hand auf die Reling.

»Nicht Taro«, brummte sie. »Aber ein Duell. Ich.« Sie drückte eine Hand auf ihre Brust. »Gegen dich. Ein Kampf. Keine Waffen. Nur Hirn und Kraft. Und wer das überlebt, darf das Schiff behalten.«

»Nein.« Caden griff nach Safi. »Nein.«

Doch er kam zu spät. Safi stimmte bereits zu, nickte bereits und wanderte mit großen Schritten zum Laufsteg des Schiffs.

Verbunden, vereint.

38

Aeduan konnte den Blick nicht von der Strangmagis abwenden. Rauchfäden stiegen um sie herum auf. Ohne den Feuermagis, um die Flammen zu erhalten, blieb nur verkohlte Erde zurück – und Aeduan konnte sich endlich fangen.

Er und Iseult befanden sich am südlichsten Rand des Säulentals, wo der Fluss in uralte Schlachtfelder überging.

Aeduan sackte an einer Felsformation zusammen und beobachtete, wie sich Iseult näherte. Sie hatte diesen Mann geborsten. So mühelos, wie Aeduan das Blut einer Person erstarren ließ, hatte sie die Verbindungen gekappt, die den Feuermagis ans Leben banden. Er hatte solche Magie schon gesehen. Dunkle Magie. Finstermagie wie seine eigene. Doch niemals – nicht in einem Leben von tausend Jahren Länge – hätte er damit gerechnet, dass die Strangmagis …

Überhaupt keine Strangmagis war.

Während er wartete, hallte der Kinderreim vom Morgen in seinen Gedanken wider. *Totes Gras wird erweckt von den Flammen, tote Erde nach Regen erwacht.* Dieser Augenblick in den Ruinen fühlte sich an, als wäre er Ewigkeiten her. Doch so war es nicht. Iseult war immer noch dieselbe Frau, die mit ihm gekämpft hatte. Die sich mit ihm ein Wettrennen geliefert hatte.

Die zurückgekommen war, um ihn zu retten.

Regen begann zu fallen und löschte die letzten feuermagischen Flammen. In der Ferne donnerten weiter Kanonen und knallten weiter Pistolenschüsse. Stimmen drangen durch den Nieselregen – ein Hinweis, dass die Kämpfe in die Schlucht schwappten.

Iseult erreichte Aeduan. Feuchte Asche lief an ihren Wangen hinunter, als wären es schwarze Regenstreifen. Einen halben Atemzug lang wirkte sie so verdorben wie der Mann, den sie gerade getötet hatte.

Dann löste sich die Illusion auf. Ihre Finger landeten auf Aeduans Schulter. Ohne ein Wort drehte sie ihn um. Nicht sanft, sondern effizient. Sie packte den Pfeil, der seine Lunge und sein Herz durchbohrt hatte.

Aeduan wusste, was Iseult vorhatte, und er wusste, dass er sie aufhalten sollte. Jetzt. Bevor sie eine weitere Lebensschuld erwarb.

Das tat er nicht. Stattdessen stützte er sich an der Felssäule ab. Ließ sie die Eisenspitze aus seinem Herz ziehen.

Schmerz schlug über ihm zusammen, so allgegenwärtig wie der raucherfüllte Regen. Er sank nach vorne gegen den Stein. Seine Brust hob und senkte sich. Blut tropfte.

»Sie haben Eule«, sagte Iseult.

Aeduan nickte, sodass seine Stirn über den Stein kratzte.

»Sie ist nicht einfach ein Kind«, fuhr Iseult fort. »Die Baedyeds und die Rotsegel wollen sie beide. Was auch immer sie ist, sie ist etwas Besonderes.«

Wieder nickte Aeduan. Das hatte er sich schon gedacht, auch wenn er keine Ahnung hatte, was das bedeuten könnte.

»Sie werden sie jagen, Aeduan.« Iseults Stimme klang jetzt härter. Hallte lauter als der tropfende Regen.

Aeduan öffnete die Augen. Schwarze Tropfen zogen Linien über die die uralten Gesteinsschichten der Felssäule.

Zwei weitere Pfeile lösten sich aus seinem Körper. Einer aus dem Oberschenkel, einer aus der Schulter. Sofort wurde sein Blick wieder schärfer.

Zwei weitere Pfeile verschwanden, und Aeduan richtete sich zu voller Höhe auf. Drei weitere Pfeile, und auch seine Magie schwoll an.

»Menschen«, sagte er, als er sich zu Iseult umwandte. »Hunderte, die in diese Richtung kommen.«

Sie zeigte keine Überraschung. Tatsächlich war jetzt sie diejenige, die nickte. »Das sind die Rotsegel vom Fluss. Sie wollen Eule zurück, daher müssen wir sie zuerst finden.«

Da – in diesem Moment – traf es Aeduan wie ein Schlag. Iseult war hier. Sie jagte nicht der Wahrmagis hinterher, sondern war hier – stand hoch aufgerichtet in einer Landschaft aus rauchendem verkohltem Holz. Bevor er etwas sagen konnte – bevor er sie fragen konnte, woher sie von den Rotsegeln wusste –, zerriss ein unmenschlicher Schrei die Luft. Lauter als der nachlassende Regen, lauter als das Donnern der Kanonen.

Es war die Bergfledermaus, die zurückgekehrt war und auf sie hinunterschoss. Aeduan schaffte es kaum, Iseult zur Seite zu reißen, bevor die Krallen über Stein kratzten.

Merik konnte Vivia nicht erreichen.

Kullens Zyklon bekämpfte ihn von allen Seiten, sogar als Merik versuchte, seine Winde auszuschicken, um Vivia zu packen. Sogar als er versuchte, selbst zu entkommen.

Es war, als könnte Kullen fühlen, was Merik als Nächstes tun würde. Als fühle er das winzige, jämmerliche Herz von Meriks wahrer Macht.

Er und Kullen waren aneinandergebunden. Ihre Seelen, ihre Magie. Und das bedeutete … keine Magie. Merik durfte seine Windmagie hier nicht einsetzen.

Der Gedanke sorgte dafür, dass seine Brust schmerzte und seine Glieder schlaff wurden, doch Merik tat es. Er gab den Wind frei. Er gab die Magie frei. Er gab die Wut frei.

Dann fiel Merik, stürzte Kopf voran direkt in das Herz des Sturms. Er fühlte Kullens Schrei in seinem Kopf widerhallen. Die Magie schoss durch Meriks Körper, durch seine Gliedmaßen. *Benutz mich, benutz mich, benutz mich.*

Merik nutzte sie nicht. Er stürzte weiter, ohne Kontrolle, nur schwarzes Seefeuer vor Augen, das schnell näher kam.

Dann passierte er die Wasserbrücke. Hitze schlug über ihm zusammen. Schatten tobten. Doch unten – unten erwartete ihn ein strahlend grünes Tal.

Durch seine rauchgefärbten, windgepeitschten Tränen sah Merik seine Schwester. Mit ausgestreckten Armen und Beinen glitt Wasser in riesigen Netzen auf sie zu. Wieder und wieder zerrissen die Fäden, als sie daraufprallte. Nicht stark genug, um sie zu retten, aber ausreichend, um ihren Fall zu verlangsamen. So sehr, dass Merik sie einholen konnte.

Er legte die Arme an den Körper, streckte die Zehen.

Wasser spritzte in sein Gesicht; Tropfen, die Vivias Kontrolle entglitten waren.

Schneller, schneller. Keine Magie, um ihn anzutreiben, nur die Macht von Noden. Die Macht des Sturzes. Beweg dich wie der Wind, beweg dich wie das Wasser. *Beweg dich mit dem Wind, beweg dich mit dem Fluss.*

Merik erreichte seine Schwester. Wasser traf ihn, tausend Scherben, die ihn in Stücke schnitten. Er schloss die Arme um sie. Hielt sie fest.

Sie taumelten. Herum und herum, ohne klare Sicht. Ohne etwas zu hören. Nur Wasser und Wind und das Gefühl des Todes, der sich schnell näherte.

Doch jetzt – jetzt konnte Merik fliegen. Jetzt konnte er die Macht einsetzen, die ihn mit Kullen verband.

Ein Aufwallen von Wind. Eine Böe schoss unter ihre Körper, riss sie in eine neue Spirale. Mehr, mehr. Merik beschwor *mehr* in einem Tosen von Hitze, das Kullen nicht kontrollieren konnte. Genug Luft, um sie aufzuhalten. Genug Wind, um das Gras auf den Boden zu drücken. In einem riesigen Kreis, über dem Merik und Vivia immer langsamer wurden und endlich anhielten.

Sie landeten auf den Beinen, dann gaben ihre Knie nach. Meriks Hände gruben sich in Gras und Erde. Ein wunderbarer, lebendiger Geruch nach dem Rauch und dem Sturm.

»Merry«, versuchte Vivia zu sagen. Ihre Schulter blutete.

»Dein Arm«, antwortete Merik. Zitternd stand er auf. Hatte es hier immer schon so viel Gras gegeben? Die Stängel richteten sich bereits wieder zu voller Höhe auf, als hätte es Meriks Wind nie gegeben.

»Es geht mir gut.« Vivia trat neben ihn. »Ich fühle nichts. Merry, ich muss dir sagen …«

Ein Knall hallte durch das Tal. Als wäre ein Berg eingestürzt. Als wäre die Erde selbst gespalten worden.

Der Damm brach.

Safi gegen Kahina.

Sie kämpften auf dem Deck des Kutters, während die Mannschaften vom Kai aus zusahen. Keine Waffen, keine Schuhe und sonst niemand an Deck. Nur die zwei Frauen und die Möwen, die über ihnen kreisten.

Der Rest der Welt verlor an Bedeutung. Das entfernte Brüllen aus der Arena verblasste. Nicht einmal mehr die Schiffsplanken knirschten. Die Welt verlor an Bedeutung, weil Safi dafür *sorgte*, genau wie Habim es ihr vor fast einem Jahrzehnt beigebracht hatte. Ihr Blick war auf Kahinas Brust gerichtet, um ihren gesamten Körper beobachten zu können. Jede Bewegung, jedes Zucken. Dann presste Safi ihre nackten Fußsohlen auf das raue Holz – um besser zu spüren, wie sich das Schiff bewegte.

Kahina war kleiner als Safi, aber Safi war nicht dumm genug zu glauben, dass ihr das einen Vorteil verschaffte. Sie sah jetzt schon, dass Kahina eine erfahrene, geübte Kämpferin war. Das erkannte sie an der Art, wie ihre Gegnerin von einem Fuß auf den anderen sprang, die Arme gehoben, die Fäuste locker.

Außerdem verrieten es ihre Ohren: geschwollen und verformt von unzähligen Schlägen, nach denen sie immer wieder aufgestanden war.

Was Kahina besonders gefährlich machte, war jedoch ihre Frische. Sie hatte den Morgen nicht damit verbracht, vor Flammen oder Baedyeds zu fliehen oder aus einer dem Wahnsinn verfallenen Arena zu entkommen. Tatsächlich lag Safis größte Herausforderung darin, aufmerksam zu bleiben. Konzentriert …

Eine Faust sauste nach vorne. Safi fluchte. Kahina griff bereits an. Ein weiterer Schlag, dann der nächste. Safi konnte die Angriffe kaum rechtzeitig abwehren. Sie hatte keine andere Wahl, als sich zurückzuziehen.

Viel zu bald ging ihr der Platz aus. Die Reling erhob sich hinter ihr, was bedeutete, dass Safi angreifen musste, wenn sie nicht in eine Ecke gedrängt werden wollte. Sie trat aus – nur eine Finte, um Kahina dazu zu bringen, die Hände zu senken. Es funktionierte, und Safis Fäuste trafen in einem Doppelschlag.

Die Knöchel ihrer einen Hand trafen Kahinas Nase. Die andere Faust rammte gegen ihre Brust – nicht um Schmerzen zuzufügen, sondern um Macht zu gewinnen. Um mehr Raum zu bekommen, indem sie Kahina nach hinten trieb.

Doch die Admiralin lächelte, alle verfärbten Zähne gefletscht. Und obwohl ihre Augen tränten, hatte Safi ihr nicht die Nase gebrochen.

Kahina schnaubte. »Weißt du, Mädchen, ich kenne nicht mal deinen Namen.« Sie stampfte mit dem linken Fuß auf, zog damit Safis Blick nach unten, dann sprang sie schnell nach vorne. Eine flache Hand glitt über Safis Kehle. Als Nächstes folgte ein direkter Schlag auf Safis Nase – und Kahina schaffte es, sie zu brechen. Ein letzter Tritt ließ Safi mit wedelnden Armen nach hinten taumeln.

Blut ergoss sich aus Safis Nasenlöchern. Tränen vernebelten ihren Blick. Doch zumindest nahm sie den Schmerz nur entfernt wahr. Sie war daran gewöhnt, geschlagen zu werden; das hielt sie nicht auf.

Doch sie befand sich wieder auf dem Rückzug. Und Kahina sprach wieder. Eine geplante Ablenkung.

»Wie wunderbar für mich,« – Stoß, Kreuzschritt, Tritt nach den Rippen – »dass du genauso gerne wettest wie ich, Mädchen.«

Mehr Blut. Mehr Schmerz. *Hör nicht zu, hör nicht zu.*

»Weißt du, was ich noch mehr mag als eine Wette?« Kahina duckte sich unter Safis Angriff hinweg. Dann sprang sie zurück, bevor Safis Fuß ihr Knie treffen konnte.

Safi griff weiter an. Schneller Tritt, Fingernägel ins Gesicht, Faust aus dem Hinterhalt. Je heftiger sie angriff, desto weniger schien Kahina parieren zu können. Bald schon landete Safi Schlag um Schlag, und sie kam nahe genug heran für ein Knie in den Magen. Einen Ellbogen ans Kinn …

Kahina schleuderte sie durch die Luft.

In einem Moment sah Safi Holz und Segel und Himmel, dann bestand die ganze Welt plötzlich nur noch aus Himmel.

Safis Kopf knallte auf die Planken. Sterne funkelten vor ihren Augen. Dann explodierten Schmerzen in ihren Rippen. Kahina trat sie. Einmal, zweimal.

Safi rollte sich zusammen, versuchte ein Bein zu erwischen, einen Fuß, irgendwas. Was sie in die Finger bekam, war lediglich der Stoff von Kahinas Hose. Das reichte. Sie riss die Piratin zu Boden.

Oder zumindest versuchte sie es. Stattdessen nutzte Kahina den Schwung, um Safi auf die Beine zu reißen – direkt in eine wartende Faust.

Safis bereits gebrochene Nase knirschte. Schwärze füllte ihr Blickfeld. Sie fiel nach hinten um, und erneut traf ihr Kopf auf das Deck. Nicht dass sie es gefühlt hätte.

Blinzel. Sie fiel. *Blinzel*. Sie lag. *Blinzel*. Kahina saß auf ihr. *Blinzel, blinzel*. Kahina drückte ihren Unterarm gegen Safis Luftröhre. Nur dass Kahina dann innehielt und keinen weiteren Druck mehr ausübte.

»Du hast mir nicht geantwortet, Mädchen. Also sage ich es noch mal: Weißt du, was ich noch mehr mag als eine Wette?« Kahinas Jadering reflektierte Licht in Safis Augen.

»Was?« Safi schaffte es kaum, das Wort hervorzupressen. Blut, Blut. Es füllte ihr Blickfeld. Glitt in ihre Kehle.

»Ich mag einen guten Handel.«

Darauf hatte Safi keine Antwort. Es hatte keinen Sinn, ihren Verstand gegen Kahina einzusetzen – nicht wenn sie doch bereits verloren hatte. Wenn Kahina sie mit Worten ablenken wollte, dann bitte.

Nur dass Safi, als Kahina meinte: »Sag mir deinen Namen«, auffiel, dass dies hier vielleicht kein Ablenkungsmanöver war, sondern vielmehr eine Verzögerungstaktik. *Wichtiger als die Worte, die gesprochen werden*, hatte Mathew ihr immer beigebracht, *sind die, die nicht gesagt werden.*

»Du … willst verlieren.« Safi fing Kahinas Blick ein. Sie beide nutzten den Moment, um zu Atem zu kommen. »Warum?«

Kahinas Augen verengten sich zu Schlitzen. Nein, sie

verengten sich amüsiert. Sie grinste. »Weil ich dieses Schiff nicht brauche. Doch ein Gefallen der zukünftigen Kaiserin von Cartorra … Nein, stellt dir nur vor, was ich damit anfangen könnte, Safiya fon Hasstrel.«

Entsetzen, allumfassend und schwarz, erfüllte Safi. Natürlich hatte Kahina herausgefunden, wer sie war. Das war kein großes Geheimnis. Aber zumindest schien Kahina nicht zu verstehen, dass Safi eine Wahrmagis war. Das blieb immer noch verborgen.

»Hier ist mein Handel, Mädchen.« Kahina verlagerte ihr Gewicht langsam nach vorne – und genauso langsam schlich sich Schwärze in Safis Gesichtsfeld. »Ich werde dich diesen Kampf gewinnen lassen, und meine Mannschaft und ich werden uns zurückziehen. Im Gegenzug allerdings schuldest du mir etwas. Alles, was ich will. Eines Tages werde ich diesen Gefallen von dir einfordern.« Kahinas Worte summten vor Wahrheit. »Haben wir eine Abmachung?«

Safi wand sich. Safi bäumte sich auf. Doch ohne Luft fehlte ihr die Kraft, sich zu befreien, und sie hatte sich nie die Mühe gemacht, ringen zu lernen. Der Himmel, Kahinas Gesicht, das Schiff – alles tanzte vor ihren Augen. Womit Safi keine Wahl blieb. Sie musste zustimmen.

Doch trotzdem presste sie heraus: »Zwei … Bedingungen.« Die Worte waren fast unhörbar – keine Luft! –, aber Kahina verstand sie und zog sich weit genug zurück, dass Safi hervorstoßen konnte: »Ich werde niemanden für dich töten, und ich … werde nicht mein eigenes Leben opfern.«

Kahinas Lächeln verbreiterte sich. »Dann haben wir eine Abmachung.« Als sie diese Worte aussprach, glitt Magie zischend über Safis Haut. Etwas glühte in ihrem Augenwinkel auf.

Kahinas Jadering, der vor Magie brummte.

»Jetzt wirf mich nach hinten, Mädchen, und fang an, auf mich einzuschlagen, bis ich um Gnade …«

Safi stieß sie von sich, mit einem Aufbäumen ihrer Hüften, das diesmal tatsächlich funktionierte. Aus weiter Ferne hörte sie Jubeln vom Kai. Die Höllebarden. Die cartorrische Mannschaft.

Falsch, falsch, falsch. Kahina knallte mit dem Rücken aufs Deck, und Safi stürzte sich auf sie. *Falsch, falsch.* Noch mehr Jubel, mehr Blut – und mehr Falschheit, die über ihre Magie glitt. Lügen, die sie selbst schuf. Lügen, um Freiheit zu erlangen.

»Stopp«, stöhnte Kahina. »*Stopp.*« Ihre Augen wirkten eingesunken. »Es reicht, Mädchen. Es *reicht*!«

Safi hörte auf. Dann löste sie sich von der stärkeren, kleineren, weiseren Frau und stand auf. »Wir beanspruchen«, keuchte Safi, laut genug, dass die Mannschaften sie hören konnten, »dieses Schiff. Nehmt Eure Männer und geht.« *Falsch, falsch, falsch.*

Kahina seufzte nur, dann ließ sie sich in gespielter Kapitulation aufs Deck sinken. Ihr Gesicht war vollkommen zerschlagen. Doch das war gelogen – alles nur gelogen. »Ich werde gehen. Dieses Schiff gehört wieder Euch.«

Und das war das Ende. Das Duell war vorüber, die Abmachung bindend.

Safi beobachtete nicht, wie die Admiralin verschwand. Sie beachtete nicht die cartorrische Mannschaft, die an Deck stürmte, und auch nicht die Höllebarden und Vaness, die auf dem Kai diskutierten. Safi schleppte ihren zerstörten Körper einfach ans Heck des Schiffs und starrte über die schlammige Bucht hinweg. Hinter ihr breitete sich Krieg in Saldonica aus.

Doch während Safis Blick auf den sanften Wellen des Meeres ruhte – während Blut aus ihrer Nase, von ihren

Wangen, aus ihrem Mund tropfte –, waren ihre Gedanken weit weg.

Denn in Safis Handfläche ruhte ihr Strangstein. Er flackerte und leuchtete, ein Zeichen, dass Iseult sich erneut in Gefahr befand. Die Erinnerung, dass Safi wirklich gar nichts tun konnte, um ihr zu helfen, außer hier zu stehen und zu jedem Gott zu beten, der vielleicht gerade lauschte.

39

Eine Bergfledermaus. Die Bergfledermaus, die sie bereits gesehen hatten. Iseult wusste nicht, wieso es sie so sehr überraschte, sie zu sehen. Schließlich waren sie Kreaturen der Schlachtfelder, und hier tobte eine Schlacht.

Die Zeit schien zu stoppen, als Iseult wie erstarrt neben Aeduan stand und das Monster betrachtete. Ein Zittern überlief den Körper des Biests, brachte das dunkle Fell zum Beben. Regen spritzte zur Seite.

Dann stürzte es sich auf Iseults Kopf, die Zähne gefletscht, die Kiefer weit geöffnet.

Iseults Instinkte übernahmen die Kontrolle. Sie wirbelte zur Seite und zog ihre Entermesser. Sie fühlte sich stärker als jemals zuvor. Und sie konnte nicht anders, als sich zu fragen – ein kurzer Gedanke zwischen zwei Atemzügen –, ob das etwas mit …

Mit dem Feuermagis zu tun hatte.

Ihre Geschwindigkeit reichte trotz allem nicht an die von Aeduan heran. Sein Schwert war bereits da, sauste zischend durch die Luft. Traf das Fell der Bergfledermaus, sodass braune Fellbüschel mit den Regentropfen fielen.

Die silbernen Stränge des Tiers leuchteten heller. Iseult ging nicht davon aus, dass sie diese Stränge zum Bersten bringen sollte – und die Tatsache, dass sie es wollte, es sich *verzweifelt* wünschte, sorgte dafür, dass Übelkeit in ihr aufwallte.

Doch jetzt war nicht der richtige Zeitpunkt für Schuldgefühle. Und auch nicht für Ekel. Oder Bedauern. Iseult musste ihre neue Kraft einsetzen, um dafür zu sorgen, dass sie und Aeduan *entkamen*.

Wie auf einen Befehl hin duckte sich Aeduan tief, doch die Fledermaus warf sich in einem Chaos aus Waldfarben nach vorne. Aeduan hielt direkt auf ihre Zähne zu.

Iseult griff an, mit einem Schlachtruf auf den Lippen. »Mich!«, kreischte sie. »Greif mich an!«

Eine halbe Sekunde – vielleicht – verschaffte Iseults Ablenkung Aeduan dieses bisschen Zeit. Doch es genügte. Er erreichte die nächstgelegene Steinsäule und erklomm sie mit drei Schritten.

Dann sprang er, bereit, das Biest von hinten zu erstechen. So, wie die Bergfledermaus positioniert war – die Flügel ausgestreckt, um das Gleichgewicht zu wahren –, konnte sich die Kreatur auf keinen Fall rechtzeitig umdrehen.

Aeduan riss sein Schwert nach oben, bereit, seine gesamte Kraft und Magie in den Schlag zu legen …

Und in diesem Moment sah Iseult es: In den silbernen Strängen erschien eine neue Farbe. Eine, die keinen Sin ergab – eine, die Iseult bisher für unmöglich gehalten hätte. Doch da war es, das Pink des Sonnenuntergangs, verschlungen mit dem Silber.

Die Stränge, die binden.

Aeduans Klinge traf Fleisch und Fell. Die Spitze eines Ohrs – ein Stück Fleisch so groß wie Iseults Kopf – fiel auf die regennasse Erde.

Die Bergfledermaus brüllte. Ihr Atem traf Iseult und warf sie nach hinten. Dann riss sie ihre riesenhafte, schlangenartige Gestalt herum, die Flügel ausgebreitet. Jeder Schritt ließ die Erde erzittern.

Vier weitere ungeschickte Schritte, dann hob sie ab.

Die Sonnenuntergangsstränge leuchteten heller, führten in Richtung Wasserfall. In Richtung einer entfernten Ansammlung verängstigter, zerstörter Stränge. Vertrauter Stränge.

Eule. Die Bergfledermaus war an Eule gebunden.

Aeduan stolperte zu Iseult, Klinge und Körper mit Fledermausblut überzogen. Seine Wangen leuchteten in Scharlachtönen, und auch in seinen Augen wirbelte Rot.

»Die … Wasserfälle«, keuchte Iseult. »Eule ist an den Wasserfällen. Und die Fledermaus … ist an sie gebunden.«

Ein verwirrtes Blinzeln. Zwei zitternde Atemzüge. Dann breitete sich Verständnis auf seinem Gesicht aus. »Das muss der Grund sein, warum die Piraten sie wollen. Ein Kind, das … eine Bergfledermaus kontrollieren kann.« Er wischte sich das Gesicht an der Schulter ab, dann streckte er Iseult eine Hand entgegen.

Sie griff fest zu, verschränkte ihre Finger mit seinen. Zusammen liefen sie.

Die Welt verschwamm zu gestreiftem Fels und rauchigem Regen. Iseult sah nichts außer dem Geröll unter ihren Füßen und die Säulen vor sich. Ihr weißer Mantel flatterte hinter ihr, und Aeduan lockerte seinen Griff keinen Moment.

Genauso, wie die Schreie der Bergfledermaus nie verklangen. Wieder tauchte sie zum Angriff nach unten. Silberne Stränge mit pinkfarbenen Einschüssen kamen näher. Näher. Doch jetzt wusste Iseult, dass die Attacken ziellos waren. Die Bergfledermaus griff ohne Grund an, weil Eule ohne Grund gefangen war.

Zumindest konnte Iseult trotz allem sehen, wo die Bergfledermaus als Nächstes nach unten stoßen würde.

»Links!«, brüllte Iseult, und gleichzeitig bogen sie und Aeduan hinter eine Steinsäule ab, die so schmal war wie ein Baum.

Silberne Stränge. Ein Kreischen wie von verdammten Seelen. Die Bergfledermaus fiel aus dem Himmel.

Die Steinsäule fiel ebenfalls.

Aeduan setzte sich an die Spitze. Doch während sich Aeduans Finger tief in ihren Oberarm gruben, fiel Iseult auf, dass die Bergfledermaus sich zurückhielt. Statt hoch aufzusteigen, um erneut nach unten zu stoßen, schwebte sie über ihnen.

Eule. Sie mussten sie fast erreicht haben.

»Der Fluss!«, schrie Iseult, und sofort wechselte Aeduan die Richtung. Sie ließen den Schutz der Säulen hinter sich, und der Amonra grüßte sie. Die weiße Gischt schäumte inzwischen rot; Leichen trieben im Wasser flussabwärts.

Hier tobte eine Schlacht. Pfeile fielen, Feuertöpfe explodierten, Klingen klirrten ohne Unterlass. Es herrschte Chaos. Niemand interessierte sich dafür, wen er tötete. Gewalttätige, blutgierige Stränge füllten Iseults Sichtfeld. Blut tränkte den Boden.

Habim hatte Iseult einmal erklärt, *Krieg sei sinnlos*. Sie hatte immer geglaubt, er hätte bildlich gesprochen. Jetzt wusste sie, dass er es genauso gemeint hatte. Krieg *war* sinnlos. Das Chaos überforderte ihre Augen, ihre Ohren, ihre Sinne. Selbst ihre Magie. Jeder Teil von Iseult wurde erdrückt. Zerstört. In Stücke gerissen.

Vor ihnen, am Fuß der Wasserfälle, wartete Eule. Ihre panischen, zitternden Stränge leuchteten durch den Nebel des Flusses.

Ein *Plock!* hallte durch die Luft. Sofort verdunkelte sich der Himmel, weil Pfeile vom Himmel regneten, abgeschossen von der Spitze der Klippe.

Aeduan bog nach rechts ab und zerrte Iseult hinter einen Felsen. Gerade rechtzeitig, denn die Pfeile trafen ihr Ziel. Soldaten und Pferde, Rotsegel und Baedyeds – sie fielen wie Weizen unter der Sense.

Doch niemand hielt an. Alle rannten weiter durch den Nieselregen. Männer griffen mit Schwertern an, doch mit Aeduan an ihrer Seite konnte Iseult Schwertern mühelos ausweichen. Zusammen rannten sie, sprangen, duckten und rollten sich ab. Eine geschmeidige Kombination, geschaffen aus Blut und Strängen.

Sie hatten den Wasserfall fast erreicht. Sie hatten Eule fast erreicht.

Der Nebel lichtete sich, vertrieben vom Flügelschlag der Bergfledermaus. Das Biest tauchte ab, die Krallen ausgestreckt, das Maul weit geöffnet.

Jetzt verzog sich der Nebel vollständig, und da war Eule. Zehn Männer bewachten sie. Der Rest bestand nur noch aus Kadavern, die auf den Felsen lagen oder bereits den Fluss hinuntertrieben – dank der Angriffe der Bergfledermaus. Selbst in diesem Moment vergruben sich ihre Krallen in einem zappelnden Baedyed. Dann stieg die Fledermaus nach oben und riss den Mann heftig zur Seite, bevor sie ihn in den Fluss fallen ließ.

Ein weiteres von einem Kreischen begleitetes Zustoßen der Bergfledermaus drängte den Nebel zurück, und in diesem kurzen Moment erkannte Iseult alles, was sie wissen musste: Neun Soldaten – bald nur noch acht – schirmten Eule ab, die sich gegen die Felsen drückte, einen Sack über dem Kopf.

Ein Rotsegel griff von rechts an; Aeduan ließ das Blut des Mannes mit einer schnellen Bewegung seines Handgelenks gefrieren. Doch er brachte den Mann nicht um, ließ ihn einfach nur still wie eine Statue stehen. Schnell verschwand er aus dem Blickfeld.

Nebel rollte über sie hinweg. Die Bergfledermaus tauchte erneut ab. Es wurde Zeit, taktisch vorzugehen.

»*Hol Eule!*«, schrie Iseult Aeduan zu, während sie im selben Moment ihren Arm seinem Griff entriss.

Sie wandte sich den verbliebenen Soldaten zu. Sie waren mit der Bergfledermaus beschäftigt, also hatten sie noch gar nicht bemerkt, dass sie sich in ihrer Mitte befand.

Mit einem Grunzen warf Iseult sich auf den nächststehenden Soldaten, dessen Blick zum Himmel gerichtet war. Auf die Bergfledermaus, die erneut heranschoss.

Sie wirbelte hinter ihn und trat mit dem linken Fuß aus. Sein Knie gab nach; er fiel. Die Steine waren hier so glatt, und der Amonra donnerte so nah – ein Feind, von dem Iseult wusste, dass sich ihm niemand stellen konnte.

Also trat sie dem Soldaten mit aller Kraft gegen den Hals.

Er stürzte in den Fluss. Ein weiteres Opfer des Amonra. Doch damit blieben noch sieben Männer, und jetzt zitterte der Boden.

Nein, nicht der Boden – die Steine. Die vom Fluss rundgescheuerten Kiesel des Ufers. Sie schwankten und hoben sich, wie Wellen auf See. Gelenkt durch fast unsichtbare Stränge in Dunkelgrün.

Iseults Blick verfolgte die Stränge durch den Nebel … zu Eule. Es waren *ihre* Stränge. Dies war *ihre* Magie.

Iseult blieb keine Zeit, darüber nachzudenken, was das bedeutete, oder zu versuchen, es aufzuhalten. Ein Soldat hatte Iseult bemerkt. Er riss seinen Säbel nach oben.

Iseult ließ sich fallen. Etwas zischte über ihr durch die Luft. Zu nah – die Klinge war ihr zu nah gekommen, und der Soldat war ihr auch zu nah. Iseult brauchte Platz.

Oder vielleicht reichten auch silberne Stränge. Iseult fiel auf den Kies, und die Bergfledermaus stieß nach unten, um ihre Arbeit zu tun und drei Männer gleichzeitig auszuschalten.

Vier Piraten übrig.

In diesem Moment riss Aeduan den Sack von Eules Kopf, und ihre Stränge schossen in alle Richtungen, explodierten auf eine Art, wie Iseult es noch nie gesehen hatte.

Die Erde rumpelte. Die Bergfledermaus schrie. Stränge von Erdmagis-Macht glitten über alles in der Nähe.

Iseults Beine gaben nach. Sie fiel auf die glatten Felsen, verlor ihre Waffe und versuchte, sich festzuklammern. Der Amonra tobte direkt neben ihr. Iseult rollte darauf zu. Dann schlug das eiskalte Wasser über ihr zusammen, saugte ihr jegliche Luft aus der Lunge, löschte alle Gedanken aus ihrem Kopf.

Drei lange, hallende Herzschläge lang toste das eisige, blutgefärbte Wasser um sie herum. Sie war gefangen. Wurde nach unten gesogen.

Dann stöhnte die Erde unter ihr… knirschte und buckelte, hob sie nach oben, wie eine Mutter ein Kind hebt. Aus dem Wasser. Ans Ufer. Dann ließen die Steine sie in Aeduans Arme fallen.

Er stellte sie sanft auf die Beine und schrie etwas. *Lauf*, vermutete Iseult. Schnell, nahm sie an, nachdem sie nicht wirklich zuhörte. Ihre Aufmerksamkeit war gefesselt von den sich zurückziehenden Strängen einer Erdmagis, die alles getan hatte, was sie tun musste.

Iseult bemühte sich, Eule zu entdecken, die an der Klippe nach oben kletterte – während die Bergfledermaus über ihr schwebte. Sie war ein Wächter, dem kein Soldat sich zu nähern wagte. Der auf jeden herunterschoss, der in die Nähe kam.

Das ergab keinen Sinn. Ein Kind, das die Erde bewegen konnte. Ein Kind, das eine Bergfledermaus kontrollieren konnte. Und doch konnte Iseult nicht leugnen, was ihre Augen ihr zeigten.

Sekunden später hatten sie Eule eingeholt. Ohne ein Wort zu sagen, zog Aeduan sie auf seinen Rücken. Sie schlang die Arme fest um seinen Hals, und erneut brannten ihre Stränge im warmen Ton des Sonnenuntergangs.

Dann kletterten sie zu dritt weiter an der feuchten Klippe nach oben, während eine Kreatur der Legenden, eine Kreatur der Schlachtfelder, vor ihnen den Weg klärte.

Merik und Vivia standen auf der Wasserbrücke. Merik auf einer Seite, Vivia auf der anderen.

Von weißer Gischt gekrönte Wellen tosten auf sie zu. So hoch wie der Damm. So hoch wie die Stadt. Die Flut würde sie schon in Sekunden erreichen. Winde – warm und schwach, aber ausschließlich seine eigenen – sammelten sich um Merik. Vivia rief ebenfalls ihre Wasser.

Sie sahen einander an. Zwei Nihars. Zwei Arten von Magie. Ein Bruder und eine Schwester, die sich nie wirklich gekannt hatten, nie wirklich versucht hatten, sich kennenzulernen.

Die Flut erreichte sie.

Sie warfen die Arme nach vorne. Winde, Gezeiten, Macht. Eine Wand aus Magie, um sich dem weißen Schaum zu stellen. Merik rutschte nach hinten. Seine Füße wurden über die glatten Steine geschoben, als seine Winde vor ihm brüllten. Er schrie. Das Geräusch entrang sich seiner Kehle. Sein Mund öffnete sich weit, und mehr Winde ergossen sich aus ihm – mehr Macht.

Mehr, mehr. Eine unberührte Quelle, tief in ihm. Gebunden nicht an Kullen, sondern an sein eigenes Nihar-Blut. An seine Schwester, die neben ihm gegen die Überschwemmung kämpfte.

Keine Wut, kein Hass, keine Liebe, keine Vergangenheit. Nur dieses Wasser, das sich verlangsamte, rauschte, plätscherte.

Innehielt.

Merik hob ein Bein. Er trat nach vorne, trieb sich – trieb den Wind, trieb die Flut – vorwärts.

Aus einem zweiten Schritt wurde ein dritter. Ein Meter nach dem anderen, über einem grünen Tal und unter einem Himmel, an dem jetzt Blau sichtbar wurde.

Auf der anderen Seite der Brücke bewegte sich auch Vivia. Ihre Schritte passten sich an. Eins. Zwei. Kampf. Druck. Drei. Vier. In Bewegung bleiben.

Und Stück für Stück zog sich die Flut zurück. Kampf. Druck. In Bewegung bleiben.

Dann breitete sich Eis über die Wasserbrücke aus, glitt die Oberfläche des Flusses hinauf. Lenkte Merik für einen Augenblick ab, sodass die Flut für einen kurzen Moment nach vorne drängte und ein paar Zentimeter gewann.

Stix, wurde Merik klar. Sie rannte auf sie zu, auf dem Eis, das sie geschaffen hatte. Dann reihte sie sich neben Vivia ein, ahmte die Pose der beiden Nihars nach und schloss sich dem Kampf an.

Die Flut wich zurück.

Kampf. Druck. In Bewegung bleiben.

Weitere Leute erschienen, mehr Magi. Wind und Gezeiten. Stein und Pflanze. Zivilisten und Soldaten. Alle folgten demselben Nihar-Rhythmus.

Sie machten immer mehr Boden gut, wurden schneller, und bald gingen alle aufrecht. Fielen in einen Lauf.

Dann hielten sie an, denn sie hatten den geborstenen Damm erreicht. Das Wasser glitt zurück in sein altes Zuhause, während sich Eis und Wurzeln und Stein langsam hoben. Einen Meter nach dem anderen – eine Wand geschaffen von Hunderten Magi. Von Hunderten Nubrevnanern.

Bis Merik nichts mehr zu tun blieb. Er drehte sich um und fing erneut Vivias Blick auf. Sie nickte einmal, während sich ihre Lippen zu etwas verzogen, das fast ein Lächeln war.

Merik erwiderte das Nicken, bereits damit beschäftigt, seine zerrissene, nasse Kapuze über den Kopf zu ziehen. Bereits halb abgewandt, um nach Lovats zurückzukehren. Seine Schwester hatte die Kontrolle über diesen Kampf, über diese Magie, über diesen neuen Damm, der sich vor ihren Augen aufbaute.

Sie brauchte keine unbeholfenen Versuche, ihr zu helfen. Besonders nicht von einem Toten.

Also trat Merik von der Wasserbrücke und flog zu Pins Feste.

Aeduan lief seit Stunden, mit Eule auf seinem Rücken und der Strangmagis fünf Schritte hinter sich – und mit der Bergfledermaus, die über ihnen kreuzte.

Sie hatten die Umkämpften Lande verlassen, doch erst vor Kurzem. Und obwohl Aeduan in Richtung Norden von dem Weg abgewichen war, den er und Iseult ursprünglich gekommen waren, wagte er es doch nicht, langsamer zu werden.

Und er wagte auch nicht, Eule abzusetzen. Seine Schultern hatten den Schmerz schon lange hinter sich gelassen und waren in den Bereich quälender Pein übergegangen, doch das Mädchen schlief friedlich. Wenn sie aufwachte, wenn er sie abstellte … zu langsam, sie wäre zu langsam.

Erst als das Sonnenlicht verklang und die Kiefern des westlichen Nubrevna lange Schatten über ihren Weg warfen, erlaubte Aeduan ihnen endlich eine Pause.

Sie hatten einen Teich erreicht, frisch und klar, der zwischen den Bäumen leuchtete. Eine vergessene Mauer, halb überschwemmt, erhob sich am anderen Ende des Teichs.

»Wir sind allein«, krächzte die Strangmagis, ihre Stimme zerstört vom Rauch. »Wir können anhalten.«

Das waren die ersten Worte, die seit Stunden gesprochen wurden, und für einen Augenblick hörte Aeduan nur sinnloses Geschnatter.

Dann wurde ihm klar, dass sie Dalmotti sprach statt Nomatsi. Er nahm an, damit Eule sie nicht verstand.

»Ich habe lange vor dem Sonnenuntergang das letzte Mal jemanden gespürt.« Sie deutete vage an den Horizont. »Und … ich bin durstig.« Das war es. Mehr Argumente hatte sie nicht zu bieten.

Aeduan öffnete den Mund, um zu widersprechen, doch jetzt bewegte sich Eule in seinen Armen. Sie gähnte.

Also ließ er das Mädchen sanft zu Boden gleiten, seine Muskeln ein einziger Schmerz. Dann stand sie auf den Beinen und streckte sich, als wäre sie nur ein normales Kind, das aus einem normalen Schlaf erwachte.

Vier Luftstöße jagten Wellen über den Teich und brachten Aeduans Mantel zum Flattern, als er ihn von seinen wunden Schultern zog. Dann war die Bergfledermaus da, landete auf der halb versunkenen Mauer, sodass sich ihr Schwanz um eine eingestürzte Ecke winden konnte. Das Haarbüschel am Ende versank im Wasser.

Eule zeigte keinerlei Interesse an dem riesigen Biest – das sich jetzt reinigte wie eine Katze, angefangen mit dem blutigen rechten Ohr. Stattdessen konzentrierte sich Eule vollkommen darauf, sich ihren Weg über die Felsen zu bahnen, die den Teich umgaben. Als sie das Wasser erreichte, ahmte sie langsam Iseult nach, führte vorsichtig mit der Hand Wasser zum Mund.

»Kleine Schwester«, sagte Iseult, während das Mädchen trank. »Wie lautet dein wahrer Name?«

Eule ignorierte sie, und Iseult warf einen hilflosen Blick zu Aeduan.

Er zuckte mit den Achseln. Schließlich wäre Eule nicht das erste Kind, das seine Sprache an den Krieg verlor.

Doch die Strangmagis drängte weiter, ihre Worte gepresst. »Kannst du sprechen, kleine Schwester? K-kannst du uns den Namen deines Stamms nennen? Irgendetwas?«

Eule fuhr einfach damit fort, aus dem Teich zu trinken, als wäre Iseult nicht mal anwesend.

Mit einem tiefen Seufzen gab Iseult auf. Sie richtete sich auf und sprang über die Steine. Selbst im Dunkel der Dämmerung war nicht zu übersehen, wie dreckig sie war. Die Spitzen ihres schwarzen Haars waren von Flammen aufgebogen.

Dies war nicht die Strangmagis, die Aeduan neben einer Bärenfalle in die Enge getrieben hatte. Und auch nicht die Strangmagis, die noch heute Morgen mit ihm gekämpft hatte. Dies war eine vollkommen veränderte Frau.

Aeduan wusste das, weil er so etwas selbst schon erlebt hatte. Bald würde sie erfahren – so wie er auch –, dass es kein Entkommen vor den Dämonen gab, die man selbst geschaffen hatte.

Nach dem heutigen Tag würden ihre Finger ständig zucken, wie es jetzt gerade der Fall war. Sie würde ihre Handgelenke kreisen lassen und den Hals dehnen. Sie würde mit dem Kiefer mahlen und sich fragen, wer als Nächstes durch ihre Hand sterben würde. Für wen es vielleicht kein Entkommen gab.

Und ab heute für immer würde sie sich danach sehnen, vor den Albträumen davonzulaufen. Sie würde rennen und würde kämpfen und wieder töten, nur um sicherzugehen, dass die Geister real waren.

Und das waren sie.

Aeduan fragte sich, ob er vielleicht Reue empfinden sollte. Schließlich hatte sie einen Magis geborsten, um ihn zu retten. Doch er spürte keine Hitze in seiner Brust, keine Übelkeit im Bauch. Sie hätte ihre wahre Natur so oder so entdeckt.

»Deine Freundin bewegt sich wieder«, sagte er, als sich Iseult wachsam neben ihn stellte. Von ihren Händen tropfte Wasser auf die Steine. »Ich vermute, über das Meer. Du hättest sie nicht rechtzeitig erreicht, selbst wenn du weitergereist wärst.«

Iseult reagierte nicht. Doch sie sah Aeduan tief in die Augen, von denen er wusste, dass Rot darin wirbeln musste. Es kostete ihn all seine Macht – das bisschen, das er noch besaß –, um sich nach der Witterung der Wahrmagis zu strecken.

»Eules Familie ist wahrscheinlich tot«, sagte sie schließlich, den Blick immer noch unverwandt auf Aeduan gerichtet.

»Wahrscheinlich«, stimmte er zu.

»Wo willst du sie dann hinbringen? Ich bezweifle, dass viele Familien eine Bergfledermaus in ihren Reihen willkommen heißen werden.« Ihre Stimme war so ausdruckslos wie immer, doch trotzdem erkannte er den Humor in ihren Worten.

Also antwortete Aeduan auf dieselbe Weise. »Noch werden sie einen Blutmagis willkommen heißen.«

Ihre Mundwinkel hoben sich, um sich sofort wieder zu senken. »Noch eine Webermagis, nehme ich an.« Die Worte fielen wie Schläge.

Aeduan widersprach ihr nicht. Sie war, was sie war. Gegen die eigene Natur anzukämpfen brachte nur Schmerz. Manchmal sogar Tod.

Daher ertappte er sich bei den Worten: »Das Carawen-Kloster weist niemals jemanden ab.«

»Nicht einmal Bergfledermäuse?« Wieder flackerte für einen Moment diese Andeutung eines Lächelns auf.

»Nicht solange sie den Cahr Awen dienen.«

Iseult versteifte sich, und Aeduan fragte sich, ob er voreilig gesprochen hatte. Es fiel schwer genug, in die Finsternis zu starren … doch was tat man, wenn die Finsternis zurückstarrte?

Und im Moment starrte sie zurück. Dieses Schwanken in ihrer Haltung. Dieses kurze Lecken ihrer Lippen. Wenn sie tatsächlich eine Webermagis war, dann entsprang ihre Magie der Finsternis. Und wenn sie tatsächlich eine Finstermagis war, dann konnte *sie* die Cahr Awen sein. Das erkannte sie jetzt.

Aeduan erkannte es ebenfalls.

»Das Carawen-Kloster.« Die Worte drangen über ihre Lippen wie ein Gebet. Dann blinzelte sie und sagte: »Ich dachte, du wärst kein Mönch mehr.«

»Was der Grund ist« – er dehnte seine Schulter –, »warum ich nicht bleiben werde. Ich werde Eule dort zurücklassen, ich werde die Bergfledermaus dort zurücklassen, und ich werde dich dort zurücklassen. Dann werde ich nach Lejna ziehen, um meine Münzen zu holen.« *Und vielleicht werde ich auch Prinz Leopold jagen.*

Iseult nickte, als wäre sie mit dem Plan einverstanden. Aus irgendeinem Grund störte ihn diese Geste. Ihre mühelose Akzeptanz brachte seine Lunge zum Brennen.

Doch was für ein Gefühl das auch sein mochte, es verklang schnell wieder, und jetzt schob sich Eule tiefer in den dunklen Teich. Die Bergfledermaus schlug mit dem Schwanz gegen die Mauer, als wäre sie verärgert. Oder vielleicht war sie auch erheitert. Unmöglich, das zu erraten.

Iseult entfernte sich von Aeduan, um Eule zuzurufen, dass sie vorsichtig sein sollte.

Womit Aeduan, wie immer, am Rand zurückblieb, um alles zu beobachten, während sich die Welt ohne ihn vor einem dunkler werdenden Himmel offenbarte.

40

***Ich war schon** einmal hier*, dachte Safi, als sie die weiße Spur aus Gischt hinter dem cartorrischen Schiff beobachtete. Die sumpfige Küstenlinie von Saldonica war lange verschwunden, und jetzt malte der Sonnenuntergang brennende Streifen auf die Wellen. Färbte die verschwommene, salzspritzende Aussicht durch das Fenster.

Sie *war* schon einmal hier gewesen. Auf einem Schiff mit Kurs auf Azmir, während sich jemand um ihre Wunden kümmerte.

Schmerz flackerte durch ihren Körper, überschwemmte sie jedes Mal in Wellen, wenn Caden die Nadel in die Haut über Safis Augenbraue stieß. Hätte sie nicht auf einem Stuhl mit geradem Rücken und hohen Armlehnen gesessen, wäre sie schon vor Ewigkeiten zur Seite umgekippt. Denn so sehr sich der Höllebarde auch bemühte, sanft vorzugehen, es tat trotzdem weh, als er die Platzwunde nähte, die Kahinas Faust hinterlassen hatte.

Seit einer Stunde saß Safi hier in der Kapitänskabine. Zuerst war Lev aufgetaucht, um ihre Nase erneut zu brechen und danach einzurichten. Trotz aller Anstrengungen hatte Safi vor Schmerz geheult, und es war noch mehr Blut geflossen. Und trotz der Pein und der Tränen war Lev doch gezwungen, sie mit den entschuldigenden Worten zu verlassen: »Ich bin mir nicht sicher, ob sie jemals wieder aussehen wird wie vorher, Domna.«

Safi hatte nur mit den Achseln gezuckt. Ohne magische Heilutensilien an Bord – Kahina hatte alles mitgenommen –, wusste Safi, dass sie für den Rest ihres Lebens mit Narben und einer schiefen Nase leben musste. Das störte sie nicht sonderlich. Nicht wenn es so vieles gab, das ihrer Sorgen *wirklich* wert war.

Wie ihr Strangstein.

Er hatte aufgehört zu blinken. Iseult befand sich wieder in Sicherheit. Doch für wie lange?

»Ich habe Euch falsch eingeschätzt«, sagte Caden und riss Safi damit aus ihren Gedanken. Das waren die ersten Worte, die er sprach, abgesehen von *Kopf nach hinten* oder *Augen zu*. »In Veñaza habe ich Euch für leichtfertig gehalten. Und für naiv und selbstsüchtig.«

Safi konnte nicht anders: Sie starrte ihn böse an. »*Vielen Dank auch!*«

Die Nadel brannte heißer. Caden versteifte sich auf seinem Hocker, um dann zu seufzen. »Haltet *still*, Domna.«

Mit einem Schnauben versuchte Safi, ihr Gesicht zu entspannen. Caden sprach weiter: »Euer Mut vorhin, auf dem Schiff – im Kampf gegen die Admiralin. Das war immer noch leichtfertig, aber es war auch clever. Und überhaupt nicht selbstsüchtig. Und das, was Ihr in Saldonica getan habt, im Gasthaus … ich habe Euch falsch eingeschätzt.«

»Und ich«, murmelte Safi, wobei sie sorgfältig darauf achtete, ihre Stirn unbeweglich zu halten, »akzeptiere diesen Versuch einer Entschuldigung nicht.«

Caden stieß ein Geräusch aus – fast ein Lachen –, bevor er sich vorlehnte, um den letzten Hanffaden über Safis Auge zu verknoten. Sekunden vergingen, Schmerz hallte durch ihren Schädel, doch Safi konnte nichts anderes anstarren als die goldene Kette um Cadens Hals.

Die Henkersschlinge der Höllebarden.

Er lehnte sich zurück. »Gut genug. Gebt mir Euer rechtes Handgelenk.«

Safi folgte der Aufforderung. Er drehte es in Richtung Fenster, in Richtung des Lichts, das über die See strahlte. Seine Finger bohrten sich unangenehm in die Prellungen, die sich auf ihrem Unterarm bildeten.

»Höllebarde«, sagte sie.

»Hmm?« Er legte ihren Arm, die Handfläche nach oben, auf sein Knie. Dann griff er erneut nach der Nadel und einem frischen Hanffaden.

»Habt Ihr dem Kaiser gesagt, was ich bin? Welche Magie ich besitze?«

»Habe ich nicht.« Die Antwort folgte ohne Zögern, als er den Faden in die Nadel schob. Das Kupfer glänzte im Sonnenuntergang. »Aber ich habe dem Kaiser bestätigt, was er bereits aus anderen Quellen erfahren hatte.«

»Ah.« Safi atmete tief durch, und ihre Muskeln wurden schlaff. Sie sank nach hinten, um zu beobachten, wie Caden den langen Schnitt mit einem feuchten Leinentuch reinigte. Erneut drang Blut aus der Wunde, gefolgt von frischem Schmerz.

Safi zwang sich dazu weiterzusprechen. »Wie könnt Ihr erkennen, worin meine Magie besteht? Was ist es, was Höllebarden tun? Ihr habt gesagt, wenn wir das überleben, würdet Ihr es erklären.«

»Ich hatte gehofft, Ihr würdet das vergessen.« Er hob kurz den Blick. »Aber eine Wahrmagis kann man nicht täuschen, nehme ich an.«

»Beantwortet die Frage.«

»Lasst uns einfach sagen …« Er kaute auf der Unterlippe.

»Lasst uns einfach sagen, dass wir Höllebarden einst auch Ketzer waren. Genau wie Ihr.« Jetzt hielt er inne, um das blutige Tuch zur Seite zu legen und erneut nach der Nadel zu greifen. »Als Bestrafung wurde uns unsere Magie genommen, Domna. Jetzt dienen wir dem Mann, der sie uns geraubt hat. Die Henkersschlinge zu entfernen heißt zu sterben.«

Safi keuchte. Sie schloss die Augen, als der Schmerz der Nadel sie erfüllte – und eine Erinnerung stieg in ihr auf. An Onkel Eron, der seine Kette, seine Henkersschlinge, entfernte – doch nur für ein paar Augenblicke. Lange genug, damit Safi seine Wahrheiten lesen konnte.

Dann hatte Eron die Kette wieder angelegt.

Sie öffnete die Augen, nur um festzustellen, dass Cadens Kopf dem ihren ganz nahe war. Auf seiner Stirn leuchteten Sommersprossen. Bisher hatte sie das nicht bemerkt.

»Wenn Ihr die Henkersschlinge tragt, seid Ihr vor Magie geschützt. Wie?«

»Ich kann Euch nicht all meine Geheimnisse verraten, Domna. Sonst werdet Ihr fliehen, und der Kaiser wird uns alle aufhängen – und zwar diesmal mit einer echten Henkersschlinge.« Er lachte, doch in seiner Stimme klang Trauer mit.

Bevor Safi antworten konnte, knirschten Türangeln.

Die Kaiserin von Marstok rauschte in den Raum. Ihr dreckiges senfbraunes Kleid wehte um ihre Beine. Wie alle anderen trug sie, worin sie aus Saldonica geflohen war. Admiral Kahina hatte nichts an Bord zurückgelassen außer Fässern mit frischem Wasser und ein paar Möbelstücke.

Vaness stellte sich zwischen Safi und das Fenster. Ihre Miene war gelassen – aufgesetzt gelassen. Denn auch wenn sie keine Anzeichen der Bluterkrankheit mehr zeigte und obwohl der Kutter direkt auf Marstok zuhielt, lautete die

Wahrheit, dass die Kaiserin nie in ihrer Wachsamkeit nachließ. Niemals.

»Wie lange noch, Höllebarde?«, fragte Vaness.

»Noch ein paar Minuten.«

»Dann werde ich dieses Gespräch in Eurer Anwesenheit führen.«

»In Ordnung.« Caden bewegte sich nicht schneller, aber auch nicht langsamer. Er blieb konzentriert, und Safi spürte die vertrauten Wellen aus Schmerz.

»Wir werden am Morgen die Küste von Marstok erreichen, Safi. Als Ausdruck meiner Dankbarkeit für alles, was du getan hast, seit wir Nubrevna verlassen haben, möchte ich dir die Wahl lassen. Du kannst entweder bei den Höllebarden bleiben und in dein Heimatland zurückkehren, oder du kannst mit mir nach Azmir reisen. Sobald du mir geholfen hast, meinen Hof von Korruption zu säubern, steht es dir frei zu gehen. Und ich …« Sie hielt inne, und für einen winzigen Moment entstanden Risse in ihrer kühlen Maske. Ehrliche Hoffnung schien hindurch. »Ich werde dich mit ausreichend Geldmitteln ausstatten, um überall hinzureisen, wo du hinmöchtest. Um irgendwo ein neues Leben zu beginnen.«

Dieses Angebot breitete sich in der Kabine aus wie ein Bettlaken, das sich langsam senkt, bevor es endlich seinen Platz findet.

»Eine … Wahl«, wiederholte Safi und konnte nicht umhin zu bemerken, wie sich Cadens sorgfältige Bewegungen nun *doch* verlangsamten.

Mit der linken Hand umklammerte Safi ihren Strangstein. Ihre angeschlagenen, aufgeplatzten Knöchel glitten über die Stahlkette, die Vaness ihr vor siebzehn Tagen um den Hals gelegt hatte.

In dieser Zeit war so viel geschehen. Mit Vaness. Mit den Höllebarden. Keiner von ihnen war noch ihr Feind.

Wahr, wahr. Bei diesem Gedanken wurde Safis Kehle eng, und Gänsehaut bildete sich auf ihren Armen. Wenn sie nach Cartorra ging, würde sie ihre Freiheit verlieren, und Iseult würde sie vielleicht niemals wiederfinden. Sie würde ihre Strangschwester vielleicht nie wiedersehen. Safi wäre gefangen als die Braut des Kaisers, gefangen als die Wahrmagis des Kaisers, gefangen in einer kühlen Burg, aus der sie niemals entkommen konnte.

Doch in Marstok … in Azmir … hatte Safi eine Chance. Sobald sie es geschafft hatte, die Korruption am Hof zu bannen, konnte sie gehen. Noch besser, sie konnte es mit genug Geld tun, um ihren Lebensunterhalt zu garantieren, und sie und Iseult könnten endlich – endlich – irgendwo ein neues Leben beginnen.

Doch was war mit den Höllebarden? Ohne Safi nach Cartorra zurückzukehren kam einem Todesurteil gleich – so viel hatte Caden preisgegeben. Und Safi hatte den dreien nicht die verdammte Haut gerettet, nur damit Henrick sie umbringen konnte. Sie hatte bereits Merik Nihar verloren. Wenn sie irgendetwas dagegen tun konnte, würde sie nicht noch mehr Leute verlieren.

»Ich werde mit dir nach Azmir gehen«, sagte Safi, wobei sie versuchte, Überzeugung in ihre Worte zu legen, »und die Höllebarden werden mich begleiten. Als meine persönlichen Wachen.«

Die Worte hallten durch die kleine Kabine. Vaness wirkte verdutzt, während Caden erstarrte. Er musterte Safi mit großen Augen, den Mund fast missbilligend verzogen.

Das Schweigen zog sich mehrere Herzschläge lang hin, bis Vaness schließlich die Nase rümpfte. »Ich akzeptiere deine Bedingungen, Safi. Und …« Sie neigte den Kopf, und ihre Miene entspannte sich zu echter, ehrlicher Ruhe. »Danke, dass du mir weiter zur Seite stehst.«

Die Kaiserin von Marstok verließ die Kabine genauso, wie sie gekommen war. Erst als sich die Tür klickend hinter ihr geschlossen hatte und das Schiff viermal geschwankt hatte – links, rechts, links, rechts –, ergriff Caden das Wort.

Aus irgendeinem Grund begannen Safis Wangen zu brennen, als er das tat.

»Wieso wollt Ihr uns bei Euch haben?« Seine Stimme war unglaublich leise. »Ihr wisst, dass wir Euch letztendlich zurück nach Cartorra bringen müssen.«

»Ich weiß.« Safi dehnte ihre Schulter und versuchte, gleichmütig zu wirken, als sie endlich ihren Strangstein freigab. »Aber Ihr kennt auch das alte Sprichwort: *Auch wenn wir sicher sind mit unseren Freunden in der Nähe* ... «

»Ich verstehe.« Er schnaubte. Die Nadel hob sich. Kupfer blitzte auf. »*Auch wenn wir sicher sind mit unseren Freunden in der Nähe, sind wir am sichersten, wenn unsere Feinde uns noch näher sind.*«

»Nein.« Safi spannte sich an, wartete auf den Stich der Nadel. »Nur der Teil mit den Freunden, Höllebarde. Keine Feinde. Nicht mehr.« Sie lächelte, wenn auch angespannt, und er erwiderte das Lächeln.

Dann stach er sie mit der Nadel. Einmal. Zweimal. Die letzten Wellen von Schmerz, bevor ihre Wunden endlich versorgt waren.

Iseult wartete, bis die Sonne untergegangen war und die Sterne am Himmel leuchteten, bevor sie ihren Plan in die Tat umsetzte.

Sie hatten eine Lichtung gefunden, auf einem Hügel und neben einem Bach, der gurgelnd in Richtung Teich floss. In Iseults Augen war die Position unglaublich schlecht zu verteidigen. Aeduan war derselben Meinung – denn er hatte das geäußert, als Eule sie hierhergeführt hatte. Die Bäume knirschten zu laut, und das dünne Rinnsal neben ihnen konnte keine Fliege abhalten.

Doch das Mädchen hatte sich einfach stur im Schneidersitz niedergelassen. Die Bergfledermaus war ihr gefolgt, um ihren schweren Körper hinter Eule zu schieben. Dann hatte die Strahlkraft der silbernen Stränge nachgelassen, als hätte Müdigkeit die Wildheit eingedämmt, und bald schon schnarchte das Biest.

Es sollte unglaublich sein, dachte Iseult – genau die Art von Geschichte, die sie Safi erzählen wollte, sobald sie wieder zusammen waren. Nur dass die Fledermaus stank und Fliegen ihr dichtes Fell umkreisten. Das zerstörte einen Teil des atemlosen Staunens.

Nicht dass Eule den Gestank zu bemerken schien, denn sobald sich das Biest am felsigen Ufer zu einem Ball zusammengerollt hatte, hatte sich Eule an das Wesen gekuschelt und war eingeschlafen.

Womit Iseult endlich, endlich einen Moment des Friedens für sich beanspruchen konnte.

»Wo gehst du hin?«, fragte Aeduan, während sie sich an ihm vorbeischob, zurück in Richtung des Teichs.

»Nicht weit.« Sie wedelte vage mit der Hand. »Ich möchte … aus dem Teich trinken.«

Er runzelte die Stirn. Und auch wenn er nicht widersprach, war doch klar, dass er ihre Handlung nicht guthieß – und sofort brannte Hitze in Iseults Wangen. Diese seltsame Partnerschaft hatte sich zu weit entwickelt, um dem anderen Rechenschaft abzuverlangen.

Schwer atmend, erreichte Iseult den Teich, doch zumindest würde sie hier niemand stören. Niemand war da, um zu hören, wie sie zum Rand des Teichs schlich und sich über das Wasser beugte.

Ihr Spiegelbild erschien auf der Oberfläche. Schwankte

ein wenig an den Rändern, als wüsste es nicht, wer sie war.

Trennen, trennen. Verdrehen und trennen.

Iseult wandte den Blick ab, hob die Hand an ihren Strangstein.

Sie löste das lederne Band von ihrem Hals und musterte den Rubin. Er lag auf dem silbernen Taler, in ihrer Handfläche.

»Safi«, flüsterte sie, als sie die andere Hand auf den Stein legte. »Safi«, wiederholte sie angestrengt. Streckte sich. Tastete nach Strängen.

Safi war dort draußen, und dieser Stein war an sie gebunden. Wenn Esme zu diesem Traumwandeln fähig war, und wenn …

Nun, wenn Iseult wirklich war wie Esme, dann konnte sie vielleicht auch traumwandeln.

Doch nichts geschah. Nichts, nichts, dreimal verdammt gar nichts. »Wiesel sollen auf dich pissen«, flüsterte Iseult mit brennenden Augen. Sie schnüffelte, dann umklammerte sie den Stein fester. »Wo zur *Ranz* bist du, Safi?«

Fluchen passt nicht zu dir, Iz. Du bist einfach zu gefasst dafür.

»Safi?« Iseult sank nach hinten. Ein Stein grub sich in ihren Oberschenkel. »Bist du das?«

Wer sonst sollte es schon sein? Das ist mein *Traum.*

Es funktionierte. Iseult konnte es nicht glauben, aber es *funktionierte.*

»Das ist kein Traum, Saf. Ich bin wirklich hier. Ich spreche wirklich mit dir.«

Natürlich ist das ein Traum. Man sollte meinen, dass ich das weiß, schließlich bin ich diejenige, die schläft.

»Saf, es ist Strang …« Iseult zögerte. Gleichzeitig breitete sich Kälte in ihrer Brust aus, denn dies war keine Strangmagie, nicht wahr? Es war Esmes Magie, und Esme war keine Strangmagis.

Was es auch war – was auch immer diese Magie konnte –, sie konnte nicht nur schlecht sein, wenn sich Iseult mit Safi unterhalten konnte.

Sie schluckte schwer. »Es ist Magie«, erklärte sie schließlich einfach. »Und vertrau mir, wir sprechen wirklich.«

Ein Zögern. Dann leuchteten freudetrunkene pinkfarbene Stränge in Iseults Geist auf – und sie spürte Wärme. Einen Strahl von Safis Sonnenschein, um die Kälte zu vertreiben.

Göttin, wie sehr Iseult dieses Gefühl vermisst hatte.

Und Göttin, sie hatte ihre Strangschwester vermisst.

Also, dann mögen Wiesel wirklich auf mich pissen! Safis Traumstimme klang jetzt atemlos, begeistert. *Wir unterhalten uns* wirklich *gerade, Iz! Kannst du das dreimal verdammt glauben?*

Iseult konnte nicht anders. Sie lachte.

Safi lachte ebenfalls, und die Farben des Sonnenuntergangs schimmerten in den Strängen, die sie verbanden. Den Strängen der Freundschaft.

Bevor Iseult diese perfekte Schattierung genießen konnte, fiel ihr Blick auf eine Gestalt. Eine Figur, die sich zwischen den Kiefern bewegte.

Keine Stränge. Ihr Herz machte einen Sprung. Es war Aeduan – natürlich war es Aeduan. Aber warum musste er jetzt in diese Richtung kommen?

Iseult sprach schneller. »Wo bist du, Safi? Bist du in Sicherheit?«

Ich bin auf einem Schiff nach Azmir, und ja, ich bin in Sicherheit. Wir sollten die Hauptstadt morgen erreichen. Wo bist du?

»Ich k-komme zu dir.« Iseults Zunge wurde schwer. Sie hatte so viel zu sagen. Das hier durfte noch nicht vorbei sein. Aber Aeduan hatte schon fast die versunkene Mauer erreicht. Bald schon wäre er nah genug, um Iseult zu hören. »I-ich werde Azmir noch eine Weile nicht erreichen, Safi, aber ich komme, so schnell ich kann. Ich muss jetzt gehen.«

Warte! Bleib! Bitte, Iz!

»Ich … kann nicht«, presste sie hervor.

Sag mir einfach nur, bist du auch in Sicherheit? Und lüg nicht, Iz. Ich würde es merken.

Iseult konnte nicht anders. Ihr Stottern verklang, und sie lächelte. »Ich bin in Sicherheit, Safi. Wir werden bald wieder reden, versprochen.« Damit hob sie die Hand vom Rubin.

Zwei Atemzüge später waren Safis Stränge verklungen. Als Iseult das Lederband wieder um ihren Hals legte, blieb ihr Herz kalt zurück.

Dann trat Aeduan ans Ufer des Teichs. Schweigend überquerte er die Felsen, und zu Iseults Überraschung spürte sie, wie ihre Irritation bereits nachließ.

Denn natürlich konnte sie jederzeit wieder traumwandeln. Ihre Zeit mit Safi war nicht vorbei. Sie fing erst an.

Aeduan stoppte neben ihr und betrachtete sein Spiegelbild, wie Iseult es getan hatte. Natürlich setzte er sich nicht hin. Iseult bezweifelte fast, dass er sich je setzte. Oder sich entspannte. Oder irgendetwas tat, das normale Menschen taten.

Allerdings ging Iseult davon aus, dass auch sie selbst nicht gerade normal war. Webermagis.

Nein. Daran würde sie jetzt nicht denken.

Iseult tauchte ihre Hände ins Wasser. Die eiskalte Berührung vertrieb ihre Gedanken. Sie schob die Arme weiter unter die Oberfläche, bis auch ihre Ellbogen versunken waren. Ihre Oberarme …

»Glühwürmchen.«

»Was?« Iseult richtete sich mit einem Plätschern auf. Gänsehaut glitt über ihre Arme.

»Da.« Aeduan deutete auf die gegenüberliegende Seite des Teichs. »Glühwürmchen. In Marstok gelten sie als Glücksbringer, weißt du? Kinder wünschen sich bei ihrem Anblick etwas.« Aeduans Stimme klang locker, als hätte er …

»Machst du gerade einen Witz?« Iseult stand auf. Wassertropfen fielen auf die Felsen.

»Nein.«

Iseult glaubte ihm nicht. Ihre Nase zuckte, dann sah sie lächelnd zu den blinkenden Lichtern zwischen den Kiefern auf. Die Luft, der Himmel, das Wasser – alles erinnerte so sehr an ihre Begegnung vor wenigen Tagen.

Doch gleichzeitig war alles anders. Damals waren Iseult und der Blutmagis Feinde gewesen, nur durch Münzen aneinandergebunden. Heute Abend waren sie Verbündete, gebunden durch … Nun, Iseult konnte es nicht genau sagen. Eule, sicherlich, und vielleicht auch die Bergfledermaus.

Iseult holte tief Luft, genoss das Gefühl, wie sich ihre Lunge füllte. Dann schloss sie die Augen. Sie wollte sich etwas wünschen, aber es gab zu viele Möglichkeiten. Sie wünschte sich, dass Safi an ihrer Seite wäre. Sie sehnte sich auch nach Habim und Mathew. Und obwohl sie das nicht vollkommen verstand, sehnte sie sich auch nach ihrer Mutter.

Doch mehr als alles andere sehnte sich Iseult nach Antworten. Über ihre Magie. Über die Cahr Awen.

Ich wünschte, ich könnte herausfinden, was ich bin.

Langsam öffnete sie die Augen wieder. Aeduan beobachtete immer noch die Glühwürmchen. »Hast du dir etwas gewünscht?«, fragte sie.

Zu ihrer Überraschung nickte er. Eine abgehackte Bewegung seines Kopfs.

»Was hast du dir gewünscht?«

Seine Finger bogen sich. Dann zuckte er mit den Achseln. »Wenn der Wunsch wahr wird, werde ich es dir vielleicht eines Tages erzählen.« Er wirbelte herum, entfernte sich am

Ufer entlang und wurde erst langsamer, als er die Bäume erreicht hatte. »Sei vorsichtig, wenn du zurückkommst. Die Fledermaus hat ihren Schwanz über deinen Felsen gelegt.«

Iseult beobachtete ihn, bis er mit der Dunkelheit zwischen den Kiefern verschmolz.

Dann bemerkte sie, dass sie lächelte – doch ob das mit Aeduan zusammenhing, mit dem Wunsch oder mit Safi, wusste sie nicht zu sagen.

Langsam ließ sie sich wieder auf den Felsen nieder, zog ihre Stiefel aus und tauchte die Zehen in den Teich. Die Kälte schenkte ihr Kraft. Erdete sie, sodass, als sie erneut ihren Strangstein umschloss, die Verbindung fast sofort zustande kam.

Die Nacht verging. Perfekt in jeder Hinsicht, während Iseult und Safi kicherten und zuhörten und alle Geschichten erzählten, die sie in den letzten zwei Wochen gesammelt hatten.

Die ganze Zeit über schwankten die Kiefern, kräuselte sich der Teich, und die Glühwürmchen tanzten.

41

Der Kriegssaal. Erneut stand Vivia vor den Eichenholztüren – doch diesmal spurten die Diener.

Diesmal schob Vivia ihren Vater vor sich her.

Zuerst erreichte sie der Duft von Rosmarin, ergänzt durch ein wenig Salbei. Dann folgte das Meer aus lilienblauen Roben, mit mehr als dreißig Gesichtern, die darüberschwebten. Die Wesire und ihre Familien drehten sich gleichzeitig um, als die Türen aufschwangen. Ihr Murmeln verklang, und wie in einer Welle standen alle auf und verbeugten sich.

Vivias schicke Stiefel klapperten auf dem Boden, ihre eigene Robe rauschte, wie um das Quietschen der Rollstuhlräder zu unterlegen.

»Eure Hoheit, Majestät«, murmelte Wesir Eltars älteste Tochter, als sich Vivia näherte. Sie knickste, und Vivia konnte nicht anders, als sie anzulächeln. Dies war ihrer Erinnerung nach das erste Mal, dass sich ihr eine andere Frau im Kriegssaal angeschlossen hatte.

Nach dem heutigen Tag, nach der Gedenkfeier, hatte Vivia vor, es zum ersten Mal von vielen zu machen.

Sobald sie das Kopfende des Tischs erreicht hatte, kniete sie sich hin, um den Rollstuhl ihres Vaters zu arretieren.

Dies sollte ein Tag der Trauer sein, doch niemand am

Tisch wirkte traurig. Wie konnten sie ernsthaft trauern, wenn die Stadt Seefeuer und Sturm überlebt hatte? Wenn sie allen Widrigkeiten zum Trotz stärker aus dem Kampf hervorgegangen waren?

Die Menschen von Lovats wussten jetzt von der Unterstadt, und schon jetzt in diesem Moment inspizierten Ingenieure und Magi die Straßen, um sicherzugehen, dass die Stadt bewohnbar war. Die ersten Lieferungen von den Hasstrel-Höfen in Cartorra waren angekommen, und es wurde bereits an einem neuen Vertrag mit dem marstokischen Reich gearbeitet – denn jetzt, nachdem Vaness anscheinend überlebt hatte, plante die Kaiserin ganz andere Verhandlungen.

Besonders Vivia fiel es schwer, heute irgendetwas anderes zu sein als heiter. Sie wusste etwas, das sie anderen nicht wussten. Während die Stadt glaubte, die Furie hätte ihr auf der Wasserbrücke beigestanden, wusste sie, dass es Merik gewesen war.

Merik lebte.

Er hatte gesagt, er würde die Stadt verlassen. Dass er und seine zwei Freundinnen – das Mädchen Cam und noch ein anderes, das gerade erst angekommen war, mit Namen Ryber – nach Norden in die Sirmaya-Berge ziehen wollten.

»Ryber sagt, wir können dort Informationen über meinen … Zustand finden.« Er hatte eine Geste in Richtung seines Gesichts gemacht, verborgen in den Schatten seiner Kapuze. »Und hier kann ich kaum etwas Gutes tun. Du hast alles fest in der Hand.«

Vivia hatte dieser Einschätzung nicht ganz zustimmen können, doch sie hatte nicht widersprochen. Merik hatte sie in der Haupthalle von Pins Feste gefunden, wo noch hundert andere Stimmen um ihre Aufmerksamkeit kämpften. Wo sie weder die Zeit noch die Freiheit besessen hatte, richtig zu antworten.

Außerdem, wenn Merik wirklich gehen wollte, hatte sie kein Recht, ihn aufzuhalten. Also hatte sie genickt und gesagt: »Bitte informiere mich, wenn du kannst, Merry. Die königlichen Sprachmagi arbeiten rund um die Uhr.«

»Ich werde es versuchen«, war seine einzige Antwort gewesen. Dann hatte er sich tiefer unter seine Kapuze geduckt – eine neue Kapuze, denn Vivia hatte darauf bestanden, dass er ordentliche Kleidung erhielt, bevor er aufbrach – und war für immer aus Pins Feste verschwunden.

Er würde nicht versuchen, sie zu kontaktieren. Vivia hatte das schon in Pins Feste gewusst, und sie wusste es auch jetzt, als sie am kratzenden Wollkragen ihrer Robe zog.

Vivia stand auf und räusperte sich. Die Familien der Wesire dachten alle, ihr Vater würde sprechen, jetzt, da er sich genug erholt hatte, um zurückzukehren. Auf jeden Fall starrten sie ihn alle erwartungsvoll an. Doch Serafin hatte Vivia gedrängt, »die Königin zu sein, die sie brauchen, dann wird bald die wahre Krone folgen«.

Erneut räusperte sie sich. Alle Augen richteten sich auf sie. Endlich kein Widerstand mehr.

»Obwohl wir uns hier versammelt haben, um meines Bruders zu gedenken«, sagte sie, wobei sie dieselbe Kraft in ihre Stimme legte, die sie tausend Mal bei ihrem Vater gehört hatte, »gibt es noch viele Menschen mehr, die wir ebenfalls ehren müssen. Hunderte von Nubrevnanern sind bei dem Angriff vor drei Tagen gestorben. Soldaten, Familien und … einer der unseren. Ein Mitglied dieses Rats.«

Alle verlagerten ihr Gewicht. Alle senkten die Blicke zu Boden. Niemand kannte die Wahrheit über Serrit Linday, und Vivia hatte nicht vor, sie ihnen zu verraten.

Zumindest nicht, bevor sie nicht herausgefunden hatte, wer genau Linday kontrolliert hatte – und wie.

»Also«, fuhr sie fort, verstärkte ihre Stimme noch

mehr, »bitte ich Euch, bei jedem Blatt, das Ihr heute von der Wasserbrücke werft, an die Menschen zu denken, die für uns gekämpft haben. Die für uns gestorben sind. Und ich bitte Euch ebenfalls, derjenigen zu gedenken, die den Kampf fortführen und vielleicht noch sterben werden.

Dieser Krieg hat gerade erst seinen Anfang genommen. Viel zu bald wird unser kürzlicher Sieg nichts anderes mehr sein als eine Erinnerung. Aber lasst uns nicht diejenigen vergessen, die Nodens letztes Riff passiert haben, um ihn für uns zu erringen. Und lasst uns nie …« Sie befeuchtete sich die Lippen. Richtete sich höher auf. »Lasst uns nie meinen Bruder vergessen, den Prinzen von Nubrevna und den Admiral der Marine, Merik Nihar. Denn auch wenn wir den Segen im Verlust nicht immer erkennen können …

… Stärke ist die Gabe unserer Lady Baile.« Der Raum erzitterte unter den Stimmen, die sich gleichzeitig erhoben. »Und sie wird uns nie im Stich lassen.«

Es hatte Nachteile, ein toter Mann zu sein.

Merik Nihar, Prinz von Nubrevna und ehemaliger Admiral der nubrevnanischen Marine, wünschte sich, er hätte vor langer Zeit erwogen zu leben.

Dann empfände er jetzt im Moment vielleicht nicht so viel Reue. Vielleicht hätte er mehr Erinnerungen an Kullen und Safi – und sogar an Vivia –, die es wert waren, sich daran festzuklammern. Vielleicht sogar so viele Erinnerungen wie Blätter, die von den Wasserbrücken fielen.

Merik, Cam und Ryber stiegen den Hügel neben dem Damm hinauf. Der Plan lautete, nach Norden zu reisen, dem Fluss in die Sirmaya-Berge zu folgen. Doch auf ihrem Weg hatte die Beerdigung begonnen.

Die Mädchen wollten zusehen, und so makaber es auch

sein sollte, auch Merik hatte die Feierlichkeiten beobachten wollen.

Die Blätter segelten und taumelten in verschiedenen Geschwindigkeiten, orange und leuchtend, grün und lebendig. Manche wurden von Luftströmungen ergriffen und stiegen nach oben, während andere zu Boden fielen. Manche zogen eine Spur aus Rauch hinter sich her. Andere leuchteten einfach im Sonnenlicht, nicht entzündet und doch so strahlend wie der Sonnenuntergang.

»Es ist wunderschön«, sagte Cam neben Merik, die linke Hand aufs Herz gedrückt. Die Heiler hatten sie angewiesen, die Hand auf diese Art zu halten, und zur Abwechslung einmal tat sie, was man ihr befohlen hatte.

Nein, nein, nicht »sie«, erinnerte er sich selbst. Cam lebte als Junge, und auch wenn sich Merik noch nicht daran gewöhnt hatte – Cam als einen »Er« zu sehen –, hatten sie noch eine wochenlange Reise vor sich. Jede Menge Zeit, in der Merik sein Gehirn umschulen konnte.

»Es ist wunderschön«, stimmte Ryber zu, die auf der anderen Seite neben Cam stand, dann schob sie sich einen Zopf aus den Augen. Anders als Cam hatte sie die kleinen Zöpfe eines Schiffsjungen behalten. Auch wenn sie sie zurückband, löste sich doch immer einer aus dem Zopf.

»Ich habe genug gesehen«, erklärte Merik schließlich und wandte sich ab. Für heute reichte es ihm mit dem Makabren.

Er rückte seine Kapuze zurecht, zog sie so tief es ging ins Gesicht. Zu viele Leute in der Nähe. Bauern, die vom Tal aufgestiegen waren, und Soldaten, die außerhalb ihrer Dienstzeit alles von den Wachtürmen des Damms aus beobachteten. Mit den verheilenden Narben, seinem nachwachsenden Haar und der Tatsache, dass unter den schlängelnden Schatten jetzt sein wahres Gesicht zu erkennen war, durfte Merik nicht riskieren, entdeckt zu werden.

Für ihn war wichtig, dass die Welt ihn weiterhin für tot hielt. Nicht nur damit er in Frieden Kullen jagen konnte, sondern auch weil die Welt ihn einfach nicht brauchte. Vivia brauchte ihn ebenfalls nicht, und Merik wusste, dass ihr Leben ohne seine Anwesenheit um einiges einfacher sein dürfte.

Das Wohl eines Einzelnen, geopfert für das Wohl vieler.

Und als Ryber und Cam sich Merik am Ufer des Timetz anschlossen, wo der Trampelpfad, den sie suchten, in die Bäume abbog, begann Cam eine vertraute Melodie zu summen.

Sofort stellten sich Meriks Nackenhaare auf. Er ging schneller. Bäume erhoben sich um ihn, Birke und Ahorn und Kiefer. »Nicht dieses Lied, bitte.«

»Warum?«, fragte Ryber. Sie verlängerte ihre Schritte, um sich Merik anzuschließen. Ihre Stiefel rollten über die Furchen des Pfads. »Die Geschichte hat ein gutes Ende.«

Dann, bevor Merik sie aufhalten konnte, sang sie:

Daret der Blinde, die Sinne geschärft
Fühlt die Gefahr als grausamen Stich.
Und so rief er zur Krabbe, ich bin größer als er!
Gib ihn frei und friss lieber mich!

Ihr Schlund sich da öffnet und Filip entflieht
Zu Daret, dem Blinden, so klug.
Zusammen enteilen die Brüder der Schlucht,
der Krabbe und auch ihrem Spuk.

Sagt Filip, der Narr, zu Daret, dem Blinden,
als die Freiheit winkt dank der List,
Es war ach so falsch, dich zu verlassen,
Mein Bruder, wie mutig du bist.

Vergib mir, oh Daret, denn jetzt seh ich klar
Ich war es, der blind war vor Gier.
Ich brauch nicht Münzen, nicht Gold und nicht Krone,
ich brauche nur dich neben mir.

»Seht Ihr? Ein glückliches Ende.« Sie grinste, und zwei Spielkarten mit goldenen Rücken glitten aus ihrem Ärmel. Sie drehte sie in Meriks Richtung, enthüllte die Neun der Hunde und den Narren. Die Karten flatterten in einer Brise, die nicht vollkommen natürlich war.

Merik verharrte. Sein Bündel fiel mit einem dumpfen Knall zu Boden. Dann klappte er zusammen und stemmte die Hände auf die Knie.

Sein Herz raste. Der Schlamm und das Geröll verschwammen vor seinen Augen, rote und graue Schlieren, die im Takt seines Pulsschlags, seiner tobenden Winde zitterten.

Vergib mir, oh Daret, denn jetzt seh ich klar
Ich war es, der blind war vor Gier.

Merik war der närrische Bruder. Das war er die ganze Zeit über gewesen – jetzt stand es ihm deutlich vor Augen. Er hatte etwas gewollt, das es nicht gab – etwas, das er niemals haben konnte –, und er hatte es aus vollkommen falschen Gründen gewollt.

Hatte gesehen, was er sehen wollte.

Aber auch seine Geschichte hatte, wie die der zwei Brüder, ein glückliches Ende. Er war noch da, nicht wahr? Und Kullen war auch immer noch irgendwo da draußen – und vielleicht, nur vielleicht, konnten sowohl er als auch Kullen noch gerettet werden.

Ryber hatte Merik erklärt, sie wüsste, wie man ihn heilen könne. Sie wüsste, wie man dieses seltsame Halbbersten aufhalten konnte, das von ihm Besitz ergriffen hatte. Sie hatte erklärt, die Antwort warte in den Sirmaya-Bergen. Und nachdem Merik nichts zu verlieren hatte – und alles zu gewinnen –, indem er ihr vertraute, hatte er sein Bündel geschnürt und war aufgebrochen.

Cam hatte sich natürlich geweigert, zurückgelassen zu werden.

Bei der Erinnerung an ihr entschlossen vorgeschobenes Kinn entspannte sich Meriks Schulter. Er atmete leichter.

Er richtete sich auf und lauschte in die Dämmerung um sich herum. Grillen, Eulen, Nachtschwalben – ihre Rufe drangen an sein Ohr. Die Geräusche, mit denen er und Kullen aufgewachsen waren. Die Geräusche, auf die sie bald wieder gemeinsam lauschen würden.

»Sir?«, murmelte Cam, als sie näher herantrat. Ihre… nein, seine dunklen Augen glänzten vor Sorge – so vertraut und doch so fremd. Er hatte Cam das Schweigen in Bezug auf Garren und die Neunen vergeben.

Doch das Geheimnis der Krabbe, warum sie noch herrscht
Lag im Wissen um menschliche Triebe.
Das Glänzen der Münzen, der Wunsch nach der Macht,
Die Sehnsucht nach Anseh'n und Liebe.

Merik hatte auch Ryber vergeben, dass sie ihn in der Nihar-Bucht verlassen hatte. Dass sie ihre Geheimnisse gewahrt hatte. Und sogar, dass sie Kullens Herz, Kullens Zeit, Kullens Liebe für sich beansprucht hatte.

Schließlich waren sowohl Cam und Ryber zurückgekommen, um nach Merik zu suchen, als es sonst niemand getan hatte.

Na ja, niemand außer Vivia.

Da lächelte er die beiden an. Er konnte nicht anders.

»Kommt«, sagte er und warf sich sein Bündel erneut auf den Rücken. Zum ersten Mal seit Wochen fühlte er sich lebendig. »Wir haben noch einen weiten Weg vor uns, und die Sonne wird bald verschwinden.«

Dann brach Merik Nihar auf, zufrieden ohne Reichtum, ohne Gold und Krone, solange er Freunde neben sich hatte.

Danksagung

Man sagt, es braucht ein ganzes Dorf, um ein Buch zu schreiben, und niemals war diese Aussage wahrer als bei diesem hier. Ich hätte es ohne die Unterstützung so unglaublich vieler wunderbarer Menschen niemals schreiben können.

Zuerst und vor allem muss ich meiner Lektorin Whitney Ross danken. Dieses Buch ist genauso sehr ihres wie meines, und sie ist über sich hinausgewachsen. Danke, Whitney. *Kämpfen!*

Lieber, lieber Sébastien, danke für deine Geduld, für deine Liebe und für deinen unerschütterlichen Frohsinn. *Je t'aime.*

An Joanna Volpe und den Rest der New-Leaf-Gang: Ohne euch könnte ich nicht funktionieren. Danke für alles, was ihr tut, tagein, tagaus.

An mein unglaubliches Team bei Tor: Ihr seid die unermüdlichen Bühnenhelfer, die im Hintergrund arbeiten, um mein Gefasel in etwas Echtes zu verwandeln. Ich danke, danke, danke euch. Ohne euch gäbe es *Das Zeichen des Sturms* nicht.

An mein Frauchen Rachel Hansen: Ohne dich hätte ich es nicht bis zum Ende geschafft. Danke dir. (PS: Die unruhigen Finger sind für dich. PPS: Spute dich!)

Außerdem muss ich aus dem tiefsten Grunde meines Herzens ein paar erstaunlichen Leser-/Autorenfreunden danken. Als ich um Hilfe gerufen habe, seid ihr sofort herangeeilt: Amity Thompson, Erica O'Rourke, Mindee Arnett, Melissa Lee, Leo Hildebrand, Akshaya Ramanujam (Aks-Mörder!), Madeleine Colis, Savannah Foley, Kat Brauer, Elise Kova, Biljana Likic, Meredith McCardle, Leigh Bardugo, Meagan Spooner, Amie Kaufman, Elena Yip und Jennifer Kelly. (Wie ich schon sagte, für ein Buch braucht es ein ganzes Dorf.)

Ach ja, und an Erin Bowman und Alexandra Bracken – für euch habe ich nur ein Wort: #cattleprod.

Für meine Freunde bei Fabiano's, besonders Sensei Jon Ruiter und Sensei Brant Graham: Danke, dass ihr mir erlaubt habt, euch im Namen einer guten Kampfszene zu verdreschen.

Für meine lieben, lieben #Witchlander, ihr seid mein Patronus. Ich meine es ernst: Ihr seid meine Wächter gegen die Dunkelheit. Ihr seid der Grund, warum ich jeden Tag schreibe; der Grund, warum ich nicht aufgegeben habe, als dieses Buch mich fast umgebracht hat; und der Grund, warum ich diese Geschichte überhaupt erzählen will. Ich danke euch aus tiefstem Herzen.

Für Mom und Dad: Ihr seid meine Helden und wart es immer. Ich strebe jeden Tag danach, mehr zu sein wie ihr.

Und schließlich für David und Jenn: Tut mir leid, dass ich nicht immer die beste große Schwester war. Wie Vivia musste ich erst lernen, mich mit mir selbst wohl zu fühlen, bevor ich mich euch annähern konnte. Ich hoffe allerdings, dass ihr wisst, dass ich alles für euch tun würde – ja, sogar in den Tod stürzen, in ein Tal, das von Seefeuer erfüllt ist. Aber lasst uns das vermeiden, wenn möglich.

Glossar Magislande

Die Magie der Magislande:
Jede Magie in den Magislanden ist mit einem von sechs Elementen verbunden – vier *physischen* Elementen (Erde, Wasser, Luft und Feuer) und zwei *abstrakten* Elementen: Finsternis (wird in Verbindung gebracht mit dem Tod) und Aether (wird in Verbindung gebracht mit dem Leben).

Von den sechs Magieströmungen werden nur fünf für real gehalten. Die sechste – Finsternis – wird als Mythos betrachtet. Der Legende nach haben auch die Ursprungsquellen, die über die Magislande verteilt liegen, etwas mit der Magie zu tun, doch die Zusammenhänge wurden im Laufe der Zeit vergessen.

Als Magis wird jeder Mensch bezeichnet, der eine magische Begabung aufweist. Um den Titel jedoch offiziell zu führen und mit einem Magismal (einer Tätowierung auf dem Handrücken) gezeichnet zu werden, muss man sich einer Prüfung unterziehen. In den drei Reichen ist die Magisprüfung nicht einheitlich geregelt:

- In Cartorra sind manche Spielarten der Magie verboten, sodass viele Magi existieren, die die Prüfungen nie abgelegt haben und ihre Kräfte verbergen, um nicht verbannt oder getötet zu werden.
- In Dalmotti legen nur diejenigen die Prüfung ab, die in wichtige Positionen in den Gilden aufsteigen wollen, daher tragen in diesem Reich nur wenige Menschen ein Magismal.
- In Marstok dagegen kann jeder Bürger die Prüfung ablegen, sodass viele marstokische Bürger Magismale tragen.

Es gibt Magi, die alle Aspekte eines Elements beherrschen, also volle Luftmagi, Wassermagi, Erdmagi und Feuermagi. Häufiger jedoch kommt es vor, dass die magische Begabung eines Magis nur einen Teilaspekt des betreffenden Elements umfasst.

Einige Beispiele für verschiedene Spielarten der Magie:
Blutmagie: Eine der seltensten Arten der Magie überhaupt. Sie wird mit der Finsternis in Verbindung gebracht, da sie als tödlich gilt. Blutmagie tritt nur bei Männern auf und erlaubt es ihrem Besitzer, das eigene und das Blut anderer zu kontrollieren. Auch ermöglicht die Magie, das Blut eines Menschen über Hunderte Kilometer hinweg zu wittern und zu verfolgen. Die meisten Menschen halten Blutmagie für einen reinen Mythos. Wenn jemand im Verdacht steht, ein Blutmagis zu sein, wird er meistens gejagt und umgebracht.
Eisenmagie: Diese Erdmagie erlaubt es dem Magis, das Element Eisen in all seinen Spielarten zu kontrollieren.
Feuermagie: Diese Spielart der Magie erlaubt es einer Person, Feuer zu entzünden und zu kontrollieren. Viele Magi produzieren auch verzauberte Gegenstände, auf die ein Teil ihrer Macht übertragen wird.

Fluchmagie: die seltenste Form von Finstermagie. Fluchmagi werden als Kreaturen der Legende betrachtet, und niemand weiß genau, wozu sie fähig sind.
Gezeitenmagie: Diese Spielart der Wassermagie erlaubt es einer Person, die Strömungen des Wassers zu kontrollieren und ist daher in der Seefahrt sehr geschätzt.
Giftmagie: eine seltene Spielart der Wassermagie, die einem Magis die Fähigkeit verleiht, Gifte zu schaffen oder aufzuspüren.
Sichtmagie: eine sehr seltene Form der Luftmagie, die es einer Person erlaubt, Visionen zu erzeugen und durch die Manipulation der Luft optische Täuschungen zu erzeugen.
Sprachmagie: eine Form von Luftmagie, die es dem Magis erlaubt, mit anderen Sprachmagi über große Distanzen zu kommunizieren, indem er die Luft einsetzt, um die Stimme zu tragen.
Strangmagie: eine Magie, die mit dem Aether in Verbindung gebracht wird und ausschließlich im Volk der Nomatsi auftritt – und auch dort nur bei Frauen. Diese Magie erlaubt es dem Magis, die *Stränge* von Personen zu sehen. Diese Stränge machen die Gefühle und emotionalen Verbindungen von Menschen sichtbar und treten in drei Varianten auf: Bildestränge, Bindestränge und Bruchstränge. Durch sie kann die Magis erkennen, ob sich gerade eine Beziehung aufbaut, wer emotionale Bindungen zu wem hat, wie diese gestaltet sind oder ob diese Beziehungen gerade zerbrechen. Zusätzlich ist es Strangmagi auch möglich, an der Farbe der Stränge zu erkennen, welche Gefühle eine Person gerade empfindet.
Wahrmagie: eine sehr seltene Aethermagie, die es einer Person erlaubt zu spüren, ob jemand lügt. Da diese Magie so nützlich und so selten ist, verbergen ihre Besitzer sie häufig, um nicht zum Spielball politischer Mächte zu werden.

Windmagie: als Teilbereich der Luftmagie erlaubt Windmagie dem Magis, die Luftströmungen um sich herum zu kontrollieren. Besonders geschätzt wird diese Begabung auf See. Viele Windmagi stammen aus Nubrevna. Merik Nihar ist ein Windmagis.
Wortmagie: eine seltene Aethermagie, die dem Magis erlaubt, Worte einzusetzen, um andere Menschen zu manipulieren und Lügen zu verbreiten. Die meisten Wortmagi halten ihre Magie geheim, da es schwerer wird, jemanden zu überzeugen, wenn derjenige weiß, dass er einem Wortmagis gegenübersteht. Manche Wortmagi allerdings stehen zu ihrer Begabung und verdienen ihr Geld damit, Gerüchte, Geheimnisse und Neuigkeiten zu verkaufen.

Reiche, Länder, Orte und Völker:
Arithuanien: ein großes, wildes Land zwischen Marstok und Cartorra. Früher einmal eine mächtige Republik, ist das Land vor einem guten Jahrhundert in Anarchie versunken und bietet inzwischen einen Rückzugsort für Abtrünnige und Gesetzlose aller Art.
Carawen-Kloster: Das Kloster liegt hoch in den Bergen zwischen Marstok und Arithuanien. Hier leben die Carawen-Mönche, die von frühester Kindheit an zum Kampf ausgebildet werden, ursprünglich, um die *Cahr Awen* zu schützen – ein mythisches Paar von Magi, deren Aufgabe es ist, das Gleichgewicht der Welt und die Gesundheit der Ursprungsquellen zu bewahren. Nachdem jedoch seit langer Zeit keine Cahr Awen mehr geboren wurden, dienen die Carawen-Mönche inzwischen überwiegend als Söldner. Neben dem Carawen-Kloster liegt eine Ursprungsquelle.
Cartorra: das größte der drei Reiche auf dem Kontinent. Herrscher ist Kaiser Henrick II., sein momentaner Erbe sein

Neffe Prinz Leopold IV. Die Hauptstadt des cartorrischen Reiches heißt Praga.

Dalmotti: Ein Küstenreich, das ganz auf den Seehandel ausgerichtet ist. Anders als Marstok oder Cartorra ist Dalmotti eine Republik, die von einem gewählten Dogen regiert wird, der mit Hilfe eines Rates von Gildenmeistern regiert. Die Hauptstadt ist Veñaza.

Die Hundert Inseln: eine Inselgruppe vor der Küste von Nubrevna, die aus mehr als hundert Inseln besteht, von denen viele von Korallenriffen umgeben sind. Einst war dieser Archipel ein wahres Paradies, doch diese Zeiten sind lange vorbei.

Hasstrel: ein Herzogtum in den Bergen von Cartorra und Safis Heimat. Auf den Hasstrel-Ländereien befindet sich eine Ursprungsquelle.

Lejna: ein kleines Fischerdorf auf den Hundert Inseln.

Marstok: Das Marstokische Reich bildet die Verbindung zwischen dem Fernen Osten und dem Kontinent, auf dem die Handlung spielt. Herrscherin von Marstok ist Kaiserin Vaness, und die Hauptstadt des Reiches ist Azmir.

Nomatsi: ein reisendes Volk aus dem Osten, das mit Wagen durchs Land zieht. Es wird in den meisten Ländern gehasst und gefürchtet. Teilweise werden ihm nicht einmal die Menschenrechte zugestanden, und es gibt strenge Regelungen, wo es sein Lager aufschlagen darf. Der Anführer jedes Stammes ist eine Strangmagis, da nur sie die Welt objektiv sieht und die Fähigkeit besitzt, den Herzstrang (die wahre Liebe) eines Menschen ausfindig zu machen.

Nubrevna: ein kleines Küstenkönigreich, dessen Bevölkerung es gelungen ist, trotz der drei umgebenden Reiche unter widrigsten Umständen ihre Unabhängigkeit zu wahren, hauptsächlich durch ihre Fähigkeiten als Seefahrer und durch die Wächter von Noden – einer Felsformation, die

den Zugang zur Hauptstadt Lovats nur Eingeweihten ermöglicht.
Saldonica: ein unabhängiger Stadtstaat; eine Piratenrepublik.

Weitere Begriffe:
Cahr Awen: ein mythisches Paar von Personen, die der Legende nach in perfekter Harmonie zueinanderstehen, als Vertreter von zwei Gegenteilen, die sich gegenseitig ausgleichen und in endloser Bewegung halten (wie Aether und Finsternis). Sie werden von den Ursprungsquellen *erwählt*, und es ist die Aufgabe der Carawen-Mönche, sie zu schützen.
Der Große Krieg: ein jahrhundertealter Konflikt zwischen Cartorra und Marstok, der schließlich auf den gesamten Kontinent übergegriffen und unendliche Verheerungen angerichtet hat.
Die Geborstenen: So werden Menschen bezeichnet, deren Magie außer Kontrolle geraten ist. Zuerst langsam, dann immer schneller verwandeln sich die Geborstenen in bösartige, finstere Zerrbilder ihres Selbst. Mit Öl gefüllte Blasen entstehen unter ihrer Haut und platzen auf. Ihre Augen werden vollkommen schwarz, und je weiter das Bersten voranschreitet, desto gewalttätiger werden sie. Die Magie tötet letztendlich ihren Besitzer. Diese Explosion von Magie kann in Umstehenden ebenfalls Bersten auslösen. Dieser Effekt betrifft gerade die mächtigen Magi, da nur sie genug Magie besitzen, um zu bersten. Bisher bersten nur Magi, deren Magie in Verbindung mit den Ursprungsquellen steht, die versiegt sind und keine Magie mehr aufweisen.
Doge: gewählter Herrscher des Dalmottischen Reiches.
Dom/Domna: Alle Adelsfamilien des Cartorrischen Reiches tragen diesen Titel.
Feuertöpfe/Feuerseile etc.: illegale Objekte, die von Feuermagie zu (überwiegend) gewalttätigen Anwendungen geschaffen wer-

den. Die Gegenstände sind so verzaubert, dass sie sich bei Berührung oder durch einen Befehl entzünden.
Herzstrang: der Seelengefährte eines Menschen; die Liebenden sind einander vorbestimmt. Im Volk der Nomatsi ist es die Aufgabe der Strangmagis, den Herzstrang einer Person zu finden. Der dazugehörige Strang erscheint leuchtend rot.
Jadansi-See: schmales Meer, fast vollkommen umgeben vom dalmottischen Reich. Nur im Südosten grenzen auch die Küsten von Nubrevna an die Jadansi-See.
Magismal: eine Tätowierung auf dem Handrücken, die den Träger zum Magis erklärt und durch die Form auch angibt, welchem der Elemente die Magie entspringt.
Marstokische Nattern: die persönlichen Leibwächter und Spione der Kaiserin von Marstok. Die meisten von ihnen sind Giftmagi.
Mondmutter: Göttin der Nomatsi. Der Überlieferung nach hat die Mondmutter das Volk der Nomatsi einst im Fernen Osten vor der Vernichtung bewahrt, indem sie ihm die Flucht nach Westen ermöglicht hat.
Noden: Gott der Nubrevnaner. Gott der See und der Meere.
Piestra: die Währung des dalmottischen Reiches, die auch in den meisten anderen Staaten des Kontinents akzeptiert wird.
Salamanderstoff: ein besonderes Gewebe, das aus einem in Minen gewonnenen Stoff hergestellt wird und absolut feuerresistent ist.
Schmerzstein: ein von Wassermagie-Heilern geschaffener Stein, der – am Körper getragen – jeglichen Schmerz nimmt. Ihre Anwendung kann zu Abhängigkeit führen und vermittelt dem Träger ein falsches Gefühl von Stärke.
Strangbruder/Strangschwester: bester Freund/beste Freundin. Auch diese Art von Freundschaft ist vorherbestimmt und weist einen bestimmten grasgrünen Strang auf.
Strangstein: ein von einer Strangmagis geschaffener Stein,

der aufleuchtet, wenn der Herzstrang in der Nähe ist. Kann auch für Strangbrüder/-schwestern geschaffen werden.
Ursprungsquellen: sechs Quellen (immer umgeben von sechs Bäumen), von denen nur noch drei Quellen Wasser führen und der Legende nach mit der Quelle der Magie in Verbindung stehen. Die Existenz einer der sechs Quellen wurde im Laufe der Zeit vergessen.
Zwanzigjähriger Waffenstillstand: ein verzauberter Vertrag zwischen Cartorra, Marstok, Dalmotti und anderen Ländern, in dem vereinbart wurde, den Großen Krieg für mindestens zwanzig Jahre zu unterbrechen, damit alle beteiligten Ländern sich erholen können.

Handelnde Personen:
Safiya fon Hasstrel (Safi), Wahrmagis
Iseult det Midenzi (Iz), Strangmagis/Webermagis
Aeduan, Blutmagis und Carawen-Mönch
Merik Nihar, Prinz von Nubrevna, Windmagis
Vaness, Kaiserin von Marstok, mächtige Eisenmagis
Cam (Camilla Leeri), Schiffsjunge (eigentlich -mädchen) und Meriks Verbündete
Vivia Nihar, Prinzessin von Nubrevna, Meriks Schwester und Konkurrentin
Serafin Nihar, König von Nubrevna
Esme, »Die Puppenspielerin«, Strangmagis/Webermagis
Caden fitz Grieg, »Der charmante Schwindler«, Höllebarden-Kommandant
Zander, riesenhafter Höllebarde
Lev, weiblicher Höllebarde
Serrit Linday, Wesir von Nubrevna, Gegner von Vivia
Sotat, Wesir von Nubrevna, Vivias Verbündeter
Stacia Sotat (Stix), Erster Offizier unter Vivia, Tochter von Wesir Sotat

Garren Leeri, Meuchelmörder und Anführer der Neune (einer Gang)
Kahina, Admiralin der Rotsegel-Piraten
Eule, kleines Nomatsi-Mädchen mit mächtiger Magie, gebunden an eine Bergfledermaus